Alexandre M
Nazaire. En 1...
Tu-Hadj, une saga de fantasy initiatique où il ...
exceptionnel d'un apprenti assassin, jouet des dieux au cœur
d'un monde vaste et périlleux où la magie est omniprésente.
Il a publié depuis d'autres romans de fantasy ainsi que des
livres pour la jeunesse. La puissance de son imaginaire et la
fraîcheur de son style l'ont imposé comme l'un des piliers de
la génération d'auteurs francophones de fantasy.

ALEXANDRE MALAGOLI

La Pierre de Tu-Hadj

1

MNÉMOS

© Les éditions Mnémos, février 2003.
ISBN : 978-2-253-11802-2 – 1ʳᵉ publication LGF

Livre Un

Le Sang d'Arion

Première partie

LES ENFANCES

1

La taverne était pleine à craquer de garçons comme Wilf. Tous rêvaient de gloire et de richesses. Tous, y compris les plus jeunes, avaient déjà tué. Du haut de ses quatorze ans, le fils de Holm toisait ses rivaux d'un air méprisant. Il savait qu'il devrait se montrer plus dur, plus méchant qu'eux, s'il voulait avoir une chance d'être remarqué par les maîtres-tueurs. Ceux-ci acceptaient parfois de prendre un apprenti, afin de lui enseigner «cette si belle matière» qu'est le meurtre de sang-froid. Dès lors, l'avenir du gamin était assuré : en cette époque troublée et corrompue, la clientèle ne lui ferait jamais défaut.

Une odeur de cuisine flottait, qui venait torturer les narines du jeune garçon. Cela faisait plusieurs jours que Wilf avait dû se contenter de quelques miches de pain, volées aux vieux ou aux plus petits que lui. S'il lui arrivait d'amadouer des mercenaires de passage pour se faire offrir une bière ou deux, le souvenir d'un vrai repas restait très lointain. Sans qu'il pût en expliquer la raison, Wilf se mit à penser au temps où sa brave mère était encore en vie, ce temps où un bon lit l'attendait tous les soirs, quand il n'était encore qu'un petit enfant. Il sentit sa gorge se nouer, et dut lutter de toutes ses forces contre cette vague de mélancolie qui l'assaillait. *Pas question de m'apitoyer sur mon sort. C'est le pire moment pour montrer un signe de faiblesse…*

En effet, les maîtres-tueurs passaient actuellement entre les tables où fanfaronnaient ses congénères. Certains gamins jouaient les gros bras, braillant, poussant leur voix pour la faire paraître plus grave. D'autres se rassuraient en riant très fort, soutenaient le regard des hommes avec insolence, comme pour prouver leur force de caractère. D'autres enfin, comme Wilf, se contentaient d'un regard vide, figés dans l'attitude froide et impassible que la rue leur avait enseignée.

Parmi tous ces gosses réunis, armés de rage et de détermination, il n'y en avait pas un qui n'ait traversé de terribles épreuves… Pas un qui ne soit un survivant.

Pour l'enfant, qui n'avait connu depuis longtemps que la fange et la misère la plus sordide, rien ne pouvait être pire que de continuer à traîner sa faim dans ces ruelles pestilentielles. Comme chacun des garçons qui avaient accouru à l'annonce de la visite des maîtres-tueurs, il aurait donné n'importe quoi pour que l'un des hommes l'arrache à cette existence infecte, et fasse de lui quelqu'un de respecté. Tous ici nourrissaient l'espoir secret de voir commencer pour eux une nouvelle vie. Mais si les tueurs semblaient souvent à l'affût de nouveaux élèves, ils recrutaient rarement, et leurs critères de sélection demeuraient mystérieux…

Aucune parole n'avait encore été échangée, mais Wilf sentait que l'évaluation avait commencé. Les adultes traversaient la cohue anarchique sans ciller, avec des airs de juges. Nul ne savait avec précision qui ils étaient. On supposait qu'ils appartenaient à une sorte de guilde regroupant les meurtriers virtuoses de tout l'Empire. Ils représentaient un mal typique de l'époque : ils tuaient sur commande, faisaient fortune en profitant du climat de corruption et de violence qui planait sur la nation. Pour l'orphelin et ses semblables, ils étaient des idoles, des exemples. Leur ressembler semblait le seul moyen d'échapper aux privations et aux humiliations de la rue.

Celui qu'on appelait Cruel-Voit, un assassin à la réputation terrifiante, s'immobilisa en face de Wilf. Il fixa le garçon de son unique œil bleu pâle, un bandeau noir dissimulant l'autre. Son regard était glacial, intransigeant et inquisiteur. Au bout de quelques instants, le gamin se sentit vraiment mal à l'aise. Le maître-tueur attendait-il une réaction ? Il convenait d'agir et de parler en conservant la plus grande prudence : avec ce genre d'hommes, un faux pas pouvait vous coûter la vie.

Lentement, Wilf déglutit.

Et cet œil qui le scrutait au plus profond de lui-même, si pâle, presque blanc…

— Toi ! As-tu des parents ? Appartiens-tu à quelqu'un ?

La voix avait été sèche, cinglante comme la mèche d'un fouet.

— Non… non, maître-tueur. Ma mère est morte et mon père est prisonnier des Hommes-Taupes.

— Je me fous de ce qu'il leur est arrivé ! Si tu veux

apprendre le métier, tu peux venir avec moi. Nous partirons demain matin pour Noirhiver.

L'homme toussota.

— Mais il faut que tu saches une chose : j'ai déjà pris plusieurs gamins comme apprentis. Jusqu'à présent, aucun n'a survécu à l'entraînement. Et je ne veux pas d'un couard ou d'un incapable pour me succéder !

Cruel-Voit lança un regard aux autres hommes, puis ces derniers échangèrent de brefs signes de tête. Les maîtres-tueurs ne prendraient pas d'autre apprenti cette fois-ci. Wilf sentit les coups d'œil jaloux fuser sur lui tandis que les adultes se retiraient.

Ces brutes épaisses n'éprouvaient jamais la moindre difficulté à se loger : ceux qui leur offraient l'hospitalité s'assuraient ainsi au moins une nuit de sécurité, pendant laquelle nul ne s'essaierait à les voler. Déjà, des chambres de fortune avaient été préparées dans tout le quartier, des litières avaient été installées dans toutes les remises. Cruel-Voit n'ayant pas signalé à Wilf de le suivre, il devait prévoir de ne le retrouver que le lendemain.

L'enfant n'en croyait pas ses oreilles. L'homme ne lui avait même pas demandé de quoi il était capable... Pourquoi l'avoir choisi, lui, alors que la taverne était remplie de garçons plus costauds ou plus méchants ? Il n'arrivait pas à s'imaginer que sa vie allait enfin changer, qu'il allait apprendre un métier. Et voyager avec un *maître-tueur*... Il sentit son ventre se crisper. Cette fois, il ne s'agissait pas de la faim : c'était une joie féroce, un sentiment triomphant qui lui fit monter le rouge au front. Son existence prisonnière de la misère quotidienne touchait à sa fin. Bientôt, il serait libre !

Assis dans le fond de la taverne, le garçon comprit soudain qu'il se réjouissait peut-être de façon un peu prématurée. Aucun gamin n'avait encore osé bouger, mais la haine silencieuse de la petite assemblée était presque tangible, et il restait encore cinq ou six heures d'ici au matin. Les enfants des rues de la cité devaient être frustrés au plus profond d'eux-mêmes par ce nouvel espoir déçu. Il ne leur en faudrait pas plus pour se livrer à la violence, Wilf le savait. Survivre jusqu'au lendemain, sans se faire lyncher, allait sans doute s'avérer une vraie gageure. Épreuve bien plus périlleuse, pensait-il, que ce fameux entraînement auquel avait fait allusion son nouveau maître. *Pourquoi diable ne m'a-t-il pas emmené avec lui ?* jura-t-il silencieusement. *Quel salaud ! On dirait que c'est ma mort qu'il veut...* Un coup d'œil circulaire sur les mines renfrognées des autres occupants de l'estaminet lui apprit qu'il voyait juste. *Corbeaux et putains, il m'a condamné !*

Maudissant le maître-tueur, Wilf se leva et parcourut une nouvelle fois la salle du regard. Il tentait de paraître aussi détendu et sûr de lui que possible. Sur les visages de ses anciens camarades, il lisait l'envie, la colère... mais aussi de la peur. Il réalisa alors que ces gamins-ci n'oseraient pas s'en prendre à lui, craignant des représailles de la part des maîtres... *Un bon point pour moi*, pensa-t-il. Mais le garçon n'était pas aveugle : il avait remarqué ce groupe de gosses à l'air déterminé, un sourire mauvais au coin des lèvres, qui venait de quitter la taverne. C'était de ceux-là que viendrait le danger. Sans doute étaient-ils déjà en train de rassembler leurs semblables à travers le quartier, afin de tendre un guet-apens mortel à celui qui avait blessé leur orgueil et brisé leurs espérances.

Mais peut-être aussi étaient-ils restés en embuscade près de la porte de la taverne, attendant patiemment que leur proie vienne à sortir…

Wilf avait grandi dans les rues de ce faubourg, l'un des plus pauvres de Youbengrad, et il en connaissait chaque ruelle, chaque recoin. Il s'y sentait chez lui, fort comme un seigneur régnant sur ses terres. C'était cette foi en lui-même, ce sentiment que les rues étaient son territoire, qui lui avait donné la chance de survivre jusqu'à aujourd'hui. Cette nuit, hélas, le garçon doutait que toute son habileté puisse lui éviter de connaître une fin violente. Après tout, un gamin des rues allait mourir dans une rixe, quoi de plus banal ? Wilf avait déjà connu ce scénario cent fois… Seulement, jusqu'à présent, il avait toujours été assez malin pour ne pas se faire plus d'ennemis qu'il ne se savait capable d'en venir à bout. Quelle misère de périr à la veille d'une nouvelle vie glorieuse ! Quel idiot, ce Cruel-Voit…

S'approchant de la sortie, le gamin vérifia que son épée coulissait parfaitement dans son fourreau. C'était une véritable épée, et non pas un grand couteau ou un simple gourdin barbelé comme en possédaient les autres gosses. Wilf l'avait volée sur le cadavre encore chaud d'un milicien, lors des dernières Barricades. Il s'en souvenait parfaitement : la main de l'homme était restée nerveusement serrée sur la garde, et il avait dû lui taillader les doigts à coups de dague pour parvenir à arracher l'arme.

Après une dernière inspiration, le garçon rejeta sa grande cape sale en arrière, pour être tout à fait libre de ses mouvements, puis il passa la porte. Tous ses sens étaient en alerte. Un léger bruit attira son attention du côté de vieilles caisses empilées sur sa droite. Ce pouvait être un chien ou un chat, mais ils s'étaient faits rares, depuis que les gens du coin avaient pris l'habitude de leur donner la chasse pour les passer à la marmite. Wilf attendit encore un instant… Une fausse alerte. Il le savait, c'était le principal défaut du fait d'être sur ses gardes : tout pouvait alors sembler suspect, dangereux. Et l'on risquait fort d'être moins efficient quand venait le réel danger.

La rue paraissait vide, mais Wilf avait payé pour savoir que le calme apparent d'un endroit pouvait dissimuler les porteurs d'une mort fulgurante.

Il pensait que s'il pouvait parvenir au Chat-Poisson – une petite auberge du port – il y serait en sécurité. Le tavernier, ayant une vieille dette envers son père, accepterait de le cacher pour la nuit. Il savait que s'il atteignait seulement le bout de la rue, il pourrait tenter de se fondre dans les ombres, échappant ainsi à ses poursuivants pour rejoindre le toit salutaire.

Mais pour l'instant, le long de cette rue noire où ses yeux ne distinguaient rien au-delà de quelques mètres, la camarde pouvait le faucher à chaque seconde, sans même lui laisser le temps de réaliser son sort. Bien sûr, il existait une petite chance pour qu'il atteigne le Chat-Poisson, une petite chance pour qu'il s'en sorte. Mais cette perspective semblait improbable à Wilf, son esprit pragmatique lui assurant qu'il allait rencontrer quelque embûche fatale sur son chemin. Car, comme tous ses semblables, l'enfant était pessimiste. Il y avait déjà des années qu'il ne savait plus espérer…

***

Lucas courait presque dans les couloirs du vieux

monastère. Le père abbé Yvanov l'avait fait appeler et il n'était pas question de le faire attendre. Pas en de telles circonstances. Depuis l'annonce de la visite de l'archevêque, l'agitation n'avait cessé de croître dans l'antique demeure. Aujourd'hui, la tension était à son comble. Nul ne savait quelle raison pouvait amener l'un des Hauts-Pères de l'Église grise à entreprendre ce long voyage depuis Mossiev. Saint-Quernal n'était qu'un petit monastère de campagne, et son doyen lui-même ne pouvait se souvenir quand les autorités cléricales s'en étaient préoccupées pour la dernière fois. On murmurait sous les vieilles voûtes de pierre que l'archevêque venait pour féliciter les moines de leur travail avec les orphelins. D'autres rétorquaient alors que s'il ne se fut agi que de cela, un personnage moindre eût été dépêché. On émettait de nombreuses hypothèses, les conversations allaient bon train… Et bien sûr, la possibilité angoissante que l'un des leurs ait pu commettre quelque faute grave – justifiant la réprimande d'un Haut-Père – ne cessait de tourmenter les bons moines.

Lucas passa devant des copistes, leur adressant au passage un sourire chaleureux, et frappa à la porte du bureau de l'abbé. En attendant une réponse, il jeta un coup d'œil par la fenêtre, vers le bâtiment qui abritait la cantine du monastère. On sonnerait bientôt l'heure du déjeuner des enfants et, ce midi, le jeune religieux était de service pour les surveiller. Il espérait que le père Yvanov ne le retiendrait pas trop longtemps. Actuellement en fin de noviciat, Lucas aimait par-dessus tout s'occuper des orphelins. Il en était un lui-même, et avait grandi dans ces mêmes baraquements où il se chargeait maintenant de soigner, d'instruire et de convertir les plus jeunes. Un raclement de gorge se fit entendre de l'autre côté de la porte, suivi d'un «Entrez!» sonore. Lucas obéit.

— Ah! te voilà, mon cher enfant…

Le père abbé Yvanov était un homme dans la force de l'âge, à la voix claire et autoritaire. Ses épaules larges et sa stature massive le faisaient plus ressembler à un militaire en retraite qu'à un père supérieur. Son crâne chauve, ses joues glabres, accentuaient l'aspect carré de son visage.

— Je t'ai fait appeler parce qu'il y a une chose dont j'aimerais débattre avec toi avant l'arrivée de Monseigneur Colémène. Assieds-toi là.

M'asseoir? Voilà qui est le signe d'un entretien bien grave, pensa Lucas. *Je me demande ce qu'il peut me vouloir… Et les petits garnements qui vont se retrouver livrés à eux-mêmes!* Malgré ces préoccupations, le jeune homme s'exécuta aussitôt. Le père abbé reprit, d'un ton qui confirmait les soupçons du novice:

— Lucas, j'ai besoin de toi.

— Je suis à votre service, abbé Yvanov, répondit le jeune clerc par automatisme.

— Bien. Tu sais peut-être que j'ai de la famille à Mossiev. Une sœur, qui a épousé un capitaine de la garde impériale. Je n'ai, hélas, pas eu l'occasion de la revoir depuis qu'elle s'est installée à la capitale, et j'aurais aimé lui faire parvenir un petit mot, une boîte de confiseries… Tu vois?

Lucas hocha la tête, intrigué. *Quel rapport avec moi?*

— Je me demandais, mon garçon, si tu aurais la gentillesse de lui porter quelque chose dans ce goût de ma part, lorsque tu arriveras là-bas.

— Mais, mon père, je ne vais pas…

Interloqué, Lucas laissa sa phrase en suspens et jeta un regard interrogateur au solide abbé. Voyant que les yeux de celui-ci pétillaient de malice, le séminariste sourit malgré lui :

— Mon père, je crois qu'il va falloir que vous m'en disiez un peu plus, reprit-il d'un ton amusé et complice, mais toujours intrigué.

Le recteur de Saint-Quernal prit une longue inspiration en se calant dans son fauteuil, avec l'expression de celui qui prépare une bonne surprise et qui veut en savourer la primeur quelques instants encore.

— Tu as raison, mon enfant : trêve de devinettes, déclara-t-il enfin. J'ai décidé de conseiller à l'archevêque Colémène de te prendre à son service, afin que tu l'accompagnes lorsqu'il retournera à Mossiev.

Souriant à présent tout à fait, Yvanov semblait guetter la réaction de son pupille.

Mais Lucas, stupéfait, restait muet comme une carpe. En fait, son visage ne reflétait pas vraiment l'émerveillement escompté.

— Vous voulez dire… Pour toujours ? s'étrangla-t-il enfin.

— Eh bien, ça ne te fait pas plaisir ? J'essaie de te dire que je vais m'arranger pour que tu entames une carrière à la Cour ! Réveille-toi, mon fils !

— Vraiment ? bredouilla le jeune moine, visiblement mal à l'aise. Il va donc falloir que je quitte Saint-Quernal… Mais, mon père, pourquoi moi ?

Le sourire triomphal de l'abbé céda vite la place à une moue contrariée.

— Bon. Ma foi, j'ai raté mon petit effet, se rembrunit Yvanov. Tu sais, mon enfant, nombreux sont ceux qui donneraient cher *pour un tel honneur…* fit-il en insistant sur ces derniers mots.

Lucas se contentait de conserver un silence embarrassé, attendant la suite.

— Quant aux raisons qui m'ont fait te choisir plutôt qu'un autre… Eh bien! Il faut reconnaître que, de tous les séminaristes de ce monastère, tu es de loin le plus brillant. C'est aussi simple que ça…

— J'ai bien peur que vous ne soyez trop élogieux à mon égard, père abbé, tenta Lucas en désespoir de cause.

Il n'avait aucune envie de délaisser ses enfants pour aller faire le beau devant une assemblée de nobles fardés. Son supérieur le connaissait donc si mal? Quelle mouche avait bien pu le piquer?

— Allons, Lucas, nous savons tous les deux que c'est la stricte vérité, le gronda gentiment Yvanov. Tu devrais remercier notre Seigneur Pangéos pour l'esprit vif dont il t'a doté, et non pas nier ses bienfaits.

— Je craignais simplement de pécher par vanité en acceptant votre compliment de trop bonne grâce, mon père, répliqua Lucas en baissant les yeux. Il marqua une courte pause, hésitant.

— Alors, vraiment, vous verriez d'un bon œil que je parte pour la capitale?

Sa voix tremblait un peu. D'ailleurs, le jeune moine ne faisait aucun effort particulier pour dissimuler son inquiétude.

— C'est du moins ce que je croyais, répondit l'abbé. Mais il va de soi que ce n'est pas ce que tu souhaites. Bien que tu me doives la plus stricte obéissance, je ne te l'ordonnerai pas… Ne te fais aucun souci. Mais j'aimerais tout de même que tu me promettes d'y réfléchir. Pour être franc, j'espérais sincèrement que ma proposition te réjouirait…

Le père Yvanov soupira, semblant déçu, et eut un imperceptible haussement d'épaules avant de reprendre :

— En tant que père supérieur de Saint-Quernal, tu sais qu'une de mes missions importantes est de veiller à ce que chacun ici soit à la place qui lui convient. Et… il se trouve que j'avais pour toi des ambitions qui dépassent ce que les murs de notre petit monastère de campagne peuvent t'offrir.

— Mais ma place me convient ! s'exclama Lucas. Mon père, je vous prie de le croire, insista-t-il, aucune place ne me conviendrait mieux que celle que j'occupe auprès de nos orphelins !

L'abbé sourit en regardant son pupille droit dans les yeux.

— Tu seras seul juge de ton destin, mon fils, n'aie pas d'inquiétude… Il soupira.

« Même si on pourrait considérer comme un beau gâchis de voir tes capacités s'endormir ici alors qu'elles auraient pu être d'une grande utilité à l'Église grise.

Yvanov émit un nouveau soupir à fendre l'âme. Malgré son trouble, Lucas ne put s'empêcher de sourire affectueusement.

— J'aimerais vous être agréable, père abbé, mais… Voyons, ce départ est-il bien nécessaire ? Je ne serai pas à ma place à la Cour. Tous ces grands messieurs et ces grandes dames, fit-il d'un ton plein de morgue qui ne dissimulait guère le peu de bien qu'il pensait des nobles, ils n'ont pas besoin de moi ! Pas autant que nos enfants… Mon père, vous savez très bien que les gens de la Cour sont tous des paresseux et des dévergondés, se plaignit-il d'un ton implorant.

— Tu les connais donc personnellement pour les

juger de façon aussi péremptoire ? interrogea Yvanov, plissant soudain les yeux.

— Non mon père, mais il court toutes sortes de rumeurs sur eux, répondit Lucas sans ciller, certain qu'il avait raison.

— Tu apprendras à te méfier des rumeurs, lui ordonna un peu sèchement l'abbé.

D'une moue accompagnée d'un haussement de sourcils, le novice fit comprendre qu'il n'était guère convaincu. Mais il sourit aussitôt à son supérieur.

— Peu importe ce que je pense des nobles mossievites, mon père. Ce que je voulais dire, c'est que j'aime enseigner, j'aime vraiment mon travail de simple moine. Et j'aime pouvoir prier dans le calme de la chapelle qui a vu naître ma vocation. Ce monastère est pour moi une patrie, abbé, vous le savez bien…

Avec une nostalgie attendrie, Lucas se souvenait de la chaleur qui avait inondé son cœur lorsqu'il avait pris conscience du fait qu'il voulait devenir un prêtre de Pangéos. Il devait avoir douze ou treize ans, debout face à l'autel où officiait l'un de ses tuteurs. Le désir profond de dire la messe à son tour lorsqu'il serait grand s'était imposé à lui, en toute simplicité.

— D'une certaine manière, ce monastère dont tu fais si grand cas n'est pourtant rien pour toi, objecta le père supérieur d'une voix presque cassante qui coupa Lucas dans sa rêverie. Tu n'es même pas né ici. Comprends bien que je ne dis pas ça par méchanceté, mon enfant, mais je vous trouve un peu enclins, toi et d'autres orphelins, à considérer ce lieu avec une importance démesurée. C'est à se demander si c'est par foi en notre Seigneur ou pour ne pas quitter ces vieilles pierres que vous avez choisi d'entrer dans les ordres !

— Mais, j'ai grandi ici, se défendit Lucas, profondément attristé. C'est ma seule demeure !

— Évidemment, et je peux comprendre votre besoin de racines. Mais il est vain de nier que vos origines dépassent le cadre de ce lieu. Pour la plupart d'entre vous, nous ne savons ni d'où vous venez, ni qui étaient vos parents. Cela fait beaucoup d'incertitudes...

Lucas acquiesça en silence. D'une certaine manière, Yvanov avait raison : l'attachement des orphelins à Saint-Quernal venait sans doute d'un besoin désespéré de s'identifier à quelque chose, ou à quelque part, en l'occurrence.

— Mais vous n'êtes pas sans savoir, mon père, que la majeure partie des enfants que nous élevons ici sont la progéniture des pauvres de la région. Ce sont des enfants de la famine et de la guerre, ni plus ni moins. Et le monastère leur apporte tellement d'équilibre, tellement de bonheur simple... Bien sûr, la plupart d'entre eux voudraient oublier la fange de leur naissance et faire de Saint-Quernal leur patronyme. Comment pourrait-il en être autrement ?

Le novice avait parlé avec passion, sachant que tout ce qu'il expliquait était valable pour lui-même. Pendant le silence un peu gênant qui s'ensuivit, il laissa son regard parcourir le bureau de l'abbé. Il connaissait bien cette pièce, pour y avoir souvent travaillé en compagnie du père Yvanov. Ils y restaient fréquemment enfermés des heures durant après les cours de la journée, tandis que les compagnons du jeune Lucas jouaient dans la cour en contrebas. Et, sous le regard attentif de son précepteur, il arrivait que l'enfant étudie bien après la tombée de la nuit. Entre piles de livres et bouts de chandelle, le séminariste avait des centaines d'heures de souvenirs qui se situaient dans cette pièce... Sensible et pédagogue, l'abbé avait perçu très tôt les potentialités de Lucas, et ne s'était pas montré avare de son temps pour lui prodiguer ces cours particuliers. Des milliers de pages, de la nature humaine à la généalogie impériale, en passant par l'histoire des Provinces et les règles d'étiquette en vigueur dans les Cours, avaient été soumises à l'apprentissage du jeune prodige...

Tandis que le regard de Lucas se déplaçait, aujourd'hui avec une certaine nervosité, des rangées de vieux ouvrages au dossier ouvragé du fauteuil du père, il s'arrêta soudain sur un parchemin roulé. Celui-ci était calé entre un encrier et un énorme volume d'héraldique. Un sceau de cire gris violacé, brisé sur une arête du parchemin, avait retenu l'attention du jeune moine. Le dessin qui y était gravé représentait un ours dressé sur ses pattes arrière. *L'Ours Gris de Mossiev*, s'intrigua Lucas. Une lettre estampillée de la sorte ne pouvait provenir que de la Cour du Csar. *Comme c'est curieux*, pensa le novice, jetant un regard étonné à l'abbé. Mais ce dernier l'observait toujours en souriant, et ne semblait pas avoir remarqué son coup d'œil vers la lettre. Il reprit, avec un mélange de bonhomie et de gravité :

— Mon fils, tu sais que nous avons pour coutume de ne pas parler aux orphelins de leurs parents, quand bien même nous disposons de quelque information sur eux. Tu es d'accord avec moi pour penser que cela ne servirait qu'à leur embrouiller l'esprit. Mais... dans ton cas, je crois bien qu'il est l'heure de faire une petite entorse à notre habitude. Le solide abbé adressa un long regard de compassion à son pupille.

« Toutes ces années, tu as pu te rendre compte que tu n'étais pas comme les autres, n'est-ce pas, mon fils ? Des détails, bien sûr, mais qui ont à présent leur importance…

— J'ai bien peur de ne plus vous suivre, mon père, fit Lucas sans mentir.

Le recteur sourit en douce.

— C'est peut-être l'apanage des gens de ton sang de ne pas s'apercevoir de ces choses-là… Allons, laisse-moi te raconter une histoire. Je m'en doute, c'est un récit qui te sera pénible, remuant ce passé douloureux que toi et les autres pensionnaires du monastère cherchez à oublier, mais tu dois à présent savoir la vérité.

Plus anxieux que jamais, le jeune clerc attendait la suite avec impatience et appréhension. L'abbé ne s'y était pas trompé : pour les orphelins, tout ce qui touchait à leurs parents ou aux premières années de leur vie se rangeait dans les obscurités mystérieuses et taboues qui se tapissaient au fond de leur âme…

— Il y a dix-sept ans, commença Yvanov, lors de ce terrible hiver qu'on se rappelle sous le nom de Mort Blanche, notre frère Pietro a trouvé une malheureuse femme, morte de froid dans la neige. Vêtue d'une robe bleue et d'un manteau de grande qualité, elle n'était visiblement pas des environs. Notre apothicaire l'a prise pour la femme d'un riche marchand, séparée de lui par une bourrasque de neige ou une attaque de brigands, qui se serait ensuite égarée dans cet enfer blanc qu'était devenue la région. Le fait est qu'elle semblait de constitution trop fragile pour avoir entrepris seule un long voyage à une telle période. Contre son sein, elle tenait un nourrisson de quelques semaines, à qui elle avait transmis jusqu'à la dernière étincelle de tiédeur de son corps. Elle l'avait enroulé dans sa mante et se tenait recroquevillée autour de lui, espérant sans doute le tenir au chaud au creux d'elle. Ainsi protégé, le bébé – tout bleu et raide qu'il ait été – put néanmoins être réanimé par notre bon Pierrot.

Le père s'éclaircit la gorge.

— C'était avant, tu sais, sa... maladie.

Le séminariste hocha imperceptiblement la tête pour indiquer à l'abbé qu'il comprenait. Le frère Pietro, apothicaire du monastère, partait autrefois fréquemment fouiner en forêt à la recherche de plantes pour ses remèdes. Mais, deux ans plus tôt, il avait failli mourir de la Mélancolie Glauque, et n'était à présent plus qu'un vieux grabataire dont l'esprit avait déserté. Cette maladie, dont les symptômes étaient de répugnants bubons verdâtres sur tout le corps et une langueur de plus en plus indolente finissant par voir le malade se laisser mourir de faim, était un vestige de la Grande Folie qui s'était emparée des mages quatre siècles auparavant. Pas assez contagieuse pour provoquer de véritables épidémies, elle était néanmoins considérée d'un très mauvais œil par les populations de l'Empire. Comme d'autres maladies datant de cette époque terrible, elle rappelait aux gens la trahison des magiciens et le cataclysme des mille maux que ceux-ci avaient lâchés sur leur ancienne patrie. Ça avait été un génocide tellement traumatisant que la mémoire collective en était encore profondément marquée. L'Église grise considérait la magie comme le « Poison de l'Âme » et ceux qui y faisaient appel étaient nommés les « Impurs », car on les estimait souillés par leur art interdit. Les rares personnes qui faisaient encore montre de capacités surnaturelles – autres que les miracles accordés de loin en loin par Pangéos, bien sûr – étaient traitées sans la moindre pitié. Exécutées sur le bûcher, leurs familles étaient ensuite pourchassées afin que tous leurs membres soient livrés aux terribles Sœurs Magiciennes, seules autorisées à exercer leur art dans l'Empire puisqu'elles l'utilisaient pour lutter contre les autres sorciers. Les mystérieuses enchanteresses de la Sororité venaient alors chercher les malheureux, lorsque ceux-ci n'avaient pas été lynchés par la vindicte populaire, et les conduisaient jusqu'à l'un de leurs sordides camps d'emprisonnement, où les Impurs étaient parqués pour toujours.

— Ce bébé, fit timidement le jeune moine à qui l'émotion rendait la voix rauque, c'était moi, bien sûr?

L'abbé hocha affirmativement la tête. Puis, d'un ton plein de pudeur:

— Je suis désolé de t'imposer ce trouble, mon fils, mais je suppose que tu comprends où je voulais en venir...

Cependant, Lucas avait d'autres préoccupations que de savoir quel objectif visait le père supérieur en lui révélant maintenant cet épisode du passé.

— Mais, vous... n'avez jamais su qui était cette femme? s'étrangla-t-il en tentant de refouler les larmes qui lui montaient aux yeux. Par Pangéos, vous avez bien dû entreprendre quelques recherches?

Le recteur soupira.

— C'était l'année de la Mort Blanche, mon enfant. Tu n'as pas connu cet hiver-là mais, si c'était le cas, tu comprendrais que nous avions plus urgent à faire que de jouer les détectives... Nous t'avons recueilli et chéri comme l'un des nôtres, c'était tout ce que nous pouvions pour toi et ta malheureuse mère. Puisse-t-elle à présent reposer en paix...

Le séminariste ne pouvait cesser de rouler des yeux affolés.

— Mais... j'avais un père! cria-t-il presque. Vous n'avez pas pensé à cela?

— Voyons, mon enfant, cesse de t'agiter. Je comprends que tout cela soit dur pour toi. Mais, enfin, si ton père avait été encore en vie, tu ne crois pas qu'il t'aurait cherché, lui? Il est important ne pas tenter trop longtemps les choses du passé, si on veut échapper au désespoir... Allons, continua-t-il, tandis que son interlocuteur tentait sans succès de trouver de quel livre saint était extraite cette dernière phrase, il nous faut maintenant revenir pour de bon au présent!

Ces ultimes mots avaient sonné comme un ordre militaire, et les yeux francs de l'abbé ne cillaient pas lorsqu'il posa son regard droit sur Lucas.

— Alors, pourquoi me racontez-vous cela aujourd'hui? demanda le jeune clerc en se souvenant des propos qu'Yvanov avait eus dans ce sens.

Pour toute réponse, le père saisit le poignet de son pupille. Après avoir retroussé leurs manches respectives, il tendit son avant-bras parallèlement à celui du jeune moine.

— Eh bien, regarde attentivement mon bras, fit-il avec la même fermeté que lorsqu'il expliquait une leçon. Puis compare-le au tien. Tu ne remarques rien?

Formé à l'obéissance par ses années d'étude, Lucas fit glisser son regard le long du poignet épais de l'abbé, de sa main carrée. Il n'avait pas besoin d'observer son propre bras – peau laiteuse, main fine et doigts de pianiste – pour comprendre le message du recteur.

— Et alors ? bredouilla-t-il.

— Tu fais mine de ne pas saisir, on dirait, se moqua Yvanov, mi-figue mi-raisin. Ta mère, que Pietro avait prise pour une marchande, était probablement une noble... Regarde-toi, tes boucles blondes et tes traits fins, sans parler de ta grâce naturelle. Loin de moi l'idée de te flatter pour des choses aussi futiles que la beauté et l'élégance, bien sûr, mais il s'agit d'une preuve : nous autres roturiers n'avons pas ce genre de physique. Voyons, un paysan qui te ressemblerait ne survivrait pas à une seule saison des moissons. Tu n'as tout simplement pas la physionomie d'un travailleur !

— Je viens peut-être d'une famille de scribes, rétorqua Lucas, qui estimait trop peu les comtes et les ducs pour vouloir appartenir subitement à leur rang.

— Et que fais-tu des atours princiers que portait ta mère ? Pietro avait un sens aigu de l'observation, tu le sais bien, et je regrette qu'il ne soit plus en état de t'apporter son témoignage. Il te dirait sinon combien la femme en bleu était luxueusement vêtue. Les marchands sont peut-être riches, mais ils n'ont pas un tel goût !

Le père supérieur prit une inspiration renfrognée.

— Je te suggère de méditer au sujet de cette robe bleue avant de considérer avec mépris ces nobles mossievites qui pourraient bien être plus proches de toi que ton vieil abbé Yvanov... Il y a encore quelques instants, je crois que tu te proposais de leur refuser l'amour et la tolérance fraternelle que nous devons pourtant à tout citoyen de l'Empire, déclamat-il, semblant se forcer à prendre un air de reproche.

Pour le séminariste, tout était soudain odieusement clair. Oui, il pouvait bien avoir du sang noble dans les veines : c'était même effectivement probable, ce qui pour lui ne faisait pas grande différence. Mais pour l'abbé… Ce dernier lui avait révélé tout cela afin de le convaincre que sa place était à Mossiev. Pour des raisons que le jeune moine ignorait, Yvanov tenait vraiment à ce que son pupille accepte ce poste à la Cour. Afin d'atteindre son but, il s'était servi sans remords des émotions les plus intimes de son protégé. De la part de celui que Lucas considérait comme son mentor, un homme en qui il avait toujours eu une totale confiance, et envers qui il éprouvait un amour identique à celui qu'un fils accorde à son père, ce procédé le troublait et le blessait terriblement.

Yvanov lui avait trop bien appris les différents stratagèmes qui permettaient de dévoiler les secrets de l'esprit humain pour qu'il soit dupe. *Comment avait-il pu croire qu'il arriverait à ses fins de cette manière ?* Et ces préjugés douteux sur son supposé physique de noble, les mains fines et tout le reste… L'abbé avait bien sûr forcé le trait pour mieux parvenir à lui faire adopter son point de vue… Le jeune homme ne se priva donc pas de montrer sa perspicacité et son désaccord dans le ton qu'il donna à ses excuses au sujet du manque de sollicitude qu'il avait affiché envers les nobles :

— Veuillez me pardonner, mon père, fit-il en courbant la tête jusqu'à révéler ses cheveux épais – dorés et bouclés malgré sa coupe au bol, ceux-ci n'étaient pas encore tonsurés comme ceux des frères adultes – mes péchés sont innombrables…

Toutefois, sa voix acide révélait toute l'ampleur de sa contrariété désemparée.

En n'importe quelle autre circonstance, l'abbé aurait joué cartes sur table avec son élève, se serait excusé pour sa maladresse et aurait entretenu leur vieille complicité en lui exposant franchement sa préoccupation quant à ce poste de Mossiev. Mais cette fois, il garda un silence gêné ; une expression contrite remplaçait l'habituel caractère énergique et intelligent de son visage. Lucas avait vraiment l'impression que l'attitude du recteur dissimulait quelque chose de louche. Mais que pouvait bien vouloir lui cacher son tuteur ? L'abbé de Saint-Quernal avait toujours été un homme simple et sans secrets. *À moins que cela ait un rapport avec cette curieuse missive de Mossiev…* ne put s'empêcher de songer le novice.

— Bien, fit-il en redressant la tête comme le silence s'éternisait. Mon père, à moins qu'il y ait autre chose dont vous désiriez vous entretenir avec moi…

Un masque douloureux avait recouvert la face de l'abbé. Ce fut d'un ton tout aussi empreint de malaise qu'il s'adressa au jeune homme.

— Mon fils, je voudrais que tu y réfléchisses vraiment. Songe aux opportunités qui t'attendent si tu choisis de suivre l'archevêque à la Cour. Un garçon brillant comme toi pourrait faire une grande carrière, qui sait, peut-être devenir *cardinal*…

— Vous savez bien que cela ne m'intéresse pas. Tout ce qui me sied, c'est de suivre vos pas dans cette demeure, répondit le séminariste en soupirant.

— Prends tout de même le temps d'y penser. Maintenant que tu es renseigné sur tes origines, il est possible que tu commences à voir les choses différemment.

Durant quelques instants, le père fixa Lucas, qui le regardait d'un œil nouveau. L'abbé Yvanov craignait par-dessus tout d'y surprendre une trace de mépris, signe que les convictions du jeune homme n'avaient été aucunement ébranlées par cette conversation. *Ah! Comme sont solides les belles certitudes de la jeunesse!* pensait-il. Avec soulagement, l'aîné nota une certaine indécision chez son pupille, laquelle se traduisait toujours par ce léger tremblement de la lèvre inférieure.

— À moins, bien sûr, que tu aies d'ores et déjà pris ta décision? demanda-t-il avec un petit sourire.

Lucas répliqua d'un ton dur:

— Il est temps que j'aille surveiller les enfants.

2

Comme par miracle, Wilf avait atteint la taverne providentielle sans le moindre incident. Lui qui pensait arriver au Chat-Poisson tout ensanglanté, au terme d'une course l'ayant laissé à bout de souffle ! Il n'avait eu ni à se défendre, ni à s'enfuir. La porte était là, juste en face, il ne lui restait plus qu'à la franchir et il serait sauvé…

Opportunément, la vie dans les rues n'avait jamais incité le garçon à croire aux miracles. Il fut donc tout à fait prêt lorsque l'un des battants s'ouvrit à la volée, révélant deux jeunes gredins armés de longs couteaux dentelés. D'un geste réflexe, Wilf bondit sur le côté, ce qui lui permit doublement d'échapper à la mort. Une énorme marmite de fonte, lâchée depuis une fenêtre de l'étage supérieur, venait de s'écraser à l'endroit où il s'était tenu un instant plus tôt…

En une fraction de seconde, le jeune garçon jaugea la situation. De toute évidence, le tavernier du Chat-Poisson l'avait trahi ou avait été tué.

La deuxième solution semblait peu probable, car les aubergistes connaissaient toujours beaucoup de monde, et celui qui se rendait coupable d'un tel meurtre était assuré de se faire de nombreux ennemis en une seule fois. Dans les bas quartiers, cela n'était jamais un bon calcul, et l'immunité des tenanciers d'auberge était peu à peu devenue traditionnelle.

Pourtant, Wilf répugnait à croire qu'un homme sorti d'une tranchée en flammes par son père puisse ainsi le vendre à ses ennemis. *Quand je pense que cette ordure ne serait jamais rentrée de la guerre si mon vieux n'avait pas risqué sa vie pour le tirer d'affaire! On apprend chaque jour à devenir moins naïf...* se dit-il à lui-même en tentant un pas glissé vers son assaillant le plus proche.

Son épée, qui n'avait pas quitté sa main du trajet, décrivit un vif arc de cercle et frappa l'autre gamin au niveau des yeux. Après être resté un instant sans réaction, ce dernier comprit ce qui lui arrivait, et s'écroula à genoux avec un hurlement plaintif. Wilf avait déjà bondi sur son deuxième adversaire, portant un coup légèrement précipité, qui suffit cependant à briser la mâchoire de l'enfant. Celui-ci étant sous le choc, le jeune gredin redoubla son mouvement très vite, touchant cette fois à la tempe.

Alors que son ennemi tombait assommé, Wilf remarqua que la lame du couteau avait percé au flanc sa vieille tunique. À quelques millimètres près, il avait de nouveau évité une vilaine blessure.

Se souvenant de la grosse marmite de fonte, le garçon songea que plusieurs gosses devaient encore l'attendre à l'intérieur. Il s'enfuit donc à toutes jambes dans la ruelle, priant pour que tous ses autres ennemis aient été à l'étage. Ainsi, songeait-il, il serait déjà loin quand ils se lanceraient à sa poursuite.

Hélas, des cris et des bruits de course – à quelques pas derrière lui – mirent fin à cet espoir. À l'oreille, Wilf déduisit que ses poursuivants ne devaient pas être plus de deux ou trois. Il aurait aimé être sûr de pouvoir les distancer…

À cet endroit, la lumière tremblotante des braseros se reflétait suffisamment sur les hauts murs sales des faubourgs pour empêcher le petit coupe-jarret de se fondre dans l'obscurité comme il en avait l'habitude. La course semblait donc être sa seule issue. Presque aussitôt, il atteignit un embranchement. Il n'avait guère le temps de réfléchir, mais il devait prendre une décision.

En tâchant de ne pas ralentir, il jeta un coup d'œil par-dessus son épaule. Deux. Et ceux du haut n'allaient pas tarder à les rejoindre. Ils avaient dû être au moins quatre garçons pour hisser un chaudron de ce poids sur le rebord de la fenêtre… Wilf se décida subitement. Ce n'était pas que cela lui plaise, mais s'il voulait avoir une chance de semer les autres, il lui fallait affronter ceux-là. Vite, de préférence.

Malin comme un singe, le gamin simula une chute et se releva juste à temps pour cueillir le premier poursuivant un peu en dessous de la gorge. Ça avait été rapide comme l'éclair, conformément à ses besoins. L'autre gosse, plus jeune, eut un moment d'hésitation. Il ne paraissait pas sûr de lui.

En des circonstances habituelles, Wilf lui aurait crié d'aller jouer ailleurs et s'en serait retourné sans plus chercher la bagarre. Mais cette fois, c'était différent. Le reste de la bande surgirait d'une seconde à l'autre, et il ne fallait pas qu'ils puissent savoir quelle direction il allait emprunter. Il s'approcha donc du petit, lui fit signe de ne pas s'inquiéter, et lui asséna un coup violent avec l'autre main. Le nez cassa, inondant de sang le visage du jeune enfant. Un deuxième choc porté avec la garde de son épée, et celui-ci s'écroulait, inconscient. Après un rapide regard circulaire pour s'assurer que personne d'autre ne l'observait, Wilf se remit à courir de plus belle. Une minute plus tard, il était loin du Chat-Poisson.

Ce qui ne voulait pas dire qu'il fût hors de danger. L'armée de ses poursuivants se dispersa bientôt à travers la ville, hurlant son nom associé à tous les jurons imaginables. Bien entendu, leur rage était contagieuse, et la colère folle des gosses de la rue se répandit comme une traînée de poudre. Peu importait que Wilf ait été leur camarade la veille ou le jour même : tout ce qui comptait maintenant, c'était de traquer l'ennemi commun. Bientôt, la plupart d'entre eux ne sauraient même plus pourquoi ils lui donnaient la chasse. Mais ces enfants perdus, méchants comme des teignes et plus malheureux encore, se contentaient de la moindre raison pour casser, rosser ou tuer ce qui les entourait. Il y avait des nuits, comme celle-là, où la somme de leurs rancœurs pouvait enfin exploser librement…

Très vite, il n'y eut plus un seul quartier qui ne retentît des cris hargneux et des bravades de gamins en furie.

C'est ainsi que Wilf passa la nuit aplati sur le ventre, au fond du plus immonde des caniveaux, dans la plus obscure des impasses. Terré comme un chien, il osait à peine respirer, sans même parler de dormir. Les hurlements, terribles, résonnaient sans cesse à ses oreilles. Il se croyait perdu à chaque fois qu'une meute de gosses passait dans la ruelle, et ce ne fut qu'au petit matin qu'il réussit à se convaincre de quitter sa cachette. Il devait retourner vers la taverne du soir précédent, car c'était l'endroit où l'attendrait sûrement Cruel-Voit.

Gelé et traumatisé, il repoussa d'un geste engourdi les détritus dont il s'était recouvert, écarta une mèche de cheveux noir corbeau que l'humidité avait collée à son front, et se leva. Cette décision, sans qu'il en ait vraiment conscience, fut la plus courageuse qu'il ait eu à prendre jusqu'à ce jour.

Par chance, le quartier était redevenu désert : ses poursuivants, épuisés par leur nuit d'hystérie, avaient presque tous regagné leur refuge. Un goût de pluie et d'ordures dans la bouche, Wilf arriva en vue de la taverne. Trouvant une cachette à proximité, il décida d'y attendre son professeur.

Bientôt, il eut la surprise de voir celui-ci sortir à la porte de l'auberge. Une chope à la main, Cruel-Voit scrutait la rue d'un air impatient. Il semblait marmonner quelque juron bien senti, et les mimiques bourrues de son visage le rendaient encore plus antipathique que la veille. Prenant une nouvelle fois son courage à deux mains, Wilf traversa la place pour le rejoindre. Quand il parvint au niveau de l'homme, celui-ci le toisa, une expression mécontente sur les lèvres :

— Ça fait plus d'une heure que je t'attends, garnement ! Maintenant, il va faire jour, et tout le monde saura à quel moment nous avons quitté la ville. Un tueur doit toujours dissimuler ses allées et venues, bon sang !

Wilf sentit à peine la gifle qui accompagna ces paroles. Après la nuit qu'il venait de passer, tout lui semblait doux tant qu'il était question de quitter Youbengrad au plus vite.

— Ah!…. Mais tu pues le chacal! Personne ne t'a donc jamais appris à te laver? railla Cruel-Voit avec un reniflement de dégoût. Allons, va chercher mon cheval, et dépêche-toi!

Le garçon allait filer vers l'écurie, quand son nouveau maître continua:

— Au fait… tu as survécu cette nuit à ta première leçon. C'est bien, mais ne va pas croire que la suite sera aussi facile…

***

La nuit était tombée sur le monastère de vieilles pierres, et les rayons pourpres de la lune s'introduisaient par les minces fenêtres dans les dortoirs des moines, projetant d'étranges étincelles sur les murs blancs et austères. Depuis son entretien avec le père Yvanov, Lucas n'avait cessé de ruminer les paroles de son supérieur. L'attitude dissimulatrice de l'abbé ne lui ressemblait pas du tout, non plus que la méthode cruelle qu'il avait employée pour essayer d'obtenir ce qu'il voulait. Quant à ce pli fraîchement arrivé de la Cour, c'était tout simplement stupéfiant sur le bureau du tranquille recteur. Depuis le départ, le séminariste avait éloigné la possibilité qu'il s'agisse seulement d'une missive annonçant la venue du Haut-Père Colémène. Comme le voulait la tradition, ce dernier avait envoyé un messager annoncer en personne sa visite et faire part des diverses exigences qu'un personnage de son importance était de droit de formuler en termes de confort et de sécurité. De plus, l'œil exercé de Lucas avait pu déchiffrer la date inscrite sur un bord corné du parchemin, et celle-ci ne correspondait pas : elle indiquait que la lettre avait été rédigée à Mossiev cinq jours seulement avant l'arrivée du messager. Or, comme chacun le savait, il y avait plusieurs semaines de voyage entre la capitale et le monastère, au moins deux, disons, pour un cavalier solitaire doté d'une bête rapide. En fait, songea le novice, même en rapport avec la date d'aujourd'hui, il aurait presque fallu que la missive ait été portée par le biais d'un pigeon pour établir une chronologie plausible. Mais personne ne possédait de pigeons voyageurs dressés pour rallier un trou perdu comme Saint-Quernal ! À moins, pensa Lucas en portant une main devant sa bouche pour étouffer une exclamation, que l'abbé entretienne de longue date une correspondance secrète avec quelque mystérieux notable de Mossiev… Tout en faisant travailler ses méninges, le jeune homme sentait son cœur battre la chamade, mû par un mélange d'excitation et d'angoisse. Il se passait décidément de drôles de choses derrière l'apparence tranquille de son cher monastère !

Bientôt, n'y tenant plus, le jeune homme décida qu'il devait en avoir le cœur net. De toute façon, il ne trouverait pas le sommeil avant de connaître le contenu de ce fameux parchemin. Il sortit donc en silence de sa cellule, et avança à pas de loup vers le bureau du père supérieur. S'il était de retour avant la prière de minuit, personne ne s'apercevrait de sa petite excursion nocturne.

Il se glissa donc le long du couloir qui conduisait à l'aile ouest, choisissant de passer par le réfectoire pour éviter les salles de travail où les copistes œuvraient parfois fort tard. Malgré ses efforts, ses pas résonnaient lourdement sur le sol dallé, et il maudissait l'écho qui répercutait son souffle dans les corridors obscurs.

Soudain, un autre bruit de pas le fit stopper net. Il tendit l'oreille un instant pour s'assurer qu'il ne s'agissait pas seulement de l'écho des siens, puis devina le tremblement de sa lèvre en les entendant venir dans sa direction. On aurait cru quelqu'un qui faisait son possible pour marcher furtivement, lui aussi, s'arrêtant fréquemment avant de repartir. Mais le séminariste ne doutait pas qu'un copiste regagnant sa cellule tardivement tenterait de faire le moins de bruit possible pour ne pas troubler le sommeil de ses frères.

Se plaquant maladroitement derrière une tenture qui représentait saint Guéneval enseignant aux pauvres, il sentit une goutte de sueur glacée rouler lentement sur son front avant de venir s'accrocher dans son sourcil droit. Tout troublé qu'il était d'accomplir pour la première fois de sa vie quelque chose d'interdit, il ne songea pas un instant qu'il aurait pu se contenter de prendre l'air naturel et de feindre qu'il allait simplement se servir un gobelet d'eau au puits du jardin…

L'ombre du noctambule apparut alors à l'angle du couloir, s'étendant lentement et de façon lugubre sous les arches de pierre. Lorsque le trouble-fête passa devant Lucas, sans paraître le remarquer, celui-ci le reconnut avec soulagement: c'était seulement Mathias, un des petits orphelins. En le voyant disparaître dans le cellier, le novice sourit en se souvenant des mystérieuses disparitions de nourriture dont se plaignaient régulièrement les frères cuisiniers depuis quelque temps… Sans attendre que l'enfant ressorte, il reprit sa route et atteint le bureau du recteur. La porte s'ouvrit avec un grincement qui fit pousser un juron silencieux au jeune homme. Il n'en connaissait pas beaucoup, et avait réservé celui-ci – appris de la bouche d'un colporteur – pour une occasion comme celle-là. Une fois à l'intérieur, il réalisa que la clarté lunaire n'y serait pas suffisante pour lire et alluma une courte chandelle qui traînait par là. Puis il se dirigea vers le meuble de pin ciré, et s'aperçut que la lettre avait quitté son emplacement de ce midi. Il commença donc à fouiller d'une main tremblante dans les tiroirs de l'abbé, jetant des coups d'œil anxieux vers la porte de la pièce.

Dans le tiroir principal du bureau, le jeune moine tomba sur un volumineux carnet manuscrit que son supérieur ne lui avait jamais montré.

Pour résister à la tentation de l'ouvrir, il se persuada qu'il n'était pas venu pour cela, et que le risque de se faire prendre augmentait avec le temps passé dans la pièce… Mais, deux tiroirs plus tard, n'ayant toujours pas trouvé ce qu'il était venu chercher, il céda enfin à la curiosité et saisit l'épais carnet à couverture brune. Il l'ouvrit à la page marquée, qui était aussi la dernière écrite. L'écriture décidée et disciplinée de l'abbé la recouvrait en entier, caractères en rangs serrés, les paragraphes carrés figurant autant d'unités militaires prêtes à donner l'assaut dès que l'ordre serait sonné. En haut de la feuille, fier porte-étendard, la date d'aujourd'hui.

— Un journal? murmura le novice. Oubliant tout scrupule, il entama la lecture de cette dernière page.

Et son visage perdit alors toute couleur.

J'ai misé tellement d'espoirs en cet enfant, depuis maintenant plus de quinze ans. Dix-sept longues années, exac-

tement. N'est-ce pas un peu pour lui que j'ai choisi de rester cloîtré dans ce monastère reculé, me contentant de réunir les informations transmises par mes frères et de coordonner de loin leurs entreprises ? Moi, Yvanov, l'homme d'action... Pourtant, cela n'a pas été du temps perdu. Comme je l'avais pressenti, Lucas était de noble lignage ; ou il en a tout l'air, ce qui sert aussi bien nos projets. L'outil ainsi façonné sera plus utile à la cause que je ne l'eus été moi-même. Là où j'aurais certainement échoué, sa fraîcheur et son innocence auront toutes les chances de triompher. L'éducation d'un homme le marque à jamais : même lorsqu'il sera devenu le plus rusé des intrigants, son visage aura toujours cet air de bonté rassurant. Cela sera alors pour lui à la fois une arme et un bouclier. Son atout ultime.

Dans les années à venir, Pangéos sait combien nous allons avoir besoin de frères talentueux pour manœuvrer dans les Cours jusqu'à ce que la noblesse se montre prête à nous accepter pour seuls maîtres. Il nous faut y parvenir tant que le mot Empire signifie encore quelque chose : si celui-ci tombe trop tôt, tout est perdu. Il ne nous restera plus rien à usurper...

Que Lucas devienne un personnage important, donc, l'un de ces hommes qui tirent les ficelles du pays, et qu'il voie mon rêve se réaliser même si je suis déjà dans la tombe. Oui, si mon protégé pouvait assister à l'accomplissement de notre ambition, quand bien même le pauvre Yvanov serait alors cendres et poussière, je m'estimerais satisfait.

Hélas, j'ai peut-être instillé chez ce jeune homme un sens trop aigu de l'éthique. Il se refuse à quitter Saint-Quernal pour Mossiev, car il méprise les nobles et les gens de politique. Quelle bourde de ma part ! Il faudra bien qu'il apprenne à reconnaître l'intérêt qu'il y a à manipuler le pouvoir. Je vais devoir vite lui enseigner que les moyens sont subordonnés à la cause, si je ne veux pas que tout cela tourne à la catastrophe… Je n'ai pas gâché toutes ces années dans le but de le voir moucher le nez de jeunes canailles pour le restant de ses jours !…. Comme moi, il se complaît dans l'éducation des gamins braillards des paysans, il trouve satisfaction dans la plus médiocre tâche de jardinage. Mais si nous sommes des hommes simples, nous ne nous en devons pas moins à notre pays…

Je lui expliquerai demain qu'il existe dans l'Empire des choses plus importantes que ses simples désirs. Je lui parlerai du nombre d'enfants qui périt de faim et de froid lorsqu'une poignée seulement trouve asile dans notre petit monastère. Je lui dirai combien notre patrie est mourante… Après cela, il ne pourra plus réagir autrement qu'en se joignant à nous. Il oubliera les jours sereins qu'il aurait pu couler dans ces vieux murs, ainsi que son dégoût pour les choses occultes et sournoises.

Il servira la cause de son mieux. Je le connais bien : c'est un jeune homme courageux.

Un nouveau bruit de pas interrompit la lecture du moine. C'était cette fois un pas lourd, celui d'un adulte. L'homme était chaussé de sabots et ses pas résonnaient en claquant.

Tétanisé, Lucas était incapable de réagir. Et si l'abbé Yvanov, ne trouvant pas le sommeil, avait décidé de venir travailler un peu ?

Retrouvant soudain la faculté de bouger, le séminariste voulut souffler sa bougie afin que le faible rai de lumière qui passait sous la porte ne le trahisse pas. Mais hélas, dans sa précipitation, encore ému par ce qu'il venait de lire, il renversa la chandelle, qui alla rouler sous le bureau. N'osant pas bouger de peur de faire grincer le plancher, il observa avec désespoir et impuissance la cire brûlante qui s'écoulait lentement sur le bord d'un vieux tapis élimé. La flamme de la bougie n'avait pas été mouchée par la chute. Immobilisé par la peur et la nécessité de silence, Lucas pria de toutes ses forces pour que celle-ci ne mette pas le feu au tapis. Lorsqu'il eut l'impression d'entendre le bruit des pas s'attarder devant la porte de la pièce, le novice crut sentir son cœur s'arrêter de battre. Après des secondes qui lui parurent des heures, il perçut enfin les sabots s'éloigner vers la cour, sans doute en direction des lieux d'aisance.

Décidé à ne plus se donner l'occasion de ressentir une nouvelle fois une telle frousse, le séminariste ramassa la chandelle et remit le carnet à sa place. Il se força à ignorer sa brûlante curiosité pour les autres secrets que devait contenir le journal du père Yvanov et reprit à petits gestes fébriles sa recherche de la lettre mossievite.

Le souffle court, les mains tremblantes, il finit par la dénicher sur l'étagère où Yvanov entassait ses paperasses urgentes ou importantes.

— Décidément, grogna-t-il, j'aurais pu y penser plus tôt...

Dépliant la missive avec excitation, le jeune moine s'aperçut qu'elle était codée en intégralité, ce qui ne fit qu'augmenter son inquiétude quant à cette étrange correspondance que semblait entretenir l'abbé. Bien sûr, il connaissait le chiffre qui permettait de décrypter cette suite de caractères sans signification.

— Vous avez été un professeur trop attentionné, mon père, chuchota le novice en commençant la lecture.

Le temps le pressait, et les allusions à des événe-

45

ments ou des personnes dont il ignorait tout étaient nombreuses, mais Lucas put néanmoins dégager les grandes lignes du fameux courrier. Cela ressemblait à un rapport sur les activités à Mossiev d'un groupuscule secret baptisé ordre de Saint Mazhel. Le novice ne put s'empêcher de frémir : il n'existait que trois ordres saints, pas un de plus. Et celui-ci n'en faisait pas partie.

Une société se donnant un tel nom ne pouvait donc rassembler que de dangereux hérétiques. *Mazhel...* ce nom disait quelque chose à Lucas. Ce devait être un saint mineur, apparaissant dans quelque livre liturgique méconnu. Les personnages béatifiés et les ouvrages sacrés étaient si nombreux dans la religion de Pangéos... Une chose était sûre : l'existence d'un *ordre* de Saint Mazhel était bel et bien une aberration.

Dans la lettre, il était aussi question du Csar et de sa famille, ainsi que des ennemis de l'Empire, qui fomentaient une révolte dans les Provinces du Sud-Ouest... Mais il y avait beaucoup plus intéressant : un complot, dont la nature exacte n'était pas révélée ici, était en préparation à Mossiev.

Organisée par ce fameux ordre de Saint Mazhel, la conspiration visait l'autorité du Csar, sans doute possible. Selon l'inconnu qui rédigeait cette lettre, les choses suivaient leur cours, et il s'adressait au recteur de Saint-Quernal comme on écrit à un proche collaborateur. Comme un conjuré s'adresse à un autre conjuré. *Complot...* Lucas n'aurait jamais cru devoir un jour imaginer ce mot associé à l'image robuste et franche du père Yvanov. Les épaules tremblantes, sans que cette fois la peur ait un rôle à y jouer, le jeune clerc eut grand-peine à étouffer un sanglot.

De retour dans son lit spartiate, le séminariste

tenta d'oublier pour toujours ce qu'il venait d'apprendre. Celui qui l'avait élevé, qu'il aimait comme un père, s'avérant brutalement n'être qu'un sinistre conspirateur… Brisé, trop perturbé pour trouver un quelconque réconfort dans la prière, Lucas tenta de chasser son chagrin en implorant le sommeil de l'enlever à ses tourments. Hélas, c'était peine perdue…

Plusieurs heures plus tard, tandis que la rumeur des prières nocturnes résonnait selon un rythme régulier, il n'avait toujours pas fermé l'œil. Le jeune moine ne pouvait s'empêcher de ressasser de sombres pensées, déchiré entre son affection pour l'abbé et sa répulsion pour les activités occultes de ce dernier… Devait-il continuer à vivre comme si son excursion nocturne n'avait jamais eu lieu ?…. Le pourrait-il seulement ?

À moins que son devoir ne fût de rapporter ce qu'il avait découvert à Monseigneur Colémène lors de sa visite, maintenant toute proche ? Le Seigneur Gris savait que Lucas n'avait pas plus l'âme d'un délateur que celle d'un conspirateur !

Les heures s'égrainaient et, son visage enfoui dans l'oreiller, le novice aurait donné très cher pour savoir quelle attitude adopter. Un peu avant le matin, il comprit enfin que rien ne saurait effacer la peine profonde qu'il éprouvait. Mais il pouvait peut-être faire quelque chose, essayer de comprendre ce qui avait motivé son supérieur, et finalement lui venir en aide… Par Pangéos, il n'avait tout de même pas pu si mal le connaître ! Yvanov était un être bon, Lucas ne voulait pas en démordre. Revoyant en souvenir le visage serein et compréhensif de celui qui lui avait tout enseigné, le jeune moine se remémora les longues discussions qu'ils avaient tous deux autrefois, lorsque son aîné l'aidait à éclaircir les chemins d'une foi encore indécise… Il se rappela la bonté et l'attention avec lesquelles l'abbé l'avait toujours traité, rendant parfois jaloux les autres orphelins. Yvanov était l'homme qui avait guidé et affermi sa vocation : pour cela, quoi qu'il ait pu faire d'autre, le séminariste lui devait sa reconnaissance. D'ailleurs, en toute logique, celui qui était responsable de la vocation d'un prêtre pouvait-il être lui-même totalement impie ? C'était ridicule.

Seulement, aucun homme n'était à l'abri du péché, et le père Yvanov pas plus qu'un autre. Qui l'aiderait à retrouver le chemin de la lumière, si ce n'était son fidèle pupille ?

Malgré tout, la gravité des faits était indéniable. Pour un fidèle de Pangéos, rien n'était plus grave que de s'en prendre à l'intégrité de l'Empire. Née en même temps que ce dernier, la religion du Seigneur Gris en était indissociable. Depuis les premiers jours, un lien aux origines mystérieuses les unissait fondamentalement, chacune des deux institutions puisant sa force et ses fondements dans l'autre. Comme le disaient les livres saints, si le Csar et la noblesse étaient les os, l'Église grise était l'âme de l'Empire.

Quand le jour se leva, Lucas avait fini par trouver une certaine paix. Disons qu'il avait atteint un degré moindre d'agitation et de désespoir… Tâchant de se croire aussi résolu que possible, il avait décidé de découvrir quel était ce complot qui se préparait dans l'ombre du trône du Csar. À présent que sa maudite curiosité lui avait fait découvrir un pan de la mystérieuse conspiration, il n'avait d'autre choix que d'aller jusqu'au bout. Il n'espérait pas la déjouer à lui seul, bien sûr, mais il lui fallait en savoir plus avant d'en référer aux autorités compétentes. De plus, il mettrait à profit l'autonomie ainsi gagnée pour convaincre Yvanov de regagner le camp du Csar avant qu'on ait pu s'apercevoir de sa félonie.

Tout lui paraissait maintenant beaucoup plus clair. Pour l'Église grise, pour l'Empire, et pour le salut du recteur de Saint-Quernal, le novice devait mettre à profit tout son savoir et démasquer la trahison qui se préparait. Tant pis s'il lui fallait pour cela rejoindre Mossiev en compagnie de cet archevêque Colémène, s'il devait jouer de l'intrigue et du mensonge : il était fermement décidé à atteindre l'objectif qu'il s'était fixé. Demain, lorsque l'abbé viendrait le trouver pour tenter à nouveau de le convaincre d'accepter l'opportunité qu'il lui offrait, il trouverait un jeune novice résigné à tenter l'aventure de la Cour. Le père Yvanov devrait croire que son pupille prenait le chemin de rejoindre l'ordre de Saint Mazhel. C'était la seule manière pour Lucas d'en apprendre davantage.

Ainsi, lorsqu'il aurait étouffé la conjuration contre le Csar et rendu service à l'homme qui l'avait élevé, il pourrait enfin reprendre sa vie paisible de moine de campagne. Les mots *complot et conspiration* se tairaient à jamais. Tout rentrerait dans l'ordre.

C'était, du moins, ce que Lucas se forçait à espérer, malgré ses nombreux doutes et le pressentiment que son propre sort se jouait de lui. Malgré cette impression terrifiante que le Destin, tapi quelque part, riait de tout cela à gorge déployée…

* * *

Sitôt disparu derrière les collines, Cruel-Voit fit bifurquer sa monture vers l'est. Quelques heures passèrent, sans que l'homme ne manifeste la moindre intention de reprendre son itinéraire initial. Il fut bientôt évident que les voyageurs ne se dirigeaient plus vers la cité de Noirhiver. Wilf, d'abord étonné de ce manège, en conclut qu'après tout, peu lui importait. Un instant, le garçon avait hésité à questionner son professeur, ne serait-ce que pour s'assurer que celui-ci n'était pas en train de se tromper de direction, mais la mine renfrognée du maître-tueur l'en avait dissuadé.

En fait, Wilf avait intuitivement adopté l'attitude la plus prudente vis-à-vis de Cruel-Voit: celle qui consistait à conserver le silence. Dans ce cas précis, son maître lui aurait sans doute rétorqué qu'un tueur ne crie pas sa véritable destination à travers les auberges – remarque bien sûr ponctuée d'une bonne taloche. Mais il s'agissait surtout d'un trait général du caractère de l'homme à l'œil bleu pâle. Dans les mois à venir, Wilf allait apprendre à redouter cette formule laconique: « Ferme-la, gamin, ou je te dérouille! »

Visiblement, la brutalité de Cruel-Voit était un mode de vie. Tout en lui reflétait la violence. Pourtant, si l'homme n'était pas avare de coups, il ne perdait jamais son sang-froid, et ses lèvres serrées semblaient en permanence indiquer qu'il tâchait de se contenir. Wilf finirait par comprendre plus tard que l'agressivité de son professeur était sans aucune commune mesure avec une échelle de valeurs habituelle. Tous les hommes devaient de temps à autre prendre sur eux pour maîtriser leur colère, afin d'éviter de recourir sans cesse à la violence: Cruel-Voit, lui, en était au stade où le fait de cogner était devenu un moindre mal. C'était de *tuer*, à la plus infime provocation, qu'il devait se retenir…

Le petit groupe continua donc silencieusement sa paisible ascension des collines. Le tueur borgne, à moitié allongé sur l'encolure de son vieux cheval gris, semblait maintenant occupé à finir sa nuit. Le pas sûr et lent de la bête le lui permettait fort bien.

C'était une toute autre affaire pour Wilf qui, encore un peu court sur jambes à son âge, devait souvent trottiner afin de ne pas perdre de vue l'infatigable animal. Dès les toutes premières heures, le garçon avait compris que ce voyage ne serait pas de tout repos. Ses amples enjambées de citadin, peu adaptées au sol accidenté des collines, avaient eu tôt fait de l'épuiser. Essoufflé et dépité, il dut vite reconnaître que rien, dans les courses-poursuites trépidantes de Youbengrad, ne l'avait préparé à faire montre de l'endurance tranquille du randonneur. Pour compléter son désarroi, il venait de remarquer que ses sandales à semelle fine – parfaites pour se glisser sans bruit entre les ombres – lui blessaient les pieds et le rendaient cruellement vulnérable aux irrégularités du terrain.

Quelques jours plus tard, les premiers froids de l'hiver s'installaient. La terre dure et gelée devint la principale ennemie de Wilf, qui éprouvait de plus en plus de difficultés à suivre l'avancée pourtant nonchalante du vieux hongre gris. Le garçon marchait pieds nus, depuis que ses sandales étaient parties en lambeaux, et il commençait à boiter douloureusement. S'il devait continuer à voyager, il lui faudrait des bottes ou des chaussures de marche: il était résolu à en parler au maître-tueur le soir même. Mieux valait prendre une correction que continuer ainsi.

Petit à petit, Wilf s'était d'ailleurs pris à songer que son maître n'était pas si différent de lui. Il avait également dû grandir dans la rue, comme en témoignaient sa brutalité et la grossièreté de son langage. Toutefois, à présent, il était devenu *autre chose*, un prédateur ayant l'instinct de meurtre comme d'autres ont l'instinct de survie. Peu de personnes, pensa l'enfant, se figuraient à quel point les maîtres-tueurs étaient des êtres mortellement dangereux. Quel entraînement pouvaient-ils bien suivre, quelle vie pouvaient-ils mener pour se voir transformés aussi profondément ? En tout cas, le résultat en était un personnage ambigu, entre deux eaux. Brutal ou mesuré ? Froid ou grossier ? Cruel-Voit était délicat à cerner. Une seule chose était sûre : son apprenti le préférait mille fois violent et la bouche emplie de jurons que parfaitement silencieux, car son œil unique s'exprimait alors à sa place. Et il évoquait des menaces de mort.

Finalement, le hasard voulut que Wilf n'ait pas à prendre le risque de se plaindre. En début de soirée, lui et son professeur arrivèrent en vue d'un petit bourg. C'était tout au plus une poignée de maisonnettes à toit de chaume, lovées entre le cours d'une rivière et un flanc de colline. Cependant, les ornières marquant le chemin et les nombreuses traces de chevaux semblaient indiquer que les deux voyageurs avaient rejoint quelque axe fréquenté de l'Empire.

Le gredin de Youbengrad n'avait jamais vu de carte. D'ailleurs, il n'aurait pas su la lire, quand bien même il en aurait tenu une des plus complètes entre ses mains. Mais il avait épié les conversations de quelques marchands et fréquenté deux ou trois soldats baârniens, lesquels étaient toujours en vadrouille dans l'attente de la prochaine guerre pour laquelle on les paierait. Il savait donc à peu près à quoi ressemblait l'Empire. Sa ville natale, ainsi que la région qu'il traversait actuellement en compagnie de Cruel-Voit, étaient situées dans ce que le Csar revendiquait comme ses terres propres, traversées par le large fleuve Gwenovna. C'était ce qu'on nommait le Domaine Impérial. Le reste de l'Empire était constitué de diverses Provinces, toutes vassales – bon gré mal gré – de Son Altesse le Csar. À l'est, il y avait le Kentalas, un pays de rudes frontaliers. Les hivers y étaient aussi rigoureux que ceux qui sévissaient dans le Domaine Impérial. Mais le plus éprouvant, pour les habitants de cette baronnie, était une dangereuse proximité avec la Forteresse-Démon, chienne de garde de l'Irvan-Sul, qui se dressait, menaçante, à l'entrée de ces terres maudites et peuplées d'infernales créatures. Wilf avait entendu des tas de rumeurs au sujet de ceux qu'on appelait les patrouilleurs frontaliers. Ces courageuses sentinelles longeaient sans relâche la frontière avec l'Irvan-Sul, guettant le moindre signe d'activité chez les serviteurs de Fir-Dukein, le Roi-Démon, qui régnait sur cette contrée maléfique. Nombreux étaient ceux qui disparaissaient après s'être un peu trop approchés des lignes ennemies. Parfois, les hurlements d'un supplicié résonnaient depuis les murs de la Forteresse, et les patrouilleurs, impuissants, ne pouvaient que frissonner en imaginant le sort réservé à leur camarade. C'était des hommes dont la hardiesse était trempée dès la naissance : ils savaient, résignés, que personne ne s'acquitterait à leur place de la tâche qui leur incombait. Le pourcentage de déserteurs était faible, comparativement aux dangers encourus. Un jour, trois d'entre eux avaient néanmoins fait halte à Youbengrad. Ils avaient l'air sombre et taciturne, le genre de gars qui ne sortent jamais leur couteau uniquement pour faire peur : Wilf avait jugé sage de se tenir à distance.

Au sud du domaine du Csar s'étendait le duché de Crombelech, vassal fidèle depuis les premiers jours de l'Empire, et grand éleveur de chevaux. Plus loin, au sud-est, venait le comté d'Eldor – où l'on fabriquait l'excellent, et fort cher, vin rouge pétillant dont Wilf pensait n'avoir jamais l'occasion de boire la moindre goutte. Puis, enfin, la principauté de Blancastel, petit paradis qui ne semblait souffrir d'aucun des problèmes qui accablaient les autres Provinces de l'Empire. Berceau du légendaire Cygne Doré, la principauté était voisine des Elfyes, êtres bienveillants et magiques qui avaient, disait-on, autrefois été les tuteurs de l'humanité. On racontait que les Enfants du Cygne – les membres de la lignée princière – entretenaient une amitié vieille de plusieurs siècles avec les merveilleuses créatures. À ces pensées, le jeune voleur sourit avec amertume : comme il était loin, le temps où il rêvait encore de s'enivrer avec un Eldor de grand cru, en compagnie d'Elfyes aux cheveux cobalt ou fuchsia qui auraient levé bien haut à sa santé leur coupe d'or sculpté ! Quand avait-il perdu la faculté de rêver ? À présent, il se contentait de souffrir en silence, maudissant pour la forme le sort qui l'avait fait naître dans les régions les plus septentrionales et inhospitalières de l'Empire. À Youbengrad et ailleurs, les enfants pour qui la seule évocation des Elfyes ne suffisait plus à faire briller la prunelle des yeux étaient, hélas, de moins en moins rares…

À l'ouest, non loin de la cité qui avait vu grandir Wilf, on trouvait la vassalité du Baârn. Cette Province datait de l'époque pas si lointaine où le Csar avait ressenti un besoin croissant d'aide militaire pour régler ses différents problèmes – Hordes, barbares worshs, pirates trollesques et soulèvements intérieurs – mais possédé de moins en moins d'or dans ses coffres pour s'acquitter de la solde de ses armées mercenaires. Il y avait trois décennies, le généralissime baârnien avait donc décidé de durcir un peu le ton avec son débiteur, et fait encercler la capitale par ses troupes. L'empereur n'avait alors eu d'autre choix que de lui céder une partie de ses terres, accompagnées d'un titre et d'un contrat de vassalité en bonne et due forme. Alliance dont il n'avait d'ailleurs jamais eu à se plaindre depuis lors. Les Baârniens étaient devenus des fermiers-soldats toujours prêts à répondre à l'appel de quiconque était en mesure de les payer… et ne comptaient pas parmi les ennemis de Son Altesse. Ces solides gaillards occidentaux constituaient sans doute la raison principale pour laquelle les trois ou quatre Provinces rétives du Sud-Ouest – dont Wilf ignorait à peu près tout, étant donné la distance et son manque d'instruction – ne se montraient pas beaucoup plus vindicatives à l'égard de leur suzerain.

Au nord, enfin, se situait la plaie ouverte du Domaine Impérial, l'abcès purulent qui crachait en toutes saisons son lot de barbares échevelés et sanguinaires. Le Worsh. C'était une terre de désespoir, aride, nuages noirs et ciel rouge sombre parsemé d'éclairs, une terre d'où se déversaient tous ces guerriers worshs qui n'avaient d'autre choix pour survivre que de piller ce qu'ils pouvaient dans les terres du Csar. Régulièrement, passaient à Youbengrad des colonnes de jeunes soldats à l'éclatant manteau blanc, qui se dirigeaient vers la frontière septentrionale. Ces légions en revenaient invariablement en ordre défait – et en nombre réduit de façon cruelle – les capes blanches déchirées et maculées de sang, les lances brisées, les regards emplis de folie. En l'absence des redoutables barbares, Wilf aurait sans doute tenté de s'engager dans l'armée dès que son âge le lui aurait permis. Car malgré les promesses qu'il avait dû faire par centaines à sa pauvre mère – laquelle avait déjà perdu, ou c'était tout comme, un mari sous l'étendard impérial –, il s'agissait d'une échappatoire qui lui aurait permis de sortir de la rue tout en utilisant ses talents d'épéiste. Toutefois, sans même parler de son rejet viscéral de la discipline, le garçon avait trop souvent assisté à ces scènes de débâcle des colonnes impériales. Et il possédait un esprit trop pragmatique pour courir ainsi au suicide. Surtout à présent, se disait-il, qu'il avait l'opportunité de devenir un fameux maître-tueur…

La présence d'une auberge-relais au centre du village confirma l'impression que cette bourgade était située sur un itinéraire usité. Ils s'arrêtèrent finalement devant la grossière bâtisse, et le jeune garnement sourit de satisfaction, songeant qu'il ne quitterait pas l'endroit avant d'avoir dérobé de quoi se chausser convenablement. Tout autant, la perspective d'un repas chaud et d'un lit confortable contribuait à élargir ce sourire. Le gamin entra à la suite de son maître et ils s'installèrent près de l'âtre.

Bien que l'auberge fût presque vide, un baladin jouait un air de cordeline dans le fond de la salle. La mélodie qu'il tirait de son instrument était si exquise que Wilf en oublia un instant sa faim et sa fatigue.

La voix acerbe de Cruel-Voit l'enleva à sa rêverie. Visiblement, la douce musique était restée tout à fait étrangère au maître-tueur :

— On peut dire que tu as traîné, sur la route. Mon cheval n'est pourtant plus tout jeune, c'est toi qui devrais l'épuiser !

Mi-honteux, mi-révolté, le garçon baissa la tête sans répondre. Sa vie entière avait été axée autour de ce délicat équilibre entre l'insolence et la soumission. Par nature, Wilf était fougueux, carnassier et sardonique. Pourtant, afin de rester en vie, il avait souvent dû baisser les yeux devant plus fort que lui et étouffer sa véritable personnalité. Il avait espéré, visiblement à tort, que cette époque était terminée lorsqu'il avait pris la route avec le maître-tueur : il croyait qu'il pourrait maintenant garder la tête haute et se sentir enfin libre… Mais Cruel-Voit, lui, ne semblait pas voir les choses de cette manière.

— Par les oreilles d'Olmok, continua le maître-tueur, tu n'es vraiment qu'un bon à rien. Pas foutu de suivre l'allure d'une vieille came fatiguée ! siffla-t-il avec un soupir. Je me suis bien trompé sur ton compte…

Cette fois, c'en était trop ! Wilf mourait d'envie de se rebeller contre son maître. La langue brûlante de colère, il s'apprêtait à envoyer le borgne se faire voir, quelles qu'en fussent les conséquences… C'est alors que la mélodie reprit de plus belle, emplissant la pièce entière.

Elle n'était pas forte, plutôt feutrée même, mais il semblait au garçon qu'on aurait pu l'entendre à des lieues de là. Comme hypnotisé, un nouveau sourire ravi sur les lèvres, il était incapable de détourner son regard du musicien. Ce dernier était assis sur un banc de bois, sa longue tresse blonde touchant presque le sol, et il tournait le dos aux clients de l'auberge. Wilf fixait avec fascination les motifs de sa cape chatoyante, sur lesquels se reflétaient les hautes flammes de la cheminée. Il se sentait plonger dans les couleurs chaudes du vêtement, dans la trame complexe de l'étoffe. Quelqu'un lui parlait, au loin, mais la voix lui parvenait assourdie : *Qu'est-ce que tu t'imagines ? Tu crois peut-être que je vais te garder avec moi si tu te comportes comme une lopette ? Et moi qui avais cru déceler une étincelle particulière dans ton regard ! Tu n'oses même pas me demander des chaussures alors que tes pieds gèlent et saignent, puis tu me laisses ensuite t'accuser et t'insulter... Par les cornes de Fir-Dukein, personne n'a le droit d'humilier de la sorte un maître-tueur. Et si tu veux en devenir un, il va falloir que tu apprennes à avoir un peu plus de couilles !*

— Gamin... ? Gamin, regarde-moi quand je te parle...

Subitement, la voix de Cruel-Voit s'était faite plus onctueuse, plus chuchotante. Ses yeux s'écarquillaient d'incrédulité tandis qu'il réalisait que le garçon ne l'écoutait pas le moins du monde. Lentement, il fit craquer les doigts de sa main droite. Wilf était toujours sous le charme de la cordeline, et il lui fallut quelques secondes pour réaliser qu'il avait violemment basculé de sa chaise. Les quatre fers en l'air, le garçon essuya son nez sanglant du revers de sa manche, puis se redressa, tout penaud.

La paisible musique semblait avoir volé toute l'agressivité de Wilf, qui aurait habituellement tiré son couteau par simple réflexe à une telle provocation. Le tueur, ne trouvant pas le feu qu'il cherchait dans les yeux de l'enfant, émit un nouveau soupir. Par chance, il reporta vite son attention sur l'aubergiste, qui accourait en apportant leur dîner.

Tout en mangeant, Wilf ne cessa d'observer la silhouette du musicien, qui jouait maintenant un petit morceau enjoué et aérien. À force de le voir se démener pour apercevoir l'homme à la cordeline, son maître lui jeta un regard sinistre :

— J'aimerais avoir la paix quand je dîne. Ça te ferait mal d'arrêter de gigoter ?

Voyant que rien n'y faisait, et n'ayant pas les mains libres pour un bon revers, il reprit entre deux bouchées :

— C'est sûrement un Ménestrel. Méfie-toi de cette engeance, paraît qu'ils peuvent te paralyser de la tête aux pieds rien qu'avec leur saleté de musique. Je ne sais pas trop ce qu'il faut croire là-dedans, on raconte tellement de choses… Enfin, le fait est que la plupart d'entre eux ont bien des têtes de magiciens, et si j'ai un conseil à te donner, c'est de ne pas fricoter avec ces gars-là. Compris ?

Sans détourner les yeux du fond de la pièce, Wilf acquiesça de la tête. Le feu de cheminée et une assiette de lard semblant quelque peu améliorer l'humeur de son tuteur, il s'enhardit soudain à poser la question qui venait de le frapper :

— Dites, alors… ça existe encore les magiciens ? demanda-t-il, les yeux soudain écarquillés d'étonnement. *Aïe !* Aussitôt, il se fustigea d'avoir laissé percer autant de candeur à travers sa voix. On eût dit un charmant bambin en train d'interroger sa bonne vieille grand-mère…

Comme il le craignait, le visage du tueur borgne

se figea d'un seul coup. On aurait dit qu'un masque de pierre glacée l'avait recouvert. En guise de réponse, un souffle rauque passa entre ses lèvres serrées :

— Tais-toi et mange.

***

Plus tard dans la nuit, le jeune tire-laine de Youbengrad gravissait en silence les escaliers du relais. D'abord la tranche du pied, puis les orteils, et enfin le talon. Des automatismes acquis depuis longtemps. À son âge, il avait déjà presque dix ans de métier dans tout ce qui touchait au cambriolage, et se considérait à raison comme un professionnel efficace dans ce domaine. Lorsqu'ils faisaient halte en ville, les maîtres-tueurs ne passaient jamais la nuit dans les auberges, leur préférant des abris secrets où nul soldat de la milice ne viendrait les débusquer. Pour cette fois, sans doute parce que l'endroit n'était qu'un petit village, Cruel-Voit avait fait une exception. Après avoir payé à l'aubergiste sa chambre à l'étage et une paillasse dans la salle commune pour son apprenti, il était monté directement se coucher. Wilf, lui, n'avait pu trouver le sommeil et, malgré la fatigue du voyage, il était allé fureter dans l'auberge en quête de chaussures solides.

Au cours du repas, il avait aperçu à quelques reprises un jeune homme à peine plus grand que lui, très certainement le fils ou l'aide du tavernier. Le gars portait de bonnes bottes de cuir, exactement du genre dont Wilf se contenterait pour reprendre son voyage dans le froid hivernal… Furtif comme un chat de gouttières, il arriva au premier étage du bâtiment. Parmi les six chambres que comptait le relais, il connaissait celle où se trouvait son maître, l'ayant aidé à y monter leurs affaires. Il ne lui restait donc plus qu'à entrouvrir discrètement les cinq autres portes, jusqu'à découvrir la chambre où dormait le jeune homme. Ayant pratiqué l'art du vol depuis sa plus tendre enfance, Wilf se faisait confiance pour exécuter son larcin dans la plus grande discrétion.

Cependant, alors qu'il se dirigeait vers la première pièce sur sa gauche, son attention fut attirée par un son étouffé, provenant du fond du couloir. C'était comme une mélodie, un air de cordeline, mais il n'en percevait que de faibles échos à travers l'épaisseur des cloisons. Wilf craignit un instant que cette musique ne réveille quelqu'un, mais elle était si ténue qu'il écarta bien vite cette idée. À dire vrai, il lui semblait que le gai refrain des cordes fût destiné à lui seul.

Luttant contre l'envie de s'approcher pour mieux entendre, il tâcha de se concentrer sur ses gestes, et abaissa avec la plus grande délicatesse la poignée de la première porte. Sans le moindre bruit… parfait. Il jeta un coup d'œil à l'intérieur, mais il faisait trop sombre pour discerner l'occupant du lit. Le garçon remarqua alors le grand tablier de cuir de l'aubergiste, jeté sur le dossier d'une chaise. Il fit tout de même un pas dans la pièce pour vérifier – c'était bien l'aubergiste qui ronflait sur l'oreiller, puis il s'éclipsa en retenant son souffle. Et d'une.

S'engageant plus avant dans le couloir pour se diriger vers la porte suivante, la mélodie l'assaillit de nouveau. Elle était toujours lointaine et assez peu audible, mais Wilf devina qu'elle devait être très belle… Plus belle encore que toutes celles qu'il avait pu entendre pendant le dîner.

Les sons qui lui parvenaient étaient d'une exquise fragilité, chaque note le faisait songer à quelque artiste de voltige s'élançant vers le ciel, tels les funambules et les trapézistes qui s'arrêtaient parfois à Youbengrad. Il sentit sa raison recommencer à chavirer, il lui sembla soudain flotter avec béatitude...

Une seconde plus tôt, tout en lui était encore tendu, tous ses muscles étaient concentrés sur la nécessité de silence, et prêts à réagir à la moindre mise en garde de ses sens en alerte. À présent, seule une petite partie de son esprit gardait conscience de ces impératifs. Affolée d'un tel relâchement, elle hurlait au fond de lui, sonnant l'alarme pour l'intimer à plus de prudence. Puis, peu à peu, même cette dernière parcelle de pragmatisme s'évanouit, et Wilf commença à marcher vers la source fascinante de la musique. Arrivé au fond du couloir, une porte s'ouvrit devant lui, comme par magie, laissant apparaître une chambre bien rangée et apparemment plus coquette que celle de l'aubergiste. Les draps étaient bien blancs, un bouquet champêtre était posé sur une petite commode, dans un vase de grès, et il régnait une odeur de frais. *Une chambre réservée aux voyageurs fortunés*, pensa Wilf. Assis sur le lit, au centre de la pièce, le Ménestrel l'observait en souriant.

Il l'observait. Sans cesser de jouer. Puis il se mit à murmurer. Sa voix était comme une prairie couverte de marguerites, mais aussi chuchotante qu'un bruissement de feuilles caressées par la brise estivale. Et tandis qu'il parlait, sa bouche restait à demi ouverte, figée dans ce sourire d'une incommensurable bienveillance. Wilf songea alors qu'il était bien las, et s'assit tranquillement aux pieds du baladin. Celui-ci continua alors à chanter doucement.

Les cieux ont pâli quand est né l'Enfant.
Les piliers ont tremblé et les Hautes Tours ont frémi,
Quand a éclos l'œuf-lune.
Quand est né l'Enfant, tout drapé d'argent…
Et les Tu-Hadji poursuivent leur longue veille,
Comme il était écrit sur les vitraux du tombeau,
Comme il était écrit dans le tombeau du roi.

Silencieux et subjugué, Wilf tentait en vain de se souvenir où il avait pu entendre ces mots. Ils lui étaient familiers : de cela il était tout à fait sûr.

Mais quels souvenirs lui rappelaient-ils ?

L'enfant devinait bien qu'il n'était pas dans son état normal. Toutefois, il ressentait un tel bien-être, une telle paix, qu'il n'aurait cherché pour rien au monde à rompre l'enchantement.

Un enchantement… Oui, c'était peut-être de cela qu'il s'agissait… Cependant, Wilf ne pouvait s'empêcher d'avoir toute confiance en l'homme blond qui lui souriait si paisiblement. Sans être capable de l'expliquer, il était persuadé que le Ménestrel ne lui ferait jamais le moindre mal. Et peu importe s'il lui avait effectivement jeté un sort : le gamin inculte de Youbengrad ne désirait pas être l'ennemi d'une créature qui savait tirer d'aussi gracieuses sonorités de son instrument. Depuis des années, il avait été en proie à la faim, à l'humiliation et à la méchanceté, mais il ne se souvenait pas d'avoir jamais connu semblable béatitude. La musique était un baume, une purification.

Où avait-il donc entendu cette chanson auparavant? Peut-être seulement en rêve, semblait dire le sourire de l'homme à la tresse blonde...

Loin au-delà des bois où la Lame sommeille,
J'ai vu des sages desséchés, les squelettes racornis de beaux Ménestrels.
Là où est né l'Enfant, j'ai vu les derniers des Tu-Hadji,
Et les Sœurs Magiciennes en manteaux de lumière,
Leurs grandes ailes déployées, sculptant le néant.
J'ai chanté le début et la fin du Temps,
J'ai vu les Tu-Hadji, récompensés dans leur longue veille.
Là où est né l'Enfant, tout drapé d'argent...

Sans perception du temps qui s'écoulait, Wilf se laissa doucement bercer par la promenade onirique dont lui faisait cadeau le baladin. Bientôt, pour la première fois de sa vie, il acquit une conscience aiguë de sa destinée, sentant vibrer quelque chose au fond de lui en réponse aux paroles de la chanson. Sans que rien de précis ne lui soit révélé, il expérimenta la certitude que son existence ne pourrait se résumer à la simple survie, ni même à l'enrichissement et à la gloire qu'il escomptait en devenant maître-tueur. Petit à petit, son sourire s'estompa... Dans ses yeux, l'émerveillement tranquille céda place à la volonté.

Et à l'inquiétude.

3

Une créature désincarnée flottait à trois pas du bureau où l'abbé était installé. Il s'agissait d'un leoghis, entité au corps de brume grisâtre dont la tête pouvait vaguement évoquer celle d'un félin barbu. La crinière de celui-ci s'étalait en volutes nonchalantes qui rappelaient l'oscillation ralentie d'une chevelure plongée dans l'eau.

Tout en prêtant une oreille attentive à son interlocuteur translucide, le père Yvanov jouait avec le petit sablier en argent qu'on lui avait remis à sa sortie de l'internat. Il savait que le minuscule objet faisait de lui un élu parmi les serviteurs de Pangéos, puisqu'il le désignait en tant que diplômé de l'École des Objecteurs. Bien entendu, là où il vivait maintenant, nul n'aurait pu comprendre ce que cela signifiait. Pourtant, l'abbé gardait une certaine fierté de ce qu'il avait été, et ce petit sablier, siégeant sur son bureau parmi les encriers et les paperasses, s'acquittait chaque jour de son devoir : lui rappeler à quel point sa mission ici-bas était vitale, à quel point il n'avait pas le plus petit droit d'échouer.

Faisant passer le délicat objet de l'une à l'autre de ses grandes mains, le père Yvanov songeait en cet instant que toute sa vie avait peut-être été pareille à ce sablier. Sa destinée lui avait toujours semblé découler d'une puissante volonté divine. À présent, il lui venait à l'esprit que c'était là une bien étroite vision. En observant ce sable ballotté entre ses mains, impuissant à décider d'une quelconque direction, il parvenait à une sorte de révélation. Tout au fond de lui, il se dit que le sable de son existence n'avait peut-être jamais suivi d'autre mouvement que celui-là. À gauche, à droite... À gauche, à droite... Peu importait... *Ai-je jamais pris une seule vraie décision quant à ma propre vie ?* se demanda-t-il soudain. Lui qui avait si longtemps cru que chacune de ses heures s'écoulait dans le seul sens naturel, il se prenait maintenant à douter. Et il le savait : à ces doutes, l'attitude du jeune Lucas n'était pas étrangère... *Mais à qui sont ces mains qui me bercent de droite à gauche ? Suis-je donc un pantin ?* Il soupira bruyamment, négligeant un instant la présence de la créature qui récitait son discours monocorde. *Hélas, même si c'était vrai, il serait trop tard pour y changer quoi que ce soit...* Sentant qu'il effleurait le rivage douloureux des regrets, le père tâcha de reporter une attention complète sur les paroles de son interlocuteur translucide.

Ces êtres étranges étaient parfois utilisés pour porter des messages, mais ils avaient mauvaise réputation : ils étaient autrefois fréquemment employés par les magiciens, lorsque ceux-ci occupaient encore les postes clés de ce qui deviendrait l'Empire. L'Église grise les considérait donc avec méfiance, et n'y avait recours qu'en cas d'extrême urgence.

À en croire les paroles du Haut-Père Redah, rapportées par l'entité, la situation méritait bien cette définition :

— ... déjà tous sur le pied de guerre. Maintenant, ils n'auront plus aucune peine à s'assurer le soutien des autres frondeurs potentiels : de toute évidence, les barons du Sud ne tarderont pas à marcher à leur tour sur Mossiev. Bien sûr, la Csarine Taïa assure officiellement la régence. Vous vous en doutez, cher abbé Yvanov, sa première mesure a été de congédier le bon cardinal Kougchek. Nos soldats mercenaires sont assez nombreux dans l'enceinte de la ville pour enlever la capitale sans trop de dommages, mais il est trop tôt, beaucoup trop tôt... Ce fichu duc de Fael, qu'il soit maudit ! Par sa faute, des années de travail ont été gâchées. À présent notre situation est des plus délicates. C'est bien connu, l'impératrice se méfie de nous tous comme de la peste... Il me faut quelqu'un au plus vite, quelqu'un de neuf. Envoyez-moi ce Lucas dont vous ne cessez de nous rebattre les oreilles. Il est jeune, il plaira au prince héritier. Peut-être même à sa mère, qui sait.... Vous me l'avez décrit très beau garçon, n'est-ce pas ?

Malgré toute l'étrangeté que le rythme lent du leoghis donnait à ces paroles, le père avait cru reconnaître le ton désagréablement cynique de Redah.

— Comme convenu, vous savez que j'ai convaincu l'archevêque Colémène de visiter votre monastère. Ça n'a pas été facile, mais il s'est finalement décidé à entreprendre ce long voyage, et il est persuadé que l'idée vient de lui seul. *Pour se retrouver avec sa foi et féliciter les moines du travail exemplaire qu'ils accom-*

plissent quotidiennement. Quel naïf… Quoi qu'il en soit, il est en route à l'heure qu'il est, et je veux que votre jeune prodige gagne sa confiance afin d'entrer à son service. Je vais avoir besoin de lui à Mossiev le plus tôt possible.

« Faites pour le mieux, et paix sur vous, père Yvanov. Souvenez-vous : nous ne pouvons échouer.

La créature grisâtre s'effilocha soudain et disparut comme elle était arrivée. L'abbé, songeur, se cala dans son fauteuil.

Ainsi, le Csar avait perdu la vie. Ce monument indétrônable d'orgueil et de bêtise était tombé lors d'une récente bataille, frappé en plein cœur par une flèche du duc de Fael. Comme l'avait bien dit le cardinal Redah, ce petit noble du Sud-Ouest ne leur facilitait décidément pas la tâche. Non content de s'ériger en figure charismatique d'une cohorte de barons renégats, non content de donner une âme à ce qui n'avait toujours été qu'une somme de mesquineries territoriales, voilà qu'il tuait maintenant le souverain de l'Empire au moment le moins propice… Et l'impératrice Taïa, cette renarde cruelle, en avait aussitôt profité pour envoyer le confesseur de son époux finir ses jours dans quelque lointain monastère. Yvanov ne put s'empêcher de sourire en imaginant la déconvenue du puissant cardinal Kougchek… La première dame des terres du Nord n'avait certes jamais porté les ecclésiastiques dans son cœur. Était-ce parce que l'Eglise grise avait maintes fois tenté de la faire répudier ? Était-ce pour quelque autre raison plus intime ? Dans le passé, le père Yvanov avait eu l'occasion de la rencontrer brièvement. C'était alors une jeune femme fière, abandonnée dans un environnement hostile, qui tentait d'accomplir dignement sa mission de Csarine. Il se souvenait avoir eu de l'admiration pour elle. Il se surprit à se demander si les années passées depuis lors avaient réussi à ternir sa grande beauté. Mais cela importait peu, bien sûr.

Avant tout, l'abbé songeait à l'Empire, plus moribond que jamais. C'était peut-être bien un coup de grâce que venait de lui infliger Caïus de Fael. Deux décennies de gel et de sécheresse avaient conduit les Provinces impériales à la famine, sans même parler des tribus de barbares venus du Nord dont les incessants pillages dévoraient toutes les régions septentrionales. À cela, il fallait ajouter les méfaits des Hordes, ces meutes de créatures infernales surgissant n'importe où et causant d'énormes dégâts. Grogneurs, Hommes-taupes, Qansatshs et autres Cyclopes semblaient pouvoir apparaître puis frapper au hasard, avec une soudaineté et une violence inouïe. Nul n'avait su, jusqu'à présent, élucider ce mystère. Quant aux Provinces de l'Ouest, elles étaient chaque été la cible des redoutables Trollesques, ces pirates inhumains venus de la froide péninsule thuléenne.

Et il y avait pire. Plus grave encore que ces menaces connues, la corruption de l'intérieur faisait des ravages. Le cancer des complots et des escarmouches entre seigneurs dérobait les forces vives de l'Empire, lui ôtant toute chance de pouvoir se défendre contre les dangers qui l'assaillaient.

Le père Yvanov voulait se souvenir de la grande terrasse d'hiver, baignée par la clarté de l'Étoile du Csar, dans le palais impérial. Là-bas, des années auparavant, il avait été présenté à divers personnages importants de l'Église grise, tous membres de la faction secrète à laquelle il allait appartenir. Le séminariste Yvanov était alors promis à une brillante carrière ecclésiastique. Dans cet endroit majestueux, au moment de prêter serment, il avait pensé : *Autrefois, des hommes se sont tenus ici, et ils ont eu un rêve. Celui de fonder une nation puissante et unie, où les peuples pourraient trouver protection et fraternité. En leur nom et pour que leur rêve perdure, je jure de tout faire pour que l'Empire ne parte pas en lambeaux. Je fais vœu de lutter, par tous les moyens que Pangéos mettra à ma disposition, contre cette lente dégradation dont il est victime...* Et alors qu'il pensait ainsi, sa bouche délivrait un serment, elle aussi, à l'assemblée des cardinaux et des évêques...

Depuis ce fameux jour, sa vie entière avait été déchirée entre les deux serments : en lui-même, il s'était seulement promis d'être toujours dévoué à la cohésion politique de sa chère patrie ; mais ce qu'il avait juré à ceux de son ordre différait sensiblement. Sans doute plus qu'il ne l'avait cru lorsque, alors jeune, il avait choisi de les rejoindre. Il lui arrivait même parfois de soupçonner certains membres de l'ordre de Saint Mazhel d'accorder la priorité à la montée en puissance de l'Église grise, oubliant ainsi leur objectif premier : sauver l'Empire de sa décrépitude.

Les éclats de voix des enfants qui jouaient en contrebas tirèrent l'abbé de sa méditation. Monseigneur Colémène arriverait d'un jour à l'autre : il n'y avait plus un instant à perdre pour convaincre Lucas de les seconder dans leur cause...

***

La route enneigée s'étirait à perte de vue. Curieusement, Wilf tirait un certain plaisir du contact des flocons qui venaient fondre sur ses joues et sur ses lèvres. Le petit coupe-jarret avait finalement accompli son larcin, l'autre soir, et il était à présent convenablement chaussé. Sa rencontre avec le Ménestrel demeurait comme un rêve lointain : sans doute était-ce dû au sortilège dont avait usé le musicien, se disait-il. L'arrêt du garçon et de son maître dans cette bourgade remontait maintenant à plus d'une semaine, mais les échos d'une vague mélodie jouée sur une cordeline ne cessaient de le hanter. Au prix d'immenses efforts de volonté, Wilf parvenait parfois à rassembler quelques ombres fragiles de souvenirs, impressions fugaces qui ne survivaient jamais assez longtemps pour être analysées en pleine conscience. Quel chant le Ménestrel lui avait-il offert, ce fameux soir ? Même par le froid mordant qui s'était étendu sur l'Empire, la lutte du gamin contre son propre esprit le faisait ruisseler de sueur. Cruel-Voit, nonchalamment vautré sur le vieux hongre gris, scrutait l'horizon et ne semblait pas prêter attention à lui.

C'était un drôle de combat que Wilf menait pour arracher à sa mémoire quelques bribes d'images et de sons, instants figés d'une scène qui refusait de se révéler entièrement. Ils avaient discuté, lui et le musicien, après qu'il eut fini de chanter. L'homme lui avait posé des questions, mais lesquelles ? Il l'avait appelé à lui pour... vérifier quelque chose. Mais quoi ? Et il y avait cette femme, qu'il avait évoquée à plusieurs reprises... Wilf était certain que le Ménestrel avait mentionné son nom...

Avec un soudain vertige et la sensation qu'un étau était en train de se resserrer lentement sur son front, le jeune gredin finit par attraper au vol un fragment de mémoire. Oui… Le nom de cette femme, c'était Djulura. Djulura, une diseuse de bonne aventure. Mais Wilf ne la connaissait pas… Tout au plus avait-il entendu des rumeurs à propos de ces femmes qui étaient censées lire dans l'avenir, et qui échangeaient leur savoir contre quelques pièces lorsqu'elles faisaient halte dans les cités.

Car la plupart d'entre elles voyageaient en compagnie des Gens de l'Étoile, dont elles partageaient les caravanes au même titre que les jongleurs, les cracheurs de feu et les montreurs d'ours. Comme leurs compagnons musiciens, les mystérieux Ménestrels, certaines d'entre elles rejoignaient cependant les Cours, où leurs services étaient souvent appréciés. Mais, toujours à l'instar de leurs confrères baladins, leur seule véritable patrie semblait être les foyers nomades des Gens de l'Étoile, qui allaient et venaient sur les chemins de l'Empire.

Quoi qu'il en soit, qu'elle serve un baron, un duc, ou bien qu'elle exerce son art sur la place du marché les jours de foire, Djulura demeurait une parfaite inconnue pour le jeune tire-laine. Il se demandait bien où avait voulu en venir ce Ménestrel à la tresse blonde, et si celui-ci ne l'avait pas tout simplement pris pour quelqu'un d'autre.

A force de fouiller dans les tréfonds de son esprit, un mal de crâne épouvantable le prit. Plus le garçon essayait de se souvenir, plus la douleur lui vrillait le cerveau. Finalement, épuisé, il capitula. Le froid le saisit d'un coup, et il frissonna.

— Corbeaux et putains… murmura-t-il entre ses dents serrées.

Le soir suivant, alors qu'ils s'étaient arrêtés à l'abri d'un bosquet pour bivouaquer, le maître-tueur se décida enfin à révéler leur destination.

— Nous serons à Mossiev dans trois semaines, lâcha-t-il brusquement entre deux bouchées de pain.

Il y avait toujours cette même brutalité dans les paroles de l'homme quand il s'adressait à son apprenti. Plus ou moins malgré lui, Wilf avait appris à apprécier ce ton. Le jeune garçon avait fréquenté quelque temps l'école des Frères de Pangéos à Youbengrad : pas par souci de s'instruire, mais parce qu'on y servait un bol de soupe aux gamins après le dernier cours du soir. Il n'avait jamais oublié le verbiage mielleux que les moines réservaient aux gosses des rues dans l'espoir d'en faire de bons croyants. Un véritable labyrinthe verbal : c'était toute une langue à part, qu'ils appelaient entre eux *pédagogie*. Wilf se souvenait d'avoir eu l'impression que ces bons pères lui volaient quelque chose, à lui, le petit voleur. Cela l'avait irrité au point qu'il n'avait plus jamais remis les pieds dans cet institut charitable. Au contact de Cruel-Voit, il comprenait ce que les Frères avaient essayé en vain de lui prendre. Son identité et sa liberté. Ce que les précepteurs appelaient la pédagogie, c'était l'art de manœuvrer encore et encore les esprits des jeunes, jusqu'à les écraser totalement. Le maître-tueur, avec toute sa rudesse, sa cruauté et ses innombrables défauts, n'avait pas cette malhonnêteté-là.

— Nous avons un contrat qui nous attend là-bas, continua-t-il. En son temps, il faudra que tu apprennes ce que ce terme a de sacré, pour nous les maîtres-tueurs. Tu seras peut-être l'un des nôtres, un jour…

Wilf hocha la tête en avalant sa cuillerée de bouillie. Lui et son professeur s'étaient arrêtés, comme chaque soir, dans un endroit discret pour faire un feu. Le temps de réchauffer un peu leurs os gelés et de faire cuire la viande, quand ils en avaient. Les pierres brûlantes du foyer, enroulées dans un ballot et posées entre leurs couchages, leur octroieraient plus tard une heure ou deux de tiédeur. Bientôt, ils les emmèneraient donc avec eux et partiraient en quête d'une autre cachette pour y passer la nuit. De cette manière, ils limitaient les risques d'être trahis par la fumée de leur feu de camp. Mais, pour l'heure, le gamin de Youbengrad profitait tout son saoul des flammes crépitantes, sentant avec délice la chaleur lui picoter les joues.

Son maître était assis sur une large souche tombée en travers, vestige d'un arbre qui avait dû être royal de son vivant. C'était très certainement involontaire, mais ce décor – ajouté à la posture naturellement vigilante du maître-tueur – lui conférait une réelle dignité. Bien peu en rapport avec les activités du personnage, en vérité, mais le sens moral de Wilf était trop infime pour s'arrêter à une telle considération.

— Avant ça, tu as encore à faire tes preuves, reprit l'adulte. Pour l'instant, tu n'es qu'un mioche minable qui s'accroche à mes bottes dans l'espoir de je ne sais quel avenir meilleur. Tu risques fort d'être déçu, railla méchamment le maître-tueur en haussant les épaules. Dis-toi bien que tu n'as rien de spécial. Tu ne vaux guère plus que toute cette racaille de petites frappes que tu côtoyais à Youbengrad. Est-ce que tu comprends ça, gamin ?

— Oui… maître-tueur, bredouilla l'enfant. Sa voix

tremblait légèrement, sans qu'on puisse deviner si c'était sous l'effet de l'hésitation ou de la colère.

Cruel-Voit eut un sourire mauvais.

— Parce que tu crois que tu serais ici avec moi, si c'était vrai ? Bon sang, mais tu n'es pas un gosse comme les autres ! Il faudra bien que tu prennes conscience de ta valeur, si tu veux un jour pénétrer dans… notre cercle.

En joueur de cartes confirmé, Wilf maintenait un regard totalement impassible. Mais il sentait bouillir en lui un tel flot de frustration qu'il aurait volontiers craché au visage de son maître. Il en avait assez du ton que celui-ci employait pour lui parler, assez d'être frappé au moindre faux pas, assez de ces pièges stupides dans lesquels il ne cessait de tomber. Le borgne ne semblait jamais faire autre chose que le sonder… Il tissait autour de son disciple tout un univers de chausse-trappes, comme cette autre fois où il l'avait laissé voyager pieds nus dans la neige pour tester combien de temps l'enfant mettrait avant d'oser réclamer qu'on lui achète des bottes… Wilf n'était pas un singe savant, et il comptait sur le maître-tueur pour lui enseigner l'art du meurtre, pas pour tester son moral ou sa détermination. Si Cruel-Voit ne se décidait pas à lui apprendre quelque chose d'intéressant, il le laisserait en plan, ruminait-il en mâchouillant le bout de sa cuillère en bois.

Le tueur l'observait en silence. Il semblait déçu ou contrarié.

— Plus le temps passe, dit-il enfin, et plus je me demande si tu feras l'affaire. Tu n'as peut-être pas la trempe d'être l'un des nôtres, après tout…

— Corbeaux et putains ! lança Wilf avec rage, n'y tenant plus. Mais pourquoi diable m'avez-vous choisi, alors ? cracha-t-il tandis que ses yeux lançaient des éclairs de défi.

Le visage du borgne perdit toute couleur. Ses lèvres devinrent un mince trait à l'expression insondable. Instinctivement, la main du petit glissa vers la poignée de son épée.

Au bout d'un instant qui parut interminable au garçon, le corps de son maître sembla se détendre. Mais son œil restait intensément fixé sur lui, froid comme la mort. Quand il parla, ce fut en articulant avec lenteur, d'une voix ténue, mais qui prenait bien soin de détacher chaque syllabe.

— Tant que ton apprentissage ne sera pas terminé, tu n'as aucun droit de manquer de respect à ton maître. Et, par le souffle d'Enkerill, je te jure que je te ferai avaler tes dix doigts si l'idée te prend d'oublier ça.

Wilf eut tout à coup du mal à déglutir. Ce genre de menaces, qu'il avait déjà entendu un bon millier de fois, semblait prendre une tout autre résonance dans la bouche de son mentor à l'œil de glace. Le garçon eut un regard furtif vers ses deux mains, qui tenaient à nouveau son bol de gruau froid, et il se prit d'une soudaine affection inquiète pour ses phalanges.

— Je t'ai choisi, continua Cruel-Voit de sa voix rauque, *parce que tu es un véritable tueur.* Tu es malade, mon garçon, même si ton esprit perturbé t'interdit de t'en rendre compte aujourd'hui. Tu n'as plus une âme humaine.

Le borgne prit une lente inspiration. Il observait toujours son pupille avec la même intensité.

— Le décès de ta mère ? La première raclée qui t'a laissé à demi mort ? Les miliciens ivres qui t'obligeaient en ricanant à rosser un plus petit que toi en échange d'un morceau de pain…? On ne sait pas comment cela se passe. On sait seulement que c'est rare et précieux. Tu as laissé derrière toi ton âme humaine. À la différence des autres gosses, on ne pourrait même pas dire que tu es méchant. Non, tu es simplement un tueur… incapable, comme moi et les miens, d'éprouver le moindre remords.

Wilf encaissait difficilement ces paroles, sachant qu'elles recelaient une vérité dure à accepter, même pour un jeune égoïste indifférent à tout.

— Il n'y a pas une parcelle de pitié en toi, continuait sans relâche le professeur, impitoyable. Et si tu crois que c'est chose courante là d'où tu viens, tu te trompes. Les vrais tueurs sont infiniment rares. Un enfant comme toi représente un joyau qu'on ne peut laisser gâcher.

Le petit voleur aurait voulu plaquer ses mains contre ses oreilles ou hurler pour couvrir la voix de son maître.

— Et comment savez-vous tout ça de moi? lâcha-t-il soudain. Qu'est-ce qui vous dit que vous n'êtes pas en train de vous tromper? Vous ne me connaissez pas depuis si longtemps!

L'homme eut un rictus amer:

— Si je me trompe, tu mourras. Il marqua une courte pause.

«Mais je ne le crois pas. C'est une chose que nous apprenons à reconnaître sans risque d'erreur. J'ai mon opinion sur toi depuis ce soir où nous nous sommes rencontrés à Youbengrad. Cela se lit dans le regard des gens, tout simplement: il y a des regards froids, méchants ou désespérés, mais *très peu* de regards de tueur. L'alchimie complexe qui a pu t'arracher ton âme est impossible à reproduire artificiellement. Pour nous, tu représentes une aubaine, un matériau de grand prix. Le seul problème, c'est que je te trouve un peu mollasson…

— Vous m'impressionnez, avoua Wilf du bout des lèvres. Ça me fait un peu perdre mes moyens, c'est tout…

— Tu serais fou à lier dans le cas contraire ! fit Cruel-Voit dans un rire pour une fois presque amical. Il faudrait être dangereusement suicidaire pour ne pas craindre un maître-tueur. Et pas question pour nous d'accepter un insensé dans nos rangs. Ta peur est naturelle, mais ce n'est pas de ça dont je parlais.

Voyant que l'enfant allait intervenir, l'homme le coupa d'un geste péremptoire.

— Nous verrons bien. Pour l'instant, l'important est que j'aie décidé de commencer ton entraînement. La phase d'observation est terminée. Maintenant, nous allons voir ce que tu as dans le ventre… On ne devient pas un assassin de notre talent sans un peu de sueur et de larmes, tu t'en doutes. J'ai encore des incertitudes sur ta pugnacité, gamin, mais j'ai hâte de voir ce que tu vaux techniquement.

— Je sais me fondre dans les ombres depuis que je sais marcher, et je ne me débrouille pas trop mal avec une épée, hasarda l'enfant, qui en avait définitivement assez de paraître veule ou soumis aux yeux de son maître. Si le borgne voulait un apprenti qui ait du caractère, il allait lui montrer qui le petit Wilf était vraiment…

Cruel-Voit se contenta de renifler avec mépris, mais sans ostentation, comme s'il ne voulait pas décourager l'enfant dès le départ. Toujours assis bien droit sur son trône de bois mort, il fronça les sourcils et fit remuer les doigts de sa main droite, à la manière de quelqu'un qui prépare un discours. Son œil brillait froidement à la lumière de la lune, dont c'était la fin du cycle bleu.

Le peu que Wilf avait pu apprendre sur son tuteur au cours des dernières semaines ne suffisait pas à le rendre moins énigmatique. Lorsqu'il ne jurait pas à faire rougir une unité de Baârniens ivres, l'homme était d'un silence glacial. Il semblait receler une étrange sagesse liée à son art. Il y avait quelque chose de mystérieux en lui, une profondeur insolite et inattendue qui se dissimulait derrière ses manières bourrues. Difficile de savoir avec certitude s'il s'agissait d'un océan de connaissance, ou de sombres secrets. *Sans doute les deux,* se dit Wilf. L'enfant songeait également qu'il avait encore certainement beaucoup à apprendre au sujet des maîtres-tueurs et de leur confrérie.

— Avant tout, commença Cruel-Voit, le coupant dans ses pensées, tu dois savoir certaines choses, et prêter le Serment de l'Apprenti.

Il s'arrêta le temps d'arrondir un sourcil en direction de son élève.

— Pas question de tricher avec ce serment, sale gosse. C'est l'une des seules choses importantes, pour nous autres.

— J'ai jamais prêté serment, fit simplement Wilf entre deux cuillerées, comme si cette réponse impliquait naturellement l'attitude qu'il aurait face à cette nouveauté.

— Il y a un début à tout, mon gars. En attendant, j'ai une déclaration à te faire : au cours de ta formation, l'échec, l'abandon ou la première tentative de fuite signifieront la mort. Je suppose que tu t'en doutais, mais je devais te le dire. C'est le protocole, fit-il avec un geste évasif qui indiquait bien l'importance qu'il accordait à ces considérations. Il te faut choisir maintenant si tu décides de te lancer ou pas dans l'apprentissage des maîtres-tueurs.

« Tu peux encore laisser tomber si tu n'es pas sûr de toi, ce qui m'évitera de perdre mon temps. Le seul détail, c'est que je devrais alors quand même te tuer. N'y vois rien de personnel. Nous sommes simplement jaloux de nos petits secrets, et je t'en ai déjà trop dit sur notre congrégation. Comme tu peux t'en rendre compte, gamin, ton choix en la matière est limité. Mais tu voulais être maître-tueur, n'est-ce pas ?

Wilf fit un signe de tête affirmatif. Il savait effectivement depuis le départ que le borgne le tuerait sans la moindre hésitation s'il lui en donnait une bonne raison. Il lui était souvent arrivé de réprimer un frisson à cette pensée. Cruel-Voit distillait la terreur lorsqu'il s'exprimait avec sa gravité pleine de promesses funestes. Il n'y avait rien que le garçon puisse faire pour empêcher de monter en lui ce malaise insupportable, qui rendait ses mains moites et glaçait sa nuque.

— Est-ce que… je peux poser deux ou trois questions avant de prêter serment ? osa le gamin, pour une fois plus curieux qu'intimidé.

— Ça n'engage à rien, acquiesça le borgne en soupirant.

— Voilà. Je voulais savoir ce qui vous a poussé à vous regrouper en guilde, vous, les maîtres-tueurs. Je veux dire… vos activités demandent une certaine indépendance, et vous êtes assez forts pour vous défendre tout seuls. Alors pourquoi créer une congrégation ?

— Mais, bougre d'idiot, railla l'adulte, sans congrégation, il n'y aurait pas de maîtres-tueurs ! Comment elle fut créée, je n'en sais rien : c'était bien avant ma naissance. Mais ce que je sais c'est que, sans elle, nous ne serions que de vulgaires assassins à la petite semaine, pas des surhommes capables d'ériger la mort au rang d'art !

Il marqua une pause, le temps de figer Wilf sur place grâce à un de ses regards glacials, puis reprit d'un ton doctoral que le garçon ne lui connaissait pas :

— Notre congrégation nous offre la mémoire. Une mémoire collective et immortelle pour le métier d'assassin. Ce que je vais t'enseigner, tu n'aurais pu le découvrir seul en toute une vie, et moi non plus. Tu es encore loin d'imaginer jusqu'où s'étendent nos capacités... La fraternité qui nous lie vient peut-être de là, petit. Les surhommes sont toujours seuls, comme tu t'en rendras compte, si tu es assez dur pour devenir l'un des nôtres. Seule la compagnie d'autres surhommes peut parfois rompre cette solitude.

— Vous êtes invincibles ? questionna le gamin, sans parvenir à dissimuler l'admiration soudaine qui brillait dans ses yeux. Le pouvoir de la violence était le seul que lui et ses semblables avaient jamais respecté.

— Trop malins pour le croire, fit le borgne sèchement. Mais dans notre spécialité, nous sommes de très loin les meilleurs.

— Par contre, dans votre congrégation, vous devez avoir vos règles ? interrogea Wilf, soucieux de savoir quel poids serait susceptible de peser sur sa chère liberté.

— Pas beaucoup, objecta Cruel-Voit. Nous ne pouvons pas nous tuer entre nous, sauf si l'un des membres a été renié par les autres. Nous devons garder un secret absolu sur nos activités, et sur ce que nous pouvons savoir de celles des autres maîtres-tueurs. Nous ne devons révéler à personne la structure de la congrégation.

Il jeta un coup d'œil à Wilf.

— Pas même à notre apprenti. Nous devons nous rendre chaque année au rassemblement de notre cercle. C'est à peu près tout. Mais puisque tu poses la question, je vais te dire ce que nous ne pouvons surtout, surtout pas faire. Il en va de la réputation de la congrégation tout entière.

Le maître-tueur lança une main vers Wilf, d'un geste plus rapide que la foudre, et tira le petit par son col jusqu'à ce que leurs visages se touchent presque. Le garçon pouvait sentir le souffle sec du borgne sur sa joue.

— Ouvre bien grand tes oreilles. Quand nous avons accepté un contrat sur la tête de quelqu'un, quoi qu'il puisse se passer, il nous est impossible de revenir en arrière : il faut tuer la cible, tôt ou tard, par n'importe quel moyen. La mort que nous portons doit être aveugle. Tu as compris ça, vaurien ?

— Oui, maître-tueur, je crois que j'ai compris, répondit l'enfant de sa voix à l'indifférence étudiée lorsque l'autre l'eut lâché.

Il songeait qu'il avait rarement entendu son professeur prononcer autant de mots à la suite.

— Encore des questions ? demanda ce dernier d'un air excédé.

— Une dernière, si j'ai le droit. Pourquoi est-ce que vous prenez des apprentis ?

À la mine renfrognée de Cruel-Voit, Wilf regretta aussitôt sa curiosité.

— Ça suffit, cracha l'homme, tu as la langue trop bien pendue. Nous verrons si tu auras autant de temps pour embêter ton maître lorsque nous aurons entamé ta formation, gronda-t-il comme s'il était simplement exaspéré par trop d'interrogations successives.

Mais Wilf devina à l'attitude de son professeur qu'il avait touché un sujet sensible. C'était une question à laquelle le borgne n'avait pas le droit de répondre, le gamin en aurait mis sa main à couper.

Cette question, il se l'était souvent posée depuis son départ de Youbengrad. Il n'avait pas la sensation d'être d'un secours indispensable pour l'homme à l'œil bleu pâle. Quel bénéfice l'assassin borgne pouvait-il tirer de s'encombrer ainsi d'un jeune garçon ? Ce n'était sûrement pas par altruisme que lui et les siens entreprenaient de former certaines jeunes vermines à leur métier. Wilf y avait beaucoup réfléchi, il avait pensé pendant un temps que les maîtres-tueurs étaient peut-être mus par une éthique, l'amour du travail bien fait et le besoin de transmettre leur savoir… Mais en toute sincérité, il ne prêtait pas tellement foi à cette idée. Ce n'était pas la perspective que lui donnait le Cruel-Voit qu'il connaissait. Car, s'il semblait avoir un infini respect pour son art, il était trop égoïste pour vouloir le partager spontanément. Alors pourquoi ? Le gamin n'en savait rien et, pour l'instant, cela ne faisait que s'ajouter à la longue liste de tout ce qu'il ignorait. Malgré les récents éclaircissements lâchés de mauvaise grâce par son tuteur, il y avait encore tant de choses qui l'intriguaient dans l'existence qu'il menait depuis ces dernières semaines… Peu importait, d'ailleurs, tant il était impatient de passer à la pratique.

En tâchant de prendre un air aussi grave que possible, le garçon prêta ensuite serment selon une formule quelque peu vieillie et ennuyeuse à laquelle il ne jugea pas nécessaire de porter une attention formidable. Celle-ci consistait en une longue litanie, comme quoi il jurait de suivre avec courage l'entraînement sacré de la congrégation, et qu'il reconnaissait tout pouvoir à son instructeur sur sa personne, etc.

Wilf ne devait en garder aucun souvenir une fois les paroles prononcées. Car il y avait, en cet enfant, des abîmes de rébellion instinctive dont même le sagace Cruel-Voit n'avait pu cerner l'ample mesure.

— Une dernière chose sur laquelle j'aimerais attirer ton attention, petit, dit soudain le maître alors que le jeune voleur croyait la discussion close. Je vais t'enseigner une somme de connaissances étonnantes… et tu vas progresser de jour en jour, tu peux me croire.

L'homme fit un hochement de tête entendu.

«Il ne faut pas pour autant que tu t'imagines que cela fait de toi mon égal. Des années d'expérience sont nécessaires pour maîtriser notre art. Il y a eu un gamin, autrefois, qui a cru en savoir assez. Lui, ce n'était pas une pucelle comme toi, non. Un vrai diable, méchant comme une teigne.

Cruel-Voit souriait avec une sorte d'affection, et il y avait une note d'admiration dans sa voix.

— Une nuit, il a essayé de me poignarder dans mon sommeil : comme tu vois, je suis toujours de ce monde.

«Si tu tiens un peu à la vie, ne commets jamais la même erreur que lui…

***

Adossé au tronc encore solide d'un vieil orme, Yvanov attendait patiemment la fin du discours de son jeune élève. Ses yeux, brillants d'intelligence et d'excitation contenue, contrastaient étrangement avec l'aspect plutôt monolithique du reste de sa personne.

— Ainsi, tu t'es enfin décidé à entendre raison. Tu n'imagines pas à quel point ta décision me satisfait.

— Tout cela est encore un peu neuf pour moi, mon père, mais les années que j'ai passées ici me poussent coûte que coûte à vous accorder toute ma confiance, mentit Lucas.

— J'espérais bien que tu en arriverais là, répondit l'aîné avec une sorte de soulagement. Crois-moi quand je te dis que tu n'auras pas à le regretter. D'ailleurs, l'apprentissage de la vie à la Cour n'est que la suite logique de tes leçons. À ce sujet, je voudrais en fait que tu saches quelque chose…

— Je vous écoute, mon père, fit Lucas en rejetant une boucle blonde qui s'était prise dans son oreille.

— Lorsque tu seras à Mossiev, si loin de moi, il y aura quelqu'un sur qui tu pourras compter en cas de doute sur la conduite à suivre. Il s'agit du cardinal Redah lui-même, qui est de mes amis. C'est un homme très occupé, aussi ne le dérange pas pour des broutilles, mais il saura te répondre quand une interrogation te taraudera vraiment. En fait, il est même possible qu'il fasse appel à toi de temps en temps, pour lui rendre divers petits services, lorsqu'il aura appris que tu arrives d'un lieu placé sous ma juridiction…

— Je vous ferai honneur, mon père, si c'est ce qui vous tracasse, répondit Lucas d'un ton badin.

En réalité, il avait tressailli intérieurement. On en venait donc au fait… Le novice détestait l'idée de devoir quitter les enfants, et plus encore celle de jouer ce jeu pervers envers son tuteur. Mais l'âme de l'abbé Yvanov méritait bien quelques sacrifices, et les mensonges de Lucas lui semblaient être prononcés pour la bonne cause. À présent, rester convaincant était tout ce qui retenait l'attention du jeune homme. Ainsi il découvrirait ce qui se tramait. *Connaître le mal pour pouvoir lutter contre lui,* c'était ce qu'on lui avait toujours enseigné…

— Pour être franc, ça me ferait vraiment plaisir, et… enfin, je n'en attendais pas moins de toi, mon garçon, sourit le recteur.

« Au départ, tu seras peut-être déconcerté par la nature de ces services : il est possible que Redah te demande d'influencer une décision de telle ou telle personne dont tu auras les bonnes grâces, ou même d'espionner une conversation… Tu sais, c'est un homme d'État, et ils ont une manière bien à eux de fonctionner.

Yvanov fit un geste ample indiquant qu'il ne fallait pas prêter trop d'importance au caractère étrange de ces missions.

— N'en prends pas ombrage et sers-le comme tu le ferais pour moi. D'ailleurs, le cardinal a toute la confiance du Csar en personne.

— Il me suffit qu'il ait la vôtre, père abbé, s'inclina Lucas pour cacher le dégoût qui devait se lire dans ses yeux. Quant au Csar, ce sera pour moi un honneur de le servir, même indirectement, et plaise au Seigneur Gris que sa vie soit longue !

Le recteur s'étrangla. Le séminariste avait-il pu surprendre sa conversation avec le leoghis ? Non, c'était impossible… Il se détendit et sourit en poursuivant.

— Bien, fit-il. Il y a autre chose. Je t'ai dit que je tâcherais de te faire engager au service de Monseigneur Colémène, mais mon bon vouloir ne suffira pas à nous assurer son accord. D'ailleurs, je ne veux pas trop avoir l'air de lui forcer la main, tu comprends… Lors de son séjour ici, je te désignerai donc pour lui faire office de garçon de chambre, mais il te faudra seul gagner sa sympathie. Je pense que ça ne devrait pas être trop difficile, à condition de bien te souvenir de ce que je t'ai appris, mon enfant.

Lucas tenta de se remémorer brièvement les leçons du père au sujet des humains, des clés de leur langage et de leur comportement. Il songea que ces cours, qu'il avait jugés intéressants en ce qu'ils lui apportaient une connaissance profonde de l'âme de ses semblables – premier pas pour les guider hors des sentiers de la tentation et du péché – étaient en fait destinés à faire de lui un conspirateur de talent. Il réprima la vague nausée qui l'étreignait à cette idée.

— Ne laisse rien au hasard, reprit l'abbé. Sois attentif aux gestes subtils de ses mains, note ses regards les plus anodins et sa façon de se tenir, quand il parle, aussi bien que lorsqu'il écoute. Ces choses-là t'en apprendront long sur lui. Assimile-le aussi vite que possible, fils, et dis-lui ensuite ce qu'il désire entendre. Parle-lui en termes qui le rassurent…

L'abbé interrompit subitement le flot de ses paroles, posant un regard déterminé sur son pupille.

— Mais je radote : tu sais tout cela depuis longtemps. Nous… je te fais confiance, mon garçon.

Tâche de ne pas décevoir les espoirs que j'ai placés en toi. Et souviens-toi que c'est pour le bien de l'Empire que tu devras aider de ton mieux le cardinal.

Yvanov soupira, refermant ses lourdes mains sur les épaules du novice, et inspira longuement.

— Ne me déçois pas, Lucas, dit-il enfin en le fixant de son regard franc.

— Je ferai aussi bien que possible, père Yvanov, répondit le jeune homme avec un sourire qui lui coûtait beaucoup. N'ayez pas d'inquiétude…

De retour dans sa cellule, Lucas pria longuement. Il était presque certain d'avoir fait le bon choix. Cependant, une angoisse sourde le submergeait alors qu'il songeait au long voyage qui l'attendait sans doute, ainsi qu'aux multiples mascarades qu'il allait devoir mettre en place pour tromper ses semblables. Il implora Pangéos, le dieu de sa foi, de lui donner assez de courage pour faire face à ces épreuves.

Assez peu de temps plus tard, le bruit caractéristique d'un attelage et le martèlement de nombreux sabots ferrés sur les pavés se firent entendre dans la cour du monastère. Le novice se dirigea vers l'entrée du bâtiment, sans se presser, esquivant d'un pas tranquille les enfants et les autres moines qui accouraient avec curiosité. Il se doutait que c'était l'archevêque Colémène et sa suite qui venaient d'arriver dans la cour de Saint-Quernal. L'homme dont allait dépendre le destin du père Yvanov, et peut-être le sien.

Parvenu sous la voûte qui séparait le presbytère des jardins et de la cour, il s'assit sur un vieux banc de bois, à l'abri du vent froid, et contempla la scène.

La venue de l'archevêque suscitait plus qu'un simple frémissement. Le monastère s'agitait et bourdonnait comme une ruche d'abeilles, autour des chevaux à mettre à l'écurie, des salutations formelles à présenter au Haut-Père et aux divers membres de son escorte... Lucas éprouva un certain agacement de voir ainsi troublée la paix de *son* monastère. Il ressentait toute cette agitation comme une intrusion violente et indélicate dans un endroit dont il vénérait la sérénité. Ce qui ne fit que raffermir sa détermination à en finir au plus vite avec cette histoire. Lorsqu'il aurait élucidé l'intrigue qui se jouait dans les hautes sphères de l'Église grise, le calme et l'ordre pourraient revenir à Saint-Quernal. C'était du moins ainsi qu'il tentait de voir les choses.

Monseigneur Colémène était à présent en train de saluer Yvanov, qui mit les genoux à terre pour baiser la chevalière du Haut-Père. Lucas savait qu'en raison de son insignifiance dans la hiérarchie cléricale, il n'aurait pas à aller se présenter, lui, de cette manière. Cela tombait fort bien. Il n'en avait pas la moindre envie.

Son Éminence était un homme grand et maigre, à la peau très rose. Son crâne dégarni était couvert de la calotte grise et or qui indiquait son rang. Il avait des yeux de chien battu, qui juraient étrangement avec son sourire bonasse, se dit le jeune moine. Les hommes qui l'entouraient – il y en avait une demi-douzaine – étaient tous des personnages ayant un certain statut au sein de l'Église grise. Quant aux soldats qui lui servaient d'escorte, il s'agissait bien sûr de véritables gardes de Saint-Clarence, et non pas de vulgaires mercenaires.

Tout le petit monde réuni dans la cour finit par se disperser pour reprendre ses activités habituelles, à l'exception du père abbé Yvanov et de quelques autres, qui convoyèrent l'archevêque vers le réfectoire où un repas serait vite servi aux voyageurs.

Avec un soupir discret, Lucas se décida à leur emboîter le pas.

4

La route vers Mossiev traversait de nombreux paysages forestiers. Il s'agissait principalement de grands conifères : pins et sapins bâtis pour résister aux longs hivers du Domaine Impérial. Comme chaque soir, Wilf et son maître s'éloignèrent du chemin pour installer leur campement sommaire dans les profondeurs des bois. La forêt n'offrait aucune référence au garçon : loin des bruits urbains et des odeurs qui lui étaient familiers, il s'y sentait perdu et vulnérable.

Depuis quelque temps, le tueur donnait des leçons d'escrime et de corps à corps au petit. Le but n'était pas de faire de Wilf un soldat ou un gladiateur pour les arènes du Baârn : son apprentissage des armes se limitait donc à l'épée et au couteau. Le borgne connaissait en outre des dizaines d'astuces permettant de triompher d'un adversaire dans un combat à mains nues. Ces techniques hautement pragmatiques – la plupart consistant en de simples coups bas sans le moindre raffinement – étaient souvent nécessaires pour neutraliser un ennemi par surprise, ou dans la foule. De la même manière, la dague était utile pour donner la mort rapidement et en silence. Mais tous les meurtres ne s'exécutaient pas à la faveur de l'obscurité. Nombreux étaient les commanditaires qui engageaient les maîtres-tueurs afin qu'ils défient en duel un de leurs ennemis notoires. L'assassinat avait alors lieu en plein jour, au vu et au su de tous, renforçant ainsi la terreur inspirée par celui qui pouvait se payer les services d'un tel mercenaire. Dans le cas de potentats locaux ou de marchands craignant la concurrence, ces meurtres avoués étaient souvent une bien meilleure opération que ceux effectués dans la dissimulation. C'est pourquoi l'épée restait une composante majeure de la formation des tueurs à gages de la congrégation. Au fil des entraînements, le jeune gredin ne cessait de gagner en réflexes et en habileté dans ces différentes spécialités.

Pourtant, les capacités martiales de Wilf restaient encore indubitablement un cran en deçà de celles de son professeur. Lorsque le petit se montrait un peu trop content de lui et ralentissait inconsciemment sa progression, le maître-tueur le sentait sans tarder. Quand c'était le cas, il lui administrait toujours une correction monumentale, ne prenant plus guère soin de lui épargner de cruelles blessures. Le garçon savait alors que s'il ne puisait pas jusque dans ses dernières ressources pour inventer de nouvelles parades ou réagir avec plus de vivacité, l'autre le tuerait sans remords. Bien sûr, l'enfant détestait le borgne pour cela, sa haine et sa colère enflant jour après jour. Mais il ne pouvait nier que c'était la peur de ces périlleuses raclées qui le forçait à se surpasser continuellement. S'il n'était pas assez bon, il était mort.

Plus que sa méchanceté et sa froideur, qui ne représentaient qu'une manière d'être, l'intransigeance du borgne sur ce dernier point condamnait son élève à l'excellence…

Il arrivait cependant que cette méthode ralentisse l'entraînement, les blessures de Wilf l'empêchant d'accomplir ses exercices convenablement. Mais à en croire Cruel-Voit, apprendre à ignorer la douleur – et à atteindre ses buts malgré elle – n'était pas totalement étranger au travail d'un assassin digne de ce nom. « Les maîtres-tueurs devaient être prêts à affronter tout type de situation » répétait-il en réponse aux protestations de l'enfant.

Durant plusieurs jours, il avait tout de même dû céder son cheval à ce dernier, le temps que se referme une vilaine entaille au genou. Le professeur semblait avoir pris cette décision en maugréant, uniquement parce qu'ils devaient rejoindre la capitale dans les délais fixés. En vérité, l'espace de quelques heures, le jeune tire-laine avait cru comprendre que son maître hésitait sérieusement à l'abandonner sur place. On entendait ce soir-là des hurlements lointains, et même le citadin convaincu qu'était Wilf pouvait reconnaître la complainte des loups. Dans le silence de la nuit, oubliant toute fierté, il avait frissonné en sanglotant à l'idée de finir dévoré par ces bêtes sauvages. Au matin, le borgne lui avait finalement fait signe de se hisser sur la monture grise, non sans maudire entre ses dents les mauviettes qui font toute une histoire d'une simple égratignure…

Mais la formation de maître-tueur ne se limitait pas au seul combat : il y avait des dizaines d'autres domaines à maîtriser.

Cruel-Voit n'était pas pédagogue. Par chance, il

avait senti la nature autodidacte de son élève, et lui livrait donc son savoir et ses talents tout nus, sans artifices, ce qui était le plus approprié à Wilf. À ce niveau au moins, les deux esprits pragmatiques s'entendaient à merveille.

Passés ses doutes du début, le tueur avait vite remarqué que l'enfant était on ne peut plus éveillé pour son âge. Ses talents d'observation et ses capacités de mémorisation furent aiguisés par des exercices et renforcés par l'apprentissage de quelques techniques, mais il n'y avait finalement pas grand-chose à faire de plus dans ce domaine.

La dimension sociale de l'obtention des informations, que certains assassins tenaient pour primordiale, n'était pas – ou très peu – présente dans l'enseignement du borgne. D'une part, parce que les deux voyageurs tenaient à voyager discrètement et faisaient donc tout leur possible pour limiter au minimum les rencontres, ce qui réduisait du même coup les occasions d'étudier ; d'autre part, parce que Cruel-Voit ne fonctionnait pas lui-même de cette manière. Il n'était pas comédien, ne savait pas se déguiser, et préférait mille fois espionner une conversation depuis les ombres que de devoir tirer les vers du nez des gens. Wilf ne partageait pas la misanthropie du borgne, mais il dut s'accommoder des façons de faire de son professeur, n'en connaissant aucune autre.

Un autre aspect majeur de l'instruction du garçon couvrait les talents de discrétion, essentiels à tout assassin. Wilf savait déjà disparaître sous les porches obscurs, échapper à la vue des marchands en se hissant à une poutre de leur échoppe, se fondre dans les ombres en arrêtant de respirer, et marcher silencieusement même sur le plancher le plus grinçant. Il aurait aimé que sa formation eût lieu en ville, dans ces ruelles de Youbengrad qu'il connaissait par cœur, pour épater le borgne avec une de ses prouesses. Mais il ignorait tout du travail en pleine nature, et cette méconnaissance du milieu forestier réduisait de beaucoup sa confiance et son efficience. Pourtant, de nombreux contrats étaient moins délicats à exécuter loin des regards indiscrets des cités ou des châteaux. Il apprit donc à se camoufler dans les feuillages, à organiser un accident de chasse, et à imiter différents cris d'animaux pour couvrir ses éventuels faux pas.

Venaient ensuite quelques cours sur l'anatomie et le métabolisme humains. Le maître borgne n'en faisait pas une spécialité, mais il enseigna tout de même à son disciple ce qu'il savait à ce sujet. Wilf apprit donc à déceler, en un seul coup d'œil, les points faibles d'un homme : maladie qui pourrait s'aggraver sans attirer les soupçons, penchant pour la boisson, fatigue chronique ou membre fragilisé. Autant d'informations utiles pour donner la mort de façon variée, et toujours adéquate.

La diversité des cibles était d'ailleurs illimitée. Bien sûr, la plupart des personnes à assassiner étaient des nobles gênants ou encore de riches commerçants. Toutefois, il pouvait également s'agir de simples gens du peuple, agitateurs publics préméditant de nouvelles Barricades, des rivaux du soupirant d'une dame, ou même de parfaits inconnus, au sujet desquels le mobile du bailleur de fonds demeurait opaque et mystérieux. Rien de tout cela ne devait entrer en considération, dès lors que le commanditaire avait de quoi payer. Quelques jours plus tôt, l'enfant et son professeur avaient eu une courte mais explicite discussion à ce propos.

— Mon garçon, avait soudain dit le maître-tueur, je voudrais te poser une question…

Wilf avait noté le terme employé pour s'adresser à lui, plutôt sympathique en comparaison des venimeux « sale gosse », « petit crétin » et autres joyeuses appellations auxquelles il était habitué. Cela pouvait signifier deux choses : soit le borgne était d'excellente humeur, ce qui lui arrivait tout de même de temps à autre, soit il se préparait à entretenir le jeune gredin d'une nouvelle leçon sérieuse sur quelque aspect de sa future profession de maître-tueur. À en juger par le regard attentif et grave de l'adulte, l'enfant avait décidé que la deuxième solution était la plus plausible. D'un signe de tête, il avait indiqué à son tuteur qu'il l'écoutait.

— Bien. Imagine, petit, que tu aies le choix entre deux contrats. Tous deux présentent sensiblement la même difficulté d'exécution, et on te propose la même somme pour t'en acquitter. Mais l'une des cibles est un gouverneur corrompu jusqu'à la moelle, tandis que l'autre est un saint homme qui fait régner la justice autour de lui en se battant, disons, pour les droits des invalides de guerre. Tu n'as pas le temps de t'acquitter des deux missions dans de bonnes conditions : laquelle choisis-tu ?

Wilf n'avait même pas pris le temps de réfléchir pour répondre d'un ton nonchalant :

— Je suppose que je demanderais un peu plus cher pour le saint homme : c'est ainsi que font les tueurs, n'est-ce pas ? On ne sait jamais, ça peut porter malheur… Et puis, on a bien le droit de vouloir se donner bonne conscience, même dans notre métier.

— Faux, avait répondu le borgne sans trop de méchanceté dans le ton de sa voix. Ne crains rien, je ne vais pas te battre cette fois-ci. Les autres tueurs agissent ainsi, c'est vrai, mais pas ceux de notre congrégation. C'est quelque chose d'un peu particulier qu'il va falloir t'enfoncer dans le crâne. Tu te souviens ce que je t'ai dit à propos de notre règle la plus sacrée ?

— C'est… qu'on ne peut pas… avait bredouillé l'enfant en fouillant laborieusement dans sa mémoire… qu'il nous est impossible de faire marche arrière après avoir accepté un contrat…

— C'est ça, gamin. Parce que la mort que nous apportons doit être impitoyable, et aveugle. Vois-tu, ceci est très lié avec ce que j'essaie de t'expliquer ce soir… Nous, maîtres-tueurs, sommes des outils. Les outils les plus performants qui puissent exister pour ce genre de travail. Mais il ne nous appartient pas de juger. Tu comprends ? Nous sommes des dagues parfaitement aiguisées, nous ne devons nous soucier de rien d'autre qu'obéir à la main qui nous tient, et frapper au cœur. Tu deviendras fou – je veux dire, vraiment fou, de la folie qui rend incapable de demeurer un tueur efficace – si tu t'intéresses à la morale de tes actes…

Ça avait été la seule fois où le jeune garçon et son professeur avaient eu ce genre d'entretien, et il n'avait plus jamais été question de la morale des maîtres-tueurs. Mais, depuis ce soir-là, Wilf avait l'impression de commencer à un peu mieux comprendre les membres de cette curieuse congrégation.

Congrégation qui, comme l'avait fait remarquer Cruel-Voit, constituait une mine de savoir irremplaçable pour ses membres fidèles. Les connaissances en poisons, notamment, avaient vu les recettes les plus secrètes échangées par des générations de maîtres-tueurs, enrichissant le savoir collectif jusqu'à fournir un éventail d'effets presque infini. Que l'assassin borgne transmettait aujourd'hui à son élève.

L'enfant avait aussitôt été fasciné par ce domaine nouveau. Les formules alchimiques ardues qui lui semblaient autant de jeux de l'esprit, les plantes vénéneuses aux noms sensuels, le pouvoir d'emprisonner la mort dans de tout petits flacons d'apparence si inoffensive : tout dans cette science lui paraissait divertissant, excitant et presque comique… Wilf, à qui on n'avait jamais laissé l'occasion de jouer ou de faire des farces, s'amusait, tout simplement, comme le jeune garçon qu'il était, avec ces saveurs mortelles et colorées. Très vite, les venins de lame, les toxines à ingérer et à respirer, ou encore les poisons qui tuaient par simple contact avec la peau, n'eurent plus beaucoup de secrets pour lui. Mais, malgré – ou à cause de – son assiduité et sa bonne volonté dans cette matière, il soupçonnait son professeur de ne pas encore lui révéler l'intégralité de ses recettes. Le petit voleur de Youbengrad avait néanmoins bâti les bases d'une connaissance solide. Il avait appris comment transformer les remèdes en produits toxiques, en les surdosant ou en faisant des mélanges inappropriés – comme c'était le cas avec le Brunil, qui soulageait les rhumatismes, et la Taracas, pour la migraine, qui, prescrits ensemble, provoquaient un choc cardiaque foudroyant. De la même manière, des venins réputés mortels pouvaient voir leurs effets s'annuler ou être amoindris si, voulant trop bien faire, l'empoisonneur les administrait à la même personne. D'autres toxines se mariaient mal avec certains aliments, risquant de provoquer chez la victime des vomissements qui rejetteraient le poison avant qu'il ait pu agir. Comme Wilf pouvait s'en rendre compte au fil de ses leçons, toute la problématique de l'empoisonnement résidait en trois points : le premier, que la toxine ait un effet discret ou explicable par des maladies déjà existantes chez la victime ; le second, qu'elle ne soit pas impossible à administrer dans les circonstances du contrat ; la troisième, que le poison ne rende pas malade avant d'avoir accompli des dommages irréparables, sans quoi le corps de la cible se défendrait, par une régurgitation ou un coma qui laisserait le temps à un médecin d'intervenir.

À ces nombreux domaines d'enseignement s'ajoutaient, pour finir, quelques spécialités de maître-tueur, techniques secrètes s'approchant souvent de tours de passe-passe, comme le procédé qui consistait à cacher une fléchette sous sa langue. Celle-ci était souple, courte et fine, prévue pour ne pas gêner son porteur qui pouvait discourir et même manger librement lorsqu'elle était en place. Enduite de la toxine adéquate, et projetée avec toute la dextérité d'un membre de la congrégation, elle lui permettait de faire s'écrouler son interlocuteur en plein milieu d'une discussion, sans que quiconque puisse en déterminer la cause.

Ainsi se déroulait donc la formation du jeune apprenti. Indéniablement, Cruel-Voit se comportait parfois comme s'il voulait voir son élève craquer pour de bon. La cruauté gratuite et l'absence de moindres félicitations malgré les progrès de l'enfant, ainsi que les volées régulières qu'il lui administrait, étaient ses meilleures armes pour cela. Il troublait la concentration de son élève par la douleur d'un coup bas ou une remarque méchante, puis l'accusait injustement d'échouer à son exercice. Quand il s'écroulait, véritablement à bout de souffle après une épreuve éreintante, le maître-tueur s'acharnait sur sa carcasse brisée jusqu'à ce qu'il se relève enfin. Sans même lui laisser le temps d'essuyer ses mains et son visage souvent maculés de sang, il lui ordonnait alors de reprendre son travail sur-le-champ. Mais Wilf savait que, s'il montrait le moindre désir d'abandonner, le borgne le tuerait. Il acceptait donc tout sans broncher, sauf lorsqu'un accès de colère finissait par faire s'écrouler ces remparts dressés par la crainte et l'intérêt. Il se passait alors toujours de longs instants immobiles, gelés, où l'enfant savait qu'il se trouvait si terriblement proche du paysage gris de la mort… Puis il bredouillait une excuse, serrait les dents en songeant à son avenir et à ce que le borgne avait encore à lui apprendre. Le corps de ce dernier se détendait subtilement, son œil bleu pâle quittait l'enfant. Et les couleurs revenaient autour de Wilf, il regagnait le monde des vivants.

Chaque coup reçu le confortait ainsi dans son désir d'apprendre, de devenir plus fort. Il ne perdait pas une miette de l'enseignement de Cruel-Voit, étudiant et se soumettant avec une détermination rageuse. Forgé dans la douleur, il devenait un outil parfait dont le tranchant ne cessait de s'effiler davantage. *Un jour*, songeait le gamin, *un jour, j'en aurai assez appris.*

Il savait, en son for intérieur, qu'il tuerait alors le borgne. Non pas qu'il lui vouât une véritable haine, mais cette perspective de meurtre faisait partie de sa culture des bas-fonds : d'où il venait, rien n'était plus naturel que de vouloir faire payer celui qui nous avait fait du mal.

En attendant, la vie de Wilf s'étirait le long des routes de l'Empire, chaque jour mettant davantage son courage à l'épreuve. Ce soir-là, après la torture des exercices quotidiens, le gredin se remettait de ses diverses petites contusions, accroupi au pied d'un jeune arbre dénudé par l'hiver. Chaque fois qu'il remuait légèrement contre le tronc, la neige qui recouvrait les branches s'effritait et tombait par petits morceaux sur ses épaules. En l'occurrence, le garçon n'avait pas eu à trop souffrir de l'entraînement, et il arborait en douce un sourire suffisant. S'étant montré vigilant et appliqué lors de sa leçon d'escrime, il était juste un peu endolori par une chute brutale lors de son cours de lutte. Les écorchures aux doigts et aux genoux ne comptaient pas. Le gamin se souvenait des raclées qu'il avait parfois subies ces dernières semaines, et se montrait plutôt satisfait de s'en tirer ce soir à bon compte. Et il y avait mieux encore. Sans vraiment le féliciter, Cruel-Voit avait laissé entendre à son pupille – par une absence marquée de reproches – que celui-ci avait fait des progrès. Blotti sous son arbre, Wilf était donc heureux comme un chat de gouttière qui vient de pénétrer dans une poissonnerie.

Un silence suspect rompit alors le murmure à présent coutumier des sons de la forêt. Sous l'influence de leurs réflexes surentraînés, le maître et l'élève s'étaient tous deux levés d'un bond.

C'est à ce moment que Wilf les entendit. Ces voix renâclantes, faites de reniflements, de raclements étouffés aussi bien que d'aboiements plus sonores, ne pouvaient appartenir qu'à une seule sorte de créatures. Il s'agissait des croque-mitaines dont l'imagerie populaire mettait le nom à profit pour faire se tenir sages tous les enfants de l'Empire.

C'était les Grogneurs.

Leur mode d'attaque habituel n'était un secret pour personne : quand ces bêtes obscènes traversaient une région, elles avançaient droit devant elles, ravageant tout sur leur passage. Les villages étaient incendiés, les cultures piétinées, et pour les malheureux qui se trouvaient sur leur chemin, il n'y avait d'autre issue que la fuite. On ne savait rien de leurs motivations, si tant est qu'elles en aient eu de plus développées que celle qui consistait à dévorer ou détruire tout ce qui croisait leur route.

Leur rumeur chuintante, tout d'abord assourdie, se fit bientôt oppressante. Les sons gutturaux au rythme précipité, typiques de ces êtres bestiaux, se mêlaient à des fragments de langage humain. Mais seuls les termes les plus abjects, haineux et grossiers de ce dernier étaient utilisés. La marée pestante et ronchonnante des créatures enveloppait peu à peu la clairière où Wilf et Cruel-Voit avaient élu domicile, tandis que leurs chuchotements mauvais, semblant promettre une fin atroce, glaçaient le sang du petit voleur.

Assez curieusement, le sinistre murmure venait de tous côtés : aucune retraite ne paraissait possible. Même le maître-tueur avait l'air désemparé et jetait des coups d'œil hagards de gauche à droite, guettant avec désespoir la moindre opportunité de fuite. Les mains de Wilf étaient crispées sur la garde de son épée. Il la serrait si fort que les jointures de ses doigts en devenaient blanches…

Soudain, les monstres furent sur eux. Ces hideuses parodies d'humanité affichaient de nombreux traits canins. Elles se tenaient sur deux jambes trapues et arquées, mais se déplaçaient penchées en avant, leur mufle toujours prêt à renifler le sol. Leur corps petit et musclé était en grande partie recouvert de fourrure sale. Leurs crocs jaunes étaient bien ceux de bêtes, mais leur regard sombre brillait d'une cruauté inconnue dans le monde animal.

L'épée de Cruel-Voit siffla avec art, et une grosse tête de chacal vint atterrir au pied du jeune garçon. Ce geste déclencha la ruée furieuse des créatures : Wilf se retrouva bientôt dos à dos avec son maître, luttant contre plus d'ennemis qu'il n'aurait pu en dénombrer, quand bien même il aurait pu compter.

Entre les moignons sanguinolents et le ballet de sa lame, il apercevait le flot ininterrompu des Grogneurs. Ces derniers étaient loin d'égaler leurs adversaires humains en habileté, mais ils étaient d'une férocité formidable, et il y en avait toujours un pour remplacer celui qui venait de tomber.

La seule chose que l'enfant des rues souhaitait, c'était de succomber sur le coup, lorsque tout serait perdu. Il ne voulait surtout pas être dévoré vif par les survivants de la Horde.

Le professeur et son élève se battaient avec acharnement. Ils étaient bien sûr submergés par la peur, mais cette mort presque certaine devait, tout compte fait, leur paraître acceptable. Les gens de l'Empire avaient appris à considérer les Hordes un peu comme des catastrophes naturelles. On les craignait, on les maudissait, mais les tragédies qu'elles causaient appelaient moins de rancœur que celles orchestrées par une volonté humaine. Il n'y avait pas plus d'injustice à se trouver sur le chemin de Grogneurs en maraude qu'à être victime d'un éboulement ou d'une inondation. C'était le hasard, voilà tout.

Plus que l'odeur de sang ou le fracas des armes, choses auxquelles Wilf était relativement habitué, c'était le concert des grognements et des râles inhumains qui l'éprouvaient particulièrement.

Petit à petit, il sentait ses forces le quitter. Les échos de la bataille devenaient lointains, comme un bourdonnement lancinant à ses oreilles. Sans l'originalité et le réalisme des cours d'escrime de Cruel-Voit, lors desquels il devait *réellement* défendre sa vie, il ne serait vite plus parvenu à faire la différence entre ce combat et un entraînement poussé mais mécanique. Le garçon comprenait qu'il avait maudit à tort la sévérité de son maître, car il lui devait à présent sa survie.

Malgré cela, rien ne pouvait lutter contre son découragement de voir sans cesse surgir de nouveaux adversaires. Sa détermination flanchait et la fatigue prenait le dessus.

Son temps de réaction en pâtissait, il se battait de façon de plus en plus machinale, prenait des coups légers par manque de concentration. Diverses coupures parcouraient déjà ses membres.

Portée par un de ses nombreux adversaires, une attaque un peu plus vicieuse lui brisa plusieurs dents. La douleur, insoutenable, lui monta à la tête et le fit vaciller.

Choqué et épuisé, Wilf posa alors un genou à terre. Il dut faire de terribles efforts pour résister à l'envie de se laisser reposer de tout son long sur le sol, s'abandonnant à la fatigue. Seule la pensée que les Grogneurs en profiteraient sans doute pour le prendre vivant le contraignit à lutter encore un peu. Le poids de son épée semblait augmenter de seconde en seconde.

Alors, en se relevant, il vit enfin l'être qui dirigeait cette troupe de choses monstrueuses.

C'était un humain, mais le fait que les Grogneurs fussent à ses ordres ne faisait aucun doute. Les guerriers à tête de molosse lui obéissaient même avec une soumission qui étonna Wilf de la part de créatures aussi enragées.

L'inquiétant personnage portait une armure aux formes effilées : de couleur argentée, elle était visiblement ouvragée avec art. La longue crinière du commandant, d'un roux vif, retombait comme une cape sur ses épaules emprisonnées dans la carapace de métal. Sa barbe, courte et bien taillée, ne cachait pas le subtil sourire qui flottait sur ses lèvres. Ses petits yeux noirs, cruels, brillaient d'une clameur silencieuse. L'homme semblait jouir de la victoire imminente de ses monstres avec un plaisir profond. Plaisir à la fois teinté d'un grand raffinement et de la plus obscure barbarie, nota Wilf. Ce drôle d'air lui octroyait d'ailleurs une aura effroyable, et le garçon songea qu'il y avait en cet homme quelque chose de peut-être plus angoissant encore que dans la personnalité de son sinistre maître. Ou, tout au moins, quelque chose de beaucoup plus malsain : l'enfant en était inexplicablement certain.

Mais alors que le jeune gredin de Youbengrad employait ses toutes dernières ressources pour se défendre encore un instant, l'expression du chef des Grogneurs changea imperceptiblement. Quelque chose semblait le contrarier…

Lentement, il se baissa pour ramasser un objet

à ses pieds, que Wilf ne pouvait voir. Lorsqu'il se releva, avec la même pesanteur calculée, un sourire était réapparu sur ses lèvres. Il tenait fièrement un arc de bois noir poli, finement sculpté, dont il entreprit aussitôt de bander la corde.

Puis il visa.

Dès lors, Wilf comprit que le chef des Grogneurs allait tirer sur son maître. Le professeur de meurtre était alors pleinement concentré sur sa danse de mort à l'efficacité époustouflante. Il semblait avoir érigé une forêt de lames tout autour de lui. Mais le garçon ne prit pas le temps d'admirer la rapidité des coups : il cria de toute sa gorge pour prévenir son allié, séparé de lui par les mouvements du combat.

Hélas, les mugissements de leurs adversaires couvrirent le son de sa voix. Il allait renouveler sa tentative, quand un très violent coup de masse l'étourdit. Trop ébranlé, il ne put que parer partiellement l'attaque de son autre assaillant.

Et il ne vit même pas venir le coup suivant, porté par un Grogneur qui chargeait sur lui avec un hurlement de pure sauvagerie. Ce fut la lourde hache de ce dernier qui jeta le petit voleur à terre, dans une gerbe de son sang.

Juste avant de perdre conscience, il put néanmoins voir la flèche de l'homme en armure d'argent atteindre traîtreusement Cruel-Voit entre les omoplates. Le maître-tueur s'écroula avec un juron, tandis que les créatures bestiales se jetaient sur lui furieusement, impatientes de venger leurs frères et leurs membres mutilés…

**

Les appartements qui avaient été aménagés pour l'archevêque ne pouvaient pas être luxueux, bien sûr, car Saint-Quernal ne possédait ni objets d'art ni même ornements religieux de grande valeur. Cependant, les moines avaient visiblement fait en sorte de rendre la cellule aussi confortable que possible. Des fleurs séchées étaient savamment disposées de-ci de-là, et la belle tenture de saint Guéneval avait été déplacée depuis le couloir du réfectoire dans la chambre de l'invité.

C'était un peu avant l'aube : Son Éminence était encore assise dans son lit, frottant ses yeux pour en chasser le sommeil. Lucas venait d'arriver, afin de l'aider à faire ses ablutions et l'habiller. Tandis qu'il posait, bien pliés, les habits du jour puis préparait le blaireau et l'eau tiède pour le rasage, Monseigneur Colémène lui adressa un léger signe de tête.

— La vieillesse est comme toutes les petites contrariétés que Pangéos soumet à notre conscience, dit-il avec un sourire fatigué. Ses effets désagréables peuvent être surmontés par le pieux qui possède la foi véritable.

Il eut un rire discret et massa ses articulations comme si ses os le faisaient souffrir.

— Sauf le matin, mon garçon, quand il faut quitter sa couche. Tu verras, toi aussi, un beau jour…

Le jeune moine lui rendit son sourire et prit place à côté du lit. Il commença à peigner les rares cheveux gris de son supérieur. Pour l'instant, il jugeait préférable de conserver le silence. Le fait d'être placé dans cette situation d'intimité lui accordait déjà un très bon point de départ et il fallait prendre garde à ne pas gâcher ses atouts.

Il était en effet traditionnel qu'un Haut-Père visitant un monastère se voie attribuer les services d'un novice, lequel devait lui servir de domestique durant le temps de son séjour. Cette coutume venait du manque d'aisance qu'il y avait pour les personnalités de l'Église à entreprendre de longs voyages avec tout le faste de leur suite habituelle. Et c'était une tradition qui avait déjà souvent permis l'introduction de jeunes religieux sans famille ni fortune parmi les hauts pontes du Saint-Siège ou de Mossiev…

En prenant l'initiative de s'asseoir auprès de l'archevêque et de le peigner sans plus de cérémonie, Lucas avait pris un risque calculé. Il avait longuement étudié ce sujet, et savait que les distances physiques que s'imposaient entre eux les êtres humains étaient le reflet de leur état d'esprit. Ainsi que, d'une certaine manière, de la tonalité de leur relation. Il avait appris comment on pouvait agresser son interlocuteur en se tenant trop près de lui ou bien l'irriter en laissant trop de vide. Il lui était bien connu que chaque personne considérait l'espace l'entourant comme sa propriété.

Yvanov lui avait également enseigné l'importance des tout premiers contacts. En entrant dans la chambre, il avait donc accordé une attention particulière à ses premiers gestes comme à ses premières paroles. Il s'était présenté avec un mélange d'aplomb pieux et de loyauté discrète: un vrai régal, sans aucun doute, pour Son Éminence. *Prudent, mais conforme aux attentes secrètes de l'autre…* Le novice avait cependant été soumis à une sensation tout à fait désagréable lorsqu'il s'était rendu compte de la facilité avec laquelle tout cela lui venait.

L'idée qu'il pourrait bien ne plus être capable de faire la différence entre son caractère naturel et l'artifice commença dès lors à le terrifier silencieusement.

— Je ne vous fais pas mal, Éminence ? demanda Lucas d'une voix parfaitement modulée, aussi tranquille et douce que possible pour s'accorder avec le reste de son attitude. Les différentes études du jeune moine donnaient en effet pour règle générale la nécessité d'harmoniser la posture, la voix et le contenu.

— Non, mon fils, c'est parfait.

Monseigneur Colémène et son cadet entamèrent vite un bavardage serein. Toutefois, à mesure que se déroulait leur discussion badine, le pupille d'Yvanov se félicitait intérieurement. Cette distance d'intimité, propice à l'échange affectif et à toutes les manifestations émotionnelles, cet entretien agréable, et le moment, particulièrement bien choisi puisque l'archevêque ne semblait guère vigilant au réveil, tout était parfait pour nouer une amitié et créer un climat de confiance. Bien sûr, il était trop tôt pour que tous ces détails ne puissent être remarqués par quiconque n'avait pas de solides connaissances en la matière, mais Lucas savait bien que ces paroles échangées sur le ton de la désinvolture paisible ne manqueraient pas de porter leurs fruits plus tard.

Dans l'inconscient du vieil homme, le novice devait devenir *le* confident potentiel, celui qu'il aurait envie d'emmener à la capitale avec lui.

— Vous porterez votre Grise de bure, ce matin, Éminence ?

— Tu as bien supposé, mon enfant. Laisse les attaches de cérémonie telles qu'elles sont. Il n'y a aucune raison pour que j'honore moins votre monastère de campagne que les nefs de Mossiev.

— Saint-Quernal a simplement accueilli un petit

peu moins de personnages illustres, plaisanta le novice en admirant les ornements argentés de l'habit.

— Mais Pangéos est tout aussi présent dans la plus modeste des chapelles que dans la grande cathédrale Al-Pandor au Saint-Siège…

L'archevêque fronça les sourcils, ce qui fit légèrement trembler ses bajoues flasques.

— Si cela est possible, mon fils, j'apprécierais néanmoins de passer une robe de laine et un vêtement de lin moins formel après la messe du déjeuner.

Lucas adressa un sourire complice à son aîné :

— Ne pestez pas après votre vieillesse cette fois, Éminence. La faute ne lui en incombe pas. L'hiver est rude, cette année et… je n'ai pas tout à fait chaud, moi non plus !

Le Haut-Père sourit à son tour, semblant s'amuser de l'honnêteté du novice, et la discussion reprit de plus belle, favorablement connotée par la chaleur rassurante d'une flambée qui ronronnait dans l'âtre.

Les minutes qui suivirent, consacrées au rasage puis à l'habillage de l'archevêque, confortèrent les deux parties dans leur idée d'une relation cordiale et chaleureuse. Lucas entretint Monseigneur Colémène des affaires courantes du monastère, mettant à profit le calme et la foi sobre qui habitaient ce lieu pour établir une association d'idée avec lui-même. Puis il laissa volontairement la discussion dériver sur des sujets aussi triviaux que la virulence croissante du froid ces derniers jours, afin de bien effacer toute trace d'une quelconque volonté manipulatrice de sa part.

Il fut bientôt temps de gagner le réfectoire, où les

enfants attendaient que Son Éminence leur offre sa bénédiction.

Les jours suivants, les choses progressèrent plutôt rapidement. Le bon caractère de Lucas l'aidait formidablement dans son travail. Il n'était jamais centré sur lui-même, mais perpétuellement ouvert à l'autre. C'était chose naturelle pour lui. Et cela ne signifiait pas seulement qu'il apparaissait comme quelqu'un de sympathique. Lucas ne se servait pas de ses propres critères, ne s'appuyait pas inconsidérément sur ses propres expériences, et ne proposait jamais *sa* bonne solution lorsque l'archevêque lui faisait part des diverses difficultés du clergé. Ce genre d'attitude l'aurait rendu rigide, vulnérable à la première faille de son discours. Non, le novice agissait à merveille en se consacrant à l'écoute, en recueillant et mémorisant longuement avant de s'exprimer, en donnant à son esprit la souplesse du meilleur acrobate. Ce qui lui permettrait de tirer avantage des objections mêmes de son interlocuteur, s'il avait un jour une requête à lui adresser. Et il tremblait de voir à quel point il était bien préparé à tout cela…

Lucas passait sans cesse en revue ses nombreuses connaissances dans son esprit, si bien qu'il en avait certaines fois à peine le temps de prier. *Adopter une posture voisine de son interlocuteur, en prenant soin toutefois de ne pas le singer… Savoir se taire pour ne pas déranger celui-ci lorsqu'il affiche des mouvements des yeux, qui sont signe de réflexion… Se synchroniser sur le débit, le volume et le ton de la voix de l'autre…* Des centaines de pages de cours sur l'âme humaine, rédigés par les plus érudits en la matière, défilaient dans la tête du jeune homme.

Il ne faisait rien pour mettre son intelligence en valeur, mais il savait très bien qu'elle transpirait malgré lui, et que c'était un atout de plus dans sa manche. Son Éminence serait ainsi également frappée sur la corde de la fierté. Il pourrait éprouver un certain plaisir nostalgique à se retrouver, plus jeune, dans le novice, de la même manière que certains pères aiment se reconnaître, à tort ou à raison, dans l'image de leurs fils ou de leurs gendres.

Peu à peu, l'amitié espérée naissait entre les deux ecclésiastiques. Ajoutant à cela l'appui subtil de l'abbé Yvanov, Lucas ne doutait plus que l'archevêque lui propose bientôt de l'accompagner à Mossiev. Lui-même n'aurait pu dire s'il appréciait ou non le vieil homme. Tout cela n'était, de son côté, qu'une mascarade, et leur relation entière était placée sous le signe de l'artifice. C'était cette compromission qui avait empêché le jeune homme de se lier sincèrement au Haut-Père malgré leurs nombreuses affinités. Quoi qu'il en soit, Monseigneur Colémène semblait s'être pris d'une affection paternelle pour son garçon de chambre.

Pourtant, malgré l'affection croissante qu'il paraissait lui porter, il ne se décidait pas à lui faire cet honneur. L'heure du voyage de retour devait néanmoins approcher : même si l'archevêque appréhendait cette dernière à cause des froids terribles qui s'étaient abattus sur l'Empire, il ne pourrait certainement pas passer tout l'hiver à Saint-Quernal. Des responsabilités l'attendaient à la Cour, qui ne pourraient lui pardonner cette oisiveté prolongée.

Le jeune clerc ne savait plus quoi faire pour parvenir à ses fins. Il était depuis le départ un modèle de discrétion et de finesse d'esprit. Il était persuadé d'avoir séduit le Haut-Père. Alors quoi ? Il n'était tout de même pas si rare qu'un dignitaire en visite garde à son service un novice prometteur, afin de le former dans quelque lieu plus prestigieux. Un aspect de la situation semblait échapper au contrôle du jeune moine…

Quelques jours plus tard, on en vint à annoncer le départ de l'archevêque, et le novice se demandait s'il parviendrait finalement à atteindre son objectif.

C'était cette fois l'heure du souper, que le vieil homme avait pour habitude de prendre dans ses appartements. Ce soir, il avait tenu à partager celui-ci avec le novice, sans doute parce que c'était la veille de son départ… Comme souvent, il s'agissait d'un repas frugal mais préparé avec soin, à base des légumes frais du potager de Saint-Quernal. Tout en dînant, Lucas avait innocemment amené leurs propos sur le thème de la vocation et de la destinée de chacun.

— *Homme, tu vénéreras la place que t'a offerte Pangéos le Seigneur Gris dans ce monde,* lui répondait le religieux. *Tu honoreras ta naissance et prolongeras le métier de ton père…*

— Je connais ce passage, Éminence. Verset 21, Livre de Mel-Andol. Mais… je n'ai guère de père, répondit Lucas avec un embarras feint.

— Allons, mon enfant, il ne me semble pas qu'il faille prendre les textes sacrés à la lettre. Tu as eu ici de très bons modèles, à commencer par l'abbé Yvanov. Hésiterais-tu à *prolonger son métier* ? Je pense pour ma part que tu es dans les meilleures dispositions pour suivre son exemple…

« Le moment venu, tu feras sans doute un excellent abbé pour Saint-Quernal. Et je parierai que le père Yvanov t'a lui aussi déjà pressenti pour être son successeur. Ne t'en a-t-il donc jamais touché mot ?

— Non. Jamais, Éminence, fit Lucas en simulant la naïveté.

Il souriait intérieurement avec amertume. Même le bon archevêque Colémène l'aurait donc destiné à une autre vie que celle de simple frère à laquelle il aspirait…

Le temps passa, et le repas touchait à sa fin lorsque le novice se décida à jouer le tout pour le tout. En désespoir de cause, il lança le plan qu'il avait échafaudé au cas où l'archevêque se montrerait vraiment réticent.

— Pour être franc, Votre Éminence, j'ai fait de nombreux rêves étranges ces dernières nuits, mentit-il de but en blanc. Je voulais m'en entretenir avec vous avant votre départ, pensant que vous pourriez peut-être m'éclairer sur ce point.

Monseigneur Colémène hocha la tête, intrigué et attentif.

— Voilà, commença donc le séminariste. Je me voyais dans un endroit qui ne m'était pas familier, mais que j'ai cru reconnaître comme étant la cathédrale de Mossiev.

Il marqua une pause, pudique.

— Croyez-vous que je doive y voir un signe de notre Seigneur ?

Le jeune moine priait de toute son âme pour que Pangéos lui pardonne ce blasphème. Il n'avait plus d'autre choix que ce stratagème pour expliquer sa volonté de suivre les pas du vieux religieux. Celui-ci risquait d'ailleurs bien de lui rire au nez ou de le réprimander pour ces paroles, mais Lucas tablait sur la confiance qu'il était parvenu à instaurer chez le Haut-Père.

— Voilà donc ce qui te tourmentait, murmura l'archevêque en joignant les mains sur son ventre.

Le vieil homme soupira longuement.

— J'avais bien senti que des conflits se déroulaient en toi. Ainsi, tu n'osais pas avouer tes visions de peur d'être pris pour un menteur, n'est-ce pas ? Mais il s'agit d'un état de grâce, mon cher enfant ! Tes rêves sont une heureuse nouvelle pour nous tous, fidèles de Pangéos.

L'archevêque souriait. Il y avait tellement de sincérité dans la joie tranquille du vieil homme que Lucas n'eut guère à composer pour teinter sa voix d'émotion lorsqu'il reprit la parole :

— Mais alors, Éminence… que dois-je donc faire ?

— Je ne vois qu'une seule chose, répondit le Haut-Père avec un nouveau soupir. J'aurais voulu t'éviter cela, malgré mon envie de te garder à mes côtés, cher enfant. J'aurais vraiment aimé te protéger de Mossiev et de ses corruptions, afin de savoir qu'il existait au loin, à Saint-Quernal, un jeune moine dont la pureté n'était entachée d'aucun de ces vices… J'aurais alors pu préserver ton souvenir comme un secret espoir envers la rédemption de mes semblables…

Lucas comprenait soudainement ce qui avait retenu l'archevêque de le prendre à son service. Il avait tout simplement trop bien joué son rôle de jeune homme pur et sans ambition. Quelle ironie !

— Mais notre Seigneur en a décidé autrement, reprit fermement Son Éminence. Il va falloir que tu m'accompagnes à la Cour. Ce que tu viens de m'avouer est trop important, tu comprends ? Là-bas, peut-être auras-tu de nouvelles visions. Mais cela va être un long et difficile voyage, mon fils, et j'ai peur que la Cour soit pour toi une véritable torture… Te sens-tu prêt à endurer ces épreuves ?

Lucas toussota avec soin, feignant un instant d'indécision. Ses yeux clairs étaient pleins de résolution quand il répondit, le menton dressé courageusement :

— Je suivrai votre volonté, Éminence. Oui, quoi qu'il m'en coûte…

Les événements s'apprêtaient donc à s'enchaîner comme dans les prévisions du séminariste. À présent, impossible de faire marche arrière… Quelques heures plus tard, après une nuit terriblement tourmentée, le novice faisait ses adieux à Yvanov, et à son cher monastère.

5

Wilf revint à lui avec cette sensation désagréable d'avoir fait un mauvais rêve. Le genre de rêve qui, sans être un cauchemar, gâche la qualité du sommeil et place la journée suivante sous le signe de la morosité et de la langueur. Puis il commença à se souvenir de ce qui était vraiment arrivé. Il s'agissait bien d'un cauchemar, tout compte fait. Mais il s'était réellement produit...

Pour fuir la douleur des plaies qui brûlaient ses chairs, il essaya coûte que coûte de trouver à nouveau refuge dans l'oubli. Mais il ne parvint pas à se rendormir : la rude vie menée à Youbengrad lui avait enseigné une vigilance de tous les instants. Cette prudence nécessaire le conditionnait jusqu'au plus profond de lui-même, et il était très improbable qu'il puisse s'en affranchir un jour, même s'il devait vivre des années dans le confort et la sécurité les plus totaux.

Bien. Essayons un peu de comprendre ce qui s'est passé, se dit l'enfant. Il était allongé à même le sol. Ses blessures, bien que douloureuses, ne semblaient pas sujettes aux hémorragies. Un par un, le jeune gredin bougea ses membres, ses doigts. Puis il tourna lentement la tête de gauche à droite, toujours sans ouvrir les yeux, afin d'assouplir sa nuque fortement ankylosée. Il se rendit compte que sa respiration lui demandait beaucoup d'efforts : c'était sans doute ce qui l'avait réveillé. Tout en tendant l'oreille, il eut une pensée amère pour les morceaux de dents qui s'entrechoquaient dans sa bouche lorsqu'il salivait.

Il n'y avait pas un bruit. *Quel veinard je fais…* songea-t-il avec cynisme, réalisant que ses deux molaires les plus touchées étaient encore des dents de lait – qui seraient donc bientôt remplacées. Le garçon ouvrit ensuite légèrement les yeux, en deux minces fentes qui scrutèrent avec méfiance son environnement immédiat. Visiblement, il avait été déplacé, bien qu'il fût encore dans la forêt. L'étroite clairière au centre de laquelle on l'avait étendu semblait entièrement vide. Lui-même n'était entravé d'aucune manière, contrairement à ce qu'il aurait pu penser.

L'endroit autour de lui était plutôt plaisant, remarqua-t-il. Les chênes dénudés étendaient leurs branches loin vers le centre du petit cercle herbeux, donnant une sensation d'intimité. *Une clairière pour y amener son amoureuse*, sourit l'enfant, sachant pourtant qu'il avait d'autres chats à fouetter que d'admirer le paysage. L'herbe et la mousse du sol, légèrement recouvertes de givre, ne paraissaient avoir été souillées d'aucune empreinte griffue. Les arbres, dont pas une branche n'avait été brisée ou mordue à la manière de Grogneurs en maraude, ne portaient aucune trace du passage éventuel des créatures. Tout semblait paisible.

Quelque chose, vraisemblablement un petit animal, fit craquer une brindille à proximité. Wilf se redressa trop brusquement : il fut pris d'une virulente quinte de toux qui lui fit cracher plusieurs chicots sanglants et se tenir la gorge à deux mains. Il finit enfin par retrouver son souffle, mais la douleur qui lui enserrait la poitrine se chargea de l'informer qu'il avait certainement quelques côtes de cassées. La nuit semblait toucher à sa fin, ce qui apprit à l'enfant qu'il avait dû rester inconscient plusieurs heures. Néanmoins, d'après ses souvenirs du combat contre les créatures, c'était un véritable miracle qu'il ne soit pas plus grièvement blessé...

Une ombre bougea à la limite de son champ de vision, et l'enfant comprit soudain que ce n'était pas un renard ou un lièvre qui avait fait craquer cette branche, un instant plus tôt. Il sauta sur ses pieds quand la silhouette humaine s'approcha, mais sa vision se troubla : il perdit l'équilibre et se sentit chuter en avant. Il fut rattrapé de justesse, mais avec une grande douceur, par celui qui s'avançait vers lui.

— Il faut te reposer, petit *nedak*, fit la voix profonde et sereine. Tu as beaucoup souffert de ton combat contre les chiens du Fils de la Souillure.

Sans répondre, Wilf se dégagea du soutien tranquille de l'inconnu. Il s'assit pour éviter de perdre conscience à nouveau, et leva les yeux vers celui à qui il devait sans doute la vie. Ce fut au même moment qu'il remarqua que ses blessures avaient été enduites d'un cataplasme huileux.

L'homme était vêtu à la manière d'un sauvage, mais ses intentions semblaient pacifiques. C'était un vrai géant, plus grand même que ces robustes soldats baârniens, qui dépassaient pourtant d'une bonne tête la plupart de leurs compatriotes. Sous sa peau, courait une musculature longiligne qui semblait toujours en mouvement, comme celle d'un chat. Des tatouages rituels dessinaient des volutes et des entrelacs sur la peau de ses avant-bras comme sur celle de sa gorge. Pour toute arme, il tenait une lance d'aspect primitif, mais au manche gravé de symboles ésotériques.

L'adulte fit un geste étrange, qui pouvait signifier qu'il le saluait ou bien qu'il désirait l'enlever à sa rêverie. Le petit garçon le considéra avec moins de méfiance, nota son regard placide et son expression bienveillante, puis demanda :

— Est-ce vous qui m'avez conduit ici ?

— Pas moi, répondit l'inconnu, mais l'un des miens. Il fit un sourire radieux, plein de gaieté innocente. Nous chassions cette Horde depuis plusieurs jours...

Le fait que des êtres humains puissent poursuivre une Horde comme on traque un gibier était au-delà de l'imagination de Wilf. Il laissa cela de côté pour plus tard et reprit :

— Vous n'auriez pas un peu d'eau ?

— Si. Tiens, fit l'homme en tendant une outre pleine au gamin. Désaltère-toi, mais ne bois pas trop vite. Tu parviens à peine à respirer.

Tout en buvant à petites gorgées pour ne pas être victime d'une autre quinte, Wilf faisait travailler son esprit à toute allure. Il ne comprenait pas comment cet étranger et les siens, même s'ils prétendaient faire la chasse à des cohortes de créatures féroces, s'y étaient pris pour le tirer d'affaire et le conduire jusqu'ici. Lorsqu'il était tombé, il restait encore des dizaines de survivants parmi les Grogneurs, qui s'apprêtaient à les submerger, lui et son maître, pour les dévorer. Il avait dû falloir une véritable petite armée pour venir à bout de ces monstres enragés.

— Vous étiez dans un vilain état, toi et ton *duük*, quand nous vous avons trouvés. Mais apparemment, vous ne vous êtes pas trop mal battus. (L'inconnu fronça les sourcils un instant, semblant réfléchir.) Non, pas trop mal. Surtout pour des *nedaks*.

— Comment vous y êtes-vous pris pour nous sauver des Grogneurs ? questionna l'enfant avec une certaine irritation.

Cet homme ne cessait d'employer des termes inconnus, il affichait une joie de vivre naïve qui avait – selon Wilf – quelque chose de gênant. Le garçon voulait des réponses à ses interrogations, il était impatient de savoir si tout danger était vraiment écarté, et ce qu'il était advenu de Cruel-Voit...

— C'est moi qui ai entendu les bruits de combat, fit une nouvelle voix masculine.

L'homme qui avait parlé était sorti du rideau d'arbres avec un silence que le côté professionnel du petit voleur ne put s'empêcher d'admirer, malgré toute l'étrangeté de ces deux rencontres. Comme l'autre sauvage, il portait des vêtements faits de peaux diverses et de laine. Les matériaux dont étaient constitués les effets de ces étrangers étaient rudimentaires, mais cousus avec soin et décorés d'une façon qui révélait un certain sens artistique. Tous deux portaient une imposante coiffe de peau surmontée de véritables bois de cerf. Leur regard était chargé d'une intensité paisible, telle que Wilf n'avait encore jamais eu l'occasion d'en rencontrer chez un être humain. Le nouveau venu arborait les mêmes tatouages que son compagnon, mais il était un peu plus petit, et plus musclé.

— Je suis Pej, à qui tu dois la vie sauve, reprit gravement le même homme. Mais je ne demanderai rien en échange, car ton *duük* et toi-même êtes des tueurs de Grogneurs. Il y en avait déjà beaucoup à terre quand nous sommes arrivés...

— Qu'est-ce que c'est mon *duük* ? demanda le garçon, d'un ton légèrement agacé.

Ce fut le premier sauvage, dont la voix était plus douce et moins solennelle, qui répondit :

— C'est un terme à nous. Il veut parler de ton père, petit. Au fait, j'imagine que tu dois te demander s'il est en sécurité ? Ne te fais pas d'inquiétude pour lui : il était gravement touché, mais nous l'avons confié aux soins du *konol*.

Le grand homme placide hésita un instant.

— ... Notre homme-médecine.

— Cet homme n'est pas mon père, expliqua le jeune tire-laine. Je suis son apprenti.

Lentement, Wilf commençait à se faire à l'idée que ces mystérieux primitifs avaient été assez nombreux et assez courageux pour traquer puis mettre en déroute une Horde entière de Grogneurs.

— Vous poursuiviez vraiment ces créatures des enfers ? interrogea-t-il quand même.

— Nous les poursuivions, dit sérieusement Pej, depuis trois *shols*. Puis nous les avons trouvés, et nous les avons tués.

— Tous ? fit l'enfant en écarquillant les yeux d'étonnement.

— Et pourquoi voudrais-tu que nous en ayons laissé en vie, petit *nedak* ? ricana Pej. Je crois savoir que tu n'es pas non plus de leurs amis...

— À vrai dire, intervint l'autre étranger, nous n'avons pas pu empêcher leur chef humain de s'enfuir. Mais il est très rare que nous parvenions à en prendre un. Quand les choses tournent mal pour eux, ils prennent la fuite à l'aide de leurs horribles bêtes ailées. Moi, Jih'lod, j'ai permis la capture d'un de ces serviteurs de la Souillure, il y a quelques années. Ce fut un jour de grande fête.

Les questions se bousculaient dans la bouche de Wilf, qui avait presque oublié la douleur de ses diverses blessures.

— Vous voulez dire que vous avez pour habitude de vous attaquer aux Hordes? demanda-t-il.

— À présent, c'est la dernière et la seule raison d'être de notre peuple, répondit Pej avec ce que l'enfant crut reconnaître comme étant de l'amertume.

— Pas la seule, le corrigea Jih'lod. Pas la seule...

— Et... Le garçon éprouvait une difficulté croissante à choisir entre les interrogations qui lui brûlaient les lèvres. Enfin, comment se fait-il que personne ne soit au courant de votre existence? Moi, en tout cas, je n'avais jamais entendu parler de gens comme vous deux.

Il hésita un instant.

— Mais il est vrai que je ne suis pas très instruit, précisa-t-il sans gêne aucune.

Jih'lod lui répondit avec un sourire tolérant:

— Les *nedaks* ne savent généralement pas qui nous sommes. C'est ainsi depuis longtemps. Ils ne nous comprennent pas et nous ne leur demandons rien... La forêt et les zones vierges sont de bien meilleurs endroits pour vivre que ces cités pestilentielles que vous bâtissez.

Wilf garda pour lui-même son opinion sur ce dernier point et enchaîna :

— Vous voulez dire que vous êtes un peu comme les barbares du Worsh ?

— Ne nous compare pas à ces sauvages, rugit Pej de sa voix forte. Nous sommes civilisés, même si notre culture diffère de la tienne ! Est-ce que nous devrions ressembler à des pillards assoiffés de sang sous prétexte que nous ornons nos crânes d'andouillers et que nous méprisons les cités de ton Empire ?

Le sauvage fulminait : sa main droite se serra avec colère sur le manche de sa lance. En son état de santé actuel et étant donné le gabarit des deux hommes, le jeune gredin se dit qu'il ne parierait pas sur sa propre victoire, au cas où les choses en viendraient à dégénérer.

— Ne lui en veux pas, frère, intervint Jih'lod. Ce n'est qu'un jeune *nedak*.

Puis, se tournant vers l'enfant :

— Pej ne voulait pas se montrer brutal. Mais nous sommes les descendants des Tu-Hadji. Notre race est très ancienne, et nous avons de nombreuses raisons d'être fiers.

Pej, après un signe de tête à l'imposant Jih'lod, lança un dernier regard noir à Wilf. Puis il grimaça un sourire et lui toucha le front du bout des doigts.

— Allons, *nedak*. Tu as tué des Grogneurs, et tu mérites notre amitié. Alors tâche de montrer un peu plus de respect pour un peuple qui vaut bien le tien…

Wilf sentit son corps se détendre. La compagnie de ces curieux personnages lui apportait un renouveau agréable. Depuis presque trois mois, il n'avait fréquenté que le taciturne Cruel-Voit, et il se sentait étrangement à l'aise en présence des deux primitifs.

— Je ne sais pas ce que signifie le mot *nedak*, sauvages, lâcha-t-il avec son fameux sourire insolent – celui-là même qu'il avait dû mettre de côté tous ces derniers temps – mais mes parents m'ont donné un nom. Je m'appelle Wilf. Et je te conseille de t'en souvenir quand tu t'adresses à moi, si tu ne veux pas finir comme ces pauvres Grogneurs. Compris ?

Les yeux du gamin, pétillants de malice et d'orgueil, dissuadèrent le guerrier tu-hadji de se mettre une nouvelle fois en colère, mais il se tourna vers son frère de race avec une expression désemparée.

— C'est un mot pour désigner les étrangers, expliqua Jih'lod en riant. Pej n'a pas beaucoup d'admiration pour les *nedaks*. Il est vrai que vous autres, habitants des cités, ne nous avez guère donné d'occasion de vous respecter. Il n'y a qu'à voir l'état dans lequel vous avez mis votre pays… Mais peut-être que nos deux nouveaux amis pourront nous faire changer d'avis sur le compte de leurs semblables, qui sait ? D'ailleurs, il est temps que nous allions retrouver ton compagnon de route, maintenant. Viens, nous allons te conduire au *konol*.

***

À mesure que le cortège des religieux approchait de la capitale, les indices d'une guerre toute proche se multipliaient. Les routes et les champs étaient pour la plupart déserts. Les volets claquaient chaque soir un peu plus tôt sur les fenêtres des villages. Même en plein jour, la suite de l'archevêque n'avait droit qu'à quelques signes de main gênés, tandis qu'à l'aller une foule en liesse sortait sur les bords de la route pour acclamer ce haut personnage de l'Église grise. L'attitude réservée des sujets du Csar s'expliquait vraisemblablement par la présence dans les parages de troupes des barons rebelles, notoirement hostiles au clergé de Pangéos. Ce qui n'empêchait pas Son Éminence d'accorder sa bénédiction sincère aux habitants de chaque bourg dans lequel il faisait halte.

La rumeur rapportait que Caïus de Fael, chef de file des nobles renégats, s'était attaqué de plus en plus violemment à l'Église au cours de ses derniers discours. Il accusait celle-ci d'être trop liée à l'Empire et à son hégémonie totalitaire ; il lui reprochait d'oublier le bien-être réel des petites gens et d'être corrompue par des manipulateurs avides. L'homme avait pour le servir le feu de sa passion, et sa voix devait posséder des accents de vérité alors qu'il haranguait ses soldats, ou même seulement les populations croisées sur le chemin de Mossiev. Car le jeune duc prêchait ainsi gratuitement, encore et encore, dans le moindre village qu'il traversait ; et son énergie semblait sans limite. Lucas pouvait sentir l'ébranlement des convictions populaires qu'il avait su opérer en l'espace de quelques semaines.

En conséquence de cela, les soldats de Saint-Clarence avaient dû imposer à leur petit groupe de nombreux détours, afin d'éviter la proximité des camps d'insurgés. Bien qu'il fît de gros efforts pour ne pas le montrer, Monseigneur Colémène commençait à paraître très éprouvé par le froid et la fatigue de ce voyage prolongé. Lucas faisait de son mieux pour réconforter ses semblables. Toutefois, il commençait lui aussi à sentir son enthousiasme geler de concert avec ses articulations et ses doigts bleuis. Il s'en prenait fréquemment tout bas aux gardes, qui ne se décidaient pas à le conduire aux portes de Mossiev, puis il en éprouvait de sincères remords en songeant que, sans eux, les membres de la suite seraient sans doute tous morts depuis longtemps.

Un matin vint où plusieurs dignitaires, excédés, prirent sur eux d'aller se plaindre à l'officier qui menait la troupe de clarencistes. Au terme d'une discussion discrète mais de toute évidence tendue, ils semblèrent regagner bredouille leurs carrosses.

Les entretiens à voix basse devenaient monnaie courante au sein de la suite et l'angoisse commençait à transparaître sur la plupart des visages. *Pourquoi les moines de Saint-Clarence répugnaient-ils tant à s'approcher de la capitale ?* s'interrogeaient les Hauts-Pères. *Que pouvait-il se passer de si grave qui justifie un tel inconfort pour des personnes de leur rang ?* Les diacres et les chanoines comprenaient peu à peu que quelque chose de véritablement inquiétant empêchait leur fidèle escorte de les mener tous à bon port. Ils redoutaient maintenant de ne peut-être pas pouvoir regagner leurs murs protecteurs sains et saufs… Et c'était là une éventualité épouvantable, effrayante et inattendue, à laquelle aucun d'entre eux n'avait jamais été confronté durant sa vie. Leur condition leur avait toujours offert sécurité et abondance : pour la première fois, ils connaissaient réellement la peur.

Lucas n'était pas aveuglé à ce point par la lâcheté : il avait réalisé depuis plusieurs jours ce qui interdisait aux gardes de les conduire aux portes de Mossiev. Ayant suivi un raisonnement logique et prêté une oreille attentive aux messes basses des soldats, il s'était forgé une opinion peu réjouissante.

À en croire ce qu'il avait pu entendre, la ville était en passe d'être assiégée, et les années rebelles formaient un véritable écrin de mort autour d'elle. Louvoyer entre les différentes troupes jusqu'à la capitale devait représenter une entreprise bien trop délicate pour que les clarencistes aient retenu cette solution, du moins jusqu'à présent. Le novice craignait qu'ils ne soient bientôt obligés de choisir entre cette aventure périlleuse… et la mort de toute la suite, affamée dans la neige.

Les choses en étaient là lorsque Monseigneur Colémène fut pris de son premier malaise. Lucas, qui restait le plus souvent au chevet du vieil homme quand celui-ci se sentait fragile, le vit brusquement pâlir et basculer en avant. Entourant le Haut-Père de ses jeunes bras, le novice empêcha ce dernier d'aller donner de la tête contre le coin d'une petite table sculptée qui meublait le carrosse. Il appela aussitôt. Alertés, plusieurs membres de la suite accoururent pour l'aider à soutenir Son Éminence.

L'Église grise était réputée pour compter dans ses rangs de fameux médecins, et le vieil ecclésiastique fut l'objet de soins rapides et efficaces. Il fut allongé avec délicatesse, puis on tendit à Lucas un pot de baume odorant avec lequel on le chargea de frictionner les poignets et la poitrine de son supérieur.

Après plusieurs minutes d'inconscience, l'archevêque revint finalement à lui, et parvint à articuler d'une voix faible :

— Tout va bien maintenant. Merci de ta sollicitude, Lucas. Et… ne vous faites plus de souci pour moi, mes enfants.

Mais il était évident aux yeux de tous qu'il ne survivrait pas trois jours de plus dans ces conditions.

Certains, parmi les dignitaires présents, préconisaient un prompt retour à Mossiev, quels qu'en fussent les risques. Mais la majorité conservait maintenant le silence, agneaux muets et terrifiés qui remettaient aveuglément leur sort entre les mains des clarencistes.

À peine quelques heures plus tard, il fut enfin décidé que la petite troupe tâcherait coûte que coûte de regagner la capitale. Lucas, qui était resté veiller Monseigneur Colémène après l'incident, remarqua qu'il avait ressenti une inquiétude sincère lors du malaise du vieil homme. Son cœur s'était pincé à l'idée que le bon archevêque était peut-être en train de mourir.

La perspective de voir s'éteindre dans ce paysage glacial et vide celui qui lui avait accordé sans condition son affection et sa confiance le révoltait intérieurement. Même s'il devait bafouer l'amitié de l'archevêque par ses subterfuges, *surtout* à cause de cela, Lucas était bien résolu, pour le moins, à conduire sain et sauf son vieux compagnon jusqu'entre les murs de Mossiev. Toutefois, il se serait senti lui-même plus vaillant si les moines-soldats de Saint-Clarence avaient pu montrer un peu plus de confiance... Mais leurs visages restaient graves et fermés ; un peu trop résignés, en vérité, au goût du jeune clerc.

Il fallut voyager toute la nuit suivante, et ne ménager qu'une brève pause pour les chevaux un peu avant l'aube. Son Éminence avait subi deux nouvelles pertes de conscience depuis la veille, et un prêtre médecin côtoyait à présent en permanence Lucas à son chevet. Les clarencistes exigeaient le plus souvent un silence total de la caravane, dont la progression devait être interrompue chaque fois qu'il fallait faire du feu pour réchauffer les plus mal-en-point. Malgré cela, on approchait sans nul doute de la capitale : l'espoir commençait visiblement à renaître dans le cœur frigorifié des religieux.

Lucas était en train de rassurer Monseigneur Colémène, qu'un mauvais rêve venait d'éveiller, lorsqu'il entendit des éclats de voix à l'extérieur. Il lâcha subitement la main du vieil homme pour bondir vers la fenêtre et observer la scène, qui se déroulait quelques mètres plus à l'avant.

Les rafales de neige avalaient la moitié des mots des protagonistes, mais leur attitude était assez significative pour que le novice puisse deviner les paroles manquantes. D'un ton impérieux, un officier rebelle escorté d'une vingtaine de cavaliers ordonnait aux clarencistes de déposer leurs armes. Il semblait en avoir surtout après les carrosses, qu'il devait s'imaginer chargés de richesses.

— Que se passe-t-il ? gémit Colémène en tendant le bras de façon pathétique.

Le séminariste hésita un instant à inquiéter davantage le malade, puis décida néanmoins de parler franchement à son aîné :

— Des ennuis, Éminence… Je crains que nos soldats n'aient pu nous éviter de croiser la route des insurgés.

Au-dehors, le ton continuait de monter, malgré les efforts de l'officier clarenciste pour expliquer que la suite de l'archevêque était absolument étrangère aux conflits politiques et devait bénéficier de l'habituelle immunité cléricale.

— Étrangère ? Faites croire cela à quelqu'un d'autre ! criait avec indignation le capitaine rebelle.

On va vous en donner, de l'immunité ! Qu'est-ce que vous cachez dans vos beaux carrosses ? continuait-il tandis que Lucas pouvait imaginer l'avidité qui devait briller dans son regard.

— Absolument rien qui puisse avoir une quelconque valeur à vos yeux, mon fils, répondit l'officier de Saint-Clarence. Il ne s'agit que de quelques moines que j'ai pour ordre d'escorter à la capitale.

— Allez un peu dire ça à mes hommes, qui crèvent de faim et de froid depuis une semaine ! Vous n'irez nulle part tant que vous ne nous aurez pas laissés jeter un œil dans ces roulottes !

Lucas vit le clarenciste hésiter un instant. Il songeait sans doute que les rebelles ne manqueraient pas de prendre les dignitaires de l'Église grise en otage dès lors que les costumes de ces derniers trahiraient leur rang. Il pouvait entendre la respiration silencieuse de l'archevêque à ses côtés, et devinait que celui-ci était en train de prier. Son sort serait sans nul doute bien peu enviable s'il tombait entre les mains de ces insurgés hérétiques. Mais le jeune homme le connaissait à présent assez bien pour savoir que les requêtes que le Haut-Père adressait à Pangéos devaient concerner le reste de sa suite plutôt que lui-même.

Les visages de quelques dignitaires, congestionnés par l'angoisse, apparaissaient aux fenêtres des autres carrosses.

Trop brutalement pour que Lucas puisse remarquer si un quelconque signe avait été échangé entre le supérieur clarenciste et ses frères de monastère, les lames jaillirent de leur fourreau et les lances furent brandies en position de combat. D'une voix plus ferme que jamais, le chef des gardes reprit :

— Une dernière fois, je vous répète que nous escortons de simples prieurs : ils n'ont rien à voir avec les affaires qui vous occupent. Laissez-nous poursuivre notre route ou bien nous serons dans l'obligation de tailler nous-mêmes notre passage.

Malgré le ton lourd de menace de leur supérieur, les soldats de Saint-Clarence étaient en infériorité numérique. Lucas espérait que leur valeur serait à la mesure de leur réputation, si un combat venait à s'engager.

— Laissez-nous votre or et vos vivres ; et nous vous laisserons partir, tenta à nouveau le capitaine.

— Vous n'êtes décidément rien de plus que des bandits de grand chemin, répondit l'officier clarenciste d'une voix calme mais tendue. Notre Seigneur nous félicitera pour le juste châtiment que vous allez recevoir...

— Vous l'aurez voulu, curés ! rugit le chef de la troupe rebelle.

Il fit un geste en direction de ses hommes et ceux-ci s'élancèrent, la bouche emplie de jurons blasphématoires. Les cavaliers se jetèrent les uns contre les autres dans un grand fracas de métal.

Plus tard, Lucas ne devait se rappeler que par bribes de cette première bataille à laquelle il avait assisté. Lui qui n'avait jamais vu de plaie beaucoup plus grave qu'un genou écorché, il se souviendrait être resté paralysé devant les flots de sang qui se déversaient dans la neige, le liquide rouge créant des rigoles sinistres dans l'immense tapis blanc.

Très rapidement, les soldats de Saint Clarence avaient été submergés par le nombre de leurs assaillants. Ils se battaient bien, certainement, mais Lucas avait vite compris que leur foi et leur bravoure ne suffiraient pas à leur donner la victoire. C'était une sorte de miracle que lui et les autres avaient secrètement espéré, récitant tout bas les chansons fameuses des temps passés qui avaient fait la renommée des clarencistes aux quatre coins de l'Empire.

Le novice avait alors réalisé la cruelle différence qui existait entre les louanges encensant l'Ordre combattant, proclamant l'inévitable triomphe du Bien, et la brutale réalité d'un Empire moribond où aucun miracle glorieux n'avait plus sa place.

Dans la vie de Lucas, d'autres combats devaient suivre, qui l'opposeraient à des adversaires autrement plus terrifiants que ces soldats insurgés. Mais aucun ne put jamais l'envelopper d'un pareil sentiment d'horreur absolue que celui-ci, lorsque les ruisseaux de sang eurent creusé leurs sombres sillons dans la neige…

6

La tente du konol était la plus grande du campement, ce qui s'expliquait par le fait qu'elle tienne également lieu d'infirmerie. Dès que Wilf eut pénétré à l'intérieur, la fumée acre qui y régnait le prit à la gorge et fit larmoyer ses yeux. L'atmosphère était chaude et opaque, presque irrespirable. Quatre hommes blessés, dont Cruel-Voit, étaient allongés sur des fourrures tandis qu'un robuste vieillard s'affairait autour d'eux. Un pinceau de crin à la main, un bol rempli d'une mixture bleuâtre et odorante dans l'autre, le konol était apparemment occupé à dessiner des symboles bizarres sur le front de ses patients. Il se retourna avec irritation, dans un mouvement vif qui fit tournoyer derrière lui ses longs cheveux blancs. Toutefois, l'expression de son regard s'adoucit un peu dès que celui-ci se posa sur les deux guerriers qui encadraient l'enfant étranger.

— Nous avons amené le petit, dit Jih'lod après avoir salué l'ancien d'un geste subtil de la main. L'autre *nedak* n'est pas son *duük,* comme nous l'avions supposé, mais ils voyagent ensemble. J'ai pensé que l'enfant voudrait voir de ses yeux si son compagnon était bien soigné.

Comme le *konol* fixait avec une certaine sévérité les nouveaux venus et leur protégé, Pej jugea bon de venir au secours de son frère de race :

— Je ne crois pas qu'un jeune *nedak* qui m'arrive à la taille, et qui a prouvé qu'il était l'ennemi des Grogneurs, représente un grand danger pour notre campement, grand-père.

Le vieil homme acquiesça et grimaça un sourire en direction du garçon.

— Ton ami est encore inconscient, mon enfant. Je pense qu'il vivra, mais il va lui falloir une bonne semaine de repos.

Il marqua une pause, posant un regard évaluateur sur le corps du maître-tueur.

— Peut-être plus, fit-il avec une légère moue de dédain. Je ne sais pas : je n'ai pas l'habitude de soigner les *nedaks*…

— Mais ceux-là sont précieux à nos yeux, intervint Jih'lod, ce à quoi le *konol* acquiesça une nouvelle fois.

Sans rudesse ni amabilité particulière, il s'approcha alors de Wilf et tâta ses diverses blessures. Il prit son temps, le garçon conservant une immobilité polie, puis leva des yeux étonnés vers Pej.

— C'est toi qui as fait ces bandages ? demanda-t-il.

L'autre branla du chef.

— Eh bien, dit le vieux, à présent tout sourire, on dirait que mon enseignement n'a pas été aussi inutile que je le pensais…

À ces mots, bien loin de faire montre de la même bonne humeur, Pej sembla se rembrunir.

— Je suis un guerrier du clan, comme l'était mon *duük*, grand-père. Il te faudra dénicher quelqu'un d'autre pour prendre ta relève, déclara-t-il de sa voix profonde et sérieuse.

Le *konol*, soupirant, fit un geste pour couper court à toute discussion, comme s'il s'agissait d'un sujet sur lequel s'opposaient de longue date lui et son petit-fils. Puis il reporta son attention sur Wilf.

— Il semble que tu doives rester quelques jours parmi nous, mon garçon. Sache que tu es le premier *nedak* depuis bien des années à partager le feu des Tu-Hadji.

Le vieillard se racla la gorge.

— Si l'accueil qui t'est réservé te paraît froid, ne te formalise pas. Beaucoup parmi nous pensent que toi et les tiens n'êtes que des voleurs et des assassins.

Le gamin de Youbengrad resta stratégiquement impassible à l'ironie de cette phrase.

— Tu comprends, les seuls hommes de l'Empire que nous ayons l'occasion de rencontrer, dans les zones vierges que nous affectionnons, sont des bandits de grand chemin ou des parias rejetés par vos cités. Tu es un tueur de Grogneurs, et je te respecte pour cela, mais tu dois savoir que ce ne sera pas le cas de tous les miens. Il serait sans doute sage que tu ne vagabondes pas trop dans le camp, afin de ne pas risquer de rendre suspicieux qui que ce soit. Tu pourrais peut-être partager la tente de Jih'lod, qui a un fils de ton âge, proposa-t-il en questionnant les deux intéressés du regard.

— Cela me paraît une bonne idée, répondit le géant en tapotant l'épaule du gamin, si tu ne perturbes pas l'esprit de mon fils avec des histoires de citadins. Ygg'lem est déjà bien trop curieux à votre sujet comme ça, rit Jih'lod, faussement sévère.

— Ça marche, lança simplement Wilf, sentant son estomac gargouiller et commençant à se demander quel genre de cuisine étrange pouvaient bien pratiquer ses hôtes.

Le vieil homme sourit, cette fois avec une sympathie qui semblait sincère.

— Tu peux aller au chevet de ton compagnon, maintenant. Je doute qu'il puisse t'entendre, mais une présence amie suffira peut-être à lui apporter quelque réconfort.

Wilf suivit ce conseil sans empressement, répugnant à laisser les deux primitifs, à qui il avait encore tant de questions à poser. Pej et Jih'lod quittèrent la tente après un dernier signe dans sa direction, et le vieillard reprit quant à lui son activité interrompue sans prêter plus d'attention au garçon.

Le maître-tueur était salement amoché. Une cicatrice boursouflée courait le long de sa mâchoire maigre et sèche. De nombreux pansements recouvraient diverses parties de son corps, mais sa main droite n'était pas bandée et trempait dans une bassine de liquide turquoise. Wilf constata avec dégoût qu'il manquait deux doigts, le majeur et l'index, à cette main.

Aux interrogations du garçon, le *konol* répondit que les doigts avaient visiblement été arrachés à coups de crocs par un Grogneur en furie. Puis il expliqua que la morsure de ces créatures était très propice aux infections, et que la bassine de terre cuite contenait un remède qui éviterait au borgne de voir tout son bras noircir et pourrir. Wilf remercia le vieil homme pour ces précisions. Il ne savait pas exactement ce que ce handicap allait signifier pour le maître-tueur, mis à part une perte évidente d'habileté dans ses talents d'épéiste. Ce dont il était certain, c'était qu'il ne tenait pas à être dans les parages quand Cruel-Voit découvrirait sa mutilation. C'est pourquoi, sous le regard un peu surpris du *konol,* il prit congé presque aussitôt et se mit en quête du foyer de Jih'lod.

Le campement, qu'il n'avait fait que traverser rapidement à son arrivée, se trouvait à quelques dizaines de mètres à peine de la clairière où il était revenu à lui. Il s'agissait d'un petit regroupement de tentes familiales, souvent montées à l'abri d'un arbre afin que les branches de celui-ci les protègent des chutes de neige.

Des enfants tu-hadji jouaient entre ces huttes faites de peaux tendues. Il n'y avait pas encore dans leurs yeux la même sagesse surnaturelle que chez les adultes, mais leurs jeux n'avaient déjà pas ce côté bruyant et brouillon propre à ceux des gamins des rues. La plupart des enfants arboraient le même air presque sérieux, les petits garçons imitant avec soin leurs aînés qui s'entraînaient à la lutte. Wilf remarqua avec étonnement que l'un de ces derniers, jeté à terre par son adversaire, se relevait en souriant tandis que l'autre lui tendait une main secourable. Un peu plus loin, un groupe de jeunes filles aidaient leurs mères à découper des peaux de loups pour en faire des mocassins fourrés. Une troupe de bambins qui devaient avoir entre quatre et cinq ans, enfin, gambadait parmi tout ce monde sans paraître troubler la tranquillité de qui que ce soit. Quelques jeunes hommes portant l'étrange coiffe à bois de cerf jetèrent des regards hostiles à Wilf, mais le reste du campement ne semblait pas lui porter d'attention particulière. Toutefois, à bien observer certains enfants, le garçon de Youbengrad nota leurs coups d'œil obliques et la façon dont ils tournaient la tête un peu artificiellement lorsqu'il croisait leurs regards. Les mères de famille avaient dû leur donner pour consigne d'éviter le garçon étranger. Le petit *nedak* aux cheveux noirs n'avait pas l'air bien méchant, mais tout de même… prudence est mère de sûreté, etc.

Cette fraternité et ce calme ambiants rendaient Wilf trop stupéfait pour qu'il songe à jalouser les Tu-Hadji, mais il sentait bien que ceux-ci menaient une vie équilibrée et heureuse, à des lieues de tout ce qu'il avait pu connaître. Pas étonnant qu'ils ne tiennent pas à ce que les gens des cités viennent rompre leur mode de vie paisible. Lorsqu'il en eut assez de déambuler, il demanda à une vieille femme de lui indiquer où se trouvait la hutte de Jih'lod, et s'y rendit au trot, avec l'espoir qu'on penserait à lui servir quelque chose à manger.

À l'intérieur de la tente, l'attendait une très belle femme. Comme tous les Tu-Hadji, elle était grande, yeux et cheveux noirs, peau très blanche. Au grand étonnement de Wilf, elle était en train de tailler une pierre tranchante, très certainement dans le but de confectionner une lance comme celles qu'il avait vues sur Pej, Jih'lod et les guerriers du camp. Une goutte de sueur perla sur son nez, et elle s'arrêta pour la chasser, remarquant alors la présence du garçon. Elle leva pour de bon les yeux de son ouvrage et lui adressa un sourire magnifique.

— Tiens, mais voilà notre courageux petit *nedak* s'exclama-t-elle avec un mélange de curiosité et de tendresse dans le regard. Tu es bien petit pour chasser les chiens de la Souillure en compagnie d'un homme qui n'est même pas ton père. Ta pauvre maman doit être morte d'inquiétude…

— C'est que… elle est morte tout court, madame, répondit-il sans se démonter.

Puis, voyant la gêne qu'il avait occasionnée chez son hôte :

— C'était il y a très longtemps, et Cruel-Voit s'occupe bien de moi.

— Quel nom étrange, fit la femme, songeuse. Je suis l'épouse de Jih'lod ; il m'a dit que tu allais passer quelque temps parmi nous. Tu pourras faire connaissance avec notre fils bientôt, lorsque nous déjeunerons. À l'heure qu'il est, il doit être en train de s'occuper du bûcher avec son père. Pour les cadavres des Grogneurs, précisa-t-elle, mais ils ne tarderont pas. En les attendant, tu n'as qu'à m'aider à fabriquer cette lance.

Rendant son sourire à la femme, Wilf se saisit des lacets de cuir qu'elle lui indiquait, et entreprit de les nouer au manche de bois selon ses conseils expérimentés.

Deux heures plus tard, lorsque Jih'lod et Ygg'lem furent de retour, le gredin de Youbengrad avait appris que les femmes détenaient la charge de confectionner et de bénir les armes de leurs maris ainsi que les leurs. Elles se devaient aussi d'assurer la sécurité du campement lorsque les hommes poursuivaient une Horde, et elles recevaient à cet effet un entraînement martial à faire pâlir de jalousie les soldats de la garde du Csar. Mais tes talents guerriers des membres féminins du clan, toujours selon l'épouse du géant tuhadji, n'étaient en rien comparables à ceux de leurs homologues mâles. Ces derniers développaient leurs capacités combatives au-delà de toute limite, dans la bataille qui les opposait sans relâche à toutes sortes de créatures infernales.

Peu à peu, Wilf commençait à prendre conscience de la redoutable puissance militaire représentée par la cinquantaine de guerriers que devait abriter un campement de cette taille. Il avait eu peine à accepter l'ampleur du pouvoir détenu par ces gens, qui vivaient comme des sauvages, inconnus des administrations impériales. Mais à présent, il comprenait un peu mieux la fierté farouche de Pej.

Les Tu-Hadji mangeaient à même le sol, et leurs coutumes voulaient que ce soit l'invité qui fasse la conversation. Ce qui permit au fils de Jih'lod de scruter le petit voleur sous toutes les coutures, pendant que celui-ci s'inventait une enfance possible à raconter sans faire s'écrouler en larmes ses trois hôtes. Entre chaque phrase, il enfournait généreusement la nourriture tu-hadji – un plat de venaison aux épices subtiles et inconnues, servi au milieu des convives dans un récipient unique – le temps d'imaginer la suite de son récit. À la fin du repas, il était assez content de lui, et en vint à regretter que tout cela ne fût pas réel. Ygg'lem, qui s'était d'abord montré légèrement soupçonneux envers l'étranger, avait paru se détendre peu à peu, et il proposa spontanément de faire visiter le camp à Wilf pour occuper son après-midi. Jih'lod eut un sourire conciliant et leur accorda sa bénédiction, à condition qu'ils ne se fassent pas trop remarquer.

Le soir venu, une inévitable complicité était née entre les deux garçons. Ils étaient trop étrangers de culture et de mentalité pour qu'une réelle amitié puisse se nouer, mais ils avaient pour eux l'impression universelle qu'ont les adolescents de ne pouvoir être compris que par ceux de leur âge. Durant les jours qui suivirent, Wilf réussit à apprendre de nombreux détails sur la façon de vivre des Tu-Hadji, même si Ygg'lem n'était pas d'un naturel très volubile. Les habitants du campement finirent par s'habituer à les voir fureter partout ensemble, le petit Tu-Hadji expliquant d'un air grave les coutumes et l'histoire de son peuple. Quant au vaurien qui lui prêtait oreille, ses blessures avaient merveilleusement guéri, à l'exception d'une douleur à la jambe qui persistait en narguant les soins de Pej. Wilf se rappelait vaguement avoir eu la cuisse perforée par une lance de Grogneur, mais cette plaie était presque refermée dès le lendemain. Elle le faisait pourtant encore souffrir. La sensation de déchirement qui étreignait ses chairs lorsqu'il portait son poids sur cette jambe était telle que Wilf doutait qu'elle le quittât un jour définitivement.

Comme l'avait craint le *konol*, Cruel-Voit ne fut pas sur pied en une semaine, ni même en deux. Il fallut presque un mois en tout avant que lui et son pupille ne reprennent leur route vers Mossiev.

Le borgne était sorti du coma au bout de quelques jours. Encore très faible, il ne manifesta sa présence qu'à de rares reprises durant sa convalescence. La première fois, à la grande surprise de Wilf, pour demander des nouvelles de son apprenti. La seconde, pour jurer par tout ce que le monde comptait de plus obscène contre le sort qui lui avait volé deux doigts. La troisième, enfin, pour expliquer à son élève que les maîtres-tueurs apprenaient très tôt à utiliser leurs deux mains avec la même habileté, et ainsi que sa mutilation le handicaperait moins fâcheusement que c'eût été prévisible. Une chose était évidente : le borgne ne se sentait pas à son aise parmi les étrangers qui les avaient recueillis, et il attendait avec impatience de pouvoir marcher à nouveau pour prendre congé d'eux. Le vieux hongre, en effet, s'était fait dévorer les jarrets par les Grogneurs, et les Tu-Hadji avaient dû l'achever.

Toute la durée de son séjour, Wilf put donc admirer à loisir la culture de ses sauveurs. Leur existence entière était basée sur la lutte contre les Hordes. Il était étonnant de voir combien un peuple aussi guerrier dans ses perspectives pouvait se montrer paisible dans sa vie quotidienne. Comme le petit voleur l'avait déjà remarqué, les jeunes étaient laissés très libres, et se responsabilisaient de façon naturelle à un âge plus précoce que dans les cités. Les rôles des hommes et des femmes étaient clairement séparés, mais les deux sexes bénéficiaient du même respect et de la même liberté, chacun pouvant s'exprimer librement au conseil du clan qui se réunissait une fois par saison. Le libre arbitre de chacun, tout contrebalancé qu'il était par la nécessité de sécurité indissociable de leur mode de vie périlleux, était une valeur à laquelle les Tu-Hadji semblaient profondément attachés. Ygg'lem fit également comprendre à son nouveau compagnon que la mesquinerie, la jalousie, et les conflits internes en tous genres étaient des luxes que ceux de son peuple ne pouvaient pas se permettre. Parce qu'ils chassaient le gibier le plus dangereux qui puisse exister. Jih'lod se montrait d'une bienveillance toujours égale avec l'enfant, n'ayant pas cherché à lui poser la moindre question depuis le jour de son arrivée. Quant à Pej, il passait presque tout son temps en maraude avec les jeunes guerriers, guettant d'éventuelles traces de monstres dans les environs. Lorsque le mois toucha à sa fin, et que Cruel-Voit put enfin tenir debout, il semblait à Wilf qu'il vivait depuis une éternité parmi les Tu-Hadji...

Le *Galn'aji* – le chef du clan – fit alors appeler les deux étrangers dans sa hutte centrale, presque aussi large que celle du *konol*. Il les reçut en compagnie de Jih'lod, qui semblait posséder un statut important au sein du clan, sans que Wilf soit parvenu à déterminer sa fonction exacte. Une expression soucieuse pouvait se lire sur le visage empreint de gravité des deux hommes.

La tente du chef était composée de plusieurs espaces séparés par des tentures de peau décorées avec art. Ces surfaces d'intimité remplaçaient chez les Tu-Hadji les chambres des maisons. En l'occurrence, les visiteurs étaient reçus dans ce qui faisait office de pièce principale. Dans un coin, au fond d'un bol de terre, brûlait une poignée d'herbes qui dégageait des vapeurs bleues à l'odeur marine apaisante. C'était une tradition domestique courante chez ces gens, comme Wilf l'avait déjà remarqué dans le foyer de Jih'lod. Le *Galn'aji* attendit quelques instants en observant les étrangers avant de prendre la parole. Puis il leur tendit à chacun une énorme canine de Grogneur, sur laquelle avaient été sculptées des runes étranges.

— C'est pour vous, dit-il simplement. Vous êtes des tueurs.

— C'est vrai, répondit Cruel-Voit, sachant que le Tu-Hadji se méprendrait sur la sincérité de sa réponse. Moi et l'enfant, nous vous remercions : pour ces présents, pour votre aide et pour votre hospitalité. Mais notre route est encore longue. Nous devons maintenant vous quitter.

Wilf regardait tour à tour son maître et les deux Tu-Hadji. Le borgne se montrait bien respectueux, pour une fois. Même si sa longue convalescence lui avait interdit de partager la vie du campement de la même manière que son élève, la singularité de ce peuple ne lui avait pas échappé.

— Nous vous avons fait venir pour vous mettre en garde, dit Jih'lod de but en blanc.

— En garde contre quoi ? fit le tueur, levant un sourcil suspicieux.

— Contre d'autres Hordes, reprit le chef du clan. Nous sommes à peu près sûrs que les Grogneurs qui vous ont attaqués vous visaient personnellement.

— C'est ridicule, le coupa Cruel-Voit. Tout le monde sait que les Hordes frappent au hasard.

— Habituellement, c'est vrai, admit Jih'lod, conciliant. Mais dans ce cas précis, nous avons plusieurs raisons de croire que ce n'était pas le cas. Comprenez, nous sommes des spécialistes des Hordes : nous les chassons. Vous pouvez donc nous faire confiance en ce domaine.

Le regard du géant se posa sur Wilf, puis une nouvelle fois sur son maître.

— Les Grogneurs qui vous ont attaqués l'ont fait en vous encerclant, n'est-ce pas ?

Comme son maître gardait un silence gêné, Wilf hocha la tête affirmativement.

— Les Hordes n'encerclent jamais leurs victimes, continua Jih'lod. Peu leur importe que l'on puisse les fuir. Ce qui compte, pour une Horde, c'est de semer la destruction sans s'attarder où que ce soit. Il leur faut voyager en ligne droite, souvent au pas de course, car les monstres savent que nous les traquons, et ils nous craignent. Vous savez peut-être que les créatures d'une Horde ne dorment jamais. Elles apparaissent, ravagent une région pendant deux ou trois *shols* – des jours, se reprit-il à l'intention des deux étrangers – sans s'arrêter le moindre instant, puis disparaissent comme par enchantement.

— Et elles avancent droit devant elles, méprisant les irrégularités du terrain, ajouta gravement le *Galn'aji*. Elles ne font pas de détours subtils pour se rapprocher de deux pauvres voyageurs.

— Vous pensez vraiment que… gémit malgré lui Wilf, sidéré.

— Pour nous, il ne fait aucun doute que la Horde suivait votre piste, finit Jih'lod d'un ton soucieux et compatissant. Nous avons attendu que Cruel-Voit soit rétabli pour vous en parler, car vous étiez en sécurité ici.

— Voyons, insista le borgne, pourquoi ces monstres s'intéresseraient-ils à moi et mon apprenti ? Je voyage à travers l'Empire depuis des années, et je n'ai jamais rencontré ce genre de problème !

Sa voix s'était faite grondante, comme s'il voulait se persuader lui-même que les Tu-Hadji nageaient en plein délire.

— Il n'était pas de notre devoir de vous prévenir, répondit un peu plus sèchement le chef. Nous l'avons fait par simple amitié : à présent, libre à vous de vous protéger comme vous l'entendrez. Mais, soyez-en sûrs, les serviteurs de la Souillure – ou du Roi-Démon, comme vous le nommez – en ont après vous…

Une heure plus tard, après des adieux trop précipités à son goût, Wilf laissait Ygg'lem, Jih'lod, Pej et ses autres amis tu-hadji derrière lui. De nouveau, il trottinait à la suite de son maître sur les chemins de l'Empire, qui devaient les mener à Mossiev.

Depuis leur entretien avec le *Galn'aji*, le borgne n'avait pas desserré les dents, et un pli soucieux barrait son front.

**

Lucas grelottait malgré la sueur qui perlait sur son front. À travers sa vision troublée, il apercevait l'archevêque Colémène qui tâchait de changer le pansement dont était enrobée son épaule. Le Haut-Père avait déchiré une nouvelle large bande de bure de son habit. La blessure du jeune moine était très infectée et les bandages demandaient à être changés régulièrement : à ce rythme, Son Éminence pouvait constater que son vêtement se réduisait à vue d'œil. Méprisant le froid qui gelait ses membres et menaçait de le tuer, il continuait de veiller avec abnégation sur la santé de son protégé. Les souvenirs de Lucas lui revenaient par bribes, déformés par les accès de fièvre. Il se rappelait le fer de lance qui avait pénétré les chairs de son épaule, lui arrachant un cri strident. Sa blessure irradiait encore de douleur jusque dans sa gorge, sa poitrine et son bras gauche. Elle lui lançait des coups, comme autant d'éclairs sanglants qui le faisaient gémir convulsivement. Une impression nauséeuse que le ciel et le sol tournoyaient autour de lui faisait chavirer sa conscience. Son front était brûlant, et il s'entendait sangloter comme un petit enfant. Il se savait malade, et blessé, mais tout le reste était flou, se perdant dans les affres de son malaise.

Du temps avait passé. Quelques heures, ou peut-être des jours. Le souffle de l'archevêque chatouillait l'oreille de Lucas pendant qu'il lui parlait, sans cesse, essayant de lui éviter de perdre la raison. Soudain un peu plus lucide, le jeune moine parvint pour une fois à discerner un sens dans les paroles réconfortantes de son aîné.

Ce dernier lui racontait comment ils avaient été faits prisonniers, comment Lucas s'était interposé lorsqu'un soudard avait tenté de le maltraiter, au prix d'une vilaine lésion à l'épaule. Le jeune homme jeta un œil à sa blessure, salie et trempée de neige. Il eut envie de vomir. Le Haut-Père lui disait de rester calme, qu'on viendrait bientôt les délivrer… Chuchotement rassurant. Sommeil.

Puis des réveils en hurlant, tiré de ses rêves par une explosion subite de douleur ou de fièvre. Et encore le sommeil. Lucas n'avait plus aucune notion du temps. Lors de ses fugaces moments de lucidité, il avait pu découvrir que lui et l'archevêque étaient enchaînés à l'intérieur d'un chariot. La toile de cuir qui faisait office de capote, grande ouverte à l'avant et à l'arrière du véhicule, faisait un pauvre rempart contre les rafales de neige et la bise glaciale. Monseigneur Colémène avait expliqué d'une voix rendue rauque par le chagrin et le froid que lui et le jeune moine étaient les seuls survivants de la caravane. Les autres avaient tenté de s'enfuir ou de se défendre aux côtés des clarencistes : ils avaient été exécutés sans pitié. C'était la guerre.

Des quintes de toux pitoyables secouaient sans cesse le corps fragile et meurtri de Lucas. Sa blessure infectée l'avait rendu cruellement vulnérable au froid et à la maladie, tandis que son compagnon, contre toute attente, tenait miraculeusement bon. Son vieux corps frigorifié aurait dû être mort depuis longtemps, mais le Haut-Père parvenait encore à mobiliser les ressources de son immense volonté pour accomplir quelques gestes maladroits. Il aidait son serviteur à se nourrir, et le recouvrait lorsqu'un pan de son manteau glissait. C'était peut-être le défi de garder Lucas en vie qui lui donnait la force de se conserver lui-même.

De temps en temps, un peu de sang coulait entre les lèvres du séminariste. Une pneumonie, avait diagnostiqué l'archevêque. *Aucune chance pour que le pauvre enfant survive plus de quelques jours, sauf intervention de Pangéos lui-même,* avait dû se résigner le Haut-Père. Le novice toussait à fendre l'âme et sanglotait, ses larmes creusant des sillons dans la croûte de givre qui recouvrait ses pommettes. Puis il retournait à l'inconscience, et il lui arrivait alors d'esquisser un sourire. Comme Son Éminence aurait voulu l'imiter…

Lucas divaguait dans les royaumes de la fièvre. Son délire le faisait voyager à travers les souvenirs de sa petite enfance. Les fêtes du printemps à Saint-Quernal, lorsque les moines buvaient un peu plus que de coutume et faisaient bien rire les enfants avec leurs pitreries. Son ami Toril, qui avait partagé son dortoir pendant des années avant d'être adopté par le forgeron de Burzinski, qui cherchait un apprenti. Ce jour-là, l'homme avait dit aux moines que le petit Lucas n'était pas assez épais pour le métier, au soulagement visible d'Yvanov. À présent, Toril devait avoir repris la forge du village, ou ouvert boutique dans le quartier artisan d'une cité. *Ô mon frère, pour-*

149

quoi m'as-tu abandonné ? Lucas aurait tellement voulu avoir son compagnon de chambrée à son chevet.

Il y avait aussi les cauchemars et les angoisses d'enfant, tapis au fond de sa mémoire en guettant des jours de faiblesse comme ceux-ci. Ils resurgissaient alors : le monstre du bout du couloir, qui terrifiait Lucas lorsque c'était son tour d'aller souffler les bougies du dortoir. Les premiers émois de son corps, qu'il fallait garder secrets. Surtout ne rien dire à propos du tourbillon qui enflammait ses sens lorsque la fille du maître-brasseur accompagnait son père qui venait livrer ses tonneaux de bière. Elle était si jolie, avec sa robe mauve et son sourire enjôleur, que Lucas restait chaque fois obsédé par son image plusieurs jour durant. Et, parmi toutes ces choses qu'il fallait taire, pire que toutes les autres, il y avait les *Voix*.

Le plus sombre secret de Lucas, et sa plus grande honte.

Précisément cette honte qui l'avait poussé depuis des années à tendre vers la perfection pour tout le reste... Car, bien malgré lui, Lucas entendait d'étranges voix. Elles venaient du fond de son crâne, quelque part entre les tempes, ou bien peut-être des abysses de son âme. Le jeune homme avait d'abord longtemps voulu les nier, refusant la perspective d'être habité par quelque démon... Mais elles ne lui laissaient aucun répit. Les Voix, aiguës mais mélodieuses, l'appelaient sans relâche : *Lucas !..... Lucas !.....* Et leur écho n'avait pas de fin.

Le novice se sentait maintenant dériver différemment dans les profondeurs de l'inconscience. Son esprit lui semblait curieusement clair. Il n'y avait plus de douleur.

Un chant lointain attira son attention. Lucas, sans se poser de question, se laissa flotter, son âme le menant naturellement vers la mélodie. C'était un chant qui ne pouvait naître d'aucune gorge humaine. D'ailleurs, le langage employé n'avait rien à voir avec l'impérial, bien que le jeune moine le comprenne parfaitement. C'était une chanson très délicate, tragique, qui évoquait la mémoire et les regrets d'un peuple inconnu.

Lucas fut soudain encerclé de créatures, qui semblaient léviter, comme lui, dans une luminosité d'un bleu profond. *Lucas !…. Lucas !….* faisaient les Voix. Les êtres qui entouraient le séminariste avaient forme humaine, mais l'expression de leur visage démentait une appartenance à la race des hommes. Ils étaient trop paisibles, et trop sages. Leur infini savoir les transcendait et s'affichait, comme un sceau, sur leur image. Leur peau non plus n'avait rien d'humain. Grise, lisse et luisante, on la devinait également souple, douce et humide.

— *Reste avec nous, Lucas,* scandaient les entités dans leur langue qui sonnait toujours comme entre rire et chant. *Reste, enfant. Tu nous as tellement manqué…*

Une vague d'amour submergea le jeune moine, berçant la moindre parcelle de son âme dans une douce chaleur. Pour la première fois, il se sentait l'envie et le courage de répondre à l'appel des Voix. Toutes ses inhibitions semblaient tombées.

Les êtres formèrent un cercle plus étroit autour de lui, et le touchèrent. Leur contact était comme de l'eau fraîche, une onde pure qui le parcourut en entier. Instinctivement, le novice eut la certitude que sa pneumonie était guérie. Puis une douleur intense le frappa soudain de nouveau, et il se sentit arraché à la présence rassurante des créatures. Ouvrant les yeux à demi, il constata avec horreur qu'il était de retour dans le chariot cahotant dans les congères. Son épaule lui faisait affreusement mal.

Mais, au fond de sa souffrance, Lucas n'était plus seul. Les Voix, dans leur langage qui n'était pas celui des humains, continuaient à lancer leurs appels pleins d'amour et de compassion. *Lucas!.... Lucas!.... Lucas!....*

***

Wilf n'avait jamais vu son maître voler quoi que ce fût. Il en était donc venu à le croire scrupuleusement honnête et respectueux des lois, mis à part bien sûr le fait de tuer des gens. C'est pourquoi, il fut un peu surpris lorsque Cruel-Voit lui expliqua qu'ils devraient voler des chevaux pour se rendre à Mossiev. Ils étaient déjà très en retard avec cette histoire de Grogneurs et de convalescence : leur commanditaire risquait de s'impatienter.

L'occasion ne tarda pas à se présenter, puisque le professeur et l'élève tombèrent bientôt sur un camp de militaires. Il y avait là de nombreux chevaux, même si la plupart semblaient médiocres.

— Sans doute une unité d'insurgés, souffla le tueur avec un signe de tête vers un bouquet d'étendards auxquels Wilf ne comprenait goutte.

Dissimulés derrière une butte de neige, les deux compères décidèrent d'attendre la nuit pour mener leur larcin à bien. Lorsque le sommeil eut recouvert le camp, à l'exception d'un quatuor de sentinelles, ils passèrent à l'action.

Le petit voleur courut silencieusement jusqu'au

bosquet d'arbres morts où étaient attachées les montures, tandis que son tuteur faisait le guet. Sans un bruit, il en détacha deux, s'approchant toujours avec une légère appréhension de ces puissants animaux auxquels il ne connaissait presque rien. Il en avait choisi un gris pour son maître, et un petit noir pour lui. Son manque d'expérience en la matière limitait en effet ses critères de choix à la seule couleur de la robe. Après leur avoir chuchoté quelques paroles destinées à les apaiser, il entreprit de guider les chevaux en silence jusque derrière les arbres, où son maître l'attendait.

C'est alors que l'imprévisible se produisit. Alors qu'il longeait discrètement la file de destriers assoupis, le petit noir mordit cruellement la croupe d'un de ceux qui dormaient. Maudissant les mystères du monde animal, Wilf tira sur la longe pour éloigner son cheval, mais il était trop tard. L'autre riposta d'une ruade et petit cheval noir se cabra avec un hennissement strident, attirant du même coup l'un des hommes de garde. Avec désespoir, le garçon remarqua que sa propre silhouette se découpait alors dans les vifs rayons de la lune. C'était à présent la période croissante de cette dernière, qui brillait donc de mille éclats rouges.

Les regards du soldat et de Wilf se croisèrent ; les joues de l'homme s'enflèrent pour appeler à l'aide. Puis il s'écroula en silence, un poignard de Cruel-Voit en travers de la gorge.

Mais sa chute, hélas, n'était pas passée inaperçue : une autre sentinelle se chargea de sonner l'alerte, tandis que le gamin de Youbengrad méditait sur la malchance qui vous colle aux bottes, certains jours.

La suite fut mouvementée et un peu floue. Dans la panique, Wilf s'emmêla les pieds parmi les longes des chevaux. Il se sentit étourdi quelques instants, et son maître dut venir l'aider à se relever. En un temps record, plusieurs militaires encadraient les deux voleurs pris la main dans le sac. Certains hommes étaient en chemise de laine, les yeux pleins de sommeil, mais tous pointaient une épée ou une lance vindicative en direction des gredins.

Le borgne jeta un œil mécontent en direction de son apprenti. Wilf comprit ce que Cruel-Voit pensait : seul, il serait peut-être parvenu à s'enfuir, Pangéos savait comment. Mais en ces circonstances, il cracha seulement par terre, sans mot dire, et se contenta de défaire le ceinturon qui retenait le fourreau de son épée. Le petit gredin n'eut donc d'autre choix que de suivre son exemple. Après quoi, les soldats leur lièrent les mains et les jetèrent sans ménagement dans un chariot où étaient déjà enchaînés deux autres occupants. Les chaînes des nouveaux venus furent fermement fixées à l'une des poutres qui soutenaient la bâche.

— Corbeaux et putains, ragea l'enfant, alors que son regard croisait celui d'un des deux inconnus qui partageaient leur condition.

C'était un jeune homme, de trois ou quatre ans son aîné. Malgré ses yeux cernés et son teint livide, il possédait un visage angélique, le long duquel retombaient ses cheveux blonds en bataille. L'autre était un vieil homme à la peau rougie par le froid. Tous deux portaient des costumes d'ecclésiastiques et semblaient avoir subi des semaines de privations. Avec un mélange visible de crainte et de compassion, ils saluèrent poliment les deux nouveaux arrivants. Cruel-Voit ruminait et ne sembla pas leur prêter attention. Wilf renifla avec dédain.

7

Les quatre prisonniers s'ignoraient soigneusement, chaque couple s'étant octroyé la propriété d'un angle opposé du chariot. Wilf frottait vigoureusement ses mains pour réchauffer ses doigts gelés, observant du coin de l'œil la buée qui s'échappait par la bouche des trois autres.

— Ce n'est pas avec ce qu'ils nous donnent à manger que nous pourrons tenir sous un froid pareil, grogna-t-il entre ses dents.

Lors du prochain repas, il se promit de chaparder la ration des deux inconnus pour lui et son maître. Il se sentait endolori et somnolent, même s'il savait qu'il ne s'agissait que d'une torpeur due à l'inertie et à la faible température. *Et puis, il fallait songer à un plan d'évasion… dès qu'il ferait un peu moins froid…*

Lucas grelottait, les yeux dans le vague. L'archevêque s'était affaissé contre lui dans son sommeil, et il n'osait pas bouger de peur de troubler le repos du vieil homme. L'épaule meurtrie du jeune clerc avait fini par se remettre, mais son immobilité prolongée ravivait une légère douleur. Quant à sa pneumonie, si elle était bel et bien guérie depuis son étrange rêve, Lucas savait qu'il en garderait de lourdes séquelles.

Son souffle resterait pour toujours rauque et court, comme s'il venait de faire la course. Son corps lui semblait épuisé et fiévreux en permanence. Il ne serait jamais plus le jeune homme énergique et en bonne santé qu'il avait été.

L'errance de son regard l'amena à croiser celui du petit garçon aux cheveux corbeau. Les yeux de ce dernier lancèrent comme un éclair de défi, tandis que ses lèvres se fendaient d'un pli mauvais. Une vibrante intensité émanait de l'enfant, remarqua Lucas. Quelque chose de royal se dégageait de sa jeune personne, comme une indéfinissable touche d'élégance, dans son port ou même dans la dureté de ses expressions. Un curieux petit être, assurément…

Brisant la léthargie qui s'était emparée des occupants du chariot, la voix de Cruel-Voit siffla soudain :

— Alors comme ça, ils font même prisonniers des curés, fit-il avec sa sécheresse naturelle.

De la part de son maître, Wilf devina qu'il devait s'agir d'une tentative pour être poli et entamer la conversation. Mais les raisons du borgne lui échappaient. *Pourquoi chercher à se lier d'amitié avec deux inconnus qu'on va devoir laisser mourir de faim pour survivre ?* s'intrigua l'enfant, qui ne doutait pas une seconde que le maître-tueur nourrisse le même projet que lui.

— Ce sont des soldats de barons rebelles, expliqua Lucas de sa voix posée mais entrecoupée de sifflements asthmatiques. Pangéos leur pardonne, mon frère, mais ce sont des hérétiques. Ils sont en guerre contre l'Empire et, de ce fait, également en guerre contre l'Église grise.

— Hmm… acquiesça le tueur. En tout cas, ils sont en guerre… Et pas tendres avec leurs prisonniers.

Cruel-Voit soupira.

— Nous, ils nous ont pris en train d'essayer de chiper des chevaux. Et voilà…

Lucas esquissa un pauvre sourire.

— Je ne suis pas encore prêtre, mon frère, mais je voudrais bien vous absoudre tous deux de vous être livrés au larcin sur ces canailles. On pourrait même considérer votre acte comme patriotique, fit-il avec un petit rire qui mourut en quinte de toux. Et puis, à côté des atrocités qui sont commises en temps de guerre, le simple vol fait pâle figure, vous ne trouvez pas ?

— Ouais. Au pays des aveugles… marmonna le borgne, décidé à se montrer spirituel.

Le novice sourit de nouveau et respira avec soin avant de parler.

— En ce qui nous concerne, l'archevêque et moi, nous faisions partie d'une caravane qui se dirigeait vers Mossiev. Nous avons été attaqués par ces soudards, et… nous sommes, hélas, les seuls prisonniers qu'ils aient faits. Tous les autres étaient morts ou trop grièvement blessés, précisa-t-il d'une voix où vibrait un chagrin sincère.

— L'archevêque ? fit Cruel-Voit avec un sifflement admiratif.

Subitement, Wilf comprit où son professeur avait voulu en venir. Il hocha la tête malgré lui, approbateur. Effectivement, il pouvait toujours être utile de savoir qui étaient ces hommes et comment ils étaient arrivés là.

— Oui, enfin... bredouilla Lucas, se morigénant soudain de s'être montré aussi confiant. Il ne faudrait surtout pas que nos geôliers l'apprennent...

— Je comprends bien, fit le tueur avec un rictus sombre.

— Ils le tueraient, vous saisissez ? expliqua le jeune moine tandis que ses yeux implorants démentaient la maîtrise qu'il tentait d'avoir de sa voix. Pour l'instant, je suppose qu'ils nourrissent l'espoir de nous vendre tous les quatre comme esclaves aux pirates trollesques, mais s'ils savaient l'identité exacte de Son Éminence...

Il ne termina pas sa phrase, coupé par le geste rassurant du borgne qui faisait passer ses doigts devant sa bouche en signe de silence. Mais Wilf ne manqua pas le coup d'œil rapace de son maître envers la personne du vieil ecclésiastique endormi.

— Et vous alliez à Mossiev ? reprit le tueur, d'un ton détendu.

Lucas se promit de surveiller de plus près ce qu'il disait, mais il ne voyait aucune raison de cacher leur destination précise aux deux inconnus.

— Oui. À la Cour, même. Je suis depuis peu le serviteur personnel de Monseigneur Colémène. Il en sera ainsi jusqu'à mon ordination, dans deux ans. Mais je ne connais rien de Mossiev, où je n'ai encore jamais mis les pieds, et... je crois que j'appréhendais un peu, avant de me retrouver dans cette triste situation.

Il haussa les épaules.

— Maintenant, je serais prêt à affronter mes nouvelles fonctions avec courage, si seulement on m'en laissait l'occasion...

— Tu vas vraiment vivre au palais du Csar ? intervint Wilf, qui était resté muet jusque-là.

— C'est ça, répondit doucement le novice. Mais tu sais, mon enfant, l'endroit où l'on vit importe moins que la richesse du cœur. Toi, par exemple, où as-tu donc grandi… pour avoir une telle dureté dans le regard ?

— Ça ne te regarde pas, curé ! cracha l'enfant avant de remarquer le regard désapprobateur de son maître. Dans la rue, se ressaisit-il après un instant, à Youbengrad. Et je ne suis pas tellement plus un enfant que toi, je crois.

— Tu as raison, accepta le novice de bonne grâce. Mais j'ai l'habitude de m'occuper d'orphelins qui te ressemblent un peu.

Les yeux du jeune moine se perdirent alors dans le vide pendant quelques secondes.

— Et dire que je ne les reverrai sans doute jamais. Enfin… Où alliez-vous, toi et ton père, avant cette malchanceuse entreprise ?

Wilf se tourna vers son professeur pour le laisser répondre, mais il vit que celui-ci l'invitait à poursuivre seul la conversation, son œil bleu pâle attentif et patient. Visiblement, le borgne avait obtenu tous les renseignements qu'il jugeait utiles.

— Cruel-Voit n'est pas mon père. Mon père est un soldat, prisonnier des Hommes-Taupes… Mais, nous aussi, nous nous dirigions vers Mossiev. Saleté de ville, si tous ceux qui veulent s'y rendre subissent le même sort que nous quatre !

— Voyons, le réprimanda gentiment Lucas, on ne parle pas ainsi de la capitale de l'Empire. Cette cité est réputée magnifique. Et ce n'est pas sa faute si des nobles insurgés font manœuvrer leurs troupes de soudards dans la région ! Je te rappelle que le ciel mossievite abrite l'Étoile du Csar, le symbole temporel de notre Seigneur Pangéos… Tu le savais, n'est-ce pas ?

Wilf fit la moue. Il avait vaguement entendu parler de cette histoire. Mossiev, disait-on, ne connaissait jamais les ténèbres absolues. Une étoile gigantesque brillait à son zénith, formant un second soleil le jour et plongeant la nuit mossievite dans une clarté grisâtre très particulière.

— Oui, bien sûr, qu'est-ce que tu crois ?….

L'entretien s'éteignit de lui-même peu après, le souffle du séminariste étant trop faible pour lui permettre de tenir une longue conversation.

Deux jours plus tard, la caravane de soldats avait rejoint un village occupé par d'autres troupes. C'avait dû être un de ces hameaux fermiers entourant la capitale, qui ravitaillaient toute l'année la grande cité en nourriture fraîche. Mais les villageois en avaient apparemment été chassés, car la seule présence remarquable était celle de nombreux militaires. En épiant quelques conversations entre les soldats, les prisonniers apprirent bientôt qu'ils avaient atteint le bourg de Buvna, dont Caïus avait fait sa base de commandement avant de lancer l'assaut sur Mossiev.

La cité des Csars n'était donc pas encore assiégée, mais aux dires des rebelles, cela ne saurait guère tarder. Et ils ne nourrissaient aucun doute sur la conclusion du siège : jusqu'à présent, leur campagne avait été une suite presque ininterrompue de succès.

Ils n'étaient pas arrivés depuis une heure lorsque deux officiers s'approchèrent de leur chariot. Sans dire un mot, ils les observèrent l'un après l'autre, indifférents aux demandes de Cruel-Voit qui se plaignait du manque de nourriture dont les quatre futurs esclaves avaient souffert durant leur trajet. Toujours en silence, ils défirent les chaînes du petit voleur de Youbengrad.

— Wilf, c'est bien toi ?

Le garçon acquiesça après un regard interrogateur à son tuteur.

— Alors suis-nous.

* * *

Maintenu à genoux par les deux solides soldats rebelles, les mains enchaînées derrière le dos, Wilf se débattait pour redresser la tête et planter un regard de défi dans les yeux de celle qui lui faisait face. Comme toujours lorsqu'il se sentait humilié, le garçon percevait la rage qui bouillait en lui.

On l'avait conduit à l'intérieur de la plus imposante maison du village. La pièce était bien chauffée : dans quelques minutes, la vie serait revenue dans ses membres gelés. Il pourrait tenter quelque chose…

Sa vision, troublée par la colère, était comme obscurcie de rouge. Mais cela ne l'empêchait pas de remarquer la beauté énergique de la femme qui l'observait en silence. Jeune, plutôt grande, et subtilement musclée. Elle possédait une chevelure touffue, d'un blond franc, qui retombait en mèches indisciplinées sur ses épaules nues et athlétiques. Malgré cette silhouette légèrement martiale, elle avait les traits délicats, et exhalait une rare féminité. Sa robe ample, faite de drapages et de voilures réunis en un harmonieux désordre, assemblait des tissus roses, vert pâle et jaune pastel.

Des effets qui semblaient plus indiqués pour les chaudes Provinces du Sud que pour le Domaine

Impérial. En vérité, exception faite de ses jeunes amies prostituées de la rue des Moineaux, à Youbengrad, Wilf n'avait jamais vu de femme aussi peu couverte que celle qui se tenait à présent devant lui. On pouvait admirer à loisir les bracelets d'argent qui tintaient à ses poignets et à ses chevilles. Le garçon ne put empêcher son regard de s'attarder un peu sur les creux et les volumes évocateurs que dessinait sa poitrine sous le fin tissu.

Cet accoutrement léger et fantasque semblait indiquer l'appartenance de la jeune beauté au peuple nomade des Gens de l'Étoile, lesquels fréquentaient plus volontiers les contrées méridionales de l'Empire. Sa présence au sein d'une troupe de militaires en campagne était donc aussi appropriée que celle d'une princesse de haut lignage dans les bas quartiers de Youbengrad. Le petit gredin était hargneux d'être ainsi agenouillé devant elle, hargneux également d'être troublé par ce vague désir qui lui tournoyait les sens. *Pas question de se laisser séduire par l'ennemi !* se disait-il.

— Alors, voici notre petit voleur de chevaux, murmura la femme avec un sourire énigmatique. Laissez-le se relever, fit-elle d'une voix empreinte de noblesse.

Les soldats hésitèrent l'espace d'une seconde, mais l'expression altière de la nomade leur ôta toute velléité d'objection. Wilf se campa donc sur ses pieds.

— Bien, fit-elle en posant une nouvelle fois son regard gris et chaleureux sur le garçon, vous pouvez nous laisser maintenant.

Cette fois, les deux hommes se raidirent à l'unisson et échangèrent un regard lourd de sens. Ils hochèrent ensuite négativement la tête :

— C'est impossible, fit l'un d'eux avec un geste impuissant. Nous ne pouvons vous laisser seule avec un prisonnier !

— Voyons, ce n'est qu'un enfant, coupa la jeune femme d'un ton qui ne laissait place à aucune discussion. Et je crois savoir que le duc Caïus vous a formellement commandé d'obéir à mes ordres.

Comme aucun des deux ne bougeait, elle continua plus fermement.

— Avec la plus stricte loyauté…

Wilf n'avait jamais perçu une telle autorité mêlée à une voix si douce. Sa rébellion instinctive l'avait toujours poussé à mépriser ceux qui tentaient de s'ériger en petits chefs, dans les faubourgs de Youbengrad. Pourtant, cette fois, il ne pouvait refouler l'admiration que lui inspirait la nomade. Il se surprit à se demander si la lignée du Csar lui-même bénéficiait d'une telle noblesse naturelle.

Baissant les yeux, les hommes se résignèrent à quitter la pièce. D'assez mauvais gré, néanmoins, et le plus grand se retourna en fronçant les sourcils avant de sortir.

— Nous sommes dans le couloir, ma Dame, si vous avez besoin de nous.

Ma Dame… nota le garçon avec étonnement. Il avait toujours pensé que les Gens de l'Étoile étaient de simples voyageurs, parfois à peine plus que des mendiants.

Dès que les officiers furent sortis, la jeune femme acquiesça pour elle-même et vint s'asseoir auprès de Wilf, sur un des coussins exotiques qui avaient été artistement disposés afin d'aménager la pièce. Des objets de prix, visiblement, comme le service à thé en cuivre vert ou les curieux porte-bougies sphériques faits de verre sculpté. Tout cela n'était guère en rapport avec l'ambiance sale et martiale qui régnait dans le reste du village occupé.

Caïus a bien des attentions pour cette femme, réfléchissait l'enfant. *Il ne peut s'agir d'une simple fille à soldats, la chose est évidente.* Il pensa au titre que lui avait octroyé ce militaire à la mine contrite. *Peut-être la concubine personnelle du duc ? À moins que…*

L'idée frappa Wilf d'un seul coup. Si ce qu'on disait sur les Gens de l'Étoile était vrai, il pouvait bien s'agir d'une diseuse de bonne aventure ! Et le garçon, sans être un grand stratège, imaginait tout le bénéfice qu'il pouvait y avoir à connaître l'avenir, même de façon imprécise, pour mener une campagne militaire…

L'esprit pragmatique de l'enfant ne mit pas plus d'une seconde à y déceler son intérêt personnel : il ignorait pourquoi la diseuse l'avait fait mener à elle, et il s'en moquait, mais il savait à présent la valeur qu'elle pouvait représenter aux yeux du chef de cette armée. Et les deux autres imbéciles qui l'avaient laissé seul dans la pièce avec elle…

S'il pouvait la prendre en otage, lui et son maître seraient bientôt libres. Et montés sur les meilleurs chevaux des rebelles. Sans quitter sa proie du regard, il s'assit sagement en face d'elle, en profitant pour faire glisser sous lui ses mains menottées.

— Tu ignores sans doute pourquoi je t'ai fait appeler, mon enfant, reprit la jeune femme de sa voix délicatement modulée.

Si elle avait remarqué le mouvement furtif de Wilf, elle n'en donnait pas le moindre signe.

— C'est que, sans le savoir, petit garçon, tu portes un message qui m'est destiné…

Mais Wilf n'écoutait plus la diseuse. En un éclair, ses mains avaient surgi de sous ses jambes. Il s'apprêtait à passer la chaîne autour de la gorge de son interlocutrice pour empêcher celle-ci d'appeler à l'aide. Il n'oubliait pas que les deux gardes veillaient patiemment derrière la porte…

Toutefois, le gredin s'interrompit au milieu de son mouvement. Il sentit la main gauche de la jeune femme lui enserrer fermement la nuque, tandis que sa paume droite était déjà appuyée sur son front. Ce n'était pas un contact désagréable ; plutôt sensuel, même.

— Non, mon petit, fit la voix, suave mais péremptoire.

Tous les muscles de l'enfant se relâchèrent malgré lui.

— Sortilège ! grommela-t-il sans enthousiasme, comme si son agressivité l'avait quitté.

— Tu es ici pour me transmettre les conclusions de mon ami Ménestrel. Te souviens-tu de lui ?

Wilf voulut bredouiller une réponse, mais sa langue était trop pâteuse. Son corps ne lui obéissait plus, et il n'était pas persuadé que ce soit uniquement l'œuvre de la diseuse. Il ne pouvait s'empêcher de se débattre instinctivement contre l'envoûtement, et cela sapait ses forces.

— Bien que celles-ci me soient déjà évidentes, je pense, murmura-t-elle pour elle-même. Tu aurais dû venir de ton propre chef à ma rencontre, au lieu d'être placé par le hasard sur mon chemin. Si toutefois il y a un hasard dans tout cela… Tout de même, un tel pouvoir de résistance aux enchantements, chez un enfant ignorant tout de notre art…

Un sourire éclaira le visage de la nomade.

— Tu es sans nul doute celui que nous cherchions !

Hébété par le sortilège, le garçon interrogeait du regard la belle diseuse.

— Vérifions tout de même ce qu'en a pensé mon confrère.

La femme plongea ses yeux gris dans ceux de Wilf, et une décharge électrique parcourut le corps du petit voleur. *Djulura !* s'exclama-t-il silencieusement. Il sentit alors un flot de paroles se libérer de son esprit, où elles étaient prisonnières. Elles quittaient sa bouche indépendamment de sa volonté. Les mots qu'il prononçait lui faisaient un drôle d'effet, légèrement repoussant, comme s'il se fût agi d'un corps étranger.

Quelque chose de voilé et d'obscur, qu'on avait placé là à son insu.

Ses tempes le faisaient souffrir, si bien qu'il entendait à peine ce qu'il disait.

— Ne lutte pas, disait la jeune femme avec compassion. Tu es l'artisan de ta propre douleur, tentait-elle de lui expliquer.

Mais l'esprit du garçon, se cabrant comme un cheval sauvage, continuait de se révolter contre ces paroles qui n'étaient pas les siennes.

Dans ce discours étranger, il était question de lui, à ce qu'il comprenait vaguement. Et même de Ginsk, le petit village où ses parents avaient vécu avant de partir s'installer à Youbengrad, et de tous les événements majeurs de sa vie jusqu'au jour où il avait rencontré le Ménestrel aux cheveux blonds.

La dernière phrase, plutôt nette à la différence des autres, résonna comme la sentence d'un juge aux oreilles du jeune garçon. *À la lumière de ces informations, chère cousine, cela ne fait plus pour moi aucun doute : cet enfant est bien celui que j'ai sauvé des Seldiuks il y a maintenant quatorze ans...*

L'enchantement cessa et Wilf se sentit vaciller. Il roula sur le côté et resta ainsi, allongé et pantelant, mais soulagé, en regardant Djulura d'un œil hagard. Celle-ci hochait la tête avec gravité. Puis, après quelques instants, elle entreprit de fouiller dans un petit coffre jusqu'alors caché par un coussin. Elle en sortit un anneau de fer auquel était accrochée une clé plate en forme de L.

— C'est un passe, fit-elle en réponse au regard interrogateur de l'enfant. Ça ne vaut pas grand-chose, mais ce sera amplement suffisant pour les serrures grossières des cadenas qui retiennent tes chaînes.

Marquant une pause, elle lissa de ses doigts fins les cheveux noirs du petit voleur, soudain tendre et songeuse.

— Je n'ai pas le pouvoir de te faire libérer, mon cher enfant, mais j'essaierai de m'arranger pour que la garde soit relâchée autour de ta geôle jusqu'à ce que tu t'enfuies...

— Merci, ma Dame, répondit le vaurien dès qu'il eut retrouvé l'usage de la parole, lui donnant son titre sans même y penser. Merci beaucoup. Mais, au sujet de tout ça...

— Au sujet de quoi ? sourit la diseuse. Il faut laisser faire le Destin, à présent.

— Mais, tous ces sortilèges ! protesta l'enfant.

— Non ! insista la femme en levant un doigt fuselé devant son visage. Tu auras moins d'ennemis si nous laissons ta vie suivre son cours normal. Et des ennemis, fit-elle en prenant soudain une expression menaçante, tu en auras bien assez. Bien assez... Si les choses tournent mal lors de ton évasion, ne résiste pas au point de te faire tuer : fais-moi plutôt appeler. Mais seulement dans ce cas-là, d'accord ?

Wilf ne sut que faire d'autre que hocher la tête en signe d'approbation.

— Je vous reverrai, vous ou le Ménestrel ? demanda-t-il tout de même.

La diseuse sourit avec une expression étrange, que le garçon crut reconnaître comme de la mélancolie.

— Pas avant des années, répondit-elle enfin. Tu dois à présent devenir un homme. Ensuite…

Djulura parut une nouvelle fois songeuse.

— Eh bien, même les diseuses de bonne aventure ne peuvent dire avec certitude de quoi l'avenir sera fait. Surtout lorsqu'il s'agit de gens comme toi. Mais nous nous retrouverons, je t'en fais la promesse. Maintenant, il faut t'en aller, dit-elle en serrant la main droite du garçon dans les siennes comme le faisait autrefois sa mère.

Wilf s'apprêtait à lui poser d'autres questions, mais elle appelait déjà les gardes pour le ramener auprès des autres prisonniers. Il fut arraché à sa douce présence avant d'avoir eu le temps de protester.

***

Sitôt de retour dans le chariot qui leur servait de cellule, Wilf attira son maître dans un coin et chuchota à son oreille :

— J'ai les clés de nos chaînes. Nous sommes libres, maître-tueur, murmura-t-il avec fierté.

Sans prendre la peine de lui demander comment il les avait obtenues, le borgne acquiesça en silence puis souffla seulement :

— Pas encore. Attendons la nuit.

Ce furent les seuls mots échangés durant l'après-midi.

En début de soirée, alors que le faible soleil disparaissait dans le brouillard bien avant d'atteindre l'horizon, Cruel-Voit fit claquer sa langue pour attirer l'attention des deux ecclésiastiques. Il avait entrepris de se masser vigoureusement les membres et de faire travailler ses articulations gelées depuis quelques minutes, tout en conseillant du regard à son apprenti d'en faire autant.

— On dirait que ça ne va pas fort, chuchota le tueur à l'intention de Lucas et Colémène.

Le jeune moine se contenta de hocher la tête en signe d'accord, souriant faiblement. L'archevêque, quant à lui, toussa à fendre l'âme pour toute réponse.

— Est-ce que… vous seriez prêts à tout pour quitter cet endroit ? fit abruptement le professeur de meurtre.

Lucas leva un sourcil étonné.

— Eh bien… je suppose que non, bredouilla-t-il. Mais nous sommes certainement prêts à beaucoup de choses, ajouta-t-il, intrigué.

— Bien. Dans ce cas, écoutez-moi, curés. Mon apprenti et moi ne sommes pas de simples voleurs de chevaux. Nous sommes des prisonniers. Des prisonniers en cavale… Je n'ai pas bien le temps de vous expliquer notre histoire dans tous ses détails, mais sachez que nous n'avons commis aucun crime de sang. Nous venions à peine de nous échapper du bagne de Polvnov, lorsque nous avons été repris par ces soldats. Avouez que ce n'est pas de chance ! Nous ne sommes pas des criminels, mais les victimes d'un malentendu. Et nous avons un marché à vous proposer : vous nous faites entrer à la Cour de Mossiev, et en échange nous vous aidons à vous évader. Mieux que ça, nous vous escortons jusqu'à la capitale.

Wilf, d'abord abasourdi par les propos de son tuteur, avait vite compris la position de ce dernier : s'ils n'étaient pas sûrs d'obtenir l'aide et le silence des deux prêtres, ils les laisseraient de toute façon mourir ici, et leur secret disparaîtrait avec eux dans la tombe… Le borgne avait toutefois eu raison de dissimuler la nature exacte de leur profession. Les serviteurs du Seigneur Gris auraient sinon été trop choqués pour accepter de conclure ce marché.

— Le froid et la faim vous font délirer, mon frère, murmura le jeune moine.

Il lui adressa un regard incrédule.

— Voyons, nous sommes des religieux, nous sommes d'honnêtes hommes !

— Hmm… fit simplement le tueur. Ça m'a tout l'air d'être vrai. Et vous serez bientôt d'honnêtes hommes morts…

Il avait insisté de manière lugubre sur les derniers mots. Wilf ne doutait pas un instant que le jeune moine devait être très impressionné.

— Quand bien même nous accepterions cette vile compromission, se défendit Lucas, je ne vois pas par quel miracle vous nous feriez sortir d'ici.

Le jeune moine fit tinter les chaînes qui entravaient ses poignets, pour appuyer ses propos.

— Nous laissons les miracles aux curés, siffla sombrement Cruel-Voit. Montre-leur, Wilf.

L'apprenti exhiba alors discrètement la clé de fer.

Lucas écarquilla ses yeux bleus, ne pouvant leur épargner une lueur d'avidité.

— Nous nous ferons la belle cette nuit même, continua le borgne. Avec ou sans vous.

— Je pourrais prévenir nos geôliers que vous avez cette clé, suggéra le séminariste.

Cruel-Voit sourit.

— Voilà qui serait futé de ta part. Et qui arrangerait drôlement votre situation…

— Bon, bafouilla Lucas qui commençait une fois de plus à perdre son souffle. D'accord, mettons que nous acceptions votre concours pour nous permettre de nous enfuir d'ici. Je voudrais bien savoir pourquoi vous tenez tant à vous introduire à la Cour ?

— Pourquoi pas ? rétorqua le maître-tueur. Il faut savoir saisir sa chance ! C'est le dernier endroit où l'on viendra nous chercher… Nous serons en sécurité, et nous profiterons de la douceur du palais pour passer la fin de l'hiver. Ça me paraît un marché raisonnable…

Lucas secoua la tête.

— Et comment réussirions-nous un pareil tour de force ? Vous vous prétendez innocents, mais vous avez plutôt l'air de bandits de grand chemin. Ou de voleurs de chevaux… Vous ne passerez jamais inaperçus parmi les gens de la Cour !

— J'ai un plan, rétorqua le borgne, indémontable. À notre arrivée à Mossiev, vous nous fournirez des tenues de moines. Pour vous, ça devrait être facile. Ensuite… l'archevêque se rend bien au palais, non ? Nous ferons simplement partie de sa suite…

Le séminariste fit signe qu'il comprenait. Il semblait un peu absent depuis un instant. *Ces deux inconnus pouvaient bien être des espions… Mais ils n'y ressemblaient pas. Et moi, Lucas, est-ce que je ressemble à un espion ? Pourtant, espionner est bien ce qui m'attend*

171

si nous sortons vivants de cette aventure… songeait-il avec amertume. Il ne se faisait guère d'illusions sur les moyens qui lui permettraient de déjouer la conspiration fomentée par l'ordre de Saint Mazhel, et cela n'était pas fait pour lui donner du courage à l'heure actuelle.

— Donc, si vous êtes d'accord, Son Éminence aura trois serviteurs au lieu d'un seul, décréta le professeur de meurtre. Avec votre soutien, nous serons pour quelque temps frère Crul et frère Wilf… Et vous n'aurez à vous soucier de rien d'autre que garder le secret.

Les yeux du novice exprimaient une totale indécision. Sa respiration irrégulière s'emballait nerveusement, et son regard alla plusieurs fois de la clé – que Wilf tenait toujours à demi cachée dans sa main – à l'archevêque. Se tournant vers le visage de ce dernier, qui semblait n'avoir rien manqué de la conversation même s'il était trop fragile pour y prendre part, il lui souleva délicatement la tête.

— C'est à vous de prendre cette décision, Votre Éminence. Pouvons-nous vraiment faire une telle chose pour sauver nos vies ? De toute évidence, et quoi qu'ils prétendent, ces hommes sont des malandrins.

Le ton du jeune moine semblait indiquer qu'il n'était pas vraiment prêt à accepter la proposition des inconnus. Le Haut-Père se racla la gorge et tenta de répondre. Sa voix était comme un mince filet d'air passant entre ses dents qui claquaient.

— Je crois… que tu mérites de survivre, mon fils, fit-il en regardant le novice.

Les yeux du vieil homme s'emplirent alors de larmes.

— C'est moi qui t'ai entraîné dans cette aventure, te forçant à me suivre à Mossiev. C'est donc à moi de t'en sortir à présent.

Il se tourna vers les deux laïcs, puis de nouveau vers Lucas.

— Je prends ainsi sur moi l'entière responsabilité de ce péché que nous nous apprêtons à accomplir. Je ne te demanderai… que tes prières, hoqueta-t-il avec peine.

Puis, en direction de Cruel-Voit et de Wilf :

— Vous avez ma promesse, et celle de mon pupille, que nous vous assisterons de la façon que vous avez dit. Et nous garderons votre secret. En échange, vous vous engagez à nous conduire sains et saufs à Mossiev.

Il s'allongea de nouveau sur le dos, comme pris d'un soudain vertige.

— Chez nous… enfin.

Lucas acquiesça pour marquer son accord.

— Nous vous le jurons… par notre foi en Pangéos, renchérit-il pour finir de rassurer le maître-tueur. Vous pouvez avoir toute confiance, ajouta-t-il d'un air dégoûté.

— Alors, marché conclu, fit le borgne.

Et, au grand étonnement de Wilf, il entreprit de frictionner le corps de l'archevêque, sans doute pour lui redonner un peu de vigueur avant l'évasion, aussitôt aidé par le séminariste aux boucles blondes.

Lorsque la nuit fut tombée pour de bon, les quatre prisonniers ôtèrent enfin leurs chaînes. Les chairs de leurs poignets étaient à vif après ces jours de détention. Lucas et Colémène, qui avaient été captifs plus de trois semaines, en garderaient vraisemblablement de vilaines cicatrices.

D'après l'archevêque, Buvna n'était situé qu'à un jour de marche de la capitale. Aussi les fuyards ne prirent pas le risque de dérober des chevaux avant de quitter le camp des rebelles. Ils disparurent bientôt entre les pins aux cimes enneigées qui entouraient le village occupé.

Les deux laïcs étaient des ombres parmi les ombres, et ils aidèrent Lucas à se montrer le plus discret possible. Quant à Son Éminence, il fallut le porter à tour de rôle, car il avait de nouveau perdu conscience. Mais pour Wilf et son maître, il représentait à présent une cargaison des plus précieuses. *Frère Crul et frère Wilf...* songeait le gamin aux cheveux corbeau.

Lorsqu'ils se furent assez éloignés pour que l'écho ne les trahisse pas, il éclata d'un grand rire.

8

Le Ménestrel ressentait le froid immobile qui régnait sur cet endroit, le même froid que dans une église. Cela venait de la pierre nue, sans doute.

La pièce était plongée dans la pénombre. Pour seules sources de lumière, il y avait ces deux très larges cierges à la haute flamme verte. Étrange couleur, mais qui ne jurait pas avec le reste du castel, où rien ne semblait naturel. La salle, baignée par la faible clarté turquoise, était ronde, et faisait peut-être une dizaine de pas de diamètre. Mais, avec ces ombres qui s'étendaient le long des murs, il était difficile de juger. Comme partout ailleurs dans la forteresse, il devait s'agir de parois de granit brut : la pierre semblait sculptée ainsi par un caprice de la nature, mais possédait une texture étrangement lisse.

La salle entière était nue et vide, à l'exception du piédestal central et de la femme encapuchonnée qui recevait là son invité. Derrière le Ménestrel, un escalier en colimaçon remontait vers la lumière.

Sur la colonne basse, au centre de la pièce, trônait une coupe d'argent. Son éclat brillait de mille feux malgré le peu de luminosité. Elle était finement ouvragée, et gravée de symboles étrangers. Mais son contenu était plus précieux encore.

Dans la coupe, le liquide rouge attendait sans se tarir, immobile. Le musicien savait qu'il était là depuis quatre siècles.

Le sang d'Arion... murmura-t-il malgré lui. Il ne l'ignorait pas, ses yeux devaient à cet instant exprimer une ferveur que la sorcière qui lui faisait face jugerait tout à fait déplacée.

Tant pis. Il y aurait d'autres sujets de désaccord entre eux au cours de cette entrevue, de toute façon...

Avant d'atteindre ce lieu symbolique où était prévu le rendez-vous, le Ménestrel avait dû traverser les lugubres corridors de Jay-Amra. La place forte des Sœurs Magiciennes était conforme à leur caractère: austère, glaciale, et intimidante. Située dans la Province la plus au sud de l'Empire, dans les terres dures et sèches de l'Arrucia, il y faisait pourtant toujours plutôt froid. L'ambiance était celle d'un monastère – ou parfois d'une caserne – pas celle d'un château. À la connaissance du musicien, les nonnes sorcières n'adoraient pourtant pas Pangéos, ni aucun des dieux païens des contrées lointaines.

Le barde enchanteur scruta son interlocutrice. Sa peau brune et ridée ; son vieux corps sec comme un croûton de pain, et sûrement encore vierge ainsi que l'exigeait la loi de la Sororité ; ses yeux de faucon à l'éclat sévère...

Au moment de prendre la parole, il aurait souhaité se trouver à des lieues de là.

— Sœur Ilyen ? commença-t-il de sa voix claire aux résonances de ténor.

— Approche, Oreste. Là, dans la lumière. Tu étais presque un enfant la dernière fois que je t'ai vu, fit-elle d'une voix croassante.

Le musicien avança d'un pas, de mauvais gré.

— Quatorze ans, déjà… continua la femme en robe bleue. Tu aurais dû tuer cet enfant, tu le sais.

— Mais ce n'était qu'un nourrisson, répondit calmement le Ménestrel. Et moi, je n'étais qu'un jeune musicien, pas un assassin d'enfants… Si je suis ici, Sœur Ilyen, c'est que nous avons enfin retrouvé sa trace.

Il hésita un instant.

— Quelque part dans le Domaine Impérial.

— J'ose espérer que vous l'avez aussitôt éliminé… Vous l'avez fait, n'est-ce pas ? questionna-t-elle d'un ton tendu.

— Non.

— Pas encore. Bien sûr… Mais vous prévoyez de le faire ?

— Non plus.

La vieille nonne serra les pans de sa mante sur sa robe bleue, comme si elle avait soudain très froid. Son visage avait pâli terriblement.

Elle faisait preuve d'une émotion rare chez une personne d'ordinaire si froide, preuve de l'importance extrême qu'elle accordait au sujet de leur entrevue.

— Est-il déjà… trop dangereux ? demanda-t-elle.

— Ce n'est pas ça, rassurez-vous. Mais, bien que connaissant votre position, et redoutant de nous attirer votre inimité, moi et les miens avons décidé de… tenter l'expérience.

— Non ! cria la sorcière, la stridence du son faisant froncer les sourcils au baladin. C'est pure folie ! Il n'a pas pu être *éduqué* ! Vous avez décidément la mémoire bien courte, vous autres Ceux de l'Étoile !

— Nous sommes prêts à prendre le risque. Et croyez bien qu'il ne s'agit pas d'une décision inconsidérée. Nous pesons le pour et le contre depuis quatorze ans, déclara Oreste Bel-Esprit de sa voix grave d'orateur.

La femme recula contre la paroi opposée de la pièce, si bien que seuls ses petits yeux noirs restèrent visibles dans l'ombre de son capuchon. Au son de sa voix lorsqu'elle reprit, le Ménestrel devina qu'elle s'était éloignée pour cacher un sanglot.

— Comment se fait-il que vous ayez mis autant de temps à le retrouver ? interrogea-t-elle sévèrement, pour mieux cacher son trouble.

— Sœur Ilyen, vous savez bien que sa nature même rendait nos pouvoirs de divination impuissants ! Ce n'est qu'après plus d'une décennie de travail que ma cousine Djulura est parvenue à le localiser globalement. Pour ma part, je n'avais pas quitté les routes de l'Empire depuis toutes ces années, cherchant encore et encore. Comment pouvais-je prévoir que les bonnes gens à qui j'avais confié le bébé disparaîtraient de leur village quelques jours plus tard ? J'ai remué ciel et terre, mais autant chercher une aiguille dans une botte de foin !

— Où l'as-tu retrouvé, exactement ?

Le musicien plissa les yeux, soupçonneux.

— Dans une auberge, sur la route de Mossiev. Mais il n'y est plus, bien sûr…

— Il voyageait seul, à son âge ? questionna la magicienne.

Oreste se rembrunit, et sentit sa voix perdre son assurance lorsqu'il répondit :

— À vrai dire, il était en compagnie d'un homme.

Il déglutit péniblement, puis continua :

— Un… maître-tueur, précisément.

Un hoquet se fit entendre dans le coin d'ombre où s'était réfugiée la vieille femme.

— Et vous osez vous dire prêts à continuer cette absurdité ! Avec un maître-tueur pour tuteur, l'équilibre mental de l'enfant est évidemment assuré ! cria-t-elle de nouveau, d'un ton plein de sarcasmes.

— Notre décision est pourtant prise, se défendit le barde. Nous n'aurons peut-être plus d'autre occasion…

Un long silence vint peser sur l'immobilité et le vide de la pièce.

— Bien, fit enfin la sorcière. Je suppose donc que nous ne pourrons rien contre cela… Mais sachez, toi, Djulura et les autres, que la position de la Sororité reste *exactement* la même. Lorsque l'enfant a été perdu, autrefois, échappant ainsi à l'éducation qu'il aurait pu recevoir parmi nous, il a été conclu que l'expérience était un échec. Et que le garçon devrait être retrouvé. Mais pour le tuer, Oreste… pour le tuer !

Le Ménestrel baissa les yeux, souhaitant cacher sa colère aussi bien que son embarras.

— Et après ? continua la Sœur Magicienne. Qu'avez-vous prévu pour la suite ?

— Vous savez toute l'importance que nous accordons au pouvoir du Destin, ma Sœur. Nous attendrons donc qu'il soit adulte pour lui révéler son héritage. Alors, le temps venu, il faudra qu'il prenne la place qui lui revient de droit. Et… nous le guiderons dans sa quête pour se réapproprier la Lame.

— Pas question ! hurla la sorcière, d'une telle voix hystérique qu'on aurait pu la croire soudain devenue folle. Que vous teniez à laisser un tel être en vie, sachant qu'il peut à tout instant perdre son âme et devenir une créature insensée, me dépasse déjà, mais la Sororité n'acceptera jamais que vous mettiez entre ses mains l'Épée des Étoiles...

Le ton éraillé de la vieille femme témoignait bien de son trouble démesuré. Les Sœurs Magiciennes s'exprimaient habituellement avec tant de retenue qu'une telle réaction ne pouvait que faire frissonner le barde. Le masque d'impassibilité si cher aux sorcières de la Sororité s'effritait, révélant une terreur intime et vieille de plusieurs siècles.

— C'est pourtant l'une des vôtres qui avait fait don de cette arme à notre roi, répondit-il en tâchant de sourire. Et le garçon, une fois adulte, en aura besoin pour appeler à lui le pouvoir des Dragons Étoilés. Selon la légende, la Lame est nécessaire pour se faire obéir d'eux !

— C'est justement là que réside l'absurdité du geste de notre Sœur, s'étrangla-t-elle. Son visage dessinait une expression de pure horreur. Ses yeux, exorbités, étaient à présent striés de veinules rouges, tandis que sa peau était devenue livide.

« Les Dragons... Mais, pauvres inconscients, des armes d'une telle puissance, entre les mains d'un fou, pourraient signifier la fin du monde !

Le Ménestrel se morigénait. Il n'avait jamais voulu que les choses prennent une telle tournure. Il projetait donc de mettre toute la douceur et la complaisance possible dans sa voix pour conclure l'entretien. En habile professionnel, il savait s'y prendre à merveille pour manipuler les sons graves et modulés qui sortaient de sa gorge. Mais il savait également combien il était démuni face à une créature froide et sans passion comme une Sœur Magicienne.

— Il est bien tôt, Sœur Ilyen, pour évoquer tout cela, dit-il d'un ton paisible et conciliant. Des années passeront encore avant que ce point de désaccord se dresse de nouveau entre Ceux de l'Étoile et les Sœurs Magiciennes.

— Les années ne comptent plus, à présent, le coupa avec amertume la vieille sorcière. Vous semblez décidés à plonger ce monde dans le chaos…

La voix de la femme enflait au fur et à mesure, atteignant un volume dont le musicien ne l'aurait pas cru capable.

— Alors, faites en sorte qu'il en sorte du bien plutôt que du mal !….. Et assumez-en l'entière responsabilité !

La magicienne pointait désormais un doigt décharné et impérieux vers le visage du barde. Sa capuche était retombée sur sa nuque, si bien que son chignon de cheveux gris luisait à la lueur verdâtre des bougies.

— À partir de ce jour, Oreste, continua la sorcière, seul ceci compte : quoi qu'il arrive, votre petit protégé ne doit jamais apprendre à manipuler le Pouvoir…

Deuxième partie

LA GUERRE

1

Wilf et Lucas se sentaient minuscules dans la vaste salle. Aucun des deux n'avait été habitué à un tel luxe. Encore moins à cette écrasante immensité. Ils étaient à l'entrée de la pièce de réception principale du palais impérial, dans l'attente d'être présentés formellement au Csar héritier. Et à sa mère.

Au sol, des dalles d'obsidienne et de nacre rose formaient le dessin d'un gigantesque damier. Les lustres qui pendaient du plafond étaient larges comme trois hommes côte à côte, et taillés dans les cristaux les plus limpides. De solides chaînes de métal blanc permettaient d'actionner les énormes portes de merisier, sur lesquelles était peint en grand l'Ours Gris de Mossiev. Malgré les proportions de la salle, son architecture en ogive retirait de façon fuselée jusqu'à la nef où résidait le trône impérial, parvenant ainsi à lui donner une apparence gracile. Des colonnades de marbre veiné d'or soutenaient son arche délicate.

Wilf ne pouvait s'empêcher de tirailler le col de lin gris qui lui démangeait la gorge et la nuque. Son long manteau de bure entravait ses mouvements. Les manches en étaient longues et évasées, à la mode des vêtements religieux, tandis que la lourde capuche lui donnait l'impression d'être devenu presque sourd. Il s'habituerait, lui avaient dit les deux ecclésiastiques, mais pour l'instant rien ne lui aurait fait plus plaisir que de passer à nouveau ses vieilles fripes. À un pas derrière eux, il sentait le souffle rauque de Cruel-Voit, qui portait l'habit clérical mieux que son apprenti l'eût cru possible.

Le cœur de Lucas battait à tout rompre. Il n'avait cessé d'être mis à l'épreuve depuis son départ de Saint-Quernal. L'attaque des rebelles, la captivité et la maladie, le pacte passé avec ces deux évadés du bagne... et maintenant la lourde responsabilité qui pesait sur ses épaules : sauver le Csar du complot dont il était, sans le savoir, la cible. Tous ces tracas finiraient par saper ses forces et sa détermination. Arrivé à Mossiev depuis la veille, les choses s'étaient déjà enchaînées de telle manière pour le séminariste, qu'il n'avait pu se ménager un seul instant de repos. Il avait fallu veiller l'archevêque, que des médecins avaient pris en charge dès leur entrée au palais, faire un récit précis de tout ce qui leur était arrivé – et un rapport des forces estimées du duc Caïus – à un jeune officier prétentieux de la garde impériale. Lucas avait bien sûr dû mentir sur les circonstances exactes de leur évasion, et raconter que frère Wilf et frère Crul, deux moines pèlerins qui passaient près de Buvna, les avaient délivrés au péril de leur vie. Il en faisait ainsi habilement de petits héros nationaux, de façon que leur présence à la Cour semble toute naturelle.

Ensuite, il avait dû prendre possession des appartements libérés pour la suite du Haut-Père, arranger un peu les affaires de Son Éminence, et dénicher des costumes pour les deux énergumènes. Le tout dans ce palais qu'il découvrait pour la première fois. Souci supplémentaire, il ne pouvait s'empêcher de nourrir quelques soupçons envers le petit Wilf et son maître, intuitivement convaincu que leur présence à la Cour n'était pas si innocente qu'ils voulaient bien le faire croire. En fait, il n'était absolument pas sûr que les deux inconnus à qui il facilitait ainsi la tâche ne travaillaient pas comme espions pour le compte même de l'ordre de Saint Mazhel…

Monseigneur Colémène était encore alité, mais le jeune Csar avait tenu à rencontrer dès le premier jour les religieux courageux qui avaient permis au Haut-Père de rentrer chez lui sain et sauf. Au son clair et aigu des trompettes, les trois compagnons commencèrent donc à s'avancer le long du tapis gris violacé qui traversait la pièce de la porte à la nef. Lucas s'était renseigné brièvement sur le protocole, mais les cours d'Yvanov lui avaient déjà enseigné tout ce qu'il était nécessaire de savoir. Il fit discrètement signe aux autres de calquer leur attitude sur la sienne et entreprit de marcher lentement sur l'allée de tissu, sachant qu'il leur faudrait un certain temps pour parvenir au trône. Le jeune Csar en profitait pour conclure son entretien précédent – avec les représentants d'une guilde marchande – sous l'œil vigilant de sa mère.

Mis à part ces négociants fortunés et la quarantaine de gardes en livrée grise et pourpre qui levaient leur épée sur le passage des trois ecclésiastiques, les deux nobles nés étaient seuls dans la pièce. Pas de courtisans, ni de religieux, comme l'aurait cru Lucas.

L'impératrice était assise droitement dans le haut fauteuil d'argent et de soie placé à la droite du trône. Elle était grande et mince, très digne. Son menton levé avec une grâce aristocratique semblait signaler aux «commerçants» qu'elle les méprisait poliment. Sa robe était d'un violet très sombre, qu'on aurait pu confondre avec du noir sans la lumière qui inondait la grande pièce : elle était veuve depuis maintenant plusieurs semaines, même si les nouveaux venus ne l'avaient appris que la veille au soir. Elle avait une quarantaine d'années. Ces décennies de soucis et de préoccupations politiques ne cherchaient pas à se dissimuler, rappelant leur présence par les fils blancs qui se mêlaient à ses cheveux noirs et les fines rides qui plissaient le coin de ses yeux. Toutefois, la Csarine n'en possédait pas moins une élégance et une beauté loin de ce qu'auraient pu espérer bien des femmes plus jeunes. Ses grands yeux mauves étaient magnifiques lorsqu'elle posa son regard altier sur les trois invités qui approchaient. Mais sa bouche prit, l'espace d'une seconde, un imperceptible pli malveillant.

Son fils, l'empereur héritier, était un garçon d'une douzaine d'années. C'était l'unique enfant de la première dame de l'Empire : il avait eu une sœur plus âgée, mais la maladie l'avait emportée des années auparavant. Les yeux mauves également, le jeune Csar ne ressemblait pas par ailleurs à sa mère. Il avait d'épais cheveux auburn et un visage saillant qui lui donnait une expression décidée. Son costume, réplique miniature de quelque uniforme militaire, renforçait l'expression d'autorité qui émanait du petit personnage.

Après avoir salué les négociants, il se leva de son trône et fit quelques pas en direction des trois moines.

Des murmures interrogateurs parcoururent les rangs des gardes.

Lucas, un peu surpris, se pencha néanmoins en une gracieuse révérence, bientôt imité avec plus ou moins de style par ses deux acolytes.

— Soyez les bienvenus en mon palais, s'inclina le Csar. Il me tardait de rencontrer les sauveurs de mon cher Colémène.

— Vous nous faites beaucoup trop d'honneurs, Votre Grâce, déclama Lucas sans encore se relever.

— C'est également mon opinion, fit la Csarine avec un regard de reproche en direction du jeune héritier. Non pas que vos actes ne méritent point de félicitations… mais un empereur Csar, Seigneur de toutes les Provinces, ne court pas ainsi à la rencontre de ses sujets, mon fils.

Le séminariste arrondit les yeux d'étonnement. Il ne se serait pas attendu à ce que la Csarine réprimande son fils de cette manière, en public, même en l'absence de véritables personnalités. La régente semblait tenir à ne laisser échapper aucune occasion d'affirmer son autorité, soucieuse que tous comprennent qui tenait réellement les rênes de la nation…

Avec une moue gênée, le petit empereur rejoignit sa place et conserva le silence.

— Nous vous présentons, le Csar et moi-même, nos remerciements officiels pour votre conduite exemplaire, continua l'impératrice. Son Éminence Colémène a donc déclaré vouloir vous garder tous les trois à son service ?

— C'est bien ça, Votre Altesse, répondit Lucas, avec qui les autres s'étaient entendus pour faire de lui leur porte-parole, aussi souvent que possible, durant cette entrevue.

Wilf pouvait presque sentir le regard de Cruel-Voit scruter le moindre centimètre de la pièce. Il ignorait encore qui allait mourir à la Cour de Mossiev, mais son maître agissait depuis la veille avec un calme et une concentration qui ne laissait aucun doute sur la suite des événements...

— Je comprends sa reconnaissance, dit la régente, mais il me semble que trois serviteurs personnels de plus... c'est un peu *luxueux*, pour un membre du clergé. Puis-je savoir ce qu'il compte faire de vous, exactement ?

— Nous l'ignorons encore, sourit le séminariste, légèrement nerveux de voir l'impératrice poser si vite des questions.

— Ôtez donc vos capuches, que nous voyions vos visages, fit-elle. Et que nous sachions à qui nous adressons ces remerciements.

Une nouvelle fois, Lucas était pris au dépourvu. Les religieux étaient habituellement les seules personnes autorisées à ne pas se découvrir devant les membres de la famille impériale. Après un regard furtif en direction de Wilf et Cruel-Voit, il fit glisser le capuchon de bure sur sa nuque. Les deux autres l'imitèrent, avec plus de réticence. De la part de moines pèlerins, leur coiffure peu soignée ne choquerait heureusement personne.

Les deux jeunes gens crurent alors que leur cœur allait s'arrêter de battre.

La régente avait levé une main vers sa poitrine, une lueur d'effroi dans ses yeux, alors que son regard se posait à un pas derrière eux, sur la personne du maître-tueur. Cela n'avait duré qu'une seconde, mais Wilf comme Lucas avaient été élevés avec un sens aigu de l'observation. Dans la salle, nul autre n'avait semblé surprendre ce geste désemparé. D'ailleurs, si c'était le cas, on l'attribuerait sans doute à la surprise de découvrir la mutilation de frère Crul, dont un bandeau ceignait toujours l'œil droit. D'une voix qui tremblait imperceptiblement, elle s'exclama :

— Mais vous êtes extraordinairement jeunes, vous deux ! Et déjà des héros… Quel âge as-tu, mon enfant ? fit-elle en fixant Wilf.

— Quatorze ans… Votre Altesse, ajouta-t-il précipitamment.

— À peine plus vieux que le Csar mon fils…

Elle parut songeuse un instant.

— Mais cela me donne une idée… Des deux précepteurs de Sa Grâce Nicolæ IV, il ne lui en reste, hélas, plus aucun. Le cardinal Kougchek a préféré se retirer avec sa douleur dans un monastère, après la mort de mon époux… Quant à Monseigneur Colémène, je suppose qu'il va avoir besoin d'une longue période de repos pour se remettre de vos péripéties communes ?

Les trois invités acquiescèrent poliment, la laissant poursuivre.

— Or, vous imaginez qu'un jeune homme de son âge, surtout s'il est le Csar, a besoin d'une solide éducation. Voici donc ce que je propose : Son Éminence Colémène restera le confesseur de mon fils, mais tous les deux, frère Wilf et frère Lucas, vous lui ferez office de précepteurs. Cela vous sied-il ?

Lucas savait qu'il n'était pas question de refuser un ordre de la Csarine, même formulé aussi élégamment. Et il devinait ses motivations. Étant notoirement défavorable au clergé, elle devait penser que de jeunes moines seraient moins habiles à retourner son fils contre elle…

— Ce serait bien sûr pour nous un honneur, Vos Altesses, répondit-il donc en baissant la tête. Mais qu'en sera-t-il de frère Crul ?

— Eh bien, fit l'impératrice en tâchant de sourire, je serais honteuse de dérober à Son Éminence l'intégralité de sa suite ! Frère Crul sera donc libre d'occuper les fonctions qui vous étaient initialement assignées.

Ce dernier hocha simplement la tête, n'osant sans doute pas faire résonner sa voix caverneuse entre les murs de cette salle somptueuse.

— L'affaire est donc entendue, déclara le jeune Csar à la suite d'un regard appuyé de la régente. Nous nous retrouverons demain matin pour notre première leçon.

Lucas, comprenant que l'entrevue était terminée, salua en posant un genou à terre et fit plusieurs pas à reculons avant de se retourner, comme le voulait le protocole. Les deux autres copièrent geste pour geste.

***

Sitôt de retour dans une pièce tranquille des appartements de l'archevêque, tous trois s'entretinrent de la seconde d'angoisse qui avait étreint l'impératrice à la vue de Cruel-Voit. Après une courte mais virulente discussion, Lucas accepta de se laisser convaincre qu'elle avait simplement été surprise par l'œil manquant du borgne, chose à laquelle elle n'était vraisemblablement pas habituée. Cependant, Wilf et son maître avaient échangé entre eux un regard inquiet : la réputation de Cruel-Voit l'avait peut-être précédé à Mossiev…

Dès qu'ils furent seuls, les deux tueurs se promirent donc d'être aussi vigilants que possible. Le maître demanda à son apprenti de se fondre aussi bien que possible dans la population du palais, pendant que lui se chargerait seul de l'exécution de leur forfait. Au sujet de celui-ci, il resta muet sur l'identité de la cible et du commanditaire. L'affaire, dit-il, était en cette occasion trop importante pour y mêler un débutant. Wilf nota que le borgne semblait contrarié par quelque chose : peut-être le retard qu'ils avaient pris à cause de leur emprisonnement à Buvna… En tout cas, Cruel-Voit avait eu l'œil fuyant durant tout l'entretien. *J'ai déjà accepté ce contrat, il y a maintenant plus de trois mois,* conclut-il. *Pas question, donc, de renoncer, malgré ce drôle d'air de la Csarine…*

***

Wilf se réveilla plusieurs fois dans la nuit. Il dormait mal, malgré le lit moelleux aux épaisses couvertures qui occupait sa chambre. Une vraie chambre, pour lui seul : il ne se souvenait pas que cela lui soit déjà arrivé. Celle-ci lui faisait donc l'effet d'être extrêmement confortable, même si n'importe quel noble logé au palais l'aurait jugé petite, nue, et spartiate, tout juste bonne pour des religieux.

Après avoir jeté ses habits devant l'armoire, sans le moindre soin, et s'être écroulé entre les draps en croyant que le sommeil le frapperait dès qu'il aurait fermé les yeux, le petit voleur s'était pourtant senti mal à l'aise et nerveux.

Il allait sans doute assister dans son œuvre l'assassin d'une personnalité de la Cour, et serait bien sûr exécuté dans d'atroces souffrances si son maître se faisait prendre : c'était là une perspective suffisante pour semer l'angoisse dans un esprit solide. Mais il savait que son malaise ne venait pas de là.

Encore moins d'éventuels remords. Cela ne venait pas non plus de la difficulté naturelle qu'on éprouve pour s'endormir lorsqu'on arrive dans un lieu nouveau. Le jeune gredin voyageait depuis des semaines et avait dormi en forêt, à la belle étoile, ou encore enchaîné à un chariot, sans le moindre problème. C'était autre chose, un sentiment étouffant, aussi bien que glacé, qui lui donnait la chair de poule.

Une fois de plus, il venait de s'éveiller recouvert d'une moiteur froide. Le sang battait dans ses tempes. Redoutant d'être souffrant, il se leva et fit quelques pas dans la pièce pour vérifier si tout allait bien.

Il n'avait mal nulle part, et ne ressentait aucun étourdissement dû à la fièvre.

Debout face à la fenêtre, il observa pour se détendre l'architecture magnifique du palais. Leurs appartements étaient situés en haut d'une de ses nombreuses tours, et la vue, d'ici, était très bonne sur les cours, les jardins ou les toits d'autres ailes. Dans le ciel nocturne, l'Étoile du Csar brillait de sa clarté grise, large halo de lumière pâle qui avalait la lune et les autres étoiles en son sein. Le froid était de moins en moins mordant, annonçant la proche arrivée du printemps.

Wilf remarqua alors une étrange gargouille, sculptée sur l'arête du toit de l'aile nord, qui lui faisait face. Ce n'était pas du tout dans le style du reste du palais...

Soudain, l'enfant tressaillit : la forme avait bougé ! Ouvrant la fenêtre à la volée, il se pencha aussitôt pour mieux voir. Il n'avait pas rêvé. On aurait dit une créature noire, aux longues ailes membraneuses, surmontée de son cavalier, qu'il avait d'abord cru tous deux sculptés dans la pierre.

En vis-à-vis parfait avec la fenêtre de sa chambre, le cavalier semblait le regarder, même si Wilf était trop loin pour en être sûr.

À cette pensée, le garçon sourit de soulagement : à une telle distance, l'idée que la personne juchée sur l'inquiétante monture puisse être en train de l'observer dans sa chambre était évidemment ridicule !

Mais cela n'en expliquait pas mieux la présence du curieux couple perché sur le toit du palais impérial. Wilf était en train d'hésiter à prévenir la garde, lorsque la bête monstrueuse prit subitement son envol. Comme pour le narguer, son cavalier la fit frôler la fenêtre où se penchait l'enfant, avant de prendre de l'altitude.

C'était un monstre immense, aux ailes de cuir noir démesurées, semblables à celles d'une chauve-souris, mais au bec d'oiseau et aux serres acérées. Son passage s'accompagna d'un sifflement d'air strident. Quant au cavalier... tout cela avait été trop rapide pour remarquer autre chose qu'un éclat de métal argenté, comme si l'Étoile du Csar s'était reflétée un instant sur la surface polie d'une armure.

Quelques secondes plus tard, Lucas entrait dans la chambre. Son regard alla du lit défait à la fenêtre où se tenait encore Wilf, s'arrêtant juste un instant avec une expression désapprobatrice sur ses affaires qui traînaient en désordre.

— J'ai cru entendre un bruit, fit le séminariste. Qu'est-ce que c'était ?

Une bête ailée avec un homme sur son dos... songea Wilf. *De toute façon, personne ne me croira...*

— Rien, répondit-il donc. Juste la fenêtre qui a claqué.

— C'est bien une heure pour ouvrir les fenêtres, ronchonna le séminariste. Allons, remets-toi au lit, mon enfant.

Le visage du jeune moine se détendit un peu, comme s'il craignait de s'être montré trop brutal.

— Si tu n'arrives pas à dormir, tu peux laisser une chandelle allumée… Je viendrai l'éteindre tout à l'heure. Tu sais, moi aussi, je me sens un peu angoissé pour ma première nuit entre ces nouveaux murs.

Le petit vaurien lui jeta un regard écœuré.

— Non, ça ira.

Puis, avec un sourire :

— Merci quand même, curé.

— Je m'appelle Lucas, le corrigea celui-ci sans conviction.

Il soupira.

— Bonne nuit, Wilf.

— Bonne nuit… Lucas.

Pour le reste de la nuit, la sensation étouffante quitta le jeune garçon.

Mais le souvenir de l'horrible bête et de son cavalier ne disparut pas, lui, et Wilf ne parvint pas à retrouver le sommeil.

***

Dès le lendemain, puis durant les semaines qui suivirent, les deux provinciaux firent donc office de précepteurs auprès du Csar héritier. Le premier tâchait – tant bien que mal – de dissimuler sa carence absolue, en connaissances académiques, tandis que l'autre entretenait son jeune maître avec sagesse et courtoisie, l'abreuvant de sujets aussi riches que variés. Inutile de le préciser, le petit voleur de Youbengrad en apprenait bien sûr au moins autant que celui à qui il était chargé de promulguer une instruction… Quant à Lucas, son savoir bien ordonné semblait au contraire sans faille, quelque sujet que puisse aborder son impérial élève. Bien entendu, ce dernier avait vite remarqué l'incompétence de «Frère Wilf». Mais il paraissait accepter avec indulgence l'ignorance du jeune pèlerin, et ne s'en remettait à lui que pour les rares questions d'ordre pragmatique.

Caïus avait été chassé de son avant-poste de Buvna, et la tension était légèrement retombée au sein de la cité. La vie au palais se déroulait donc plutôt tranquillement. Toutefois, Wilf et Lucas avaient été les prisonniers des rebelles et avaient pu constater leur détermination. Ils s'inquiétaient donc fréquemment d'observer le rythme paisible des choses du palais, qui suivaient leur cours presque comme si nul danger ne menaçait la capitale. L'Empire était un peu trop sûr de sa force au goût des deux garçons…

La soudaine attaque des nations du Sud devait apparaître aux Mossievites comme la nouvelle tentative ridicule d'une poignée de séparatistes. Depuis des générations, des escarmouches opposaient méridionaux et septentrionaux. Le Sud, plus riche, plus épargné par le climat, était écrasé d'impôts. Ayant également la réputation d'être moins pieux que le Nord, il souffrait de l'hostilité à peine voilée des autorités cléricales de Mossiev. Mais, cette fois, il ne s'agissait pas d'une simple escarmouche: la vieille rancœur du Sud avait enfin trouvé sa voix en la personne du très charismatique duc Caïus. Et les armées du Csar s'en rendaient, jour après jour, cruellement compte…

Les leçons avaient souvent lieu dans l'un ou l'autre des nombreux jardins du castel, plutôt que dans la salle de classe. Celle-ci, aménagée à grand frais spécialement pour l'éducation de Son Altesse, était pourtant somptueuse, et garnie de plusieurs centaines de manuels. Mais Lucas s'obstinait à faire profiter ses deux compagnons et lui-même des nouveaux jours de tiédeur. Au fond de lui, il espérait secrètement que les premiers rayons de soleil effaceraient les images horribles du massacre de la caravane, du sang chaud coulant dans la neige, et de sa pénible captivité…

De plus, il tenait d'Yvanov qu'on apprend souvent mieux dans les livres ce dont on a eu une approche préalable. Dans la mesure du possible, lui avait dit l'abbé, il fallait montrer avant d'expliquer. Lucas n'hésitait donc pas, par exemple, à déambuler entre les nombreux couloirs d'apparat dès lors que sa leçon portait sur l'héraldique. On le voyait dans les chapelles, aux vitraux superbes et pertinemment narratifs, lorsqu'il s'agissait de théologie. Le petit groupe d'étudiants poussait même parfois jusqu'aux berges de la rivière Morévitch, s'ils devaient étudier telle ou telle bataille s'étant tenue dans la vallée de Mossiev.

Ces leçons, aux allures de promenades, avaient également un but caché : permettre au jeune moine de fourrer son nez dans le moindre recoin du palais. Il continuait de traquer tout indice susceptible de l'éclairer sur l'activité de l'ordre de Saint Mazhel, ou sur la progression du fameux complot. Et avec le Csar lui-même pour escorte, peu de lieux lui étaient en effet interdits. Pourtant, malgré les réels talents d'observation du séminariste, rien ne semblait encore pouvoir transpirer des vilenies orchestrées par ces conjurés en robe de bure...

Wilf, petit à petit, apprenait à se montrer courtois et spirituel en toutes circonstances. Paradoxalement, le vaurien élevé dans la fange et la misère sordide s'en sortait à merveille. On l'eût dit né pour fréquenter les palais, ce qui ne manquait pas de soulever quelques murmures admiratifs – ou jaloux – parmi les courtisans. Nombre d'entre eux voyaient avec étonnement ce jeune pèlerin inculte gagner l'amitié et la confiance de Son Altesse Nicolæ. Mais l'enfant de Youbengrad se dégrossissait à vue d'œil.

Cruel-Voit, de son côté, devait consacrer une bonne partie de son temps à soigner Monseigneur Colémène. On pouvait l'apercevoir dans nombre de réunions du Clergé gris, silhouette droite et silencieuse dans l'ombre de l'archevêque. Il s'acquittait de sa tâche de domestique avec une telle concentration que son apprenti en était venu à penser que leur cible faisait peut-être bien partie de ces hautes personnalités religieuses. Le reste de son loisir, le tueur l'employait à errer dans le castel, où il repérait les relèves des gardes, les possibilités de fuite, et surtout les habitudes de tout un chacun. Comme il l'avait souvent dit, la connaissance des habitudes, la *prévisibilité*, étaient l'essence du meurtre. Ainsi, Wilf ne le voyait presque plus, sauf le soir, car leurs appartements étaient juxtaposés.

En prime de se fondre décemment en société, ce dernier avait donc profité du fait que son maître le délaisse un peu pour apprendre à lire en un temps record. De même, il sut bientôt reconnaître les armoiries des principaux nobles de l'Empire, et situer avec précision chacune des dix Provinces sur une carte.

Il s'agissait en fait de neuf régions riches en diversité, qui, ajoutées au Domaine Impérial, formaient l'immense Empire du Csar. Aux Provinces dont il avait déjà entendu parler – duché de Crombelech, vassalité du Baârn, baronnie de Kentalas et comté d'Eldor – s'ajoutaient celles du Sud, plus lointaines.

La principauté de Blancastel, bien que située à l'extrême sud-est de l'Empire, en était la moins méconnue. Cette nation entretenait en effet des rapports réguliers avec l'autorité de Mossiev, et sa proximité avec les Elfyes l'avait rendue célèbre. De plus, à la différence des Provinces du sud-ouest, son accès n'était pas bloqué par la présence des larges landes maladives baptisées les Marais du Deuil.

Ces autres régions méridionales, que l'administration impériale tenait à grand-peine, avaient très mauvaise réputation. On les accusait de fomenter d'incessantes rébellions envers le pouvoir du Trône de l'Ours. Elles étaient constituées de deux baronnies – Greyhald et Arrucia, d'un duché connu sous le nom de Terre d'Arion et gouverné par le tristement célèbre duc Caïus, ainsi enfin que d'une Province morcelée portant l'appellation de Mille-Colombes. Cette dernière ne formait pas une nation à proprement parler, mais regroupait un essaim de Cités-États ayant prêté allégeance au Csar. Dont la fameuse ville insulaire de Fraugield, située à l'ouest au large de la Terre d'Arion, qui devait son rattachement aux Mille-Colombes à de lointaines raisons historiques.

Au chapitre de l'histoire, il devint d'ailleurs vite évident que ladite matière constituerait un aspect majeur de la formation promulguée par le jeune moine. Wilf lui-même eut tôt fait de combler la plupart de ses lacunes. Les événements qui avaient façonné l'Empire tel qu'il était à présent étaient tous évoqués largement. En effet, la connaissance de ces faits du passé était une discipline prépondérante dans l'instruction que devait recevoir un jeune Csar, et Lucas y consacrait au bas mot la moitié de ses leçons.

Le petit Nicolæ IV et son acolyte de Youbengrad s'étaient ainsi vu conter divers hauts faits, ententes et mésalliances politiques, grandes batailles et retournements de situation en tous genres. Le premier enseignement qu'ils avaient pu en tirer était le suivant : depuis sa création, l'Empire avait survécu à la fois par la félonie et malgré la félonie, dans un climat d'incessante mouvance politique. Lucas, qui savait qu'on n'enseigne que les questions – et rarement les réponses, quoi que s'obstinent à penser la plupart des moines précepteurs – avait pris soin de promulguer ses cours d'histoire à rebours. Il avait débuté par les événements les plus récents, puis s'éloignait peu à peu vers les époques reculées, jusqu'à celles d'avant l'Empire. Un véritable cheminement intellectuel avait ainsi fait sa place dans l'esprit des deux élèves. Wilf travaillait aussi dur que son souverain, malgré le peu d'intérêt qu'il avait tout d'abord porté à cette matière. Tout comme le Csar, il s'était finalement pris au jeu de la vérité historique toujours fuyante, tâchant de construire le rapport entre ces différents événements par le seul biais de la logique. Les jeunes pupilles de Lucas n'avaient pas, loin s'en faut, l'imagination fertile d'un vrai historien pour combler les zones d'ombre, mais le résultat obtenu en valait bien un autre. Petit à petit, l'impression de *saisir* quelques bribes de passé se faisait jour en eux.

En une poignée de semaines, Wilf apprit donc comment les nations du Sud s'étaient peu à peu soustraites à l'autorité impériale.

Au fil des générations, le Csar avait fini par perdre même le soutien des Provinces de Mille-Colombes et d'Arrucia, engouffrées dans le sillage du Greyhald et de la Terre d'Arion. Le grand revers infligé à l'hégémonie de Mossiev trouvait ses racines dans la rébellion emmenée par les ancêtres du duc Caïus, en Terre d'Arion, presque un siècle plus tôt.

Lors de cette lointaine guerre d'indépendance, la baronnie de Greyhald était encore tenue pour fidèle alliée par le trône impérial. Mais Gunthe Hache-du-Soir, le baron de l'époque, s'était laissé séduire par le discours révolutionnaire de l'aïeul de Caïus : finalement, il avait mené son Csar dans une embuscade, retournant ses armées contre lui au dernier moment. À cette occasion, on raconte que l'empereur avait maudit la lignée de son vassal, et prédit que Citadelle-de-Greyhald ne survivrait pas à Mossiev si les murs de cette dernière devaient être livrés aux félons...

Par la suite, les trois jeunes compagnons avaient consacré quelques journées studieuses aux périodes qui dataient d'avant ce fameux parjure du baron Gunthe.

C'était encore alors une époque où l'espoir semblait emplir tous les cœurs... Une époque de bâtisseurs. Les peuplades meurtries par la Grande Folie des mages tâchaient de reconstruire, de voir en l'Empire la promesse d'un futur à la fois stable et prospère. L'exaltation des hommes à se rassembler sous la bannière des premiers Csars était épique : il y avait là quelque chose de majestueux, un souffle que les livres ne rendaient qu'à moitié, mais dont on devinait néanmoins l'ampleur. Une époque de bâtisseurs, et de patriotes.

Puis les leçons portèrent enfin sur la Grande Folie, ce terrible holocauste dont les magiciens avaient été les artisans honnis. Un cataclysme vieux de près de quatre siècles, raison pour laquelle les faiseurs de magie étaient encore tellement détestés au sein de l'Empire. Des vestiges de terreur primitive subsistaient malgré les années, de sorte qu'un mari aimant aurait tué sa femme s'il la soupçonnait de sorcellerie, que les magiciens pris sur le fait étaient lynchés sans jugement par une foule hystérique, quand bien même ils n'auraient jamais utilisé leur don que pour faire le bien… À cet égard, toutes les superstitions étaient encore vivaces, cicatrices rouges de la mémoire collective, et même un esprit éclairé comme Lucas ne pouvait se résoudre à aborder la période taboue avec trop de détails.

Il s'était donc borné à peindre brièvement les dégâts monumentaux et toutes les atrocités commises par les Impurs devenus fous. Il raconta comment, pris par leur vague de rage, ils s'étaient également battus entre eux… ce qui avait sans doute sauvé le reste de l'humanité. Auparavant, on rapportait qu'un long *statu quo* avait été maintenu par ces mêmes Impurs, qui gouvernaient alors de larges territoires. Une dynastie puissante de Rois-Magiciens était même censée avoir perduré durant de longues générations. Elle aurait établi une monarchie prospère au cœur du continent, à l'endroit où se tenaient à présent les Marais du Deuil. Le dernier souverain, un certain Arion, avait, disait-on, lâché un sortilège d'une ampleur sans précédent sur son royaume, le réduisant à cet état de lande stérile…

Au-delà de la période où avaient régné les mages, on atteignait un âge de légendes. De celui-ci, nul ne savait grand-chose : l'immense majorité des écrits historiques était en effet l'œuvre des membres du clergé gris, lequel n'avait prospéré qu'après la fondation de Mossiev. Le peu qu'on connaissait sur cette époque venait donc des contes chantés par les Gens de l'Étoile, sources souvent jugées avec suspicion et mépris par les érudits de l'Église. Cependant, parmi ces derniers, il s'en était tout de même trouvé quelques-uns pour puiser dans cette tradition orale, afin d'étoffer les rares travaux sur ces âges pré-impériaux. Mais ils avaient alors eu toujours soin de prendre de copieuses libertés avec le savoir ancestral des nomades.

L'un de ces ouvrages apocryphes, rédigé par un scribe besogneux du Saint-Siège, faisait figure de référence chez les lettrés de l'Empire. Il avait pour titre *Histoire très ancienne de l'époque impie*, et Lucas s'en servit comme base de travail pour ses leçons. On découvrait ainsi les toutes premières origines de la civilisation humaine, dont les Elfyes avaient été les émulateurs. Il y était également raconté comment les liens entre ce peuple mentor et la race humaine naissante avaient été rompus, au fil d'un passage qui ne manqua pas de bouleverser Wilf : *Ainsi, alors que les Elfyes nous enseignaient leur sagesse et faisaient de nous des êtres civilisés, ils furent agressés par les sauvages représentants d'une race démoniaque... Ils entrèrent bientôt en guerre contre ces choses diaboliques. Extérieurement, ces démons se montraient assez semblables à nous autres humains, mais ils n'avaient que mépris pour la sapience des Elfyes. Leurs mœurs primaires les condamnaient à vivre dans la plus obscure barbarie, arborant des coiffures rituelles à bois de cerf, se peignant le corps de symboles primitifs…*

Ils s'avérèrent néanmoins de coriaces adversaires, et la guerre dura bien plus longtemps que ne l'avaient escompté nos tuteurs. Les hordes d'ennemis déferlaient depuis les côtes, tandis que les Elfyes et nos ancêtres humains tenaient les forêts au centre du continent. Lorsque la dernière bataille s'acheva, nul n'aurait pu dire quels étaient les vainqueurs et quels étaient les vaincus.

Les Elfyes survivants partirent panser leurs blessures au plus profond des bois, vers le sud-ouest, nous laissant seuls à notre sort. Les barbares, quant à eux, avaient presque tous été détruits, et l'on n'entendit plus jamais parler de leur peuple.

C'était la description des démons contre lesquels avaient guerroyé les Elfyes qui avait troublé à ce point l'enfant de Youbengrad. Ce portrait lui rappelait naturellement ses amis tu-hadji. Pourtant, ces derniers – obsédés qu'ils étaient par la destruction des Hordes – ressemblaient à tout sauf à des alliés des ténèbres…

En fait, le garçon s'était pris à espérer de plus en plus souvent revoir bientôt Jih'lod, Pej et Ygg'lem. Ne serait-ce que pour les interroger à la lumière de ces nouvelles connaissances acquises auprès de Lucas. Par ailleurs, c'était parmi eux qu'il avait appris combien il était bon d'être traité avec camaraderie et respect. Et, s'il se plaisait indubitablement à la Cour, les sauvages coiffés d'andouillers lui manquaient tout de même…

La suite du texte évoquait l'émergence des Qanforloks, également appelés Seigneurs des Hordes ou Hôtes d'Irvan-Sul, selon les régions : *Hélas, peu après – ou tout juste avant : sur ce point les avis différent – la disparition des suppôts du Mal qui nous avaient séparés des Elfyes, d'autres créatures maléfiques devaient se charger de tourmenter notre jeune race. Une fois de plus, il s'agissait de monstres humains, mais humains en apparence seulement, car ils avaient surgi de l'ombre. Ils prirent le nom de Qanforloks, et on apprit qu'ils s'étaient établis dans la péninsule maudite d'Irvan-Sul. Quant à leur chef, Fir-Dukein, il n'était autre que le Seigneur des Ténèbres en personne, celui que nous connaissons aujourd'hui sous le nom de Roi-Démon...* Après quoi, le récit des exactions perpétrées par les Qanforloks envers les premiers humains se poursuivait sur des pages et des pages. Finalement, il était dit que des hommes dotés de pouvoirs magiques avaient fait leur apparition un peu partout sur le continent, et pris en main le destin de leurs frères pendant de nombreuses décennies...

Durant ces semaines où l'étude avait presque entièrement occupé l'esprit des trois garçons, le printemps avait passé paisiblement. Cruel-Voit continuait ses repérages, laissant Wilf à ses studieuses occupations. Le garçon était un peu surpris du temps et de la minutie que son maître consacrait à la préparation du meurtre. Mais c'était son métier, il devait donc savoir ce qu'il faisait. L'enfant de Youbengrad avait d'ailleurs pu remarquer à quel point ces deux mois de répit lui avaient été bénéfiques. Une alimentation riche et saine, associée à un sommeil régulier, l'avait fait rattraper son léger retard de croissance : en quelques semaines passées à Mossiev, il avait grandi plus que durant la dernière année tout entière. Il avait dû raser récemment son premier poil de moustache. Il se sentait plein de vie et de santé.

Son maître, en revanche, s'était fait peu à peu plus effacé. Il disparaissait des heures entières et, certaines nuits, Wilf pouvait l'apercevoir assis sur une volée de marches menant à tel jardin, son œil unique levé vers les murs du palais, guettant peut-être quelque fenêtre allumée… Tout le temps qui lui restait, en dehors de son travail auprès de l'archevêque et de ses préparatifs meurtriers, se dissolvait dans ce genre d'attitude nostalgique. Il ne s'occupait plus du tout de l'éducation de son pupille. Leurs rapports étaient presque devenus inexistants. On eut dit que le borgne cherchait à dissimuler quelque honteux secret.

On disait de Caïus qu'il n'avait pas eu d'autre choix que de se reporter sur le front de l'Ouest. Sans quoi les troupes baârniennes, accourues en hâte au secours de l'empereur, l'auraient pris à revers durant son siège de Mossiev. L'attaque de la capitale était donc repoussée d'une saison. Mais nul au palais ne se cachait la vérité : il ne s'agissait que d'un bref répit. Dans très peu de temps, lorsque les glaces de la mer d'Arazät fondraient, les Baârniens devraient choisir : soit continuer de harceler l'armée des barons rebelles, soit mener leur campagne de défense annuelle contre les pirates trollesques de Thulé. Nul doute que toute leur fidélité au Csar ne saurait leur faire abandonner leurs familles aux griffes des redoutables pillards…

Lucas, quant à lui, avait eu cent fois l'occasion de se maudire pour n'avoir pas fait une copie de la précieuse missive trouvée dans le bureau d'Yvanov. Comme il aurait aimé l'étudier plus en détail ! Aucun indice ne s'était offert à lui, malgré tous ses efforts. Il n'avait pas le moindre élément pour se montrer plus entreprenant.

Et, contrairement à ses espérances, le cardinal Redah n'avait pas fait appel à ses services une seule fois. Peut-être le Haut-Père jugeait-il que le pupille d'Yvanov se débrouillait assez bien tout seul, déjà placé en position de choix auprès du jeune Csar…

Toutefois, bien qu'il ne fût pas manœuvré comme le journal et l'attitude de l'abbé Yvanov avaient pu le laisser entendre, il était parvenu à la certitude qu'on le surveillait. Sa vigilance lui avait permis de remarquer plusieurs jeunes religieux mossievites, un peu trop enclins à se retrouver aux mêmes endroits que lui. À quelques reprises, il avait eu l'occasion de constater que ces espions en herbe appartenaient à la suite du cardinal Redah… Le Haut-Père tenait donc bien à l'utiliser d'une façon ou d'une autre. Mais quand, et dans quel but ?

Par ailleurs, après analyse de la situation politique, le séminariste voyait mal comment l'ordre de Saint Mazhel aurait pu bénéficier des fruits d'un complot immédiat contre Nicolæ IV. Avait-il pu se tromper ? La lettre trouvée dans le bureau du père Yvanov était chiffrée et, dans l'émotion, il avait peut-être bien commis une erreur de traduction. Mais, bien qu'il eût envie de croire cela, il ne parvenait pas à s'en convaincre… Néanmoins, les motivations de Redah et de son fameux ordre de Saint Mazhel lui demeuraient opaques. Aussi longtemps que sa mère serait en vie, le pouvoir de la régence serait trop solide pour que la mystification du Csar puisse profiter à quiconque. Tout particulièrement avec ces armées qui s'apprêtaient à fondre sur la cité.

Ainsi, son idée initiale, qui avait été que Redah le destine à intercéder pour lui et les siens auprès du jeune souverain, en faisant une marionnette au service de l'Église grise, s'écroulait. Pourtant, tout avait semblé concorder : en tant que précepteur, il était à présent un proche du Csar, raison pour laquelle le cardinal aurait préféré laisser les choses se faire plutôt que de prendre contact avec l'élève d'Yvanov. Par-dessus le marché, son apparence noble, qui n'avait pas échappé à l'abbé de Saint-Quernal, l'avait en effet aidé à devenir un membre à part entière du cercle fermé et très sectaire que constituait la Cour. Sans effort particulier, et malgré ses manières de provincial, Lucas avait tout de suite été accepté comme l'un des leurs… Voilà la pensée qui avait germé en Lucas : un jeune homme comme lui, bien vu de la Cour, en apparence inoffensif, et, qui plus est, très écouté du Csar, ne constituait-il pas le meilleur moyen pour le cardinal Redah de gouverner à travers Nicolæ IV ?

Le problème était bien sûr la présence et l'autorité de la Csarine Taïa. Tout ce plan présumé de Redah ne semblait donc pouvoir être utile avant de longues années. À moins que l'ordre ait prévu de faire tuer l'impératrice ? Mais le moine était tenté d'écarter cette odieuse hypothèse. La régente était sans nul doute le personnage le plus protégé de tout l'Empire, aussi son assassinat s'avérerait certainement un défi impossible. De plus, même s'il méprisait l'ordre de Saint Mazhel et son attitude d'impies comploteurs, il le jugeait néanmoins trop lié à l'Église grise pour pouvoir rompre un de ses concepts les plus sacrés, à savoir la fidélité au Csar et à sa maison… Lucas devait s'y résoudre : le mystère demeurait entier.

Ce fut par une de ces journées tièdes de la fin du printemps que les abeilles devinrent folles. Les trois jeunes gens étaient assis près d'un étang aux berges abondamment fleuries, devisant au sujet des lointaines îles Shyll'finas, lorsque l'essaim fondit soudain sur eux. Il s'agissait d'abeilles rouges, mortellement dangereuses. Leur espèce n'était tolérée dans l'enceinte des jardins impériaux qu'en raison du miel succulent qu'elles fournissaient, considéré comme le plus fin du continent. Leur bourdonnement puissant et subit fit hoqueter le Csar et Lucas, tandis que Wilf bondissait par réflexe. Peut-être est-ce la raison pour laquelle les abeilles le prirent en chasse personnellement. Toujours est-il que l'enfant de Youbengrad se retrouva courant à toutes jambes en direction du plan d'eau, alors que sifflait dans son dos, telle une flèche rouge et fatale, l'essaim des abeilles furieuses. Sitôt le premier instant de surprise passé, Nicolæ s'élança à la suite des insectes, ignorant les admonestations de Lucas. Il avait saisi la cape sur laquelle il était précédemment assis, et tâchait de disperser l'essaim en faisant claquer l'étoffe à travers le nuage vivant. Lucas ne pouvait que regarder les deux enfants risquer leur jeune vie, paralysé par l'inquiétude.

Les abeilles tournoyaient maintenant avec colère autour des deux garçons, les immobilisant à quelques mètres de l'étang. Wilf tentait de se couvrir le visage avec ses mains, pendant que certaines tueuses rouges s'insinuaient sous son vêtement de moine. Le Csar, lui, était à présent recroquevillé au sol, se tordant dans ses efforts pour se protéger des piqûres. Des soldats de la garde hésitaient à s'approcher, de peur d'aggraver encore le sort des deux enfants.

Le novice en aurait pleuré d'impuissance. Ses poings étaient serrés, ses muscles tendus, et son visage reflétait l'horreur de la scène.

C'est alors qu'il se détendit d'un seul coup. Le

bourdonnement disparut, remplacé par une chanson aux accents lointains. Comme c'était doux, à mi-chemin entre musique et lumière... Les Voix.

Lucas sentit un pouvoir affluer en lui. Son esprit était un avec les Voix. Il lui semblait également ne faire qu'un avec le monde. Cela était tellement naturel... Il aurait tellement voulu être horrifié... *Par Pangéos, suis-je un Impur ? Oh non, par pitié.*

Le bourdonnement s'était tu pour de bon. Le séminariste réalisa alors que les abeilles avaient quitté leurs proies. Wilf tendait la main à son Csar, l'aidant à se relever. Par chance, aucun des deux ne semblait gravement blessé. Puis ils s'immobilisèrent, bouche bée, les yeux braqués sur Lucas.

Tout autour de lui, sur chaque centimètre de sa peau, se pressaient les insectes rouges, se dandinant pour exécuter les danses complexes qui leur servaient de langage. Le jeune moine semblait porter une armure vivante d'abeilles. Sur ses lèvres, dans ses cheveux, partout. Seuls ses yeux bleus étaient encore visibles. Aucune des menaçantes créatures ne paraissait avoir l'intention de le piquer. Lucas, lui, savait intimement qu'elles ne lui feraient pas le moindre mal. En ce moment précis, les abeilles étaient pour lui des sœurs : il partageait avec elles le pouvoir de l'âme intérieure...

Au même moment où la garde accourait pour constater les plaies de Son Altesse, les insectes quittèrent Lucas et s'envolèrent dans la direction de leurs ruches. Le jeune moine cligna des yeux, puis prit lentement conscience du prodige qu'il venait d'accomplir. Parmi les gardes, un soldat cria :

— C'est un miracle ! Par le Seigneur Gris, Frère Lucas vient de réaliser un miracle !

Mais le séminariste savait que ce n'était pas le cas.

Nicolæ vint jusqu'à lui en courant. Il serra chaleureusement l'avant-bras de son précepteur. Ses yeux exprimaient une sincère gratitude.

Quelques mètres plus loin, apparemment encore un peu désorienté, Wilf fixait d'un regard étrange le petit empereur qui avait risqué la mort pour lui venir en aide…

— Ils ont raison, fit Nicolæ en hochant la tête. Que cela pouvait-il être, sinon un miracle ?

— Peut-être bien un simple caprice de la nature, Votre Altesse, objecta Lucas, ce qui ne parut pas calmer l'excitation du jeune monarque. Comment vous sentez-vous, mon Csar ? Avez-vous été piqué à la gorge ou aux tempes ?

— Non… non. Ça va bien, Lucas, grâce à vous. Mais, ce prodige… Il faudra tout de même en parler à Monseigneur Colémène, n'est-ce pas ?

— Si Votre Altesse y tient, admit le moine à contrecœur.

La Csarine apparut alors au portail du jardin, les cheveux légèrement défaits par sa course, les mains jointes sur sa poitrine. Le Csar courut vers elle pour la rassurer et la dame prit son enfant dans ses bras, le serrant contre elle. Lucas s'approcha de Wilf, tandis que les gardes se dispersaient et qu'on faisait appeler un médecin.

— Tout va bien, mon enfant ?

Ses piqûres avaient l'air plus mauvaises que celles du Csar.

— Ce n'est rien. Des égratignures…

— Tu as l'air troublé. Qu'est-ce qu'il y a ?

— C'est que… Non. Oublions ça, grommela-t-il en baissant les yeux.

— Tu te demandes pourquoi le Csar a volé à ton secours, c'est ça ?

L'enfant aux cheveux noirs hocha la tête.

— Difficile à dire, répondit Lucas. Je suppose qu'il a eu l'impression que c'était son devoir… C'est un pieux garçon : les religieux ont sans doute de la valeur à ses yeux. Il ignorait qu'il prenait de tels risques pour un *criminel en fuite* qui trahit jour après jour sa confiance, dit tout bas le clerc, sa voix s'étant chargée de reproches.

Puis, après une courte pause :

— Mais quel Csar il fera, n'est-ce pas ?

Wilf ne put s'empêcher d'acquiescer. Ils tournèrent alors tous deux leur regard vers Nicolæ IV. La régente le tenait toujours contre elle, caressant lentement les cheveux du garçon, avec toute la tendresse d'une mère. C'était un spectacle plutôt émouvant. D'un coup d'œil vif comme l'éclair, Wilf surprit les yeux brillants et l'expression mélancolique de Lucas. Il se savait présenter le même visage.

2

À la Cour de Mossiev, les festivités étaient nombreuses. Wilf et Lucas, en leur qualité d'ecclésiastiques, ne participaient pas à autant de mondanités que le reste des courtisans, mais ils avaient néanmoins acquis une habitude certaine des bals impériaux. Ces derniers s'étaient d'ailleurs faits plus fréquents, et plus pompeux, depuis quelque temps. De toute évidence, la régente voulait aider le peuple du palais à oublier l'imminence du retour de Caïus vers la capitale.

Cependant, malgré tous ses efforts, il planait maintenant dans l'air une angoisse sourde. Les messieurs aux souliers vernis, avec leur protocole douceâtre et leurs pas de danse réalisés à la perfection, les dames aux atours princiers et aux langues acérées : tous paraissaient exécuter leur ballet habituel de flatteries et de médisances avec une raideur sinistre. Les sourires semblaient peints sur les visages par quelque enfant malhabile, tandis que les marquises en robes de soie laissaient échapper des œillades de jument effrayée à la moindre mention du duc détesté.

Les armées du Domaine et des Provinces fidèles étaient postées dans les forts qui tenaient les accès à la capitale, mais personne ne semblait croire qu'elles tiendraient tête longtemps à la légion rassemblée par le jeune suzerain de Terre d'Arion. La musique douce et la confiance affichée de la Csarine n'y changeaient rien ; même le meilleur Eldor semblait avoir pris le goût de la peur...

La salle de bal était vaste, mais plus petite que celle dans laquelle le souverain recevait ses visiteurs officiels. Le but n'était pas ici d'intimider, mais de divertir. Il y régnait donc une atmosphère plus feutrée, et plus chaleureuse. Les luminaires précieux brillaient de mille feux, projetant leur éclat sur les dizaines de petits bouquets formés par les courtisans. À une extrémité de la pièce se trouvait la double porte de bois ocre, gardée par six solides hallebardiers. De l'autre côté, la salle s'ouvrait sur une large terrasse en forme de demi-cercle. Celle-ci, battue par une brise rafraîchissante, offrait un point de vue imprenable sur les jardins impériaux. De nombreux hôtes s'accoudaient à sa balustrade de marbre aux colonnes torsadées pour jouir du paysage. La partie couverte de la pièce présentait un balcon intérieur qui permettait aux invités d'admirer les danseurs en contrebas depuis des alcôves confortables. Une foule de petits groupes s'y pressait, dans le frou-frou des robes de bal et le murmure étouffé des discussions.

Wilf observait tous ces automates bien rodés accomplir leur métier de nobliau, et souriait intérieurement en les comparant à leurs caniches de salons. Ce soir, cependant, plusieurs personnages importants se mêlaient à la foule mondaine. Des princes de Provinces, ou encore des généraux impériaux venus passer quelques jours à la capitale entre deux campagnes de repérage. Par coïncidence ou par volonté symbolique, tout l'Empire resté fidèle au Csar était représenté pour cette soirée de bal au palais.

Assis dos à une large cheminée, non loin du dais où étaient installées Sa Grâce Nicolæ IV et la régente, se tenait Gey de Kentalas, fils du baron Burddok. Il avait accompagné les troupes envoyées par son père pour soutenir l'empereur. Son uniforme noir et vert de patrouilleur, mal époussetté, et la courbe lasse de ses épaules indiquaient son arrivée récente à Mossiev, pas plus de quelques heures plus tôt. Le jeune noble à l'expression lugubre n'usurpait pas sa réputation d'homme d'action: sitôt son rapport effectué, il y avait fort à parier qu'il sellerait son cheval sans tarder pour une nouvelle mission d'éclaireur…

Un peu plus loin, attablés à l'écart des regards indiscrets autour d'un guéridon de banquet, deux seigneurs s'entretenaient à voix basse. Montrant ouvertement leur mépris pour les courtisans, Bjorn de Baârn et Luther d'Eldor avaient poussé quelques plats emplis de mets fins pour dérouler une carte d'état-major. Ils ne semblaient prêter aucune attention au reste de la salle. Tous deux avaient activement participé à la plupart des combats qui s'étaient déjà déroulés, et s'y étaient illustrés avec panache.

Luther était un jeune chevalier austère, un peu bigot, qui ne semblait jamais se séparer de son armure. Au front, sa témérité était devenue légendaire. Ajoutant à cela une belle prestance et un sens inné du commandement, il avait vite pris place parmi les figures charismatiques du camp impérial. Le géant qui partageait sa table était un digne représentant de son peuple, épais et musculeux. Il tenait dans sa main droite une cuisse de poulet entamée qu'il agitait au-dessus de la carte pour ponctuer ses explications. Bjorn, fils aîné du généralissime baârnien, avait eu lui aussi à cœur de se distinguer dans toutes les batailles de ce conflit. À eux deux, l'Eldorien et le Baârnien formaient la charpente de la défense du Csar : et visiblement, ils croyaient encore la victoire possible.

Quant aux trois représentants de la famille ducale de Crombelech, alliée indéfectible de l'Empire, ils tenaient compagnie à un groupe de dignitaires du clergé gris. Parmi lesquels Son Éminence Colémène, qui n'avait jamais réellement recouvré la santé depuis les tristes événements de l'hiver, le cardinal Redah, avec sa courte barbe noire et son habit de pourpre, deux autres Hauts-Pères moins puissants dont Wilf avait entendu Lucas citer les noms à l'occasion, et bien sûr le frère Crul, ombre muette aux côtés de l'archevêque. Mimant quelque rapace en haut de son perchoir, le maître-tueur embrassait la salle de son œil vigilant. Son apprenti ne cessait de s'interroger sur les raisons qui pouvaient retenir depuis maintenant si longtemps le bras de la mort de s'abattre sur sa victime…

Tous trois fardés et impeccablement toilettés, les natifs de Crombelech portaient des tenues militaires exactement identiques. Veste et pantalon noirs à coutures grises, hautes bottes de cuir sombre et tricorne à la main, chemise blanche à boutons d'argent. Seul le patriarche, un petit homme aux cheveux blancs mais à la posture encore impérieuse, arborait en plus des épaulettes argentées. L'ancien gredin de Youbengrad, qui avait souvent entendu l'expression populaire « coincé comme un gars du Crombelech », constatait avec une note d'incrédulité combien la petite phrase touchait droit au but. D'un instant à l'autre, on aurait pu croire que les trois nobles allaient claquer des talons, exécuter un salut militaire, puis regagner leur poste imaginaire. Avec leurs visages poudrés et la dentelle qui dépassait de leurs manches, Wilf les aurait jugés risibles s'il n'avait appris récemment quels stratèges hors pair ils étaient. En effet, de père en fils, les ducs de Crombelech avaient gagné des guerres pour le compte du Csar. On disait qu'ils apprenaient à jouer aux échecs et à observer les cartes avant de savoir lire, si bien que conduire des années était devenu une seconde nature chez tous les représentants de ce sang. La discipline était à la base de leur mode de vie. À un demi-pas en retrait du vieux duc, son fils et son petit-fils se tenaient comme des capitaines au rapport, ne prenant part à la discussion qu'après s'être assurés que leur parent avait fini de s'exprimer sur le sujet abordé. Wilf détourna le regard avec répulsion.

Plus haut, sur la mezzanine, il remarqua Lucas qui conversait gracieusement avec deux jeunes filles aussi blondes que lui. Elles portaient de somptueuses robes à volants, jaune d'or pour la plus âgée et rose pâle pour la plus jeune. Des rubans piqués de gemmes paraient leurs chevelures. Quant à leurs bijoux, d'une rare finesse, ils avaient dû être ciselés par les meilleurs joailliers de l'Empire. *Léane et Hesmérine de Blancastel*, se souvint le garçon. Elles étaient les deux filles uniques du prince au Cygne.

En des temps moins troublés, les courtisans se seraient pressés autour de Léane, l'aînée : le seigneur de Blancastel n'ayant pas de descendant mâle, c'était en effet à son époux que reviendrait l'héritage du principat. Mais l'heure n'était plus aux lointains projets, semblait-il, chacun se préoccupant trop de ce qui allait advenir dans les prochaines semaines…

Aussi les deux sœurs, nouvelles à la Cour, devaient-elles se contenter de la compagnie d'un jeune moine de Province. La présence de Lucas n'avait pourtant pas l'air de les lasser : les nobles nées l'écoutaient même avec intérêt, et manquaient toujours de parler en même temps l'une et l'autre pour lui répondre. La cadette, tout particulièrement, paraissait sous le charme, adressant – peut-être malgré elle – son regard le plus tendre au novice. En cet instant, sans doute suite à une réplique spirituelle de Lucas, elle étouffait timidement un fou rire en portant à sa bouche une main gantée de dentelle blanche.

Wilf avait pu se rendre compte que le séminariste faisait presque toujours cet effet aux dames, et se demandait bien pourquoi. Le pire était que bien souvent, de façon curieuse, le fait qu'il soit religieux ne semblait faire qu'amplifier son attrait aux yeux de la gent féminine.

Ses interlocutrices du moment étaient belles, l'une comme l'autre, mais Wilf leur trouvait une certaine fadeur : avec leur peau laiteuse, leurs manières, elles donnaient l'impression de jeunes filles de bonne famille, n'ayant jamais connu que l'enceinte des palais. *Des oies blanches,* sourit le jeune gredin. *C'était bien d'elles d'être courtisées par un moine ! Pauvre Lucas, il devait s'ennuyer à mourir…*

219

L'enfant reporta finalement son regard sur le centre de la pièce, et c'est alors qu'il la vit. Elle dansait en compagnie d'un vieux général.

Elle avait le port princier, et levait fièrement son cou gracile en suivant les pas de la valse. Sa robe rouge vif flottait autour de ses chevilles et un châle noir couvrait ses épaules nues. Elle était divine.

Wilf était obnubilé par sa chevelure noire, où luisait la lumière des lustres, son teint brun de méridionale, sa façon de baisser les paupières en souriant lorsque son partenaire lui glissait un mot entre deux pas… Il y avait une telle flamme en elle, une véhémence dans le moindre de ses regards… Impuissant à détourner les yeux comme aurait dû le faire un jeune pèlerin, le garçon était la proie d'un embrasement qui lui portait le rouge au front. Comme il le nota – avec une irritation croissante —, bien d'autres que lui dévoraient la jeune fille du regard. Sûre de sa beauté ardente, elle semblait à la fois se réjouir de l'émoi dont elle était la cause, et le mépriser. Elle évoluait au rythme de la musique avec ce mélange de grâce et d'énergie si typique des chorégraphies arrucianes qui, bien loin d'être inadapté à la valse mossievite, y apportait une séduction sublime.

Bientôt, l'un ou l'autre des courtisans maniérés viendrait l'inviter pour une prochaine danse, ou bien lui adresser son compliment. Tout, cela, Wilf ne pouvait pas le risquer sans rompre du même coup sa couverture de moine…

La musique s'arrêta, et les danseurs cessèrent leurs évolutions pour regagner en petits groupes chamarrés le pourtour de la pièce. Contrairement à ce que Wilf s'était imaginé, nul ne tenta d'approcher la magnifique Arruciane. Les hommes se contentèrent de la lorgner du coin de l'œil sur son passage, lorsqu'elle traversa la salle pour rejoindre un angle moins illuminé. Adossée à l'un des lourds rideaux d'étoffe orange qui permettaient d'isoler la terrasse en hiver, elle parcourut des yeux un tréteau sur lequel étaient disposées plusieurs coupes de fruits. Négligemment, elle attrapa une grosse pomme dans laquelle elle s'empressa de mordre à belles dents. Plus personne ne semblait maintenant prêter attention à elle, malgré l'effet indéniable qu'elle avait eu sur les mâles qui l'avaient observée danser. Wilf, un peu interloqué, s'assura que la jeune fille en robe rouge n'était plus le centre d'intérêt de la foule, puis commença sans en avoir l'air à se diriger vers elle.

Il se savait en train de faire une bêtise. Quel genre de moine pèlerin irait engager une conversation en tête-à-tête avec une telle créature ? Et qu'allait-il bien trouver à lui dire, d'ailleurs ? Le garçon se sentait drôle ; son cœur battait aussi vite qu'après un entraînement d'escrime avec Cruel-Voit. *Tu ferais mieux d'éviter les ennuis, mon vieux Wilf,* se disait-il à lui-même, mais ses pieds continuaient de le porter malgré lui vers la jeune beauté. Lorsqu'il ne fut plus qu'à quelques pas d'elle, l'Arruciane posa son regard sur lui avec un sourire hardi.

— Vous venez vous rafraîchir, vous aussi, mon frère ? Voulez-vous un fruit ? Ces pommes sont délicieuses...

La jeune fille se rapprocha un peu pour parler moins fort, plongeant son regard couleur de miel brun dans celui du garçon.

— Elles viennent de mon pays.

— Oui... Je vous remercie, fit Wilf d'une voix rauque en saisissant le fruit qu'elle lui tendait.

Le gredin de Youbengrad n'était pas totalement naïf au sujet des relations entre hommes et femmes. Il avait grandi parmi des gens aux mœurs légères, ayant souvent même été témoin de la prostitution qui sévissait dans ces faubourgs. Il savait donc depuis longtemps ce que recelait ce secret bien gardé pour lequel il avait vu tant de grandes personnes raisonnables se mettre dans des situations impossibles. Malgré tout, il était encore jeune, et n'avait jamais eu l'occasion d'expérimenter pour lui-même cette sorte de plaisir. Le genre de sensations que lui procurait la proximité de l'Arruciane était entièrement nouveau. Il se sentait un peu saoul, bien que n'ayant presque rien bu lors de la soirée… Et son cœur battait toujours à démolir sa poitrine.

La jeune fille, un peu plus grande que lui, avait toujours les yeux baissés vers son visage.

— Je… Je m'appelle Wilf, fit le garçon. Je veux dire… frère Wilf.

Son interlocutrice exécuta une discrète mais gracieuse révérence.

— Et je suis Liránda d'Arrucia, fit-elle sans se départir de ce sourire franc. Enchantée, mon frère.

— Vous venez donc vraiment de cette terre lointaine, acquiesça Wilf en réfléchissant. Mais, sans vouloir vous offenser, ma Dame… votre pays n'est-il pas actuellement en guerre contre le Csar ?

— Ma tante, la baronne, est en guerre, jeune pèlerin, le reprit-elle, mais le peuple, lui, est divisé. Moi-même et mon frère Djio sommes ici en tant qu'ambassade auprès du Csar. Nous voudrions négocier son aide au cas où Djio tenterait un soulèvement contre ma tante…

— Oh… je vois, fit le garçon en hochant la tête.

— N'allez pas croire que nous sommes prêts à trahir notre famille de gaieté de cœur, mon frère, mais nous ne croyons pas qu'une longue guerre contre vos années soit bénéfique à notre pays. Et Djio pense qu'une majorité du peuple nous soutiendrait dans ce choix.

Elle avait l'air gêné et fier, craignant qu'on puisse croire que son frère et elle profitaient de la situation uniquement pour ravir le pouvoir.

— Je comprends, Dame Liránda, dit rapidement Wilf, ayant saisi la main de la jeune fille sans s'en apercevoir. Mais rassurez-vous, nul ne s'y tromperait : rien en vous ne fait songer à la mesquinerie ou la félonie.

Un peu surprise, l'Arruciane haussa les sourcils. Mais elle prit le temps de gratifier Wilf d'un sourire charmant avant de retirer sa main des siennes.

Le vaurien de Youbengrad se demandait si quelqu'un observait leur discussion, mais il n'osa pas parcourir la salle des yeux.

À l'éclat de son regard, Liránda ressentait elle aussi ce sentiment mystérieux qui tenait à la fois de la noyade et du choc électrique.

— Vous êtes un beau parleur, reprit-elle d'une voix un peu lente, ne détachant pas une seconde ses yeux de ceux du garçon. C'est donc cela que l'on vous apprend, au noviciat ?

— C'est que… je n'ai pas beaucoup fréquenté le noviciat, ma Dame, répondit-il. Je ne suis qu'un moine pèlerin, vous savez…

— Peut-être est-ce pour cela que vous ressemblez tellement peu à un religieux ! dit-elle en plissant les yeux avec malice. Oh… désolée, petit frère, continua-t-elle en se retenant de pouffer, mais il est criant que la voie que vous avez choisie fera votre malheur…

Elle avança encore un peu vers lui. À présent, c'était elle qui lui prenait les mains, réprimant un léger tremblement.

— Et celui de plus d'une jeune fille…

La jeune Arraciane ne semblait pas plus que son interlocuteur être pressée de voir se briser la magie qui était née entre eux. Même si tous deux savaient que celle-ci ne pourrait durer plus de quelques instants…

— Vous… vous êtes si pleine de vie, ma Dame, lâcha Wilf, qui avait soudain la sensation d'étouffer.

Corbeaux et putains, mais je suis en train de dire n'importe quoi ! paniqua-t-il intérieurement.

Par chance, Liránda eut une réaction plutôt rassurante, éclatant cette fois du rire cristallin qu'elle avait auparavant retenu. Se faisant, elle rejeta ses longs cheveux noirs en arrière, sans manières, et dévoila au jeune garçon la courbe adorable de son cou. *Et quelle amoureuse passionnée vous pourriez être, Dame Liránda,* pensa-t-il.

Wilf était tout fiévreux. Il se préparait à enlacer sa compagne par la taille pour l'entraîner derrière l'abri du rideau, où ils se couvriraient de baisers à l'écart des regards indiscrets. Mais, au dernier moment, un mouvement furtif à la limite de son champ de vision le fit changer d'avis.

Le long du mur ouest de la salle, une silhouette vaguement androgyne avançait vers eux. C'était un jeune homme fin, à la démarche chaloupée, vêtu de cuir noir et de soie marron. Une longue rapière pendait à son côté, frappant sa jambe gauche à chacune de ses grandes enjambées. Malgré cela, l'inconnu se déplaçait avec une grâce certaine, et son pas semblait très décidé. Wilf repéra un groupe de deux hommes en pleine discussion qui s'écartaient pour lui laisser le passage. Il portait une belle chevelure noire, coiffée en catogan, qui tirait en arrière la peau de son front. Son teint était aussi hâlé que celui de Liránda. Tout en s'approchant, il dardait un regard fougueux et furibond sur le petit couple. Lorsqu'il parvint à leur niveau, rompant le charme pour de bon, Liránda se tourna vers lui et s'exclama :

— Djio ! Te voilà enfin ! Je parlais justement de toi à mon nouvel ami…

Wilf prit alors l'équivalent d'un coup de marteau sur la tête. Pourquoi diable ne s'en était-il pas rappelé plus tôt ? Le manque d'empressement des invités à courtiser la jolie Arruciane aurait pourtant dû lui mettre la puce à l'oreille ! Tous les hommes présents avaient entendu les rumeurs qui faisaient état de la susceptibilité de Djio d'Arrucia en ce qui concernait les soupirants de sa jeune sœur… Les mises en garde échangées par des nobliaux plus tôt dans la soirée revinrent d'un seul coup à la mémoire du garçon. L'Arrucian était connu pour ses trente-neuf duels, dont une bonne moitié, disait-on, avaient eu pour seul objectif de débarrasser sa parente de tout ce qui pouvait ressembler à un homme…

Liránda et Wilf jugèrent sage de prendre un peu de distance, tâchant maladroitement de masquer leur attirance mutuelle. Le jeune homme basané n'avait même pas répondu à sa sœur, se contentant de toiser avec dédain le garçon de Youbengrad. Quelques secondes s'écoulèrent avant qu'il ne se mette à sourire de façon condescendante.

— Ma petite sœur deviendrait-elle pieuse ? fit-il d'un ton cynique. Excuse mon intrusion, Liránda. De loin, j'avais cru que tu étais encore aux prises avec un de ces soupirants indignes de toi que tu affectionnes tant…

Wilf jeta un coup d'œil surpris au jeune noble méridional, tandis que Liránda s'empourprait.

— Mais je vois à présent que ta vertu n'avait rien à craindre, reprit le frère sur le même registre. Méfie-toi tout de même, jeune pèlerin, ma Liránda est une petite diablesse !

Le vaurien de Youbengrad grogna un juron inaudible, puis se força à sourire devant l'air interrogateur de Djio. Celui-ci, qui avait passé le début de la soirée seul sur la terrasse, semblait légèrement ivre : il avait le regard fixe, et une odeur d'alcool fort imprégnait son haleine. Visiblement, il avait eu l'intention de chercher des noises à celui qui avait osé aborder sa parente. Maintenant, déconcerté par la charge religieuse de Wilf, il passait sa frustration sur la pauvre jeune fille.

— Ainsi nous nous tutoyons, sire Djio, articula le petit gredin malgré son irritation. C'est trop d'honneurs. Mais je lie puis vous laisser dire autant de mal de votre sœur, qui est tellement… *charmante,* fit-il en insistant sur ce dernier mot pour piquer au vif l'Arrucian prétentieux.

À ce ton plein de sous-entendus, Wilf vit la jeune noble se raidir. Par les chicots de Pangéos, il n'avait pas voulu l'offenser ! Liránda devait se sentir comme un jouet que se disputaient deux gamins égoïstes… Mais l'enfant de Youbengrad ne pouvait tout de même pas laisser ce fat avoir le dernier mot !

Le noble semblait mettre un certain temps à réaliser. Il fit cependant un effort pour abandonner sa posture un peu titubante au profit d'un aplomb nouveau.

— Eh bien, petit, tu trouves donc ma sœur *charmante* ? cracha-t-il en accrochant son regard dans celui du garçon, ce qui le fit hausser un sourcil de surprise lorsqu'il vit que ce dernier ne cillait pas. Je croyais pourtant les religieux étrangers à ces choses…

Djio rejeta sa tête en arrière avec un rire crispé, tout en tendant le bras pour se servir un verre de vin noir d'Eldor.

— En tout cas en ce qui concerne les femmes, ajouta-t-il avec morgue.

Wilf n'était plus très sûr d'entendre ce que lui disait l'Arrucian, quelque allusion blessante qu'il soit en train de faire à ses dépens. Le jeune vaurien connaissait bien cet instant de grâce, lorsque toute compréhension cédait la place à l'ultime tension qui précède l'affrontement. Se souvenant, dans un coin de son esprit, d'où il était et *qui* il était censé être, il fit néanmoins un effort pour calmer le sang qui bouillait dans ses veines. Il parla, avec un sourire que démentait la rigidité de ses muscles et de son visage.

— Que…

Les regards sinistres des deux interlocuteurs étaient maintenant vrillés l'un dans l'autre.

— Que voulez-vous dire, messire ?

— Oh, je répugne à me faire l'écho de ces rumeurs infamantes, répondit le noble d'une voix douce. Toutefois, certaines personnes dignes de confiance ont fait état de relations plutôt… ambiguës, que vous et frère Lucas entretiendriez avec Son Éminence Colémène. Est-il vrai que c'est chose courante, au sein du clergé gris ?

Liránda posa une main apaisante sur l'avant-bras de son frère, mais son ton était pour le moins désapprobateur :

— Tu vas trop loin, Djio. Je crois que… tu es très fatigué. Allons, tous ces soucis te minent : tu devrais aller te coucher.

La jeune fille lança un regard d'excuse en direction de Wilf. Mais ce dernier ne le remarqua pas.

Il ne prêtait plus attention qu'à l'Arrucian qui lui faisait face. Les deux jeunes gens ne s'étaient pas quittés des yeux un instant, et l'électricité qui se dégageait de tout ceci avait un parfum bien différent du magnétisme sensuel qui avait soudé le regard de Wilf à celui de Liránda quelques minutes plus tôt… L'enfant de Youbengrad n'avait pas saisi les derniers propos insultants de Djio. Tout ce qu'il avait compris, c'était que l'autre le défiait.

La musique reprit alors subitement, la mélodie vive d'un violon prenant par surprise l'assemblée et faisant sursauter plusieurs courtisans.

Quelques instants passèrent, et Wilf les mit à profit pour réfléchir un peu. Il ignorait qui était ce Ménestrel violoniste, mais sa musique à présent lente paraissait s'être donné pour but de l'aider à éclaircir son esprit…

Le temps sembla reprendre son cours normal. La colère s'était envolée. Apparemment, il en avait été de même pour le frère de la belle. Celui-ci secoua la tête et s'ébroua en soufflant.

— J'ai peut-être abusé, en effet, fit-il en se tournant vers sa sœur, de tous ces nectars spiritueux…

Son sourire s'élargit alors qu'il portait son verre de cristal à ses lèvres.

— Quand je pense que j'ai failli porter la main sur un pauvre pèlerin !

Avec toute la vitesse que lui avait octroyé son pénible entraînement, Wilf franchit la courte distance qui le séparait du jeune noble. Son bras gauche jaillit pour saisir le poignet droit de Djio, qu'il serra de toutes ses forces. L'Arrucian, après un instant d'incrédulité et un geste de recul, fronça les sourcils avec colère.

— Mais, que…
— N'oubliez pas que je ne suis qu'un pèlerin, messire, et que mon devoir est de vous détourner de l'hérésie.

Wilf relâcha sa pression sur le poignet de Djio et adressa un clin d'œil rassurant à Liránda.

— Or, je crois bien que vous vous apprêtiez à boire votre vin noir sans y avoir ajouté…

Il dégagea le verre plein de la main du noble, et le porta vers le tréteau garni de bouteilles colorées, pour y mélanger une larme d'un autre breuvage.

— … l'inévitable goutte de liqueur de poire… Voyons, reconnaissez que je vous évite un vrai blasphème, sire Djio ! déclara l'enfant avec malice.

Après quoi, il éclata de rire…

Les deux autres s'y joignirent bon gré mal gré, pour le fou rire le plus forcé de toute la soirée, battant ainsi à plate couture les courtisans du bal sur leur propre terrain.

Le frère ombrageux déclara ensuite poliment qu'il leur fallait aller se reposer, et commença à s'éloigner pour laisser Liránda souhaiter le bonsoir à son ami. Celle-ci posa alors son beau regard sur le petit homme.

— J'avoue que vous avez réussi à me faire trembler, frère Wilf. Aviez-vous vraiment besoin de soutenir le défi puéril de mon duelliste de frère ? Nous sommes passés à deux doigts de la catastrophe…

— Il avait bu, et pas moi, répondit Wilf sans se démonter. Le duel aurait pu être surprenant…

La jeune fille hocha la tête avec lassitude. Puis elle baissa les paupières avec cette langueur du Sud qui troublait tant Wilf, et sa voix devint un murmure que lui seul pouvait entendre :

— Il aurait gagné, soyez-en certain. Et moi, j'aurais détesté vous perdre si vite. Je sais combien tout cela est de mauvais goût, mais… j'espère tellement vous revoir !

— Je crois que je comprends ce que vous voulez dire, ma Dame, souffla-t-il en lui baisant la main avec un peu plus de ferveur que l'exigeaient les convenances.

Comme il aurait aimé la prendre dans ses bras, envoyer à Fir-Dukein les courtisans, les frères et tout le reste !

— Une dernière chose, petit frère… reprit Liránda alors qu'elle allait se détourner. J'ai eu des courtisans qui étaient des fines lames, des hommes mûrs, et sûrs de leur force… Mais aucun d'entre eux n'a jamais pu faire peur à mon Djio comme vous venez de le faire. Il y avait quelque chose de si *glacé*, dans votre regard… Quel genre de prêtre êtes-vous donc ?

Le garçon sourit d'une oreille à l'autre, cette fois sans se forcer.

— Je tiens ça de frère Crul, dit-il simplement.

***

Le maître-tueur s'attachait à faire porter son regard à part égale sur chacune des personnes présentes à la réception. Une vieille habitude des maîtres-tueurs, s'apparentant aux méthodes d'observation objective des espions ou des artistes. Toutefois, son œil bleu pâle revenait souvent scruter le couple impérial, mère et fils, dignement adossés à leur trône respectif. La Csarine portait une robe à haut col, de couleur sombre, dont la coupe à la fois sévère et raffinée la faisait ressembler à une noble fleur vénéneuse. Depuis le début de son séjour au palais, le borgne avait maintes fois eu l'occasion d'épier les faits et gestes de la régente. Il avait admiré l'excellence avec laquelle elle s'accommodait de ses impératifs royaux, menant souvent une politique applaudie même par ses détracteurs. Et cela, bien qu'elle semblât détester l'Empire. En effet, à de trop nombreuses reprises, Cruel-Voit avait noté un soupir vite étouffé ou un regard glacial à l'encontre des ministres qui la secondaient... Ces derniers, il est vrai, étaient pour la plupart des conseillers issus des ordres de l'Église grise. Toutefois, plus que son dégoût envers les autorités religieuses, c'était bien la fatigue de la Csarine pour cet Empire qui n'en finissait pas de mourir qui semblait s'exprimer alors.

Il l'avait observée, également, dans son rôle de mère. Comme elle le prenait à cœur ! Comme Cruel-Voit sentait l'amour qu'elle portait à son enfant, au-delà de cette froideur affichée au nom d'une dignité de principe... Il s'agissait véritablement d'une femme admirable, avait jugé le maître-tueur malgré lui. On sentait, dans son moindre souffle, dans chacun de ses gestes purs, la plus totale abnégation envers ses idéaux. Une vie entière d'émotions refoulées, une grandeur d'âme sans pareille derrière le masque de la sévérité…

Le borgne se demandait combien de temps une telle personne pourrait encore soutenir un régime aussi corrompu et injuste que l'Empire, quand bien même son propre fils était le dernier de la lignée des Csars.

Mais peut-être espérait-elle, justement, que Nicolæ IV serait l'homme qui guérirait le continent de ses maux. Elle devait bien posséder quelque conviction, méditait Cruel-Voit, pour être capable de continuer à orchestrer cette régence qui sonnait tellement comme le requiem de la nation…

* * *

Lucas avait été maussade toute la soirée. Les bals, pendant lesquels chacun faisait de son mieux pour paraître s'amuser et où les rires fusaient de toutes parts, constituaient des moments pénibles pour le jeune séminariste. Lui, pensait-il, n'avait vraiment pas grande raison de se réjouir….

Son enquête au sujet de l'ordre de Saint Mazhel n'avançait pas. Tout juste avait-il pu identifier quelques personnes clés du réseau d'influence du cardinal Redah, notant les connexions solides du Haut-Père avec le pouvoir du Saint-Siège. Ce dernier, installé à quelques jours de voyage de Mossiev, était le bastion d'une Église grise qui se voulait toute-puissante sur l'Empire. Les représentants de cette institution séculaire, trop fanatiques pour assurer une politique crédible, avaient peu à peu été écartés de Mossiev au profit de Hauts-Pères plus diplomates. Toutefois, leur soutien restait un gage de puissance à la Cour, car ils conservaient dans une certaine mesure le contrôle des mentalités et de la morale. Lucas avait dû déployer toute son habileté pour deviner ces informations, au fil de conversations apparemment anodines avec tel ou tel religieux du palais. À présent, il avait le sentiment frustrant de n'être pas plus avancé. À quoi lui servait-il de savoir quels alliés possédait le cardinal, s'il continuait d'ignorer tout de ses projets concrets ?

Une fois, une seule, il avait tenté d'approcher le Haut-Père Redah. Après tout, ils étaient censés être du même côté, et le cardinal accepterait peut-être d'en révéler un peu plus à l'élève de son allié. Il suffirait à Lucas de lui laisser entendre que l'abbé de Saint-Quernal l'avait mis au courant du complot et qu'il souhaitait se rendre utile pour l'ordre… La confrontation directe avec l'inquiétant personnage en robe pourpre n'était pas faite pour rassurer le novice, mais il se savait capable de mimer un parfait aplomb. Hélas, le cardinal n'avait pas reçu Lucas, ce jour-là, prétextant d'autres occupations. Un peu plus tard, le jeune moine avait été abordé par un des clercs de la suite du Haut-Père, lequel lui avait glissé ces simples mots à l'oreille :

— Le cardinal ne souhaite pas que vous essayiez à nouveau de le rencontrer. Cela ne serait pas profitable à la confiance que semble vous accorder la régente, comprenez-vous ? Il m'a en revanche chargé de féliciter le digne pupille de son ami l'abbé Yvanov pour son comportement exemplaire, et il vous encourage à demeurer comme vous le faites dans l'entourage et les bonnes grâces du jeune Csar.

Lucas s'était attendu à un message plus ambigu : de toute évidence, Yvanov n'avait pas fait part au cardinal des difficultés qu'il avait eues à le convaincre de rejoindre la Cour et ses intrigues. Redah semblait croire le novice tout acquis à leur cause, alors que l'abbé de Saint-Quernal n'avait même pas osé parler de l'ordre à son élève… Voilà qui témoignait de la banalité que revêtaient les conspirations aux yeux du cardinal.

Par ailleurs, Lucas était toujours en proie au doute sur un autre sujet : lui et Colémène avaient-ils bien fait en permettant l'intrusion à la Cour des deux étrangers, Wilf et Cruel-Voit ? Leurs vies sauves valaient-elles ces longs mois de mensonges ? Le novice avait beau se dire qu'il avait fait ce choix pour le seul secours du Csar, l'enlisement de ses recherches au sujet du complot le faisait à présent remettre en question l'importance qu'il avait accordée à sa propre survie… Il avait bien souvent pensé à rompre son serment et à dénoncer les deux hommes, dont il n'avait toujours pas la preuve qu'ils n'étaient pas des espions de Redah ; mais il ne pouvait plus le faire sans se condamner également, et l'archevêque avec lui… Plus grand encore était son trouble depuis qu'une certaine amitié l'unissait au petit Wilf. Après toutes ces heures passées ensemble, il lui arrivait fréquemment d'oublier ce qu'était en vérité « frère Wilf » : une âme perdue, un malandrin en cavale, un être dont il s'était fait lui-même le témoin et le complice de la duplicité… Pourtant, il semblait parfois y avoir du bon dans cet enfant, lorsqu'ils étudiaient tous trois avec le Csar. Les choses étaient simples dans ces moments-là.

Mais il y avait d'autres raisons, plus personnelles, pour lesquelles le moral du jeune moine n'était pas au beau fixe. Plus les jours passaient, et plus Lucas se sentait changer, devenir un *Impur*. Sa nature honnie, qu'il avait niée avec tant de force depuis des années, reprenait maintenant le dessus de façon inflexible. Il tentait bien de lutter, de se réfugier dans la prière, mais c'était comme se tenir debout, seul, face à un raz-de-marée. Quoi qu'il fasse, le séminariste savait qu'il serait tôt ou tard emporté par les flots.

Tout d'abord, il y avait eu le phénomène déroutant des abeilles rouges. Les rumeurs de miracles avaient été étouffées avec sagesse, les autorités religieuses et la régence s'étant mis d'accord sur le fait que le moment était mal choisi pour ajouter cela à l'hystérie collective. Mais cela n'empêchait pas plusieurs personnes de penser différemment. L'archevêque Colémène, après les mensonges que Lucas lui avait servis à Saint-Quernal au sujet de rêves inspirés par Pangéos, se comportait maintenant comme s'il avait en face de lui un sérieux candidat à la sainteté. Malgré ses faibles forces, il se faisait conduire chaque jour auprès du séminariste, et lui répétait combien son existence éclairait les dernières semaines qui lui restaient à vivre. Quant au jeune Csar, il avait tenu – en dépit des démentis officiels – à immortaliser ce «signe du Seigneur Gris». Il paraissait toujours bouleversé par ce que ses yeux avaient vu, et lui aussi croyait à un miracle, à n'en pas douter. Il avait donc fait dessiner et tisser un blason en l'honneur de son jeune précepteur, représentant une abeille rouge sur fond gris. Par égard pour son suzerain, Lucas se devait de porter ce motif cousu sur tous ses habits : en une semaine, il était donc devenu pour tous les courtisans «le Moine à l'abeille». Bien loin de se sentir honoré, le novice portait cette parodie d'armoiries comme le stigmate de sa différence. La marque au fer rouge qui confirmait que le Poison de l'Âme était en lui…

Mais, plus récemment, les incidents s'étaient multipliés. Trois jours avant ce bal, ç'avait été la rencontre peu orthodoxe avec Bjorn de Baârn. Les deux hommes s'étaient croisés au détour d'un corridor, par chance vide de tout regard indiscret. Alors qu'ils n'étaient plus qu'à quelques pas l'un de l'autre, Lucas s'apprêtant à saluer le noble comme il se devait, l'obscurité avait envahi le couloir. Un noir total les avait alors entourés, une nuit que l'Étoile du Csar empêcherait la capitale de connaître jamais… D'ailleurs, il n'était même pas midi. Dans les ténèbres, un vrombissement s'était fait entendre : le séminariste s'était alors aperçu qu'il s'agissait de l'unique chose qu'il percevait encore. Son corps lui était devenu étranger, son seul esprit semblant flotter dans l'obscurité…

Le ronronnement s'était amplifié terriblement. Il semblait né d'un frottement, comme deux pierres rugueuses qu'on aurait entrechoquées. C'était un bruit extrêmement désagréable.

Retrouvant d'un seul coup la perception de leurs corps respectifs, les deux hommes s'étaient sentis violemment projetés en arrière, tandis que du sang giclait de leurs narines. Lucas s'était retrouvé à quatre pattes, juste un peu sonné, mais Bjorn était resté allongé sur le dos, les poignets sur les tempes, se tordant comme sous l'effet d'une méchante douleur.

Lentement, ils s'étaient tous deux relevés. La sensation de bourdonnement avait disparu. Le géant au crâne rasé avait alors utilisé l'un des battoirs qui lui servaient de mains pour serrer l'épaule du novice, juste un degré de moins que ce qu'il aurait fallu pour la lui broyer.

— Ça ira, mon frère ? avait-il demandé de sa voix de baryton, alors que son regard dur menaçait clairement le religieux.

— Tout ira bien, je crois. Messire… avait commencé Lucas, avant d'être coupé par le colosse.

— Nous ne *sommes pas* des Impurs. Ni toi, mon frère, ni moi. C'était simplement *des maux de tête*, n'est-ce pas ?

— Eh bien…

La pression s'était faite plus forte sur l'épaule du jeune homme, laquelle avait déjà été blessée par la lance d'un rebelle.

— Oui… bien sûr ! Je crois que vous pouvez me lâcher, mon frère…

Le prince baârnien avait paru hésiter.

— Voyons, avait repris Lucas de son ton le plus posé, je ne pourrais pas vous dénoncer sans me compromettre moi-même. Je vous assure que vous n'avez rien à craindre…

Le grand soldat, encore un peu dubitatif, l'avait finalement lâché.

— J'espère que tu comprends, mon frère, avait-il grondé. Je ne *suis pas* un Impur. Et surtout, j'ai une guerre à gagner… Crois-tu que je serais utile à mon Csar dans un bagne des Sœurs Magiciennes ?

Lucas avait acquiescé en massant son épaule meurtrie.

Ainsi, il n'était pas le seul. Bien sûr, il avait toujours su qu'il y avait d'autres Impurs de par le monde. Mais en rencontrer un en personne, et de noble lignage de surcroît, c'était bien différent. Pour la première fois depuis des années, Lucas se sentait un peu moins *anormal* : ce Baârnien n'avait rien des abominations qu'on dépeignait toujours pour décrire les Impurs. Il avait même l'air de quelqu'un de plutôt ordinaire...

Le moine le rattrapa avant qu'il ne s'éloigne. Tout en prenant un mouchoir pour essuyer le sang qui maculait le bas de son visage, il l'implora :

— Non, attendez ! Ne partez pas, messire ! Qu'est-ce que vous savez de tout ça ?

Le Baârnien le toisa d'un air mauvais, puis répondit :

— Pourquoi j'en saurais plus que toi, mon frère ? Il m'arrive seulement de faire des choses sans le vouloir, avec mon esprit, et ces anomalies peuvent m'envoyer dans les champs dont on ne revient pas. Tu crois que j'ai vraiment envie d'en savoir plus ?

— Quelles choses, messire ? avait insisté Lucas. Par pitié, dites-m'en plus.

— Je... J'ai... Je crois que j'ai déjà fait dévier certains coups qu'on me portait, pendant des batailles. Mais je n'en suis pas sûr ! Tout ça, c'est de la folie, des maléfices d'Impurs !

— Et les Voix ? Est-ce que... vous les entendez, vous aussi ?

— Comment ça, les voix ? avait répondu le noble, avec un air d'incompréhension que le jeune moine avait jugé sincère.

— Alors vous ne les entendez pas... avait-il murmuré en baissant la tête.

Quand il l'avait relevé, le colosse avait déjà tourné les talons, le saluant sans le regarder d'un court geste exaspéré. Depuis, les deux hommes s'étaient évités autant que possible, mais rien de semblable n'avait menacé de se reproduire. L'inexplicable choc qui avait marqué leur première rencontre demeura donc un secret entre eux.

Hélas pour la sérénité de Lucas, ce n'était pas tout. Il ne cessait d'être confronté à ces résonances surnaturelles qu'il avait toujours voulu ignorer. C'était comme si ses pouvoirs mentaux, trop longtemps retenus en cage, prenaient leur revanche en l'accablant plus que jamais. Quotidiennement, le séminariste était la proie de visions prescientes. Cela avait commencé par des intuitions, comme se douter de qui allait entrer dans une pièce avant même que la poignée de la porte n'ait bougé. Mais il ne pouvait plus à présent s'agir de simples coïncidences. Le moine était témoin en esprit de scènes entières, qui se produiraient dans les moindres détails plusieurs heures plus tard. Parfois, il lui arrivait même *d'entendre* les pensées d'autrui. Bien sûr, il était encore trop horrifié par tout ceci pour penser à en tirer parti afin de mener son enquête. D'ailleurs, ces pouvoirs, si c'en étaient bien, étaient des phénomènes *subis* par le jeune moine : il n'avait absolument aucun contrôle sur leur itération ou sur leur nature…

La seule certitude, c'était qu'ils ne cessaient de s'amplifier, tout comme la fréquence de ses accès de fièvres et de ses étourdissements. Sa santé, en effet, déjà fragile depuis la maladie qui avait bien failli le tuer, semblait suivre un développement inverse à l'épanouissement de ses facultés psychiques. Il avait d'abord voulu nier toute relation entre ses aptitudes d'Impur et l'aggravation de son asthme ainsi que de sa toux, mais il savait que c'était se voiler la face. Cela faisait beaucoup trop de coïncidences. La magie, le Poison de l'Âme, était bien en train de le ronger physiquement. Et Pangéos savait jusqu'où ce processus le mènerait…

Au-delà du dilemme existentiel profond qui voyait Lucas déchiré entre ses convictions religieuses et l'émergence de ses talents mystiques, l'ombre du danger que signifiait le fait d'être un Impur était omniprésente. Par chance, on ne dénombrait aucune Sœur Magicienne vivant à la Cour de Mossiev, sans quoi le novice aurait été vite démasqué. Bien que ses pouvoirs n'aient eu jusqu'à présent que très peu de manifestations concrètes, une représentante de la Sororité aurait sans nul doute senti sa *différence*… Mais les Sœurs n'étaient pas les bienvenues au palais. Les courtisans les craignaient, de terrifiantes rumeurs circulant au sujet d'innocents qu'elles auraient parfois emmenés par erreur, et l'Église grise les considérait au mieux comme un mal nécessaire. Malgré cela, la pression ne pouvait déserter totalement les épaules du jeune moine. Peut-être l'une d'elles se cachait-elle parmi les nobliaux, pour mieux tromper la vigilance d'éventuels Impurs ? Lucas s'était pris à imaginer d'invisibles délatrices au détour de tous les couloirs… Qui plus est, il se savait surveillé par les sbires du cardinal. Et si l'un d'eux avait surpris sa rencontre insolite avec le prince baârnien ? S'il avait éveillé le moindre soupçon, et si une Sœur se dissimulait quelque part dans ce palais, alors elle ne croirait certainement pas à la version du miracle en ce qui concernait l'incident des abeilles rouges…

À Saint-Quernal, tout avait été si ordonné… Aujourd'hui, Lucas regardait sa vie lui échapper, devenue soudain aussi nébuleuse que l'Étoile du Csar, cet astre de mystère qui défiait toutes les lois élémentaires de l'astronomie. Combien de savants du clergé s'étaient tués au travail pour percer les secrets de ce halo de clarté diffuse ? Mais il n'existait pas d'astronomes du destin, et Lucas restait bien seul face à ses doutes.

Ainsi occupé à ruminer ses innombrables soucis, le séminariste n'avait pas vu s'approcher les deux jeunes filles en robes de toile colorée.

— Vous êtes bien méditatif, mon frère, fit la première en battant l'air de son éventail. Vous vous nommez Lucas, n'est-ce pas ? ajouta-t-elle en désignant l'abeille qui ornait sa Grise du jour.

— C'est bien moi, mes Dames, répondit-il en sortant de sa sombre rêverie. Et vous êtes, si je ne m'abuse, les deux filles du prince Angus. Vous me voyez honoré.

— Alors, à quoi devons-nous cet air absent, frère Lucas ? reprit la seconde avec un sourire timide.

— J'écoutais simplement la musique avec attention, mentit-il. Ce Ménestrel est un virtuose, n'est-ce pas ?

Lucas était à présent souriant et détendu. Un peu de compagnie ne lui ferait pas de mal, pensait-il. Et, en effet, la présence des deux jeunes nobles provinciales lui sembla exquise. Ils parlèrent d'Andréas, le Ménestrel au violon enchanteur que la régente avait fait venir de très loin pour ce bal. L'homme, tout vêtu de bleu roi, aux épaules imposantes et à la barbe royale, avait fait chavirer les cœurs lorsqu'il avait interprété *Les Larmes de la reine Sithra* avec sa chaude voix de basse. Puis tous trois évoquèrent la vie dans la Province de Blancastel, et Lucas se laissa même aller à une certaine nostalgie en décrivant à ses compagnes attentives le paisible monastère où il avait grandi…

Quand la soirée toucha à sa fin, le bal terminé depuis longtemps et les musiciens à demi assoupis, le jeune moine n'avait pas vu les heures passer.

Jusqu'à présent, les seules femmes qu'il avait rencontrées dans sa vie étaient presque toutes des courtisanes hypocrites de Mossiev… Mais Hesmérine et Léane de Blancastel allaient le contraindre à revoir son jugement au sujet de la gent féminine. Lorsque le Csar se fut retiré depuis déjà plusieurs heures, alors que l'aube n'était plus très loin et la salle presque vide, il salua donc ses deux nouvelles amies en les gratifiant d'un sourire sincère, chose devenue trop rare à son goût.

Puis il s'empressa de gagner le parc. Et, plus précisément, le jardin suspendu qui abritait la collection de bouleaux bleus du palais. Il ne devait pas être en retard.

***

Sous la lumière grise de l'Étoile du Csar, les berges de la rivière Morévitch offraient un paysage monochrome. Seul le léger clapotis de cet affluent tranquille de la Gwenovna troublait le silence. La brise nocturne plaqua une mèche de cheveux noirs sur les lèvres de Liránda : Wilf la remit en place délicatement, frôlant la joue de la belle avec ses doigts.

Tous deux s'étaient retrouvés peu avant, lorsque Wilf se préparait à monter se coucher. L'Arruciane avait quitté furtivement les appartements qu'elle partageait avec son frère, priant pour qu'il ne s'éveille pas durant son absence, et avait rejoint le garçon de Youbengrad juste à temps. Ne sachant où se rendre pour être un peu seuls, les jeunes gens étaient descendus vers les jardins, le long de la rivière qui traversait l'enceinte du palais. Ils goûtaient à présent leur promenade nocturne, doublement interdite, avec délice.

Wilf tenait son aînée par la main, bercé par le léger bruit des roseaux qui pliaient sur leur passage. Pour tromper leur émoi commun, l'adolescent avait entrepris de décrire à sa compagne la faune et la flore des berges, fruit bien sûr d'une récente leçon avec Lucas. La nuit s'y prêtait à merveille, de nombreux oiseaux étant revenus nicher au sol. Il y avait des bernaches huppées, des avocettes à queue noire, et même des bécassines cendrées pour lesquelles Mossiev représentait une étape sur leur parcours de migration. La rivière, elle, abritait des bancs de civelles, ces petites anguilles dont les tables impériales étaient friandes et qui se servaient en hiver avec des coulis de fruits variés. Quant à la végétation des rives, principalement blanche, elle offrait un paysage plutôt féerique dans la lumière blême de la nuit mossievite. Les angéliques, les celthes blanches et toutes sortes d'herbes poudreuses formaient un tapis soyeux.

De temps à autre, Liránda se penchait vers l'oreille du garçon et lui susurrait des mots doux avec son accent chaleureux comme le sud. Sa voix, rendue un peu rauque par l'émotion, sonnait vraie : troublée, désemparée, et pourtant ravie.

Ils avaient rejoint un promontoire parsemé d'arbres d'où l'on voyait une partie de la ville en contrebas. Le petit couple s'arrêta de marcher. Le charme qui les unissait n'était plus aussi suffocant que lors de leur première rencontre, quelques heures plus tôt. Wilf ne savait pas s'il fallait mettre ce changement sur le compte de la fraîcheur nocturne, ou bien de l'appréhension qui lui tenaillait les entrailles. Quoi qu'il en soit, tous deux se sentaient plus réservés et hésitants, à présent qu'ils étaient vraiment seuls.

— Pangéos ait pitié de moi, se lamenta la jeune beauté. J'ai tellement honte… de vous aimer autant !

— Ne vous tourmentez pas, ma Dame, répondit Wilf en l'enlaçant, mais sans encore la serrer contre lui. Il existe peut-être des choses contre lesquelles on ne peut pas lutter. Voyez-moi, je suis moine, et pourtant je… vous veux plus que tout…

Liránda eut un sourire mi-amusé, mi-triste, puis elle plongea lentement sa tête dans le cou du garçon.

— Voilà bien une réponse d'homme, mon ami. Je vous avoue ce que je *ressens*, et vous me parlez de ce que vous *désirez*…

Elle eut un petit hoquet de rire.

— Existe-t-il une minuscule chance pour que ces créatures si dissemblables puissent un jour véritablement communier ?

— Non, je suppose que non, ma Dame, déclara Wilf de son air le plus méditatif. En vérité, il n'en savait fichtre rien, mais il n'était pas contre paraître un peu sûr de lui.

Puis, retrouvant sa sincérité et ce sourire toujours légèrement insolent :

— En tous cas, déclama-t-il alors que ses mains glissaient dans le dos de l'Arruciane à la recherche des lacets de la robe rouge, nous allons essayer…

***

Lucas sursauta lorsqu'une silhouette jaillit devant lui en tombant d'un demi-étage. Le Csar se releva avec un clin d'œil et parla à voix basse :

— Dites-moi, frère Lucas, vous semblez avoir des occupations nocturnes peu communes ! Que faites-vous ici ?

Le moine, qui avait porté une main à son cœur, souffla bruyamment. Il observa avec étonnement son empereur, vêtu d'une simple robe de chambre de velours noir.

— Euh… Je pourrais en demander autant à Son Altesse, Votre Grâce… bafouilla-t-il.

Le petit monarque eut un rire étouffé.

— Peut-être bien, mon frère. Mais l'usage voudrait que vous répondiez tout d'abord à votre Csar, n'est-ce pas ?

Avec une moue à la fois amusée et inquiète, le séminariste murmura :

— Je faisais juste une petite promenade. Il n'est pas interdit d'observer les étoiles, dans le palais de Sa Majesté ?

— Non, bien sûr. Mais avec la luminosité émise par l'Étoile du Csar, vous n'en verrez pas une autre sans un encombrant matériel d'astronomie. Allons, où alliez-vous vraiment ? insista Nicolæ.

Puis, face au mutisme de son précepteur :

— Oh, après tout, peu importe. Je vous accompagne.

Lucas était complètement abasourdi.

— Mais… Votre Altesse, attendez ! Où est passée votre escorte ?

Le garçon sourit, un peu gêné.

— Elle garde ma chambre, bien sûr…

Il pouffa.

— Quant à moi, je connais un ou deux passages secrets qui me permettent de me promener librement… J'étais dans la salle de classe, juste là, lorsque je vous ai vu grimper cet escalier en direction des jardins suspendus. Alors je suis sorti par la fenêtre pour assouvir ma curiosité…

— Dans la salle de classe ? s'étonna le moine. Mais c'est presque l'aube…

— Frère Lucas, s'exclama le jeune Csar, comment croyez-vous que je parviendrais à suivre le rythme de vos leçons sans un peu de travail personnel ? Tout le monde n'a pas l'excellence innée de frère Wilf !

Résigné, le moine secoua la tête et fit signe au souverain de lui emboîter le pas.

— Bien, je suppose que je ne pourrai pas faire changer d'avis Son Altesse… Alors suivez-moi, nous allons peut-être éviter un drame.

***

Le son familier de l'acier qu'on dégaine fit brutalement sortir Wilf de sa rêverie béate. Repoussant avec délicatesse le corps chaud de sa compagne, il s'accroupit et scruta la nuit. Nu comme un ver, sans la moindre arme à sa portée, il se retenait de paniquer en se concentrant sur les fourrés alentours.

Après leurs ébats, le garçon et la jeune noble étaient restés quelque temps à rêvasser, allongés parmi les herbes folles au bord des berges. Liránda s'était assoupie pendant que l'ancien vaurien de Youbengrad tâchait de rassembler ses esprits et d'estimer les conséquences de cette aventure.

Leurs vêtements gisaient, épars, dans la végétation. Quant à l'épée de Wilf, elle n'avait pas quitté le coffre de sa chambre depuis leur arrivée à Mossiev…

Une haute et fine silhouette sortit alors des buissons. Djio d'Arrucia, la rapière levée droitement devant son visage déformé par la rage, avança d'un pas.

— Alors il a fallu que tu déshonores ma sœur, cracha le noble. Un pèlerin ! Si tu ne respectes pas les usages des hommes, n'étais-tu pas au moins capable de respecter les lois de ton Dieu ? rugit-il en se fendant.

— Djio, non ! cria Liránda, réveillée en sursaut par les aboiements de son frère. Je t'en supplie, ce n'est qu'un moine...

Wilf était resté parfaitement immobile, prêt à réagir au moindre geste de l'Arrucian. Ce dernier contemplait sa parente avec mépris, pendant qu'elle tentait de cacher sa nudité avec un pan de sa robe attrapé à la hâte.

— Qu'as-tu fait, ma sœur ? Tu savais pourtant que je te destinais à un autre... As-tu seulement pensé à notre pays, malheureuse ? Maintenant, tout est perdu !

Le méridional reporta un regard furibond sur l'ancien voleur de Youbengrad. Liránda s'interposa entre les deux hommes.

— *S'il te plaît,* dit-elle en tendant une main implorante vers Djio... C'est encore un enfant... Tu ne vas tout de même pas l'assassiner ?

— Un enfant ? vociféra le frère. Tu n'as pas l'air d'avoir toujours pensé ça ! Mais tu as raison sur un point : je ne tuerai jamais un homme désarmé... Tiens, misérable ! vomit le jeune homme en lançant à Wilf une lame à peu près similaire à la sienne. Comme tu vois, j'avais tout prévu... ricana-t-il avec un air mauvais.

Par pur réflexe, Wilf saisit la garde de la rapière au vol. Il s'éloigna doucement de la belle Arruciane tandis qu'elle continuait d'adjurer son frère.

— Djio, tout est ma faute ! Wilf est un moine, un simple pèlerin. Il ne sait pas se battre !

— Qu'il apprenne ! rugit simplement le jeune noble en fondant sur son adversaire.

Wilf encaissa le premier assaut de justesse. Après les moments magiques qu'il venait de vivre, il jugeait ce retour à la réalité un peu brutal à son goût. Et cela lui faisait drôle de devoir se battre tout nu. Néanmoins, après quelques parades, il fut totalement réveillé et familiarisé avec son arme. Celle-ci, un peu légère mais équilibrée de façon excellente, était surtout une arme d'estoc. Mmm… Pas sa spécialité, mais il ferait avec. En tout cas, se dit le gredin avec une certaine note d'admiration, cet Arrucian jaloux n'était vraiment pas mauvais…

Il tenta une contre-attaque facile pour tester un peu la garde du méridional. À leur surprise respective, la lame de Wilf s'enfonça de plusieurs centimètres dans la hanche de l'escrimeur. Ce dernier poussa un cri de stupeur en reculant. Le jeune garçon comprit ce qui lui avait donné l'avantage pour cette passe d'armes : comme l'avait fait remarquer sa compagne, il n'était pas censé savoir se battre !

— Quel est ce traquenard ? hoqueta le frère, une lueur d'incompréhension dans le regard.

— Il n'est pas encore trop tard pour s'expliquer en gens civilisés, proposa le gamin, dont la vie de château avait adouci les habitudes, et qui préférait ne pas avoir à occire le frère de Liránda.

Pour toute réponse, Djio lança sa lame en avant et manqua de peu le cœur du garçon. Une estafilade brûlante dessina une ligne sanglante sous son aisselle.

Liránda gémit.

Wilf avait appris auprès de Cruel-Voit à supporter la douleur, mais toujours pas à ignorer la colère qui s'emparait de lui lorsqu'on le malmenait ainsi. Lorsqu'il était petit, puis pendant son apprentissage, il estimait avoir pris assez de coups pour le restant de ses jours…

— Maintenant, il est trop tard ! siffla-t-il donc rageusement.

Il se rua sur le noble, para un coup fouetté qui avait eu pour but de l'aveugler, et engagea l'arme de son adversaire garde contre garde.

Tout deux luttèrent un instant pour écarter la lame de l'autre, Wilf était bien plus petit que l'Arrucian, mais aussi légèrement plus vigoureux. Un pas glissé vers le centre de gravité du méridional finit de lui donner l'avantage, et Djio d'Arrucia fut contraint de laisser partir son bras sur le côté pour reprendre un semblant d'équilibre.

Le garçon plaqua aussitôt un avant-bras sur le torse du noble, et lui asséna un violent coup de genou sous la ceinture. Il enchaîna avec une prise de corps à corps classique, saisissant le poignet du frère pour monter son coude vers l'oreille, et ensuite le forcer à redescendre en position défavorable. Pendant que Djio se débattait de façon saccadée, ignorant visiblement que la seule issue à cette clé était un dégagement tout en souplesse, l'enfant des rues abattit avec violence la garde de sa rapière sur le coude du noble. Celui-ci se plia à l'envers avec un craquement dégoûtant.

Wilf entama alors une danse cruelle avec son adversaire, se servant de ses points d'appuis stables pour faire tournoyer le malheureux comme une poupée de chiffon tout en le rouant de coups. L'autre était maintenant presque passif, tâchant de protéger son visage ensanglanté de son bras valide, mais semblant surtout voir trente-six chandelles.

La jolie Arruciane, maintenant en larmes, intervint lorsqu'il fut évident que Djio avait perdu connaissance.

— Laissez-lui la vie, Wilf, je vous en prie…

Le garçon la regarda, dubitatif.

— Il est mon frère. Et… il avait ses raisons de vouloir que je me préserve. De très bonnes raisons.

Wilf haussa les épaules, repoussant avec mépris la carcasse inconsciente du noble.

Tendrement, il enlaça la jeune fille. Il se hissa sur la pointe des pieds pour déposer un baiser sur son front.

— Je suis désolé, Dame Liránda, murmura-t-il. Mais je crois que cette correction lui donnera à réfléchir. Dans l'avenir, il sera moins prompt à tirer sa lame. Qui sait, je viens peut-être de lui sauver la vie…

— Par Pangéos! Que se passe-t-il ici? cria le Csar en contemplant la scène, sidéré. Et…

Sa mine était à peindre, partagée entre une expression goguenarde et une surprise sincère.

— Frère Wilf, que faites-vous dans cette tenue, bon sang?

Lucas, à un pas derrière lui, sentit trembler sa lèvre inférieure.

— Hélas, nous arrivons trop tard…

3

Cruel-Voit et son apprenti se tenaient entre deux créneaux, sur les remparts battus par les bourrasques. En ce milieu d'été, le temps était à l'orage : il faisait lourd, le vent n'amenant aucune fraîcheur. L'horizon était bouché par une armada de nuages noirs et obèses.

Du haut des murs de la cité, les deux assassins pouvaient contempler à loisir les armées en ordre serré qui assiégeaient la capitale, mais ce n'était pas la raison de leur présence ici. Le maître-tueur avait à parler avec son pupille.

Il avait ordonné à ce dernier de le suivre en ce lieu isolé, mais conservait maintenant le silence depuis plusieurs minutes, exposant simplement son visage aux rafales. S'il ne s'était agi de Cruel-Voit, Wilf aurait dit du borgne qu'il avait presque l'air anxieux. Dans l'attente de la suite, le garçon dégrafa le col épais de sa Grise de pèlerin et laissa errer son regard sur les troupes des barons renégats.

Elles étaient maintenant à Mossiev depuis deux

semaines. Les armées impériales avaient été anéanties.

Caïus, néanmoins, avait pris soin de ne jamais couper la retraite des légions qu'il mettait en déroute. Ces soldats, à présent réfugiés dans la capitale, ne feraient que rendre plus pénible la situation dans les murs de la cité assiégée.

Mossiev, bien que tout ravitaillement depuis les villages voisins soit bien sûr devenu impossible, pouvait soutenir ce siège pendant encore des semaines. Trente ans plus tôt, elle avait résisté près de quarante jours à celui des armées baârniennes, avant que le Csar ne finisse par capituler et leur fasse cadeau des terres occidentales.

La cité des empereurs était sans doute capable de braver encore plus longtemps l'envahisseur. Mais hélas, aucun renfort n'était prévu : le gros des troupes du Domaine et des Provinces fidèles avait d'ores et déjà été balayé… On disait que Luther d'Eldor avait survécu et trouvé refuge dans les collines du Nord-Ouest avec une partie de ses unités ; mais de combien d'hommes disposait-il ? Une poignée, tout au plus. Certes, la cité du Csar n'était pas vide de soldats, et ferait sans doute chèrement payer sa prise, mais le rapport de force était trop inégal pour qu'elle puisse résister éternellement. Même si le Saint-Siège se décidait enfin à se séparer de quelques légions de clarencistes, pour les envoyer au secours de la capitale, il était probable que ce ne serait pas suffisant. Quant aux Baârniens, dont l'armée était la seule qui aurait pu rivaliser avec cette cohorte réunie par le duc Caïus, ils ne seraient de retour de leurs forts côtiers qu'à là mi-automne. Alors, à moins d'un miracle, Mossiev serait tombée depuis longtemps…

Ayant réquisitionné pour leur compte toutes les ressources de la région, les soldats rebelles ne semblaient manquer de rien. Bien nourris, aussi propres que possible en ces circonstances, disciplinés, ils offraient un spectacle impressionnant. Au bout de deux semaines de stagnation, ils tenaient toujours un aspect aussi soigné et menaçant : les étendards se dressaient fièrement en claquant au vent, les unités restaient bien groupées par uniforme, les tambours et les trompettes résonnaient toutes les demi-heures… Chaque jour, des messagers se rendaient sous les portes de la cité et proposaient divers arrangements de rémission. Visiblement, la guerre morale n'avait plus de secret pour le brillant stratège qu'était Caïus.

D'est en ouest sous les yeux de Wilf, s'étendaient donc les légions renégates. En blanc et or, il y avait tout d'abord les armées de la Terre d'Arion, bien sûr, composées principalement d'archers. Une multitude d'archers, pour être exact, des archers à perte de vue, dont bon nombre devaient être d'anciens civils subjugués par le charisme de leur duc. Mais la soldatesque de la Terre d'Arion comptait aussi de nombreuses unités de chars légers tirés par un seul cheval, qui s'étaient montrés particulièrement dévastateurs dans les plaines du Crombelech. Pour finir, les fameux Guerriers du Cantique, ces acrobates fanatiques qui profitaient des batailles pour chanter les louanges de rois morts depuis longtemps, représentaient la fine fleur des troupes de Caïus. À leur sujet, circulaient les rumeurs les plus folles : on les disait se livrer à des rituels étranges, peut-être utiliser des capacités d'Impurs. D'aucuns prétendaient même que ces champions de la Terre d'Arion étaient formés en secret par les Ménestrels, lesquels seraient en vérité de redoutables combattants sous leur dehors de musicien. Une seule chose était certaine : les danses de mort endiablées des Guerriers creusaient toujours de cruels sillons dans les rangs adverses.

Les régiments de Greyhald, en uniformes brun et violet, semblaient presque aussi nombreux que ceux du duché d'Arion. À la différence de ces derniers, ils étaient de plus composés en majorité de soldats professionnels. Ce qui en faisait, à égalité avec celle du Baârn, la meilleure armée du continent. Cavalerie et surtout infanterie lourdes, soutenues par d'énormes balistes et catapultes, formaient une force oppressante dont il paraissait bien souvent impossible de stopper l'avancée.

Venait ensuite un rassemblement multicolore de bataillons. Il s'agissait de la contribution des cités-États de Mille-Colombes, dont la diversité et l'efficacité des détachements avaient permis à Caïus une souplesse propice lors de ses choix stratégiques. Parmi les compagnies les plus utiles, on comptait les arbalétriers de Cozgliari, en livrée jaune, ainsi que les véloces fantassins originaires d'Escara, qui combattaient en simple pagne de toile, armés d'une courte lance et d'un bouclier rond. La Légion Funèbre, enfin, envoyée par la cité de Sovdralita, se montrait précieuse ne serait-ce que par son impact psychologique. En effet, ces cavaliers suicidaires, brandissant d'immenses faux, avaient fait leur spécialité de semer la terreur chez l'ennemi.

La dernière armée qui s'était jointe à la rébellion de Caïus était celle d'Arrucia. Trois phalanges différentes la composaient. Les sarissiers, groupement serré de lanciers disposés en quinconce, utilisaient des armes longues de quatre mètres, qui auraient été totalement inutiles en corps à corps mais qui faisaient des merveilles dès lors qu'il s'agissait d'accomplir ou de briser une charge. Les Jéndarros, soldats d'élite dont la pugnacité était légendaire dans tout le Sud, étaient reconnaissables à leur armure légère et à leur épée démesurée. Celle-ci, tout comme les sarisses, requérait un maniement bien particulier, mais s'avérait mortellement dangereuse entre les mains expertes d'un de ces Arrucians. Pour finir, une unité plus traditionnelle était constituée de fantassins légers, utilisant des sabres ou parfois des armes d'escrime. Comme les autres régiments des forces arruciannes, celui-ci était plutôt réduit mais composé d'excellents éléments.

Tout en observant ces dernières troupes, qui étalaient leurs campements en contrebas, Wilf ne put s'empêcher de repenser à Liránda et à son frère.

Chaque détail de cette nuit-là semblait gravé à jamais dans sa mémoire.

L'ayant surpris en compagnie de la jeune fille, dont le noble parent gisait à quelques pas, Nicolæ IV avait eu une réaction pour le moins imprévisible. Après avoir laissé quelques instants aux deux amants pour se rhabiller, il avait chargé Lucas d'aider le frère à reprendre conscience. Là, dans le plus grand secret, sans gardes ni serviteurs pour les épier, les jeunes gens avaient ensuite tenté de dénouer la situation.

L'empereur, autoritaire et maître de lui-même malgré son jeune âge, avait immédiatement intimé le calme à toutes les parties. Le pauvre Djio, d'ailleurs, s'était montré trop comateux pour exprimer son dépit avec toute la fougue qu'il aurait souhaitée. Puis, ayant écouté les plaintes de ce dernier et les excuses embarrassées du petit couple, Son Altesse avait décrété que tout ceci devrait rester dans la plus stricte intimité. Un religieux, proche conseiller du Csar, rompant ses vœux en compagnie d'une ressortissante arruciane, pour finalement démolir avec soin le seul allié que l'Empire avait dans cette région du monde… Voilà un scénario qui sentait le soufre ! La régence, avec sa diplomatie et sa politique plus fragiles que jamais, pouvait fort bien se passer de ce genre d'incident, s'était d'ailleurs empressé de confirmer Lucas.

Pour commencer, il fallait donc évacuer l'Arrucian, couvert d'hématomes et souffrant de plusieurs fractures, de la capitale. Dans le cas contraire, Djio d'Arrucia serait bien en peine d'expliquer aux courtisans indiscrets ce qui lui était arrivé. Il fut ainsi décidé qu'il serait renvoyé, en compagnie de sa jeune sœur, vers un manoir provincial de l'empereur. Tous deux prendraient la route cette nuit même ; il serait bien temps demain d'inventer une raison crédible à leur départ précipité…

De toute évidence, le méridional n'avait guère été enchanté par cette perspective, regrettant à haute voix que le pèlerin libidineux s'en tire à si bon compte. Pourquoi serait-il congédié, lui, comme un honteux criminel, alors que la faute incombait à un autre ? Mais le Csar lui avait fait comprendre qu'il n'avait aucun choix : il connaissait son ambition d'alliance, et se montrerait bientôt prêt à l'entendre, à condition qu'il suive pour l'instant ses directives… La paix de l'Arrucia pouvait bien passer avant la fierté personnelle du jeune noble, n'est-ce pas ? Le marché avait donc été conclu. Quelques minutes plus tard, des ordres avaient été donnés par Nicolæ afin que ses invités soient escortés discrètement hors de la ville.

Le Csar savait qu'il devrait se montrer particulièrement brillant s'il voulait cacher la vérité à sa mère, mais il ne tenait pas à ce qu'elle apprenne l'implication d'un de ses précepteurs dans cette histoire. Lorsque les trois compagnons d'étude s'étaient enfin retrouvés seuls, sa conclusion de l'affaire n'avait pas été beaucoup moins laconique que sa résolution :

— Écoutez-moi attentivement, tous les deux, avait-il dit. Je tiens à vous signaler deux ou trois choses. Frère Wilf, à l'évidence, vous n'êtes pas plus moine que moi.

Il avait étouffé d'un regard noir les protestations des deux autres.

— Je m'en doutais depuis un certain temps : l'incident de ce soir n'était que la confirmation de mes soupçons. Quant à vous, frère Lucas, j'ignore si vous êtes bien religieux, ou simplement meilleur comédien que votre acolyte. J'ignore également comment vous vous y êtes pris pour deviner ce qui allait se passer cette nuit.

De nouveau, il coupa d'un geste impérieux les défenses bafouillées par les deux jeunes gens.

— S'il est donc bien des choses que j'ignore à votre sujet, il en est en revanche d'autres que je sais… La plus importante, et la seule qui compte vraiment à mes yeux, est la suivante : *je sais* que vous n'agirez jamais contre moi. Car, comme le veut la tradition : ce que le Csar *croit*, il ne doit pas en douter une seconde. Comprenez-moi. Je suis tellement jeune pour exercer la charge qui est la mienne. On me flatte et on me sourit, mais on méprise mon autorité ! Vous, en revanche, peut-être parce que vous n'êtes pas victimes du souvenir oppressant de mon père, peut-être parce que vous êtes à peine plus vieux que moi, m'avez toujours traité comme si j'étais le Csar. Pas seulement son héritier. Depuis que je vous ai à mes côtés, tout me semble plus clair : sans le vouloir, vous m'avez donné la confiance en moi qui me faisait défaut. Je sais à présent que je ferai un bon souverain pour mon Empire... En remerciement de cela, je ne vous opposerai aucune interrogation. Il ne sera jamais question entre nous d'abeilles rouges, de pèlerin borgne à l'air sinistre ou de nuit d'amour avec quelque noble du Sud. Le seul lien qui doit nous unir est celui de la fidélité, d'accord ?

À ces mots, Wilf et Lucas avaient compris la force du jeune souverain. Celui qui était ainsi capable d'accorder sa confiance susciterait bien des loyautés, et son peuple l'aimerait autant qu'il avait craint son père.

Le gredin de Youbengrad lui-même s'était alors juré de ne jamais rien tenter contre cet enfant empereur, qui avait déjà risqué sa vie pour lui, et qui couvrait maintenant son erreur pourtant impudente...

Par la suite, la vie des trois jeunes compagnons avait donc repris son cours normal dans l'enceinte du palais impérial. La Csarine, apparemment, s'était contentée des mensonges que lui avait servis son fils.

Quant à la belle Liránda, elle était partie depuis maintenant six à sept semaines, mais elle n'avait pas pour autant déserté les pensées de Wilf. Il ignorait s'il la reverrait un jour. Étant donné le cours que prenaient les événements, il était probable que non. Les négociations promises à Djio d'Arrucia n'avaient, semblait-il, pas eu le temps d'aboutir. Aussi, aux dernières nouvelles, le frère et la sœur occupaient-ils toujours ce manoir éloigné du Csar... Duquel, évidemment, ne parvenait plus aucune information. Si le vaurien avait eu une once de foi, il aurait prié chaque jour pour que la jeune fille soit toujours en vie.

Sans se tourner vers Wilf, ses yeux toujours fixés sur la ligne d'horizon, le maître-tueur entama soudain la discussion, d'une voix monocorde :

— Je t'ai fait monter ici, gamin, au sujet de notre... contrat.

Attentif, le garçon attendit la suite, qui mit encore un peu de temps à venir. Le borgne tentait de paraître aussi froid et impassible qu'à son habitude, mais son visage congestionné donnait les signes d'un grave conflit intérieur.

— J'ai observé le palais pendant assez longtemps maintenant, continua-t-il enfin. Cette mission me semble finalement moins ardue que prévu.

— Tant mieux, maître-tueur, répondit l'enfant en haussant les épaules. Tout de même, vous avez attendu un sacré moment avant de vous décider, hasarda-t-il. Y avait-il un obstacle particulier qui justifiait autant de précautions ?

— J'ai remarqué que tu t'étais bien familiarisé avec les lieux et les personnes, reprit Cruel-Voit sans répondre à la question de son apprenti. Je suis plutôt content de toi.

Il prit alors une grande inspiration.

— Pour tout dire, continua le borgne en regardant les nuages noirs comme s'il souhaitait les intimider, ce meurtre, je te crois très capable de l'accomplir à ma place...

259

Wilf leva des yeux presque indifférents vers son professeur.

— Bien, dit-il. Saurais-je maintenant qui est concerné ?

— Rien que du beau monde, petit. C'est pourquoi je compte sur toi pour tenir ta langue, ainsi que tu l'as juré dans le Serment de l'Apprenti. La personne qui nous paie se nomme Redah. Le cardinal Redah, un proche de l'ancien Csar...

L'enfant fit signe qu'il avait enregistré.

— Quant à la cible, ce n'est nulle autre que la belle Csarine Taïa, continua abruptement le tueur, baissant son œil unique.

Wilf tressaillit.

— Comment ? s'exclama-t-il. Mais pourquoi ?

Il ne pouvait croire que les soi-disant proches d'une dame si majestueuse et si digne puissent lui vouloir du mal. On était pourtant pas dans les ruelles de Youbengrad, ici...

— *Pourquoi ?* Tu devrais avoir compris depuis longtemps que ça ne nous regarde pas, le coupa brutalement le borgne. Qu'est-ce que j'en sais ? Il s'agit peut-être d'une clause testamentaire quelconque de feu le Csar, ricana-t-il.

Mais son rire mourut sur ses lèvres comme s'il semblait partager un instant le sentiment de son élève.

— Enfin, toujours est-il qu'un contrat est un contrat : tout ce qui t'importe de savoir, à présent, c'est où, quand et comment la mort va frapper Son Altesse... Entendu ?

Le gamin hocha la tête tristement. Puis, prenant un air désemparé :

— Mais, maître-tueur, vous aviez dit que vous vous en chargeriez...

— Fais-le ! hurla le borgne en se tournant brusquement vers le garçon. Il avait levé une main comme pour le frapper.

« À moins que tu aies l'intention de me désobéir ? enchaîna-t-il d'une voix plus calme.

Wilf, à son tour, était en proie à une profonde indécision. Si seulement la victime s'était trouvée être quelqu'un d'autre, il aurait été plutôt ravi de mettre ses connaissances en pratique. Il avait même assez hâte de savoir ce qu'il valait en temps qu'assassin… Mais il s'agissait de la régente.

La propre mère de son Csar…

Un long instant passa, avant que l'apprenti ne réponde en baissant les yeux :

— Non, bien sûr que non.
— Comment ça, non ? grogna l'adulte.
— Non, répéta Wilf. Je ne veux pas vous désobéir, maître-tueur.

Le borgne avait alors émis un soupir sec, que Wilf avait échoué à interpréter.

— Alors, qu'est-ce que tu préconises ? interrogea-t-il sèchement.

Le garçon resta silencieux une bonne minute, les sourcils froncés dans une profonde réflexion.

— Le poison ? suggéra-t-il enfin.

Cruel-Voit arrondit les sourcils d'un air interrogateur.

— Ne va pas me dire que tu n'as pas remarqué la suspicion dont bénéficie tout ce qui doit être ingéré par la Csarine… Elle a plusieurs goûteurs à son service, au moins une demi-douzaine. Sans compter la petite femme chauve qui renifle ou observe des échantillons de chacun de ses plats, et qui doit être une spécialiste des toxines en tous genres. *La Csarine,* gamin. Par les griffes de Fir-Dukein : nous parlons d'une dame que l'Église veut voir morte depuis vingt ans au moins, rugit-il avec une note d'admiration. Elle a appris à se protéger contre ce genre de périls traditionnels. Est-ce que tu es vraiment un imbécile ou bien essaies-tu de me fâcher ?

Wilf se retint de sourire. Malgré ses scrupules, l'excitation professionnelle reprenait le dessus.

— En fait, je ne parlais pas d'empoisonner la régente, murmura-t-il. Du moins, pas dans un premier temps...

— Explique-toi, dit Cruel-Voit, interrogateur.

— Pour commencer, maître-tueur, j'ajouterai la contrainte suivante à celles que vous avez énoncées : tout le long du circuit qui va de leur conception en cuisine jusqu'à la table où ils seront servis, les repas de la Csarine sont escortés par au moins un soldat de la garde impériale. En ce moment, ils sont en général plutôt trois...

— Je sais, répondit le tueur, toujours attentif.

— Nous sommes donc d'accord sur ce point : il n'est pas envisageable d'empoisonner les plats de la souveraine. En revanche... Maître-tueur, vous souvenez-vous de ce que vous m'avez dit à propos de la racine de myo-poï ?

— Évidemment, gamin. Une fois broyée en huile, elle n'a absolument aucun goût ni texture particulière. On pourrait également la considérer inodore, ce qui serait vrai pour le commun des mortels. Mais je ne parierais pas sur l'incompétence de cette experte au crâne chauve. D'ailleurs, tu viens de dire toi-même qu'il était inutile de poursuivre dans cette voie...

— Mais la racine tromperait les goûteurs, n'est-ce pas ? insista le garçon.

— Oui, je suppose que oui, admit le borgne, légèrement agacé. Et ils ne ressentiraient l'effet du poison qu'une bonne heure plus tard. C'est le principal avantage de la myo-poï : foudroyante et différée à la fois. Mais il s'agit aussi d'une plante extrêmement rare, qu'on ne trouve que dans les archipels du Sud. Ça m'étonnerait qu'on puisse en dégoter à Mossiev ; d'ailleurs je me vois mal aller en acheter juste avant la mort de la Csarine. Il aurait fallu prévoir cela très longtemps à l'avance. Et puis il y a cette petite femme. Cela fait trop d'inconvénients, trop d'incertitudes... Voyons, tu nous fais perdre notre temps !

L'enfant resta muet un instant, puis persévéra :

— Il y a une dernière chose que vous m'avez enseignée au sujet de cette plante...

Par un grognement impatient, le borgne incita l'enfant à continuer. Son œil menaçant paraissait exiger que sa remarque soit digne d'intérêt.

— Vous m'avez dit de me méfier s'il m'arrivait de l'utiliser, et de m'éloigner au plus tôt de ma victime, si possible avant absorption de la nourriture.

— C'est vrai. Durant la première heure d'incubation, le venin contamine tout l'organisme de la cible. Ses organes vitaux, ses vaisseaux sanguins, mais aussi son souffle. En d'autres termes, la myo-poï est contagieuse. Tu as plutôt intérêt à ficher le camp si tu ne veux pas bénéficier du même sort que celui que tu es venu tuer.

« Attends...

Le maître-tueur regarda l'enfant en silence. Il venait de comprendre.

— Corbeaux et putains... siffla-t-il. Tu penses aux goûteurs ?

L'enfant fit oui de la tête.

— Ils déjeunent juste avant la Csarine, expliqua-t-il, dans une antichambre qui jouxte le bureau où elle travaille. Il nous suffirait d'empoisonner leur repas. Cette fameuse herboriste ne vérifie pas la nourriture de tous les goûteurs, je suppose. Ensuite, ils passent un certain temps dans le proche entourage de la régente, contrôlant chaque plat de son déjeuner... Ce serait sans doute suffisant pour que le poison la contamine.

« En fait, les goûteurs sont les seules personnes dont on soit à peu près sûr qu'elles passent un bon moment, à heure fixe, en compagnie de la régente.

Le garçon écarta les mains, comme pour entériner la simplicité et l'efficacité de son plan. Mais le tueur fronça les sourcils.

— Ça ne nous dit pas comment nous allons nous procurer la racine, petit, soupira-t-il.

Semblant comblé par son petit effet, le garçon exhiba alors la minuscule fiole qu'il venait d'extraire d'un pli de sa robe cléricale.

— Comme ça, par exemple, sourit-il.

Une fois n'étant pas coutume, Cruel-Voit arrondit l'œil de surprise.

— Par les crocs d'Enkerill... Où as-tu trouvé ça ?

— Eh bien, j'ignore ce que cela faisait à cet endroit, mais je l'ai déniché dans un boudoir des appartements impériaux ; celui qui fait office de bibliothèque. C'était dans un petit coffret de chêne, lui-même dissimulé sous un meuble bas.

Le maître-tueur l'interrogea du regard, la mine légèrement désapprobatrice.

— Comme ce frère Lucas passe son temps à fureter partout, s'expliqua le gamin, j'ai pensé qu'il y avait peut-être quelque chose à découvrir...

— Donc, cette raison t'a suffi pour te rendre coupable d'un vol, à l'étage habité par le Csar et la régente, grommela le borgne. Et si quelqu'un t'avait surpris ? Comment aurais-tu expliqué ton engouement soudain pour les poisons mortels ?

— Allons, maître-tueur, personne ne m'a vu, se défendit Wilf, un peu vexé que son mentor puisse le juger aussi inconséquent. Et puis, cette pièce ne m'a jamais été totalement interdite. En fait, il nous est plusieurs fois arrivé d'aller y étudier avec Nicolæ et le moine. J'aurais facilement pu expliquer ma présence.

« Ce coffret dissimulé a attisé ma curiosité, alors je l'ai ouvert. Dedans, il y avait une branche entière de myo-poï séchée : avouez que c'était une aubaine… J'en ai juste coupé une petite bouture pour préparer cette fiole. Cela ne se verra pas, et je me suis dit que ça pourrait toujours vous servir…

« Pour être exact, j'en étais arrivé à la quasi-certitude que notre victime serait le cardinal Redah. Plutôt ironique, n'est-ce pas… Je me suis laissé abuser par votre présence continuelle dans les hauts cercles religieux, qui était en fait due à vos fonctions auprès de l'archevêque Colémène, comme je le comprends à présent. Toujours est-il que j'avais prévu d'utiliser ce poison contre le Haut-Père, ou de vous le remettre afin de faciliter votre tâche. Il est cher et difficile à obtenir, c'est vous qui l'avez dit…

Cruel-Voit ne dit pas un mot, mais continua de froncer les sourcils en hochant lentement la tête, si bien qu'il fut impossible à Wilf de savoir s'il l'avait convaincu ou pas. Le borgne semblait surtout contrarié par cette découverte.

— Il y a quelque chose qui me dérange là-dedans… rumina-t-il comme pour lui-même. La racine de myo-poï est hors de prix, et si elle possède d'autres vertus que celle du meurtre, je ne les connais pas. Que faisait cette branche dans un endroit pareil ?....

— Vous savez, maître-tueur, cette petite pièce est surtout destinée à l'étude. Les herbiers et les échantillons botaniques sont en général plutôt rangés dans la salle de classe du rez-de-chaussée, mais étant donné le danger que représente le myo-poï, on a peut-être jugé qu'il valait mieux mettre la branche plus en sûreté... Il est fort possible que cette racine se soit trouvée là à des fins purement instructives.

— Peut-être bien, médita à contrecœur le tueur borgne.

Mais la présence de cette plante mortelle dans les appartements impériaux continuait visiblement de le tracasser.

— Bien, reprit-il, tu penses que tu seras capable d'empoisonner discrètement les plats des goûteurs ?

— Aucun problème, fit l'enfant sans bravade. Le plus simple sera de m'introduire dans l'antichambre entre le moment où des serviteurs apportent le déjeuner et celui où les goûteurs s'installent à table. Ils ont presque tout l'étage à traverser depuis leurs quartiers, répondit-il à l'objection muette de son tuteur. J'ai remarqué qu'ils mettaient toujours plusieurs minutes à arriver, ce qui sera amplement suffisant...

— D'accord, acquiesça Cruel-Voit. Alors fais pour le mieux.

Son visage se crispa un instant, et Wilf crut bien qu'il allait se mettre en colère, mais il continua normalement.

— Et agis au plus vite…

L'enfant reprit alors conscience qu'il ne s'agissait pas uniquement de théorie. S'il était sincèrement fier de son plan, il était au moins aussi malheureux de devoir à présent le mettre à exécution. Une idée subite lui donna un soudain espoir :

— Mais, maître-tueur, je pensais à quelque chose… Cela fait maintenant de longs mois qu'on vous a contacté pour ce contrat, n'est-ce pas ?

L'air un peu amorphe, l'adulte hocha la tête sans répondre.

— Alors, étant donné les récents bouleversements de la situation politique et militaire, ne serait-il pas possible que les volontés du cardinal aient changé ? Peut-être au moins devrions-nous nous en assurer avant de commettre l'irréparable…

Le borgne leva son œil unique sur le visage de son pupille. Un sentiment indéfinissable traversa son regard pâle. Puis il hocha négativement la tête, et Wilf aurait juré que sa voix avait une note triste lorsqu'il répondit :

— Non, bien au contraire. Redah m'a fait savoir qu'il réprouvait mon manque d'empressement à m'acquitter de ma mission… En fait, nous devons maintenant éliminer la Csarine dans les prochains jours si nous ne voulons pas qu'il engage quelqu'un d'autre à notre place. Ce qui serait le déshonneur ultime, pour un maître-tueur. J'ignore ce que ce curé trafique, mais il n'a vraiment pas la belle Taïa à la bonne… Et il ne veut plus que ça traîne. Alors, tu sais ce qui te reste à faire ?

— Très bien, consentit le gamin, d'une petite voix.

Sa première mission allait avoir un goût bien amer, pensait-il.

Sur un signe de son maître, il quitta ensuite les lieux.

Une fois seul, Cruel-Voit s'accouda à la muraille de pierre pour se prendre la tête entre les mains. Il se passa alors quelque chose qui n'avait pas eu lieu depuis de très longues années : une grosse larme roula sur sa joue depuis son œil valide. Le visage de l'homme, pourtant, ne s'était pas départi de son expression froide et sévère, presque méchante. Rien d'autre que cette larme ne trahissait sa souffrance. Le tueur secoua la tête vigoureusement pour chasser toute pensée, mais un détail lui revint en mémoire.

Il y avait une toute dernière chose que lui et son élève n'avaient pas mentionnée au sujet de la myopoï. Il s'agissait d'un des rares poisons à être parfaitement indolore. On disait que les Shyll'finas l'utilisaient pour achever leurs mourants les plus aimés.

D'un geste un petit peu maladroit, le maître-tueur essuya sa peau humide, de sa pommette à la cicatrice qui lui barrait la mâchoire.

Au moins leur victime ne souffrirait-elle pas...

***

Wilf se faufila discrètement jusqu'aux étages supérieurs du palais. Il déjoua la vigilance des gardes en livrée pourpre et grise qui patrouillaient au gré des corridors. Il se glissa dans les vastes salles vides des quartiers impériaux, passa en silence devant les appartements de la Csarine, et atteint sans problème le solarium où chantaient au moins quatre fontaines sculptées. Puis il grimpa en douceur sur le balcon de l'antichambre. Le solarium formait un patio invisible de l'extérieur, aussi le petit intrus ne courait-il pas le moindre risque d'être surpris.

Il constata que les repas n'avaient pas encore été portés, et disparut à l'abri d'une tenture. Si les goûteurs de la régente ne dérogeaient pas à leurs habitudes, on entrerait bientôt pour déposer leurs déjeuners dans cette pièce.

Ce qui ne tarda pas à se produire.

L'enfant de Youbengrad sortit de sa cachette après que les bruits de pas se soient un peu éloignés. Il tira de sa poche la petite fiole de poison. Avec le plus grand soin, il en ôta le bouchon de cire.

Sa main s'arrêta au-dessus du premier plat.

Wilf s'immobilisa, soudain paralysé. Il s'apprêtait à signer l'arrêt de mort de la Csarine. Ayant lui-même connu cette douleur, il pouvait facilement imaginer la souffrance de Nicolæ lorsqu'on lui annoncerait le décès de sa mère…

Les domestiques devaient à présent être en train d'avertir les goûteurs que leur repas était servi. Wilf devait se dépêcher un peu s'il ne voulait pas avoir d'ennuis.

Il versa quelques gouttes d'huile de myo-poï dans la première assiette. Son bras tremblait. *Le seul lien qui doit nous unir est celui de la fidélité,* avait dit le petit empereur… Il avait une confiance aveugle en ses deux compagnons d'étude. Wilf était sûr que l'enfant Csar lui aurait confié sa vie sans hésiter, tout comme il avait risqué la sienne pour lui.

Et moi, petit vaurien, je suis en train d'assassiner sa propre mère… se maudit l'apprenti assassin. En vérité, ce n'était pas tant le fait d'être un vaurien qui lui posait problème. Wilf n'avait jamais fait que du mal, dans toute sa jeune vie… Mais cette fois, quelqu'un lui faisait confiance. Peut-être était-ce différent.

Le garçon de Youbengrad n'arrivait pourtant pas à discerner ce qui le gênait tant dans le fait de tromper la crédulité du Csar. Est-ce qu'il allait se découvrir un soudain sens de l'honneur, bien déplacé au moment d'entamer une carrière de maître-tueur ? Allons, il n'avait jamais tenu sa parole une seule fois depuis qu'il était venu au monde !

Toutefois, à cette pensée, Wilf réalisa quelque chose qui lui donna à réfléchir. Jusqu'à présent, il n'avait jamais vraiment donné sa parole à qui que ce soit.

Le seul serment qu'il avait prêté avait été formulé envers une congrégation sans visage. Cela ressemblait un peu à la loi, cette chose abstraite que le gamin avait bafouée depuis toujours : cela n'engageait pas le respect qui peut exister entre deux hommes en chair et en os...

Plus il y pensait, et plus Wilf répugnait à trahir l'enfant souverain qui lui avait témoigné son amitié à de nombreuses reprises. Il y avait là-dedans quelque chose qui l'effrayait plus encore que d'être pris, hésitant au-dessus des plats avec une fiole de myo-poï à la main, plus encore que les représailles de Cruel-Voit s'il ne s'acquittait pas de son œuvre mortelle...

Des pas se firent entendre au bout du couloir. Wilf aspergea une seconde assiette de liquide fatal. Il devait le faire. Son maître le tuerait sinon, c'était certain...

Les bruits se rapprochèrent. C'était bien les goûteurs de la Csarine. La porte allait s'ouvrir d'une seconde à l'autre.

D'un geste précipité, Wilf attrapa alors les deux assiettes empoisonnées, et les jeta par-dessus le balcon. Elles allèrent s'écraser en contrebas, sur une jardinière de pianules mauves. Les fleurs rares ne seraient plus belles à voir, d'ici une heure, pensa-t-il.

Ses entrailles auraient dû être nouées d'angoisse par la réaction à venir de Cruel-Voit, mais le garçon ne put émettre qu'un soupir de soulagement.

Lorsque les goûteurs entrèrent dans leur salle à manger, le petit voleur de Youbengrad s'était déjà volatilisé.

***

Cruel-Voit avait les poings et les mâchoires serrés.
— Bon sang, rugit-il, mais qu'est-ce qu'il m'arrive?....

Il avait quitté son perchoir sur les remparts pour retrouver les appartements de l'archevêque. Il était seul, à présent, le vieil ecclésiastique devant s'être rendu à la chapelle du palais. Le maître-tueur maudissait sa faiblesse, son impossibilité croissante à honorer le contrat qu'il avait passé avec Redah. Cette femme le tenait. D'un seul regard mauve, elle avait immobilisé son bras meurtrier et ruiné des années de loyaux services envers la congrégation. La réputation terrible du borgne appartiendrait bientôt au passé.

Pourtant, Cruel-Voit n'avait pas pris en pitié la Csarine Taïa. Il était un tueur depuis si longtemps… Il n'avait plus la moindre idée de ce que pouvait signifier la miséricorde. Mais cette fois, tout était bien différent. Le borgne était un assassin, pas un vandale. Et il n'avait, pensait-il, jamais eu à occire une personne d'une telle qualité. Pour lui, le meurtre de la régente s'apparenterait au saccage d'une œuvre d'art, au fait de jeter dans les flammes quelque exemplaire unique d'un recueil de poèmes... La simple existence de la Csarine l'inspirait, le soulageait de ses péchés, l'enchantait et lui donnait espoir. Il n'avait jamais rien ressenti de tel. Sa lassitude et son dégoût avaient trouvé ici, à Mossiev, une conclusion définitive. Il ne voulait plus être le participant anonyme de ce jeu à la fois complexe et vide de sens des assassinats. Puisqu'il ne pouvait plus tuer, du moins plus ainsi, frappant au hasard tel un esclave des puissants, alors il aimerait. L'image de la Csarine s'était trouvée là, à l'épilogue de son désarroi, pour lui apporter cette révélation.

Il devait lutter pour ne pas se mettre à courir vers les appartements impériaux, empêcher son pupille d'accomplir la mission qu'il lui avait assignée. *Si seulement le gamin pouvait échouer...* pensait-il. Mais il savait bien ce qui les attendait tous les deux si c'était le cas. Il se moquait tout à fait de la réaction du cardinal Redah... Mais, la congrégation, elle, ne pardonnerait pas cette lâcheté. Cruel-Voit avait déjà vu des maîtres-tueurs mourir pour avoir échoué à honorer un contrat. Il refusait de finir comme ça, et surtout d'entraîner son apprenti avec lui dans la déchéance et la mort... Pourtant, comme il l'espérait, ce miracle... Que l'impératrice vive encore une heure, une minute, assez pour qu'il puisse la revoir, même juste une fois...

***

Un peu après son intrusion dans l'antichambre des goûteurs, alors que le jeune Wilf rejoignait les quartiers de Colémène où devait l'attendre son maître, il croisa Son Altesse Nicolæ IV escorté de deux soldats. Une expression inquiète tirait les traits du petit Csar.

Wilf pensa tout d'abord qu'il avait eu vent de l'attentat avorté contre sa mère, mais il s'agissait de Lucas. Comme cela s'était déjà produit quelques fois ces derniers temps, le jeune homme était cloué au lit par un accès de fièvre. Des réminiscences de sa pneumonie en captivité, avaient dit les médecins de l'Église grise. *La vérité,* pensait l'enfant de Youbengrad, *c'est qu'ils sont totalement impuissants à expliquer les crises soudaines de Lucas…* Cette fois, son état s'était brusquement aggravé, et l'archevêque semblait en venir à craindre pour sa vie. Le garçon aux cheveux corbeau suivit donc l'empereur et ses gardes jusqu'aux appartements du Haut-Père. Ils laissèrent les deux soldats sur le pas de la porte de Lucas.

Dans la chambre, il y avait Colémène, tenant la main pâle du séminariste alité, et « frère Crul », qui interrogea son apprenti de l'œil dès qu'il entra.

Celui-ci se garda bien de comprendre les regards appuyés du borgne, et remercia intérieurement Lucas de ce répit inespéré. Peut-être parviendrait-il à inventer une excuse valable pour expliquer la survie de la régente…

Le novice était brûlant, comme s'en aperçurent Wilf et Nicolæ en passant une main rapide sur son front. Il s'agitait beaucoup, oscillant visiblement entre le sommeil et une inconscience plus inquiétante. *Corbeaux et putains,* murmura le garçon de Youbengrad en observant le triste spectacle qu'offrait son compagnon. Depuis quelques jours, son état ne semblait faire qu'empirer… Mais rien n'avait laissé présager qu'il allait se trouver tout à coup aussi mal.

273

— Bien, fit Monseigneur Colémène d'une voix rauque. Votre Altesse, frère Wilf, vous arrivez à point, dit-il en se levant péniblement. Je dois pour ma part aller quérir le diagnostic du père Sondrej. Peut-être saura-t-il nous en dire plus… Frère Crul, si vous voulez bien me prêter votre bras…

Le maître-tueur n'hésita qu'une seconde avant de se porter auprès de l'archevêque. Wilf évita une nouvelle fois soigneusement de croiser son regard.

— Votre Éminence, salua respectueusement le Csar alors que les deux adultes se retiraient.

Le garçon de Youbengrad s'inclina avec un peu de retard, puis reporta son attention sur le pauvre séminariste. Lucas avait les dents serrées et le front couvert de sueur. Délicatement, l'empereur remit en place le linge frais qui avait glissé sur l'oreiller.

Plusieurs minutes passèrent en silence, aucun des deux compagnons ne sachant vraiment quoi dire. Ils avaient pourtant la même crainte en tête : et si leur professeur venait à mourir ?….

Wilf s'attendait à ce qu'un membre de la garde impériale entre d'un instant à l'autre pour informer le Csar de l'incident incompréhensible qui avait eu lieu dans l'antichambre du bureau de sa mère. Mais le temps passa, et personne ne vint les déranger.

Sans doute la Csarine avait-elle jugé inutile d'inquiéter qui que ce soit dans les circonstances actuelles. Mais l'apprenti maître-tueur ne se faisait aucune illusion sur les mesures qu'elle n'allait pas manquer de prendre : dès qu'ils ressortiraient de la chambre de Lucas, ils pourraient noter que la garde avait été triplée. Il allait devenir presque impossible d'attenter aux jours de la régente à présent. Sur ce point, Wilf était bien content de lui.

La fièvre du moine monta encore, et il commença à délirer. Des mots à demi formés et des prières inintelligibles sortaient de sa bouche entre deux tremblements convulsifs. Les deux garçons lui tenaient la main à tour de rôle, lui murmurant à présent des paroles apaisantes.

— Les Voix... gémit le novice.

Wilf, qui n'était pas sûr d'avoir bien compris, approcha son visage de celui de Lucas.

— Que dites-vous, mon frère ?

— ... pas ton frère... geignit-il d'une voix étouffée... frère de personne... un Impur...

— Qu'est-ce qu'il raconte ? demanda le jeune Csar, pas assez proche pour entendre.

— Je ne sais pas, répondit Wilf sans mentir. Je n'y comprends rien. Il délire complètement !

— Peut-être devrions-nous aller chercher du secours, s'inquiéta l'empereur. Son état m'a tout l'air de s'aggraver...

Mais alors qu'il allait se lever, il fut retenu par de nouvelles paroles de Lucas, qui parlait maintenant plus fort.

— Bjorn... se lamenta le moine. Qu'est-il arrivé à Bjorn ?

— Voyons, vous le savez bien, fit le Csar d'une voix douce. Nous étions ensemble lorsque le messager m'a porté la triste nouvelle... Le prince de Baârn est mort. C'était un Impur, frère Lucas. Vous vous souvenez ? Il a fait montre de pouvoirs surnaturels à de nombreuses reprises sur les champs de bataille. Le doute n'était plus possible : Luther d'Eldor a dû se résoudre à l'enfermer pour le livrer aux Sœurs Magiciennes...

Nicolæ marqua une pause, mais Lucas s'agita de plus belle, comme s'il voulait absolument se faire raconter la suite.

— Mais Bjorn est mort bien avant leur arrivée, reprit alors l'empereur. La maladie l'a emporté après l'avoir horriblement transformé… On dit que son corps n'a pas supporté le Poison de l'Âme. Je ne suis certes pas un expert en la matière, mais il paraît que c'est assez fréquent chez les Impurs.

Lucas se mit à rire tout bas, puis son rire se mua en pleurs.

— Les Voix… sanglota-t-il. Je les entends… Elles essaient de me guider. Mais je ne veux pas. Je ne veux pas! cria-t-il, hystérique. Je ne serai jamais un Impur…

— Mais vous n'êtes pas un Impur, frère Lucas, dit Wilf comme s'il parlait à un jeune enfant. La fièvre vous fait tout mélanger.

— … ma tête… fait mal…

— Corbeaux et putains! explosa le vaurien. Mais est-ce que l'un de ces types en robe grise va se décider à faire quelque chose?

Le Csar lui posa une main sur l'épaule.

— Ça ne sert à rien de s'énerver, mon ami. Je crois qu'ils font tout ce qu'ils peuvent…

Lucas se cambra alors violemment sur sa couche. À son chevet, ses deux compagnons le regardèrent se tordre de douleur, impuissants.

— Mon Csar… fit le moine d'un ton plaintif. Il faut vous méfier… Il y a ce complot… Et puis j'ai *vu* des choses. On vous veut du mal… C'est la racine de myo-poï… le poison…

— De quoi parlez-vous, mon frère? demanda Nicolæ, soudain un peu anxieux.

À la mention de la fameuse plante, Wilf avait tressailli involontairement.

— J'ai *vu* quelqu'un… continua le séminariste…. dans les quartiers impériaux… quelqu'un qui empoisonnait les plats…

— Mais comment auriez-vous vu cela, frère Lucas, puisque vous êtes cloué au lit depuis hier ? fit le Csar.

— Je l'ai *vu,* comme j'*entends* les gardes qui vont passer dans le couloir… gémit Lucas.

Les deux garçons valides restèrent quelques instants interdits, cherchant à déchiffrer le sens des dernières paroles du jeune religieux. Des pas bottés se firent bientôt entendre de l'autre côté de la porte, accompagnés du bruit des hallebardes dont le manche battait contre la cuisse des soldats : une patrouille rejoignait son poste de garde…

Wilf et le Csar se regardèrent en silence.

— Alors, comment appelez-vous ça, cette fois, Votre Altesse ? interrogea enfin l'ancien gredin. Un miracle ? Ou bien… des talents d'Impur… ?

L'empereur resta coi quelques instants.

— J'appelle ça un secret, déclara-t-il fermement. Je n'ai pas d'autres amis que vous, expliqua-t-il en déglutissant péniblement. J'ai déjà perdu Bjorn de Baârn, qui n'avait pourtant utilisé ses étranges facultés que pour me servir… Nous ne livrerons pas frère Lucas à ces Sœurs Magiciennes pour qu'elles l'emprisonnent dans l'un de leurs horribles bagnes.

— Mais, s'il est un Impur… s'étonna Wilf, qui avait été élevé comme tout un chacun dans les superstitions sinistres qui entouraient les pouvoirs magiques.

Le Csar le regarda sévèrement :

— Nous a-t-il donné la moindre occasion de nous plaindre de lui ? Est-ce que nous avons la plus petite raison de nous méfier de lui ? Tout ce qu'il a fait, c'était de me prévenir qu'on allait attenter à mes jours... Qu'est-ce vous croyez, frère Wilf ? demanda-t-il en empoignant à nouveau l'épaule de son acolyte. Les Impurs m'ont toujours effrayé, moi aussi ! Mais il s'agit de notre ami...

Wilf baissa les yeux. Il serra ses deux poings sur ses sourcils, et tapota lentement son front comme aux prises avec une terrible indécision.

— Oui, *notre ami...* admit-il enfin. Alors j'ai des choses à vous dire, moi aussi.

Nicolæ lui sourit faiblement, attentif, mais son sourire s'effaça lorsqu'il vit l'expression grave de Wilf.

— Vous n'avez aucun souci à vous faire pour cet empoisonnement dont a parlé Lucas, Votre Altesse, dit lentement celui-ci sans croiser le regard de son interlocuteur. La personne qu'il a vue en train de verser de l'huile de myo-poï dans les plats... C'était moi.

— Quoi ? cria le petit Csar en se levant d'un bond. Frère Wilf !

— Je ne suis pas un frère, soupira le garçon, comme vous l'aviez deviné. Je suis simplement... un assassin. On m'a engagé pour tuer votre mère, la Csarine. Mais je n'ai pas pu.

Le jeune empereur contrôlait à grand-peine sa rage.

— Mais qui ? rugit-il. Qui veut la mort de ma seule famille ? Est-ce ce chien de Caïus ?

— Non, répondit Wilf, pas lui. D'ailleurs, je crois que je ne devrais pas vous révéler le nom de mon commanditaire. Je ne suis pas le seul à subir les conséquences de tout ça… Le principal reste que votre mère ne coure plus aucun danger, n'est-ce pas ? Mon attentat manqué n'est certainement pas passé inaperçu, et la garde tout entière doit être sur le qui-vive à l'heure qu'il est…

Malgré les difficultés qu'il éprouvait à retrouver son calme, le Csar accepta les arguments de Wilf. Il avait promis lui-même de ne jamais poser de questions, et l'enfant était déjà un homme de parole.

— Bien, dit-il. Une preuve que j'ai eu raison de placer ma confiance en vous. Et donc ce que vient de nous dire Lucas ne doit pas quitter cette pièce.

Wilf acquiesça. Le moine, qui avait suivi la conversation des deux jeunes gens, avait de nouveau les larmes aux yeux.

— Je… je ne mérite pas… votre silence… fit-il d'une voix enrouée.

L'ancien voleur de Youbengrad haussa un sourcil incrédule.

— N'as-tu pas entendu mes aveux ? demanda-t-il. J'ai bien senti que tu me soupçonnais depuis le départ d'être plus qu'un simple malandrin en cavale. Et tu avais vu juste, Lucas : je suis l'apprenti d'un assassin… Si l'un de nous trois ne mérite pas l'amitié des deux autres, c'est bien moi !

Alors, le Seigneur de Toutes les Provinces, âgé de douze ans, prit la main de Lucas et celle de Wilf. Au chevet du malade, il prêta serment de rester fidèle à ses deux amis pour le restant de ses jours, quoi que l'avenir puisse leur réserver. Il leur promit, une nouvelle fois, son amitié, à jamais indéfectible.

Dans le même élan, ses compagnons lui rendirent la pareille : le garçon de Youbengrad, d'un ton hésitant, une intense gravité marquant son regard noir ; le séminariste alité, d'une voix faible et asthmatique. Mais ils savaient tous trois qu'ils étaient à présent liés par une loyauté qui transcendait les statuts sociaux, les superstitions ou la politique. Ce serment, semblable à tant d'autres prêtés par d'innombrables garçons de cet âge, était pourtant bien différent. De par la nature de ceux qui le prêtaient, sa profondeur et son honnêteté étaient plus fortes, définitives. Wilf nota une fois de plus combien le jeune Csar était mature. Le poids des responsabilités en avait fait un adulte de douze ans. Il était l'empereur, et aussi un enfant, mais dans cet ordre. Pas une seule fois, le garçon de Youbengrad ne l'avait surpris à se montrer puéril.

Lui se sentait un peu coupable de se prêter à cette petite scène. Vraisemblablement, il n'en avait plus pour longtemps à vivre… Dans sa liste personnelle des choses qu'il ne fallait surtout pas faire, se moquer d'un maître-tueur tenait en effet une des toutes premières places. Cruel-Voit le tuerait certainement pour sa faiblesse. Malgré tout, le gamin était satisfait que les événements aient tourné de cette manière. Il ne mourrait pas s'il pouvait l'éviter, mais même dans le cas contraire, il avait l'impression d'avoir fait le bon choix. Lors de ces derniers mois passés à Mossiev, il avait enfin eu le sentiment d'être une personne.

Comme pour lui rappeler ses craintes, la porte s'ouvrit alors sur Cruel-Voit.

— Est-ce qu'il va mieux ? siffla le borgne en désignant Lucas.

— Je crois qu'il dort à présent normalement, répondit le Csar.

Il toucha le front du moine.

— En tout cas, sa fièvre a l'air d'avoir baissé.

Le maître-tueur fit un signe de tête qui pouvait faire part de sa satisfaction ou bien de son indifférence. Il désigna Wilf du menton.

— Frère Wilf, Son Éminence Colémène veut te parler. Allons-y.

Le petit sentit ses jambes devenir molles, juste un instant. Puis il songea que le borgne ne pourrait pas décemment le tuer en plein palais. Du moins, pas dans les couloirs, et il n'avait pas l'intention de se laisser entraîner dans une pièce isolée… Si seulement il avait eu un peu plus de temps pour réfléchir…

Résigné, il salua l'empereur et emboîta le pas de son professeur de meurtre. Il imaginait qu'une leçon très particulière l'attendait.

4

Lucas se réveilla avec un mal de crâne épouvantable, mais le père Sondrej lui fit porter une infusion qui le soulagea. Il se sentait encore très faible, bien qu'il fût en train de reprendre peu à peu ses esprits. Les visions prescientes dont il venait une fois de plus d'être le réceptacle finiraient par le tuer, à ce rythme.

Entre la fièvre et l'angoisse que lui procuraient ces manifestations psychiques, son esprit était encore légèrement chaviré. Qu'avait-il vu, déjà ? Oui, ce fameux poison, et la petite silhouette qui en versait quelques gouttes au-dessus d'un plat… La scène se passait dans les appartements impériaux, il en avait reconnu le lambrissage. Mais il n'avait aucune idée de la personne qui se rendait coupable d'une telle infamie. Le seul détail limpide du tableau peint à la va-vite par son esprit était la main qui tenait la fiole de myo-poï : c'était une minuscule main fripée, peut-être une main de vieille femme. *Si au moins ces visions pouvaient être un peu plus claires, qu'elles ne dévorent pas mes forces pour rien !* enragea le séminariste, avant de réaliser le cynisme de cette pensée.

Il était toujours aussi terrifié par ces phénomènes capricieux. Sa foi ne pouvait plus rien pour lui, semblait-il. En fait, il ne s'était pas senti capable de prier depuis des jours... En tant que moine, il lui fallait bien sûr faire souvent semblant, pour donner le change. Mais cela n'avait plus rien à voir avec la ferveur religieuse qui avait été la sienne autrefois. Le séminariste ne ressentait plus qu'un grand vide là où s'était jadis trouvée l'empreinte du Seigneur Gris.

Il se souvenait avec émotion des quelques minutes pendant lesquelles lui et ses deux amis s'étaient juré de toujours se soutenir. Mais il ne pouvait pas leur parler de cela. Lui-même, qui en était le sujet, n'y comprenait pas grand-chose...

Le novice savait de moins en moins où il en était.

Les Voix, qui chantaient toujours leur vieille mélodie au creux de son âme, ne semblaient vouloir que l'aider. Pourtant, Lucas luttait encore contre elles, tout comme il luttait contre ses pouvoirs naissants. Des années de monastère avaient inscrit en lui une haine et une crainte profonde des Impurs et de leurs tours.

Quelques mises en garde des Voix lui revinrent néanmoins en mémoire. Elles connaissaient le sort qu'avait subi Bjorn de Baârn, et voulaient l'éviter à Lucas. Si ce dernier continuait de nier sa nature, lui avaient-elles dit, le pouvoir trouverait d'autres chemins... Il entraînerait le jeune moine dans la maladie, la fièvre qui lui rongerait le cerveau. Puis son organisme commencerait vraiment à changer. Son sang se mettrait à bouillir dans ses veines, ses muscles jailliraient de sa peau pour s'enrouler autour de ses membres. Il deviendrait petit à petit une odieuse sculpture de chair. Il se sentirait aveugle, et des dizaines d'yeux pousseraient sur son corps ; il se sentirait affaibli, et sa masse corporelle amplifierait dans des proportions gigantesques. Il serait bientôt un horrible monstre : le pouvoir, ayant échoué à former le *cercle parfait*, s'agiterait dans chaque atome de son être, s'échapperait en désordre par chaque pore de sa peau. Pour finir, il mourrait.

C'est pourquoi les Voix le suppliaient de les écouter. Elles pouvaient le guider, lui apprendre. Grâce à elles, il saurait accepter le *pouvoir du So Kin*, le pouvoir de l'âme intérieure...

— *Aie confiance, enfant,* imploraient-elles. *Tu es le seul que nous puissions aider...*

Mais malgré toute la compassion exprimée par le chant des êtres inconnus, Lucas se refusait à abandonner ses croyances. L'orphelin avait bâti un monde solide et simple autour de lui, il s'était protégé du malheur en adoptant les principes immuables qui étaient ceux de l'Église grise. Et l'un de ces principes fondateurs voulait que toute démonstration surnaturelle inexplicable soit considérée comme le Poison de l'Âme...

Le Poison de l'Âme... Et ce cher Colémène qui croyait dur comme fer à la pureté de son favori... *Quelle ironie*, songea Lucas.

***

La nuit était tombée depuis peu de temps lorsque Wilf fit sa première erreur.

Tout l'après-midi, il avait été contraint de suivre Cruel-Voit dans ses diverses occupations, les cours de la journée ayant été annulés en raison de l'indisposition de Lucas. À sa surprise, le maître-tueur l'avait tout d'abord vraiment conduit jusqu'à l'archevêque Colémène, lequel voulait simplement lui faire part des conclusions du père Sondrej sur l'état de son ami.

Puis les heures s'étaient étirées jusqu'au soir, Wilf évitant avec soin les pièces closes et les endroits trop éloignés des centres nerveux du palais. Il avait dû trouver une bonne dizaine d'excuses pour échapper à un tête-à-tête avec son maître.

Mais voilà qu'ils se retrouvaient tous deux une fois de plus à traverser la petite cour qui allait des écuries à l'aile Ouest. Wilf put alors constater avec un certain malaise que, si l'endroit grouillait de monde pendant la journée, il devenait désert dès la nuit tombée... Et Cruel-Voit l'avait fait exprès, à n'en pas douter.

Les pas du borgne, dont la cadence allait en ralentissant, confirmèrent cette hypothèse. Avec philosophie, le jeune garçon s'arrêta, et fit face à Cruel-Voit. Il se sentait étrangement détendu.

Son regard franc rencontra celui du tueur. Il essaya de ne montrer ni crainte, ni honte d'avoir échoué dans sa mission. Wilf voulait faire comprendre au borgne qu'il assumait entièrement ses actes. Et qu'il était prêt à se défendre s'il le fallait. Par chance, il avait pour une fois imité l'exemple de son aîné en glissant le fourreau de son épée sous son manteau de moine.

— Tu sais que tu as signé notre arrêt de mort à tous les deux, en épargnant la Csarine ? demanda le maître-tueur d'une voix naturelle.

— À tous les deux ? s'étonna le gamin.

L'adulte soupira, avec l'air blasé d'un dresseur de chevaux face à un mulet récalcitrant.

— Que crois-tu qu'il va se passer maintenant ? Non seulement tu n'as pas tué la régente, mais tu t'es arrangé pour réduire à néant mes chances d'y parvenir. Tu ne seras pas le seul à subir les répercussions de ce fiasco...

L'enfant cligna des yeux sans comprendre.

— Que voulez-vous dire ?

— La congrégation n'accepte pas l'échec. En rompant notre contrat avec Redah, nous avons transgressé la première loi des maîtres-tueurs.

Le borgne eut un sourire cynique.

— Nous ne tarderons pas à avoir de la visite...

Le garçon dansait à présent d'un pied sur l'autre. Dans la lueur de l'Étoile du Csar, l'œil bleu pâle de son professeur semblait presque blanc.

— Alors, vous n'allez pas me tuer ? fit-il.

— Je n'en ai pas l'intention pour l'instant, répondit Cruel-Voit de sa voix râpeuse. Vois-tu, dans les jours à venir, je crois que nous allons tous les deux ressentir le besoin insistant de cesser... d'avoir un dos. Si tu vois ce que je veux dire. Comme c'est physiquement impossible, le plus malin est encore de veiller l'un sur l'autre, n'est-ce pas ?

Wilf ne comprenait pas comment le tueur, d'ordinaire si glacial, pouvait sourire dans un moment pareil. Plaisanter en annonçant leur mort imminente. *Corbeaux et putains, il avait l'air soulagé !*

— Tu vas voir, petit, continua le borgne sur le même ton. Ça m'étonnerait que tu te doutes vraiment à quel point notre vie va devenir plus intéressante dorénavant...

Wilf voulait demander à son maître pourquoi il ne

lui faisait pas de reproches, mais des pas résonnèrent avant qu'il eut ouvert la bouche. L'adolescent jugea sage de réserver ce sujet pour plus tard.

Il fit bien, car une dizaine de soldats de la garde débouchèrent bientôt de l'allée qui contournait les écuries. Ils paraissaient venir à la rencontre des deux tueurs. Observant leur pas décidé, Wilf sentit son cœur se serrer. Le petit Csar l'aurait-il trahi, finalement ? Non, c'était impossible…

Poliment, mais d'un ton qui ne souffrait pas la discussion, les gardes les prièrent pourtant de les suivre. La Csarine tenait à les recevoir immédiatement dans ses appartements.

***

La curieuse lumière céleste, propre à Mossiev, étendait les ombres des personnes réunies dans ce salon privé des appartements impériaux. Chacun se croyait noyé dans un clair-obscur irréel, projetant son reflet éclaté sur la surface polie des boucliers d'apparat pendus aux murs.

Des gardes d'élite, armés jusqu'aux dents, encerclaient la petite assemblée. Étaient présents Wilf et son maître, Lucas et l'archevêque Colémène, Andréas – le fameux Ménestrel des Cours, la régente, et enfin le jeune Csar. Celui-ci était le seul à bénéficier d'un siège. Confortablement installé dans un haut fauteuil gris, les mains reposant sagement sur les accoudoirs, il semblait dormir d'un sommeil paisible.

Son Éminence Colémène, lui, se frottait les yeux : les gardes avaient dû le tirer de son lit pour le conduire ici.

— Votre Altesse, interpella-t-il de sa voix grêle, que signifie donc tout ceci ?

La Csarine laissa longuement dériver son regard à travers les vitraux colorés des fenêtres, contemplant les jardins baignés par la clarté de l'Étoile du Csar. Au moment de répondre, ses yeux mauves étaient infiniment tristes.

— J'ai pensé que vous voudriez rendre un dernier hommage à votre empereur, annonça-t-elle enfin.

Celui-ci était toujours d'une immobilité troublante. Peu à peu, la compréhension se fit dans l'esprit des « invités ». Colémène, la mâchoire tremblante, ne put que gémir :

— Mais, c'est impossible... Pourquoi ?

Wilf et Lucas s'étaient rués d'un même élan vers le corps dignement adossé. Nicolæ IV était déjà froid et rigide. Malgré tout, son sourire semblait serein.

— Le myo-poï... murmura Wilf.

— Oui, avoua la Csarine. Ainsi il n'a pas souffert... Oh, ne craignez rien, le poison lui a été administré il y a maintenant plusieurs heures, ajouta-t-elle en réponse au geste de recul de Cruel-Voit.

Lucas comprit enfin à qui appartenait la courte main fripée de sa prémonition. Il s'agissait sans nul doute de la petite femme chauve qui semblait être l'âme damnée de la souveraine...

— Misérable ! cracha-t-il à mi-voix. Mais quelle mère peut faire assassiner son propre fils ?

La régente encaissa l'affront comme un coup de poignard en plein cœur. Elle semblait toujours aussi désespérée. Néanmoins, aucune larme ne se décidait à couler sur ses joues.

— Il le fallait, répondit-elle. Certaines personnes ont des responsabilités envers leur peuple tout entier… C'est quelque chose qu'un simple moine en fin de noviciat ne peut comprendre.

Un silence glacé, lourd de reproches, envahit la pause qu'elle s'accorda, l'obligeant implicitement à poursuivre.

— Vous avez vu l'Empire. Vous savez qu'il s'éteint de sa propre corruption. Elle se dressa alors de toute sa hauteur pour déclamer :

« Il est temps de mettre à profit l'énergie de jeunes nobles idéalistes comme ce Caïus, au lieu d'observer passivement les politiciens en robes grises se partager les richesses et les honneurs.

« Nous devons à présent rendre leur liberté aux peuples, dit-elle plus fort. Rien de bon ne se passera aussi longtemps que Mossiev et le Saint-Siège tiendront les Provinces sous leur joug. Les habitants de l'Empire doivent se rappeler qui ils sont. Alors seulement, on pourra commencer à résoudre les problèmes de famine ou de lutte contre les envahisseurs…

« Aujourd'hui, il fallait mettre fin à l'Empire, finit-elle d'une voix qui ressemblait enfin à un sanglot, et pour cela la mort du dernier Csar était la seule solution.

— Non ! cria Wilf. Ça n'aurait pas dû se passer comme ça !

Il était hors de lui : ses poings se serraient sous l'effet de la rage.

— Pourquoi ne pas avoir laissé une chance à votre fils ? Il s'en serait bien tiré en tant qu'empereur… Cela crevait les yeux !

— Mais il n'aurait rien pu faire ! se défendit la Csarine. Comme tous ses prédécesseurs, il aurait été tenu pieds et poings liés par le Clergé gris. Et il aurait grandi, eu des enfants. Est-ce qu'il fallait attendre et devoir assassiner une famille entière ou bien agir dès à présent ?

— Il aurait réussi… insista Wilf. J'étais un vaurien, j'avais volé et tué toute ma vie… je ne croyais en rien. Malgré tout j'ai cru en cet enfant. Je sais qu'il aurait réussi. Vous avez tout gâché ! lui lança le jeune garçon.

— Peut-être, intervint Andréas de sa voix calme de basse. Mais c'était le Destin que les choses se déroulent ainsi.

L'homme se dressait à un pas de la régente depuis le début de l'entretien, et donnait bien l'impression d'être de son côté dans cette affaire. Il tenait en main, lame vers le bas, une épée presque aussi haute que lui, et à moitié aussi large, dont l'énorme garde était d'ivoire sculpté.

— Le Destin voulait autre chose que la résurrection de l'Empire, continua-t-il, c'est ce que le Cantique nous enseigne.

La voix de l'homme résonnait majestueusement, elle était chaude et grave, semblant ne pouvoir receler que la vérité.

— Tu parles comme si Nicolæ avait représenté la dernière chance pour ce continent, jeune Wilf, mais c'est faux.

L'ancien petit voleur de Youbengrad sentit sa colère s'émousser au son des paroles de l'homme aux larges épaules et la barbe imposante. Les Ménestrels semblaient toujours avoir ce don miraculeux d'apaiser sa hargne…

— La dernière chance de ces terres, elle réside dans un autre enfant. Un enfant que nous avons attendu patiemment pendant plusieurs siècles, tonna enfin l'homme en donnant à sa voix une amplitude théâtrale.

La Csarine Taïa, s'approchant alors de Wilf, l'embrassa un long instant du regard. Le gredin repenti ne comprit pas ce qu'exprimaient ses yeux mauves, mais Lucas était assez familier de ce sentiment pour le reconnaître : c'était de la foi.

— Mon enfant, dit-elle, il serait plus prudent que toi et ton maître quittiez la ville cette nuit. Je connais un passage qui vous conduira hors de Mossiev en évitant les soldats rebelles.

Elle eut l'air d'hésiter.

— Mais avant, je voudrais comprendre quelque chose : pourquoi ne pas m'avoir tuée ainsi que vous le deviez ?

Cruel-Voit hoqueta de surprise.

— Comment ? Vous saviez ?

— Je vous ai reconnu dès le premier jour, sourit-elle. Je savais que Redah allait engager un maître-tueur, mais j'ignorais lequel. La description du fameux Cruel-Voit a fait le tour des Cours de l'Empire, vous savez. Vous devriez vous méfier davantage de votre propre réputation...

« J'avais donc pris soin, continua-t-elle, de me protéger contre vous et de vous faire surveiller, mais je dois avouer que votre comportement m'a étonnée. Pourquoi avoir attendu aussi longtemps ?

Le maître-tueur s'inclina respectueusement, à la grande surprise de Wilf et de Lucas.

— Avant tout, ma Dame, il me faut vous détromper : vous n'étiez pas protégée. Les précautions dont vous vous étiez entourée étaient bien loin d'être suffisantes pour se prémunir contre un membre de ma congrégation.

« Ensuite, enchaîna-t-il de sa voix rauque, pour répondre à votre question… je dirais que même un homme comme moi doit posséder une âme, finalement.

Il se tourna vers Wilf.

— Tu vois, gamin, je m'étais trompé : les âmes ne meurent pas… elles s'endorment seulement.

De nouveau, il fit face à la première dame de l'Empire.

— Et vous m'avez offert, grâce au trouble profond que vous avez inspiré dans la mienne, bien plus que je ne pourrais jamais vous rendre, Votre Altesse.

« Je crois, tout simplement, que je ne vous ai pas tuée parce que j'en étais devenu incapable… conclut-il.

Son œil pâle s'était voilé, comme s'il ne voulait plus regarder qu'à l'intérieur de lui-même.

— Rien, ma Dame, n'aurait pu me faire lever la main contre vous, murmura-t-il enfin. Et voilà l'unique explication de mon échec.

Estomaqués, Wilf et Lucas dardèrent des regards abasourdis sur le tueur borgne. Les lèvres de l'impératrice se plissèrent, et les jeunes gens crurent un instant qu'elle allait partir d'un rire cruel. Mais elle fit simplement une moue sceptique, scrutant l'assassin au visage de pierre froide, à l'œil unique et à la cicatrice livide sur sa mâchoire sèche. L'ancien voleur de Youbengrad et le moine ignoraient si elle voyait en cette seconde des fantômes, ceux des centaines de cadavres dont Cruel-Voit s'était fait l'artisan, ou bien si elle observait un humble homme amoureux d'elle. Car tous avaient à présent compris les sentiments du tueur pour la régente. Du coin de l'œil, Wilf remarqua Andréas qui acquiesçait en silence, l'air satisfait.

— Si, comme vous le dites, je vous ai rendu votre âme, déclara-t-elle d'une voix émue, alors vous ne devriez pas aimer une femme qui vient de tuer son enfant. Mais je regrette d'avoir posé cette question. L'heure n'est plus à la curiosité. Vous devez fuir la cité tant qu'il en est encore temps !

Wilf se sentait soudain vidé de ses forces. Il commençait à mesurer l'ironie de la situation. Il avait épargné la Csarine par amitié pour Nicolæ... Or, c'était ce qui avait signé l'arrêt de mort du petit Csar. Le décès tragique de son fidèle ami aurait pu être évité si seulement il avait occis cette pauvre folle...

— Pourquoi devraient-ils fuir ? s'inquiéta Colémène, qui avait écouté jusque-là en pâlissant peu à peu.

La régente baissa les yeux.

— Parce que je suis une criminelle bien plus que vous ne pouvez encore l'imaginer, murmura-t-elle. Comprenez-moi, je ne pouvais laisser la moindre chance à l'Empire... Il ne fallait pas que mon fils soit mort pour rien ! C'est pourquoi ma trahison devait dépasser le seul meurtre de Nicolæ.

« À minuit, des hommes de mon escorte, qui me sont tout acquis, remplaceront les gardes aux portes de la capitale. Ils ont pour ordre d'ouvrir les entrées de Mossiev face à l'armée de Caïus. Des messages sont déjà parvenus pour prévenir ce dernier : il sera donc prêt à lancer ses troupes à l'assaut de la ville. Les soldats impériaux seront pris par surprise : il va s'agir d'un véritable massacre. Nul doute que la cité des Csars sera mise à sac dans la nuit.

— Par Pangéos ! frémit Lucas, mais vous n'êtes qu'un monstre !

— Oui, mon frère, c'est ce que je suis, admit-elle. Mais parce que je ne supportais plus de voir notre continent dans cet état. Andréas et les siens m'ont fait entrevoir l'espoir qu'il y avait encore de sauver les peuples... *L'unique espoir*, comprenez-vous ? Et pour moi, la cause justifie tout. Ceux de l'Étoile sont les seuls à pouvoir encore empêcher l'anéantissement de notre civilisation.

« Peut-être croyez-vous que je n'éprouve aucune peine. Vous vous trompez lourdement. En vérité, je n'ai jamais rien fait qui m'ait demandé autant de courage. Et je n'ai absolument aucun désir de survivre au peuple de Mossiev : lorsque le palais sera pris d'assaut, je serai au premier rang des défenseurs...

« Nul ne saurait demeurer en vie après tant de folie et d'ignominie.

Une lueur presque démente dansait dans ses yeux mauves tandis qu'elle finissait de parler. Lucas comprit alors l'ampleur de sa douleur et de sa culpabilité. Il décida de lui pardonner. Mais Wilf, lui, savait qu'il maudirait le nom de Taïa jusqu'à sa mort... Quant à Cruel-Voit, il se contenta de hocher la tête avec une expression résignée, sans tenter de faire changer d'avis la femme qu'il aimait. Mais son visage s'était allongé légèrement, et son œil valide paraissait vide de toute vie.

— C'est une nouvelle ère qui commence, reprit l'impératrice. Le clergé du Seigneur Gris, lui aussi, doit disparaître. Il a toujours été à l'origine de l'inertie impériale : à croire qu'il avait pour but de faire de nous tous un peuple d'esclaves hébétés, railla-t-elle, sa voix perdant peu à peu de son charme aristocratique pour se parer de sarcasmes. C'est cette Église grise qui porte le fardeau des morts passés et à venir ! Voilà ce qui m'a motivée à trahir mon fils et ma ville !

Sentant que la souveraine perdait pied, le Ménestrel passa un bras autour de ses épaules, et lui murmura quelques mots inaudibles. Bientôt la Csarine reprit, moins agitée :

— Ce clergé doit s'éteindre aujourd'hui, dit-elle d'une voix ferme. Au moment où nous parlons, des hommes de ma garde parcourent le palais pour passer les ecclésiastiques au fil de leur lame.

Lucas, et surtout l'archevêque, sursautèrent, horrifiés.

— Tous seront mis à mort avant l'aube.

Elle marqua un temps d'arrêt, puis se tourna vers ses hallebardiers :

— J'ai bien dit... tous.

Sur un signe de sa main, les soldats se saisirent de Colémène. Celui-ci fut traîné aux pieds d'un des hommes d'armes, qui abattit d'un seul geste le lourd tranchant d'une hallebarde sur sa maigre gorge. La tête du Haut-Père ne fut pas coupée net : elle se mit à pendre horriblement. Lucas, consterné, n'avait même pas eu le temps de réagir...

— Non ! avait-il seulement pu hurler du plus profond de ses entrailles ; avant qu'une quinte de toux spasmodique ne vienne l'interrompre, le pliant en deux.

Wilf et le maître-tueur s'étaient raidis, mais l'un comme l'autre jugeait les adversaires trop nombreux pour prendre le risque d'intervenir.

Le sang jaillissait à gros bouillons de la blessure béante de l'archevêque, inondant les tapis précieux du salon et maculant les bottes de tous les protagonistes. Lucas crut défaillir en se voyant soudain assailli par les visions cauchemardesques de leur caravane attaquée.

— À son tour, maintenant, ordonna tristement la Csarine en désignant le jeune religieux.

Cette fois, Wilf secoua la tête vigoureusement. Pourquoi la régente voudrait-elle l'épargner, lui, et martyriser son compagnon ?

— Oh, non, fit-il en se dressant crânement devant son ami. Vous ne lui ferez aucun mal. À moins que vous ne teniez absolument à devoir me tuer aussi… menaça-t-il en faisant un rempart de son corps. Mais je me nourris peut-être d'illusions : votre liste d'infamies n'est plus à un mort près, n'est-ce pas ?

— Un seul mort ? Je dirais un peu plus que ça, souffla Cruel-Voit en dévisageant les hallebardiers avec un sourire qui en disait long. Il vint se poster aux côtés de son apprenti, sa main glissant négligemment sur la garde de son épée.

Le maître et l'élève savaient qu'ils misaient sur l'importance que l'impératrice semblait accorder à Wilf. S'ils avaient surestimé celle-ci, c'était un combat épique qui les attendait. Mais ils savaient aussi qu'à eux deux ils n'étaient pas certains de le perdre…

Andréas toussota alors pour attirer l'attention de l'attroupement. Il s'adressa à Lucas, encore en larmes et tout tremblant d'avoir vu l'archevêque massacré sous ses yeux :

— Dis-moi, mon garçon, tu n'es qu'un jeune novice, après tout…

Le moine releva la tête vers le musicien barbu, comme malgré lui.

— Si je ne me trompe, tu n'as pas encore été ordonné prêtre ? insista l'homme d'une voix plus pénétrante.

— C'est vrai, répondit le religieux, qui était tombé à genoux lorsque le corps de Son Éminence s'était affaissé, et qui ne s'était pas relevé depuis.

— Dans ce cas, je crois raisonnable de te proposer un choix, fit la voix de basse.

Un coup d'oeil échangé avec la Csarine Taïa, et le barde continua.

— Si tu le souhaites, tu es libre de quitter l'habit, auquel cas nous t'épargnerons.

Lucas resta un instant sans réagir.

— Vous me demandez… de me désavouer ? De renier mes vœux et de quitter le clergé de Pangéos ? glapit-il finalement.

— Nous t'offrons simplement d'avoir la vie sauve, mon enfant, renchérit la régente. J'ai toujours eu l'impression que tu étais un jeune homme bon. Tu peux servir ton prochain d'une autre manière qu'en grossissant les rangs de ces paresseux en robes grises… À moins que je ne me sois trompée sur ton compte, et que tu n'aies finalement été qu'avide de pouvoir, comme tous tes pairs ?

Le jeune homme passa ses bras par-dessus ses boucles blondes, réfugiant sa tête entre ses genoux. Il sanglotait à faire pitié.

— Ton choix en la matière me semble assez limité, reprit le Ménestrel à l'énorme épée. Souhaites-tu vraiment mourir sur-le-champ ?

Lucas ne voulait pas mourir. Il savait que ses convictions religieuses avaient déjà été passablement éprouvées par l'émergence de ses pouvoirs mentaux. Mais il ne pouvait pourtant pas non plus se résoudre à abandonner l'habit. L'Église grise était toute sa vie : que lui resterait-il, s'il quittait le clergé ? La douleur dans sa poitrine et dans son crâne était revenue, et le torturait alors qu'il s'acharnait à réfléchir. La mort toute récente de l'archevêque, qui avait toujours été si bon pour lui, troublait également ses pensées.

— Hélas, si tu refuses la grâce que nous t'offrons : tant pis pour toi… fit la Csarine d'une voix sévère tandis que les hallebardiers resserraient le cercle autour des trois compagnons.

Les muscles de Wilf et de Cruel-Voit se tendirent comme des câbles.

— Pitié ! gémit Lucas sans cesser de pleurer.

Comment peser le pour et le contre ? Sa vie rongée par la maladie valait-elle la peine d'abjurer tout ce en quoi il avait cru ? Mais que faire de la peur de mourir ?

Il ne devait jamais se pardonner tout à fait la décision qu'il prit alors.

Vautré comme une loque sur le sol, dans ses larmes et le sang de Colémène, il entreprit d'arracher à sa robe de moine tous les symboles religieux qui le rattachaient à Pangéos. Ses mains étaient frénétiques, sa voix partagée entre hystérie et dégoût de soi lorsqu'il répondit :

— Je renie mes vœux ! sanglota-t-il avec hargne. Je quitte ce soir les ordres du Seigneur Gris !

Puis il se releva en titubant, et réprima de justesse une nausée. Wilf lui tendit un bras secourable, sur lequel il se laissa reposer de tout son poids.

— Voilà qui est plus sérieux, déclara Andréas avec un sourire chaleureux. Nous ne sommes pas vos ennemis, vous savez.

Il scruta le visage hostile de Wilf ; celui, accablé, de Lucas ; et enfin la figure sculptée dans la pierre du borgne. Il laissa passer un instant, puis poussa un soupir de capitulation.

— Je vais vous conduire à la sortie, fit-il.

Ainsi, les deux jeunes gens et le maître-tueur repenti suivirent le Ménestrel jusque dans les profondeurs du palais. Là, au beau milieu de la crypte où reposaient les anciens Csars, il leur indiqua un tunnel secret qui les mènerait à quelques centaines de mètres au-delà des murs de la capitale. Ce passage ancien était censé déboucher dans les eaux du fleuve, aussi le musicien leur conseilla-t-il de se reposer un peu avant d'emprunter la trappe sur laquelle aboutissait le tunnel.

Après leur avoir souhaité bonne chance, d'une voix sincère, Andréas leur remit une torche pour qu'ils puissent se diriger dans le souterrain. Puis il claqua la dalle de pierre derrière eux et les laissa seuls avec leur destinée.

5

Ce fut les habits dégoulinants que les trois compagnons atteignirent le bocage qui leur servirait de refuge. Wilf aida Lucas à s'allonger sur le dos, juste avant qu'il ne perde conscience. Leur traversée à la nage de la Morévitch n'avait pourtant pas été si éprouvante… s'inquiéta le garçon. Mais le moine avait encaissé dur, ce soir-là. C'en était sans doute trop pour lui…

Le voleur repenti de Youbengrad se tourna alors vers son maître, qui s'asseyait – ou plutôt se laissait choir à terre – avec lassitude. Les traits tirés du tueur n'étaient dus à aucune fatigue, mais également à de profonds ébranlements émotionnels.

Wilf n'en avait pas cru ses oreilles, une heure plus tôt, lorsque le borgne avait fait cet aveu pathétique à l'impératrice. Lui, un tueur de la congrégation, tomber amoureux de sa victime… Il comprenait mieux à présent l'attitude étrange du borgne au cours des derniers mois.

Tout de même, quelle idée, songeait l'enfant. S'assurer

de tout perdre – y compris, certainement, sa vie – pour une femme aussi hautaine… Lui aurait-elle jamais accordé la moindre attention si elle ne l'avait pas cru être là pour la tuer ? Et à présent que la Csarine avait prouvé sa détestable froideur en assassinant son propre enfant, Cruel-Voit pouvait-il encore éprouver le plus petit sentiment envers elle ? Wilf en eut un frisson dans le dos. L'homme qui lui faisait face avait découvert l'amour au terme d'une longue carrière de meurtrier. Mais il n'avait choisi ni la bonne personne, ni le bon moment. Et il en était conscient, sans nul doute. S'il n'avait pas été impliqué personnellement dans le drame, Wilf aurait jugé cela comme une farce, plutôt bonne, de la fortune.

Cruel-Voit regardait le bout de ses bottes, aussi immobile qu'une statue. Comme toujours, son visage ne reflétait aucune expression. Le tueur et la régente… La relation galante qui aurait pu exister entre ces deux personnes faisant preuve d'un tel détachement échappait totalement à Wilf. Il ignorait d'ailleurs dans quelle parcelle de son âme desséchée le borgne avait pu trouver assez de ressources pour éprouver pareille émotion. Mais celui-ci avait été sincère, Wilf en était certain.

Le maître-tueur releva le front, et croisa le regard de son apprenti. Sans qu'ils aient eu à échanger un mot, l'homme à l'œil bleu pâle comprit les interrogations du garçon.

— Je l'ai aimée… parce qu'il le fallait, murmura-t-il. Toutes ces années avec le sang de mes victimes sur les mains… Tu es trop jeune et, finalement, trop innocent, pour comprendre, mais…

Cruel-Voit esquissa un faible sourire. Il fit un geste vague pour changer de sujet.

— Tu sais, petit, je crois que je ne terminerai pas ta formation, même si nous devions survivre assez longtemps. C'est dommage, tu touchais presque au but...

— Nous allons survivre, le coupa Wilf, les yeux étincelants. Je n'ai pas fait tout ce chemin depuis Youbengrad, je ne suis pas sorti du caniveau, pour mourir bêtement sous la lame d'un assassin! Pas à mon âge... Pas après Mossiev...

— Je n'ai plus le courage de terminer ton apprentissage, continua le borgne comme s'il n'avait pas écouté son élève. Ça représenterait encore trop de sang... Si tu savais comme je suis fatigué du sang. Mais il y a une autre raison, pour laquelle je n'aurais pas fait de toi un maître-tueur, de toute façon.

— Laquelle? questionna Wilf, sa curiosité soudain piquée.

— Te souviens-tu des doutes que j'avais formulés au début de tes leçons? Je te trouvais un peu mou...

Le tueur sourit largement.

— J'ai pu apprécier, depuis, ta hargne et ton courage, au fil des entraînements, et tu n'as rien à envier aux barbares worshs à ce niveau, rassure-toi... Mais il restait un aspect de ta personnalité, que j'ai mis beaucoup de temps à éclaircir... Aujourd'hui encore, je ne suis pas bien sûr d'avoir saisi.

— De quoi parlez-vous, maître-tueur? le pressa le garçon.

— Eh bien, fit Cruel-Voit, ce que j'avais pris pour de la nonchalance était en fait autre chose. Mais je ne saurais pas dire quoi, tu comprends? Il y avait chez toi une espèce de dignité: tu ne semblais pas prêt à te vautrer dans le meurtre avec autant de plaisir que les autres apprentis que j'avais vus à l'œuvre. En fait, je crois que tu n'es pas aussi pragmatique que tu voudrais bien le croire… Toi, tu cherches toujours à comprendre les choses… Et ça, ce n'est pas bon pour le métier. Tu vois, nous autres maîtres-tueurs, nous sommes considérés comme des idoles par beaucoup de gamins, comme toi du temps de Youbengrad. Mais finalement, notre travail se résume surtout à se salir les mains à la place des autres… Et, ne me demande pas pourquoi, je te vois mal dans ce rôle-là…

— Je ne suis pas sûr de comprendre ce que vous voulez m'expliquer, intervint l'apprenti, un peu décontenancé.

— Comment te dire…

Le borgne haussa un sourcil.

— Tu penses encore à Liránda d'Arrucia, n'est-ce pas ?

— Heu… Oui, ça m'arrive assez souvent, avoua le gamin après un court moment d'embarras.

— J'en étais sûr, sourit le tueur. Voilà un bon exemple : tu n'es pas foutu de coucher avec une fille sans en tomber amoureux. Tu vois, c'est de ça que je veux parler. Une sorte… Je ne sais pas, d'élégance, peut-être. Sois-en sûr, même si le meurtre ne te fait pas peur, tu n'es pas né pour devenir un assassin…

Le petit homme resta un instant silencieux, méditant sur les implications du discours de son maître.

— Mais qu'est-ce que je vais faire, alors ? demanda-t-il.

— Essayer de rester en vie, dans un premier temps, soupira Cruel-Voit. Après, tu verras bien…

Une pensée frappa alors l'enfant aux mèches corbeau.

— Au fait, comment pouvez-vous être au courant de mon histoire avec Liránda ? s'exclama-t-il. Nous n'en avons parlé à personne !

Le borgne eut un de ces sourires qui lui donnait l'air méchant. Il grogna :

— Là où je prépare un meurtre, personne ne me cache quoi que ce soit, gamin. J'ai des yeux pour voir et un cerveau pour réfléchir, tu sais...

Le garçon acquiesça sans poser plus de question. Il aurait encore eu du chemin à faire, avant d'atteindre le degré d'efficacité de son professeur... En vérité, il était assez déçu que les choses tournent comme ça. Mais il ne pouvait guère forcer le borgne à continuer les leçons.

Celui-ci toussota, puis se pencha au-dessus de Lucas pour écouter sa respiration. Wilf lui jeta un regard interrogateur.

— Rien... répondit l'assassin. Je m'assurais seulement qu'il dormait. Je crois que le moment est venu de rompre à nouveau mon serment de maître-tueur, petit : j'ai envie de te parler un peu de la congrégation, si tu veux bien... Histoire que tu connaisses davantage tes adversaires. Ça pourra toujours te servir de posséder quelques informations, on ne sait jamais...

Le garçon hocha la tête, attentif.

— Voilà : ce qu'il y a de plus important à savoir, commença le borgne, c'est que notre société fonctionne par grades. On appelle ça des cercles : il y en a six en tout, du cinquième cercle – qui comprend les maîtres-tueurs venant tout juste d'être admis jusqu'au cercle intérieur, qui regroupe les chefs de l'organisation. Ce n'est pas tellement une question de hiérarchie, nos activités étant presque toujours solitaires, mais plutôt une indication de la compétence...

Cruel-Voit fit une pause, le temps de vérifier que son élève suivait toujours, puis continua :

— Mais ces degrés se sont pas uniquement des marques de prestige, tu t'en doutes. En fait, un maître-tueur, s'il est assez fort pour progresser de cercle en cercle, peut apprendre tout au long de sa vie. Les connaissances les plus rares et les plus précieuses sont réservées aux membres des niveaux les plus proches du cercle intérieur. Il s'agit d'une initiation, si tu veux.... On nous enseigne de nouveaux talents, peu à peu, pour améliorer notre art.

— Est-ce qu'on a un moyen de savoir à quel cercle appartient un maître-tueur ? interrogea Wilf.

— Non, hélas, c'est pourquoi il ne te sera pas tellement utile de savoir tout ça. Mais si je t'en parle, c'est que je voulais en venir à autre chose…

— Attendez, maître-tueur, le coupa le garçon. Je voudrais vous demander… à quel cercle êtes-vous rendu, *vous* ?

L'adulte se rembrunit, et Wilf craignit un instant de l'avoir froissé. Mais il ne s'agissait pas de cela, comme il allait le comprendre.

— C'est bien tout le problème, petit, soupira le borgne. J'appartiens au premier cercle, murmura-t-il comme s'il craignait qu'on l'entende. Après cette mission, j'aurais pu prétendre au cercle intérieur… Il m'aurait suffi pour ça de terminer ta formation, car un maître-tueur doit toujours avoir amené au moins un apprenti au terme de ses leçons avant d'être admis dans le cercle intérieur. On murmure des tas de choses à propos de ce dernier, on dit que c'est là que commence le réel apprentissage… Il symbolise l'ultime honneur, pour un membre de la congrégation. Parvenir si près du but, et trahir les règles des maîtres-tueurs… Essaie d'imaginer la colère des dirigeants de la congrégation : celui qu'ils s'apprêtaient à accepter parmi eux, leur favori, se montre soudain indigne de leur confiance… Quelle grossière erreur de jugement !

— En quelque sorte, compléta Wilf, vous avez fait perdre la face aux membres du cercle intérieur ?

— Tu as compris, gamin. Et je t'assure qu'ils ne sont pas près de me le pardonner…

Wilf s'adossa au tronc d'un arbre, lâchant un soupir.

— Corbeaux et putains… se lamenta-t-il, ça va être plus pénible que je me l'étais imaginé.

— Pire que ça, encore, le corrigea Cruel-Voit. Je vais être traqué comme jamais personne ne l'a été. Et si je te raconte ces choses-là, c'est pour que tu comprennes ma décision.

Wilf sursauta :

— Quelle décision ?

— Le mieux pour vous deux, fit-il en désignant le corps endormi de Lucas, est que nous nous séparions. Je vais vous laisser ici, et partir de mon côté. Vous parviendrez à vous débrouiller, n'est-ce pas ?

— Mais, balbutia Wilf, comment ça ? Vous n'allez tout de même pas nous abandonner au moment le plus dangereux ?

Cruel-Voit fronça les sourcils avec colère.

— Écoute-moi, sale gosse ! C'est pour toi que je fais ça. Vous avez infiniment plus de chances de rester en vie si je suis loin de vous. Les maîtres-tueurs savent que j'ai pris un apprenti, et ils chercheront certainement à te retrouver, mais plus tard. Leur priorité, ce sera de me mettre la main dessus. Ça vous laissera un peu de répit…

Wilf hocha la tête. Il savait que le tueur borgne avait raison. Malgré tout, il n'avait que quatorze ans, et il se serait senti plus à l'aise s'il avait pu continuer de compter sur les conseils avisés de son maître. Ce n'était pas Lucas, surtout dans son état actuel, qui lui serait d'un grand secours…

— Où comptez-vous aller ? demanda-t-il, résigné.

Cruel-Voit se leva, le visage crispé comme si toutes les courbatures gagnées au cours de sa vie de maraude le faisaient souffrir.

— Il vaut mieux que tu ne le saches pas, petit. Quand je pense qu'on est parti sans affaires, sans rien… Quels idiots on fait ! Dès que possible, essaie de te procurer le minimum vital, puis fuis loin d'ici. Choisis une direction, et ensuite tiens-toi à ta décision : ne t'arrête pas avant l'automne au moins. Tâche de trouver refuge dans un endroit à la fois discret et pas trop isolé, d'accord ?

Wilf acquiesça. Puis, l'air grave, il accompagna en silence son professeur à la lisière du bosquet d'arbres. Celui-ci lui mit une petite tape sur le biceps. Il avait été légèrement maladroit, et la taloche amicale avait claqué un peu fort au goût du garçon. Cruel-Voit ne sembla pas s'en rendre compte.

— Prends soin de toi et de ton ami, gamin, fit-il de sa voix rauque. J'ai pas été tendre avec toi, c'est vrai, mais…

— Je sais, dit Wilf. Moi aussi, j'aurais bien aimé que les choses se passent différemment.

Le borgne hocha la tête sans rien dire. Puis, alors qu'il allait se détourner :

— Ton père a de la chance, petit. Il peut être fier de toi. Où est-ce que tu m'as dit qu'il était, déjà ?

L'ancien vaurien baissa les yeux.

— En général, je dis qu'il est prisonnier des Hommes-Taupes, fit-il avec un sourire forcé. Mais ça fait si longtemps… Il est mort à présent ; sans aucun doute.

Le maître-tueur retira sa main du bras de son apprenti.

— Ouais, peut-être. Sinon, je te souhaite de le retrouver un jour. Tu es un bon garçon. Et quoi qu'il arrive, sers-toi de ta tête pour rester en vie. Allez… Je dois partir, maintenant.

L'homme à l'œil bleu pâle se mit en marche, et Wilf le suivit du regard quelque temps. Il vit sa silhouette raide et sèche s'éloigner sur le chemin qui serpentait vers les collines, puis disparaître dans l'obscurité près d'un coude de la rivière Morévitch. Wilf se sentait plus ému qu'il ne l'aurait cru. Quand il comprit pourquoi, il ne put s'empêcher de ricaner de lui-même : Cruel-Voit n'avait vraiment rien eu d'un père, mais c'était pourtant ainsi que le garçon l'avait perçu pendant tout ce temps…

Soudain, un curieux scintillement attira son attention vers l'ouest. Le garçon chassa ses autres pensées pour se concentrer sur le phénomène. Quelques instants plus tard, une sorte de clignotement se reproduisit. Il ne pouvait s'agir d'un feu causé par l'attaque de la ville, car les collines cachaient Mossiev à la vue du garçon. D'ailleurs, l'assaut ne devait pas encore avoir débuté…

Il n'y eut plus rien pendant un moment, et Wilf allait retourner auprès de Lucas lorsque le scintillement apparut de nouveau. L'adolescent réfléchit à ce dont il pouvait bien s'agir, inquiet pour sa sécurité et celle du moine endormi. *Certainement pas un signal*, pensa-t-il, *car trop irrégulier…* C'était un court éclat de lumière, à chaque fois. Sa couleur argentée rappelait quelque chose au garçon.

Wilf tressaillit. Il se souvenait, maintenant : pourvu qu'il ne s'agisse pas du cavalier et de la bête ailée qu'il avait surpris depuis sa fenêtre, une poignée de semaines plus tôt… Quelque chose s'était reflété dans la lumière de l'Étoile du Csar, ce soir-là. Exactement le même éclat que celui de ce singulier scintillement. L'étrange sensation d'étouffement et l'impression d'être épié faillirent reprendre Wilf, mais ce n'était qu'un tour de son esprit. En tout cas, il l'espérait.

Piqué par la curiosité, il secoua son appréhension et décida de se diriger à pas de loup vers la source de son inquiétude. S'il passait par les collines et descendait en pente douce, il serait vite dissimulé à la vue de *qui* ou *quoi* pouvait se tenir là où il avait aperçu les éclats lumineux suspects. Il se mit en marche d'un pas rapide, se baissant malgré lui presque jusqu'au sol, cherchant à se faire le plus petit possible.

Lorsqu'il atteignit le couvert des buttes qui formaient une couronne autour de la capitale, il respira mieux, et se redressa en se moquant de sa frousse. Au petit pas de course, il se rendit vers l'origine approximative du scintillement. S'il ne trouvait rien, se disait-il, il serait inutile de s'attarder. Il ne préférait pas laisser son compagnon assoupi trop longtemps seul.

Alors qu'il se faufilait entre les arbres qui poussaient densément sur le versant nord des collines, un bruit lui fit stopper net sa course. C'était dans le ciel, à quelques mètres seulement au-dessus de lui.

Un sifflement grave se faisait entendre, comme le contact d'immenses ailes traversant l'air en le tranchant de leur arête.

Pris de panique, Wilf se remit à courir. Il courut droit devant lui, ignorant les branches qui lui griffaient le visage. Il courut à perdre haleine, comme il ne l'avait plus fait depuis cette dernière nuit passée à Youbengrad… L'ombre était profonde, sous les arbres, malgré la clarté de l'Étoile du Csar. Le garçon trébuchait sans arrêt. Au-dessus de lui, des bruits de feuilles froissées s'étaient ajoutés au sifflement. La créature qui le poursuivait ne devait planer qu'à quelques centimètres de la cime des arbres.

À bout de souffle, Wilf déboucha dans une clairière. Il s'apprêtait à la traverser sans s'accorder une seconde pour réfléchir, lorsqu'une énorme masse noire tomba à quelques pas devant lui.

Le garçon resta paralysé. La créature n'avait pas chuté, comme la brusquerie de son apparition aurait pu le faire croire. Elle s'était simplement posée et lorgnait maintenant l'enfant d'un air gourmand. Ses longues ailes membraneuses étaient repliées sans beauté mais avec une certaine grâce, tandis que ses crocs et ses griffes luisaient d'un éclat malsain. Perché au sommet de cette masse de chair tout en angles, se tenait un cavalier. C'était bien le fameux couple que Wilf avait surpris sur le toit du palais.

Après un instant de pure terreur, l'enfant aux cheveux corbeau se campa sur ses jambes et dégaina son arme. Il avait reconnu l'homme qui montait la bête. C'était le même qui avait lancé ses Grogneurs contre lui et son maître. Un allié de Fir-Dukein, appartenant à ceux que les livres de Mossiev appelaient les Qanforloks.

— Je ne ferais pas ça, à votre place, déclara le cavalier en désignant la lame du garçon. Les oiseaux-diables sont des créatures susceptibles…

Wilf ne bougea pas, l'épée tendue droit devant lui. L'armure polie du guerrier brillait malgré le peu de lumière : elle était décidément superbe, mais pas très discrète. Quant aux longs cheveux roux, à la courte barbe et aux yeux noirs sadiques, l'enfant savait qu'ils ne pouvaient appartenir qu'à celui qui avait déjà failli mettre fin à ses jours. Il ne comptait donc pas baisser sa lame d'un centimètre.

Lestement, l'homme sauta à bas de sa selle. Il fit quelques pas en direction de Wilf. La pointe de l'arme de ce dernier pouvait presque toucher le torse du guerrier.

— Qanforlok ! cracha-t-il.

L'homme aux cheveux roux, qui n'avait toujours pas fait mine de dégainer son glaive à la forme serpentine, éclata de rire.

— C'est donc ce que tu crois, railla-t-il. Tu me prends pour un vulgaire Commandeur de la caste de l'Aile, peut-être ?

— Arrière ! répliqua le garçon, sans comprendre.

Le guerrier ne bougea pas, mais Wilf eut l'impression qu'il avait encore avancé. Un sourire mystérieux s'était maintenant fixé sur son visage, et dans son regard dansait une lueur démoniaque.

Puis il ferma les yeux. L'ancien gredin faillit en profiter pour le frapper, mais il remarqua que l'oiseau-diable le scrutait toujours avec suspicion.

Une demi-douzaine de perles de lumière, pas plus grosses que le poing, apparurent alors auprès du cavalier. Bleues et mauves, irradiant une clarté diffuse, elles se contentèrent d'abord de flotter à ses côtés. Mais bientôt, elles commencèrent à tourner lentement autour de lui, laissant de pâles traînées de lumière dans leur sillage.

Des amas de feuilles et de poussière se mirent à tournoyer malgré l'absence de vent. Plusieurs arbres craquèrent puis s'effondrèrent, comme frappés par la foudre. Wilf sentit la terre se fissurer avant de s'ouvrir sous ses pieds. Une force invisible le souleva du sol. Il se sentait tellement impuissant : il se mit à hurler des insanités au guerrier en armure d'argent.

Celui-ci lut répondit par un rire moqueur.

Le jeune garçon entendit son cœur battre de plus en plus vite. Il avait une étrange sensation dans la poitrine.

À mesure que les sphères de lumière accéléraient leur course, une mélopée discordante envahissait la clairière. On aurait dit qu'un millier de fantômes tentaient d'accorder des instruments inconnus. Wilf ressentit un hoquet, puis un second. Sa poitrine commença à le faire abominablement souffrir.

Des craquements parcouraient ses côtes, le sang affluait dans ses tempes. Les battements de son cœur étaient devenus un martèlement assourdissant.

Alors, avec horreur, le petit garçon regarda sa poitrine s'ouvrir sous ses yeux. Une déchirure béante mettait à jour sa chair sanglante, et ses hurlements ne faisaient que renforcer la douleur. Il observa ses poumons se soulever au rythme accéléré de sa folle respiration. Plus terrible que tout le reste, son cœur à nu continuait de se serrer et d'enfler, dans un immonde bruit de succion.

Le guerrier aux cheveux roux, dont le visage reflétait un état d'extase mystique, tendit un bras impérieux vers sa victime. Le cœur de Wilf quitta alors sa poitrine, s'arrachant de lui-même aux tissus qui le retenaient, pour rejoindre la main de l'homme.

Ce dernier resserra ses doigts sur sa prise avec une expression de triomphe, faisant gicler plusieurs petits jets de sang. Il regarda le cœur avec mépris, comme s'il se fût agi d'un simple morceau de viande dégoûtant.

— Souffres-tu, enfant ? demanda-t-il d'une voix posée. Mais son regard trahissait le fait qu'il jouissait d'un intense sentiment de domination.

Wilf ne pouvait pas répondre. Il était crispé dans une douleur affreuse, des ombres dansaient devant ses yeux. Il se disait qu'il aurait mille fois préféré mourir à Youbengrad, poignardé par une petite frappe dans quelque ruelle sordide, plutôt que périr ainsi, après avoir connu les fastes de Mossiev, frôlé les mystères de la romance et de l'amitié...

L'homme en armure d'argent cessa alors de sourire et lâcha le cœur palpitant du garçon. Sur un geste de sa main, l'organe regagna la poitrine de son propriétaire. À demi inconscient, l'enfant des rues sentit alors son corps se refermer. La plaie s'en alla aussi miraculeusement qu'elle était apparue. La force invisible qui le soutenait en l'air mourut d'un seul coup, et Wilf chuta douloureusement sur le sol. Ses forces, vidées, lui interdisaient de se relever pour l'instant. Il tenta de se mettre à quatre pattes, mais ses muscles ne lui obéirent pas plus.

La voix, triomphante, du guerrier d'Irvan-Sul résonna au-dessus de lui :

— J'espère que cette démonstration aura été suffisante... intima-t-il. Je t'ai tenu en mon pouvoir, ce soir. Tu as pu juger de notre puissance... La nouvelle Skah, celle de la *Hargne,* est la plus forte... Elle n'a nul besoin d'être soignée ! Souviens-t'en, bâtard des Sœurs, lorsque l'heure viendra... Ou bien nous serons de nouveau ennemis, pour ton malheur.

L'adulte partit alors d'un rire démoniaque. Wilf vit ensuite passer les bottes de l'homme qui regagnait sa monture et entendit bientôt les ailes de celle-ci battre le vent. Le sifflement de l'oiseau-diable s'éleva, se fit plus sec quand elle trouva son équilibre dans les cieux, puis s'éloigna.

L'enfant se remit debout, tout tremblant. Il n'avait pas rêvé : la clairière tout autour était ravagée...

La tête basse, les idées chamboulées par tous les événements et les rencontres étranges qui marquaient sa vie depuis son départ de Youbengrad, il reprit le chemin du bosquet d'arbres où l'attendait Lucas. Il espérait que celui-ci ne s'était pas réveillé entre-temps, pour se croire abandonné par le maître-tueur et son disciple.

Au bout de quelques minutes, Wilf arriva en vue du bocage.

Et il ne put se retenir de jurer, avant de gratifier l'arbre le plus proche d'un violent coup de pied. Visiblement, de nouveaux ennuis l'attendaient...

Des soldats à cheval infestaient la zone. Ils portaient des uniformes brun et violet : *une unité de Greyhald*, nota Wilf. Probablement, l'endroit dont Cruel-Voit avait jugé qu'il constituait un repli paisible à Mossiev avait-il séduit les cavaliers de Caïus pour la même raison. Mais pourquoi n'étaient-ils donc pas de l'autre côté des collines, prêts à lancer leur offensive ?

L'épée au clair, le garçon avança vers l'endroit où il avait laissé Lucas. Invisible à leurs yeux, il dépassa les cavaliers qui patrouillaient dans le petit bois. Lorsqu'il parvint là où il s'était séparé de son compagnon, il eut la surprise de le trouver en compagnie de nombreux militaires de l'armée renégate.

Le jeune homme aux yeux bleus, encore sous le coup de ses récents traumatismes, répondait mollement au capitaine qui l'interrogeait. Wilf remarqua qu'une demi-douzaine d'hommes étaient pendus dans la clairière, des branches d'arbres en guise de potence. Leur exécution devait être toute fraîche, le garçon ne s'étant absenté qu'une vingtaine de minutes.

Parmi les soldats de Greyhald, se tenaient deux cavaliers à la posture autoritaire, qui paraissaient être des officiers. Le garçon frissonna en reconnaissant l'un d'eux. Il ne l'avait jamais vu en personne, mais sa description lui avait maintes fois été faite.

De taille moyenne, mais rendu imposant par l'aura de gloire qui l'entourait, l'homme portait une armure d'acier mat, couleur terre. Celle-ci recouvrait l'intégralité de son corps et devait être extrêmement lourde. Les plaques renforcées sur son torse lui faisaient des épaules énormes, tandis qu'un masque de métal recouvrait son visage. On disait que Caïus de Fael avait subi un grave accident de chasse, dans sa prime jeunesse, et que son faciès en était resté défiguré à jamais. De hideuses cicatrices le sillonnaient du menton aux sourcils, souvenir de la patte griffue d'un chen'lya, fauve bicéphale des forêts méridionales. C'était certainement un motif de grande honte pour le noble, car il ne semblait jamais se départir de son heaume encombrant.

La seule preuve qui attestait du fait que le général des forces rebelles ne se résumait pas à un terrible automate de métal, c'était ses grands yeux gris, qu'on devinait à travers deux minces ouvertures pratiquées dans le casque. La partie inférieure de ce dernier se terminait sur la poitrine du duc, à la manière d'un torque, et les gantelets d'armure étaient également prolongés jusqu'au coude du duc. Ainsi, aucun centimètre de sa peau n'était visible. Wilf songea que l'accoutrement du personnage devait se vouloir intentionnellement inquiétant, de manière à renforcer son autorité…

L'autre homme portait un uniforme greyhalder, et dominait d'un demi-torse son interlocuteur. De dos, tel que Wilf le voyait, on aurait pu croire à une réincarnation de Bjorn du Baârn. Il avait le même cou râblé, le même dos puissant, les mêmes cuisses musclées. Seule sa coiffure était différente, car l'officier portait d'épais cheveux châtains, coiffés au bol. *Frantz de Greyhald, sans doute*, murmura l'enfant pour lui-même : un des généraux renégats. Il s'agissait du fils du baron Conrad Hache-du-Soir, principal allié de Caïus, dont l'ancêtre en ligne directe était bien sûr le célèbre Sire Gunthe, qui avait autrefois trahi son Csar…

Mais que faisaient les deux commandants à cet endroit éloigné alors que minuit approchait ? Ils semblaient s'entretenir rapidement à voix basse, alors que le capitaine zélé infligeait une gifle virile à Lucas. Celui-ci se protégea la tête avec ses bras, mais Frantz leva une main pour indiquer à son lieutenant de se retirer.

— Parle, moine, ordonna Caïus d'une voix que son curieux casque rendait métallique. Que fais-tu ici ?

Les paroles du duc résonnaient étrangement, donnant naissance à un écho grinçant et éraillé. Cette voix, à la fois caverneuse et très sonore, aurait fait passer pour une douce complainte celle de Cruel-Voit, remarqua Wilf avec une moue de déplaisir.

Lucas se leva en vacillant.

— Je me reposais, messire, après m'être enfui de Mossiev, dit-il sans mentir.

— Tu sais que les religieux doivent tous mourir, intervint Frantz. C'est aussi pour ça que nous nous battons.

Le robuste officier n'avait pas l'air de se réjouir du sort de Lucas, se contentant de l'informer placidement.

— Mais je ne suis plus moine, se défendit le jeune homme d'une voix lasse. Vous ne voyez pas ? Je ne porte plus aucun insigne religieux…

Le Greyhalder hocha la tête avec regret.

— Hélas, il ne suffit pas d'arracher quelques bouts de tissu pour être innocent à nos yeux, dit-il. Nous devons laver ce pays de sa corruption.

— Après tout, le coupa Caïus, ce frère a l'air bien jeune… Peut-être pourrions-nous le laisser continuer sa route ? Nous aurons bientôt rattrapé et châtié les derniers déserteurs, et le temps presse à présent.

— Il ne faudra qu'un instant pour nous débarrasser de ce curé juvénile, objecta le colosse en lançant un regard étonné à son général en chef.

C'est alors que Wilf quitta sa cachette, surgissant entre les cavaliers et son ami.

— Mais nous sommes de votre côté ! cria-t-il aux hommes.

Il jeta au loin son manteau de moine, révélant une vieille tunique rapiécée qu'il avait conservée depuis Youbengrad.

— Regardez, ce ne sont que des déguisements !

Les soldats, qui avaient tout d'abord porté la main à leurs armes, se tournèrent d'un même élan vers leurs deux chefs.

D'un air un peu plus implorant, le garçon s'adressa à Caïus :

— Nous avons fui Mossiev pour échapper au massacre : nous ne sommes pas les alliés des Impériaux !

— Comme ça, vous n'êtes pas de vrais religieux ? interrogea le jeune duc, suspicieux.

— Bien sûr que non ! sourit Wilf, aussi roublard qu'au temps de Youbengrad, lorsqu'il tentait d'apitoyer les mères de famille pour se faire offrir un repas.

Le noble à la lourde armure échangea un regard avec son compagnon, puis posa ses yeux gris sur Wilf.

— Très bien, fit-il. Alors vous pouvez être soldats…

Les deux jeunes gens restèrent interdits.

— Vous m'avez dit ne pas être des alliés de l'Empire, n'est-ce pas ? insista le duc de Fael. En cette époque troublée, il faut choisir son camp et ne pas craindre de le soutenir.

Il montra du doigt les corps ballottants au bout des cordes.

— C'est la leçon qu'auront appris ce soir certains de mes soldats, hélas…

— Tout de même, fit la grosse voix de Frantz, ils ne sont pas bien vieux pour être enrôlés. Le blond, là, je veux bien, encore qu'il ne soit pas très épais, mais ce petit bonhomme…

Caïus toisa un court moment l'enfant. Celui-ci remarqua que les yeux gris du général avaient naturellement un regard onctueux, presque chaleureux, qui contrastait avec sa fonction et le reste de son allure.

— Plus si petit que ça... déclara finalement l'homme. Je dirais qu'il a tout juste l'âge.

— Et puis, il a une épée, lança un des soldats pour donner raison au général. Dis voir, petit, tu sais t'en servir ? questionna-t-il d'un ton moqueur.

— Un petit peu, fit Wilf en grinçant des dents, le visage crispé par l'indécision.

D'un côté, la proposition de Caïus pouvait sembler une bonne solution. Ils auraient au moins à manger pendant quelque temps, ce qui n'était pas assuré sinon. Wilf imaginait que la région devait être exsangue, et Lucas ne savait sans doute pas plus chasser que lui-même. Par ailleurs, noyé dans le gros des troupes d'une armée, il échapperait peut-être plus facilement aux recherches des maîtres-tueurs.

Mais qu'en serait-il de Lucas ? L'ancien séminariste ne survivrait pas une semaine à la vie de soldat. Surtout pas avec sa maladie, qui s'en prenait à lui de plus en plus souvent... Et puis, il y avait cette promesse que le vaurien avait autrefois faite à sa bonne mère. *Ne jamais rejoindre l'armée.* La pauvre femme était morte depuis des années, mais Wilf répugnait encore à se désavouer envers elle.

On s'approcha d'eux pour leur tendre des uniformes tachés, qu'on venait de retirer aux dépouilles des déserteurs. Le gredin repenti savait que s'ils acceptaient maintenant, il leur serait presque impossible de renoncer ensuite. En période de combats, les militaires s'épiaient toujours les uns et les autres, et le sort réservé aux fuyards était peu enviable. Cette attitude devait être si haïe que les deux généraux s'étaient déplacés pour venir en personne condamner les coupables. Wilf supposait que lui et son camarade, enrôlés plus ou moins de force, bénéficieraient certainement d'une vigilance redoublée de la part de leur escouade…

Il interrogea Lucas du regard, mais le visage désemparé de celui-ci n'exprimait qu'une immense fatigue. Alors l'enfant se tourna vers le duc, et lui indiqua d'un signe de tête résolu qu'il acceptait son offre. Il serait bien temps plus tard de réfléchir au confort de son ami aux cheveux blonds.

Les deux garçons se saisirent donc des habits défraîchis, marqués aux armes du Greyhald. Ils allaient se battre pour les couleurs d'un pays où ni l'un ni l'autre n'avait jamais mis les pieds. Wilf pensait à sa mère. *Allons,* se dit-il avec cynisme, *ce n'est pas vraiment l'armée, pas celle qu'elle a connue. Cette fois, c'est la rébellion…*

Il observa son camarade. Le pauvre Lucas avait l'air d'enfiler son uniforme comme dans un rêve. Le sien était trop grand.

***

Cruel-Voit observait les hordes d'ennemis qui montaient à l'assaut du palais. Après avoir quitté son apprenti, il était retourné à la rivière Morévitch et avait emprunté le passage secret dans le sens inverse. Il s'était caché dans les remparts de la demeure des Csars, regardant le triste spectacle offert par la cité martyrisée. Pendant cinq heures interminables, les miliciens, les francs-tireurs disséminés en ville basse, mais surtout la garde impériale et les survivants des combats précédents avaient tenté d'endiguer le flux oppressant des rebelles.

Les habitants, réveillés en sursaut, fuyaient comme ils le pouvaient, tentant d'emmener leur famille loin du lieu des combats. Mais certains, armés pour l'occasion, refusaient de se rendre et rejoignaient les rangs des défenseurs.

La progression des armées de Caïus n'était pas aisée. La cité elle-même semblait se défendre avec ardeur, offrant des centaines d'abris et de recoins d'où les Impériaux pouvaient surprendre leurs adversaires. Néanmoins, la victoire des rebelles paraissait inéluctable. À chaque heure, ils s'étaient un peu rapprochés du cœur de la capitale. Le duc et ses alliés avaient parfois négligé des foyers de résistance périphériques : ils savaient que lorsque le palais serait tombé, ils auraient gagné… Les défenseurs ne poursuivraient pas leur combat héroïque contre une armée cinquante fois supérieure en nombre, alors que leur bastion symbolique appartiendrait déjà aux ennemis.

La ville entière résonnait de hurlements. On entendait les voix des hommes : les clameurs de guerre, les cris de peur, les gémissements horribles des blessés. Mais plus atroces encore étaient les voix de femmes et d'enfants innocents, dont les lamentations déchiraient la nuit dans les quartiers qui avaient été incendiés par accident ou par choix stratégique.

Voyant que les agresseurs gagnaient de plus en plus de terrain vers le palais, le maître-tueur se dirigea vers le donjon Nord, où la Csarine ne tarderait pas à devoir se réfugier avec sa garde rapprochée.

Là-bas, comme il s'y attendait, deux douzaines d'hommes se préparaient à donner leur vie pour leur maîtresse. C'étaient les mêmes que ceux qui avaient traqué les religieux du palais durant toute la nuit, mais ils exprimaient plus de tension nerveuse que de fatigue. La régente n'était pas présente, et les soldats avaient l'air inquiet. Cruel-Voit, fronçant les sourcils, partit sans s'être fait voir et chercha vers les autres ailes du palais impérial.

Quand il finit par retrouver la Csarine, elle était au beau milieu de la cour centrale, où s'était rassemblée la fine fleur de la garde impériale. En rangs serrés, ils s'étaient eux aussi préparés pour l'assaut final.

Taïa était seule, ayant congédié les hallebardiers qui la suivaient d'ordinaire pas à pas. Elle portait le corps de son fils dans ses bras fragiles. Tous les regards étaient tournés vers elle. Le tueur borgne s'approcha un peu. Maladroitement, elle déposa le cadavre du Csar à même le sol, et prit la parole :

— Voilà votre empereur, mon peuple, dit-elle d'une voix forte à l'assemblée des vétérans. Moi, la Csarine traîtresse, j'ai mis fin à ses jours. Que mon nom soit honni pour l'éternité !

Les soldats restèrent sans réagir. La plupart scrutaient le corps sans vie du petit souverain, peinant à croire ce qu'ils voyaient. Les autres ne semblaient pas comprendre.

Cruel-Voit remarqua qu'Andréas le Ménestrel s'était glissé en trottinant parmi les hommes d'armes, un peu comme lui-même. Tous deux se portèrent d'un pas leste aux côtés de l'impératrice, et échangèrent un regard résigné. Le musicien avait apporté avec lui son énorme épée à garde blanche.

La Csarine, un peu surprise, reporta néanmoins son attention sur les soldats :

— Vous ne comprenez pas ? dit-elle, encore plus fort. C'était votre Csar bien-aimé ! Celui pour qui vous vous apprêtiez à livrer ce combat perdu d'avance ! Je l'ai tué !

Petit à petit, assez lentement, les gardes impériaux commencèrent à murmurer entre eux. Puis quelques voix s'élevèrent. Des cris d'incompréhension, tout d'abord, et ensuite de colère. Les soldats étaient des dizaines, remplissant presque l'immense cour principale...

Alors, les armes levées, les yeux souvent larmoyants, des insultes aux lèvres, ils marchèrent sur les trois petites formes. Vu du ciel, on aurait pu penser à une colonie d'insectes affamés se ruant vers la dernière source de nourriture à des lieues à la ronde.

L'assassin amoureux et le Ménestrel reconnaissant poussèrent un cri commun, faisant un rempart de leurs corps. Bientôt le fracas des armes sembla emplir l'univers.

La lame du borgne dansait, tranchant et poignardant avec plus de vélocité que jamais auparavant. Il semblait être partout et posséder une demi-douzaine de bras. Il faisait en sorte que ses nombreux adversaires se gênent entre eux. Ses victimes mutilées jonchèrent vite le sol, tandis que lui, au contraire, paraissait bien trop rapide pour être touché. Certains soldats s'enfuyaient en hurlant, se frayant un chemin à travers leurs compagnons. S'il ne s'était agi de guerriers d'élite, fanatisés depuis des années dans la vénération de leur Csar, cela aurait été le cas de tous.

De son côté, le musicien utilisait sa corpulence robuste pour insuffler à son arme gigantesque un ample mouvement de balayage. Ainsi les gardes ne pouvaient pas trop approcher, ce qui aurait été fatal aux deux protecteurs.

Les minutes passèrent, la Csarine dressée avec raideur entre ses champions, le visage vide de toute expression. Au milieu de la place, elle faisait penser à une statue, très belle, mais que l'artiste aurait oublié de pourvoir d'une âme.

Cruel-Voit, insaisissable et mortel, n'avait toujours pas une blessure. Andréas, artisan appliqué, continuait de faucher les corps de ses adversaires, malgré les estafilades qui parcouraient ses membres. *Nous devons notre providence à leur rage*, pensait le tueur. *Il suffirait que l'un d'eux ait l'idée défaire reculer ses compagnons pour nous abattre d'un trait d'arbalète, et tout serait terminé…*

Bientôt, un soldat passa sous la garde du barde et lui infligea une vilaine blessure au ventre. La plaie était petite, l'homme n'ayant pas eu assez d'élan pour frapper avec force, mais vicieuse. Andréas commença à vaciller. Il parvint à se débarrasser de celui qui l'avait mis dans cet état, mais des vertiges lui troublaient la vue. Observant cela du coin de l'œil, Cruel-Voit crut que tout était perdu. Jamais il ne pourrait se défendre seul contre tous ces assaillants. C'était déjà un miracle d'avoir tenu aussi longtemps à deux.

Mais le Ménestrel se mit à chanter, et les sons de basse, délicatement modulés, sortaient de sa gorge avec une infinie majesté. Très vite, une aura de lumière blanche l'entoura, faisant reculer les gardes effrayés.

— Impur ! glapirent quelques voix.

La blessure du musicien ne semblait plus le gêner lorsque ses adversaires se ruèrent à nouveau sur lui, cette fois mus par leur haine ancestrale des magiciens.

Le combat continua de plus belle. Cruel-Voit ignorait où en était son compagnon, mais il pensait avoir abattu une vingtaine d'ennemis lorsqu'il reçut sa première blessure. Il saignait abondamment. En raison de la célérité de ses mouvements, les gouttelettes de liquide sombre semblaient parfois suspendues dans l'air…

Sans se soucier de cette entaille, le borgne se concentra sur ses gestes. Du temps passa encore. À un moment, alors recouvert de sang, il estima qu'il avait doublé ce nombre de pertes infligées à l'ennemi.

Les rangs des gardes avaient été tellement clairsemés qu'il pouvait à présent voir les rebelles qui se pressaient aux grilles du palais. Le maître-tueur n'avait jamais eu l'ambition de gagner ce combat. Il avait juste souhaité mourir aux côtés de la femme qu'il aimait. Mais tout son art s'était allié avec ses années d'expériences pour se cristalliser en cet instant précis, et ses opposants n'en cessaient plus de mourir… Par les griffes d'Olmok, ils allaient réussir ! Le Ménestrel s'aidant de sa magie, le maître-tueur faisant appel à toutes ses ressources, ils étaient en train de remporter cette bataille insensée.

Par malheur, Cruel-Voit entendit bientôt un son qui le fit déchanter. Il avait reconnu la voix qui venait de pousser ce cri de douleur ; c'était celle du barde barbu. Puis ce fut un gargouillis grave : certainement le dernier râle d'Andréas.

Le tueur, craignant pour l'impératrice, se retourna aussi vite qu'il le put.

Ce fut juste à temps pour voir un soldat fondre sur elle avec un hurlement de fureur, et lui planter jusqu'à la garde son sabre dans le corps. La Csarine ne poussa pas un cri, resta droite un instant. Un autre empala la lame de sa hallebarde dans son cadavre, puis utilisa ses bras puissants pour la lever dans une clameur triomphante au-dessus de lui. Il agitait la dépouille de sa souveraine dans un geste victorieux. La régente était parcourue de soubresauts, malmenée comme une poupée de chiffon par une fillette teigneuse.

Ce combat était bel et bien perdu, finalement, songea le maître-tueur. Puis il fit face aux gardes qui couraient vers lui, et laissa tomber son épée à ses pieds.

Il ferma l'œil, et ne connut qu'une faible peur quand la mort vint le prendre.

Ailleurs, au même moment, Wilf et Lucas se félicitaient d'avoir été affectés à l'arrière-garde. Pour l'instant, ils n'avaient pas eu à combattre, et l'occasion ne se présenterait sûrement plus. L'aube approchait: la ville serait bientôt ravie. Lucas, qui commençait à peine à réaliser la situation, aurait voulu prononcer quelques prières pour l'âme des malheureux qui périssaient presque sous ses yeux. Mais il avait alors réalisé qu'il avait renié son Dieu...

C'était Frantz de Greyhald, malgré ses protestations, qui avait été chargé par Caïus de commander l'arrière-garde. Une partie conséquente de ses troupes était restée auprès de lui aux portes de la ville, les unités lourdes et les engins de guerre ayant été plus utiles s'il avait fallu se battre sur la plaine et les remparts qu'à l'intérieur de la cité. Les deux jeunes gens, assignés par circonstance à la cavalerie du Greyhald, s'en tiraient donc bien pour leur première bataille.

Malgré ça, Wilf savait le malaise qui habitait son ami, et il aurait voulu trouver les mots pour le réconforter. Mais c'était là quelque chose qu'il n'avait jamais fait, et il craignait de ne pas savoir s'y prendre. Il n'essaya donc pas.

Lorsque l'aube pointa, des sourires de satisfaction avaient remplacé la tension sur les visages des soldats rebelles. On entendit même quelques hourras, bien que la victoire n'ait pas encore été officiellement prononcée.

Puis, comme surgi de nulle part, un bruit sourd commença à se faire entendre. Bientôt, de nombreux regards furent tournés vers l'est. Cela ressemblait à un bourdonnement, comme si un insecte géant se dirigeait en direction de Mossiev. Wilf vit l'inquiétude se peindre sur le visage de Frantz.

La ligne d'horizon se changea soudain en nuage de poussière, et l'ancien gredin identifia enfin l'origine de ce bruit. Une cavalcade! C'étaient les sabots de centaines de chevaux qui martelaient le sol.

— Tous en position! hurla le Greyhalder à ses troupes encore hébétées.

Peu après, on put distinguer les cavaliers qui se ruaient vers la capitale. Ils semblaient être un millier, peut-être plus. Alors qu'ils approchaient, les soldats de l'arrière-garde purent remarquer qu'ils étaient parés de surcots gris et de calottes noires.

— Des clarencistes! gémirent quelques voix. Mais Lucas savait qu'elles se trompaient. Les soldats de Saint-Clarence ne se battaient pas à cheval et ne portaient pas ces costumes… Pourtant, les chevaliers avaient bien l'air d'être des religieux. Portant de solides armures, armés de pied en cap, ils semblaient même plus redoutables que les clarencistes.

Avec un profond soupir, Wilf remarqua que les guerriers menaient leurs puissants destriers droit sur eux. Plusieurs de ses compagnons de bataillon, abasourdis, ne parvenaient à rien d'autre que regarder en faisant *non* de la tête. Même Frantz, qui avait semé la terreur dans les rangs impériaux depuis le début de la guerre, semblait désemparé.

En moins de temps que chacun l'eût espéré, l'armée de moines-guerriers percuta de plein fouet les rangs de l'arrière-garde. Au moins les hommes s'étaient-ils un peu réorientés, et la charge ne les prit pas totalement sur le flanc. Malgré tout, l'impact fit rapidement exploser les colonnes du régiment greyhalder. Les unités pourtant disciplinées perdirent la compacité qui faisait leur force, et des petits groupes de soldats s'éparpillèrent dans toutes les directions.

Sans perdre une seconde, le petit vaurien décida qu'il était temps de mettre un terme à leur carrière militaire. Il profita de la panique pour se saisir de la bride du cheval de Lucas, et lança au galop les deux animaux.

Aucun des deux garçons n'était un cavalier émérite, et ils faillirent plus d'une fois chuter avant d'atteindre le couvert d'une colline basse. Mais la chance paraissait être avec eux, car ils restèrent en selle tant bien que mal. Lorsqu'ils furent à l'abri, ils descendirent de leurs montures afin d'être plus discrets.

— Tu aurais pu me prévenir, se plaignit Lucas sans vraie rancune.

— Pas eu le temps, s'excusa le gredin, essoufflé. C'était le moment ou jamais.

En silence, l'ancien religieux et l'ancien voleur observèrent le combat qui opposait leurs brefs camarades de légion aux chevaliers de l'Église grise. Ces derniers brandissaient des lances dorées et semblaient être de terribles combattants.

Le cerveau de Lucas fonctionnait à toute allure. Les cavaliers étaient venus de l'est : ce pouvait donc être le Saint-Siège qui les envoyait au secours de la capitale. Mais comment l'Église grise aurait-elle pu entretenir une armée de cette qualité sans que personne ne soit au courant ? Visiblement, les chevaliers n'en étaient pas à leur première bataille. Alors, où et quand avaient-ils eu l'occasion d'approfondir leur art ? Cela dépassait l'entendement.

Frantz organisa un repli avec quelques hommes, non loin de la colline où s'étaient réfugiés les deux déserteurs. Mais un groupe de cavaliers les avaient suivis, et leur fondit dessus avant qu'ils n'aient eu le temps de se réorganiser.

Aux cris de guerre des lanciers, qui priaient la lumière de Pangéos de s'abattre sur leurs adversaires, leur appartenance à l'Église grise ne fit plus aucun doute.

Le fils du baron Conrad se battit vaillamment, mais il ne put empêcher ses hommes de tomber l'un après l'autre autour de lui. Bientôt, la petite base de repli qu'il avait voulu constituer se réduisit à lui seul, tandis que le gros de son armée continuait de se faire massacrer aux portes de Mossiev. Le colosse se débarrassa encore de plusieurs adversaires, mais son dernier assaillant eut le dessus. L'ayant fait tomber de son cheval, il le tint bientôt à la merci de sa lance.

Wilf et Lucas se regardèrent. Ils pensaient à la même chose. Un homme allait encore se faire tuer sous leurs yeux, cette fois à quelques mètres seulement. Sans bien comprendre ce qui motivait son geste, le garçon saisit son couteau et visa le chevalier de l'Église grise entre les omoplates. Ce dernier lui présentait son dos, s'apprêtant à achever le grand Greyhalder. La courte lame siffla puis se planta avec un bruit sec. Le moine-soldat s'écroula.

D'un geste, Lucas et Wilf firent signe au noble de les rejoindre. De toutes les façons, il était trop tard pour l'arrière-garde...

Bientôt, les chevaliers de Pangéos entrèrent dans la cité, et les trois survivants ne purent qu'attendre l'issue de la bataille qui allait se dérouler à l'intérieur de la capitale.

Après plus de deux heures d'affrontements, Caïus sortit de Mossiev au galop. Il entraînait derrière lui une petite partie de l'armée qui y était entrée à sa suite.

Selon toute apparence, il s'agissait d'une percée désespérée pour fuir le cœur des combats. Et le duc avait réussi. Avec cette portion épargnée de ses troupes, il pouvait se replier et continuer la guerre. Lucas se souvint d'une phrase d'Yvanov : *C'est dans les situations vraiment imprévisibles qu'on juge les grands hommes.* En l'occurrence, le jeune noble s'en était sorti aussi bien que possible...

Remontant en selle, les trois derniers membres de l'arrière-garde rejoignirent l'armée en déroute. Pour l'instant, s'étaient dit Wilf et Lucas, cela valait toujours mieux que de se frotter à ces moines-soldats dont on ignorait tout.

6

Frantz de Greyhald ne devait jamais oublier sa dette envers Wilf.

Dès que les troupes en débâcle eurent trouvé un abri où s'installer, le colosse fit comprendre qu'il tenait absolument à remercier l'enfant qui lui avait sauvé la vie. Il fut d'abord question de sommes d'argent, de titre honorifique ou même d'un fief en Greyhald, mais rien de tout ceci n'avait la moindre valeur dans la situation actuelle…

Au grand étonnement du petit déserteur, Caïus lui-même proposa alors de lui offrir un grade militaire, le propulsant capitaine. Mais il fallait se rendre à l'évidence : le jeune âge de Wilf et sa méconnaissance des stratégies guerrières lui interdiraient d'avoir autorité sur les hommes de son escouade. Le duc de la Terre d'Arion sembla déçu, mais dut se ranger à l'avis des autres. Il fut donc décidé que le garçon serait affecté à la sécurité du général greyhalder, perpétuant ainsi l'œuvre pour laquelle il avait déjà montré des dispositions.

Le géant du Sud sourit de cela, déclarant qu'il s'agissait d'une fort bonne idée. Visiblement, il imaginait que c'était là un simple artifice, destiné à assurer un mode de vie plus confortable à son jeune sauveur. Mais Caïus, lui, avait bien l'air de prendre la mission de Wilf au sérieux, et ne paraissait pas douter de l'aptitude du garçon à faire un bon garde du corps.

Profitant de la condition de favori qui était présentement son lot, Wilf parvint à obtenir pour son ami une place de conseiller d'état-major. Ainsi, l'ancien moine aurait lui aussi accès à un confort relatif, et ne risquerait plus de se retrouver en première ligne d'une charge. D'ailleurs, l'érudition de Lucas au sujet des diverses régions de l'Empire, alliée à son esprit logique, devrait lui permettre de s'accommoder de cette fonction à merveille.

Ce fut donc de cette manière que les deux jeunes gens rejoignirent les rangs de l'armée rebelle, finalement bien mieux lotis que le commun des soldats.

Au bout de quelques jours, alors que les forces des barons s'étaient repliées à Buvna, dans ce même village où Wilf et Lucas avaient été prisonniers, d'incroyables nouvelles leur parvinrent de la capitale. Les prêtres chevaliers avaient décrété la loi martiale, imposant un couvre-feu et une discipline draconienne entre les murs de Mossiev. Les Lanciers Saints, comme ils se faisaient appeler, avaient bien été envoyés par le bastion de l'Église grise... Ils étaient accourus pour empêcher la chute de la cité aux mains des rebelles, et se comportaient maintenant comme les seuls maîtres de la ville.

Mais il y avait plus terrible encore : avec le décès de la régente et de son fils, l'Empire tout entier s'était retrouvé décapité. Les Mossievites avaient alors pu assister, après une journée de deuil encore noyée dans la confusion de la récente bataille, à un discours officiel du cardinal Redah qui faisait d'autoritaires révélations.

Le Haut-Père, usant de quelque ruse mystérieuse, avait échappé au massacre des religieux organisé par la Csarine Taïa. Et il avait profité de la mort de l'empereur pour faire l'annonce suivante : au nom du Saint-Siège, le cardinal proclamait l'avènement d'un nouveau régime. Ce serait désormais l'Église grise, et elle seule, qui dirigerait les affaires du pays.

Puisque l'Empire avait connu une fin tragique, avait-il professé, il était temps d'instaurer la *Théocratie*.

Saint Mazhel, une figure pourtant inconnue de la liturgie habituelle, serait le patron de cette nouvelle autorité. À la lumière de cette dernière information, Lucas avait bien entendu été bouleversé. C'était donc cela, qu'ils préparaient depuis si longtemps : la Théocratie ! Le pouvoir absolu de l'Église grise ! Il revoyait Redah, avec son air rusé, ses manières de politiciens. Cette ambition dévorante ne pouvait guère l'étonner de sa part, mais Yvanov ? Comment l'abbé de Saint-Quernal s'était-il trouvé mêlé à ce rêve insensé ?

Agissant au nom du Pope Borlov VIII, que son vieil âge immobilisait au Saint-Siège, le cardinal administrerait donc le Domaine et les Provinces fidèles. Il aurait tout pouvoir sur les cohortes de Lanciers Saints pour régler son compte à la rébellion… Le peuple de Mossiev, qui n'avait d'ailleurs pas son mot à dire, accueillit plutôt paisiblement cette déclaration. L'Église grise était respectée, les troupes de Caïus haïes, et le désir de sécurité trop présent pour songer à se plaindre des mesures excessives instituées par les moines-soldats. Quant au reste de l'Empire – du moins pour les régions qui n'avaient pas encore été soumises sur le passage des armées rebelles –, il vécut ce retournement de situation comme un nouvel espoir. Où que ce soit, il semblait finalement que l'anéantissement de la lignée des Csars ne donnait pas lieu à beaucoup d'émotion…

Le mystère des guerriers pieux surgis de nulle part, quant à lui, restait entier. Ils se montraient discrets et froids avec la population, tout comme les clarencistes en leur temps. Même au sein de l'Église grise, il était probable que seuls les plus hauts dignitaires du Saint-Siège savaient d'où venaient ces légions, et au cours de quelles guerres improbables elles avaient bien pu acquérir leur redoutable expérience.

Toujours était-il que les Lanciers Saints ne comptaient guère laisser de répit au jeune duc Caïus. À peine la capitale rendue sûre, les chevaliers se lancèrent à l'assaut de divers points stratégiques des alentours. En une semaine, les forts des rives de la Gwenovna et de la Morévitch furent soumis. Plusieurs autres sites se virent bientôt battre bannière grise et noire, exhibant le symbole des moines-soldats, un sceptre ansé d'évêque.

De son côté, Caïus avait mis ce temps à profit pour rassembler les restes de son armée et appeler à lui des renforts stationnés dans les régions assujetties. Ainsi, il avait pu reconstituer une force militaire digne de ce nom.

Les unités des Mille-Colombes étaient celles qui avaient le plus souffert de la défaite de Mossiev. La plupart s'étaient sacrifiées pour permettre le repli des autres régiments. Les archers de la Terre d'Arion avaient également été en grande partie exterminés. Quant aux troupes de Greyhald, un tiers avait péri sous la charge inattendue des Lanciers, tandis qu'un autre tiers avait dû être renvoyé en urgence à Citadelle-de-Greyhald. En effet, la capitale de la Province s'était récemment trouvée au cœur du plus terrible tremblement de terre depuis la Grande Folie des mages. La catastrophe avait fait des milliers de morts dans toute la région, et le baron Conrad n'avait eu d'autre choix que de rappeler à lui une partie de ses soldats pour soutenir la population. Parmi les férus d'histoire, nombreux voyaient en ce séisme la preuve que le Csar Nicolæ II, autrefois trahi par Gunthe Hache-du-Soir, tenait sa promesse par-delà la mort… Hélas, si la cité des Csars était bien tombée aux mains des félons, la faute n'en incombait pas à la lignée de Greyhald, mais aux Hauts-Pères en Grises de soie qui se partageaient déjà le pouvoir des empereurs. La vengeance posthume du monarque ressemblait donc simplement à une injustice de plus envers le Sud.

Cependant, une fois réunie, et malgré ces diverses amputations, la soldatesque de Caïus restait bien supérieure en nombre à ses adversaires ecclésiastiques. Ces derniers n'avaient pour eux que l'avantage de la qualité : chaque Lancier bénéficiait d'un destrier valeureux et d'une armure solide. De plus, il se battait avec fanatisme, et montrait l'efficacité d'un véritable maître d'armes.

Bien vite, les premiers combats sérieux eurent de nouveau lieu. Durant les premières semaines d'escarmouches, chaque camp testant la puissance de l'autre, Wilf chercha plusieurs fois à rencontrer Djulura. Mais la diseuse de bonne aventure restait invisible, cloîtrée dans cette petite maison où elle l'avait reçu quelques mois plus tôt. Malgré tous les efforts du jeune garçon, la nomade refusa toujours de le recevoir. D'après Caïus, la diseuse avait été bouleversée par le massacre de Mossiev : elle s'était depuis repliée sur soi, et le duc lui-même n'avait plus vraiment ses faveurs.

Mais bientôt, Wilf n'eut plus le temps de se soucier des humeurs de la belle voyante. Il fut trop occupé à couvrir les arrières du téméraire général greyhalder, au cœur de tous les assauts, à la tête de toutes les ripostes. Frantz ne ménageait pas ses forces, ni celles de ses troupes, si bien que Wilf dut faire usage de ses entières ressources pour rester en vie tout en s'acquittant de sa mission. Car il prenait sa tâche à cœur : non pas qu'il vouât une amitié suffisante au colosse, mais il tenait absolument à conserver les privilèges dont bénéficiaient lui et Lucas.

Ce dernier, s'il ne brillait pas par ses prouesses martiales à l'instar de son compagnon, s'était vite fait remarquer au cours des réunions d'état-major. L'ancien moine n'était pas un stratège très confirmé, mais ceci, loin de le handicaper, lui faisait porter un regard neuf sur bon nombre de situations épineuses. S'il demeurait incapable de dresser un plan de bataille d'un bout à l'autre, c'était très souvent par une remarque éclairée de sa part que les discussions pouvaient avancer : il était devenu essentiel au petit cercle de généraux. Lorsqu'il prenait la parole, tous l'écoutaient avec attention. Bien souvent, les remarques de Lucas allaient dans le sens d'éviter une boucherie si une autre option était envisageable, ou celui de préserver autant que possible les populations civiles. Aucun des officiers supérieurs ne semblait remarquer combien le jeune homme souffrait de devoir participer à la préparation de combats dans lesquels des centaines d'hommes perdraient la vie. Seul Wilf, et peut-être Caïus – qui se révélait de jour en jour être un homme extraordinairement sensible et intelligent, connaissaient les démons de Lucas, et tâchaient de soulager son sentiment de culpabilité. Mais l'ancien séminariste n'ignorait plus que sa bonne volonté était presque inutile, ne servant qu'à rendre moins lourde à ses yeux sa responsabilité, car la guerre ne pouvait se dérouler sans beaucoup de sang…

Il arrivait toujours fréquemment que le jeune homme soit pris de fièvre et de malaise. Le général Caïus prenait alors soin de le faire aliter dans les meilleures conditions possibles. Dès qu'il le pouvait, il venait même relayer Wilf au chevet de son camarade, passant de longues heures à réconforter le malade malgré le peu de temps dont il disposait au vu de ses innombrables responsabilités. Les ragots, parmi les militaires de basse classe, voulaient que le duc se soit peu à peu désintéressé des conseils de sa diseuse, Djulura, pour leur préférer ceux de l'ancien religieux. À les en croire, la nomade en nourrissait une certaine jalousie.

Peu à peu, les semaines passaient. De bataille en bataille, de défaite en victoire, l'été était parti et l'automne bien avancé tandis que la situation n'avait pas vraiment évolué. Les Lanciers Saints se montraient toujours aussi coriaces.

Au fil des combats, Wilf s'était illustré plus d'une fois. Le gamin de Youbengrad, pourtant à des lieues de rechercher le panache, avait créé sa petite légende au sein des troupes du Sud. L'enseignement de Cruel-Voit paraissait avoir porté ses fruits, transformant un habile petit bretteur des rues en redoutable porteur de mort. Au beau milieu des assauts bruyants, chaque fois qu'une feinte ou une esquive apprises de son maître disparu lui sauvait la vie, le garçon ne pouvait s'empêcher d'avoir une pensée nostalgique pour le borgne… S'il songeait souvent aux leçons de son professeur, ces semaines passées dans le sang et le fracas des armes apportaient aussi leur lot d'enseignements : les tactiques guerrières, la cohésion militaire fluctuante suivant le moral des troupes… Après s'être montré un apprenti maître-tueur appliqué, Wilf était en train de devenir un extraordinaire soldat.

Et les batailles succédaient aux batailles…

Coup terrible porté au camp des barons, il semblait que l'armée de Baârn ait repoussé une fois de plus les envahisseurs trollesques et soit sur le chemin du retour. Malgré la fin de l'Empire, tout portait à croire que les Baârniens allaient se porter au secours des moines-soldats, l'Église grise entretenant depuis toujours des relations prospères avec le peuple de mercenaires…

Les armées rebelles, qui n'avaient pas souhaité abandonner leurs places fortes dans l'ancien Domaine Impérial, s'étaient vu couper toute retraite par des légions de Lanciers postées dans le Crombelech et en lisière des Marais du Deuil. Les forces de Caïus se trouvaient donc en assez fâcheuse posture, cernées entre les chevaliers de l'Église grise au Nord et au Sud, le Baârn à l'ouest, et enfin les Provinces alliées : à la Théocratie sur le front Est. Si une logistique bien pensée permettait aux régiments des barons de tenir encore longtemps la large région où ils avaient installé leurs forts, ils étaient en revanche vulnérables à une attaque planifiée et conjointe de tous leurs ennemis.

Si une telle bataille devait avoir lieu, ce qui, de toute évidence, ne saurait tarder, Caïus avait fait comprendre à ses officiers qu'elle serait décisive.

Une victoire des forces rebelles leur permettrait à la fois de se rouvrir une voie vers leurs bases arrières du Sud, mais aussi de décapiter Mossiev une bonne fois pour toutes. Ensuite, la route pour le Saint-Siège serait presque une promenade, et le continent verrait bientôt l'avènement d'une nouvelle ère, libéré de l'influence écrasante de l'Église grise. Une défaite, par contre... En la circonstance, tous savaient qu'elle signifierait le massacre ou l'emprisonnement de l'intégralité des troupes renégates, aucune issue de fuite n'étant envisageable.

C'était pour débattre de cette fameuse bataille à venir que les principaux généraux et proches de Caïus s'étaient réunis ce soir-là. Lucas était bien sûr présent, en sa qualité de conseiller, tandis que Wilf accompagnait comme à son habitude le géant greyhalder.

Après avoir fréquenté la capitale et l'aristocratie fidèle au Csar, les deux jeunes gens profitaient maintenant depuis des semaines de la compagnie des nobles rebelles, ceux du Sud, qui refusaient génération après génération la suprématie des empereurs et de leur Église grise. Ou plutôt, semblait-il, de l'Église grise et de ses empereurs... Rassemblés autour d'un haut foyer, dînant en plein air mais un peu à l'écart des soldats du commun, les officiers s'entretenaient de leurs nombreux problèmes.

Il y avait Caïus, l'initiateur et l'âme de toute cette campagne. Engoncé comme toujours dans son inconfortable armure d'acier brun, le général en chef s'exprimait avec cette voix rendue inhumaine par le lourd heaume qui recouvrait son visage. La difformité de ce dernier semblait obséder son propriétaire, si bien qu'il ne mangeait jamais en compagnie des autres. *Quel être étonnant,* songeait Lucas. *Brillant, mais soumis à des conditions de vie déplorables par cette horrible carapace de métal. Plus célèbre que quiconque dans l'Empire, mais condamné à l'anonymat…* Le cœur du jeune homme se pinçait parfois à l'idée de ce destin hors du commun, de ce personnage tragique à l'existence contrariée. Caïus, qui se devait d'être un fier guerrier aussi bien qu'un général impitoyable, mais qui ne semblait guère y prendre de plaisir. Un être brisé, dont les regards gris désabusés en disaient souvent long, bien plus sincères que les paroles déformées qui sortaient de son casque… *Nous nous ressemblons plus qu'il n'y paraît,* pensait l'ancien « Moine à l'abeille », avec une affection à peine mêlée de rancune.

Frantz de Greyhald, quant à lui, était tout le contraire du duc de la Terre d'Arion. Il faisait la guerre par métier, comme beaucoup d'hommes originaires de son pays, et n'y voyait aucun motif de honte ou de doute. Le géant aux cheveux marron croyait peut-être à ce nouvel âge annoncé lorsque l'Église grise aurait été bannie, mais il n'en faisait pas discours. Peut-être se contentait-il d'obéir à son père, en conduisant simplement cette armée aussi bien qu'il le pouvait. C'était un homme paisible, que les courtisans de Mossiev auraient même jugé rustique. En raison de ce tempérament effacé, son courage immense et sa hargne au combat finissaient par sembler naturels.

Un peu en retrait, venait l'énigmatique Pyrrhus, capitaine des Guerriers du Cantique. Il s'agissait d'un jeune homme gracieux, aux manières vigilantes. Les flammes du feu de joie jetaient des ombres dans ses cheveux teints en bleu, qui étaient suspendus en une haute queue-de-cheval par un anneau de cuivre torsadé. Au combat, son visage était maquillé de blanc, ses yeux cerclés de peinture dorée, comme tous ses semblables. Mais ce soir, le visage fin du soldat-acrobate ne portait aucun artifice. Son justaucorps ocre et cyan aurait pu sans peine le faire passer pour quelque danseur d'une caravane de Gens de l'Étoile. C'était sans compter les longs poignards à double lame que le jeune Pyrrhus faisait voltiger avec autant de dextérité qu'un jongleur. Aussi silencieux dans les veillées qu'il se montrait exubérant sur le champ de bataille, le Guerrier demeurait aux yeux de ses compagnons officiers un personnage secret et introverti.

Les jumeaux venus des Mille-Colombes, enfin, se nommaient Gialom et Jaomé. Ils étaient les commandants des arbalétriers de Cozgliari, unité presque intégralement décimée lors de la retraite de Mossiev. Les deux frères avaient cependant tenu à rester aux côtés de Caïus pour la fin de la guerre. Mais leur humeur avait bien changé : depuis le massacre de leurs hommes, Gialom et Jaomé se montraient maussades. Ils avaient pourtant été, jusqu'à cette tragédie, les plus sympathiques et volubiles compagnons de tous les officiers, toujours prêts à prendre un verre ou à flanquer d'amicales tapes dans le dos de leurs congénères. Wilf, bien que ne les ayant pas connus à cette époque, devait avouer que la faconde des deux méridionaux ne lui aurait pas pesé le moins du monde. Tous ces généraux étaient tellement sérieux... Un peu de gaieté lui manquait d'autant plus que la bataille finale approchait.

Quant au général DiCapa, le Jéndarro d'âge mûr qui avait commandé les troupes d'Arrucia, il avait disparu à la bataille de Mossiev. Certains hommes croyaient l'avoir vu être fait prisonnier comme beaucoup d'autres. On le disait mort sous la torture, dans les sinistres geôles que les Lanciers Saints avaient installées dans la capitale. C'était, hélas, très certainement exact.

Par intermittence, on entendait les éclats de voix venus des tentes des soldats. Untel perdait aux dés, d'autres se disputaient au sujet d'une histoire de femme connue alors qu'ils étaient civils. Quelque part, un soldat plutôt doué entonnait un petit air de flûte. Des sentinelles criaient à pleins poumons que tout était en règle, chacune à leur tour. Wilf et Lucas s'étaient habitués depuis longtemps à tous ces bruits de campement. Les flammes orange dansaient devant leurs yeux, tandis que les silhouettes assises de Caïus, de Frantz et des autres se découpaient dans la nuit.

Il était encore une fois question du problème baârnien, dont la mention revenait sans cesse. Si les féroces mercenaires occidentaux se joignaient à l'attaque, l'armée des barons serait assaillie par tous les fronts... Et cela ne plaisait pas du tout aux officiers.

Lucas crut alors bon de réitérer la théorie qu'il avait déjà plusieurs fois avancée à ce sujet:

— Mes seigneurs, fit-il de sa voix au souffle toujours court, je dois vous rappeler qu'aux yeux de l'Église grise, la lignée du généralissime de Baârn est entachée par le Poison de l'Âme.

Le jeune homme réprima un léger tremblement de sa lèvre inférieure.

— Bjorn, le fils aîné de cette maison, a été arrêté en tant qu'Impur. Selon la loi canon, c'est donc toute sa famille qui doit être tuée ou remise aux Sœurs Magiciennes. Son père, ses deux frères, mais aussi ses nombreux cousins, qui tous tiennent un poste important au sein de l'armée baârnienne…

— Vous croyez que le Saint-Siège, en ces circonstances particulières, n'essaiera pas de fermer les yeux ? s'étonna Jaomé de Cozgliari.

— Eh bien… soupira Lucas, en ce qui concerne la discipline et le respect des lois, la tendance ne paraît pas être à l'assouplissement… Au contraire, les Lanciers Saints semblent bien avoir une influence moralisatrice et conduire le clergé à un renouveau du formalisme.

— Est-ce à dire que la Théocratie va se passer du soutien des Baârniens et de leur puissante armée ? questionna Frantz, incrédule.

L'ancien religieux secoua la tête.

— Non, admit-il. Les Lanciers sont des fanatiques, mais ils ne sont pas idiots. Selon moi, ils attendront les festivités de la victoire pour faire prisonniers les membres de la famille de Bjorn…

— Alors ? fit la voix discordante de Caïus. Où veux-tu en venir, mon ami ?

Lucas évita le regard du général. Il se sentait toujours un peu mal à l'aise lorsque les yeux gris cerclés d'acier se posaient ainsi sur lui. La compassion qu'il y lisait, presque de la tendresse, le troublait. C'était un regard vraiment trop doux pour celui d'un chef de guerre.

— Je crois, répondit lentement le jeune homme blond, que nous pourrions essayer de faire passer les Baârniens dans notre camp. Après tout, le Csar est mort, et aucun serment ne les lie à l'Église grise.

— Hélas, objecta Gialom, même si l'idée est séduisante, nous n'avons plus assez d'or pour nous assurer leur soutien. Même nous autres, dans les cités-États, nous avons sacrifié notre trésor tout au long de cette campagne. Et ces chiens de mercenaires fileront là où on leur indiquera le denier... soupira le méridional en mimant comiquement de ses mains le déplacement imaginaire d'une cavalerie baârnienne.

— Mais peut-être que nous pourrions les retourner autrement qu'en les achetant, persista l'ancien moine. J'ai une petite idée... Voyez-vous, fit-il alors qu'un silence attentif s'était fait autour du foyer, il est probable que le Saint-Siège fera appel aux Sœurs Magiciennes pour exécuter la sentence qui pèse sur la maison de Bjorn. L'Église grise n'a certainement pas l'intention de se passer pour toujours des services des mercenaires, aussi voudra-t-elle éviter d'avoir le sang du généralissime sur les mains...

Les officiers acquiescèrent uniformément.

— Toujours par souci de discrétion quant à leur rôle dans cette affaire, continua Lucas, les Hauts-Pères auront à cœur que les Sœurs viennent prestement les débarrasser de ces fardeaux encombrants que constitueront alors le généralissime et sa famille. C'est pourquoi je pense qu'ils ne vont pas attendre d'avoir capturé ces malheureux pour faire parvenir un courrier l'annonçant aux Sœurs. En fait, étant donné la distance aller et retour jusqu'à Jay-Amra, il est fort possible que leur messager soit déjà en route…

Les autres écoutaient toujours, intrigués. Seul Wilf souriait à présent en fixant son camarade.

— Ne me demandez pas comment je l'ai su, reprit alors Lucas à voix basse, presque dans un murmure, mais j'ai de bonnes raisons de croire qu'un cavalier porteur de la missive qui nous intéresse a quitté le Saint-Siège tout récemment.

Des murmures étonnés parcoururent l'assemblée. Mis à part Caïus, qui restait de marbre, son expression cachée sous son masque d'acier, et Wilf, qui souriait toujours, tous semblaient s'interroger sur les sources du jeune homme. Celui-ci fit semblant de ne pas les entendre :

— Si nous postons, d'ici une semaine, une escouade sur la route de l'Est, le cavalier ne pourra pas nous échapper. Comme je vous l'ai dit, le temps les presse : le messager ne s'offrira pas le luxe de serpenter à travers les collines…

Le duc de Fael hocha la tête.

— Tu penses donc que nous pourrions nous servir de ce pli comme preuve de la duplicité du clergé gris ? demanda-t-il au séminariste désavoué.

— Ça me paraît une bonne idée, l'interrompit Jaomé. La lettre doit être assez explicite pour que les Sœurs se dérangent… J'imagine que si on la secouait sous le nez du généralissime, son éventuelle allégeance à l'Église grise déchanterait au plus vite, n'est-ce pas ?

Tous les officiers présents s'accordèrent à admettre qu'il s'agissait d'une excellente occasion de renverser la situation à leur avantage. Caïus eut la gentillesse d'étouffer d'un geste les questions embarrassantes qui furent posées à Lucas au sujet de ses informations providentielles. Apparemment, les généraux crurent que leur chef était dans la confidence et ne cherchèrent pas à en savoir plus, bien qu'un peu vexés.

Il fut décidé qu'il serait fait ainsi que l'avait suggéré le jeune homme blond, puis qu'on enverrait un messager porter en secret la missive au chef des années baârniennes. Avec un peu de chance, celui-ci ne se montrerait pas ingrat, et accepterait d'aider l'armée rebelle contre les forces de la Théocratie. Au pire, il cesserait simplement de soutenir l'Église grise, ce qui serait déjà une belle victoire. Les convives burent tard dans la nuit au nouvel espoir que leur apportait ce projet. À présent, ils avaient une vraie chance de voir leur rêve aboutir. Ce ne fut donc que peu avant l'aube que les réjouissances cessèrent.

Mais alors que les officiers se dispersaient, Wilf et Lucas regagnant leur tente commune, Gaïus pressa le pas pour parvenir à leur hauteur. Il posa sa main gantée de métal sur une épaule de Lucas. L'ancien gredin, comprenant qu'il voulait quelques instants d'intimité, s'éloigna de plusieurs pas.

— Je connais quelqu'un d'autre qui a des visions, dit tranquillement le duc.

Il interrompit la réponse embarrassée de l'ancien moine.

— Parmi nous, tu n'as pas à te cacher de cela... Nous ne sommes pas comme les membres de l'Église, ni comme les superstitieux du Nord. En Terre d'Arion, même si les bonnes gens continuent de se méfier des magiciens, ils ne les livrent pas sans procès aux Sœurs Magiciennes... D'ailleurs, nous respectons beaucoup nos diseuses de bonne aventure et nos Ménestrels.

— Les Ménestrels sont donc des Impurs, eux aussi ? questionna Lucas avant de remarquer sa maladresse.

Le duc de Fael ricana, ce qui résonna horriblement.

— Pas des Impurs, non. Ce n'est pas ainsi que nous les appelons. Mais ils utilisent une forme de magie, c'est vrai… Du temps de l'Empire et des persécutions, c'était un secret bien gardé, mais je pense qu'à présent il va en aller autrement, fit Caïus en écartant les mains.

Par les deux minces fentes du heaume, Lucas plongeait son regard bleu dans celui du général. Il y lisait tant de sollicitude…

— Alors, vous pensez que j'ai le même pouvoir que vos diseuses ?

Le jeune duc hocha la tête négativement.

— Djulura dit que non, répondit-il. Elle croit que tu es différent. En fait, elle ne sent aucun pouvoir en toi… Comme si tes facultés lui échappaient totalement.

À travers les trous du casque, Lucas vit les paupières du noble se fermer un instant.

— Djulura m'a dit que… tu possédais sans doute *l'autre pouvoir*, murmura-t-il. Pas celui que nous utilisons. Pas le pouvoir de l'âme extérieure…

Intuitivement, Lucas sut que la conseillère du duc avait raison. Son pouvoir, celui à qui il devait ses visions et ses malaises, était celui de l'intérieur. C'était quelque chose dont il était certain. Peut-être étaient-ce les Voix qui le lui avaient dit ; il ne se souvenait plus.

— J'aimerais la rencontrer, murmura-t-il comme pour lui-même.

— Djulura ? demanda le duc.

— Oui, réagit Lucas, sortant de ses pensées. Elle pourrait peut-être m'en dire plus.

— Je ne le crois pas, fit Caïus d'un ton cynique qui ne sembla pas être dû à son heaume. D'ailleurs, personne ne peut la rencontrer pour le moment. Peut-être après la bataille…

L'ancien séminariste acquiesça. Alors qu'il allait rejoindre l'enfant de Youbengrad, Caïus le retint par le bras. Les mains recouvertes de métal se refermèrent délicatement sur celles du jeune homme. Ils échangèrent un nouveau regard.

— Il ne faut pas que tout cela te rende trop malheureux, mon ami, dit le duc.

Lucas, mal à l'aise une fois de plus, dégagea ses mains et tâcha de sourire au noble. Il déclara que ça irait, puis se dirigea à grands pas vers sa tente, sans se retourner.

— Vous paraissez être comme des frères, le railla Wilf sans méchanceté. Tu sais décidément y faire pour te placer dans les bonnes grâces des puissants.

Lucas plia soigneusement sa couverture sur lui, jetant un regard désabusé au tas de fourrures et draps de lin anarchiques qui servaient de couche à son camarade.

— Je pourrais te retourner le compliment, fit-il en riant.

Wilf l'imita, puis ils se turent tous les deux, rattrapés par le souvenir de leur ami Nicolæ. L'enfant qui n'avait pas eu l'occasion d'être un bon Csar pour son peuple, qui ne l'aurait jamais. Les deux garçons se comprirent d'un seul regard, et s'endormirent le cœur gros.

7

La bataille faisait rage tout autour de Wilf. En face de lui, les légions de Lanciers Saints montaient à l'assaut de la colline. C'était une large butte herbeuse, au sommet de laquelle s'étaient réfugiés les régiments rebelles. Quelques conscrits du Kentalas ou d'Eldor accompagnaient les chevaliers de la Théocratie. Quant aux Baârniens, ils avaient tout simplement fait faux bond au Saint-Siège après lecture du message destiné aux Sœurs Magiciennes. Le plan de Lucas aurait pu mieux fonctionner, mais ce n'était déjà pas si mal. Les mercenaires occidentaux ne seraient pas près de travailler à nouveau pour le compte de l'Église grise.

Pour l'instant, les pertes étaient à peu près équivalentes dans les deux camps. Une fois de plus, Wilf s'était retrouvé malgré lui en première ligne, aux côtés de Frantz de Greyhald. Lucas, quant à lui, était resté avec Caïus au centre de la butte, participant à la conduite de la bataille.

Les moines-soldats commençaient à se méfier de

Wilf. Ils ignoraient qui il était mais, à l'instar des propres compagnons d'armes du garçon, plus aucun ne commit bientôt l'erreur de le considérer comme un enfant. Il lui fallut donc se montrer également plus vigilant. Ces combattants étaient vraiment redoutables, pour une armée régulière. Wilf estimait leur efficacité comparable à celle des meilleures troupes d'élite, comme feue la garde impériale. Le combat en cours réclamait toute sa concentration…

Une clameur résonna à quelques mètres de lui. Il s'agissait d'un chant rituel des Guerriers du Cantique. Moitié courant, moitié bondissant, les mortels danseurs passèrent tout près de lui et de Frantz pour percuter de plein fouet les rangs ennemis. La percée eut l'effet désiré, désorganisant une colonne entière de chevaliers. Ceux-ci s'écroulaient sous leurs chevaux aux membres fracassés, voyaient leur heaume arraché par la lame d'un poignard arionite, quand l'un des acrobates chantants ne choisissait pas de bondir d'un destrier à l'autre pour en chasser les cavaliers… *Si seulement nos Guerriers pouvaient être plus nombreux*, songeait l'enfant de Youbengrad.

Les Lanciers ne tardèrent pas à lancer une riposte déterminée, seulement couverts par une poignée d'archers arborant le blason de Blancastel. Mais les charges des puissants chevaux étaient toujours dévastatrices, aussi Wilf ne s'étonna pas de l'ordre de Caïus, qui engageait le grand Greyhalder à porter ses troupes en direction de la piqûre ennemie. Des cabrioles et des justaucorps colorés, entrevus du coin de l'œil, rassurèrent le garçon sur la sécurité de leur flanc droit. Les soldats du beau Pyrrhus et leurs poignards tournoyants les garderaient d'une prise à revers.

Le combat était maintenant engagé tout autour de la colline, les armées rebelles formant un large disque tandis que les chevaliers et leurs alliés se réduisaient à une fine ceinture. Mais Caïus ne criait pas victoire : c'était l'étrange configuration de la bataille qui faisait paraître les adversaires si peu nombreux. De plus, les Lanciers Saints étaient individuellement bien plus dangereux que n'importe quel soldat de ses forces, hormis peut-être les Guerriers du Cantique.

Près de lui, Lucas surveillait avec inquiétude la contre-attaque menée par le colosse de Greyhald et son jeune camarade.

Un peu plus à gauche, des soldats inexpérimentés, à l'apparence rustique, portaient la livrée d'Eldor. Ils ressemblaient à des garçons de ferme armés pour l'occasion, et devaient bien regretter d'avoir quitté leurs paisibles vignobles. Le chevalier en armure grise, à leur tête, était en revanche excellent. Il ne portait pas le surcot traditionnel des moines-soldats, et maniait l'épée au lieu de la lance. Wilf et Lucas reconnurent en lui le jeune sire Luther, de la maison d'Eldor.

Des archers kentalasiens marchaient de concert, vers les troupes mutilées des Mille-Colombes. Les sombres soldats du Kentalas, couverts d'armures de cuir durci, étaient de fins tireurs, qui n'hésitaient jamais à finir leurs adversaires au couteau.

De même, les archers et arbalétriers de Blancastel, tout peu nombreux qu'ils étaient, présentaient une fâcheuse tendance à faire mouche. Sur un conseil avisé de Lucas, le général Caïus fit donc envoyer quelques escouades pour régler le compte de tout ce petit monde.

Les cascadeurs de Pyrrhus, tel un nuage de frelons, fondirent sur les malheureux et entreprirent de les massacrer jusqu'au dernier. Mais des cavaliers légers de Crombelech, qui s'étaient dissimulés jusque-là dans le flot des Lanciers, accoururent alors au secours de leurs alliés. Caïus connut une seconde d'inquiétude, puis reporta son attention ailleurs sur le champ de bataille. Visiblement, les cavaliers subiraient le même sort que ceux qu'ils étaient venus défendre.

Sur le flanc Nord de la colline, où les chevaliers de l'Église grise tentaient une trouée, les batteries de catapultes et de balistes greyhalders s'en donnaient à cœur joie. De ce côté-là également, on pouvait être tout à fait tranquille pour l'instant.

Sur un signe de Lucas, le duc de Fael dirigea à nouveau son regard vers les forces d'archers adverses. Les choses semblaient être en train de mal tourner.

Pyrrhus était aux prises avec Luther d'Eldor. Il avait jeté le cavalier à bas de son cheval, et dansait à présent en spirale tout en évitant les coups d'épée. Mais, tout autour, les cavaliers du Crombelech et les paysans d'Eldor avaient encerclé les autres Guerriers du Cantique. Ces derniers ne mettraient pas bien longtemps à se dégager, aussi la manœuvre de l'ennemi aurait pu passer pour une erreur de stratégie. Toutefois, le sacrifice de ces troupes de mauvaise qualité avait permis aux archers de se frayer un chemin vers le sommet. Ils étaient encore assez loin, mais peut-être suffisamment près pour ouvrir le tir sur les officiers de l'état-major restés en arrière. Caïus ne fut pas dupe, mais il hésitait à se séparer d'une partie de sa garde rapprochée, formée par les Jéndarros survivants de Mossiev, pour les envoyer à l'assaut des tireurs.

Il dut réfléchir une seconde de trop, car un feu nourri de flèches et de carreaux d'arbalète atteignit bientôt le sommet de la butte. Gialom et Jaomé se jetèrent au sol dans un même élan, mais Lucas poussa un cri de douleur.

Une longue flèche à empennage blanc, plume de cygne typique des soldats de Blancastel, s'était fichée profondément dans sa poitrine. Le sang coulait déjà abondamment au niveau de ses côtes lorsque Caïus vola à son secours.

Un peu plus loin, Wilf venait d'éviter un sort tragique à Frantz de Greyhald, en tranchant net le poignet d'un Lancier présomptueux. La main du moine-soldat, toujours serrée sur la hampe de sa lance, avait poursuivi sa course dans les airs tandis que son propriétaire lorgnait son moignon avec incrédulité.

L'épée du jeune garçon dégoulinait littéralement de sang et de tripaille. Ses mains étaient rouges également, et sa tunique maculée d'étoiles sanglantes désordonnées. On aurait dit qu'un artiste en colère avait agité sous le nez de l'enfant un pinceau imbibé de peinture vermeille. Chaque fois qu'il tentait d'essuyer la sueur qui gouttait dans ses yeux, Wilf laissait une traînée rouge sale sur son front ou sur ses joues. L'odeur aussi devait être assez insupportable, mais il ne remarquait rien de tout cela. Son esprit était tout entier au combat.

Caïus était agenouillé auprès de Lucas. Il soutenait la tête de ce dernier en tentant de boucher l'afflux de sang avec son autre main. L'ancien moine avait déjà le regard voilé, et un mince filet de sang coulait entre ses lèvres. Les belles boucles blondes étaient tachées et collées, trempant dans le liquide sombre.

Le duc de Fael jetait des regards désespérés vers la zone où il avait aperçu Pyrrhus pour la dernière fois. Il savait que le Guerrier du Cantique pouvait faire appel à sa magie pour guérir les blessures. Mais celui-ci semblait avoir disparu dans la mêlée. Luther d'Eldor, son adversaire, n'était pas plus visible.

Prenant soudain sa décision, Caïus se pencha au-dessus du visage de Lucas. Ce dernier put voir, à travers les fentes du heaume, les larmes qui noyaient le regard gris du duc. Caïus murmurait des paroles de réconfort à l'ancien moine, lui posait une question, également, et paraissait attendre son assentiment. Mais Lucas n'entendait plus qu'un bourdonnement. L'odeur du sang assaillait ses narines, tandis qu'il commençait à sentir sa conscience chavirer. L'engourdissement légèrement euphorique des grands blessés l'attirait au fond : il savait qu'il allait perdre connaissance.

Le duc de la Terre d'Arion, comprenant que le jeune homme ne l'entendait plus, reposa la tête de ce dernier en appui sur ses cuisses couvertes de fer. D'un geste sec et précis, il brisa la flèche à deux ou trois centimètres de la blessure. Lucas n'émit même pas un gémissement. Mais le plus dur restait à faire pour le général : il devait retirer la pointe du trait sans arracher les chairs de son ami. L'état du séminariste aux yeux bleus était déjà très critique : si Caïus élargissait la blessure, c'en serait fini de lui.

Pourtant, le jeune noble n'avait plus le temps d'hésiter. S'il ne faisait rien maintenant, l'hémorragie pouvait envahir les poumons de son ami. Lucas risquait alors de se noyer dans son propre sang. Déjà, son visage congestionné présentait des signes d'étouffement.

Tout en luttant visiblement contre la panique, Caïus se défit de ses gantelets. Lucas, toujours à la frontière entre coma et lucidité, remarqua la finesse des doigts du général. C'étaient des mains menues et gracieuses, très semblables aux siennes.

Le duc se saisit alors de la courte tige de bois qui dépassait de la poitrine de l'ancien moine. Avec une infinie délicatesse, sourd aux bruits de la bataille qui battait son plein tout autour d'eux, il entreprit d'extirper la flèche. Si jamais celle-ci avait touché le cœur ou un poumon, il ne ferait qu'aggraver les choses. Mais la blessure lui semblait un peu basse pour cela, et de toute façon Lucas n'avait rien à perdre. Sa seule chance était que le trait se soit juste fiché entre deux côtes, comme cela semblait être le cas.

Après avoir sorti la flèche, Caïus nota que la perte de sang ne devenait pas plus importante. Maintenant, il allait falloir un vrai médecin. Pour recoudre certains tissus déchirés par le trait, il faudrait écarter les bords extérieurs de la plaie, et le duc refusait de se risquer à pareil travail de chirurgie. L'important, c'était qu'à présent Lucas avait un peu de temps devant lui.

Sur le champ de bataille, la disposition des troupes avait un peu changé. L'armée rebelle semblait maintenant détenir un réel avantage. Wilf et Frantz avaient réussi à isoler une unité de Lanciers Saints entre eux et les balistes. Quant aux soldats des Provinces alliées à la Théocratie, il n'en restait plus aucun encore debout.

Toutefois, les pertes n'avaient pas épargné le camp des barons. Parmi les corps qui s'entassaient peu à peu sur tous les flancs de la colline, gisaient des dizaines d'hommes dont le visage n'était pas inconnu à Caïus. Alors qu'il promenait un coup d'œil vigilant sur la scène, il aperçut une silhouette titubante en armure. Cela semblait être Luther, cependant l'homme se traînait plutôt que marchait, et souffrait de multiples blessures. Mais où donc était passé Pyrrhus ? Le duc de Fael sentit son cœur se pincer en finissant par poser le regard sur la dépouille de son fidèle compagnon d'armes. Le Guerrier du Cantique était couché sur le dos dans une mare de sang, les yeux grands ouverts. L'épée du jeune chevalier semblait bien avoir eu raison des pirouettes et des entrechats du fameux Arionite…

Peu à peu, la victoire des forces du Sud se précisa. Rien n'était encore joué, se forçait à penser Caïus, mais les Lanciers Saints n'en paraissaient pas moins de plus en plus débordés. Le duc se demandait comment la victoire pourrait lui échapper, cette fois.

Cependant, une nouvelle surprise devait réitérer la déception de Mossiev. Selon toute évidence, le sort s'acharnait sur Caïus.

Ce fut Wilf qui remarqua en premier ce léger bruissement. Lui et le colosse greyhalder étaient remontés en arrière des rangs pour souffler un peu. Le jeune garçon se concentrait sur les aléas de la bataille, lorsque ce bruit maintenant familier lui avait fait lever les yeux au ciel. C'était encore très lointain, mais Wilf ne croyait pas se tromper. Le corps soudain raidi, il scrutait l'horizon en retenant involontairement sa respiration.

Son intuition ne fut pas démentie : bientôt, au-dessus d'un bosquet de peupliers situé au nord de la butte, apparurent plusieurs formes ailées.

L'air fut empli d'un sifflement strident alors que les oiseaux-diables commençaient de survoler le champ de bataille. Les combattants des deux camps cessèrent les hostilités, levant des yeux abasourdis vers le ciel.

Les créatures noires formaient des cercles rapprochés autour de la butte, à la manière d'oiseaux de proie. Toutes étaient pourvues d'un cavalier. Au soulagement de Wilf, aucun ne ressemblait cependant au sinistre guerrier roux. Les monteurs d'oiseaux-diables étaient vêtus de fines armures noires, faites dans une texture légère et souple qui rappelait l'épiderme écailleux d'un serpent.

— Des démons d'Irvan-Sul, murmurèrent paniqués les soldats des deux factions terrestres. Oui, songea Wilf : cette fois, il s'agissait bien de Qanforloks.

Grands, les cheveux et les yeux noirs, le visage fin et exotique, ils ressemblaient beaucoup aux amis tuhadji du garçon. À ceci près que leur carrure n'avait rien à voir : les Qanforloks étaient aussi frêles que les Tu-Hadji pouvaient être musculeux… Leurs épées courtes et torsadées étaient semblables au glaive de l'homme en armure d'argent. Ils arboraient tous un même sourire cruel, souligné par leurs yeux dénués d'émotion.

Au sol, soldats et généraux ne savaient plus que faire. Fallait-il s'allier contre ces cavaliers surgis de l'enfer ? La Théocratie et la rébellion seraient-elles capables d'oublier un moment leurs rivalités pour lutter contre un ennemi plus grand ?

Les différents officiers n'eurent pas l'occasion de trouver réponse à ces questions. Dédaignant le périmètre extérieur formé par les Lanciers Saints, les Qanforloks se regroupèrent soudain au-dessus des forces rebelles. Et le véritable cauchemar commença.

Wilf et Caïus ne devaient jamais se souvenir avec précision du déluge de flammes et de sang qui s'ensuivit. Quant à Lucas, il avait déjà perdu conscience.

Ce fut comme le pire des cataclysmes. Les peurs ancestrales qui étreignaient l'inconscient collectif depuis la Grande Folie des mages semblaient soudain rendues vivantes par les cavaliers noirs. Leur magie démoniaque brûlait, tranchait, arrachait, faisait se disloquer les corps… Des nuages de poussière étaient soulevés tandis que les impacts de puissants sortilèges laissaient des cratères béants sur les pentes de la butte.

Les Qanforloks n'avaient pas quitté leurs montures célestes. Depuis ces refuges vivants, ils accomplissaient hargneusement leur œuvre de destruction. En bas, la visibilité devenait très réduite. À travers les colonnes de fumée, les flots de sang corrosif qui jaillissaient en fontaine de la terre déchirée, on apercevait parfois un corps carbonisé et hurlant, ou bien la carcasse d'un cheval que le souffle d'une explosion avait projeté à plusieurs mètres. Partout, les couleurs les plus vives fusaient, rayons voilés par les rideaux de poussière ou déluges de lumière s'étirant entre ciel et terre. Les sortilèges réunis de tous ces êtres monstrueux faisaient vibrer une énergie particulière, presque tangible, sur le champ de bataille. Les couleurs, quant à elles, rappelaient à l'enfant de Youbengrad sa dernière rencontre avec l'être démoniaque qui lui avait arraché le cœur.

Des éclairs bruyants, aux courbes trop vicieuses pour être confondus avec la foudre naturelle, striaient l'espace.

La boue mêlée de sang qu'était devenue la terre de la colline ondulait anormalement, formant des vaguelettes malsaines. Il lui arrivait de s'élever pour happer une victime malheureuse, réplique miniature d'un raz-de-marée.

Des fantômes traversaient les airs avec des hurlements aigus, avant de pénétrer dans l'oreille ou dans la bouche d'un soldat. Celui-ci, pris de convulsions, mourait alors en se dandinant de façon grotesque.

Wilf, ayant perdu de vue Frantz, rampa jusqu'à Caïus et son camarade blond. Le général avait été touché : son énorme armure avait absorbé le plus gros des dégâts, mais il sentait quand même la chair brûlée. Il abritait de son mieux le corps de Lucas en faisant rempart du sien, couvert d'acier, et en utilisant le cadavre d'un destrier greyhalder. Dès qu'il vit Wilf, il lui fit signe de venir à son tour profiter de cette protection.

Au bout d'instants qui parurent vraiment durer des heures, le chaos sembla se calmer un peu. Un silence pénible envahit bientôt la butte. Les corps couchés à terre se comptaient par centaines. Certains bougeaient encore faiblement, gémissaient mollement, mais la plupart restaient immobiles et silencieux. L'armée de Caïus était bel et bien défaite.

Parmi les cadavres, le général reconnut bon nombre d'amis. Frantz de Greyhald, dont le courage égalait la franchise, Frantz à l'humeur toujours égale, avait été coupé en deux par quelque griffe surnaturelle. Gialom et Jaomé gisaient dans les bras l'un de l'autre. Leurs visages déformés indiquaient qu'ils étaient sûrement morts de terreur. Et la liste, interminable, s'alourdissait à mesure que le regard du duc parcourait la colline dévastée.

Wilf n'arrivait pas à croire qu'ils étaient toujours

vivants. Tout autour d'eux était complètement ravagé…

Les Qanforloks survolaient encore leur œuvre, admirant le résultat de leur magie démoniaque. *Pas étonnant qu'on n'entende pas beaucoup parler de ces serviteurs du Roi-Démon,* pensa Wilf. *Les survivants de tels assauts doivent se compter sur les doigts de la main…*

Les Lanciers Saints, qui s'étaient repliés vers l'ouest, ne semblaient pas en croire leurs yeux, eux non plus. Ils continuaient de jeter des regards haineux et méfiants aux cavaliers d'Irvan-Sul, mais ne pouvaient nier que ces derniers leur avaient sauvé la mise. De l'armée de Caïus, il ne restait plus rien.

Wilf était en train de penser que la situation ne pouvait pas être pire, lorsqu'un oiseau-diable descendit du ciel, avec la brusquerie caractéristique de cet animal. Son cavalier n'était autre que le guerrier roux à l'armure argentée.

Son regard torve se promena sur les trois rescapés.

— Vous croyiez peut-être que j'allais vous laisser gagner ? fit-il de sa voix suintante de vice.

Il ricana.

— Ce n'est pas parce que je t'ai laissé la vie sauve que je peux tolérer n'importe quoi, ajouta-t-il en fixant Wilf.

— Qui êtes-vous, à la fin ? cracha l'enfant, qui n'osait pas encore se relever.

Le guerrier l'observa avec amertume.

— Je suis un humain, comme toi, dit-il. Mais on me nomme aussi le Prince-Démon… Je suis Ymryl, Celui qui sert Fir-Dukein !

Wilf resta interdit. Il avait entendu beaucoup de légendes sur le Prince-Démon, cet être corrompu qui avait renié son espèce pour devenir le favori du seigneur de l'Irvan-Sul. Et maintenant que l'homme en face de lui prétendait être ce monstre de contes… il ne savait plus s'il devait éclater de rire ou être terrifié.

L'homme en armure d'argent avança d'un pas vers eux :

— Je ne peux épargner tes amis.

Il partit cette fois d'un rire guttural.

— Ils ont une trop mauvaise influence sur toi ! s'esclaffa-t-il.

Ymryl s'avança encore, et tendit une main baguée d'argent en direction de Caïus. Celui-ci se dressa, l'air las et résigné :

— Vous n'aurez jamais le Sang d'Arion… murmura-t-il sans se démonter face à l'impressionnant personnage.

L'homme eut un sourire qui aurait fait frissonner même Cruel-Voit. Il fallait vraiment qu'il soit méchant comme une teigne pour tirer autant de plaisir du désespoir des autres, jugea Wilf sincèrement.

— Ce qui est sûr, fit le Prince-Démon d'une voix douce, c'est que toi tu ne l'auras pas…. Tu ne détourneras pas cet enfant à tes propres fins.

Une nouvelle fois, il éclata de rire.

— Mon maître a d'autres projets pour lui…

Soudain, une cavalcade se fit entendre dans leur dos. Wilf n'osait pas détourner son regard d'Ymryl, qui commençait à infliger au général ce même sortilège dont il avait été victime quelques semaines plus tôt. Le jeune duc était tombé à genoux, éteignant sa poitrine cerclée de métal. Le garçon, paralysé par la frayeur, était incapable de réagir.

Le bruit se rapprochait. Wilf en venait presque à souhaiter que ce fût les Lanciers Saints, accourant sus au Prince-Démon. Il serait peut-être possible de les amadouer par la suite…

— Fuis ! ordonnait Caïus entre deux cris de pure souffrance. Prends Lucas avec toi et fuis ! Rejoins le Ménestrel Oreste, en Terre d'Arion. Je sais que tu le connais…

Des sanglots de douleur envahissaient peu à peu sa voix déformée.

— Vas-tu m'obéir ? criait-il. Je suis encore ton général !

Wilf, indécis, se sentait hypnotisé par ce spectacle affreux. *Le Prince-Démon…* ne cessait-il de se répéter. Il ne comprenait rien à tout ceci.

Tout à coup, il se rendit compte qu'on le soulevait du sol. Avant d'avoir saisi ce qui lui arrivait, il fut jeté aux pieds d'un conducteur de char arionite.

L'enfant devinait, à présent. C'était les renforts que Caïus avait cachés dans le bosquet au sud, pour prendre à revers les Lanciers au cas où les choses tourneraient mal… Ces troupes avaient dû être les témoins impuissants du massacre de l'armée, et venaient maintenant au secours des survivants. Le gamin, pas pieux pour un denier, remercia tout de même la Providence, juste au cas où.

Caïus et Lucas furent arrachés au sol de la même manière que lui, et les chars continuèrent leur course. Un hurlement de rage déchira l'air. Ymryl semblait proche de l'hystérie.

Mais les chevaliers de l'Église grise réagissaient, eux aussi. Ils n'avaient pas l'intention de laisser fuir une partie de l'armée ennemie.

Les voyant se mettre en place tout autour des restes de la colline, le Prince-Démon sauta en selle et fit signe à ses troupes de s'éloigner du champ de bataille. Les Lanciers Saints se battraient de meilleure ardeur, sans créatures démoniaques dans les parages. Et tant pis si l'enfant était tué. *Après tout*, sourit le guerrier roux, *ce ne sera pas vraiment de ma faute…*

Les chars de la Terre d'Arion évitèrent avec soin de se faire enfermer par leurs adversaires. Si cela venait à se produire, la résistance de ce dernier carré serait peut-être héroïque, mais surtout très courte… Wilf pouvait voir que Caïus, à peine remis du supplice d'Ymryl, dirigeait déjà lui-même son propre char. À ses pieds, derrière le petit habitacle de cuivre, devait se trouver Lucas, devina l'enfant.

Ce dernier devait alors comprendre combien il avait toujours sous-estimé la loyauté et la ferveur de ses troupes à l'égard du duc de Fael.

En effet, ce fut le sacrifice de dizaines d'hommes qui permit au général de se frayer un chemin à travers les rangs des moines-soldats. L'Arionite qui menait le char de Wilf s'engouffra dans la brèche, mais fut touché par une lance ennemie. Il s'écroula, une main emmêlée dans les brides, tandis que le char continuait côte à côte avec celui de Caïus et Lucas. Wilf dégagea la main du soldat, puis jeta son corps par l'arrière du char afin de gagner de la vitesse. Il était toujours au niveau de ses compagnons.

La poursuite qui s'était engagée faisait battre à tout rompre le cœur du garçon. Il savait à peine monter à cheval, alors diriger un attelage à cette vitesse folle… Il tentait tant bien que mal de rester aux côtés du jeune duc, pour imiter ses gestes, mais l'alezan qui tirait son char n'en faisait qu'à sa tête. L'animal soufflait de façon saccadée, les naseaux dilatés, et avait probablement aussi peur que le petit pilote.

Les Lanciers Saints semblaient cependant peiner à gagner du terrain sur les trois jeunes gens. Les chevaux frais de ses derniers distançaient facilement ceux des moines-chevaliers, éprouvés par des heures de combat.

Les deux chars, lancés comme des flèches à travers la plaine vallonnée, finirent par disparaître aux yeux de leurs poursuivants. Mais ce ne fut que plusieurs dizaines de minutes plus tard, alors que les destriers arionites allaient rendre l'âme d'épuisement, que Caïus se décida à s'arrêter.

Il posa délicatement le corps de Lucas sur l'herbe, sous un chêne, et entreprit d'inspecter sa blessure. Wilf, abattu et mort de fatigue, se laissa choir au sol, non sans avoir flanqué une taloche à l'alezan qui lui en avait tant fait voir.

Bientôt, un murmure faible de Lucas se fit entendre. L'ancien moine s'adossa au tronc du chêne et toussa bruyamment.

— Il vivra, fit la voix déformée de Caïus.

Wilf rejoignit alors son camarade, et entreprit de lui faire le récit des événements depuis que la flèche casteloise l'avait frappé. Mais le jeune homme blond, encore très éprouvé, s'endormit avant la fin, et le gredin repenti reporta son attention sur le duc. Ce dernier semblait dormir, lui aussi. *Nous avons tous besoin de repos*, songea le garçon.

Toutefois, un rayon de soleil crépusculaire fit briller quelque chose dans le heaume d'acier. Le jeune noble pleurait à chaudes larmes. Wilf, sans pouvoir l'expliquer, sut aussitôt que le général ne pleurait pas son armée perdue, ni son rêve envolé. Il ne pleurait pas son idéal politique brisé dans l'œuf, ni même les camarades tombés au combat, tous ces hommes qui croyaient en lui et qui avaient été massacrés… Il ne se lamentait pas sur la victoire de la Théocratie. Non ; au rythme lent de sa respiration, et à l'immobilité de ses épaules, Wilf croyait deviner qu'il s'agissait de larmes de joie.

Lucas vivrait.

8

Mazhel se prélassait dans le Troisième Jardin. Il mettait à profit la sérénité de l'endroit pour rêvasser, délaissant ses préoccupations habituelles. Il songeait aux dieux anciens et à venir. Aux dieux morts depuis longtemps. Aux dieux qui n'étaient pas encore nés…

Il aimait ce lieu, sa lumière. Ici, à proximité des portes de la cité, la pénurie de clarté n'existait pas. D'intenses nuages lumineux remontaient de dessous la ville, enveloppant ses abords d'un éclairage diffus, mais c'était avant tout la lumière du soleil qui était appréciable. Ici, à l'extérieur du dôme de Uitesh't, l'Orosian pouvait se repaître de ce ciel d'automne. C'était encore une belle journée. À peine fraîche, ensoleillée, comme il les aimait.

La nuit tombée, le paysage se ferait plus lunaire, plus éthéré. La lumière du dessous deviendrait éblouissante, tandis que les ombres s'allongeraient. Un panorama de contrastes tranchés, mystifiant l'œil, qui donnerait à Mazhel une impression morbide.

Mais à cette heure, c'était tout simplement un enchantement. Coloré, épuré, insolite, un endroit idéal pour oublier ses soucis... Un ruisseau vert olive courait en clapotant avant de rejoindre les douves qui encerclaient la cité. Les herbes folles et les lierres aux contorsions insensées trouaient de-ci de-là la pelouse couleur lavande. Une légère brise caressait cette dernière et la couchait délicatement vers l'est. Les massifs de fleurs géantes frissonnaient. Les arbustes de gaz sculpté ondulaient sans mélanger leurs teintes monochromes.

À quelques mètres au-dessus de la tête du promeneur, une pierre-psyché allait bientôt pondre. Ces concrétions granitiques en forme de cloches étaient en fait des formes de vie végétales très fragiles. Elles ne donnaient qu'un fruit au cours de leur existence, mais quel fruit... L'Orosian se rappela qu'il n'était pas uniquement venu pour se détendre, mais également pour attendre cette naissance imminente.

Au centre du Jardin, une fontaine de lave bleutée embaumait, ses vapeurs aromatiques berçant l'esprit dans une nonchalance qui ne lui ôtait rien de sa lucidité. Mazhel remarqua qu'il n'était pas tout à fait seul. Deux enfants de sa race, nus, jouaient un peu plus loin. Eux aussi attendaient, mais sous l'arbre de Jova. L'immortel brasier aux nombreuses vertus. Ils espéraient sans doute qu'une averse tomberait depuis les branches perpétuellement enflammées de l'étrange séquoia incandescent.

Par un hasard propice, le nectar orange vif se mit soudain à couler, aspergeant les bambins. Leurs rires enfantins firent sourire Mazhel. Les taches brûlantes que laisserait le nectar sur leur peau seraient pour eux un signe de bénédiction. Peut-être cela leur ouvrirait-il certaines portes, leur permettrait d'accéder à certains enseignements. Les semblables de l'Orosian étaient tellement sensibles à ces vieilles superstitions… Peut-être que ces enfants, grâce à leur visage maintenant constellé de marques safranées, finiraient par rejoindre l'élite à laquelle il appartenait, sous le dôme de Uitesh't.

Le promeneur nota que les deux petits anges étaient encore gracieux. Cela ne durerait pas. Avec les années, la vie dans la cité les changerait. Pour s'en persuader, Mazhel observa son reflet azuré dans la lave de la fontaine. Il réprouva ses épaules trop larges, arquées selon une courbe descendante, comme celles de tous ses semblables. Sa silhouette ramassée, et sa nuque musculeuse, qui jurait avec la délicatesse fragile de son visage. Il aimait en revanche ses yeux, à la fois bridés et longs. Il avait longtemps travaillé pour obtenir ce résultat, la courbe pure mais originale de ses sourcils. *L'esthétique,* songeait-il avec une subite amertume, *elle nous ordonne sans nous éclairer… Non, décidément, nous n'en faisons pas bon usage…*

Le son cristallin de la pierre-psyché se chargea de le tirer de ses sombres pensées. Après ce long gémissement caractéristique, Mazhel guetta avidement le dernier soupir de la plante pierreuse. C'était alors une sonorité d'une telle lascivité, que l'Orosian en éprouvait un frisson chaque fois différent. Ce végétal grotesque savait au moins être sublime dans la mort… Mais Mazhel avait, hélas, des desseins plus concrets. Il scruta avec attention la larve qui était en train de se détacher de la cosse de granit. Celle-ci chuta sur le sol avec un bruit flasque.

Légèrement sanglante, recouverte de glaires violacées et purpurines, la forme était parcourue de petits spasmes frénétiques. Bientôt, l'entité pour laquelle l'Orosian patientait depuis plusieurs jours crèverait son enveloppe de membranes et de veines.

Un rayon de vive lumière se dessina en travers de la chrysalide. Mazhel sourit : une fois encore, le miracle se produisait. L'enveloppe membraneuse se déchira là où était apparu le dessin lumineux, et l'Orosian dut se couvrir les yeux pour éviter d'être ébloui. Dans une aura intense, l'Oracle venait de quitter son curieux fœtus. La luminosité s'atténua un peu, puis disparut pour de bon, révélant les formes ravissantes de l'être.

Comme toujours, c'était une femelle. Une créature merveilleuse, mais éphémère. Son destin biologique était de ne jamais contempler la nuit, et les premiers signes de crépuscule la tueraient. Mazhel se félicita qu'elle soit née en fin de matinée. La précédente avait éclos en soirée, et il avait à peine eu le temps de s'entretenir avec elle.

L'entité était presque d'apparence humaine. Sa peau, cependant, était uniformément blanche, d'une fadeur de papier. Elle avait six yeux, aux iris rosés, et une paire d'ailes, un peu trop petites pour lui permettre de voler, pendait de ses épaules. Sa silhouette était menue, gracieuse. Ses gestes, d'une divine élégance.

Mazhel s'allongea à côté d'elle, dans l'herbe couleur lavande. Il savait qu'elle n'avait pas encore assez de forces pour se lever. Sur un signe de sa part, les deux bambins quittèrent le Troisième Jardin. L'Orosian caressa d'un doigt pensif le corps lisse de l'Oracle. Il lui sourit.

— Alors, belle Oracle, que vois-tu dans le monde d'en bas ? demanda-t-il de sa voix la plus douce.

La créature fit la moue, puis enlaça de ses bras frêles le cou du patricien orosian. Ses longs doigts blancs fouillèrent dans la chevelure écarlate et rêche de l'homme.

— Est-ce là donc tout ce qui vous intéresse ? fit la voix de sylphe.

Mazhel soupira tout en souriant. L'un des regards de l'Oracle le traitait de grossier personnage, mais peu lui importait. Il était pressé.

— Il ne s'agit pas uniquement de moi, petite épouse de l'aube, mais de tous les miens. Il se produit des événements radicaux, en bas, murmura-t-il en baisant les lèvres ivoirines de l'entité. Les siècles sont dans la balance. Et le temps nous est compté…

— Le temps vous est compté ? s'indigna la nouvelle née. À vous ? susurra-t-elle tandis qu'une demi-douzaine de larmes lilas commençaient de briller aux coins de ses yeux.

L'Orosian se fustigea. Ce qu'il pouvait être maladroit ! Et cette créature qui se noyait contre son torse, cette Oracle dont les premières étreintes appelaient à l'aide… Bon sang, elle était déjà amoureuse… Tout allait trop vite, avec celle-ci. Mazhel se sentait vieux et las pour ces petits jeux. Il voyait tourner en esprit des plaquettes de cuivre gravé, l'encre bouillante jaillissant d'un millier de veines, les cuves et leurs vapeurs nauséabondes… Pourquoi fallait-il toujours que le temps lui manque ?

— Je sais ce que font tes Blafards, lâcha l'être étrange de mauvaise grâce. Redah et les autres… Ils ont instauré un régime qui te donnera tout pouvoir sur les peuples du continent.

Elle eut un rire amer.

— Tu l'auras, ton armée d'esclaves... Tu pourras ridiculiser tes rivaux...

— Je travaille avant tout pour les miens, la corrigea Mazhel, d'autant plus vexé qu'il connaissait la lucidité inflexible des Oracles. Nous avons besoin de contrôler ces populations primitives... Pour notre sécurité, enfant de mon Jardin.

— Oui, sourit la belle créature, bientôt, on te vénérera dans tout ce continent. Et la Théocratie fera régner la discipline en ton nom ; tes adeptes seront bien plus obéissants qu'ils ne le furent envers ton prédécesseur...

— Tu ne sais rien de l'avenir, fit le patricien, agacé. Parle-moi du présent.

— Pangéos a tenu la promesse du Csar, dit-elle dans un souffle. Il a ravagé cette cité du Sud, la Citadelle-de-Greyhald... Ses pouvoirs sont encore bien supérieurs aux tiens, se moqua-t-elle en se tournant sur le dos avec la grâce d'un chat.

Mazhel aurait aimé lui rompre le cou. Il n'avait qu'à refermer la main sur cette nuque gracile...

— Quoi d'autre ? grogna-t-il.

— Ceux de l'Étoile disent que leur roi est de retour... Un enfant d'une quinzaine d'années. Mais les Tu-Hadji ne semblent pas encore être au courant.

— Ceux de l'Étoile ont perdu la guerre, la coupa son interlocuteur, ça, je le sais. Quant aux bâtards de Tu-Hadj, rien ne leur prouve que le roi des Ménestrels est vraiment le champion qu'ils attendent. Ils ont bien déchanté, il y a quatre siècles... D'ailleurs, leur prophétie me paraît plutôt vague sur ce point.

— *Un enfant né des humains,* récita l'Oracle d'une petite voix, *devenu le roi des siens...*

— Mais dans ce cas, railla l'homme aux cheveux rouge vif, il aurait tout aussi bien pu s'agir d'un de nos Csars. Allons, ce ne sont que des sauvages, et ils ne pourraient pas grand-chose contre la Théocratie, de toute façon.

Il sourit d'un air carnivore.

— Du reste, tout le monde sait que je ne crois pas du tout aux prophéties... Parle-moi plutôt de l'Irvan-Sul. Les sbires de Fir-Dukein préparent-ils quelque chose contre moi ?

Au lieu de répondre, l'entité à la peau laiteuse enlaça de nouveau son bien-aimé. Elle se pressa langoureusement contre lui et le fixa droit dans les yeux. Impossible d'échapper à ces trois regards.

— Pourquoi as-tu recours aux Oracles, Mazhel ? demanda-t-elle. Les Orosians disposent pourtant d'autres moyens...

— Celui-ci est le seul dans lequel je puisse avoir confiance, articula-t-il en savourant les caresses de l'être éphémère.

L'Orosian prit une lente inspiration, puis contempla un instant la voûte céleste. Il lui faudrait aimer l'Oracle, pour en savoir plus. Celle-ci n'avait qu'une minuscule journée devant elle, et elle le savait.

Il plongea donc son regard dans ceux de la créature, sentant les cuisses blanches se refermer sur lui, et il parvint à oublier tout le reste.

TROISIÈME PARTIE

LES HÉRITAGES

1

Wilf, Lucas et Caïus avaient voyagé vers l'est, sans bien savoir où ils allaient. Leur but était de fuir les poursuivants que les Lanciers Saints avaient peut-être lancés à leurs trousses. Avec deux chevaux pour trois, ils devaient pourtant se relayer sur le dos de leurs montures, et ne s'éloignaient pas assez vite à leur goût. Ce jour-là, ils s'étaient arrêtés près d'un ruisseau pour faire quelques ablutions.

Dès qu'il eut mis pied à terre, le duc de Fael décréta qu'il allait rester ici pour garder les chevaux, pendant que Wilf et Lucas iraient se laver. Ensuite ce serait son tour.

Les deux garçons acquiescèrent. Ils savaient combien le jeune noble était honteux de sa difformité. D'ailleurs, celui-ci se comportait toujours comme leur général, et ne s'attendait sans doute pas à voir discuter ses ordres.

Ils descendirent donc vers les berges du cours d'eau, dissimulées par un rideau de saules. Wilf grimpa sur un petit monticule rocheux, puis plongea la tête la première dans l'eau fraîche. Lucas s'avança précautionneusement, et resta au bord du ruisseau. Malgré son désir de se débarrasser des couches de sang séché et de poussière qui lui collaient à la peau, il se contenta de se frictionner sans s'immerger dans le torrent. L'ancien moine souhaitait se laver au plus vite, craignant, sinon, qu'un rhume n'ait raison de sa santé fragile. Le gredin de Youbengrad, n'ayant pas saisi, l'aspergea copieusement en réitérant son plongeon joyeux. Les ronchonnements de Lucas n'eurent pas d'autre effet que de renouveler les éclaboussures, cette fois volontaires, au grand amusement du jeune vaurien. Il fallut une violente quinte de toux pour que Wilf comprenne et cesse son petit jeu. Il fit un geste embarrassé pour s'excuser et s'éloigna un peu.

L'ancien séminariste secoua la tête avec lassitude, souriant malgré lui. Puis ce sourire s'effaça. Il songeait souvent à la confession que lui avait faite Wilf à son chevet, lorsque Nicolæ était encore en vie. L'enfant de Youbengrad lui avait avoué être l'apprenti d'un tueur… Peut-être avait-il déjà assassiné lui-même. Comment était-il possible qu'une âme si jeune puisse déjà avoir été si noire ? La compassion qu'il éprouvait envers Wilf à ce sujet restait pour l'heure secrète, car le garçon aux cheveux noirs n'avait plus jamais tenté d'évoquer cette partie de son passé. Mais Lucas aurait aimé l'aider à soulager sa conscience s'il en éprouvait le besoin.

Quelques instants plus tard, Caïus de Fael apparut entre les saules. Sans s'approcher beaucoup, il apostropha les garçons :

— Wilf ! Lucas ! Venez voir ce que j'ai trouvé ! fit-il d'une voix amplifiée par l'écho de son heaume.

Puis il disparut tout aussi rapidement parmi les arbres.

Les deux jeunes gens se rhabillèrent prestement et rejoignirent le pré où ils avaient laissé les chevaux. Caïus les attendait, légèrement impatient.

— Dépêchez-vous un peu, dit-il d'un ton inquiet. Allez, suivez-moi.

Wilf et Lucas obéirent, emboîtant le pas au général. Une minute plus tard, ils parvinrent dans une crique formée par de hauts rochers sur la berge du cours d'eau. Il y régnait une odeur répugnante. Entassés contre un des rocs couverts de mousse grise, des dizaines de corps carbonisés formaient un amas grossier. Une fine fumée s'échappait encore de cette pile de cadavres décomposés et entremêlés…

— Un charnier, murmura Wilf.

— Regardez, dit Lucas. Ils n'ont pas l'air humain… Vous voyez? fit-il en désignant l'amoncellement macabre. Ici: on dirait des restes de fourrure…

— Je crois qu'il s'agit d'Hommes-Taupes, le coupa Caïus. J'ai jeté un œil aux corps avant de venir vous chercher. Ils sont trop abîmés pour en être sûr, mais en tout cas, je suis d'accord pour dire que ce ne sont pas des cadavres humains.

Wilf émit un petit sifflement. Il paraissait réfléchir.

— Vous croyez qu'ils se sont battus entre eux? émit Lucas.

— Attendez, l'interrompit une nouvelle fois le jeune duc, il y a plus intéressant.

Il fit de nouveau signe aux garçons de le suivre, puis avança de quelques pas vers la pointe nord de la crique.

— Regardez ici, il y a des traces de sang qui longent la berge.

Les trois jeunes gens se regardèrent, indécis.

— Si on allait jeter un coup d'œil ? proposa Wilf.

Joignant le geste à la parole, il commença aussitôt à déblayer les quelques pierres qui encombraient le passage afin de suivre les traces.

— Tout de suite ? Mais on n'a aucune idée de la personne à qui appartient ce sang, objecta Caïus. Nous pourrions peut-être prendre quelques précautions.

— Je ne vois pas lesquelles, souffla le garçon, tout à ses efforts.

— Qu'est-ce qu'il te prend, Wilf ? s'étonna Lucas. Je t'ai connu moins tête brûlée... Il y a eu un véritable carnage, ici.

Le gredin haussa les épaules.

— Je suis curieux, c'est tout. Vous n'êtes pas obligés de me suivre, ajouta-t-il. Attendez près des chevaux, si vous avez peur d'un pauvre blessé qui perd son sang...

Le séminariste et le chef de guerre échangèrent un regard.

— C'est bon, soupira Caïus. Nous t'accompagnons.

Ils se mirent donc en route, et n'eurent pas à marcher longtemps avant d'entendre des gémissements étouffés. Cela ressemblait à une voix humaine.

Adossé de guingois au tronc d'un saule, sa silhouette piquetée par les rayons de soleil qui perçaient le feuillage de l'arbre, agonisait un misérable personnage. Son teint était pâle à l'extrême, ses cheveux comme de la paille brûlée, et il n'avait que la peau sur les os. Aux poignets et aux chevilles, il portait des chaînes qui rappelèrent à Wilf et Lucas leur captivité de l'an passé. Ses haillons étaient déchirés en de nombreux endroits, tandis que le sang qui s'écoulait de sa blessure au flanc y laissait une large traînée sombre. Un regard jeté aux fourrés environnants apprit aux trois jeunes gens que le blessé était seul.

Lucas s'avança précautionneusement.

— Est-ce qu'on peut vous aider ? demanda-t-il.

L'autre ne répondit pas, mais se mit à sourire tout en fondant en larmes.

— Vous êtes blessé, insista l'ancien moine. Nous pourrions sûrement vous faire un bandage.

— Nom d'un chien… murmura simplement le blessé. Vous sentez cette petite brise ? Eh ! Parlez encore ! Je veux entendre la voix d'un homme libre pendant que je meurs…

Lucas échangea un regard interrogateur avec Wilf et Caïus.

— Vous ne voulez pas qu'on essaie de regarder votre plaie ? demanda-t-il encore. Nous ne sommes pas des médecins, mais…

— Pourquoi vous dites toujours *nous* ? le coupa l'esclave, contrarié. S'il y en a d'autres, pourquoi ils ne parlent pas… ? Hein ?

— Nous sommes trois, expliqua lentement Lucas. Vous ne voyez pas mes deux camarades ?

— Je suis aveugle, fit-il sèchement. Nous le sommes tous : c'est le lot de leurs prisonniers.

L'homme toussa, et un peu de sang macula sa barbe sèche.

— J'ignore depuis combien d'années je n'ai pas vu la lumière du jour… reprit-il. Ils se servent de nous pour travailler dans ces souterrains. Pour creuser, tous ces foutus tunnels.

— Quels tunnels ? intervint Wilf. Qu'est-ce que vous faisiez sous terre ?

L'homme blessé laissa un instant s'écouler, mobilisant sa lucidité pour répondre au garçon.

— Les Hommes-Taupes, grogna-t-il enfin. J'étais prisonnier des Hommes-Taupes… Nous étions des centaines à travailler pour eux…

La voix de l'homme se brisa sur ces dernières paroles. Wilf s'accroupit alors en face de lui.

— Comment vous appelez-vous ? demanda-t-il, soudain compatissant.

— Vitek, répondit l'autre.

— Et vous étiez prisonnier depuis longtemps ?

— Comment le saurais-je ?…. Quelques années, peut-être… Ces monstres font leur possible pour nous garder en vie. Du moins les bons creuseurs…

« Il y a eu une bataille. Les Hommes-Taupes ont dû se défendre contre des ennemis. Des gens qui étaient sur leur trace, j'ignore qui… Mais les monstres avaient peur de trahir leur cachette souterraine ; alors ils sont sortis à la surface, malgré leur aversion pour la lumière…

— Et qu'est-ce qui s'est passé ensuite, Vitek ? demanda l'enfant.

— Ensuite ? Avant, plutôt… Ça a été un carnage. Les Hommes-Taupes…

Le blessé ferma les yeux, éprouvant visiblement du dégoût à se rappeler ces événements.

— Ils ne savaient pas s'ils reviendraient. Je crois qu'ils craignaient d'être vaincus. Alors ils ont massacré tous les esclaves avant de partir au combat. Tous mes camarades…

« Mais je m'en suis sorti. J'étais mort de trouille. J'ai pris la fuite, sans chercher à regarder s'il y avait d'autres survivants… J'ai suivi de loin les monstres jusqu'à la sortie, et j'ai attendu qu'ils se soient éloignés avant de m'échapper.

— Mais il y a peut-être d'autres rescapés du massacre, dans ce souterrain! s'exclama Lucas. Saurais-tu nous indiquer l'entrée du tunnel par lequel tu t'es échappé?

Vitek soupira.

— Je suis aveugle, répéta-t-il. Je me suis traîné aussi loin que j'ai pu, mais j'ignore dans quelle direction. Je ne sais pas non plus depuis combien de temps je suis ici. Je m'étais endormi lorsque je vous ai entendus approcher…

— Et votre blessure? demanda l'ancien séminariste, revenant à la charge. On ne va quand même pas vous laisser mourir…

Vitek leva une main ensanglantée.

— J'ai essayé de toucher au fond de la plaie, dit-il avec une grimace. C'est tout déchiré… Vous êtes gentils de vouloir m'aider, mais je crois que vous ne pouvez rien faire. Je vais rester ici à pisser le sang jusqu'à la fin. Qui ne devrait plus tarder, d'ailleurs, gémit-il.

Wilf souleva malgré tout le bras du prisonnier. Délicatement, il écarta les pans des fripes collés à la blessure. Sachant l'autre aveugle, il se tourna vers ses compagnons et leur fit signe que la plaie était bien mortelle, faisant glisser un doigt tendu sur sa gorge.

— On peut toujours vous faire un bandage, dit-il néanmoins à Vitek.

Celui-ci accepta.

— Tu n'as qu'à te servir de ça, Wilf, proposa Lucas en lui lançant son écharpe de drap. Elle est propre.

À ces mots, l'homme blessé réagit par un froncement de sourcil.

— Tu t'appelles Wilf, mon garçon ? dit-il alors que l'enfant commençait à le panser.

Ce dernier acquiesça.

— Oui, pourquoi ?

— Oh, rien... J'ai eu un compagnon de chaînes dont le fils portait ce nom.

L'esclave eut un sourire, vite transformé en grimace de douleur.

— Il en causait tout le temps, de son gamin.

L'enfant de Youbengrad cessa net ce qu'il était en train de faire.

— Comment s'appelait-il, votre ami ? pressa-t-il le blessé.

— Holm, répondit celui-ci. Holm de Youbengrad. On a passé pas mal de mois à creuser ensemble, là-dessous... C'était un brave type, ma foi.

Wilf resta coi une minute.

— Est-ce qu'il... est mort, comme les autres ? osa-t-il enfin demander.

— Pourquoi ? s'étonna l'homme, incrédule. C'est vraiment ton père ? Chien de destin ! C'est la meilleure...

Vitek toussa bruyamment avant de poursuivre.

— Non. Je ne crois pas qu'ils l'aient tué. Ça faisait déjà plusieurs semaines qu'une partie des Hommes-Taupes étaient repartis vers le nord, et Holm faisait partie de ceux qu'ils ont emmenés avec eux... Avant tout ce massacre...

Wilf promena un regard troublé sur ses amis, qui hochèrent la tête avec compréhension et sollicitude. Puis il termina de bander la plaie du prisonnier.

— Parlez-moi un peu de l'Empire... gémit Vitek.

La voix de l'ancien esclave indiquait bien qu'il comprenait que cette requête était sa dernière volonté.

Ils restèrent donc là, tous quatre, les trois jeunes gens veillant les derniers instants du prisonnier. Ils lui parlèrent, même après qu'il n'eut plus la force de répondre, même quand ils ignorèrent s'il les entendait encore. Vitek devait s'éteindre moins de deux heures plus tard. Les survivants de l'armée des barons retournèrent alors silencieusement jusqu'à la crique. Curieusement, l'enfant Wilf avait envie de musique. Il était un peu abattu et ressentait le besoin d'entendre les accents gais et fiers d'une marche de Ménestrels. Alors qu'ils continuaient vers le fourré où ils avaient laissé les chevaux, il se mit à penser à son père. Il se souvint d'un matin, peu avant que l'unité de celui-ci ne participe à cette battue contre une Horde d'Hommes-Taupes, expédition dont aucun soldat ne devait revenir. C'était un bon souvenir : sa mère était encore en vie alors, et ils habitaient tous les trois dans une charmante bicoque vermoulue des faubourgs de Youbengrad. Leur maison chaleureuse semblait alors à Wilf plus appréciable qu'un palais. Ce matin-là, Holm avait essayé de lui apprendre à tenir une épée ; mais Wilf était trop petit, et la leçon avait vite tourné au ridicule. Lui et son père s'étaient écroulés en riant, le soldat soulevant à bout de bras son enfant. Wilf se rappela combien c'était un homme bon, qui avait toujours montré la plus grande affection envers son épouse et son fils.

Le garçon secoua alors la tête avec indignation.

— Non ! rugit-il. On ne peut pas s'en aller comme ça alors que mon père est encore en vie ! Il est là, quelque part, dans un souterrain des Hommes-Taupes... Peut-être que si nous retrouvions l'entrée de ce tunnel-ci, nous pourrions dénicher un indice pour nous mettre sur la piste de leurs autres cachettes…

Malgré les yeux brillants d'espoir de l'enfant, Caïus lui répondit d'une voix sans appel :

— Inutile, dit-il. Ne te nourris pas d'illusions, Wilf. Tout d'abord, personne ne trouve jamais les cachettes des Hommes-Taupes, tu le sais bien. Ensuite, il nous serait impossible de délivrer Holm : nous ne sommes que trois, je te le rappelle…

« Enfin, conclut-il alors que sa voix déformée se chargeait d'amertume, tu as vu de tes yeux dans quel état se trouvait Vitek. Faible comme un bébé, à demi fou… C'est ainsi que serait ton père aujourd'hui, à supposer qu'il soit encore en vie. Dis-toi bien qu'il ne serait plus l'homme que tu as connu.

— Est-ce que tu dis ça parce que tu as peur d'affronter les Hommes-Taupes ? se rebella Wilf d'un ton rageur.

Caïus haussa les épaules.

— Je dis ça parce que nous avons bien assez mis nos vies en péril pour l'instant. Il y a des risques qui ne valent pas la peine d'être pris, surtout lorsqu'ils trouvent leurs origines dans de faux espoirs…

— Facile à dire, pour toi, rétorqua le gamin. Mais c'est mon père !

L'ancien général eut l'air d'hésiter.

— Non, Wilf, il ne l'est pas, déclara-t-il enfin.

Au grand étonnement de Lucas, le garçon aux cheveux noirs resta muet. Il paraissait dépité, plutôt qu'indigné, par la déclaration du jeune noble. L'ancien moine jugea sage de garder le silence à son tour, bien qu'il ne comprît goutte à ce qui se déroulait entre ses camarades.

Lorsqu'ils furent parvenus à l'endroit où attendaient leurs montures, Caïus s'assit au sol et fit signe aux deux autres de l'imiter. Même sa carapace de métal ne pouvait cacher la courbe lasse de ses épaules.

Wilf le scrutait avec attention.

— Tu te dis que Djulura avait l'air d'en savoir un peu plus sur ton compte, n'est-ce pas ? dit-il en rendant son regard au garçon. Et que moi, son duc, je pourrais bien avoir été dans ses confidences…

Lucas les observait tous les deux avec étonnement. Le gredin de Youbengrad ne lui avait jamais parlé de sa rencontre avec la nomade.

— Djulura était ma conseillère, comme tu le sais déjà, expliqua Caïus à l'intention de l'ancien moine. C'est elle qui avait convoqué Wilf, lorsque vous étiez prisonniers de mes hommes à Buvna… Et, effectivement, elle m'a relaté une histoire étonnante au sujet de notre jeune ami…

— Tu acceptes de me dire ce que tu sais ? demanda franchement le garçon.

Le général soupira bruyamment, puis s'adossa à une selle posée au sol.

— C'est une longue histoire, commença-t-il, et je n'en connais qu'une petite partie… Il y a quinze ans de cela, de nombreuses personnalités s'étaient réunies dans un endroit nommé Syljinn. Il y avait des Ménestrels, quelques diseuses de bonne aventure, une escorte de Guerriers du Cantique, et aussi… des Sœurs Magiciennes. Syljinn était alors un magnifique manoir, sur la frontière occidentale de l'Arrucia. Il appartenait à la famille de l'une des Sœurs, je crois. Tout ce monde était rassemblé là pour célébrer la naissance d'un enfant. Ce bébé, c'était toi, Wilf.

« Allons, laisse-moi finir. Pour certaines raisons, tu

étais important pour tous ces gens. Mais ils furent attaqués. Un terrible combat se déroula. Un combat d'où la magie ne fut pas absente, crois-moi… Pour s'en convaincre, il suffit d'aller contempler les ruines fondues de Syljinn.

« Je crois que le camp des Sœurs Magiciennes fut exterminé. Finalement, un jeune Ménestrel prénommé Oreste parvint à s'enfuir en emportant le bébé. Il s'agit du cousin de Djulura, ajouta-t-il sur le ton de la confidence, c'est le Ménestrel blond que tu as déjà rencontré. Tous deux appartiennent à une vieille famille de Gens de l'Étoile… Tu peux d'ores et déjà deviner ce qui se passa ensuite : Oreste, traqué par ses ennemis, mit l'enfant à l'abri au sein d'une famille modeste, dans un village traversé à la hâte. Il prévoyait de venir le chercher dès qu'il aurait semé ses poursuivants. Mais tes parents quittèrent le village de Ginsk, et toute trace de toi fut perdue pendant des années…

— Quoi ? s'écria Wilf. C'est tout ?

Lucas prit la défense de son jeune compagnon :

— Tu en sais certainement plus, Caïus… Quels liens unissaient les Ménestrels et les Sœurs ? Par qui ont-ils été attaqués ? Et, par Pangéos, pourquoi notre Wilf était-il si important aux yeux de toutes ces personnes ?

Le jeune noble leva ses mains gantées d'acier.

— Une question à la fois, si vous voulez bien… dit-il d'un ton conciliant. Mais je vous préviens : il y en a dont j'ignore les réponses, et d'autres auxquelles je ne peux répondre…

« Je n'étais pas présent à cette réunion, ni Djulura, alors trop jeune. Elle n'en savait donc que ce que lui en avait dit son cousin. Et, de cela, je ne sais moi-même uniquement que ce qu'elle a bien voulu me confier… Vous comprenez ?

Les deux garçons acquiescèrent.

— Bien, fit le noble. Vos interrogations demandent quelques explications préalables. Les Ménestrels, et Ceux de l'Étoile en général, ne sont pas ceux que l'on pourrait croire. Il ne s'agit pas seulement de baladins et d'amuseurs parcourant les routes.

Le regard du noble s'était fait plus dur.

— Autrefois, leurs familles étaient très puissantes. Ils étaient les premiers serviteurs des Rois-Magiciens… Ils connaissaient les arts de la magie et de la guerre… Après le temps de la Grande Folie, les survivants comprirent qu'ils ne pourraient plus vivre au grand jour. Leurs semblables maudissaient le nom de tous les mages… Aussi, cette noblesse d'épée et de sortilège dut inventer le déguisement que nous lui connaissons aujourd'hui. Et les lignées se sont perpétuées, jusqu'à présent. Bien sûr, tous les descendants de ces grandes familles ne peuvent pas développer les mêmes talents que leurs ancêtres. Ce privilège est réservé aux Ménestrels, aux diseuses, et dans une moindre mesure, aux Guerriers du Cantique… Mais tous, au sein des caravanes des Gens de l'Étoile, du moindre montreur d'ours au plus ridicule bouffon, possèdent le sang des anciens serviteurs royaux… Le sang de ceux qu'on appela en d'autres temps les Templiers arionites…

La voix du duc, malgré le casque, avait pris peu à peu une sonorité nostalgique. Sa mélancolie avait percé, au fur et à mesure qu'il racontait, jusqu'à devenir vraiment émouvante. Wilf et Lucas lui laissèrent le temps de reprendre.

— Depuis quatre cents ans, Ceux de l'Étoile sont

restés fidèles à la mémoire de leur dernier roi, le plus grand de tous...

— Le dernier Roi-Magicien, l'interrompit Wilf, c'était Arion, c'est ça ?

— Oui, c'est bien lui. Malgré l'accident terrible qui s'est produit, et qui fut à l'origine du cataclysme dont nous voyons encore les marques, nombreux dans le Sud sont ceux qui pensent qu'Arion fut un bien meilleur souverain que les *Csars* qui lui ont succédé. Arion régnait sans oppresser, il laissait les peuples libres de pratiquer leurs coutumes ancestrales, et avait interdit la propagation excessive des routes marchandes... En fait, il est probable qu'à son époque, certaines communautés aient vécu sans même savoir qu'elles bénéficiaient de la protection de la monarchie. Seuls quelques rares voyageurs rencontraient les différents peuples. Et ce n'était pas facile, il fallait que le voyage et la rencontre représentent toute leur vie pour qu'ils se lancent ainsi à la découverte du monde. Ces hommes-là étaient des gens éclairés, qui respectaient les régions qu'ils parcouraient, qui n'aspiraient pas à changer la vie des civilisations qu'ils approchaient... Regardez, de nos jours, avec les routes impériales : il n'y a plus de voyageurs, seulement des gens qui se déplacent... Les peuples ont été foulés au pied, dissous dans une chose sans âme que d'aucuns nommèrent l'*Empire*. Mais maintenant l'Empire n'est plus, et nous sommes encore nombreux à croire en l'héritage d'Arion.

— Attends : quel rapport avec notre histoire ? questionna enfin Wilf, un peu impatient.

— Tu vas comprendre, lui assura Caïus. Le personnage du roi Arion, encore de nos jours, a une importance bien compréhensible pour les Ménestrels. Du reste, pour des raisons que j'ignore, celui-ci a toujours beaucoup compté pour les Sœurs Magiciennes également... Nous y voilà donc. Je veux dire : aux raisons de leur réunion à Syljinn, il y a quinze ans. Si Ceux de l'Étoile et les Sœurs, bien que n'ayant d'ordinaire que peu de choses en commun, s'étaient ainsi rassemblés, c'était parce que le nouveau-né était du même sang que l'ancien souverain. Il était l'unique héritier de la monarchie du Cantique...

— Comment ? bondirent Wilf et Lucas d'un même élan.

— Moi, je serais le descendant d'un Roi-Magicien ? s'écria le gamin de Youbengrad.

— Tu es de son sang, acquiesça le duc de Fael, resté très calme, dans une attitude presque religieuse.

— Mais alors, dit Wilf avec espoir, si on a pu faire remonter la lignée jusqu'à moi, on sait qui sont mes vrais parents ! Est-ce que tu es au courant d'où je pourrais les rencontrer ?

— Hélas, mon garçon, tes parents sont morts depuis longtemps...

S'apercevant que sa réponse ne suffisait pas à l'enfant, l'homme en armure crut bon d'ajouter :

— C'est ce qu'on m'a dit... Probablement sont-ils morts durant l'attaque de Syljinn...

Wilf, cette fois vraiment dépité, se prit la tête entre les mains, étreignant ses cheveux corbeau.

— Tu n'as pas répondu à toutes mes questions, fit remarquer Lucas pour changer de sujet. Qui a attaqué le manoir et poursuivi Oreste ?

— Ce sont de terribles guerriers, des combattants appartenant à une caste secrète. *Les Seldiuks*, si j'ai bonne mémoire. J'ignore tout à leur sujet. Peut-être travaillaient-ils pour le compte de l'Empire. Sincèrement, je n'en sais rien...

Lucas hocha la tête en signe de compréhension.

— Une dernière chose, dit Wilf d'une voix éraillée par ses récentes déconvenues. Qu'est-ce qui est vraiment arrivé à Caïus ?

Lucas lui jeta un regard éberlué.

— Qu'est-ce que tu racontes, Wilf ? C'est lui, Caïus...

Mais le jeune duc répondit d'une voix tranquille :
— Alors tu sais...

Le garçon acquiesça.

— J'ai mis du temps avant de me souvenir où j'avais déjà vu ces yeux gris... fit-il sous l'œillade stupéfaite de Lucas. Pourquoi toute cette comédie ?

Le général prit une longue inspiration.

— Caïus est mort lorsqu'il avait huit ans, déclara-t-il, tout en commençant de défaire les attaches de son heaume. Un accident de chasse... sur ce point l'histoire est vraie. Mais le chen'lya l'a tué sur le coup ; il paraît que c'était horrible... Heureusement, je n'étais pas présente.

Lucas hoqueta de surprise. Le général avait fini d'ôter son casque, pour révéler un visage angélique. Un visage de femme... Il n'y avait pas la moindre cicatrice sur cette jolie apparition. De lourdes boucles blondes l'encadraient, tandis que l'ancien moine pouvait enfin admirer les splendides yeux gris sans leur carapace d'acier.

— Bien le bonjour, Djulura, sourit Wilf.
— Oui, mon enfant, tu avais raison...

La diseuse se tourna vers Lucas et le gratifia d'un sourire timide avant de reporter son attention sur l'ancien gredin.

— Je suis duc depuis l'âge de six ans. Mon père était déjà mort lorsque cet incident malheureux se produisit, et le trône de Fael ne pouvait rester vide… On me grima donc, et on m'enseigna les manières d'un garçon. La Terre d'Arion a toujours été le dernier refuge pour les descendants des *serviteurs*. Si je n'avais pas endossé le rôle de mon frère, Ceux de l'Étoile auraient fini par être démasqués et soumis à de terribles persécutions.

Lucas parvint à peine à articuler correctement sa question :

— Toutes ces années, tu as été Caïus de Fael ?

— J'ai également été Djulura, la diseuse de bonne aventure, sourit-elle, lorsque le temps me le permettait…

— Est-ce qu'Oreste est vraiment ton cousin ? interrogea Wilf.

La beauté du Sud acquiesça.

— La famille ducale de la Terre d'Arion est l'une de celles qui appartenaient autrefois à la noblesse des Rois-Magiciens.

La jeune femme sourit une nouvelle fois, plissant les yeux de façon charmante.

— En quelque sorte, petit homme, tu es mon suzerain… Mais il sera bien temps plus tard de discuter de ce point, dit-elle en riant.

— Mais cette armure horrible, cette vie de guerrier qui vous a rendue si malheureuse… continuait de s'intriguer Lucas. Si vous étiez la sœur de Caïus, pourquoi ne pas avoir été tout simplement la duchesse ?

Djulura secoua la tête avec tristesse.

— Non, mon ami. À une autre époque, peut-être. Mais tu l'as vu de tes yeux : mon pays avait besoin d'un meneur d'hommes, d'un général. Crois-tu que j'aurais obtenu tous ces alliés sans cette supercherie ?

— Pour ce que ça a changé, finalement… grommela l'ancien moine, qui aurait voulu mieux exprimer sa compassion pour les années de sacrifice de la jeune femme.

Celle-ci comprit sa sollicitude à travers son regard. Elle se leva, toujours encombrée par le reste de son armure, et déposa un léger baiser sur les lèvres du séminariste.

— En tout cas, dit-elle, à présent c'est bien fini.

Lucas ne savait plus où il en était. Même s'il comprenait mieux son trouble des dernières semaines vis-à-vis de son compagnon, il avait été abasourdi par le geste de la diseuse. Il aurait voulu la retenir lorsqu'elle se détourna, mais il hésita : il ne connaissait rien aux femmes. Pourquoi fallait-il qu'il ait passé sa vie entre les murs d'un monastère ? se dit-il à ce moment précis. Wilf aurait su quoi faire, lui…

— Je crois que c'est à mon tour d'aller me laver, déclara la jeune femme. J'en profiterai pour me débarrasser de cet instrument de torture, dit-elle en désignant sa carapace.

Elle commença à s'éloigner, laissant un Lucas hébété et un Wilf goguenard. Mais après quelques pas, elle se retourna :

— J'imagine que vous aurez cette élégance de vous-mêmes, dit-elle en direction des deux garçons, mais je préfère vous prévenir : si l'un de vous essayait de me suivre pour m'épier pendant ma toilette, je ne me priverais pas de le passer à tabac… C'est compris ? N'oubliez pas que je suis toujours votre général ! ajouta-t-elle d'un ton jovial.

2

Plusieurs fois, au cours des derniers jours, les trois compagnons avaient dû éviter des patrouilles de Lanciers Saints. Nul doute qu'ils étaient traqués. La Théocratie affichait la ferme intention de retrouver le meneur de la rébellion, envoyant des troupes sillonner les routes impériales. Et bien que Djulura ait définitivement abandonné son déguisement, les trois amis ne préféraient pas courir le risque de croiser une unité de moines-chevaliers. Certains d'entre eux pourraient bien reconnaître Wilf ou Lucas, et ce serait la fin… Ils n'ignoraient pas que de nombreux Lanciers les avaient vus s'échapper avec Caïus lors de la dernière bataille des rebelles. Une fois le rapport des soldats de l'Église grise fait, des recherches avaient dû être lancées par les autorités théocratiques à l'encontre des jeunes gens.

Jusqu'à présent, ces derniers et la duchesse de Fael s'étaient donc contentés d'errer au hasard, espérant ainsi tromper la vigilance des Lanciers. Ils s'étaient dirigés vers l'est, là où rien ne les attendait. Là où

Caïus ne se serait jamais rendu après la défaite, préférant regagner le refuge de la Terre d'Arion pour y lever une nouvelle armée... Nul doute que les routes du Sud, plus que toutes les autres, devaient être gardées par les soldats du Saint-Siège. C'est pourquoi Djulura avait jugé sage de laisser passer un peu de temps en se dirigeant vers le levant. Au bout d'une poignée de semaines, le jeune duc ne s'étant pas manifesté, les Hauts-Pères le considéreraient mort au combat ou durant sa fuite...

Ils avaient ainsi franchi la frontière du Kentalas, et entrepris de traverser la Province. Tout en prenant soin, bien sûr, de garder leurs distances avec la péninsule d'Irvan-Sul. C'étaient des jours simples, pour la première fois depuis longtemps. Le jeune gredin repenti, l'ancien séminariste et la duchesse en exil n'avaient pas à se sentir responsables d'autre chose que leur survie. Lucas et Djulura avaient l'air heureux d'être ensemble, même si le jeune homme semblait toujours un peu désorienté par cette romance naissante. Bien qu'il ait officiellement renié ses vœux de moine, le poids des habitudes subsistait : il paraissait encore éprouver une certaine difficulté à contempler le corps d'une femme ou à croiser son regard, quand bien même les sentiments qui l'unissaient à la duchesse devenaient plus tendres chaque jour. Wilf, cependant, supposait que son dilemme ne durerait que le temps de guérir ces étranges pudeurs de moine. Lui scrutait l'horizon du matin au soir, partant souvent seul en éclaireur. Plus il y pensait, et plus il était persuadé que seul un clan de Tu-Hadji avait pu exterminer la Horde d'Hommes-Taupes dont lui et ses amis avaient trouvé les cadavres. Le massacre ayant paru tout récent, peut-être pourraient-il s rattraper les sauvages, en ouvrant l'œil. Et peut-être s'agirait-il du clan où vivaient les amis du garçon… Plus d'une semaine s'était donc écoulée sans qu'aucun des voyageurs n'ait éprouvé le désir de se plaindre, chacun goûtant enfin à un peu de tranquillité.

Cependant, tous trois savaient qu'il faudrait bientôt prendre le chemin du retour, tout du moins pour Djulura, qui devrait assumer ses fonctions de souveraine. Maintenant que le temps de la guerre était passé, elle pouvait reprendre la place que son travestissement lui avait ravie toutes ces années. En tant que duchesse, elle pourrait tenter, pour la sécurité de son peuple, de nouer des liens diplomatiques avec la toute puissante Théocratie. En l'absence de ces négociations, il y avait fort à parier que le Saint-Siège n'hésiterait pas à envoyer ses Lanciers à la conquête des Provinces du Sud. Et, de toute évidence, celles-ci n'étaient pas en état de se défendre après la longue guerre qu'elles venaient de mener.

Wilf, Lucas et Djulura avaient donc pris la décision suivante : ils se rendraient jusqu'à la côte, sur l'extrémité orientale du Kentalas, puis longeraient les terres vers le sud. Ils traverseraient le comté d'Eldor et la principauté du Cygne jusqu'aux Mille-Colombes, d'où ils pourraient rejoindre sans danger la Terre d'Arion. La fuite vers l'est, puis le long de l'océan, leur permettrait d'éviter le centre de l'Empire. De plus, il était peu probable qu'on cherche à les débusquer dans ces régions. Les deux garçons, n'ayant jamais vu la mer, n'étaient pas peu excités par la perspective d'une étendue d'eau plus vaste qu'un pays…

Lucas, en particulier, devait lutter pour ne pas trop faire preuve d'impatience. Ces derniers temps, il avait eu à plusieurs reprises la même vision troublante. C'était un paysage flou, tout de bleu et de gris. La mer, dans toute sa majesté ; non pas telle qu'il l'imaginait, mais telle qu'il la verrait un jour. Bientôt… Dans ce rêve éveillé, il faisait froid et salé, les embruns lui battaient le visage, et des espoirs insensés lui étaient apparus entre les gerbes d'écume. L'odeur de la marée montante indiquait la proximité des terres, mais Lucas ne les voyait pas. L'horizon était tout entier empli par l'océan. L'océan, dont la vue avait laissé à l'ancien religieux un arrière-goût mélangé de crainte et d'extase.

Ce soir-là, alors qu'il leur restait encore deux bonnes semaines de trajet pour atteindre la côte, ils s'étaient arrêtés en lisière d'un petit bois. Depuis le début de leur séjour dans la baronnie de Kentalas, ils avaient évité comme la peste les grandes forêts du Nord, dont on disait qu'elles abritaient des Hordes tout droit surgies de la Forteresse-Démon. Une heure environ après la tombée de la nuit, Wilf crut apercevoir une forme lumineuse entre les arbres. Il tressaillit, mais se montra vite soulagé : les lueurs étaient en fait plusieurs, et ressemblaient plus à des lampes colorées qu'aux reflets d'une armure argentée… Le garçon soupira bruyamment, mais avertit néanmoins ses compagnons. Djulura étouffa le feu qu'ils avaient fait, et tous trois observèrent en silence les lumières de la forêt. Elles paraissaient de plus en plus nombreuses. Il y en avait des rouges, des roses, des jaunes et des blanches : c'était un spectacle étrange et féerique. Au bout de quelques instants, Djulura s'exclama :

— C'est incroyable !

Wilf lui jeta un regard noir, levant les doigts vers sa bouche. Mais la noble du Sud le rassura en riant :

— Ne t'inquiète pas, Wilf, ce ne sont que des lampions… Quel heureux hasard ! Si je m'étais attendue à rencontrer une caravane de Gens de l'Étoile dans cette région, et au début de l'hiver !

D'un simple geste de la main, elle enjoignit les deux garçons à la suivre, et partit à grands pas en direction des lueurs. Wilf la suivit d'un air méfiant, tandis que Lucas se chargeait de rassembler leurs quelques affaires. Bientôt, ils parvinrent tous les trois au sein de la caravane. Il y avait là une quinzaine de roulottes familiales, disposées en cercle autour d'un grand foyer. Mais le plus gros de la lumière venait des dizaines de lampions multicolores, que les nomades avaient accrochés à la hâte aux branches des arbres. Les roulottes étaient toutes peintes d'une seule couleur vive, les portes et les fenêtres affichant seulement un ton plus foncé. Les Gens de l'Étoile semblaient être arrivés depuis peu : plusieurs d'entre eux étaient encore affairés, finissant de monter le campement. Tous portaient les tenues habituelles des nomades : vêtements colorés et légers, leurs grands manteaux de voyage étant disposés sur des cordes près du feu de joie.

Un jeune athlète vint à la rencontre des intrus, et Djulura se chargea des présentations. Le jouvenceau, un acrobate de ses amis, était le meneur de cette caravane. Sans poser de questions, il leur offrit de bon cœur l'hospitalité pour la nuit. Ni Wilf ni Lucas n'avaient jamais rien vu de pareil. Le gamin de Youbengrad avait déjà rencontré des Gens de l'Étoile, lorsqu'ils venaient présenter leurs numéros dans sa ville d'origine, mais cela n'avait rien de comparable. Dans l'intimité de leur campement, les artistes semblaient bien plus chaleureux, et n'avaient plus du tout cette expression légèrement méfiante que Wilf devinait habituellement sous leurs sourires de scène… L'hospitalité des nomades était aussi un spectacle, à sa manière. Avant que les invités n'aient eu le temps de réagir, des enfants les avaient pris par la main pour les mener près du feu, où des piles de coussins colorés avaient été installées. D'épais morceaux de viande furent mis à la broche et placés à la périphérie du foyer pour rôtir lentement. Plusieurs bateleurs s'assirent, à leur tour, autour du cercle de flammes, et quelques-uns saluèrent Djulura comme une vieille amie. Un charmeur de serpents sortit sa longue flûte pour une petite représentation improvisée, au grand plaisir de Wilf et Lucas. Un groupe de jeunes filles curieuses vinrent dévisager discrètement les deux garçons étrangers, puis s'enfuirent en gloussant. Partout résonnaient les rires, la musique et les chants, le son des castagnettes et des grelots.

À la lumière des récentes révélations de leur amie, le petit voleur repenti et l'ancien religieux voyaient différemment les Gens de l'Étoile. Eux n'avaient pas changé, ils se comportaient toujours comme des amuseurs et des baladins, mais Wilf et Lucas étaient maintenant sensibles à certains détails. Ils remarquaient la dignité des patriarches, la grâce innée des adolescentes, les regards fiers des jeunes hommes. Il suffisait d'observer ce peuple d'un peu plus près pour se persuader de la véracité des dires de Djulura. Les nomades descendaient bien de glorieuses lignées, et ce n'était pas l'excellence avec laquelle ils accomplissaient leurs métiers actuels qui pouvait le démentir.

La bonne humeur ambiante eut tôt fait de mettre les invités en confiance. Wilf lui-même se sentit bientôt déridé et détendu. Pendant qu'ils mangèrent, la duchesse de Fael expliqua aux artistes qu'elle et ses amis étaient traqués par les soldats de la Théocratie, et qu'ils fuyaient vers la côte Est pour mieux brouiller les pistes. Les nomades, quant à eux, achevaient une grande tournée qui les avait précédemment conduits à travers les Provinces de Mille-Colombes, de Blancastel et d'Eldor. Mais ils souhaitaient à présent reprendre le chemin du Sud au plus tôt, redoutant les rigueurs de l'hiver kentalasien. Bientôt, les discussions s'animèrent et les instruments qui n'avaient pas encore quitté leur étui s'empressèrent de surgir. Wilf, qui se montrait d'ordinaire un peu agacé par ce genre de convivialité, apprécia pour le coup la sincérité de ces gens, et se laissa charmer par leur joie de vivre. Lucas avait enlacé tendrement sa compagne, passant un bras autour de ses épaules. Il l'observait tandis qu'elle discutait avec de vieux amis. Les yeux bleus de l'ancien séminariste brillaient d'une lueur fervente, comme s'ils n'avaient jamais contemplé une aussi belle chose que le visage de la duchesse.

Peu à peu, les hôtes comprirent que la fête durerait tard dans la nuit. Cela semblait être la coutume des nomades que de danser en jouant de la musique à chaque soirée de campement, quoiqu'avec moins d'enthousiasme peut-être lorsqu'ils n'avaient pas d'invités. Leurs veillées s'achevaient fréquemment avec les premières lueurs de l'aube, et ils avaient donc pour habitude de dormir ensuite très tardivement. C'était sans doute la raison pour laquelle la lenteur de leurs caravanes était devenue proverbiale. Ce soir, visiblement, ils ne dérogeraient pas à la règle. À peine le repas terminé, de nombreuses bouteilles de vin épicé arionite avaient déjà été vidées, et les voix aux accents du Sud s'élevaient tandis que chacun tentait de couvrir le brouhaha des autres.

Lorsque les convives eurent fait une pile de leurs assiettes et de leurs bols sales, la porte d'une roulotte s'ouvrit en grinçant, révélant une silhouette imposante. Lucas blêmit et Wilf jura, alors qu'ils reconnaissaient l'homme en costume bleu, aux larges épaules et à la barbe royale. C'était Andréas. L'acolyte de la Csarine ; son complice dans les assassinats de Nicolæ ; et de Monseigneur Colémène… Il avait l'air terriblement plus fatigué, et sa démarche paraissait raide des séquelles de multiples blessures, mais c'était bien lui.

Le plus jeune des garçons se leva, jetant des regards mauvais aux nomades qui l'entouraient. Le barde fendit la foule pour s'avancer lentement vers lui. Ses yeux étaient calmes. Il tendit une main vers le front de l'ancien gredin, en signe de paix.

— Vous m'en voulez encore, n'est-ce pas ? fit-il en embrassant du regard les deux jeunes gens.

Il avait l'air gêné, moins sûr de lui qu'il ne l'avait été à Mossiev. Comme les garçons ne répondaient pas, il continua :

— Je n'avais rien contre vos amis, confessa-t-il, embarrassé. Aimer le jeune Csar aurait été au-dessus de mes forces, mais je reconnaissais en lui un garçon honnête… Quant au vieux prélat… Eh bien, il le fallait, c'est tout.

— C'était un archevêque, le rectifia Lucas.

Il prit une lente inspiration.

— J'ai fait la guerre pour Caïus de Fael, aussi mes propres mains ne sont-elles pas vierges de sang… commença le jeune homme blond d'un ton accusateur, mais la façon dont vous avez participé à ces assassinats d'innocents… Rien ne me fera croire que vous êtes meilleur que les fanatiques Lanciers du Saint-Siège ! cracha-t-il finalement.

Le silence s'était fait au sein de l'assistance.

Les Gens de l'Étoile contemplaient la scène d'un air étonné et réprobateur.

— Il faut vous tourner vers l'avenir, à présent, mes enfants, dit le Ménestrel.

— Nous ne sommes pas vos enfants, rétorqua Wilf. Que faites-vous ici ? Êtes-vous encore en train d'inciter une mère à éliminer son fils ?

Le chanteur soupira.

— Pour Nicolæ, l'idée n'était pas de moi… Il ouvrit les bras en signe de lassitude. Cette caravane m'a recueilli alors que j'avais fui vers le Comté d'Eldor. J'aurais pu rester caché dans ma roulotte jusqu'à demain matin, se défendit-il, mais j'ai préféré avoir une explication avec vous. Je ne suis pas votre ennemi, déclama-t-il enfin de sa voix chaude et grave.

Wilf et Lucas sentirent leur ressentiment s'effriter. Djulura intervint alors, tâchant de les convaincre qu'Andréas était un homme loyal, qui avait toujours été bon pour elle. Le barde barbu avait même été son précepteur à la cour de Fael, pendant un temps… Il connaissait son secret, et l'avait toujours bien gardé.

Les garçons, embarrassés à leur tour, s'assirent de nouveau, bien que Wilf continuât de regarder avec suspicion le baladin vêtu de bleu. Bientôt les bruits de fête reprirent de plus belle, comme pour effacer la dispute.

Le Ménestrel raconta alors comment il s'était battu aux côtés de Cruel-Voit pour protéger l'impératrice. Comment il avait ensuite réussi à fuir la ville, alors qu'on l'avait cru mort, et entassé avec d'autres corps sur une charrette… Il raconta également la fin du maître-tueur, qu'il avait contemplé, impuissant. Ses paroles en partie couvertes par la musique, il avoua enfin aux deux jeunes gens combien il se sentait coupable des événements de Mossiev, mais tenta aussi de leur faire comprendre qu'il n'avait rien fait dans son propre intérêt. À ses yeux, la cause méritait tous les sacrifices…

Wilf essaya sans succès de dissimuler son chagrin à l'annonce de la mort du tueur borgne. Jusqu'à présent, il était parvenu à ne pas avoir l'air trop abattu par les coups du sort qui les avaient tous poursuivis… Mais cette fois, curieusement, la certitude qu'il ne reverrait jamais son tuteur le déprimait pour de bon. *Pourquoi avait-il fallu qu'il aille défendre cette meurtrière de Csarine ? Quelle folie…* maugréa celui qui avait été son apprenti en jetant rageusement une poignée de cailloux dans le feu. Lucas lui lança un regard compatissant, même s'il n'avait jamais bien compris quels véritables liens avaient uni son ami avec le fameux Cruel-Voit.

L'enfant des rues mit une tape sur l'épaule de son camarade, puis s'éloigna un peu du cercle de flammes. Il s'assit à la lisière du camp, au pied d'un arbre, ruminant de sombres pensées. Une fois encore, il songeait que tout avait été trop vite, dans sa vie, depuis son départ de Youbengrad.

Un peu plus tard, alors qu'il ne s'était déplacé que pour aller chercher deux grandes coupes de vin chaud, il remarqua que Lucas et Djulura s'étaient pris la main. Ils étaient entourés de nomades bruyants et d'enfants chahuteurs, mais semblaient en ces instants aussi isolés que lui. L'ancien moine et la noble se souriaient béatement, les flammes jetant des reflets cuivrés dans leurs cheveux blonds. Ils avaient approché leurs fronts pour mieux s'entendre, et Lucas n'avait plus l'air si terrifié par l'idée de faire la cour à la dame de Fael... Wilf se réjouit de les voir heureux, même si cela ne faisait qu'augmenter son sentiment de solitude. Avec un reniflement de mépris, il aperçut Andréas, non loin du jeune couple. Le musicien avait sorti son violon, et jouait apparemment une ballade destinée aux deux amoureux.

Le jeune homme qui avait été connu sous le nom de « Moine à l'abeille » jouissait de ce moment plus que d'aucun autre au cours de sa vie passée. Il était de nouveau perdu dans la contemplation de Djulura, si féminine depuis qu'elle avait quitté son armure de métal brun... Lucas comprenait qu'il avait pour la diseuse une passion profonde et tendre, qui dépassait de très loin l'affection naturelle qu'il portait d'ordinaire à ses semblables. Et celle-ci lui rendait ses regards avec tant de douceur... Pourtant, il se souvenait d'elle sur les champs de bataille. Dans ces moments-là, elle avait vraiment été une guerrière, avec tout ce que cela implique de sanguinaire. Le temps passant, il en vint à la comparer avec l'abbé Yvanov, son cher précepteur. Comme lui, elle était motivée par un idéal, et subissait le désaccord entre sa nature profonde et l'attitude imposée par son devoir. Yvanov, homme honnête et sincère, Yvanov au regard droit, avait été contraint de composer avec la sournoiserie et la duplicité pour servir ses idéaux. Djulura, bonne et sensible, s'était elle faite soldat lorsque le souffle de son peuple l'avait exigé. Tous deux étaient déchirés entre leurs inclinations et leurs actes mais, conspirateur ou général, *eux* avaient au moins le mérite d'avoir choisi. Ce qu'ils devaient faire, ils le faisaient bien, ne laissant pas leurs doutes devenir un fardeau. Comme Lucas les admirait… Si seulement il avait pu leur ressembler, juste un instant. Juste le temps de prendre une décision, afin de choisir entre les superstitions de ses années de monastère et le fait d'accepter l'aide des Voix. Mais cette soirée, songea-t-il, ne se prêtait pas à la mélancolie. Il avait près de lui une femme qu'il estimait et aimait infiniment. La musique offerte par Andréas avait un petit quelque chose de magique, formant comme un écrin autour d'eux. L'ancien moine pensa alors que son sort n'était pas aussi déprimant qu'il le jugeait souvent. Du temps de Saint-Quernal, il n'aurait pu seulement rêver pareil instant…

En observant l'expression sereine de Lucas, Wilf éprouva un certain soulagement. Peut-être le séminariste avait-il fini par remporter une victoire sur ses obsessions. Il n'ignorait pas combien le jeune homme se sentait coupable à propos des événements de Mossiev. Il le savait encore torturé par le rejet de ses vœux religieux, qu'il considérerait à jamais comme un acte de lâcheté. Et, tout comme son camarade de Youbengrad, il s'en voulait sans doute de n'avoir pu empêcher le meurtre de leur ami Nicolæ. Il continuait d'être troublé, également, par les pouvoirs d'Impur dont il était doté, quand bien même Djulura faisait son possible pour le persuader que ces dons n'avaient rien de diaboliques. Mais par-dessus tout, Wilf l'avait compris, ce qui horrifiait l'ancien moine, c'était de ne pas avoir remarqué, combien le clergé gris avait pu être corrompu. D'avoir attendu passivement l'avènement de la Théocratie, ce régime totalitaire prenant à contre-pied toutes les valeurs d'abnégation et de dévouement qui avaient pourtant été celles de l'Église grise… De ne rien avoir compris, alors qu'il était le seul à disposer de pistes sérieuses… À présent, même s'il n'avait pas été contraint de quitter les ordres par la force, il aurait dû avouer que sa foi ne signifiait plus rien. L'Église de Pangéos avait renié tous ses principes. Ces diverses préoccupations, sans parler des accès de fièvre, des étourdissements et des malaises douloureux qui étaient les siens, en avaient fait un être traumatisé. Le garçon, qui avait souvent été le témoin des souffrances physiques et morales de son compagnon, se sentait donc un peu ragaillardi de le voir goûter à ces moments de bonheur.

Mais tandis qu'il était tout à ses pensées, se demandant par association d'idées ce qui avait bien pu advenir de la jolie Liránda, l'attention de Wilf fut attirée par une agitation redoublée près du feu. Un attroupement s'était fait autour d'un couple de nouveaux arrivants, que l'enfant n'avait tout d'abord pas remarqué. Les nomades se pressaient à proximité des deux silhouettes gigantesques, présentant chacune leur tour des salutations polies. Les nouveaux venus, en effet, dépassaient de plusieurs têtes le plus grand des voyageurs, ce qui permit à Wilf de voir leur visage. Le gamin se frotta alors les yeux pour s'assurer qu'il n'était pas en train de rêver. En face de lui, à quelques mètres seulement, se tenaient Pej et Jih'lod, affairés à recevoir les révérences des Gens de l'Étoile. Les deux hommes, même s'ils restaient debout, les bras croisés dans une posture plutôt sévère, souriaient aux nomades, et touchaient le front des enfants qui s'approchaient. Cela ressemblait un peu aux retrouvailles timides de deux parents qui ne se sont pas vus depuis très longtemps…

Wilf, après un regard de travers aux coupes vides qui traînaient près de lui, secoua la tête avec force et s'avança vers la foule. Après un instant, les yeux vigilants de Jih'lod se posèrent sur lui. Le guerrier tuhadji haussa un sourcil surpris. Puis, sans se départir de sa gravité habituelle, il se dirigea vers l'enfant et mit un genou à terre pour lui donner l'accolade.

— Tu as bien grandi, petit Wilf, dit-il en croisant les yeux du garçon.

— Pas toi, heureusement, sourit l'enfant pour cacher son émotion.

Il réalisait vraiment à présent combien les sauvages lui avaient manqué.

— Comment va Ygg'lem ? continua-t-il du même ton enjoué.

— Il grandit, lui aussi, déclara Pej en s'approchant à son tour. Et il va bien... Ça me donne de la joie, de te revoir, jeune *nedak*.

Wilf salua le primitif d'un geste de la main. Les Gens de l'Étoile s'étaient légèrement écartés, observant la scène d'un œil curieux.

— Que faites-vous ici ? demanda le gamin de Youbengrad.

— Nous sommes simplement venus saluer Ceux de l'Étoile, répondit Jih'lod. Nous avons vu les lumières du campement alors que nous étions en reconnaissance. Notre clan s'est installé à quelques lieues d'ici...

— Vous vous connaissez ? intervint alors Djulura, ébahie.

Pej la regarda sérieusement.

— L'enfant Wilf est un vieil ami : il a partagé notre feu, répondit-il. C'est un tueur de Grogneurs, comme nous, déclama-t-il fièrement.

La diseuse émit un sifflement d'admiration, tandis que Lucas jetait des regards interrogateurs à son camarade. Le jeune garçon ne put alors résister et exhiba la canine de monstre qui pendait autour de son cou. Il l'avait toujours conservée sur lui depuis que les Tu-Hadji lui en avaient fait cadeau.

— Et pourquoi tenez-vous à saluer les gens de cette caravane ? questionna-t-il encore. D'ordinaire vous fuyez plutôt les contacts avec les peuples de l'Empire…

Plusieurs nomades émirent des murmures étouffés. Djulura ne put se retenir de rire.

— Appelle encore nos hôtes ainsi, et tu t'assures de ne plus jamais bénéficier de leur hospitalité, pouffa-t-elle. Les Gens de l'Étoile n'ont jamais vraiment fait partie de l'Empire, tu le sais bien.

Jih'lod compléta, de sa voix grave et lente.

— Autrefois, il y a longtemps, les nôtres furent les alliés d'un roi nommé Arion, expliqua-t-il. Les choses ne se déroulèrent pas ainsi que nous l'avions espéré, mais nous n'eûmes pas à nous plaindre de sa loyauté. Aujourd'hui encore, nous respectons donc sa mémoire, et nous honorons les descendants de son peuple.

Dans la foule, un brouhaha approbateur fit écho à ces paroles. Wilf se contenta d'acquiescer.

— Vous restez avec nous pour la soirée ? interrogea-t-il les deux sauvages.

Ceux-ci échangèrent un bref regard entre eux, puis acceptèrent. Cela ne devait pas être dans leurs habitudes, car les Gens de l'Étoile eurent l'air grandement étonnés. Pej et Jih'lod vinrent s'asseoir dignement près de Wilf, et lui proposèrent d'écouter son histoire depuis leur dernière rencontre. Les nomades continuèrent leur fête sans trop s'approcher du trio, comme si les Tu-Hadji leur inspiraient un respect difficilement compatible avec la camaraderie. Wilf songea que les artistes en savaient peut-être plus que lui sur le peuple des chasseurs de Hordes.

— Au fait, demanda soudain Pej, je n'aperçois pas ton ami Cruel-Voit. Il n'est plus avec toi ?

Wilf baissa les yeux, maussade.

— Non, dit-il. D'ailleurs, je viens d'apprendre qu'il était mort…

Les deux primitifs se contentèrent de hocher la tête sans rien dire. Wilf, à la mention de son maître disparu, était redevenu morose. Il entreprit de déboucher une nouvelle bouteille de vin aux épices, dont il servit une coupe à ses compagnons.

Le temps passa. Wilf raconta à ses anciens amis les jours passés à la Cour de Mossiev, puis dans l'armée des barons rebelles. Les bouteilles vides s'entassèrent vite à leurs pieds. Le garçon commençait à se sentir passablement saoul. Les deux Tu-Hadji ne s'enivraient pas avec leur jeune compagnon, mais sirotaient lentement leur coupe. À voir la moue comique de Pej, ils n'étaient pas habitués à l'alcool. Le vaurien de Youbengrad se sentait à la fois plus hardi et plus déprimé à mesure qu'il buvait. Il ne lui était jamais vraiment arrivé de se griser à ce point, la piquette volée dans sa ville d'origine vous rendant malade bien avant de provoquer les vertiges brumeux auxquels il goûtait à présent. Son cynisme, déjà bien développé d'ordinaire, était devenu si cinglant que Jih'lod se montra plusieurs fois choqué par sa façon de présenter les choses, alors qu'il contait ses aventures. Un peu plus tard, il aperçut, du coin de l'œil, Lucas et Djulura qui s'éloignaient discrètement de la foule. Il les vit entrer tous les deux dans une roulotte jaune, et ricana en jetant sa tête en arrière.

— Corbeaux et putains, grommela-t-il. Vous voyez ça, les gars…

Il tangua vers la gauche et chavira soudain, se retenant sur un coude.

— Mes deux camarades… Je les ai perdus…

Ses yeux roulaient tandis qu'il entendait le bruit d'une centaine de sabliers entre ses tempes. Sa posture déjà avachie s'affaiblit encore, et il s'écroula sur Pej, qui le repoussa sans ménagement.

— Qu'est-ce que tu racontes, *nedak* ? fit celui-ci, mi-amusé, mi-désapprobateur.

— Mes deux frères d'armes… Vous ne comprenez pas ? L'un d'eux était une femme… quant à l'autre, il ne pense plus qu'à être son galant !

Le gamin éructa bruyamment.

— Et voilà, ricana-t-il, je me retrouve tout seul…

Les guerriers aux tatouages rituels échangèrent un regard d'incompréhension, puis sourirent au garçon.

— Mais non, petit Wilf, fit Jih'lod en tiraillant la tignasse corbeau de l'ancien gredin, tu n'es pas tout seul… Tu as ici deux vieux amis…

Il s'interrompit alors que l'enfant s'écroulait de nouveau. Pej secoua la tête avec dédain, tirant le petit par son col pour le remettre d'aplomb. Mais ce dernier retomba mollement sur le dos, inanimé. Fronçant les sourcils, Pej se pencha sur lui avec inquiétude. Un instant passa, puis un ronflement sonore se fit entendre. Wilf s'était endormi, les bras en croix. Les deux Tu-Hadji l'observèrent avec incrédulité avant de hausser les épaules.

***

Au matin, alors que le silence s'était fait depuis quelques heures dans le camp des nomades, Djulura eut un rêve étrange. Elle se voyait dans la roulotte où elle avait passé la nuit avec son amant. Le soleil de l'aube traversait les fêlures des volets pour étendre ses rayons brisés sur leurs corps assoupis. Les boucles blondes de l'ancien moine se mêlaient aux siennes, et ses lèvres étaient ouvertes dans un demi-sourire.

Assis au bord du lit, un homme en armure d'argent les observait.

— Ymryl... s'entendit-elle murmurer.

Le Prince-Démon lui sourit.

— Le bonjour, duchesse Djulura, dit-il. Vous et vos petits protégés êtes décidément pleins de ressources... Si j'avais pensé que vous vous en tireriez si bien... continua-t-il avec un sifflement d'admiration.

Il frôla les draps froissés de sa main gantée de métal. *Quelles manières il a...* songea la noble dans son rêve. Malgré l'armure, son geste avait eu la grâce d'une caresse. Intimidée, la jeune femme ramena sur elle les couvertures de couleurs vives.

— Que voulez-vous ? demanda-t-elle.

— Cet enfant... Wilf, dit le Prince-Démon de sa voix à la fois raffinée et malsaine, il vous fait confiance.

Il se pencha sur elle, si bien qu'elle put sentir son souffle dans son cou.

— Et lorsque le temps sera venu, vous me l'apporterez, Djulura. Nous l'offrirons à mon maître...

— Jamais ! s'entendit répondre la jeune duchesse. Wilf est promis à un autre Destin !

La diseuse redressa la tête avec fierté.

— Il vous détruira, toi et ton maître !

Ymryl eut un petit rire indulgent.

— Oh non… Il n'en fera rien, dit-il. Arion a eu sa chance… Mais son heure est passée. Il a échoué, et il est mort. Vous comprenez, ma belle : à présent, c'est au tour de mon maître de régner… Et *vous* n'aurez d'autre choix que de m'aider. Car vous aussi, vous avez échoué. Votre combat est terminé, Djulura…

La diseuse cherchait encore une réponse satisfaisante lorsque le prince aux cheveux roux s'en fut. Même en songe, la nomade savait reconnaître le parfum d'un sortilège. Sur un geste élégant de sa main gauche, des lueurs noires étaient apparues autour du seigneur maléfique, puis avaient dévoré son image jusqu'à ce qu'il n'en reste que des ombres. Même ces ombres, enfin, s'étaient évaporées lorsque la jeune femme ouvrit les yeux. La roulotte était vide. Lucas respirait toujours à son côté, aussi sereinement que son mal chronique le lui permettait. Il était beau, ainsi, ses soucis oubliés dans le sommeil. Djulura déposa des baisers sur son front et ses paupières fermées. *Quel horrible rêve !* frissonna-t-elle. *Et ça paraissait si réel…* Heureusement, la chaude lumière du soleil se chargerait de dissiper ces sombres chimères.

Cependant, alors qu'elle se recouchait auprès de son aimé, une pensée angoissante lui traversa l'esprit. La diseuse de bonne aventure se demandait pourquoi, s'il s'agissait bien d'un rêve, l'apparition d'Ymryl avait eu besoin de recourir à la magie pour se retirer…

***

La douleur sourde qui vrillait le crâne de Wilf le poursuivrait jusqu'au soir. C'était ce que lui avaient prédit en riant les trois gaillards nomades qui l'avaient ramassé avant d'aller se coucher. Les Tu-Hadji, eux, étaient retournés dans leur clan pour passer la nuit, mais ils avaient promis de revenir saluer le garçon avant son départ.

D'autres prédictions que l'issue de son mal de tête attendaient ce dernier. À peine levé, peu avant midi, on l'avait amené dans une petite roulotte rouge, à l'écart des autres. La gravité des Gens de l'Étoile, lorsqu'ils l'avaient conduit ici, lui avait mis la puce à l'oreille. Aussi, c'était avec méfiance qu'il avait pénétré dans le chariot.

Une diseuse de bonne aventure l'y attendait. Elle était énorme. Son visage grassouillet était également parcheminé, et des mèches de cheveux gris filasses pendaient sur son front. Cependant, le maquillage rouge foncé de ses pommettes et le charme sympathique de son sourire en faisaient un personnage plaisant. Sur un signe de sa part, le garçon s'assit en face d'elle.

— Andréas m'a dit qui tu étais, grinça la voix grêle de la vieille femme. De quel *sang* tu étais…

Comme l'enfant ne réagissait pas, elle poursuivit.

— Mais, même sans ça, je t'aurais reconnu. Je m'appelle Astarté, dit-elle, et le peu d'art que Djulura a pu apprendre lorsque ses autres occupations lui en laissaient le loisir, elle le tient de moi. Je suis une diseuse de bonne aventure, petit garçon, et je *vois* bien des choses à ton sujet…

— Vous allez me dire l'avenir gratuitement? questionna l'ancien gredin.

La vieille gloussa.

— Pas l'avenir, mon garçon. Le Destin. Tu ignores encore beaucoup de choses, mais tu apprendras avec le temps. Nous croyons que tu dirigeras un jour l'ancien royaume. Et que tu ressusciteras la monarchie du Cantique. Mais peut-être feras-tu mieux que ça.

La femme scruta Wilf, plongeant ses petits yeux noyés dans les replis de graisse, mais brillants d'intelligence, dans les siens.

— Nul ne peut se vanter de savoir ce qu'Arion aurait accompli s'il avait vécu… C'est la question vitale, celle que se posent les diseuses depuis toutes ces années. *Qu'aurait-il fait?*

— Si Arion avait vécu, aurait-il débarrassé le monde de la vermine d'Irvan-Sul? Aurait-il, peut-être, été ce *sauveur* tant attendu par les Tu-Hadji? Leur peuple a de nombreux secrets, même pour ses amis, et nul parmi nous n'a jamais vraiment saisi ce que les guerriers de Tu-Hadj semblaient attendre de notre souverain…

«Comprends-tu, mon enfant? À ton sujet, ce qu'ignorent les diseuses est bien plus important que ce qu'elles savent. Tout ce qu'Arion aurait pu faire, et qu'il n'a pas fait… Des choses que nous n'avons jamais osé imaginer… Aujourd'hui, il semble bien que ce soit à ton tour de porter l'espoir…

Les yeux de la vieille femme se mirent alors à cligner par spasmes, comme si elle était entrée dans une sorte de transe.

— Fichtre, dit-elle, sa bouche s'étant ouverte en grand sous l'effet de l'étonnement. Je ne *vois* presque rien… Quelle lumière… Tellement éblouissante… Je crois… que je parviens à distinguer une silhouette, continua-t-elle, d'une voix vibrante d'excitation. C'est un homme… J'ignore à quoi il ressemble. Un tuteur, mon enfant… Il te viendra en aide. Il marchera depuis la mer, et t'arrachera aux abîmes de la folie…

Soudain, Astarté ouvrit les yeux, les doigts tendus et écartés à l'extrême.

— Djulura avait raison, murmura-t-elle.

Elle souffla.

— Tu es presque insaisissable pour notre pouvoir. Ton Destin est si éclatant qu'il risquerait de rendre à jamais aveugles les yeux de mon âme… Mais je suis à présent sûre d'une chose : tu es bien celui que nous perdîmes après le sac de Syljinn. Toutefois, hélas, je n'ai pu *voir* la confirmation de ce que disent les nôtres.

— Et que disent les vôtres ? interrogea l'enfant, lequel commençait finalement à vouloir démêler l'écheveau qui semblait embrouiller sa destinée aussi bien que ses origines.

La vieille diseuse le jaugea un court instant avant de répondre.

— Tu tiens à le savoir ? Alors, voici ce que déclarait la diseuse qui m'a tout appris, voici ce qu'elle tenait elle-même de celle qui lui avait enseigné notre art : *Que l'enfant du sang d'Arion brandirait à nouveau la Lame des Étoiles… Que les Dragons feraient sa volonté… Et qu'il guérirait le pouvoir souillé…*

— Quel pouvoir ? demanda Wilf, curieux.

— Je préfère en parler d'abord avec nos amis tuhadji, répondit la vieille d'un ton légèrement sec. C'est quelque chose qui les concerne autant que nous.

— Pourquoi parlez-vous toujours d'eux ? Qu'ont-ils à voir avec moi et ces histoires ? questionna quand même l'enfant.

— Je crois, dit la vieille, que tu es également celui qu'ils attendent. Ils pensèrent autrefois qu'il s'agissait d'Arion, mais… il semble que ce soit toi. Ce sera à eux de t'en dire plus à ce sujet. S'ils y tiennent, ce qui m'étonnerait assez. Quoi qu'il en soit, je leur révélerai ce que j'ai vu en toi lorsqu'ils viendront nous dire adieu…

À ce moment, alors qu'il s'apprêtait à poser d'autres questions, Wilf entendit un remue-ménage à l'extérieur. Il sortit voir, toujours soucieux de la sécurité de ses amis, et fut accosté par un robuste briseur de chaînes.

— Il faut te cacher, petit, lui dit celui-ci. Les Lanciers Saints arrivent! Ils seront au campement d'ici quelques minutes!

En courant, la tête encore en proie à un fracas intérieur plus bruyant que celui de cent tambours qansatshs, le vaurien rejoignit Lucas et Djulura. Celle-ci n'aurait aucune peine à passer inaperçue. Elle avait revêtu une robe pastel de facture nomade, et n'aurait qu'à se glisser parmi un groupe d'autres jeunes filles. Wilf et Lucas, par contre, devraient se déguiser. La jeune duchesse avait d'abord sorti d'autres robes semblables à la sienne, taquinant Lucas en lui suggérant de se travestir à son tour. Elle l'avait bien fait durant presque vingt ans, arguait la diseuse. Mais les deux jeunes gens, peu sensibles à son humour, refusèrent tout net de se déguiser en filles. On trouva un costume bigarré de bouffon, afin de masquer le visage angélique de l'ancien moine, tandis qu'un petit justaucorps d'acrobate ferait l'affaire pour Wilf. Il fallait maintenant espérer que les Lanciers ne seraient pas les mêmes que ceux contre lesquels les garçons s'étaient battus. Par-dessus tout, les trois compagnons souhaitaient que les chevaliers de la Théocratie ne soient pas expressément sur leur piste.

Moins de dix minutes plus tard, les soldats de l'Église grise cernaient le camp. Wilf se félicita que les festivités n'empêchent apparemment jamais les nomades de laisser une sentinelle en faction. Le jeune chevalier qui donnait les ordres n'appartenait pas au clergé. Une fois encore, il s'agissait de Luther d'Eldor, dont les longs cheveux noirs dépassaient à l'arrière de son heaume. Lucas et son camarade sentirent leur cœur se serrer lorsque le noble fit leur description aux Gens de l'Étoile. Les fuyards, disait-il, s'étaient ravitaillés quelques jours plus tôt dans un village proche d'ici... Les nomades jurèrent n'avoir vu personne qui puisse correspondre à ce signalement, mais Luther fit néanmoins fouiller les roulottes. Les troubadours, et même leurs enfants, furent traités sans ménagement par les brutes en surcot noir. Wilf bouillait intérieurement, sa gueule de bois n'arrangeant rien, et il eut beaucoup de peine à ne pas se trahir. Lorsque les Lanciers fouillèrent une certaine roulotte, Lucas nota des signes infimes de nervosité chez de nombreux nomades. *Andréas...* se dit-il. Le Ménestrel avait acquis un lourd passif depuis sa prise de position ostensible en faveur des ennemis de l'Empire, à Mossiev. Il devait s'être caché quelque part à l'intérieur... Par chance, les Lanciers Saints semblaient être meilleurs soldats que détectives, car la cachette du barde barbu ne fut pas mise à jour. Une fois leur tour du campement effectué, les chevaliers du Saint-Siège se retirèrent sans une excuse. Luther d'Eldor jeta un dernier regard suspicieux aux Gens de l'Étoile, visiblement frustré de repartir bredouille.

Lorsque les soldats se furent éloignés depuis un moment, Andréas sortit de sa cachette. Wilf et Lucas purent retrouver des habits plus conventionnels. Les Tu-Hadji Pej et Jih'lod, quant à eux, sortirent comme par enchantement d'un rideau d'arbres. C'était peut-être bien eux qui avaient averti les artistes de la caravane au sujet des Lanciers, songea Wilf en souriant, auquel cas les nomades étaient tout compte fait aussi insouciants qu'ils en avaient l'air…

Il n'eut pas le temps de le leur demander, car des enfants firent signe aux guerriers de les suivre jusqu'à la roulotte rouge d'Astarté, où le garçon les regarda s'engouffrer. Andréas, en revanche, s'approcha du trio que l'enfant formait avec Djulura et Lucas.

— Nous l'avons échappé belle, dit-il de sa voix de basse.

Il fit la moue.

— Nous n'aurons peut-être pas autant de chance la prochaine fois…

— Que veux-tu dire ? fit Djulura.

— Eh bien, pour être franc, je trouve que notre présence parmi Ceux de l'Étoile n'est pas une bonne chose. Imaginez un instant que les Lanciers nous aient trouvés… Non seulement nos hôtes auraient sans doute été massacrés, mais c'est aussi toutes les caravanes du continent qui auraient connu le même sort ! La persécution à grande échelle aurait aussitôt été décrétée par le Saint-Siège…

La jeune diseuse de bonne aventure branla du chef avec compréhension.

— Ce jeune chevalier, à leur tête, continua le violoniste, m'a semblé plutôt… motivé. Je ne crois pas que nous devrions courir à nouveau ce genre de risque. C'est trop dangereux…

— Que prescrivez-vous, dans ce cas ? interrogea l'ancien séminariste.

— Pour ma part, je vais quitter le refuge de cette caravane. Je me dirigerai seul jusqu'en Terre d'Arion. Et si j'y parviens, je commencerai à organiser là-bas une résistance contre la Théocratie. Je préparerai ton retour, *duchesse* Djulura.

Celle-ci acquiesça.

— Et nous ? demanda-t-elle.

— Vous devriez vous en tenir à ce que vous aviez décidé, dit le barde après un instant de réflexion. Allez vers l'est. Continuez jusqu'à l'océan, puis longez la côte vers le sud. Vous éviterez ainsi le centre de l'Empire sur le chemin du retour. Mieux vaut faire moins vite, et ne pas être pris…

Les trois amis se regardèrent. Ils n'avaient rien de mieux à proposer.

Alors qu'ils préparaient leurs affaires tout en faisant leurs adieux aux Gens de l'Étoile, les deux Tu-Hadji ressortirent de la roulotte d'Astarté. Ils avaient l'air résolu, bien que Jih'lod affichât une expression soucieuse. Ils rejoignirent le trio, et demandèrent aux jeunes personnes de bien vouloir reporter leur départ de quelques heures. Il fallait qu'ils aillent prévenir leurs familles, et demander confirmation de leur décision au chef du clan. Pej posa les yeux sur le gamin de Youbengrad, avec un regard neuf. Comme s'il le voyait pour la première fois.

— Oui, petit Wilf, dit-il. Je ne sais pas où vous allez, mais nous vous accompagnons.

3

Les jours suivants virent le petit groupe traverser les bois et les vallons du Kentalas. Les régions qu'ils parcouraient devenaient de moins en moins habitées à mesure qu'ils s'éloignaient vers l'est. Alors que le nord du pays abritait les forts des patrouilleurs et l'ouest les villages des bûcherons, on ne croisait plus à présent qu'une ferme isolée de loin en loin, où demeurait une famille kentalasienne plus rude encore que ses semblables.

Leur périple était rapidement devenu assez monotone, les forêts de sapins succédant aux plaines sèches sans que le paysage ne paraisse jamais changer. Le froid commençait à se faire sentir, mais les voyageurs ne se plaignaient pas, sachant que la suite de leur trajet serait sans doute plus pénible, car la neige aurait alors fait son apparition. Par chance, ils se dirigeraient bientôt vers le sud, et bénéficieraient peut-être de la douceur traditionnelle des côtes.

Wilf remarqua vite que l'attitude des deux Tu-Hadji avait subtilement changé à son égard. Jih'lod en particulier, se montrait un peu moins chaleureux qu'à son habitude. Ils étaient plus respectueux, mais peut-être également plus méfiants. Lorsqu'il les avait interrogés sur les motifs de leur venue, les guerriers s'étaient contentés d'une réponse laconique. Astarté leur avait dévoilé des choses à son sujet. Ensuite, même s'ils ne portaient qu'un crédit réservé aux dires de la vieille femme, ils avaient jugé qu'il était de leur devoir de l'accompagner. Juste au cas où les prédictions de la diseuse se révéleraient exactes...

Lucas et la duchesse de Fael passaient de plus en plus de temps ensemble, semblant évoluer comme dans un rêve. Tant que durerait ce voyage, ils pourraient s'aimer sans contrainte, libres de toute responsabilité. Wilf croyait bien que ces deux-là auraient voulu ne jamais atteindre leur destination...

Un soir, ils s'étaient arrêtés pour dormir dans une grotte spacieuse et accueillante. L'un d'entre eux restait toujours éveillé pendant le sommeil des autres, depuis qu'ils voyageaient dans cette contrée inhospitalière. Ils se relayaient ainsi jusqu'au matin, Pej et Jih'lod faisant bien souvent plus que leur part. Cette fois, c'était le tour de garde de Djulura.

L'aube ne tarderait plus à poindre, et la diseuse avait des fourmis dans les jambes à force de rester assise en tailleur. Elle se leva, puis fit quelques pas dans la grotte. Mais elle craignit que l'écho de ses pieds bottés ne réveille ses compagnons, aussi sortit-elle profiter du jour naissant.

Le prince Ymryl l'attendait à l'extérieur. Il était assis sur un rocher, en face d'elle, les poignets posés nonchalamment sur son genou droit.

— Si tu cries, la mit-il en garde, il y aura une bataille… et tes amis n'en ressortiront pas indemnes, crois-moi.

La jeune femme hocha la tête en silence, mais ses yeux gris lançaient des éclairs.

— Ce n'était pas un rêve, l'autre matin, n'est-ce pas ? interrogea-t-elle dans un murmure.

L'autre fit signe que non.

— Mais que veux-tu de moi, à la fin, serviteur du Roi-Démon ! cracha-t-elle à voix basse…

Le guerrier en armure d'argent la scrutait sans rien dire. Son regard était malsain, mais en même temps troublant… Le prince était beau, sans conteste, dut avouer la jeune noble.

— J'ai mes propres raisons de haïr les humains, murmura l'homme aux longs cheveux roux. Contrairement à ce que vous semblez croire, ma Dame, je ne suis pas le larbin de Fir-Dukein. Le Roi-Démon a fait de moi son fils adoptif…

— Et c'est pour toi motif de fierté ? railla-t-elle.

— Vous m'aiderez, continua-t-il sans relever l'injure. Ensemble, nous conduirons l'enfant à mon maître. Dès lors qu'il aura recouvré le pouvoir de l'Épée…

— N'y compte pas, créature démoniaque ! rétorqua-t-elle. Tu es long à comprendre, décidément. Je ne te donnerai *jamais* cet enfant qui porte en lui le sang d'Arion… Si c'est là ton espérance, autant nous tuer tous ici et maintenant. Nous savons tous deux que tu en as le pouvoir. Alors pourquoi n'enlèves-tu pas Wilf dès à présent, si tu tiens tant à le mener à ton maître ?

— Mais parce qu'il n'a encore aucune valeur, ma Dame. Pas tant qu'il n'aura pas repris possession de son héritage mystique… Et vous seuls, Tu-Hadji et

Ceux de l'Étoile, pouvez faire de cet enfant un serviteur digne de mon maître. J'attendrai donc avec patience ; le temps importe peu pour moi...

Ymryl se leva et s'approcha de la diseuse jusqu'à la frôler. La duchesse lutta contre son désir instinctif de reculer, préférant encore ce sentiment de malaise à la honte de paraître effrayée. L'homme fit jouer ses doigts carapacés d'argent dans les boucles jaunes de Djulura. Celle-ci essayait de ne pas trop le regarder. Son sourire flottant, ses yeux noirs, cruels mais fascinants, cette image de séduction agressive...

Quel charisme... Quel âge avait-il ? se demanda la noble. Plusieurs centaines d'années, au moins, si l'on en croyait les légendes...

— Les humains sont des êtres vicieux, mesquins, lâches et fourbes... murmura-t-il de sa voix la plus douce. Et ne me dites pas le contraire, belle Dame, je sais que vous connaissez trop bien vos semblables pour pouvoir en douter...

— Dans leur grande majorité, sans doute... bredouilla-t-elle. Mais il y a toujours un espoir... Les idéaux peuvent les faire changer. Les rendre pires, nous le savons, et pourquoi pas aussi meilleurs ?

Elle avait levé un poing serré, croyant passionnément à ce qu'elle disait.

— C'est à cela que servent les peuples, créature. Et tu ne me feras pas changer d'avis...

Le sourire du guerrier se transforma en rictus cynique.

— J'ai bien connu les hommes et les Qansatshs, ma Dame. Et je puis vous promettre que les Qansatshs sont meilleurs... Eux, au moins, font de bons esclaves...

« Lorsque vous m'aurez apporté le garçon, nous

pourrions régner côte à côte… Je sais que vous n'êtes pas insensible au pouvoir, ma belle… Les peuples de l'Irvan-Sul, les Hordes, comme vous les appelez, seraient nos sujets pour l'éternité… Car ma magie, et celle de mon maître, vous préserverait aussi jeune et resplendissante que vous l'êtes aujourd'hui. Ne désirez-vous pas goûter à l'immortalité ?

— Pas à tes côtés ! cracha la nomade, éloignant la main gantée d'argent de ses cheveux.

— Et pourquoi ça ? demanda le prince, qui évacua à grand-peine un froncement de sourcils vexé.

— Parce que tu es un monstre ! Le chien fidèle de Fir-Dukein ! Je ne veux rien avoir à faire avec vous deux !

La colère pouvait à présent se lire sur le visage du guerrier roux. Il avait perdu toute sa douceur.

— Alors, gronda-t-il, vous n'acceptez pas mon offre ?

— Non ! dit-elle en oubliant à son tour de murmurer. J'aime Lucas…

— Ainsi, ce n'est que cela ? fit Ymryl. Faudra-t-il donc que ce bellâtre meure pour que vous daigniez devenir mon alliée ?

— Je n'ai que mépris pour toi ! lui lança la diseuse pour toute réponse.

Le prince saisit alors son poignet et leva une main pour la gifler, mais Djulura avait réagi la première. Un poignard jaillit de son étui pour venir se ficher dans le coude d'Ymryl, juste à la jointure de l'armure. L'homme recula avec un cri de douleur. La stupeur succéda à la rage sur son visage.

— Il y avait bien des années que je n'avais eu l'occasion de voir la couleur de mon sang… murmura-t-il.

Puis sa magie opéra, et il disparut sous les yeux de la jeune femme, usant du même sortilège que l'autre matin.

Wilf et Pej, avertis par les cris, vinrent aux nouvelles. Mais, pour une raison qu'elle ne parvenait pas elle-même à s'expliquer, Djulura ne leur relata pas l'incident. Elle mentit, prétendant avoir été attaquée par un chat sauvage.

— J'ai pourtant bien cru entendre une voix d'homme, fit Wilf, légèrement soupçonneux.

Mais il dut se rendre à l'évidence : à part eux, il n'y avait pas âme qui vive dans les parages. Il acquiesça donc, l'air pas tout à fait dupe quand même. Djulura regretta cette petite méfiance qui venait de s'installer entre eux par sa faute, mais elle répugnait à lui révéler la vérité. Cette rencontre l'avait bouleversée ; il lui fallait un peu de temps pour y réfléchir. Ses jambes tremblaient encore légèrement lorsqu'ils se remirent en route.

Plusieurs jours après cet épisode, les cinq voyageurs parvinrent à proximité de la côte. Wilf et Lucas se faisaient une joie de contempler la mer. Djulura savait qu'elle serait heureuse de partager ce moment avec son amoureux. Lors de leurs longues discussions intimes, ils n'avaient jamais évoqué le mariage. Elle n'ignorait pas qu'un moine défroqué ne ferait jamais un époux satisfaisant pour une duchesse. Mais quel besoin était-il de se marier, après tout, alors qu'ils s'aimaient tous deux à ce point ? Lorsqu'ils atteindraient les falaises et la plage, ils seraient encore bien loin de la Terre d'Arion. La diseuse ne voulait pas réfléchir à l'avenir.

Autrefois, lorsqu'elle était une petite fille dans le

palais de Fael, elle avait entendu d'Andréas une légende merveilleuse au sujet d'un coquillage baptisé le « narya ». On ne le trouvait que sur les côtes orientales du continent. L'histoire racontait qu'une jeune fille était un jour tombée amoureuse de l'océan. C'était une passion si totale que ses proches avaient dû de nombreuses fois la sauver de la noyade alors qu'elle s'enfonçait sans réfléchir dans les flots. Une fois qu'elle s'était aventurée très au large, elle attrapa un coquillage orangé, qu'une vague était presque venue lui déposer dans la main. Le premier narya, présent de l'océan, qui avait été si ému par les sentiments profonds de la jeune fille. Mais elle faillit bien mourir, ce jour-là, sa famille devant l'arracher *in extremis* à l'écume et la ramener en barque sur la terre ferme. Les gens de son village décrétèrent alors que la jeune fille était folle, et qu'il fallait l'enfermer pour son propre bien. Pour l'empêcher de retourner se tuer parmi les vagues. L'amoureuse de l'océan fut donc emprisonnée chez son père, où elle dépérit lentement en pleurant son amour perdu. Et depuis lors, toujours l'océan rappelle sa tendresse à la malheureuse, faisant charrier par les vagues le coquillage qui vient s'échouer sur la plage. Par la suite, le narya était devenu le symbole et le porte-bonheur des amours impossibles. Il avait pour vertu, disait la légende, de garder à jamais les promesses échangées par les amoureux contrariés, afin que l'un n'oublie jamais l'autre même si la vie devait les séparer. La jeune duchesse, à présent, voulait croire à ce vieux conte. Lorsqu'elle serait seule sur la plage avec Lucas, partageant le spectacle du soleil montant sur l'océan, ils chercheraient ensemble un narya. Puis elle immortaliserait le moment en prononçant leurs fiançailles secrètes, comme deux enfants échappant à la surveillance de leurs parents. Nul n'aurait besoin de le savoir. Seuls eux deux, et le coquillage qui garderait leur amour, seraient témoins de leurs vœux. Elle rêvait de cette promesse presque puérile qu'ils échangeraient, se jurant un amour éternel, elle rejetant pour la première fois de sa vie ses obligations, ne vivant que l'instant présent… Elle se sentait si bien auprès du jeune homme, c'était tellement bon de croire malgré tout qu'ils pourraient continuer à vivre près l'un de l'autre. L'ancien séminariste, lui aussi, semblait nager dans le bonheur. Il n'avait plus été gravement malade depuis le jour où le duc Caïus avait révélé sa véritable identité. Ses fautes passées et ses désillusions le taraudaient encore, mais il se sentait plus vivant qu'il ne l'avait été depuis longtemps. Lui aussi aurait souhaité que ce voyage ne se termine jamais.

Bientôt, les falaises furent en vue. La côte regorgeait de ruines dangereuses, avaient dit les Tu-Hadji. Mais ils semblaient bien connaître l'endroit, et guidaient le petit groupe sans montrer la moindre inquiétude.

C'était presque le crépuscule lorsque l'étendue bleue de l'océan apparut. Au bord d'une falaise haute d'une douzaine de mètres, les cinq compagnons admirèrent la longue baie sableuse qu'ils surplombaient, et les reflets safran du soleil qui s'enfonçait dans les flots. Wilf n'en croyait pas ses yeux. Il y avait de l'eau à perte de vue. Et elle n'avait rien à voir avec celle du port fluvial de Youbengrad. Elle était d'une couleur riche, comme si l'artiste qui avait peint ce paysage avait consacré des années à obtenir la nuance idéale. L'océan était d'une teinte si profonde, qu'il faisait passer toutes les autres étendues d'eau que le gamin avait pu observer pour des aquarelles sales. C'était un panorama vraiment magnifique, digne d'une chanson de Ménestrel.

Djulura sentait son cœur battre plus fort dans sa poitrine. Ce soir, ils établiraient leur campement sur la falaise, mais demain ils seraient libres d'aller se promener sur la plage. Dès l'aube, elle y conduirait son amant aux boucles blondes, et ils chercheraient leur narya. Elle était persuadée que Lucas serait enchanté. Elle n'avait jamais douté de la sincérité de ses sentiments. Elle se tourna vers le jeune homme pour lui sourire et lui prendre la main. Celui-ci lui rendit son sourire, mais il avait un air étrange.

— Tu te sens bien, Lucas ? demandait-elle, soudain inquiète.

Le sourire de celui-ci trembla légèrement, et il tenta de hocher la tête pour rassurer sa compagne. Mais ses jambes se dérobèrent sous lui, et il s'écroula sur le sol tandis que la jeune noble essayait de le retenir.

— Wilf ! Jih'lod ! Pej ! cria-t-elle. Lucas a un malaise !

Le cadet des Tu-Hadji, Pej, s'agenouilla auprès de l'ancien « Moine à l'abeille ». Il entreprit de l'ausculter avec des gestes rapides et sûrs. Jih'lod le regardait faire avec confiance, pendant que Wilf et Djulura étaient tendus à l'extrême.

Bientôt, le corps du séminariste se mit à trembler violemment, ses membres s'agitant comme ceux du bétail en train de mourir. Pej releva la tête vers les autres, en haussant les épaules.

— Je ne comprends pas, fit-il. Il n'a pas l'air malade...

— Mais bien sûr que si! le rouspéta Djulura. Il est resté très affaibli d'une vieille pneumonie, et ce n'est pas la première fois qu'il fait ce genre d'embolie…

Le Tu-Hadji, qui ne semblait pas apprécier plus que ça de se faire houspiller de la sorte, reprit d'une voix plus catégorique:

— Eh bien, *cette fois,* ce n'est pas lié à sa maladie. Je suis le petit-fils du *konol,* alors je sais de quoi je parle. Et pour être franc, je ne vois aucune explication naturelle à ces symptômes.

La duchesse de Fael le repoussa pour s'approcher du jeune homme, et le couvrit de baisers en sanglotant. Wilf tentait de la calmer, lui rappelant que ce n'était pas la première fois que Lucas avait un étourdissement.

— Il s'en est toujours sorti, jusqu'à présent, disait-il d'un ton qui se voulait rassurant.

— Mais regarde ces spasmes! lui répondait la noble. Il n'a jamais été ainsi!

Lucas continuait de se convulser au sol. Ses yeux étaient grands ouverts, mais révulsés. Ses doigts cherchaient à creuser dans la terre, recourbés telles des serres. Sa poitrine se soulevait au rythme de brutales inspirations.

— Écartons-nous, ordonna Djulura. Il lui faut de l'air.

Les hommes obéirent, et observèrent en silence leur compagnon qui ne cessait de se tordre sur le bord de la falaise, comme pris dans une transe barbare. Wilf se sentait frustré par son impuissance à aider son ami.

La jeune diseuse de bonne aventure, debout, toute droite à l'écart des autres, réprimait visiblement son propre tremblement. Son menton était levé fièrement, et elle semblait défier le sort de lui ôter son soupirant. Ses poings étaient serrés.

Au bout de quelques instants, alors que l'ambiance était toujours aussi tendue, les convulsions du jeune homme semblèrent se calmer un peu. Ses yeux redevinrent normaux, et il entreprit de ramper jusqu'au bord de la falaise. Il leva le regard vers l'étendue de l'océan.

— *La mer...* murmura-t-il. *Les Voix de la mer...*

Ses amis accoururent à ses côtés. Le jeune homme ne sembla pas les voir. Son visage reflétait une extase religieuse ou mystique. Il était tout entier plongé dans la contemplation de l'océan.

— En tout cas, il a l'air d'aller mieux, dit Jih'lod.

Soudain, Wilf sentit Pej se retourner d'un geste brusque. Il fit de même, et vit que le Tu-Hadji brandissait sa lance gravée de runes. Face à eux, une demi-douzaine d'oiseaux-diables venaient de se poser. Leurs cavaliers étaient tous des Qanforloks, sauf un. Car le prince Ymryl était parmi eux...

Wilf dégaina son épée avec un juron, avertissant ainsi Jih'lod et Djulura. Leur situation n'était pas très enviable : ils étaient coincés entre le précipice et leurs adversaires...

— Le bonsoir, chers amis, dit le Prince-Démon d'une voix forte.

— Serviteurs de la Souillure ! rugirent Pej et Jih'lod du même élan.

— À l'attaque ! ordonna le guerrier en armure d'argent pour toute réponse.

Les Qanforloks délaissèrent leurs oiseaux-diables, peu agiles au sol, pour se ruer sur les cinq voyageurs. Le Prince-Démon descendit à son tour de sa monture, et se dirigea d'un pas résolu vers le bord de la falaise.

Djulura et Jih'lod se battaient chacun contre un Qanforlok, tandis que Pej était aux prises avec deux d'entre eux. Un dernier monteur d'oiseau-diable était resté en arrière, scrutant la scène avec avidité. Wilf remarqua pour la première fois les petites excroissances sculptées sur les heaumes des armures écailleuses dont étaient protégés ses ennemis. Elles représentaient des ailes d'oiseau-diable, imitant leur forme membraneuse et l'arc prononcé de leurs articulations. Seul Ymryl n'en portait pas, préférant comme à son habitude sa cuirasse aux reflets argentés.

Il approchait maintenant de Lucas, encore au sol, qui commençait à peine à reprendre ses esprits. Wilf, l'épée toujours au clair, s'interposa. Il aurait aimé venir en aide à Pej, mais ce dernier ne semblait pas encore en difficulté, tandis que l'ancien religieux était sans défense.

— Ôte-toi de mon chemin, lui lança Ymryl sans aménité. Je ne suis pas venu pour toi…

Mais le garçon hocha négativement la tête. Toute la frayeur que lui inspirait l'homme qui avait tenu son cœur palpitant au creux de sa main n'aurait pu lui faire abandonner son ami.

Du coin de l'œil, il observa le combat de ses autres compagnons. Les Qanforloks étaient maintenant parcourus de petits éclairs et enveloppés d'une aura sombre. La vitesse de leurs gestes semblait décuplée, tandis que les coups portés par ses camarades paraissaient se heurter à une résistance surnaturelle. *Ces démons et leurs foutus maléfices…* cracha l'enfant en pensée. Mais son regard revint vite se braquer sur le Prince-Démon.

— Un pas de plus, créature, et ce sera le dernier que tu feras dans ce monde ! menaça-t-il.

L'autre lui rit au nez. Avec un rictus cruel, il bouscula le gamin du plat de son glaive. Wilf ne s'était pas attendu à autant de force dans ce geste d'apparence désinvolte, aussi il fut surpris lorsqu'il se sentit projeté au sol. Sa propre lame lui écorcha la cuisse.

Lucas s'était relevé, à présent. Il fixait sans comprendre l'homme qui s'avançait vers lui, quand ses yeux bleus ne déviaient pas sur Wilf ou son amante aux prises avec un Qanforlok.

— Qu'est-ce que vous me voulez ? demanda-t-il au Prince-Démon, d'une voix sans timbre.

— Te tuer, tout simplement, lui répondit Ymryl. Tu contraries mes projets…

Le serviteur de Fir-Dukein leva juste une main, et Lucas s'écroula à genoux, étreignant sa poitrine. Des fétus d'herbes mortes commencèrent à tournoyer autour du Prince-Démon et de sa victime, tandis qu'une multitude de lueurs bleues et mauves enrobaient peu à peu le guerrier. Wilf, se redressant, bondit sur Ymryl. Mais celui-ci ne broncha pas, ayant simplement placé son bras droit en travers du chemin de l'enfant. Le garçon fut repoussé par ce membre inflexible comme on l'aurait fait d'un courant d'air. Il retomba lourdement en arrière. Alors qu'il allait revenir à la charge, le guerrier roux daigna enfin lui faire face. Un éclat de colère brillait dans ses petits yeux cruels.

— Je pourrais bien te tuer, tu sais… murmura-t-il. J'obéis à mon maître, mais je n'approuve pas toujours ses décisions. Comme celle de te garder en vie, par exemple…

— Je ne sais pas de quoi tu parles, monstre, grogna le gamin en frottant son épaule meurtrie, mais je te conseille de laisser mon ami. Il n'a rien à voir avec toi.

À peine sa phrase finie, le vaurien tenta de passer sous la garde du prince, espérant le prendre par surprise. Il voulait désarmer l'homme et l'égorger au corps à corps, là où celui-ci ne pourrait plus utiliser aussi facilement sa force surnaturelle. Mais Ymryl le repoussa d'une main tendue. Wilf alla heurter violemment le sol.

— Qu'est-ce que tu crois, mon garçon ? railla le Prince-Démon. Je fais la guerre depuis près de quatre siècles… Tu n'as pas l'ombre d'une chance !

Le tranchant de la main gantée d'Ymryl avait brisé plusieurs côtes à l'enfant. Celui-ci chercha néanmoins à se relever, sachant, sinon, que son camarade était perdu. Avec un soupir, Ymryl avança de nouveau vers le gamin de Youbengrad.

— Cours ! cria ce dernier. Fuis, Lucas ! Dépêche-toi !

Il s'interrompit, car le guerrier roux était sur lui. Celui-ci frappa à plusieurs reprises de ses bottes métalliques dans le torse du garçon, puis se pencha pour le saisir par sa chemise. Wîlf était paralysé par la douleur qui irradiait dans tout son corps. Il ignorait combien d'os le prince lui avait fracturé. Ses bras pendaient mollement vers le sol, tout comme sa tête : il n'avait plus aucune force. Avec une vitalité invraisemblable, Ymryl projeta alors sa proie dans les airs. Wilf s'éleva à trois ou quatre mètres avant de s'écraser un peu plus loin, se fracassant contre la roche. Par malheur, le choc n'avait pas suffi à lui faire perdre conscience, aussi il put entendre et ressentir les dizaines de craquements qui parcoururent chacun de ses membres. Il se sentait comme une coquille d'œuf en morceaux. Alors que du sang coulait de son nez cassé, il parvint à lever la tête pour contempler la scène.

Jih'lod était venu à bout de son adversaire, mais celui resté en retrait accourait pour remplacer son acolyte. Pej, également, s'était débarrassé d'un de ses agresseurs, au prix seulement de quelques blessures superficielles. Djulura, quant à elle, était toujours aux prises avec son Qanforlok, mais paraissait s'en sortir plutôt bien. En fait, nota l'œil exercé de l'ancien apprenti de Cruel-Voit, il semblait que l'être démoniaque cherchait à retenir son attention plus qu'à lui causer du mal. Réfugié à l'extrémité d'une corniche, Lucas regardait le Prince-Démon approcher de lui. Il ne pouvait plus ni s'enfuir, ni reculer. En contrebas, Wilf devinait une petite crique. Les vagues venaient s'y écraser en bouillonnant, faisant gicler des gerbes d'écumes à plusieurs mètres de hauteur...

Alors, totalement impuissant, ne pouvant que hurler son dépit à pleine gorge, l'ancien vaurien de Youbengrad assista à la fin de son fidèle compagnon.

Il vit le Prince-Démon arracher lentement, à l'aide de sa magie, le cœur encore palpitant de. l'ancien moine, puis le jeter dans la poussière avec un cri de triomphe.

Lucas, lui, n'avait pas émis un son, se contentant de regarder avec un mélange de tendresse et de désolation vers sa compagne et son camarade. Il s'était ensuite écroulé sans pleurer ni supplier, les yeux toujours braqués sur ceux qu'il aimait.

Et Ymryl avait ensuite craché sur sa dépouille avec mépris, la poussant du pied pour qu'elle aille s'écraser sur les rochers en contrebas.

Les flots d'écume avaient alors enveloppé le corps du séminariste, l'océan lui offrant son immensité pour cercueil.

Djulura avait hurlé à son tour, se jetant comme une lionne sur son adversaire. Elle l'avait englouti sous ses coups d'épée rageurs, entremêlés de sanglots et d'injures. Lorsqu'il s'était enfin écroulé, elle avait couru vers le meurtrier de son unique amour.

Le Prince-Démon était déjà en train de remonter en selle. Il savait que les deux Qanforloks survivants ne pourraient rien face à la fureur des guerriers tuhadji. Lorsque la duchesse arriva à proximité de lui, il fit prendre un peu d'altitude à sa créature.

— Vous voilà donc libre, ma belle Dame, lui criat-il. Il n'y a plus la moindre barrière entre nous ! À présent, vous aurez tout loisir de reconsidérer ma proposition ! fit-il en éclatant d'un rire mauvais.

La jeune femme, anéantie, se laissa choir au sol en fondant en larmes. Elle avait la tête basse, ses boucles jaunes pendant devant ses yeux rougis.

Selon les prévisions du cavalier en armure d'argent, Pej et son aîné eurent bientôt raison de leurs adversaires. Ils rejoignirent la nomade et défièrent le Prince-Démon, dont ils ignoraient encore l'identité.

Mais celui-ci ne leur accorda aucune espèce d'importance, faisant réaliser à son oiseau-diable un cercle parfait au-dessus de la scène où s'était déroulée la bataille.

Wilf réussit enfin à se mettre à genoux. Puis, au prix d'un immense effort de volonté, il put se tenir un instant debout.

Là, chancelant, il parvint encore à brandir son épée, et hurla tandis qu'Ymryl paradait fièrement au-dessus de lui, les oiseaux-diables de ses sbires formant une longue traînée derrière sa propre créature.

Sa lame pointée vers le ciel, l'enfant maudit le nom du Prince-Démon, et lui promit de se venger.

— Je te punirai pour Lucas, vociféra-t-il. Je le jure !

Il hurla ainsi, encore et encore, jusqu'à ce que les dernières silhouettes de monstres ailés aient disparu derrière l'horizon.

Jusqu'à ce que le sifflement de leur vol se soit tu, et que seul l'écho lui réponde, dans le silence entrecoupé par les pleurs de Djulura.

— Je ne connaîtrai pas de répit tant que tu fouleras du pied le même monde que moi… murmura-t-il alors pour lui-même. Je finirai bien par domestiquer tous les secrets qui entourent ma destinée… Et je deviendrai assez fort pour venger Lucas. Sois certain que nous nous reverrons, Ymryl…

L'épée toujours brandie, il observa lentement les deux guerriers primitifs, ayant prouvé leur loyauté et leur valeur dans ce combat. Il observa sa camarade diseuse, femme magnifique et déjà brisée par la vie. Il scruta, enfin, l'océan irisé de lueurs crépusculaires, qui serait à jamais le tombeau de son ami.

À suivre…

Livre Deux

Les Voix de la mer

Première partie

L'ÂME EXTÉRIEURE

1

— ... Et à présent, Templiers, où est votre temple ?
— Voici notre temple ! déclamèrent les hommes en posant un poing sur leur cœur.
— Nous sommes les Templiers arionites. Nous sommes Ceux de l'Étoile.

Les soldats d'élite étaient couverts de métal, de la tête aux pieds. Une carapace rouge sang sur laquelle se reflétaient les rais de lune, une longue cape noire d'apparat, la même silhouette austère aux attitudes empreintes de gravité. La même lame tenue dignement, pointe posée au sol et pommeau à hauteur de poitrine, force tranquille menaçante...

Wilf et Djulura se dressaient un peu plus loin, à la lisière des ombres. Ils étaient de retour à Fael depuis quelques jours seulement. Tandis que la cérémonie suivait son cours, Wilf se remémorait les semaines passées...

Après la mort tragique de Lucas, les quatre survivants avaient passé un certain temps dans les falaises de l'Est. Lentement, Wilf avait récupéré de ses blessures, bien aidé en cela par les soins attentifs de Pej. Jih'lod était comme toujours égal à lui-même, et s'occupait de pêcher pour les repas de ses compagnons. Djulura, elle, faisait peine à voir. Son mutisme était pire que les sanglots.

Lorsque le garçon avait été pleinement remis, le petit groupe avait pu entamer le long et pénible voyage de retour. L'hiver n'avait pas tardé à les rejoindre dans le comté d'Eldor, aussi rude que l'année passée. Wilf, progressant sous la neige, s'était alors rappelé avec amertume la scène qui s'était déroulée tout juste un an auparavant. Accompagné de son maître, il avait fait la connaissance de deux ecclésiastiques dont lui et son professeur avaient partagé la captivité, enchaînés ensemble dans un chariot battu par les vents. De ces infortunés passagers, il était le seul encore en vie : le vieil archevêque était mort lors de cette nuit insensée à Mossiev, le maître borgne avait péri au combat alors même que Wilf venait de réaliser toute l'affection qu'il lui portait... Quant au jeune moine nommé Lucas, le frère d'armes, le plus fidèle compagnon, il avait été assassiné comme un chien par ce prince honni d'Irvan-Sul...

Durant presque toute leur traversée de ce qui avait autrefois été l'Empire, les voyageurs avaient dû trouver un abri en pleine nature, se contentant de grottes et de bois pour tout refuge. Pej et Jih'lod, en dépit du froid mordant, répugnaient en effet à pénétrer dans les villages des *nedaks*, comme ils les appelaient. Wilf et Djulura, quant à eux, jugeaient inutile de faciliter la tâche des Lanciers Saints qui les traquaient peut-être encore... En particulier si près des terres du triste paladin Luther, celui-là même qui avait montré tant d'obstination à poursuivre les derniers acolytes de Caïus. Tous s'accordaient donc pour rester éloignés de toute habitation.

En parcourant la Province de Mille-Colombes, ils avaient parfois longé les murailles des fameuses cités-États, dont l'architecture opulente se parait de tours et de dômes visibles à des lieues à la ronde. Wilf n'était pas parvenu à s'émerveiller.

Même alors que les quatre compagnons de route avaient touché au but, s'approchant de la fastueuse ville méridionale qui servait d'écrin au palais des ducs de Fael, le cœur n'y était pas. Le garçon aux cheveux corbeau avait observé d'un œil vigilant ces pierres et ces gens, ces jardins et ces chevaux, sachant que – si ce qu'on lui avait révélé sur ses origines était exact – tout cela lui reviendrait peut-être un jour… Mais il n'avait pu s'émouvoir tout à fait.

L'ombre de Lucas planait encore sur eux tous.

Les trois étrangers avaient été logés dans les appartements prévus pour les invités du castel, tandis que la duchesse avait regagné ses quartiers depuis longtemps désertés. Leur retour était resté discret, jusqu'à ce soir.

Les rites en cours avaient pour but d'introniser Djulura dans ses nouvelles fonctions, qui étaient de remplacer son frère disparu à la tête de la Province. Il n'était pas question bien sûr que celle-ci acquît une quelconque indépendance, et le joug de la Théocratie se ferait toujours sentir. Mais il fallait bien, malgré tout, que les rênes de la politique locale soient laissées à une personnalité reconnue et admise par son peuple. Aussi une autonomie relative avait-elle été accordée à la Terre d'Arion. Pour le moment, en tous les cas, et tant que les forces de l'Église grise auraient d'autres chats à fouetter dans les Provinces nordiques...

C'était ainsi que la duchesse était devenue officiellement souveraine de sa terre, après des années passées sous le déguisement de Caïus, son frère depuis longtemps décédé. Elle n'avait fait qu'une timide apparition aux balcons du palais, pourtant acclamée par le peuple de la cité. Sitôt les traités de vassalité signés avec les représentants de la Théocratie, le masque d'indifférence et de silence avait couvert de nouveau son visage. À présent, dans une profonde crypte du palais, tandis que les plus patriotes des Arionites lui rendaient hommage par cette cérémonie secrète, elle semblait encore perdue dans quelque lointain et intime ailleurs.

Au centre de la crypte, le plafond s'ouvrait sur un puits large de plusieurs mètres, qui remontait vers la surface. Un vitrail circulaire scellait cette ouverture et retenait l'eau du puits. C'était un disque de verre coloré, assez épais pour résister au poids du liquide mais suffisamment limpide pour que les rayons du soleil puissent le pénétrer et illuminer la crypte. À cette heure, la nuit était déjà tombée, mais en pleine journée la lumière du puits devenait assez forte pour rendre inutile l'usage de chandeliers. La crypte baignait alors dans une clarté étrange et changeante, aqueuse, teintée des mauves et des ors du vitrail.

Celui-ci représentait un cavalier en robe blanche. Ses cheveux étaient noirs, mais le dessin était trop rudimentaire pour que l'on puisse distinguer ses traits. Il tenait dans sa main droite une épée noire à garde blanche. Sur son écu était peint un oiseau rouge sur fond blanc. Au-dessus de lui, enfin, brillait une étoile démesurée. Personne n'avait parlé à Wilf depuis son entrée dans cette pièce secrète, mais le garçon pensait deviner où il se trouvait : dans le tombeau du roi Arion. Bien que son devoir de monarque eût souvent appelé ce dernier dans son palais du centre du continent, il semblait être toujours resté sincèrement attaché à sa terre natale. Wilf avait appris ce penchant dans quelque livre des bibliothèques mossievites, et il en avait à présent la preuve, si ce lieu était bien celui qu'il croyait. Arion, dont le palais royal était depuis bien longtemps réduit en ruines, oublié quelque part dans les landes désolées du Marais du Deuil, avait choisi de reposer au cœur de Fael après sa mort. Ainsi, cette Province à laquelle on donnait le nom de Terre d'Arion semblait-elle le mériter plus que Wilf ne l'avait cru jusqu'à présent…

Car ce n'était pas seulement cette crypte qui rendait hommage à la mémoire du mythique souverain, mais le pays tout entier. Du plus humble fermier, s'étant fait soldat pour suivre le duc Caïus dans sa révolte insensée, jusqu'aux plus célèbres des Ménestrels, tous étaient unis par ce sentiment d'appartenance au même rêve fondateur. Ces gens étaient fidèles à une monarchie disparue depuis plus de quatre siècles…

Un sarcophage de pierre sombre occupait le milieu de la pièce. La silhouette qui y était sculptée en bas-relief avait le visage drapé jusqu'aux yeux, et les mains posées sur le plexus, l'une sur l'autre. Une couronne taillée à même le marbre ceignait le front de la statue, plaquant la capuche de sa robe sur ses tempes. Les yeux de pierre lisse, vides de tout regard, donnaient une impression étrange. Debout derrière la sépulture, Andréas officiait, les bras levés et la voix tonnante. Il proclamait l'autorité de la nouvelle duchesse régnante, et l'espoir qui survivait de voir un jour la rébellion vaincre les forces de l'Église grise. À ses côtés, Oreste Bel-Esprit, Ménestrel à la tresse blonde, conservait un silence religieux. Wilf pestait intérieurement contre ces tribuns pleins de bonne volonté. Son amie avait besoin qu'on la laisse en paix, pas de cérémonies pompeuses…

Les deux Ménestrels étaient venus la chercher dans ses appartements peu avant le crépuscule. Djulura avait tenu à ce que le garçon l'accompagne, ce à quoi les musiciens avaient acquiescé avec bienveillance. Toutefois, il avait été décidé depuis leur arrivée à Fael de garder secrète l'ascendance de Wilf : l'enfant devait bien sûr se méfier plus que jamais de la Théocratie, qui n'accepterait en aucun cas de laisser la vie sauve à un héritier des Rois-Magiciens…

À présent, la duchesse arionite et son protégé semblaient attendre la fin des rites, l'une plongée dans ses obscurités, l'autre s'ennuyant ferme, vaguement mal à l'aise. Il regrettait que ses compagnons tu-hadji n'aient pas été conviés à cette réunion, car leur présence était toujours pour lui un réconfort.

Les paladins en armure rouge, immobiles, devaient représenter quelque garde ducale aux prérogatives opaques. Wilf n'en avait jamais vu auparavant dans le castel de Fael. Le reste de l'assemblée était composé de Ménestrels, de diseuses de bonne aventure, et de Guerriers du Cantique. Parmi ces derniers, le garçon aux cheveux noirs en reconnut trois qui avaient participé à la guerre contre les Lanciers Saints. Astarté, la diseuse rondouillarde qui l'avait entretenu au sujet de sa destinée quelque mois plus tôt, était là également.

— L'élite des Templiers… murmura Wilf. Plus que jamais, leur rêve collectif lui semblait étranger. Il ne se souciait pas plus de la monarchie et de l'Empire défunts que de la Théocratie actuelle. Avant de s'intéresser à la politique, il espérait réconforter Djulura comme il le pourrait, se venger du prince Ymryl, et… En toute franchise, il devait avouer qu'il ignorait lui-même ce qu'il désirait pour la suite. Après avoir embrassé les carrières de voleur et de soldat, après avoir été homme de lettres puis apprenti maître-tueur, il ne savait guère ce que pouvait lui réserver l'avenir. Ce qui était certain, c'était que ni les Ménestrels, ni personne d'autre, ne lui dicterait sa conduite, ruminait l'ancien enfant des rues de Youbengrad alors que la cérémonie touchait à sa fin.

À ce moment, Djulura s'avança près du sarcophage et s'inclina devant l'assemblée. Puis, comme s'il s'était agi là d'un signal cérémoniel, l'entière procession remonta lentement vers les niveaux supérieurs du palais. La duchesse regagna ses quartiers sans un mot.

Les semaines qui s'écoulèrent ensuite ne virent aucune amélioration de son état.

Le château tout entier semblait se morfondre. La duchesse restait inconsolable malgré les efforts conjugués de son cousin Oreste et d'Andréas. Elle passait ses journées enfermée dans sa chambre, ne se levant presque pas, ignorant les visiteurs. Wilf, quant à lui, ne trouvait plus le courage d'aller lui parler.

Les couloirs et les appartements luxueux paraissaient vides et froids malgré le retour du printemps. L'inertie de Djulura devait être contagieuse, car c'était tout le palais qui vivait au ralenti… On aurait dit que les oiseaux eux-mêmes osaient à peine chanter. La langueur et la mélancolie marquaient tout de leur empreinte. Seuls quelques bambins, fils et filles de domestiques vivant au château, faisaient résonner de temps à autre un rire ou une comptine. Mais ils étaient aussitôt réprimandés du regard, comme si chacun dans ces murs avait dû absolument partager la peine de la maîtresse des lieux. Dans cette ambiance déprimante, Wilf passait son temps à errer de-ci de-là, souvent gagné à son tour par la mauvaise humeur.

Dans les premiers temps, il lui arrivait parfois de s'entraîner au combat avec les deux Tu-Hadji, quoique sans grand enthousiasme ni d'un côté ni de l'autre. Puis Jih'lod les avait quittés, s'en retournant chez les siens pour plusieurs mois. Sa famille lui manquait. Peut-être aussi ne pouvait-il pas délaisser plus longtemps ses obligations envers la tribu. Toutefois, il avait promis au garçon d'être de retour au plus tard pour l'automne. Pej, lui, était resté en compagnie de Wilf – le peuple des chasseurs de Hordes semblant s'être donné pour consigne de ne plus jamais le laisser seul – mais il était évident que lui aussi aurait désiré retrouver ceux de son clan. En fait, n'étaient l'affection qui le liait à Djulura et son inquiétude pour elle, Wilf aurait proposé aux guerriers coiffés d'andouillers qu'ils aillent tous trois retrouver les leurs.

C'était sans doute ce qu'avait espéré Pej, mais sa fierté lui interdisait de le demander ouvertement au garçon. Après le départ de son frère de race, il s'était donc refermé sur lui-même, rendu malheureux par ce séjour forcé dans une cité humaine. Wilf ne doutait pas un instant que le castel de Fael représentât pour lui un véritable cachot. Sans cesse, malgré son désir de garder son dernier ami à ses côtés, il lui conseillait d'imiter Jih'lod, mais jamais le guerrier tuhadji n'aurait accepté. Toutes les exhortations du garçon – y compris ses arguments selon quoi il ne courait aucun risque dans l'enceinte du palais ducal – n'y changeaient rien.

La présence maussade de Pej ne lui apportant pas plus de chaleur que celle de Djulura, Wilf prit l'habitude d'aller traîner seul dans le château, dans l'attente de jours meilleurs. Ce fut au cours d'une de ces errances qu'il tomba sur un portrait saisissant, pendu au mur d'un palier peu fréquenté. C'était un tableau grandeur nature, représentant le buste d'un noble dans la force de l'âge.

Wilf n'en crut pas ses yeux. Malgré les années qui le séparaient de l'homme du portrait, sa ressemblance avec celui-ci était frappante. Le personnage aurait-il été peint à l'âge de quinze ans que tous deux eussent semblé être de parfaits jumeaux… *Voilà, s'il en était besoin, la preuve que j'appartiens à cette maison*, songea Wilf. Cet homme était-il son vrai père?…. Ou bien un oncle, un grand-père peut-être? Aucun des domestiques interrogés par le garçon ne semblait hélas le savoir, ni même connaître l'identité de la personne représentée sur ce tableau. Wilf se promit de questionner Djulura dès qu'elle se montrerait dans de meilleures dispositions.

Lorsqu'il ne déambulait pas au hasard des corridors du palais, l'enfant de Youbengrad montait sur les remparts qui longeaient la falaise. Il y demeurait des heures, perdu dans la contemplation des rouleaux qui venaient se briser contre la pierre, de ce rivage battu par le vent de mer. C'était un spectacle impressionnant et sauvage, la rencontre de deux mondes dont l'un lui était parfaitement mystérieux. En Terre d'Arion, les tempêtes n'étaient pas rares, même au printemps. Les vagues grondaient alors, mêlant leur voix à celle des bourrasques, léchant de leur écume la longueur des remparts, avec la même avidité que des flammes. À la fois colère et sagesse, immensité et frontière, l'océan fascinait Wilf chaque jour davantage. Il comprit vite que les rivages étaient des endroits d'une force à nulle autre pareille.

Bientôt, son quotidien fut égayé par la présence d'Andréas et d'Oreste. Les bardes n'avaient pas paru lui accorder grande importance depuis le début de son séjour à Fael, trop soucieux au sujet de leur bien-aimée duchesse. Mais sans doute avaient-ils fini par se décourager, impuissants à apaiser son chagrin, puisqu'ils décidèrent de reporter une partie de leur attention sur le jeune héritier des rois.

— Nous ne pouvons rien de plus, soupira un matin Andréas. Notre magie est certes capable d'apaiser les cœurs, mais rien n'est possible lorsque le mal est aussi profond.

— Il faut espérer que Djulura saura échapper d'elle-même à cette excessive affliction, confirma le Ménestrel blond. Je connais bien ma cousine, ajouta-t-il rassurant : et c'est la personne la plus forte qu'il m'ait été donné de rencontrer…

Wilf, pensif, s'assit dans le plus large fauteuil du boudoir où ils l'avaient retrouvé. Les musiciens firent de même, s'installant dans les sièges, moins confortables, qui faisaient face à celui du garçon.

— Pardonne-moi de t'avoir un peu délaissé, fit soudain la voix de basse d'Andréas. Depuis votre arrivée, j'ai consacré chacune de mes heures à la duchesse… Mais tu n'en avais pas pour autant déserté mes pensées. (Le baladin aux larges épaules lissa d'un geste machinal le revers de son costume bleu roi.) Je sais bien que tu ne me portes pas dans ton cœur depuis les événements de Mossiev, continua-t-il, mais j'aimerais à présent que nous soyons amis.

Wilf fit un geste évasif, volontairement ambigu. Cela pouvait signifier que les rancœurs passées n'avaient plus d'importance, ou au contraire que le pardon n'était pas encore à sa portée.

— Je crois, messire, fit-il pour changer de sujet en s'adressant à Oreste, que je n'ai jamais eu le loisir de vous remercier pour m'avoir sauvé la vie. Si les histoires que l'on m'a racontées sont vraies, c'est à vous que je dois d'avoir échappé au massacre de Syljinn, alors que j'étais nourrisson.

Le Ménestrel lui répondit de son sourire paisible, puis son visage redevint grave :

— Je n'ai fait que mon devoir… Tu représentes le seul espoir de tout notre peuple, ajouta-t-il dans un murmure.

Wilf haussa les sourcils.

— Alors c'est vrai… Vous avez vraiment décidé de faire de moi votre futur roi… médita-t-il sur le même ton, entre soupir et confession.

— C'est la place qui te revient, enfant, commenta calmement Andréas. Tout ce que tu vois autour de toi à Fael formait le fief de la dynastie de tes ancêtres. C'est la vérité… Sans parler du reste du continent, sur lequel ils ont si longtemps régné avec bienveillance !

— Oui, acquiesça le garçon, Astarté m'a révélé ces choses-là… Je porte en moi l'héritage d'Arion… récita-t-il. Mais j'aurais tellement voulu que mes parents soient encore en vie. À quoi me sert-il d'appartenir à une famille aussi illustre si j'en suis le dernier représentant? Je ne ferai pas revivre la maison des Rois-Magiciens à moi seul... Je ne sais même pas si j'en ai envie... (Wilf s'interrompt, la bouche ouverte, frappé par une pensée subite.) Eh, dites-moi, reprit-il de but en blanc, j'ai vu le portrait d'un homme, dans l'escalier menant à la tour nord... Et cette personne, c'était moi, trait pour trait! Savez-vous de qui il s'agit?

Oreste esquissa un sourire.

— Cette tour abritait les appartements du vieux duc – le père de Djulura, expliqua-t-il de sa voix mélodieuse. Et le tableau dont tu parles représente Arion lui-même. Le dernier de nos rois.

— Une telle ressemblance... à quatre siècles d'intervalle? s'intrigua le garçon. C'est incroyable!

— Ce n'est guère étonnant, au contraire, protesta le Ménestrel. Après tout, *tu es de son sang...*

Singulière formule... pensa Wilf. Si sa mémoire était bonne, ce n'était pas la première fois qu'il l'entendait. Pourquoi toujours s'exprimer de cette manière pour évoquer son ascendance?

— À ta place, dit Andréas chaleureusement, je serais plutôt flatté. N'est-ce pas motif de fierté que d'être l'image même d'un si grand homme?

Wilf se rembrunit un peu:

— *Vous* dites que c'était un grand homme, rétorqua-t-il. Moi, je ne sais presque rien de lui... Et je ne crois pas que nous ayons fréquenté les mêmes camarades de jeu quand nous étions gamins, renchérit-il, cynique. En vérité, l'attitude des Ménestrels, qui paraissaient nourrir beaucoup trop de projets pour lui, le rendait nerveux...

« Sauf votre respect, ne vous imaginez pas faire de moi la réplique exacte de votre monarque, conclut-il donc sur le ton de l'avertissement.

Le mutisme général ne dura qu'une seconde.

— C'est pourtant ce qui t'attend lorsque l'heure sera venue! s'emporta soudain Andréas, avec un beau courroux. Oserais-tu renoncer à tout ce qui s'offre à toi? À la loyauté de tes Templiers et à la Monarchie du Cantique? gronda-t-il, plus théâtral que vraiment fâché.

Oreste intervint néanmoins, apaisant:

— Pour ma part, je suis persuadé que Wilf se montrera digne de son ancêtre. Mais il a raison de nous mettre en garde…

De nouveau, le jeune musicien sourit:

— Ne nous y trompons pas, Andréas: ce garçon mènera sans nul doute la vie qu'il aura choisie… Ceux de sa maison ont toujours forgé eux-mêmes leur destinée. Notre rôle, c'est de lui venir en aide et de le servir, pas de lui donner des ordres.

En prononçant ces dernières paroles, Oreste avait baissé la tête légèrement, dans une attitude presque respectueuse. Andréas tripota sa moustache, visiblement mal à l'aise.

— Vous voulez dire, demanda Wilf, soudain incrédule, que me resteriez fidèles même si je décidais de refuser votre trône?

Cette fois, l'instant de silence s'éternisa. Les deux hommes avaient l'air passablement embarrassés.

— Nous autres, Ménestrels, avons quelque peu oublié ce que cela signifiait de se soumettre à l'autorité de notre roi, continua enfin Oreste.

— Plus de quatre cents longues années ont passé… Quatre siècles pendant lesquels les ducs et les Templiers ont été leurs seuls maîtres... Mais nous apprendrons à nous souvenir, fit-il d'une voix plus forte en plongeant son regard dans celui d'Andréas.

— Toutefois, je crois que tu ne mépriseras ni ta charge ni ton peuple, mon enfant, reprit-il en s'adressant de nouveau à Wilf. *Tu seras notre roi.* À ta manière, peut-être. Mais c'est dans l'ordre des choses, et je n'imagine pas comment il pourrait en être autrement.

Une pensée étrange s'empara alors du garçon. Il se souvint de cette nuit, pas si lointaine, où le baladin à la tresse blonde lui avait offert ce chant curieusement familier, accompagné de sa cordeline. Il avait à cette occasion ressenti pour la première fois un poids inconnu. Un sentiment impérieux, quoique pas vraiment contraignant. Quelqu'un à qui il s'en serait ouvert aurait sans doute évoqué une notion comme le *devoir,* mais lui, qui vivait cela en son for intérieur, savait qu'il s'agissait de quelque chose de bien plus intime.

Andréas s'éclaircit la voix.

— Enfant, si nous sommes ici ce matin, c'est avant tout pour te parler de ton éducation, avoua-t-il. Je sais que tu as mené de brillantes études à Mossiev et je m'en réjouis, mais cela n'est pas suffisant pour l'héritier du trône arionite.

Wilf leva les yeux vers lui, interrogateur.

— Les Rois du Cantique, poursuivit Oreste avec douceur, appartenaient à l'élite des plus puissantes maisons du continent... Et, avant la Grande Folie, cela signifiait les familles de *mages*...

— Tu as prouvé que tu étais déjà un guerrier valeureux, et tu passes également pour un garçon cultivé...

— Mais il est évident qu'aucun Roi-Magicien ne saurait régner en ignorant tout des pouvoirs de la Skah, termina à sa place le barde barbu.

Les pouvoirs de la Skah ? Le corps du garçon se raidit par réflexe.

— Eh ! se défendit-il. Qu'est-ce que vous attendez de moi ? Je ne suis pas un Impur !

— S'il-te-plaît, fi de ces vieilles superstitions ! soupira Andréas en fronçant les sourcils avec lassitude. Tu sais bien à présent que ce terme ne veut rien dire...

Wilf resta un instant interdit. Élevé comme tout un chacun dans la terreur absolue des choses de la magie, il aurait eu bien du mal à réprimer cette réaction instinctive de dégoût. Toutefois, en y pensant, l'idée de découvrir un domaine à ce point inconnu séduisait farouchement sa curiosité naturelle. Le souvenir de Lucas s'imposa : son meilleur ami n'avait-il pas été lui-même une sorte de magicien ?

Un sourire carnassier vint donc presque aussitôt remplacer sa moue de surprise.

— Vous voudriez que je devienne un mage ? Eh bien, pourquoi pas... murmura-t-il, les yeux pleins de malice.

***

Étendue sur son lit, Djulura mourait de culpabilité. Tout était de sa faute, ruminait-elle. C'était sa faute si Lucas avait été tué.

Elle avait blessé la fierté du Prince-Démon. Elle avait caché des informations à ses compagnons. Si seulement elle n'avait pas gardé secrètes ses rencontres avec Ymryl, ils auraient pu se préparer, se tenir sur leurs gardes… Peut-être, si elle s'était montrée plus docile envers le lieutenant de Fir-Dukein, celui-ci n'aurait-il pas cru nécessaire d'occire son amant… Elle et ses amis auraient gagné du temps ; ils auraient pu débattre ensemble d'un plan. Mais il avait fallu qu'elle soit stupide et orgueilleuse.

La duchesse de Fael se souvenait avec précision de leur dernier combat dans les falaises de l'Est. Elle ne pourrait jamais oublier sa stupeur désespérée lorsqu'elle avait vu le corps de l'ancien novice s'écrouler. Lorsqu'elle avait compris que le prince était venu pour lui seul, l'univers entier avait paru s'étioler tandis que le vide se faisait en elle.

Il n'aurait pourtant pas été si difficile de le deviner. Le vassal du Roi-Démon n'avait-il pas directement menacé les jours de son amoureux ? Djulura ne parvenait pas à comprendre pourquoi elle n'avait rien dit aux autres. Elle s'était contentée d'attendre l'inévitable, sans rien tenter pour sauver celui qu'elle aimait. Elle avait *fait semblant* de ne pas s'en douter… Ses doigts fuselés étreignirent sa chevelure bouclée. Sa bouche se déforma dans un sanglot. Est-ce qu'elle avait pu le souhaiter ? Était-ce parce qu'elle désirait le prince Ymryl qu'elle avait laissé mourir Lucas ?

Ses yeux roulaient, hystériques, balayant le plafond de sa chambre. Elle aurait bien mieux fait de demeurer Caïus. Elle aurait bien mieux fait de ne jamais redevenir une femme.

Les mains crispées sur son visage, prostrée dans un irrationnel mépris d'elle-même, la diseuse songeait que ses passions humaines auraient dû rester mortes à jamais sous leur masque de métal brun. Éveillées, elles n'étaient parvenues qu'à détruire l'être le plus cher à son cœur. Et le chagrin n'était qu'une partie de son affliction. Le trouble qu'avait instillé Ymryl était toujours présent en elle, même après ces événements terribles. Comme elle s'était montrée faible face au Prince-Démon… Comme il avait réussi à farce d'elle sa complice, finalement… Et par son silence, elle avait le sentiment monstrueux d'avoir été si consentante…

Ses pouvoirs de diseuse ne lui étaient d'aucun réconfort, bien au contraire. Sans cesse, elle était assaillie par des visions d'un avenir possible, toujours le même. Un avenir qui n'avait rien de rassurant. C'était constamment les mêmes images honteuses, des scènes de bonheur sacrilège avec Ymryl, ce félon à l'espèce humaine. Dans ces songes inspirés par la magie, ils étaient tous deux passionnément épris. Leurs silhouettes en clair-obscur s'enlaçaient, ils n'étaient qu'un. Ymryl et son sourire flottant, Ymryl et ses mains élégantes. Ymryl et sa chair.

Djulura en venait à espérer qu'il ne s'agisse que de purs fantasmes. Elle espérait avoir perdu ses pouvoirs, être devenu folle. Tout, plutôt que de vivre un jour cette romance absurde avec l'assassin de Lucas.

Pourtant, cette pensée l'embrasait au moins autant qu'elle la répugnait. Elle sentait la peau brûlante de son ventre sous ses mains légèrement tremblantes. Son lit était défait depuis des jours ; elle entortillait un coin de son drap froissé entre ses doigts fébriles. Obsession. Tourmente. Démence. Des reflets de lumière qui décrivaient des angles étranges scintillaient au soleil de midi : tous les miroirs de la pièce avaient été brisés.

Entre deux moments d'asthénie ou d'égarement sensuel, la duchesse dépressive se prenait d'inquiétude pour les siens. Son attitude avait dû les perturber. Pauvres Oreste et Andréas, quels efforts ils avaient fait pour la ramener à la vie… Mais elle n'était plus capable d'éprouver la moindre chaleur pour ses semblables. Pourtant, il y avait eu une époque où elle s'était tout entière dédiée à ses devoirs envers son peuple… Comment était-ce, déjà ? Ses proches se morfondaient. Son palais souffrait. Le peuple de Fael se lamentait. Et le jeune Wilf, surtout, avait besoin d'elle. Qui serait son guide ? Djulura savait que l'héritier des rois devait être soutenu pour regagner son trône. C'était à elle seule de lui montrer le chemin, et de l'accompagner dans sa quête de la Lame. L'Épée des Étoiles.

Ymryl était là de nouveau, toujours trop présent. Elle se sentait comme possédée par lui. Si elle jouait son rôle de tutrice auprès de Wilf, ne risquait-elle pas de faire plus de mal que de bien ? *Et lorsque le temps sera venu*, avait dit le Prince-Démon, *vous me l'apporterez, Djulura. Nous l'offrirons à mon maître…*

Il ne fallait pas que Fir-Dukein ait cet enfant. Oh non ! Le seigneur d'Irvan-Sul ne devait jamais s'approprier le Sang d'Arion…

Chancelante, la noble se leva et fouilla dans les tiroirs d'une commode d'acajou.

Où avait-elle pu les mettre ? Elle était sûre de les avoir rangés ici… Prise d'un soudain vertige, elle leva une main molle à son front. Elle se sentait fiévreuse. Voilà, elle les tenait : le cœur et le coquillage. Elle s'agenouilla près de sa couche et posa ses trésors sur le lit pour les contempler. Dans ce bocal entouré d'un linge, elle avait caché un morceau de chair séchée : le cœur de Lucas, la seule chose qu'il était resté de son infortuné amant. Elle le caressa du bout des doigts à travers le verre. Puis elle porta le coquillage orangé à son oreille, et sourit. Le narya, symbole des amours malheureuses… Elle en avait finalement ramassé un, le matin suivant la mort de l'ancien moine…

Un soudain sanglot agita le corps de la diseuse.

Elle se leva brutalement et fracassa le coquillage à ses pieds. Ses poings serrés martelèrent le bois d'une armoire. Lorsqu'elle cessa de frapper, le silence était assourdissant. Djulura se saisit du drap blanc, en couvrit son corps nu, puis alla regarder par la fenêtre. La cour du castel était calme. Le soleil était haut dans le ciel. Elle ouvrit la fenêtre en grand et s'accroupit agilement sur son rebord. Juste devant elle, une corniche de pierre s'avançait au-dessus du vide.

Délicatement, la duchesse posa un pied sur la corniche, puis fit un autre pas. Elle était à présent debout, en équilibre sur quelques centimètres de pierre. Le vent de midi caressait sa peau, plaquant le drap contre ses bras croisés. Un cheval renâclait, plusieurs mètres en contrebas. Elie chancela, faillit tomber. Elle avait l'impression d'être dans un de ces rêves dont les incohérences agacent sans qu'on parvienne à les identifier.

Soudain, une bourrasque un peu plus vigoureuse lui envoya ses cheveux dans le visage. Elle les écarta puis regarda vers le sol. Pensive, la belle diseuse se mit à fredonner une comptine de sa petite enfance. Elle voyait enfin le terme de ses tourments. Tout pouvait être terminé en un instant.

L'univers était toujours aussi flou autour d'elle. Alors qu'elle allait se laisser chuter, Djulura s'avisa qu'elle avait soif. Elle avait envie d'une grande tasse d'eau fraîche. Elle savait que sur sa table de chevet, tout près, dans sa chambre, il y avait un pichet de grès contenant de l'eau de puits apportée par une domestique. La noble regarda derrière elle avec un gémissement. Elle ne savait pas comment y retourner sans tomber.

Avec adresse, lentement, elle fit trois petits pas à reculons. Puis elle s'accrocha au rebord de la fenêtre avec avidité, et se hissa à l'intérieur de la chambre.

Le pichet d'eau était là, à sa place. Elle but à grandes gorgées, promenant son regard, presque avec étonnement, sur les miroirs brisés et le mobilier chamboulé par ses fréquentes crises de nerfs. Ensuite, la duchesse se pelotonna sur sa couche, enroulant le drap autour d'elle. Là, tremblante, les genoux serrés sur sa poitrine, elle s'endormit.

2

Le nouvel apprentissage de Wilf n'était pas, loin s'en faut, aussi pénible et sévère qu'avait été celui avec Cruel-Voit. Malgré tout, Andréas se montrait un maître pointilleux et exigeant, qui ne tolérait pas le manque de concentration.

Les leçons de magie devaient bien sûr se dérouler dans le plus grand secret, aussi le professeur et l'élève se retrouvaient-ils à la nuit tombée, dans les étages de la tour nord, désaffectée. Même à Fael, dans l'intimité du castel des ducs, la crainte de la Théocratie n'était jamais bien loin. Seul Pej, Oreste et quelques serviteurs de confiance étaient dans la confidence.

Bien que ce soit Andréas qui se charge de la part la plus importante de sa formation, Wilf avait ainsi eu l'occasion d'apprendre à mieux connaître le Ménestrel à la tresse blonde. Il s'agissait d'un jeune homme doux et discret, presque timide, qui n'ignorait cependant rien des cours ni de leurs usages. Peut-être à cause de leur plus grande proximité d'âge, peut-être à cause de son vieux ressentiment envers le barde barbu, Wilf préférait en tous les cas la compagnie d'Oreste. Durant la journée, ils tuaient les heures ensemble en devisant paisiblement à propos de musique et de poésie. Par de nombreux aspects, le jeune Arionite rappelait au garçon son ami Lucas. Lui aussi était un idéaliste, respectant scrupuleusement la ligne de conduite dans laquelle il avait été élevé. À ce propos, Wilf essayait d'éviter tous les sujets touchant à la Monarchie défunte, même si c'était ceux qui semblaient le plus intéresser et émouvoir son interlocuteur.

Par ailleurs, Oreste informait régulièrement son compagnon des nouvelles qui parvenaient de l'ancien Empire. Visiblement, la Théocratie n'avait en rien réglé les problèmes de misère et de famine. Mais les Barricades étaient à présent réprimées avec une telle sauvagerie par les Lanciers Saints que la terreur avait étendu son règne dans les cités comme dans les campagnes. Dans certaines régions se développaient des foyers de rébellion, que les forces de l'Église grise ne mettaient jamais très longtemps à mater. Les punitions qui s'abattaient sur ces contrées étaient aussi sanguinaires que mémorables. À la lumière de ces rumeurs, la Terre d'Arion ne pouvait que se féliciter d'être située aussi loin des centres nerveux de la Théocratie, et d'avoir choisi la voie diplomatique.

Hélas, tôt ou tard, la dictature religieuse et militaire finirait par s'intéresser au sort des provinces du Sud. Alors, disait Oreste, il faudrait que Wilf et les Templiers soient prêts...

Et Andréas travaillait dur à cette fin. Le premier soir, il se rendit avec son nouveau pupille dans les quartiers déserts de la tour nord. C'était sans conteste la partie la plus austère du palais. Le mobilier y était de bois sombre, la poussière omniprésente, et les couloirs silencieux. Les araignées qui tissaient tranquillement leur toile semblaient en être les seules locataires depuis la mort du vieux duc.

C'était un soir de lune blanche, et le costume bleu roi du Ménestrel paraissait à peine plus sombre que pendant la journée.

Le musicien entreprit d'expliquer au garçon les bases de la magie, se permettant quelques effets de manche et jouant à merveille de cette voix qui semblait destinée à un plein amphithéâtre.

La magie, disait-il, était autrefois utilisée par les humains relativement couramment. Elle demandait bien sûr un apprentissage méticuleux, mais chaque petite ville pouvait se targuer de posséder son propre mage, tandis que les cités les plus imposantes accueillaient souvent des fraternités entières d'enchanteurs.

Ces derniers avaient longtemps été divisés entre quatre écoles de pensée, les Dogmes, chacun s'étant spécialisé dans un certain usage du pouvoir.

— Des quatre Dogmes, déclama Andréas, un seul survécut à la Grande Folie qui broya notre continent. Avant ce cataclysme, ils avaient œuvré tous ensemble à servir les Rois-Magiciens et leur peuple. Son regard se fit alors légèrement vitreux, comme s'il cherchait à rassembler de lointains souvenirs. Sa voix était étrange lorsqu'il reprit :

« Il y avait le Dogme de la Branche Vivante, regroupant les mages proches de la nature sauvage. Ceux de la Branche Vivante parlaient aux arbres et aux loups, ils couraient invisibles dans la forêt, parcourant des lieues en un instant. Ils pouvaient devenir le corbeau qui observe depuis les cieux ou le lion noir dont la griffe éventre les ennemis. Voilà ce qui a été perdu.

« Il y avait le Dogme du Joyau d'Ébène, le plus mystérieux de tous. Ses membres étaient les intrigants et les espions. Ils connaissaient chaque pensée, chaque faiblesse, et jouaient des peurs les plus intimes. Ils étaient à la fois les conseillers et les assassins des rois, ayant toujours fait de leur art un mariage consommé entre meurtre et politique. Leurs plans n'étaient pas seulement complexes, ils étaient l'essence d'un chaos domestiqué. Ceux du Joyau d'Ébène maîtrisaient chaque variable, prévoyant la plus surprenante des réactions, et aucune défense ne pouvait empêcher leur lame fourbe de trouver son chemin. Voilà ce qui a été perdu.

« Il y avait le Dogme de la Coupe Fantôme, le collège de l'esprit liquide. Ceux de la Coupe Fantôme étaient les mages insaisissables, les plus hardis, évoluant dans les cercles les plus flous de la magie. Ils invoquaient des serviteurs dont la façon de penser était totalement étrangère au genre humain, des créatures dont la seule vue t'aurait rendu fou. Leur curiosité insatiable en avait surtout fait les chercheurs les plus riches de sapience. Mais jamais ils ne partageaient leurs secrets. Leur pouvoir était un fleuve qui se muait sur commande en gouttelettes puis en vapeur. Voilà ce qui a été perdu.

« Il y avait, enfin, le Dogme de l'Épée de Cristal, qui fut rebaptisé du temps d'Arion : il devint le Dogme de la Lame des Étoiles. Ceux de l'Étoile dominaient la magie de bataille. Leurs rangs formaient les Templiers de la maison des Rois-Magiciens. Ils avaient aussi des visions de l'avenir, et pouvaient cheminer au cœur des âmes humaines grâce à leurs harmoniques mystiques, changeant les humeurs ou inspirant divers sentiments d'artifice. Voilà ce qui a subsisté.

Le barde se tut, le bras droit encore tendu devant lui. Le trémolo émouvant de sa voix, son regard d'une rare intensité s'accordaient à merveille avec la gravité de sa figure et sa gestuelle majestueuse.

En le contemplant dressé de la sorte, Wilf ne put réprimer un sourire. Comme c'était le cas bien souvent, le violoniste aux larges épaules avait vraiment l'air d'un roi. Mieux que ça : d'un acteur de tragédie campant avec talent quelque roi romanesque...

— *La Lame des Étoiles*... fit néanmoins pensivement le garçon, mû par une soudaine intuition. Ce n'est pas simplement un nom. Je veux dire... elle existe réellement, n'est-ce pas ? Qu'est-ce que c'est ?

Andréas soupira discrètement, l'air embarrassé par cette question.

— Normalement, finit-il par dire, ce ne devrait pas être à moi de te parler de cela, enfant...

— À qui, alors ? demanda Wilf, intrigué.

— La maison des ducs, marmonna le Ménestrel. Djulura... C'est elle qui devrait te révéler ces choses...

Le garçon resta silencieux, plantant simplement ses yeux noirs dans ceux d'Andréas.

— C'était l'arme d'Arion, reprit alors ce dernier à contrecœur. Mais c'était aussi son symbole : il a bâti toute sa légende autour d'elle... Cette épée, notre peuple lui doit son nom.

— *Les Gens de l'Étoile*, acquiesça Wilf, pensif.

— L'histoire de la Lame n'était pas terminée, continua la voix de basse avec émotion, lorsque la Grande

Folie éclata. C'était terrible que les choses finissent ainsi.

Une courte pause, puis :

— Il existe des créatures, les Dragons Étoilés. (Les sourcils touffus du musicien frémirent légèrement.)

« On ignore ce que sont vraiment les Dragons, fit-il dans un chuchotement grondant, mais celui qui s'en rendrait maître disposerait d'armes souveraines, toutes-puissantes... Et Arion pensait que la Lame des Étoiles était la clé pour les dominer.

Le garçon resta immobile, pensif.

— Il y est parvenu ? interrogea-t-il enfin.

Andréas hocha négativement la tête.

— Lorsque le continent fut la proie de ce terrifiant chaos, l'épée fut perdue. Et c'était peut-être mieux ainsi, étant donné la démence qui avait gagné tous les sorciers. Nous ignorons où elle peut se trouver aujourd'hui. Quant aux Dragons Étoilés, Arion n'avait pas encore réussi à élucider l'énigme qu'ils représentaient. Nous sommes persuadés qu'ils existent, et qu'ils pourraient encore à présent nous assurer la victoire contre nos ennemis, mais leur localisation demeure absolument inconnue.

Le visage de Wilf avait pris une expression dubitative.

— Comment peut-on être sûr de leur existence si personne ne les a jamais vus ? fit-il avant de souffler bruyamment pour éloigner une mèche noire de ses yeux.

— Arion y croyait, fit le violoniste comme si c'était un argument crucial. Et... (il s'interrompit, posant sur le garçon un regard de sollicitude que celui-ci trouva légèrement agaçant) ton ancêtre était un mage d'une clairvoyance inouïe, peut-être le plus puissant qui ait existé… Mon enfant, s'il croyait à la réalité des Dragons, c'est forcément qu'il avait de bonnes raisons pour cela. Qui sait ce que ses visions mystiques avaient pu lui révéler ?

L'adolescent aux cheveux corbeau opina du chef. Mais sa curiosité n'était pas assouvie :

— Cette *Lame*, demanda-t-il, l'avait-il forgée lui-même pour s'arroger le contrôle des Dragons ?

— Je crois que non, répondit Andréas. Les vieilles traditions rapportent qu'il en parlait comme d'un présent des Sœurs Magiciennes. Plutôt bizarre, à mon avis… En tous les cas, je n'ai jamais compris la réelle implication de la Sororité dans cette question des Dragons. Mais depuis la mort du dernier roi et la perte de l'épée, la famille des ducs de Fael a fait le serment d'aider l'héritier d'Arion à retrouver cette arme mythique puis à dominer les Dragons Étoilés. Hélas, tu sais bien que Djulura n'est pas apte pour le moment à…

« Enfin, je ne vois pas ce que je pourrais te dire de plus, conclut alors le musicien, ébranlé par l'évocation de l'état de sa duchesse. Mettons-nous au travail, si tu veux bien, que tu goûtes enfin au legs fondamental de ta maison…

Wilf obtempéra.

La magie. L'étude lente et frustrante, les progrès rares et maladroits… L'ennui des interminables leçons se mêlant à l'embarras de l'échec ; voilà ce que ne tardèrent pas à évoquer pour le garçon ses nuits studieuses avec Andréas. Les semaines passaient, identiques et mornes, la nature mystique de cet enseignement laissant l'adolescent penaud et décontenancé.

Le Ménestrel vêtu d'azur n'émettait pas le moindre reproche envers son pupille, ni ne semblait s'impatienter de la résistance que mettait Wilf à se plier aux exercices d'approche les plus simples. Pourtant… Lassitude, découragement… Toutes ces heures nocturnes, insipides et fastidieuses… Le garçon éprouvait de jour en jour une amertume croissante.

— Quel orgueil! tempêtait Andréas en riant. Tu voudrais maîtriser la Skah en une semaine! Le sang impatient des Rois du Cantique est décidément bavard dans tes veines!….

Au début, Wilf n'avait pas compris ce que son professeur trouvait si cocasse. Son agacement était allé en s'accentuant. Puis, quelque temps plus tard, le barde s'était expliqué, toujours goguenard:

— Cela t'est vraiment si pénible de ne pas montrer de dispositions particulières pour quelque chose? J'imagine bien que tu aurais préféré bénéficier d'un don inné!…. Mais tu ne sais pas modérer ton énergie, mon garçon. Tu ignores tout du ralentissement et de la docilité. Et tant que ce sera le cas, tu seras mauvais magicien… tout comme tu serais mauvais musicien, si nous avions le temps de t'enseigner cet art.

— Malgré tout, n'oublie pas qui étaient tes ancêtres: pas n'importe quels magiciens, mon enfant… mais les Rois-Magiciens! (Sourire entendu.) Tu y arriveras… avait conclu le baladin.

Il ne se trompait pas. Le premier contact de Wilf avec la Skah eut lieu peu après le début de l'été. Récompensant soudain les longs moments passés devant ses mains inertes, les semaines de méditation infructueuse, la magie avait enfin frôlé la conscience de son prétendant.

Wilf avait aussitôt senti le flux régulier dont cette source originelle baignait tous les éléments de l'univers. L'énergie primordiale de la magie, qu'Andréas appelait la Skah ou encore *l'âme extérieure,* était aussi celle du monde tout entier… Une empathie inconnue avait alors envahi l'adolescent, une osmose totale, troublante et grandiose, qui justifiait à elle seule les mois d'essais non concluants. Wilf n'en avait pas cru ses oreilles lorsque le Ménestrel lui avait affirmé que son contact n'avait duré qu'une seconde.

À la grande excitation du garçon, le phénomène commença à se reproduire, rarement tout d'abord, puis de plus en plus souvent. Lors de ces rencontres fugitives avec la Skah, ces éclaboussures comme disait le violoniste barbu, Wilf voyageait, immobile, et atteignait ainsi un étrange endroit. Il demeurait incapable de diriger le courant de la Skah à sa guise, mais en ressentait chaque atome. Situé exactement *par tout,* c'était un lieu malgré tout hors du temps, où l'immense pouvoir de ses aïeux s'imposait pleinement à lui.

Andréas l'encourageait à ressentir ce qu'il nommait une *diphonie,* un accord entre la voix de l'âme extérieure et la propre âme de son élève… Mais, à l'étonnement du maître magicien, l'adolescent restait sourd à ce double écho, ne ressentant au contraire qu'une unité parfaite… Peut-être, selon le Ménestrel, cette anomalie était-elle due à la formation tardive de son apprenti. En effet, les privilégiés qu'on destinait à l'étude de la magie étaient toujours éduqués dès leur plus jeune âge pour devenir des spirites accomplis, Wilf, lui, avait déjà quinze ans – presque un adulte, et la vie qu'il avait menée jusque-là n'avait rien eu pour préparer son esprit aux choses mystiques. Bien au contraire, les réalités pragmatiques étaient si profondément ancrées en lui qu'il lui semblait souvent posséder une conscience ligotée, à demi aveugle. Andréas ne paraissait toutefois pas se contenter de cette explication pour justifier l'absence d'écho mental chez son élève, et ce dernier ne pouvait que l'observer qui soufflait dans ses moustaches avec perplexité.

Cela n'empêcha pas le Ménestrel de mener son élève à un degré supérieur dans son étude de la magie. Après avoir ressenti la Skah, Wilf devait apprendre à la modeler, à en guider le cours pour accomplir sa volonté.

Les sortilèges communément employés par les saltimbanques de l'Étoile touchaient aux soins des blessures, à l'enchantement des armes et des armures, mais aussi à la projection d'énergie magique pure pouvant s'abattre sur leurs ennemis. Les voies de l'esprit, le contrôle des humeurs et des sentiments viendraient plus tard : il s'agissait d'un enseignement plus subtil et plus long, qui requérait une certaine maîtrise du verbe et de la musique. Djulura, dès qu'elle irait mieux, se chargerait enfin d'instruire l'héritier de la Monarchie dans le domaine de la voyance, talent d'ordinaire réservé aux seules diseuses de bonne aventure.

Hélas, même dans les domaines les plus grossiers de la magie de bataille, il semblait être encore un peu tôt pour Wilf. Ses sortilèges aboutissaient rarement, et seulement après une concentration longue et pénible. Le garçon se demandait quel avantage des effets aussi laborieux à mettre en place pouvaient bien procurer au cours d'un combat. Mais il continuait de s'améliorer, nuit après nuit, et les choses suivaient leur cours sous la vigilance sereine d'Andréas.

Peu à peu, des discordances d'ordre éthique se firent néanmoins jour entre l'adolescent et l'Arionite barbu. De petits détails, mais qui ne cessaient de gêner Wilf dans sa formation.

Il semblait souvent au garçon que son maître voyait le pouvoir à travers un trou de serrure, ce qui se ressentait dans sa façon d'enseigner. Pour le Ménestrel, la Skah était connotée, elle était avant tout un pilier important de la Monarchie du Cantique. Il y trouvait un mysticisme étrange, presque une morale, sous prétexte que les Rois-Magiciens en avaient fait l'essence de leur règne. Mais Wilf aussi observait ce pouvoir, même s'il était encore incapable de le manipuler efficacement. Et il n'estimait pas, lui, que celui-ci puisse être dirigé par une quelconque philosophie.

La Skah, c'était une énergie vitale, qui palpitait avec les marées, dont le chant s'élevait comme une vibration du monde naturel. La Skah était le sang impalpable de la planète. Et les planètes ne poursuivaient aucun idéal, pensait le garçon, elles ne connaissaient ni la loyauté ni le patriotisme… Elles échappaient au néant, voilà tout, et cela lui semblait une tâche suffisamment noble.

Toutefois, Wilf était d'accord avec son professeur sur un point : le pouvoir de l'âme extérieur ne pouvait pas être considéré comme un simple outil. Il s'agissait d'une force qu'on ne pouvait manier sans respect.

Malgré son âge, propice à l'indifférence et au mépris, malgré même sa personnalité rebelle, Wilf avait ressenti l'exacte nature de cette osmose. La

Skah était le monde, et la juger avec dédain revenait à se nier soi-même. L'enfant qui avait grandi à Youbengrad commençait presque à penser que l'usage de la magie le rendrait meilleur, lui inspirant dans une certaine mesure compréhension et compassion à l'égard du reste de l'univers…

Que cette impression fût fondée ou non, le pouvoir affluait, chaque soir un peu plus. Son flot enflait comme celui d'un jeune torrent de montagne. Wilf était encore loin de faire un mage digne de ce nom. Cependant, il savait qu'il ne verrait jamais plus le monde de la même manière… En cela, il comprenait un peu mieux la solitude qui avait pu être celle de Lucas. Certaines nuits, lorsqu'il expérimentait cet état de conscience osmotique avec l'âme extérieure, il lui semblait jouir d'une lucidité absolue, qu'Andréas lui-même était incapable de soupçonner. Et quand cela se produisait, l'adolescent pouvait demeurer des heures ainsi. De la Skah vivante au bout des doigts, son regard absent observant maintenant bien au-delà de la simple réalité matérielle, il sentait la respiration du monde.

Un sentier incorporel s'ouvrait devant lui, un chemin pavé de lumière dorée, dont la conclusion serait la démence ou la métamorphose. La destruction et le chaos, ou bien l'évolution de l'humanité.

3

Poignard-Gauche cracha aux pieds de son informateur puis lui tendit de mauvaise grâce la somme promise.

Mais alors que le vilain petit homme allongeait le bras pour saisir la bourse, l'autre recula d'un pas et lui sourit soudain de toutes ses dents. Une minuscule fléchette fut projetée depuis le rictus étrange, avec un petit bruit sec de langue attaquant l'air.

L'informateur sentit à peine la piqûre, mais leva un regard hébété vers Poignard-Gauche tandis que la paralysie gagnait déjà ses membres. Le poison, foudroyant quoique non mortel, faisait son œuvre.

Sans précipitation, le maître-tueur ramassa sa bourse et les quelques pièces qui s'en étaient échappées. Puis il allongea l'homme qui l'avait renseigné sur le ventre, lui maintenant fermement la face dans le caniveau. Un coup d'œil rapide et professionnel lui confirma que la ruelle était déserte. Des bulles crevèrent la surface de la flaque pendant quelques instants, le corps impotent du mouchard gigota mollement, puis ce fut terminé. Poignard-Gauche aspergea soigneusement le cadavre d'alcool fort et laissa la flasque vide traîner à proximité.

Puis il se faufila dans l'ombre, et disparut en silence.

***

Les nuits de Wilf devenaient plus riches en connaissances ésotériques à mesure qu'avançait l'été. Le reste de son temps, il le passait avec Oreste. Tous deux parlaient beaucoup d'art, et le Ménestrel lui jouait longuement de la cordeline. À son contact, l'adolescent remarquait chaque jour davantage combien il était sensible aux belles choses. Depuis le premier soir de leur rencontre, lorsque le baladin lui avait offert son chant étrange, le garçon aimait passionnément cette musique. Il pensait souvent avec perplexité à ce qu'il serait advenu de lui s'il n'avait jamais quitté Youbengrad. Et cela l'amenait à se demander combien de ruelles sordides abritaient un enfant mélomane ou un génie pictural ignoré. Celui-ci mourrait de faim, celui-là sur les Barricades.

Le temps passant, Wilf devenait cruellement conscient qu'un bon roi était nécessaire à ce continent. Il aurait juste voulu que la tâche incombe à un autre que lui…

Si seulement Nicolæ avait pu survivre ! soupirait-il souvent en son for intérieur.

Ce jour-là, il venait de rendre visite à Djulura, invariablement prostrée dans les sommets de son castel. L'entrevue n'avait rien donné, la duchesse se contentant comme toujours de grommeler quelques excuses à demi intelligibles. Le garçon, qui ne parvenait jamais à lui dire ce pour quoi il était monté la voir, était reparti en ayant échoué une fois de plus à lui exprimer sa profonde compassion. Il était ensuite descendu en ville pour marcher un peu et chasser ses idées noires. À quelques pas dans son sillage, Pej veillait à ses allées et venues, selon son habitude lorsque Wilf quittait l'enceinte protectrice du palais.

Même dans la foule cosmopolite du grand port de Fael, le guerrier aux tatouages rituels faisait impression. Les bonnes gens se retournaient en nombre sur son passage, mais le regard noir du sauvage les dissuadait de venir le questionner sur son pays d'origine. Sa taille ne l'aidait hélas pas à passer inaperçu, et Wilf sentait que son compagnon souffrait de la curiosité dont il était l'objet.

En fait, il en était venu à se faire également beaucoup de souci pour le Tu-Hadji. Comme si la langueur maladive de Djulura ne le préoccupait pas suffisamment... Pej se montrait de plus en plus morne : on aurait dit que l'inactivité le détruisait à petit feu. Il n'avait fait connaissance avec personne dans la cité ou le castel. Wilf ignorait à quoi il passait ses journées, mais le guerrier n'avait pas eu l'air de particulièrement souhaiter sa compagnie. C'étaient les siens qui lui manquaient, les siens et la chasse des Hordes. Ainsi empêché de participer au combat auquel son peuple s'était voué corps et âme, contre les créatures de l'Irvan-Sul, le Tu-Hadji semblait se croire devenu absolument inutile, et en avait perdu tout goût de vivre. Le pire était que Pej demeurait bien trop fier pour se plaindre, et Wilf ne parvenait donc pas à savoir à quel point son ami était malheureux.

Quelques jours plus tôt, une colonne d'archers arionites était partie patrouiller dans les parages côtiers. Même si les fameux récifs de la Province méridionale suffisaient généralement a calmer les ardeurs des pirates trollesques, il y avait chaque été un ou deux capitaines plus audacieux qui parvenaient à faire accoster leur navire. C'était donc pour protéger les villages au nord de Fael, si besoin en était, que les soldats avaient été dépêchés. Wilf avait hésité à les accompagner en emmenant le Tu-Hadji avec lui, pour que ce dernier puisse se dégourdir les jambes, mais son inquiétude pour Djulura l'avait emporté. Il regrettait à présent de ne pas l'avoir fait.

Tout en marchant, il laissait son regard analyser l'architecture souvent magnifique des bâtiments de la cité. C'était Oreste qui l'avait initié à ce jeu, et le garçon prenait maintenant plaisir à quitter le palais pour admirer les monuments faeliens.

Wilf avait toujours aimé les cités. Il avait aimé Youbengrad malgré la vie sordide qu'il y avait menée. Il avait adoré la gigantesque Mossiev, austère et racée, avec son palais sublime et ses coupoles gracieuses. Mais Fael, cette ville qui sentait l'iode, qui mêlait la violence de l'océan à la douceur du Sud… Ses larges avenues, ses jardins ravissants… C'était une émotion particulière. Si Youbengrad avait représenté le sein maternel et Mossiev l'amour de jeunesse, alors Fael, se disait-il, était comme la femme de sa vie. L'adolescent avait l'impression bizarre d'avoir longtemps attendu cet endroit…

La capitale de la Terre d'Arion présentait depuis la mer un visage de citadelle fortifiée, avec ses hauts remparts et sa falaise en forme de carapace. Mais l'intérieur était bien différent. Le port lui-même se révélait accueillant une fois les écluses militaires traversées, s'ouvrant sur un grand marché coloré. Les rues étaient souvent très larges, tandis que des fontaines immenses ou des statues d'anciens héros ornaient chaque carrefour. À cette période de l'année, les gerbes de fleurs se mêlaient au bronze pour égayer ces fréquentes petites places où les citadins aimaient se faire la conversation. Les maisons, aux murs d'un blanc éclatant et aux toits formant des terrasses, se paraient également de fleurs colorées à toutes les fenêtres, comme si la ville entière était fière d'abriter en son sein la famille des ducs et voulait lui faire honneur. Ces habitations n'avaient la plupart du temps qu'un étage, ce qui faisait ressortir quelques bâtisses plus hautes comme les auberges ou le Marché d'hiver. Une arène, où le peuple de Fael venait en grand nombre pour admirer les célèbres courses de chars, faisait face aux Vergers de Sithra, parc enchanteur dans lequel déambulaient petits et grands. La grande église de Pangéos, enfin, dominait tout un quartier, construite en haut d'une petite butte. Mais elle restait presque toujours vide, le prêtre célébrant les offices seulement pour lui-même et quelques immigrés des régions nordiques.

Les Arionites, en effet, n'étaient pas très religieux. Ils respectaient à leur manière les forces de la vie et croyaient au destin, cette notion chère aux Gens de l'Étoile. Mais la tradition orale et les sentiments intimes l'emportaient sur la foi codifiée des pères en robe grise. Les moines de Pangéos étaient même fréquemment regardés de travers, du fait de la connivence supposée entre l'Église grise et l'Empire. Depuis l'avènement de la Théocratie, ces positions s'étaient durcies, et les plus nationalistes des Faeliens auraient provoqué de nombreuses émeutes contre le clergé si les sénéchaux de Djulura n'avaient veillé à faire protéger les religieux. Sage décision de leur part, car si de tels incidents devaient se produire, c'en serait fini de la relative indépendance de la Province. Et les représailles des Lanciers Saints ne se feraient pas attendre…

Wilf s'arrêta juste devant l'église, et regarda en sortir quatre marchands, apparemment originaires du Crombelech. Les hommes tournèrent au coin le plus proche, rasant les murs, sachant que leur confession affichée pouvait leur attirer quelques ennuis. Ils n'ignoraient pas que les gens d'ici préféraient adresser leurs prières à la mémoire d'anciens Rois-Magiciens qu'au Seigneur Gris…

C'était curieux, rumina le garçon, toute cette esthétique religieuse dont s'étaient entourés ses ancêtres. Particulièrement Arion, à ce qui lui semblait. Les *Templiers*, les *Dogmes*, le *Cantique*, le quasi-culte qui entourait ce personnage mythique… Pourtant Arion n'avait jamais été un dieu. Wilf savait intuitivement que cela ne procédait de rien de réel, que ce n'était qu'artifice. Il sourit en penchant la tête, pensif. *L'Empire n'a donc rien inventé. Bonne métaphysique, bonne politique… Décidément des malins, ces aïeux…* se dit-il. Une apparence de sacré qui avait souvent dû aider les Rois-Magiciens à gouverner. Ça n'avait l'air de rien, comme ça, de nommer ses meilleurs serviteurs les « Templiers »… Mais le temps enfle ce genre de termes, les pare de mystère, engendre une foi populaire… Wilf se demandait seulement pourquoi le dernier souverain du Cantique avait tellement abusé de ce procédé. Et, comme souvent lorsqu'il s'agissait du fameux roi, les réponses affluèrent naturellement, en même temps que les questions... Le garçon cessa de sourire.

Est-ce qu'Arion avait pu pressentir le cataclysme qui allait se produire ? Est-ce que des visions magiques l'en avaient informé ?

Le monarque, incapable d'éviter le drame, aurait alors fait de son mieux pour renforcer sa propre légende, se nimber d'une aura divine, dans le seul but de voir sa mémoire lui survivre... *Pourquoi ?* voulut penser l'adolescent, tandis que son esprit emballé lui répondait déjà : *Pour que la Monarchie garde une chance, que les siens ne succombent pas à une anarchie destructrice après la Grande Folie. Afin aussi que la magie n'échappe pas pour toujours à l'espèce humaine...*

À la lumière de cette dernière idée, Wilf ressentit pour la première fois une certaine affinité avec son ancêtre. En effet, la Skah ne devait pas être perdue. Et cet éclairage lui faisait regarder avec plus d'indulgence toute cette vénération qui baignait la mémoire d'Arion. Il avait toujours trouvé ridicule l'idolâtrie vouée au roi disparu... mais peut-être finalement valait-il mieux qu'il en soit ainsi. Cela valait toujours mieux qu'une population terrorisée par le souvenir de la Grande Folie, maudissant l'utilisation de la magie...

Le promeneur fut tiré de ses pensées par Pej, qui lui secoua l'épaule discrètement.

— J'en ai assez que tout le monde me regarde comme un animal, murmura ce dernier. Allons dans les jardins, veux-tu ?

Wilf acquiesça, et laissa le Tu-Hadji l'entraîner vers les Vergers, peut-être le seul endroit de la ville que celui-ci appréciait un tant soit peu.

— Je suppose qu'il est inutile que je te conseille à nouveau de faire un séjour parmi ceux de ton clan ? fit le garçon sur le chemin. (Il soupira.) Mon ami, te voir te morfondre entre ces murs ne m'aide pas tellement, tu sais…

— Pej, est-ce que tu m'écoutes ?

L'immense guerrier se retourna avec une lenteur calculée vers Wilf.

— Quelqu'un nous suit, déclara-t-il tranquillement, comme s'il se contentait de bavarder. Je l'ai déjà remarqué tout à l'heure, devant l'église. Il me lorgnait sous cape, mais j'ai cru que c'était à cause de mon… *accoutrement*, comme tu dis.

Wilf opina. Sans cesser de marcher, il s'adressa au Tu-Hadji sur le même ton badin :

— Est-ce que je peux le regarder ?

Pej jeta un coup d'œil autour de lui, ce qu'il faisait assez fréquemment pour qu'un regard de plus n'éveille aucun soupçon.

— Je ne le vois plus, dit-il. Peut-être était-ce simplement une coïncidence. Je l'ai déjà perdu plusieurs fois, expliqua-t-il.

Le garçon se laissa choir sur un banc alors qu'ils atteignaient l'entrée des jardins.

— Alors, à quoi ressemblait-il ? demanda-t-il au guerrier tatoué.

— Un *nedak* plutôt ordinaire, décrivit Pej. Vêtu comme un voyageur, et armé d'une épée. (Le Tu-Hadji haussa les épaules.) Ses cheveux étaient bruns.

— Mais je n'ai pas aimé sa façon de nous dévisager, ajouta-t-il en grommelant.

— Peut-être un espion de la Théocratie, murmura Wilf. Si quelqu'un a reconnu en moi un lieutenant de

Caïus, ou bien si mon ascendance royale a été éventée…

— Peut-être aussi qu'il s'agit d'un de ces maîtres-tueurs, fit Pej. Tu m'as bien dit que les anciens confrères de Cruel-Voit chercheraient à te tuer ?

L'adolescent émit un soupir.

— Oui, c'est exact. Les maîtres-tueurs auront tôt fait de juger que j'en sais trop sur eux. C'est du moins ce contre quoi m'a mis en gardé mon maître borgne avant de disparaître…

L'espace d'un instant, un voile de tristesse glissa sur les yeux noirs de Wilf. Il conclut :

— Quoi qu'il en soit, le fait d'être suivi de la sorte en plein cœur de Fael n'augure rien de bon. Corbeaux et putains, je n'ai pourtant ennuyé personne depuis des mois ! s'indigna-t-il à voix basse, songeant à ses longues nuits paisibles passées à étudier la magie.

Le Tu-Hadji lui tapota amicalement l'arrière du crâne.

— Bien. Je crois que nous n'y pouvons rien pour le moment, conclut-il. Ne te fais pas trop de souci : si quelqu'un cherche des noises à l'un de mes amis, il me trouvera sur sa route. D'ailleurs, Jih'lod sera là, lui aussi, dans une vingtaine de jours.

Wilf sourit au guerrier. Ce dernier avait presque l'air d'espérer que les choses viennent à s'animer un peu… Lorsqu'il pénétra plus avant dans les Vergers, l'adolescent lui emboîta le pas en riant sous cape.

***

Poignard-Gauche observait le plafond de l'entrepôt miteux qui lui tenait lieu d'auberge. Après le premier, plusieurs autres indicateurs avaient connu le même sort : personne ne devait savoir qu'un étranger posait des questions sur le jeune ami de la duchesse.

Le maître-tueur était de taille moyenne, mais d'une musculature épaisse. Ses avant-bras velus disparaissaient à moitié dans de larges bracelets de cuir. Cette même matière, noire ou bien marron, se retrouvait dans tout le costume de l'assassin professionnel. Ses cheveux châtains étaient courts, ses yeux bleu acier.

Wilf... murmura-t-il. Il enserrait ses poings, l'un après l'autre, dans la main opposée, faisant craquer ses phalanges et crisser ses épais gants noirs, cousus dans le même cuir que ses bottes.

Poignard-Gauche essayait de ne pas en faire une affaire personnelle, mais il se savait vouloir ardemment la tête du garçon. Plus encore que ne la désiraient ses supérieurs du Cercle Intérieur. Non, cette mission n'était pas ordinaire : son commanditaire n'était pas quelque négociant cupide ou frère cadet jaloux, mais la congrégation des maîtres-tueurs elle-même. Il exécuterait sans faillir ce contrat, et la mort s'abattrait, implacable, sur l'apprenti.

A défaut du maître...

Le tueur à gages grommela un juron. Cruel-Voit, son plus ancien rival, celui que les membres du Cercle Intérieur avaient choisi pour faire partie des leurs... Ils l'avaient choisi *à sa place,* et cet ingrat les avait trahis. Comme Poignard-Gauche regrettait que le borgne ait été tué durant le sac de Mossiev... Il aurait su, sinon, lui faire payer son affront. À présent, c'était ce jeune Wilf qui allait mourir par la faute de son tuteur. Le maître-tueur esquissa un sourire.

La fin ne tarderait plus. Il y avait eu un accroc, la nuit dernière. Poignard-Gauche, s'étant introduit dans le castel pour reconnaître les lieux, avait été repéré par un serviteur insomniaque. Contraint de tuer le domestique, il n'avait eu que le temps de cacher son corps sous la trappe d'un cellier, sans trop de précautions, et les gardes du palais ne tarderaient pas à retrouver le cadavre. Il lui fallait donc agir dès maintenant.

Dommage, pensa Poignard-Gauche avec un rictus mauvais. *J'aurais bien aimé jouer un peu plus longtemps au chat et à la souris avec ce petit crétin… Ma proie… L'apprenti de Cruel-Voit.*

* * *

Le jeune héritier d'Arion déplia avec excitation la missive qui venait de parvenir à Fael, apportée par un pigeon voyageur. Elle lui était personnellement adressée, et était signée de la main d'Astarté.

Le message racontait en substance une vision récurrente qui semblait tourmenter la diseuse potelée au sourire si plaisant.

C'était à vrai dire surtout Wilf que cette fameuse vision, et ce qu'elle annonçait, promettait de tourmenter. D'après la magie divinatoire de la nomade, il courait le risque imminent d'être victime d'un attentat. *L'ombre et le sang mariés,* disait la lettre, *un assassinat fomenté de main d'expert.* Astarté n'était pas très sûre des images qu'elle avait vues, mais elle avait la certitude que ce qui se préparait devait avoir lieu dans l'enceinte du castel des ducs. Elle exhortait donc l'adolescent à quitter au plus vite la cité de Fael pour gagner un refuge plus sûr.

Oui, mais lequel ? murmura pour lui-même le garçon, cynique.

Il replia la lettre et la rangea dans sa poche. Il était, comme souvent, sur les remparts du palais, contemplant le spectacle toujours changeant de l'océan. *Astarté a raison sur un point : je ne peux plus rester ici…* Les rumeurs qui parcouraient la ville basse au sujet de la présence à Fael d'un maître-tueur étaient arrivées jusqu'au palais. Plus concret, le cadavre d'un page avait été découvert ce matin même, dissimulé dans les cuisines. Tout le château était en émoi, mais Wilf savait que l'effervescence des gardes ne serait pas suffisante pour le défendre contre un membre de la congrégation.

Le garçon hocha la tête avec tristesse. Puisqu'il était à présent évident que son soutien ne changeait rien à l'état de la maîtresse des lieux, rester ici était inutile. Cela ne servirait qu'à faciliter la tâche du maître-tueur lancé à ses trousses. Et ce pauvre Pej finirait par devenir aussi amorphe que Djulura.

Rejetant d'un geste sec la mèche de cheveux qui lui tombait dans les yeux, l'adolescent adopta une expression résolue. Sa décision était prise, quoi que puissent en dire Andréas et Oreste. Lui et Pej quitteraient la cité portuaire avant le lendemain…

Le choix de la destination, en revanche, restait un problème. Wilf hésitait entre rejoindre le clan tu-hadji de Pej et Jih'lod ou bien rattraper les soldats de la duchesse partis patrouiller sur la côte. La première solution était la plus séduisante, et sans doute aussi la plus sûre, mais elle présentait un petit défaut : s'ils partaient sur-le-champ, ils risquaient de croiser Jih'lod sans le savoir. Le Tu-Hadji se retrouverait alors seul à Fael, ayant accompli un long périple inutile. Peut-être fallait-il l'attendre puis repartir avec lui, mais le garçon répugnait à passer un jour de plus dans la cité. La compagnie d'un maître-tueur n'avait rien pour lui plaire, d'autant plus si celui-ci lui en voulait personnellement... Comme il était amené à le penser.

Suivre les archers dans leur campagne de routine semblait donc plus sage. Ainsi, Wilf aurait le loisir de se faire oublier tout en ne s'éloignant pas trop de Fael. Il pourrait plus facilement revenir prendre des nouvelles de Djulura et poursuivre son enseignement avec Andréas lorsque le tueur se serait résolu à chercher une autre piste. Quant à Jih'lod, il suffirait de lui laisser des instructions afin qu'il rejoigne les deux compagnons sur la côte...

Le vent humide du large fouetta le visage de Wilf. Andréas n'allait pas être content. *Mais il faudra bien qu'il comprenne,* pensa le garçon: *Mieux vaut des études interrompues pour quelque temps qu'un élève mort pour de bon.*

Un toussotement discret le tira à ce moment-là de sa méditation.

Se retournant en sursaut, Wilf remarqua alors seulement la petite silhouette qui l'avait rejoint sur les remparts. C'était un garçon un peu plus jeune que lui, vêtu d'une longue tunique au blanc et or de Fael. L'héritier des rois reconnut son visage à l'expression indécise: c'était un des pages du castel.

D'un geste, il lui fit signe d'approcher.

— Désolé de vous déranger, messire, fit le jeune garçon d'une voix timide, à demi couverte par le vacarme des vagues. Mais j'ai reçu ordre de maître Andréas de vous conduire jusqu'à lui...

L'adolescent jeta pensivement un dernier regard

aux rouleaux d'écume qui venaient éclater sur la muraille.

— Allons-y, répondit-il enfin. Justement, j'ai moi aussi à lui parler…

Le maître de magie l'attendait en compagnie d'Oreste ; les deux s'affrontaient aux échecs sur un balcon ombragé des étages supérieurs. À l'arrivée de Wilf, le musicien barbu vint à sa rencontre et lui donna l'accolade. Comme ce n'était guère dans les habitudes du Ménestrel, le garçon se laissa faire sans trop de réticence.

Andréas plissa les yeux un instant, observant Wilf dans cette proximité inhabituelle.

— Tu ne cesses de grandir, murmura-t-il, ce à quoi Oreste acquiesça silencieusement.

D'un signe, le violoniste congédia le page. Il désigna à son élève un siège près du guéridon où était installé le jeu d'échecs.

— J'ai fait tripler la garde autour des appartements de la duchesse, annonça-t-il en se rasseyant à son tour. Je suppose que tu as entendu parler de ce cadavre qu'on a découvert dans les cuisines ? À mon avis, ça n'augure rien de bon…

— Quitte à interrompre nos leçons quelque temps, j'aimerais beaucoup que tu loges provisoirement dans les quartiers attenants à ceux de Djulura, afin de pouvoir toi aussi bénéficier de cette protection.

Wilf eut un sourire sardonique.

— Plusieurs choses me donnent à penser qu'il s'agissait là de l'œuvre d'un maître-tueur, expliqua-t-il. Aussi pourriez-vous tripler à nouveau la garde que cela ne changerait rien…

— Pourquoi dis-tu cela ? demanda Oreste.

L'adolescent soupira.

— Vous ne connaissez rien aux membres de la congrégation… Moi, je vous affirme ceci : peu importe le nombre de soldats postés devant les portes de Djulura. Un millier d'aveugles ne verront pas mieux qu'un seul, vous comprenez ?

Le sourire s'effaça pour de bon des lèvres de Wilf.

— Par chance, j'ai acquis la certitude que *je* suis la cible du maître-tueur… La duchesse ne risque donc rien.

Andréas se pencha en avant, son large torse plongeant les pièces du jeu dans l'ombre.

— Tu serais la cible d'un assassin ? Comment peux-tu en être sûr ?

— Pour commencer, fit le garçon, je ne vois pas pour qui Djulura pourrait représenter une menace, dans son état actuel… Qui voudrait sa mort ? La Théocratie, qui l'a elle-même installée sur le trône des ducs ? (Il secoua la tête avec une moue sceptique.) Et puis… il y a surtout cette missive. Un pigeon voyageur l'a apportée pour moi ce matin, de la part de la diseuse Astarté.

Sortant la lettre d'un pli de sa chemise, il la tendit aux deux Ménestrels.

Andréas grogna quelque chose d'inaudible, fronçant les sourcils.

— Mais que faire ? reprit-il à voix plus intelligible après une lecture rapide.

— Je ne vois qu'une seule solution…

Les yeux noirs de Wilf croisèrent ceux du saltimbanque à la barbe royale. Ils se comprirent.

— Non, dit gravement le musicien.

— Tu ne peux quitter le castel ; c'est beaucoup trop dangereux…

— Pas autant que d'y demeurer, ce me semble ! objecta l'adolescent avec un rire un peu amer.

— Ce n'est pas ce que je veux dire, souffla le Ménestrel en portant les mains à son front dans un geste de profonde lassitude. Il y a un autre péril pour toi… Un grand péril.

« Tu es en danger, tu comprends ?

Wilf haussa les épaules.

— Je suis *toujours* en danger… Surtout depuis que j'ai quitté ces bons vieux coupe-gorge de Youbengrad, sourit-il.

— Non, tu ne comprends pas, insista Andréas. Avec ma duchesse dans cet état et les troubles qui menacent, je ne peux quitter Fael. Mais je ne peux pas non plus te laisser t'éloigner de moi en plein milieu de ta formation ! (Sa voix se fit plus sourde.) La manipulation de la Skah n'est pas quelque chose d'anodin, mon enfant…

Le regard de Wilf se fit plus perçant. Oreste sembla se tendre légèrement dans son siège d'osier.

— Y aurait-il quelque chose dont vous auriez omis de me faire part, à ce sujet ? interrogea le garçon d'un ton soudain plus froid.

D'une voix où perçaient à la fois le malaise et l'admiration, Oreste prit la parole :

— Nous parlions un jour de ta ressemblance physique avec ceux de ta lignée… Je dis que cette lucidité glaciale parle mieux de ton sang que n'importe quel trait de ton visage, fit-il en lissant machinalement sa longue tresse blonde.

Également embarrassé, Andréas hocha la tête.

— En effet, il y a une chose que je t'ai cachée… Mais tu as grandi dans le Nord, où la magie est crainte… Je ne pouvais pas prendre le risque de te voir refuser mon enseignement si je te disais toute la vérité.

Wilf eut une moue écœurée.

— Rassurez-vous, Andréas : cela n'altère en rien la confiance qui existe depuis toujours entre nous, fit-il, cruel.

— La Hargne... C'est la Hargne qui te guette si tu me quittes avant la fin de ta formation, avoua l'Arionite sans relever l'affront.

Oreste se leva silencieusement et fit quelques pas le long du balcon. Tournant le dos aux deux autres, il s'accouda à la rambarde.

— J'ai déjà entendu ce terme, murmura Wilf en réprimant un frisson. *Ymryl*... cracha-t-il. Je ne risque pas d'oublier ce moment. C'était le soir où il a tenu mon cœur palpitant au creux de sa main...

— Qu'a-t-il dit à ce propos ? interrogea Andréas, intéressé.

L'adolescent tâchait de réprimer la terreur que lui inspirait ce souvenir, sans grand succès.

— Il m'a dit que la Skah de la Hargne était la plus puissante... Il a parlé de... D'après lui, je ne devais pas la *soigner*... Andréas, répondez-moi sincèrement, pour une fois : de quoi la Skah aurait-elle besoin d'être guérie ?

Andréas baissa les yeux sur la table d'échecs, choisissant ses mots, mais c'est la voix paisible d'Oreste qui s'éleva :

— Sais-tu ce qu'on a appelé la Grande Folie des magiciens, Wilf ?

— Bien sûr, répondit le garçon aux cheveux corbeau. C'est l'époque durant laquelle les mages devenus fous ont provoqué cataclysmes et épidémies sur tout le continent. Les événements qui ont marqué la fin de la Monarchie du Cantique…

Oreste restait dos tourné, la brise d'été remuant faiblement le bas de sa tresse.

— Oui. La chute des Rois-Magiciens. Mais sais-tu comment cela a commencé ?

Comme Wilf gardait le silence, le joueur de cordeline continua :

— Notre roi Arion a lui-même lancé l'assaut initial. Il était sous l'emprise de la Hargne. Sa toute première action fut d'envoyer jusqu'aux quatre coins du continent un sortilège qui rendrait tous les autres mages incapables de résister à celle-ci. Désarmés face à la Hargne, leur pire ennemie…

— Qu'est-ce que la Hargne, exactement ? demanda l'héritier d'Arion avec un ton résolu.

— C'est la corruption, lui répondit Andréas. Ce que nos alliés tu-hadji nomment la Souillure…

Il inspira.

— La tradition des Dogmes veut que le pouvoir ait autrefois été d'une pureté absolue, au temps d'un mythique et originel âge d'or. Mais si cela a été, ce n'est plus le cas depuis des ères… À ma connaissance, aucun humain n'a eu le privilège de manipuler la Skah avant qu'elle ne soit pervertie par la Hargne.

— Tu comprends, ce fléau est un venin vicieux infusant l'âme extérieure, qui peut à tout moment faire basculer le mage dans une démence meurtrière. Le moindre faux pas, la plus petite erreur dans le lancement d'un sortilège peut ouvrir la porte à la Hargne. Le mage devient alors le jouet de ses instincts les plus vils, pour une période plus ou moins longue. Tant que dure cette emprise, sa colère, sa frustration et son désespoir, ainsi que les obscurités animales qui sommeillent dans les tréfonds de son psychisme, tout se mêle pour faire de lui un être diabolique. Bien sûr, le risque augmente avec la puissance de la magie appelée…

Le garçon serra les poings, se sentant trahi qu'on ne lui en ait pas parlé plus tôt.

— C'est ce qui est arrivé à Arion ?

— Oui, répondit Oreste. Ton ancêtre a donc fait tomber les barrières des autres magiciens du continent pour les rendre vulnérables à la Hargne, puis il a attaqué leurs provinces. Acculés, les mages sont tombés à leur tour sous l'emprise de la Souillure, et ont commencé à ravager eux-mêmes leurs Fiefs. C'est ainsi que le continent a été embrasé… Les cohortes de magiciens rendus déments ont lancé leurs plus redoutables enchantements à l'encontre de leurs propres cités, et les combats ont duré pendant des années…

— Le Dogme de l'Épée des Étoiles n'a dû sa survivance qu'à sa capacité à mieux résister à la Hargne, fit Andréas. Grâce à la possibilité qu'avaient ses adeptes de se soigner les uns les autres en contrôlant leurs émotions. Pas grâce à leurs talents de magie de bataille… C'est notre faculté d'apaiser qui nous a permis d'échapper à l'extinction, tu comprends ? Et ton enseignement n'est pas assez abouti pour que tu puisses lutter contre la Hargne si le besoin en est.

Wilf réfléchit une seconde.

— Il me suffirait peut-être de ne pas entrer en contact avec la Skah ? hasarda-t-il. Pendant tout le temps où je ne serais pas sous votre surveillance.

Oreste tressaillit et Andréas souffla bruyamment avant de répondre :

— Non… C'est un risque que je ne veux pas prendre. Il y a trop de potentiel dans ton héritage… Je ne peux risquer une nouvelle destruction du continent.

L'adolescent était abasourdi.

— Mais Arion était un mage puissant, rétorqua-t-il. Moi, je ne suis qu'un apprenti… Vos *a priori* sur mon sang vous aveuglent, Andréas.

— Je crois qu'il a raison, dit Oreste au bout d'un moment. Et je ne vois d'ailleurs pas d'autre solution…

— Tu partirais seul ? capitula le violoniste.

Wilf ricana :

— Je ne pense pas qu'on puisse empêcher Pej de m'accompagner…

Andréas fixa le garçon dans les yeux.

— Promets-moi de te garder de la Hargne, enfant…

Sourire moqueur.

— Voyons, Andréas, vous savez bien que ma parole vaut la vôtre… Inutile de se promettre quoi que ce soit entre nous ! Mais je n'ai pas l'intention de devenir fou, si ça peut vous rassurer…

« Il faudra donner des ordres pour qu'un cheval soit amené en secret à l'extérieur de la cité. Un seul, précisa le garçon, Pej ne montera pas à cheval : vous connaissez les coutumes tu-hadji.

« De toutes les façons il est tout à fait capable, comme le sont tous les siens, de maintenir à pied la même allure qu'un cavalier, sourit-il. Dénichez un serviteur de confiance pour organiser notre sortie de la cité. Nous passerons les murailles cachés dans une carriole de marchandise. Ainsi, nous échapperons à l'éventuelle surveillance du maître-tueur.

Le Ménestrel acquiesça.

— Bien. Je vais prévenir mes sénéchaux afin que tout soit prêt.

— Tu veux bien dire… les sénéchaux de Djulura, mon ami ? se moqua Oreste sans méchanceté.

Mais Andréas baissa tout de même les yeux, rouge de honte.

— Sois prudent, Wilf, fit Oreste en l'étreignant.

L'adolescent opina.

— Je crois qu'un géant tu-hadji va y veiller… N'aie pas d'inquiétude.

Il se hâta ensuite d'aller annoncer la nouvelle de leur départ à Pej. Celui-ci, bien qu'il haussât un sourcil soucieux à l'évocation de la vision d'Astarté, échoua à retenir un sourire de soulagement lorsqu'il fut question de quitter la ville. Leurs bagages furent préparés avec une certaine précipitation. Wilf avait remarqué la relative tranquillité qui régnait dans le castel, malgré la découverte du corps. En dehors des gardes, un peu anxieux, chacun vaquait presque normalement à ses occupations. Et un sentiment d'urgence ne cessait de le tirailler.

Mais le moment qu'il redoutait le plus n'était pas encore passé. Il ne pouvait quitter le château sans faire ses adieux à Djulura.

D'un pas hésitant, il monta donc jusqu'à ses appartements.

La diseuse était au lit, un drap qu'elle tenait des deux mains remonté jusqu'au nez. Son regard vide donna à Wilf l'impression de le traverser lorsqu'elle le leva sur lui. Un long instant s'écoula, silencieux.

— Je pars maintenant, finit par dire le garçon. Il avança un peu vers le lit, mal à l'aise.

La duchesse ne répondait toujours pas. Elle n'avait pas l'air d'avoir écouté.

— Je serai de retour dans quelques semaines, continua-t-il. C'est trop dangereux pour moi de rester.

Fléchissant les genoux, il déposa un baiser sur le front de la diseuse. Ses lèvres rencontrèrent une sueur glacée.

— J'espère que je te trouverai sur pieds en rentrant, mon amie, dit-il en se retournant, un gros nœud dans la gorge.

Il allait pour sortir, mais Djulura éleva enfin la voix alors qu'il franchissait la porte :

— Ymryl... gémit-elle. Il est... toujours là...

Wilf la regarda sans comprendre.

— Je ne pourrai pas t'aider pour l'Épée... reprit-elle en lui adressant un regard à présent pathétique. Il faudra... que tu demandes à Oreste... mon cousin... Il sait tout... lui aussi est de la lignée des ducs...

— Qu'est-ce que tu dis, Djulura ? Je ne comprends rien, expliqua l'adolescent.

Puis, devant l'expression désemparée de son interlocutrice :

— Bien, je lui en parlerai... Mais pas maintenant. Pour le moment, je dois partir.

La jeune noble ferma les paupières, comme soulagée d'un grand fardeau.

4

Une demi-heure plus tard, les deux amis étaient hors de la cité, et rejoignaient dans une clairière discrète le serviteur chargé d'attendre Wilf avec un cheval. Une demi-heure de plus, et ils s'étaient déjà convenablement éloignés de Fael.

Il n'y avait pas vraiment de route qui longeât la côte, seulement des chemins de douane qui suivaient la ligne des falaises. Le paysage était rocailleux et encaissé, offrant une visibilité réduite. Wilf se félicitait d'avoir pris une monture, étant donné les nombreuses dénivellations du terrain, mais cela n'avait pas l'air de gêner Pej.

Le soir, ils choisirent un flanc de rocher abrité du vent pour établir leur campement. Chacun devait veiller une moitié de la nuit, par prudence, mais le Tu-Hadji ne réveilla pas Wilf. Au matin, ce dernier le trouva assis dans la même posture vigilante qu'avant de s'endormir. Il humait l'air avec méfiance, comme animé d'un sombre pressentiment.

— Il faut partir, fit-il en remarquant que le garçon

bougeait. Je serai plus tranquille quand nous aurons rejoint ces soldats. Ils ne nous protégeront pas mieux que les gardes du palais, mais tu pourras te fondre parmi eux pendant que j'inspecterai la région.

Les deux compagnons s'en furent donc sur-le-champ. Ils progressèrent bien durant la matinée, longeant toujours la mer.

Vers la mi-journée, Pej crut apercevoir une forme minuscule, loin derrière eux dans les rochers moins élevés qui jouxtaient la cité de Fael. Plus tard, ce fut au tour de Wilf de deviner une ombre mouvante, cette fois sur un sentier qui les surplombait. Cela se reproduisit à plusieurs reprises, jusqu'à ce que le doute ne fût plus possible.

Un cavalier les suivait à la trace, et il les avait presque rattrapés. L'adolescent s'étonna qu'un maître-tueur, si ce cavalier était bien la personne qu'il pensait, ne cherche pas à être plus discret. Peut-être, songea-t-il, cette approche n'avait-elle pour but que de le terroriser... Étrange...

Lorsque vint le crépuscule, les messes basses échangées avec Pej n'avaient pas apporté de solution. La nuit allait bientôt étendre son manteau dissimulateur sur la côte, et ce serait un atout de plus pour le maître-tueur. En tant qu'ancien voleur, Wilf savait bien à quel point l'obscurité se prêtait aux activités sournoises.

La fatigue d'une journée de cheval commençait à se faire sentir dans les membres du garçon. Il supposait également que Pej, après être resté éveillé toute la nuit précédente, devait être éreinté, même si ce dernier n'en montrait pas le moindre signe. Pourtant, Wilf répugnait à l'idée de monter un bivouac alors qu'un assassin virtuose était sans doute à leurs trousses. *Que faire ?* ruminait-il. *On ne peut pas marcher ainsi jusqu'à demain…*

Finalement, lui et Pej décidèrent d'un commun accord qu'ils établiraient leur campement exactement comme la veille. Ils feraient semblant de s'endormir et attendraient le maître-tueur pour le piéger. Après tout, ils étaient deux, et les membres de la congrégation étaient connus pour travailler seuls… Wilf ne pouvait s'empêcher de ricaner nerveusement à l'idée de tendre une embuscade à un maître-tueur, mais c'était la seule option qui leur restait.

Tandis que le soleil plongeait peu à peu dans l'océan, ils installèrent donc leur bivouac dans les rochers. Des petits sentiers de pêche menaient vers la plage en contrebas. Ni Wilf ni Pej n'avaient remarqué de présence suspecte depuis un moment. Ce qui n'était pas forcément bon signe, l'un comme l'autre le savaient.

Soudain, alors qu'il ramassait quelques galets pour encercler le feu, Wilf s'immobilisa, le regard fixé sur un point lointain. Le grand Tu-Hadji le rejoignit avec circonspection. En contournant simplement le gros bloc calcaire qui lui bouchait la vue, Pej comprit ce qui figeait son jeune ami.

À quelques dizaines de mètres à peine, la proue d'un navire dépassait nettement au-dessus de la falaise. C'était une longue avancée de bois sculpté, qui laissait présager de la taille colossale du bateau entier. Seule la figure de proue était visible, tanguant à peine. Le navire devait avoir jeté l'ancre dans une crique juste en dessous. L'effigie représentait une tête de mammouth au bout d'un long cou crénelé où battaient des étendards. Une nef *Ib'Onem*, reconnut Wilf en prononçant le mot du bout des lèvres. Il en avait observé de nombreuses gravures dans les bibliothèques du palais de Mossiev.

— Des Trollesques… chuchota-t-il.

Et qui devaient être hardis, pour s'aventurer dans les eaux naufrageuses du littoral arionite… Le garçon et le guerrier du clan se comprirent d'un regard.

— Allons jeter un œil, confirma Pej à voix basse. Peut-être que les archers que nous cherchons ne sont pas loin.

Les deux camarades entreprirent de descendre précautionneusement vers la plage.

Lorsqu'ils furent presque en bas, ils purent apercevoir une longue et large barque peinte en rouge, pleine de Trollesques en armes, qui glissait silencieusement depuis la crique vers le sable.

— Il doit y avoir un village à proximité, murmura Wilf, et ces créatures se préparent à l'attaquer.

Pej n'eut pas le temps d'acquiescer : tous deux se raidirent, frappés par la même sensation impérieuse de danger.

Ils ne durent leur survie qu'à l'intuition remarquable qu'ils avaient tous deux, aiguisée par de longues années de périls variés, et qui souvent s'éveillait au même instant en chacun d'entre eux. Se retournant d'un élan semblable, ils parvinrent à éviter juste à temps la nuée de fléchettes qui fondait sur eux.

Se jetant à terre, chacun d'un côté, ils trouvèrent refuge derrière les gros rochers qui bordaient le sentier. Leurs regards ne se croisèrent qu'un instant. Le cerveau de Wilf travaillait à toute allure. *Certainement empoisonnées…* rumina-t-il brièvement en observant les fléchettes tombées à terre. Voilà qui confirmait l'hypothèse du maître-tueur.

— Ils sont plusieurs ? chuchota Pej après un coup d'œil infructueux au-dessus de son rocher.

— Je ne crois pas, répondit l'adolescent sur le même mode.

Il se remémorait les leçons de Cruel-Voit, qui semblaient s'être déroulées une éternité auparavant. Ce genre d'attaque évoquait fort une arme dont son maître lui avait parlé, bien que lui-même n'ait pas eu l'habitude de l'utiliser. Il s'agissait d'un petit engin de bois, à peu près semblable à un ocarina à ceci près que les trous abritaient de petites flèches enduites de venin. Ces orifices étaient munis de ventaux qu'on pouvait régler à loisir, pour densifier des tirs groupés ou au contraire arroser une zone plus large. Non, se répéta intérieurement le garçon, ils n'étaient pas plusieurs. Il voulait croire que les maîtres-tueurs n'étaient pas plusieurs.

Le bruit de lourdes bottes atterrissant dans le sable se fit entendre à quelques mètres de là. Les Trollesques se haranguaient tout bas en amarrant leur barque. Les efforts qu'ils faisaient pour chuchoter accentuaient encore l'écho de leurs paroles, comme c'est souvent le cas pour les voix fortes. Leur accent était grondant et guttural, mais ils s'exprimaient entre eux dans un impérial compréhensible.

Pourvu qu'ils ne nous voient pas… pensa Wilf. *On n'a vraiment pas besoin de ça…*

Subitement, une forme indistincte surgit de l'ombre comme une flèche noire, et bondit sur Pej. Celui-ci s'écroula sur le dos. Le maître-tueur avait fondu sur lui sans lui laisser le temps de la moindre réaction. Puis son corps s'arqua par réflexe, et ses muscles se bandèrent.

Pendant un bref instant, les deux hommes s'agrippèrent avec violence. L'instant suivant, leurs silhouettes emmêlées partirent à la renverse, et ils descendirent en roulé-boulé les derniers mètres qui les séparaient de la plage.

Dans les secondes confuses qui suivirent, Wilf ne put que pousser un juron en voyant plusieurs Trollesques accourir.

Ces derniers brandissaient des armes énormes, haches et masses de guerre à leur mesure. Car les créatures étaient bien aussi géantes qu'on le rapportait : Jih'lod lui-même, l'homme le plus grand que Wilf ait jamais rencontré, ne leur serait arrivé qu'à la poitrine... Leur ossature était lourde, surtout au niveau des épaules et des bras, mais leur chair était plutôt sèche. Même dans la pénombre, on pouvait reconnaître en eux des silhouettes inhumaines. Une dichotomie prononcée marquait le haut et le bas de leur corps : les Trollesques possédaient un torse surdéveloppé en comparaison de leurs jambes. À partir des côtes, saillantes, le corps des pirates semblait enfler soudain prodigieusement, parcouru d'une musculature puissante mais économe, jusqu'à la nuque où allaient se rattacher des tendons qui étaient comme autant de câbles d'acier. Leur poitrail atteignait une largeur généralement égale à plus du double de celle de leur abdomen. Cette particularité morphologique conduisait les créatures à adopter une posture dégingandée assez typique, ainsi qu'un curieux mouvement de balancement au niveau de leur partie pectorale. Alors qu'ils se ruaient vers les trois intrus, cela leur conférait un aspect inquiétant de diable sortant de sa boîte.

Wilf les regarda approcher, ne sachant que faire. Leur peau avait une teinte grise qui n'était pas due à la semi-obscurité. Leurs mâchoires étaient osseuses, avec de larges canines apparentes. Quant aux yeux intégralement rouges et aux longues chevelures immaculées, c'étaient les signes distinctifs connus de ces êtres terribles, colportés par toutes les légendes effrayantes qui circulaient sur leur compte. Les uniformes, enfin, étaient faits pour confirmer cette aura d'effroi dont ils bénéficiaient dans l'imagerie des Impériaux. La tête des pillards était protégée par un casque de métal en forme de cône ramassé, cerclé de fourrure à hauteur du front. Leurs jambes étaient simplement recouvertes de cuir épais ou de tartans aux couleurs de leur famille, bien que l'un d'eux arborât une jupe de mailles métalliques. La partie ventrale semblait être le point faible de leur cuirasse, nota le garçon, car les Trollesques portaient au mieux du cuir durci à cet emplacement, sans doute afin de se garantir une meilleure mobilité. En revanche, leur poitrine était recouverte d'un plastron épais, et des épaulettes d'une taille considérable recouvraient les parties allant des clavicules aux biceps.

Ce pectoral était toujours gravé d'insignes divers, de décorations honorifiques ou de symboles claniques. Wilf supposa que cette pièce d'armure devait représenter l'équivalent de l'écu des chevaliers impériaux, obéissant à des règles d'héraldique tout aussi strictes. Les courtes pointes qui hérissaient les épaulettes avaient sans doute une utilité plus psychologique que véritablement efficace durant les batailles. Des rubans rouges ou verts nouaient les tresses jumelles des pirates, peut-être selon un code de couleurs lié à leur hiérarchie militaire. Une large ceinture de tissu pourpre venait compléter l'ensemble en s'enroulant soigneusement autour du ventre des guerriers : c'était elle qui supportait les attaches métalliques où étaient accrochées les diverses armes dont ils étaient bardés. À tout cela, les Thuléens ajoutaient enfin une grande et épaisse cape de fourrure, blanche et soyeuse à l'image de leurs cheveux. C'était peu de dire que les Trollesques étaient impressionnants, et – avec un maître-tueur en prime – Wilf n'aurait pas été contre se trouver très loin de là...

Par miracle, les créatures interrompirent leur charge juste avant le contact. Ils observaient la scène d'un œil incrédule, n'ayant pas l'air de comprendre ce qui se déroulait.

Wilf en profita pour voler au secours de Pej, apparemment en difficulté. Les membres du guerrier tatoué se mouvaient avec une lenteur inhabituelle, et il semblait impuissant à utiliser sa force de colosse pour se dépêtrer du tueur. *Un paralysant...* comprit aussitôt l'adolescent. À présent, le maître-tueur s'était agenouillé sur le thorax du Tu-Hadji, et levait sa dague pour lui porter le coup de grâce.

L'héritier d'Arion se détendit comme un ressort, quittant son état de stupeur. Ses deux pieds jetés en avant vinrent frapper la main de l'assassin avant qu'il n'assène son coup de dague fatal, et ils auraient brisé le poignet d'un adversaire moins prompt à se dégager. Roulant sur lui-même, Wilf se releva pour faire face au maître-tueur.

Les Thuléens, toujours immobiles, attendaient maintenant la suite en échangeant des regards obliques. Pej se relevait avec difficulté, luttant contre ses muscles indolents. Le tueur avait dégainé son épée.

Mû par l'excitation de la menace plus que par une décision consciente, Wilf se rua sur l'homme qui avait pour mission de l'occire.

Ils échangèrent quelques passes d'armes dont la rapidité fit béer d'étonnement leurs spectateurs trollesques. Le garçon essayait également de noter les traits du visage du tueur, mais l'intensité de sa joute, comme les ténèbres montantes, rendaient cela ardu. Il ne songea même pas à recourir aux balbutiements de magie qu'Andréas était parvenu à lui inculquer, leur usage demeurant bien trop hasardeux.

Le combat, d'ailleurs, n'eut pas le temps de s'éterniser.

Petit à petit, les pirates avaient cessé leurs chuchotements d'admiration. Avec précaution, ils commencèrent à encercler les deux belligérants. Wilf entendit le glapissement de colère de Pej lorsqu'un Thuléen posa la lame de sa hache sur sa gorge afin qu'il se tienne tranquille.

La situation ne devait pas avoir échappé non plus au maître-tueur, car celui-ci avait adopté un style de combat plus défensif, tout en vigilance.

Bientôt, les Trollesques se furent suffisamment approchés pour que les deux adversaires ne puissent plus se mouvoir convenablement. Toujours méfiants, ils cessèrent peu à peu d'échanger des coups pour se concentrer sur les pirates.

Avant que Wilf ait pu réaliser quoi que ce soit, le maître-tueur accomplit alors une culbute étrange et vicieuse. Se penchant presque à ras de terre, il porta une attaque fourbe à l'une des créatures, lui tordant un genou d'un seul geste sec des deux mains. Tandis que le Trollesque s'écroulait en barrissant, l'assassin jaillit entre ses jambes.

Les pillards des côtes réagirent nerveusement, mais pas assez pour se saisir du maître-tueur avant qu'il ne soit en pleine course. Il commença donc à s'éloigner, pendant qu'une demi-douzaine de Thuléens lui donnaient la chasse en criant.

Wilf, qui avait d'abord voulu profiter de l'occasion pour s'enfuir à son tour, s'était retourné au bout de quelques mètres. Son regard était tombé sur Pej, réduit à l'impuissance et grognant des insultes en langue tu-hadji à rencontre des pirates qui l'immobilisaient.

L'adolescent n'hésita qu'une seconde avant de revenir vers les Trollesques. Il n'avait pas suffisamment d'amis fidèles pour les abandonner ainsi derrière lui.

Sa tension nerveuse était à son comble, lui obscurcissant la vue, teintant tout de rouge. Son visage se fendit d'un sourire mauvais alors que sa lame se dirigeait déjà dans la direction du premier pirate.

Il creva l'œil de la créature, esquiva un coup de hache assez puissant pour couper un tronc d'arbre en une seule fois, et broya du coude les parties génitales d'un autre adversaire. Une brusque pirouette en arrière, enfin, le mit hors de portée de la lourde masse qui s'abattait sur lui. Les pirates encore sous le choc de cet assaut éclair, le garçon éclata de rire avant de revenir à la charge.

Pej se débattait mollement, le visage toujours aussi courroucé.

Wilf eut encore le temps de trancher net un avant-bras gigantesque, quand un étrange picotement se fit sentir derrière sa nuque.

Des pas firent crisser le sable derrière lui, confirmant son pressentiment. Un des Thuléens partis aux trousses du maître-tueur, supposa-t-il, et revenant bredouille. Il voulut se retourner, mais c'était déjà trop tard. Les adversaires qui lui faisaient face l'avaient accaparé, lui faisant négliger ses arrières, le rendant vulnérable.

Il aperçut une forme, fugace et massive, venir le frapper sur l'arrière du crâne ; un choc sourd emplit ses tympans. Sa vue se troubla, tout devint noir, il sentit avec horreur ses jambes se dérober sous son corps.

* * *

Lorsque l'adolescent revint à lui, il était assis à côté de Pej sur un banc de bois rongé par le sel. Ses poignets et ses chevilles étaient entravés de métal, et reliés par une chaîne à un gros anneau imbriqué sous le banc. Le Tu-Hadji connaissait le même sort.

Devant eux, il y avait le long manche d'une rame immense, sur lequel Wilf s'était avachi durant son inconscience. On leur avait bien sûr pris leurs armes, et Pej ne portait même plus sa fameuse coiffe d'andouillers.

Le garçon comprit aussitôt quel sort était réservé à ceux que les Trollesques capturaient. Ils avaient été embarqués comme galériens.

— Oh non… gémit-il. Corbeaux et putains…

Galérien… Tout comme Holm, son père adoptif, avait été fait prisonnier par les Hommes-Taupes et réduit en esclavage… Non, le fils ne connaîtrait pas le même sort pour le compte des Trollesques !

— Tu as une idée pour nous évader ? demanda-t-il à son compagnon d'infortune avec un sombre enthousiasme.

Le guerrier haussa les épaules, l'air maussade.

— Le navire semble presque vide, marmonna-t-il. La plupart des pirates doivent être en train de mettre à sac quelque village des environs. Mais ils ont laissé une poignée d'entre eux pour surveiller leur embarcation, et d'ailleurs je ne vois pas comment nous défaire de ces chaînes. (Il toussota.) J'ai déjà essayé pendant que tu étais évanoui… Mais c'est vraiment solide.

Wilf tira machinalement sur ses entraves, ne parvenant qu'à faire tinter le métal. Les bracelets cadenassés sur ses poignets ne lui rappelaient pas de bons souvenirs… Avec un soupir, il tendit le cou pour regarder autour de lui. Les rameurs étaient tout au fond d'une rangée étroite et cloisonnée, petites niches qui devaient s'aligner par dizaines pour faire se mouvoir une nef de cette taille. À l'emplacement où ils se trouvaient, on aurait pu entasser encore quatre galériens côte à côte.

De l'autre côté du pont, les mêmes cloisons séparaient les bancs des rameurs, dont la plupart semblaient se reposer. Wilf nota que leurs rangs étaient plutôt clairsemés. Quelque chose qu'il avait lu lui revint alors en mémoire. Les pirates thuléens étaient connus pour pratiquer une coutume révoltante : lors des campagnes de pillage, ils épuisaient leurs galériens sans aucun scrupule, et en changeaient comme on change de cheval dans un relais lorsqu'ils s'arrêtaient sur une côte. Les cadavres des esclaves morts de fatigue étaient simplement jetés à la mer, tandis que de nouveaux bras énergiques venaient remplacer les précédents.

Le garçon regarda les pauvres hères de l'autre côté. Il aurait voulu héler ceux qui avaient l'air éveillés, afin de savoir d'où ils venaient et comment se passaient les choses à bord, mais des sentinelles trollesques faisaient les cent pas de la proue à la poupe. Vêtus d'acier et d'étoffe rouge, ces Thuléens faisaient claquer leur fouet avec trop d'enthousiasme à son goût.

Inutile de chercher déjà les ennuis… se dit-il en poussant un soupir. Le guerrier tu-hadji, quant à lui, ne disait pas un mot. Il paraissait figé d'humiliation.

Quelques heures plus tard, le reste des pirates était de retour avec leur sinistre butin de prisonniers gémissants. De simples pêcheurs, de pauvres gens dont le seul crime avait été d'habiter le long des falaises. Il y avait quelques femmes et enfants parmi eux, Wilf se demanda bien pourquoi. La plupart des hommes furent menés aux rames et enchaînés sans ménagement, tandis que le reste des esclaves était conduit à fond de cale.

Deux jeunes hommes prostrés rejoignirent Pej et Wilf dans la niche qui les abritait. Les gens hurlaient, les femmes séparées de leurs maris se débattaient, les enfants sanglotaient à fendre l'âme. Lorsque l'*Ib'Onem* fut prête à repartir, l'adolescent remarqua que les hommes attachés aux rames étaient plus que terrorisés. Ils présentaient un visage qu'il connaissait bien, celui des soldats grièvement blessés à la guerre. Les galériens n'étaient pourtant pas mutilés – probablement n'avaient-ils même pas livré combat –, mais leur expression de faiblesse et de supplication était exactement la même. Leurs jambes tremblaient et leurs yeux étaient emplis de larmes. Ils réalisaient à peine ce qui s'était produit depuis qu'ils avaient été tirés de leur couche et de leur village incendié. Plusieurs vomirent, d'autres s'évanouirent, et les premiers coups de fouets vinrent leur lécher le dos.

Un capitaine trollesque donna l'ordre de lever l'ancre. Bientôt, Wilf et Pej n'eurent d'autre choix que de se mettre à ramer.

5

L'Ib'Onem ne fit qu'une seule autre escale avant de regagner son port d'attache. Lorsqu'ils avaient capturé Wilf et Pej, les Trollesques étaient déjà sur le chemin du retour, les cales de leur nef pleines à craquer de richesses pillées sur les côtes shyll'finas. Leur seconde étape, dans le Nord du Baârn, avait donc eu le même but que la précédente : simplement embarquer de nouveaux esclaves pour remplacer les rameurs trop exténués.

L'automne s'installait à mesure que le navire à tête de mammouth progressait vers le nord, et la température chutait avec régularité. Plus on approchait des rivages thuléens, plus il était fréquent de voir flotter sur l'océan des blocs de glace de taille variable. Bientôt, savait Wilf, la mer d'Arazät serait complètement gelée, comme chaque hiver. Et que feraient les Trollesques de leurs galériens, alors ? Qu'adviendrait-il d'eux tous une fois les pirates arrivés à bon port ?

Une petite moitié des malheureux embarqués en même temps que le garçon et son ami tu-hadji étaient déjà morts d'épuisement lorsque la nef s'était arrêtée en Baârn. Et le froid, à présent, exigeait lui aussi son tribut, rendait la mort plus facile, et plus cruelles encore les conditions de survie de ceux qui résistaient.

Wilf et Pej ramaient comme des automates depuis des semaines. Des semaines ? Peut-être. Ils avaient perdu presque toute notion du temps. Dans les premiers jours le garçon avait été perclus de courbatures… il ne les sentait même plus à présent. Jour après jour, la fatigue qui se déposait sur lui devenait plus insensible : de la poussière sur une couche de crasse sèche. Son corps n'était plus que douleur. Le fier guerrier tu-hadji, réduit à l'impuissance, semblait lui aussi plus mort que vif. Néanmoins il ramait pour deux lorsque Wilf s'écroulait, à bout de forces, et paraissait souffrir plus dans sa dignité que dans son corps.

Les quelques heures de repos qu'on leur laissait par alternance n'auraient pu suffire à aucun humain. Pas plus que les miettes de nourriture auxquelles ils avaient droit : la plupart du temps les restes des repas de leurs maîtres trollesques. L'organisme de Wilf ne s'était pas endurci à ce travail forcé. L'adolescent au contraire était devenu hâve et maigre, ses yeux marqués de cernes noirs, ses joues creusées par l'anémie. Son regard vide avait même perdu cette légère lueur insolente qu'il avait auparavant su conserver en toutes circonstances. Le trajet depuis la Terre d'Arion paraissait avoir consumé jusqu'à sa dernière étincelle d'énergie.

La dernière nuit avant leur arrivée sur la côte thuléenne, enchaîné à fond de cale dans une position inconfortable et entassé contre les autres rameurs avec qui il partageait son tour de sommeil, le garçon n'arrivait pas à trouver la paix. Il refusait, chaque atome de son être refusait d'être l'esclave des Trollesques. De finir comme son père nourricier. Envers et contre tout, il lui fallait *s'échapper.*

Le sommeil le saisit soudainement. L'adolescent fut happé dans un rêve curieux. Il se retrouva entouré d'un bleu cristallin et rafraîchissant. Il n'avait pas l'impression de dormir…

C'était sûrement un rêve. En tous les cas, cela ne ressemblait à rien de ce qu'il avait connu.

Des phosphènes bleutés, semblables à des bulles, se mirent à flotter au ralenti autour de lui. Puis il y eut aussi des gerbes de petites méduses diaphanes, en grand nombre, d'où irradiaient des couleurs diffuses. Roses, jaunes et verts. Sous les pieds de Wilf, encore du bleu, et la silhouette peu à peu plus tangible d'une vaste cité engloutie.

Une cité engloutie… *Où suis-je?* cria l'adolescent. Il savait bien que rien de tout ce qu'il voyait n'était possible… Mais il se sentait tout à fait éveillé. Il porta ses mains devant son visage : c'étaient bien ses mains, mais légèrement translucides. Le reste de son corps était à l'avenant. *Je suis forcément en train de rêver,* tâcha-t-il de se convaincre. *Je suis recroquevillé dans la cale d'une nef Ib'Onem! Je suis victime d'une chimère…* Il fallait qu'il se réveille. Il n'aimait pas du tout ce rêve, si inhabituel. Ses cauchemars des autres nuits, au moins, avaient eu le mérite de ne pas paraître autre chose que des songes.

Tandis qu'il survolait des toits faits de larges écailles vertes et des flèches de corail sculpté, toute la vie de cette métropole marine lui apparut, silhouettes minuscules dans les allées pavées de coquillages.

Il y avait avant tout de nombreux poissons : les chasseurs, au dos foncé et au ventre clair pour mieux se fondre dans leur environnement ; les abyssaux, pourvus de leur propre système lumineux qui étaient autant de lanternes colorées et vivantes ; les véloces pélagiques au corps fuselé… Certains se pavanaient comme des seigneurs, telle la rascasse volante avec sa silhouette impériale et son costume de carnaval. Elle rappelait à Wilf les gros dragons de papier que fabriquaient certains Shyll'finas à l'occasion de leurs fêtes annuelles. Mais si les membranes de l'animal, en forme d'éventail, étaient comme de la soie somptueuse, les épines qui les tendaient contenaient un poison mortel : c'était une créature à la beauté vénéneuse.

Il s'approcha encore.

Des raies, avec des attitudes respectables de Hauts-Pères du Saint-Siège, veillaient sur leurs œufs. Ceux-ci, en incubation dans une poche de liquide orangé, jetaient des reflets autour d'eux par un effet de transparence. Une famille d'hippocampes, juste derrière, se hâtait en se dandinant. Des coraux vivants ondulaient au rythme du courant, remplaçant les fleurs aux fenêtres des palais. Tout autour, à l'image d'abeilles en train de butiner, s'affairaient les poissons coralliens, parés de couleurs de feu d'artifice qui évoquèrent une nouvelle fois à Wilf ce qu'il avait lu sur les carnavals shyll'finas dans les livres mossievites.

Il y avait enfin les murènes paresseuses, les bélugas majestueux, les grandes tortues aux airs de vieux sages, avec leur bec d'oiseau et leur regard scrutateur, les saumons argentés, les crabes au dos chargé de matériaux divers, qui semblaient occupés à quelque tâche de maçonnerie…

Wilf restait bouche bée devant ce rassemblement improbable de créatures, qu'aucune mer, nulle part, n'aurait pu réunir toutes ensemble. Mais il ne s'agissait que d'une plèbe fourmillante, pas des véritables habitants de la cité.

Ces derniers avaient apparence humaine, ou presque. Passant au travers de cette faune abyssale comme s'il se fût agi de simples animaux domestiques, ils allaient et venaient paisiblement autour des dômes et des palais. Leur peau était grise et soyeuse, leur tête chauve et luisante : en dehors de ça, ils auraient pu être des hommes et des femmes ordinaires. Ils portaient des toges blanches, sauf les quelques soldats qui arboraient des armures forgées dans une matière semblable à de la nacre. La cité ne paraissait pas être en guerre, cependant, et les grands squales placides qui gardaient ses accès avaient l'air vaguement endormis.

Les gens à la peau gris pâle avaient des gestes empreints de majesté. Les cadets semblaient plus vifs, toutefois, ils gambadaient avec une gaieté enfantine, se hélaient d'une fenêtre à l'autre. Leurs voix résonnaient depuis les étages d'une maison à l'effigie d'une étoile de mer géante, ou bien d'une autre, taillée avec art à même la roche dans un bloc de pierre blonde des profondeurs. *Leur voix*… Enjouée, parfois stridente, semblant pourtant receler tout le mystère du monde… Un chant ininterrompu d'onomatopées harmoniques. Une voix des origines et du devenir…

En l'entendant, Wilf était transi d'émotion. Il ignorait le sens des mots qui lui parvenaient, si toutefois cette langue était bien composée de mots, mais cela lui était égal. La voix en elle-même, ses seules textures et intonation, lui parlaient de choses poignantes : les rouleaux sur les rivages, les cyclones en pleine mer, le soleil étincelant sur l'onde tranquille des lagons. Le chant des presque-humains évoquait le sens de la vie, la quête d'un peuple entre l'écume des flots et les abysses, l'amour, la tristesse, et l'espoir de trouver une réponse dans les étoiles.

Est-ce qu'on pouvait seulement rêver quelque chose de semblable ?

Wilf aurait voulu s'approcher de nouveau, mais quelque chose en lui s'y opposait. Malgré tout le pouvoir de cet émerveillement, il restait incapable de descendre jusque dans les rues de la cité aquatique. C'était comme une méfiance irrépressible. *Peut-être… Peut-être une autre fois…* déclara-t-il pour lui-même en continuant d'observer les allées et venues de la population cosmopolite.

Un écho sourd, lointain, vint alors le frapper.

— *Qui ?…. Wilf ?*

Ça provenait du cœur de la ville marine.

— *Wilf ? Est-ce possible ?….*

L'adolescent sentit ces paroles s'insinuer dans son esprit, et la Skah se rebella en lui, le faisant se tordre de douleur. L'âme extérieure paraissait suffoquer, ne pas pouvoir supporter ce contact.

Peut-être s'agissait-il d'une voix connue, mais Wilf échoua à mettre un visage sur cette sonorité aqueuse.

— *Tu es ici, Wilf ? C'est incroyable.*

Quelque chose au fond de lui se figea d'effroi, non pas à l'écoute de ces paroles, mais à la perception floue du pouvoir étranger qui l'imbibait.

— *Tu m'as trouvé, mon ami…*

Il y avait dans ce lieu, dans cette voix, une puissance inconnue. L'espace d'une courte seconde, celle-ci fut infiniment claire : vision mentale qui n'était pas, comme la Skah, une présence osmotique, mais quelque chose de plus épuré, une simple introspection.

Wilf eut alors une sensation de déchirement, comme lorsqu'on est arraché au sommeil en plein songe. Il se sentit quitter les parages de la cité, laissant derrière lui les êtres étranges et la voix familière. Des kilomètres d'eau salée défilèrent sur ses flancs, toujours plus froide. La coque d'un navire lui fit face, et il sentit son corps translucide traverser le bois de l'*Ib'Onem*. De retour dans la cale des galériens, il observa son corps inconscient… et fut de retour en lui.

Mais il ne s'éveilla pas. Bien au contraire, il s'endormit enfin.

***

Il était midi, mais le soleil demeurait froid au zénith de la grande place. Sur une estrade de roc taillé, une cinquantaine de galériens attendaient, pieds et poings enchaînés, le début de la vente aux enchères.

Wilf et Pej étaient parmi eux, le regard voilé de fatigue et de dépit. Le Tu-Hadji dominait tous les autres prisonniers par sa haute taille et faisait de son mieux pour se camper avec défi dans la direction des Thuléens. Wilf, en son for intérieur, espérait bien que ces derniers ne le remarqueraient pas.

Un garde-chiourme s'avança sur le devant de l'estrade, et héla d'une voix forte l'assemblée des acheteurs potentiels. Le silence se fit tandis que les premiers esclaves étaient amenés un par un aux côtés du commissaire-priseur trollesque.

La nef *Ib'Onem* dans laquelle avaient voyagé Wilf et son ami s'était amarrée une semaine plus tôt à Asgad, un port de guerre du Sud de la Thulé. De là jusqu'à la cité d'Orkoum, où ils se trouvaient à présent, les esclaves avaient été transportés dans de vastes traîneaux tirés par d'énormes mammouths. Entassés les uns contre les autres, comme de vulgaires marchandises, ils avaient à peine été nourris durant leur voyage à travers les glaces. Plusieurs étaient morts. L'odeur de la peur et des corps serrés emplissait encore les narines du garçon.

Mais en entrant pour la première fois de sa vie dans ce que ses geôliers semblaient appeler une Cité-Oasis, l'adolescent avait temporairement oublié sa faim et sa fatigue. Il n'aurait jamais pu imaginer que les Thuléens disposaient d'une cité pareille. Bon sang, il aurait parié ses deux mains qu'une chose semblable ne pouvait pas exister ici, dans les étendues gelées de Thulé ! C'était une ville perdue au milieu d'un désert de glace, une perce-neige d'or et de marbre, presque aussi vaste que Mossiev.

À l'intérieur de la splendide Orkoum, il régnait une température agréable, et d'impossibles jardins égayaient les différents quartiers. La moindre maison aurait été considérée comme un palais n'importe où dans l'Empire. Partout des marbres rosés, des mosaïques raffinées, des minarets recouverts d'or pur. Deux tours d'airain, hautes, larges et carrées, encadraient les portes de la cité. Des coupoles de cuivre damasquiné brillaient de mille feux. L'opulence et la richesse étaient palpables comme nulle part ailleurs sur le continent. Mais la barbarie disputait au raffinement la suprématie sur cette ville. Partout des guerriers, des sculptures aux formes belliqueuses taillées dans des cornes gigantesques et foncées, des étendards… Nul ici n'oubliait que les Thuléens étaient avant tout une race de conquérants.

Parmi les Trollesques qui s'étaient rassemblés ici pour acheter des esclaves, quelques-uns étaient encore en armure et costume de marin, pirates fraîchement débarqués à Àsgad ou à Begdaz. Mais ils formaient une minorité. La plupart des autres portaient des vêtements qui auraient fait pâlir d'envie bien des nobles de l'Empire. Ils se pavanaient dans des tenues d'apparat toutes plus compliquées les unes que les autres.

Les babouches colorées, les fins grelots dorés ou carmins qui se glissaient dans leurs cheveux, les lourdes étoffes pourpres et les épais manteaux d'hermine auraient émerveillé l'enfant des rues qui sommeillait toujours en Wilf s'il ne s'était trouvé dans une aussi pénible situation. En fait, les Trollesques étaient recouverts d'une telle avalanche de bijoux et de pierreries que son instinct de petit voleur en était tout excité, malgré sa délicate position et son maigre besoin de richesses. Les parures pectorales des Thuléens étaient de métal fin, tandis que leurs jupes se paraient de colliers de perles, ou s'ornaient de gemmes précieuses. Presque tous portaient ces longues cottes raides, et le garçon les devina un peu honteux du rachitisme de leurs membres inférieurs.

Comme tous les Trollesques qu'il avait rencontrés jusqu'à présent, ils avaient une longue chevelure d'un blanc lumineux, laissée libre dans le dos mais dont les mèches en avant des oreilles étaient rassemblées en tresses qui descendaient depuis les tempes. La pointe de leurs longues oreilles effilées ressortait de part et d'autre de cette toison neigeuse. Wilf commençait à croire, maintenant qu'il connaissait mieux ces géants, que l'attention portée à la coiffure était un des premiers savoir-vivre de leur race. Les Trollesques semblaient par ailleurs totalement imberbes. Leur peau, couleur de granit pâle, avait la texture à la fois unie et rugueuse de la pierre. Les pirates revenus depuis peu arboraient toutefois un ton plus terne, le soleil leur ayant donné une teinte d'un gris soutenu. *Gris*, songea Wilf, *comme les êtres de ma cité engloutie…* Mais la ressemblance s'arrêtait là, et le garçon devina que les Trollesques n'avaient aucune parenté, proche ou lointaine, avec les presque-humains aquatiques qu'il avait observés. Leurs ongles avaient la même apparence pierreuse que le reste de leur corps, mais paraissaient se polir avec l'âge jusqu'à offrir un aspect de métal argenté, grand motif de fierté, visiblement, chez les Thuléens âgés, à voir comme ils exhibaient leurs mains tout en discourant de la valeur des pauvres humains qui leur étaient jetés en pâture. Leurs yeux terribles, enfin, rouge sur rouge, ne laissaient pas de rappeler à Wilf les contes de Trollesques que sa mère lui racontait alors qu'il était tout petit.

De toute évidence, la sécurité des Cités-Oasis n'empêchait pas que les armes y fussent omniprésentes, auxquelles les Trollesques paraissaient extrêmement attachés. Mais dans ces improbables lieux de plaisir où chaque citadin se conduisait comme un seigneur, aucun Thuléen n'aurait su vivre encombré de sa pesante panoplie habituelle. Les masses richement décorées, les haches aux lames gravées et au manche recouvert de velours rouge, tout cela était porté par l'un des nombreux esclaves qui formaient la suite personnelle de chaque géant, et paraissaient l'accompagner dans chacun de ses déplacements. Des esclaves humains. Et la plupart n'étaient pas entravés.

Le garçon remarqua que nombreux parmi eux étaient des représentants du peuple shyll'finas, avec leurs yeux bridés, leurs lèvres lippues et leur peau sombre. L'archipel restait en effet l'un des lieux de pillage favoris des pirates trollesques.

Au sein des acheteurs, Wilf nota qu'il y avait également quelques humains venus seuls pour le compte de leur maître. Ils étaient vêtus d'habits propres et soignés, comme tout un chacun dans cette ville.

L'adolescent réprima avec peine un tremblement : jamais il n'avait imaginé que les Trollesques menaient une telle vie de luxe dans leur pays, et encore moins qu'ils réduisaient en esclavage, à vie, les malheureux qu'ils avaient enlevés sur les côtes. Il y avait une résignation écœurante dans les yeux de ces hommes qui savaient qu'ils ne reverraient plus jamais leur patrie... Ceux qui portaient docilement les armes de leur maître n'avaient pas la moindre étincelle d'insoumission dans le regard.

Wilf se souvint alors qu'il arrivait parfois aux Trollesques *d'acheter* des esclaves sur le continent, prisonniers de guerre, criminels, ou bonnes gens enlevés par des brigands. La demande paraissait donc importante, et le moindre Thuléen devait posséder ici plusieurs domestiques humains.

Le commissaire-priseur avait commencé par mettre en vente les femmes et les enfants. Wilf comprenait à présent la raison pour laquelle les pirates s'en étaient encombrés. Ils feraient de parfaits pages et servantes dans ces lieux de faste qu'étaient les Cités-Oasis. À en juger par les regards torves et gourmands que jetaient aux femmes certains acheteurs trollesques, ils ne devaient pas non plus détester les humaines pour assouvir leurs appétits érotiques. Les géants à cheveux blancs s'approchaient pour observer la marchandise de plus près, soulevaient les mentons entre deux pouces énormes pour voir les visages sous tous leurs profils. Puis les pièces et les gemmes sonnaient dans la balance du marchand. Certaines enchères atteignaient des montants impressionnants, mais même ceux-là ne paraissaient que broutille pour les Thuléens : chacun payait rubis sur l'ongle, comme s'il se fût agi de petites sommes.

La vente durait depuis plus d'une heure, et toutes les femmes et les enfants avaient été vendus. Wilf commençait à avoir des crampes dans les jambes : il n'avait plus l'habitude de rester debout longtemps. Avec le retour de la fatigue et de la faim, il ressentait quelques vertiges et des nausées. Plus d'une fois, il vacilla et ne dut qu'aux bras de Pej de ne pas s'écrouler. On mettait à présent aux enchères un robuste Baârnien pris dans la dernière rafle sur le chemin du retour. Il semblait encore assez vigoureux, et les enchères allaient bon train. Un esclave humain aux cheveux prématurément argentés, qui ne semblait pas accompagné, se le disputait avec plusieurs Trollesques.

Cela dura vingt bonnes minutes, et le grand rouquin fut finalement adjugé à l'humain pour une somme représentant six mois d'honnête travail pour un cambrioleur à Youbengrad. Malgré lui, Wilf émit un petit sifflement. Il se demandait bien pourquoi les Thuléens continuaient de mener campagne de piraterie chaque année, s'ils étaient aussi riches.

Comme cela avait été le cas pour les autres avant lui, on défit les chaînes aux chevilles du Baârnien, afin qu'il puisse marcher convenablement. Mais au lieu de descendre de l'estrade pour rejoindre son nouveau propriétaire, le rouquin bondit soudain sur le commissaire-priseur, déployant une vivacité insoupçonnée.

Avant que l'autre ait eu le temps de réagir, le Baârnien s'était emparé de sa hachette de ceinture et la lui maintenait juste en dessous la gorge. Pour assurer sa position, il grimpa des deux pieds sur l'intérieur de la jambe du Trollesque, forçant celui-ci à tomber à genoux. À présent, ils étaient à peu près de la même taille…

— Continuez d'avancer, et je le saigne comme un porc! hurla le rouquin en direction des Thuléens qui s'approchaient.

Les Trollesques s'immobilisèrent, leurs armes toujours en main.

— Libère tous les autres! ordonna le Baârnien au garde-chiourme.

Après un instant d'hésitation, ce dernier commença à s'affairer sur les chaînes des esclaves. Wilf croisa le regard le Pej, y lisant le même espoir neuf qu'il sentait éclore dans le sien.

Une chose tourmentait le garçon, cependant. Les Trollesques assemblés devant l'estrade ne semblaient plus si décontenancés. Ils paraissaient juste attendre quelque chose. Quant au garde-chiourme, il ôtait les cadenas des anciens galériens avec une lenteur que l'adolescent jugeait calculée.

Bientôt ce fut leur tour, à lui et à Pej, d'être libérés. Ils auraient voulu se frotter les poignets et les chevilles pour en chasser l'engourdissement, mais leurs chairs mises à vif par les fers leur interdisaient d'y toucher. Aucun des esclaves n'avait encore osé bouger. Tous questionnaient du regard le Baârnien roux qui s'était imposé chef des opérations, mais celui-ci attendait patiemment que tous ses semblables aient été délivrés de leurs chaînes.

Le Tu-Hadji émit un grognement d'impatience. Wilf se contenta de le regarder en haussant les épaules. La première excitation passée, le garçon se rendait compte que leur situation n'était pas tellement plus reluisante que quelques minutes auparavant. Ils étaient au cœur d'une cité inconnue, où tous les humains semblaient être les esclaves dociles des Trollesques. Eux, en revanche, portaient des haillons qui les trahiraient à la première occasion. Et même s'ils parvenaient miraculeusement à quitter la ville, ce serait pour se retrouver en plein milieu du désert glacé de Thulé. Combien de dizaines de lieues jusqu'à la banquise d'Arazät ? Combien de centaines, ensuite, sur une mer gelée, pour atteindre les rivages du continent ?

Wilf essayait bien de se motiver, mais rien n'y faisait. Le désespoir était là de nouveau.

Lorsque tous les galériens furent libres de leurs mouvements, les yeux se tournèrent avec ensemble vers le robuste rouquin. Wilf nota avec inquiétude que la grande place s'était vidée comme par enchantement, à l'exception des acheteurs trollesques du marché aux esclaves, qui n'avaient pas brisé leur petite assemblée. Leurs yeux rouges fixaient sans ciller les galériens révoltés.

À l'extrémité de son champ de vision, sur les quatre abords de la place, le garçon repéra des formes mal cachées et des mouvements de troupes. *La garde,* songea-t-il avec un soupir, *déjà prête à intervenir.*

La tension maîtrisée parmi les Trollesques présents lui confirma l'imminence de l'assaut. Cela n'avait pas échappé non plus au Baârnien roux. Alors que les gardes commençaient à s'engager sur la place, il égorgea soudain sans pitié son otage thuléen, et cria :

— Courez ! Fuyez tous par où vous pouvez !

Joignant le geste à la parole, il s'élança sur la grande place vide, donnant le signal de départ d'une course effrénée.

Dans la confusion, certains esclaves le suivirent, s'attachant à ses pas comme s'il eût symbolisé l'unique espoir de salut. D'autres partirent dans diverses directions, par petits groupes ou bien coureurs isolés. Un nombre important, enfin, resta sur place, paralysé de terreur ou de stupeur.

Wilf et Pej n'avaient pas bougé. L'adolescent étudiait la scène avec une mine soucieuse. Les gardes trollesques étaient bien armés, et portaient leurs armures de pirate. Il y en avait trois, au moins, pour chaque esclave en fuite. La plupart tenaient de longues perches dont le bout formait un nœud coulant, spécialement étudiées pour ce genre d'occasion. Mais le pire résidait dans leurs mammouths dressés, qui venaient de donner la charge. Plusieurs fuyards interrompirent net leur course, hébétés. Figés par la peur, le bruit du lourd galop dans les oreilles, ils furent piétinés avant d'avoir pu reprendre leurs esprits.

Pej tira soudain son jeune compagnon par l'épaule et lui indiqua une direction opposée à la scène. À quelques dizaines de mètres, la place s'ouvrait sur une rue pas trop large. Seuls deux mammouths, côte à côte, chargeaient au centre de l'allée. Il n'y avait pas d'autres gardes. Wilf comprit l'idée du Tu-Hadji sans que ce dernier n'ait eu à parler : ils pouvaient courir sur les côtés et éviter les pachydermes… En passant assez près de leurs flancs, même les Trollesques montés dans leurs nacelles n'auraient pas l'occasion de les attraper avec leurs étranges perches.

Mais alors que Pej allait s'élancer, Wilf le retint brusquement par le bras. Un dernier regard sur la scène qui lui avait fait face, là par où s'étaient enfuis le plus grand nombre de galériens, venait de réduire leur plan à néant. En dehors des nouveaux gardes qui étaient apparus – une véritable petite armée – n'hésitant pas à écharper ceux qu'ils peinaient à attraper, une tactique astucieuse des Trollesques ôtait les ultimes espoirs du garçon. Les mammouths qui avaient tout d'abord galopé par couples s'étaient séparés, déployant entre eux de hauts et larges filets de mailles métalliques. Plusieurs fuyards, parmi lesquels le rouquin du Baârn, se virent soulevés du sol par la course des grands quadrupèdes, puis traînés dans le solide filet. Les perches des Thuléens s'abattirent sur eux pour les assommer. La place entière, sur ses quatre côtés, paraissait cernée.

Lorsque Wilf jeta à nouveau un œil vers la rue que lui avait indiquée Pej, les pachydermes s'étaient bel et bien séparés, une nasse de mailles luisantes entre eux. Et derrière les mammouths, de nouveaux soldats accouraient, l'arme haute. Pej cria une insulte en tu-hadji, puis se tourna vers son jeune ami, la mine désemparée.

— Il n'y a plus rien à faire, Pej, marmonna celui-ci. Tâchons de nous tenir tranquilles… Peut-être ne nous tueront-ils pas tous.

Quelques instants plus tard, des gardes trollesques les tenaient en respect, ayant formé un groupe serré avec les esclaves qui étaient demeurés sur l'estrade des enchères. Tous les galériens avaient reçu l'ordre de s'agenouiller, les mains par-dessus la tête, et de ne plus faire le moindre geste sous peine de mort. Les coups pleuvaient, à l'aveuglette. Dressant discrètement la tête, Wilf observait les derniers esclaves être repris par les Thuléens. Pas un n'avait pu s'échapper. Parmi les esclaves humains en habits propres, appartenant aux Trollesques depuis l'été précédent, aucun n'avait manifesté la plus petite intention de leur venir en aide.

Les minutes passèrent, les autres esclaves à ses côtés retenant leur souffle, tandis que les fuyards capturés étaient emmenés hors de la place. Une escorte démesurée, presque ridicule, de gardes trollesques les accompagnait. Les galériens encore inconscients étaient traînés sans ménagement, tout comme les cadavres de leurs pairs. Wilf aperçut le rouquin vigoureux qui avait été à l'origine de tout ça se relever avec hargne, du sang sur la tempe, et refuser le soutien de ses geôliers pour se mettre à marcher. Même à cette distance, il sembla au garçon que le feu couvait encore dans son regard.

Puis, avec un calme incroyable, la place se remplit à nouveau de gens vaquant à leurs occupations. C'était presque comme si rien ne s'était passé. Les gardes, hormis un contingent notable qui demeura à proximité du marché aux esclaves, se retirèrent à leur tour. Wilf et ceux qui l'entouraient étaient toujours immobiles, le visage contre la poussière du sol. Un Trollesque en livrée rouge sombre vint prendre la place du commissaire-priseur, dont le cadavre avait été transporté avec déférence.

— Mes biens chers frères, commença-t-il, ceux parmi vous qui connaissaient Rysad seront heureux d'apprendre que ses funérailles seront célébrées aux Soleils, où les esclaves désobéissants seront sacrifiés en son honneur. Ainsi en va-t-il des ingrats qui refusent nos largesses ! Des hourras parcoururent l'assemblée, bien qu'aucun humain n'y participât.

— Quant à ceux-ci qui ont choisi de ne pas provoquer notre colère, fit-il en désignant les esclaves agenouillés face contre terre, je propose de leur accorder une deuxième chance… En tant que Mahoub, détenteur des Secrets de la Vie et de la Chaleur, j'arbitrerai la fin de ces enchères en mémoire de notre frère disparu.

— Qu'il en soit ainsi !

Les autres Trollesques se conduisaient étrangement avec le nouveau venu, fuyant son regard comme leurs esclaves humains évitaient les leurs. Wilf supposa qu'il devait s'agir d'une sorte de chef, ou de prêtre. Lorsque les enchères reprirent, les acheteurs ne témoignaient plus la même excitation bon enfant, mais semblaient tâcher de se montrer le plus digne possible.

Ce fut bientôt le tour de Pej, juste après un Arionite à moitié mort qui avait fait partie de la même rafle que Wilf et le Tu-Hadji. Des murmures et des sifflements entendus parcoururent l'assemblée des acheteurs. Les enchères démarrèrent assez fort, même si certains semblaient s'abstenir volontairement. Ceux-là, Wilf les entendait commenter que ce grand esclave avait l'œil du rebelle, un air farouche qui ne leur plaisait pas du tout. Surtout chez un humain qui semblait aussi vigoureux… Mais la plupart des autres se l'arrachaient au contraire, se disant qu'une fois soumis, il accomplirait le travail de trois esclaves à lui seul.

Les prix flambaient, s'envolaient, et Wilf écarquilla les yeux d'étonnement lorsque le record de tout à l'heure, destiné à l'achat du Baârnien réfractaire, fut pulvérisé par le même homme aux cheveux argentés. Ce dernier, un humain dans la force de l'âge, aux mains fortes et au regard sûr de lui, avait paru extrêmement dépité lorsque sa récente acquisition avait commis la folie de se révolter. Il avait observé le rouquin, emmené sous bonne garde par les gardes trollesques, avec un long soupir d'embarras. Mais l'espoir renaissait dans son regard à présent, et il ne semblait pas prêt à laisser Pej lui échapper. Les acheteurs potentiels se retiraient les uns après les autres, avec quelques commentaires de regret.

Le duel qui l'opposa à un dernier Thuléen fortuné dura quelque temps, la valeur de Pej atteignant presque le double du prix auquel avait été adjugé le Baârnien. Mais, finalement, cet ultime rival céda à son tour, jugeant à voix haute que le galérien, tout bien portant qu'il ait l'air, ne méritait pas pareil sacrifice. L'humain aux cheveux argentés sortit alors de nouvelles gemmes de sa lourde bourse, et les posa dans la balance du Mahoub sans le regarder. Il s'approcha de Pej tandis qu'on allait lui remettre des chaînes aux poignets, et fit signe que ce n'était pas nécessaire. Il se tourna alors vers le prêtre trollesque et, toujours sans croiser son regard, lui lança :

— Pour un tel prix, je suppose que mon maître

pourrait bénéficier d'un petit privilège… (Des murmures étonnés s'élevèrent parmi les acheteurs.) Il est bien rare, Mahoub, qu'une telle somme soit atteinte lors d'une vente d'humains…

« Ce que j'ai à demander n'est pas grand-chose : pour cinquante lizzars de plus, je voudrais ce garçon efflanqué à la triste mine. Il désignait Wilf.

Puis, se retournant vers l'assemblée :

— Vous savez tous que je pourrais l'avoir aux enchères pour moitié moins. Mais mon maître m'a fait savoir qu'il était pressé d'avoir ses nouveaux esclaves, et toute cette agitation m'a déjà bien suffisamment retardé.

Le Mahoub parut réfléchir une seconde, puis décréta :

— Qu'il en soit ainsi. Et transmettez mes amitiés à votre maître, esclave Marcus.

Aucune protestation ne se fit entendre au sein des acheteurs. Wilf supposa qu'aucun d'entre eux n'était prêt à payer plus de cinquante lizzars – sans doute l'équivalent local de la monnaie impériale – pour lui. Les pirates trollesques qui l'avaient remis au commissaire-priseur devaient s'être bien gardés de faire part des prouesses martiales du garçon, trop honteux d'avoir perdu deux des leurs face à ce qui leur apparaissait sans nul doute comme un misérable avorton…

Pej était toujours aussi immobile, un pli mauvais sur les lèvres, tel qu'il s'était tenu pendant tout le temps où les Trollesques débattaient de son prix. Wilf n'aimait pas l'étincelle qu'il devinait dans son regard. Il craignait que son camarade ne puisse pas subir une humiliation de plus sans réagir avec une sotte témérité.

On les conduisit tous deux au bas de l'estrade, où l'humain bien habillé qui venait de les acheter descendit les rejoindre.

— Je me nomme Marcus, se présenta-t-il, intendant et maître de maison du pacha Mohadd Hasmelouk. Si vous vous tenez bien et le servez fidèlement, vous serez bien traités.

— Heu... Je m'appelle Wilf, fit l'adolescent. Très heureux, ajouta-t-il, cynique.

Pej, silencieux, regardait l'homme qui lui faisait face comme s'il se proposait de lui rompre le cou dans l'instant. Wilf priait pour que son ami ne mette pas son projet à exécution. En tous les cas pas ici, à dix pas des gardes.

— Vous êtes amis, n'est-ce pas ? reprit Marcus. Tous les deux ?

Après un instant d'hésitation, le garçon acquiesça.

— C'est bien ce qui m'avait semblé, opina à son tour le maître de maison. Voilà qui semble parfait. Venez, nous irons à pied. Le palais de *notre* maître se trouve non loin d'ici.

DEUXIÈME PARTIE

SONGES ET MENSONGES

1

Des coussins de toutes tailles, formes et couleurs emplissaient la pièce. Dans le palais du pacha, cette dernière devait passer pour un endroit confiné et douillet, mais elle aurait pu contenir tout entière n'importe quelle bicoque des faubourgs de Youbengrad. Une fontaine jaillissait en son centre, non loin de l'endroit où était avachi le seigneur des lieux. Des plantes étalaient leurs grandes feuilles partout, ruisselantes de condensation. Plusieurs bassins d'eau fumante – Wilf ignorait par quel prodige le liquide pouvait conserver cette température – rendaient l'air de la salle chaud et humide, légèrement brumeux.

Marcus s'éclaircit la voix.

— Voici vos nouveaux serviteurs, maître pacha, s'inclina-t-il lorsqu'ils furent tous trois parvenus en face du Trollesque.

Celui-ci était grand et puissant, même pour un membre de sa race, et se prélassait sur un large sofa mou en portant à ses lèvres l'embout d'un narguilé ouvragé. Il ne portait qu'un pagne. La lucidité froide de ses yeux rouges démentait son sourire béat. Sans cesser de fumer, il fit signe aux deux nouveaux venus de tourner sur eux-mêmes. Wilf dut supplier Pej du regard pour qu'il s'exécute, quoique non sans réticence.

— J'avais demandé un garde du corps, Marcus. Celui-ci me semble correct... Mais quel est donc ce nabot blême que tu me ramènes? demanda-t-il d'une voix à la fois mielleuse et rugissante, désignant Wilf du menton.

— J'ai pensé, mon maître, qu'il serait utile de nous garantir la fidélité du plus grand des deux. Un homme chargé de veiller à votre sécurité doit en effet se montrer on ne peut plus fidèle... Vous ne croyez pas?

— Et alors? ronronna le Thuléen.

— Alors, maître pacha, j'ai remarqué pendant la vente que le colosse semblait être très lié au garçon. Il l'a empêché plusieurs fois de s'écrouler de fatigue, et... vous savez bien ce que vaut d'ordinaire la solidarité entre les esclaves humains fraîchement débarqués. J'ai donc pensé que ces deux-là étaient des amis de longue date, des amis chers...

«Gardons donc le petit en otage, pour nous assurer la bonne conduite du grand. Si bien sûr vous jugez l'idée judicieuse, maître.

Le pacha plissa les sourcils dans un soupir de contentement.

— Ça me semble bien, en effet... Tu as entendu, grand humain? À présent, ton rôle sera de veiller sur ma personne lorsque je quitterai mon palais pour aller en ville. Est-ce clair? Le Trollesque continua sans lui laisser le temps de répondre, ce que Pej ne semblait d'ailleurs pas sur le point de faire.

— Tu seras armé, évidemment, et je devrai pouvoir te faire confiance : n'oublie pas, ton ami restera ici, lui, et la moindre désobéissance de ta part l'enverra aux Soleils pour y être sacrifié. Où tu ne tarderas pas à le rejoindre… Et, croyez-moi, c'est un supplice dont nul ne peut envisager la perspective avec indifférence.

Le pacha tira une longue bouffée du tuyau de son narguilé.

— Je n'aime pas trop ton regard, esclave, reprit-il ensuite sur un ton plus grondant. Tu n'as pas à fixer ton maître ainsi. (Un instant passa…) Baisse les yeux, j'ai dit !

Pej ne changea rien à son attitude.

— *Pa'arani waloud, nedak imsit !* clama-t-il seulement d'une voix sans timbre.

Wilf tressaillit.

— Qu'est-ce que tu dis, chien ? rugit le Thuléen, partagé entre surprise, colère et peut-être admiration.

— Je dis que je promets ta mort, créature, s'il survient le moindre mal à ce jeune homme. Tu ignores qui il est, mais… (Pej déglutit bruyamment, tâchant visiblement de conserver son calme.) Si jamais il arrive malheur à mon compagnon, moi, Pej, je ferai un collier avec tes dents. C'est tout.

Le Trollesque darda un regard mécontent sur Marcus.

— Félicitations, esclave Marcus, fit-il avec une désinvolture de façade. Voilà ce que tu me rapportes pour me protéger ! Un ahuri qui croit pouvoir me menacer de mort dans mon propre palais…

— Mais, maître pacha, vous aviez l'air si impatient… Si j'avais seulement eu un peu plus de temps, j'aurais déniché un protecteur plus docile.

533

— Suffit! le coupa le Thuléen. Avec son ami en otage quand nous serons à l'extérieur, celui-ci fera l'affaire. Quoi qu'il en dise. Et puis, s'il ne sait pas tenir sa langue, il ne me coûtera pas grand-chose de la lui faire arracher. Un garde du corps n'a pas besoin de discourir. Quant au plus jeune, tu sauras bien lui trouver une utilité quelconque dans ma demeure.

Il soupira, l'air encore vexé de l'attitude de Pej.

— Voilà qui est entendu. Un autre que moi se serait sans doute montré moins indulgent, précisa-t-il à l'intention du Tu-Hadji. Rappelez-vous: à partir de maintenant, vous appartenez au pacha Mohadd Hasmelouk. (Sa voix s'adoucit.) On me dit sévère mais juste avec mes esclaves. Soyez fidèles et profitez de la magnificence de ces lieux; bientôt, vous vous sentirez tellement bien dans cette demeure que vous en oublierez votre condition.

C'est ça, espère toujours, grommela Wilf en pensée.

— D'ailleurs, pour être bien certain que vous sachiez ce qui vous attend en cas de rébellion, je me proposais d'aller faire un tour aux Soleils. On doit y exécuter les esclaves qui ont tenté de s'enfuir tout à l'heure, c'est bien ça?

Marcus acquiesça.

— Alors allons-y! Pour cette fois, le garçon viendra avec nous: je ne voudrais pas qu'il manque ce spectacle...

Sur ces paroles, le géant se leva et passa un peignoir pourpre et or. Il ajouta:

— Pendant que je m'habille, esclave Marcus, réunis mes suivants et donne des ordres à notre tailleur. Il faudra que nos récentes recrues soient convenablement vêtues avant demain. Et trouve aussi une épée, simple mais de bon acier, pour mon nouveau protecteur. (Un sourire en coin passa sur la bouche du pacha.) Ciel, grogna-t-il, si notre serviteur est aussi farouche au combat qu'en paroles, je ne risque décidément plus rien… Et il partit d'un rire moqueur.

Une heure plus tard, la suite de Mohadd Hasmelouk tentait de se frayer un chemin parmi les nombreux Trollesques venus assister à l'exécution. Le pacha n'avait amené avec lui que Wilf, Pej et Marcus, plus un serviteur pour porter ses armes et un autre encombré d'affaires diverses. C'était une suite minimale pour un Thuléen. Tout au long du chemin, l'adolescent aux cheveux corbeau avait scruté les environs, guettant un espoir de s'évader avant d'être prisonnier pour toujours du palais. Il avait lancé plusieurs regards torves à l'esclave musculeux qui tenait les armes du pacha, mais l'humain n'avait même pas semblé le remarquer. Comme lorsqu'ils avaient regagné la demeure du Trollesque depuis le marché aux esclaves, les rues étaient bondées de passants et de gardes. Impossible de tenter quoi que ce soit.

Wilf ne s'était pas attendu à ce qu'il y ait autant d'amateurs pour le sacrifice des galériens. Beaucoup de Trollesques avaient même une suite bien plus fournie que celle de Mohadd. Certains étaient venus en litière, portée par dix hommes, d'autres en carrosse géant, tiré par des mammouths, d'autres enfin étaient entourés d'un cortège de courtisans, eux-mêmes enveloppés dans leur écrin d'esclaves humains… Il y avait une expression d'excitation sur les visages gris. Et tous ces gens se pressaient pour pénétrer dans le bâtiment à larges portes qui marquait le centre de cette immense place en forme de croix.

Ce n'était pas que le monument fût à proprement parler petit, mais le garçon commençait à douter qu'il pût contenir toute la foule qui s'y engouffrait. Ce ne fut que lorsque lui et son groupe pénétrèrent à leur tour à l'intérieur qu'il comprit enfin. La construction n'abritait que l'entrée d'un large escalier, sur les marches duquel auraient pu tenir vingt hommes allongés bout à bout, et qui s'enfonçait dans les profondeurs de la Cité-Oasis. La suite du pacha entama la longue descente parmi les frous-frous des costumes et les pas lourds des Trollesques. L'empressement général était à la limite de la bousculade, mais la cohue semblait néanmoins éviter avec soin de piétiner le grand Mohadd et ses serviteurs.

La lumière était assurée par des luciotrilles-teigneuses, les mêmes qui étaient utilisées dans la ville insulaire de Fraugield. Ces insectes gros comme la main, une fois enfermés dans une sphère de verre, s'agitaient pendant des semaines avant de mourir d'épuisement. Durant tout ce temps, ils produisaient un éclairage aussi peu agressif que la lueur d'une bougie, aussi sain que la lumière du jour. C'étaient des denrées plutôt chères, d'après les livres de Mossiev. *Ils n'ont jamais que le meilleur, ici,* rumina Wilf pour lui-même.

Beaucoup plus bas, après avoir cheminé pendant peut-être un quart de lieue, les esclaves et leur pacha atteignirent une sorte de couronne architecturale, dont le cercle intérieur était muni d'un balcon. Ce dernier devait donner sur un large puits. Ici, les luciotrilles devenaient inutiles : une puissante luminosité semblait couver dans les profondeurs de l'excavation et illuminait ses abords. Toutefois, la foule agglutinée aux rambardes dorées interdisait aux nouveaux arrivants de s'approcher suffisamment près pour voir quoi que ce soit.

Le groupe continua donc sa descente le long de l'escalier gigantesque, qui poursuivait son ample vrille tout autour du puits. Sur plusieurs étages encore, il fut impossible de trouver la moindre place. C'était comme si toute la population de la Cité-Oasis s'était retrouvée là au même moment. Ce qui était peut-être le cas, à ce qu'en savait Wilf. Finalement, six ou sept niveaux plus bas, le seigneur trollesque et sa suite purent dénicher un morceau de balcon d'où contempler enfin l'intérieur du gouffre. Mohadd et Marcus s'installèrent, un sourire de satisfaction aux lèvres, faisant signe aux autres de les imiter.

Wilf les rejoignit, ayant à peine besoin de jouer des coudes. Les regards fugitifs qu'il surprit lui firent deviner que son nouveau maître était craint ou respecté, malgré la pompe beaucoup plus ostensible que développaient certains de ses pairs. Ébloui, le garçon se couvrit instinctivement les yeux de la main. La lumière était d'une pureté douloureuse, ici. Il lui fallut plusieurs secondes avant de pouvoir ouvrir de nouveau ses paupières, plissant les yeux à l'extrême.

Il se trouvait sur la face intérieure d'un énorme cylindre creusé dans la terre. Au-dessus et au-dessous de lui, sur de nombreux étages, il voyait des rangées de balcons et leur foule bigarrée. Le métal, très présent dans les costumes trollesques, scintillait de mille feux en raison de l'illumination ambiante. Les spectateurs qui lui faisaient directement face n'étaient qu'à une trentaine de mètres de lui, par-delà le vide, mais la profondeur vertigineuse du site les faisait paraître tout petits. En contrebas, à une distance assez lointaine, flamboyaient les sources d'une lumière jaune d'or.

Les Soleils… comprit le garçon. C'étaient trois sphères énormes et lisses, d'une même teinte ambrée uniforme, dont la luminosité se diffusait continûment. Ce n'était plus si éblouissant une fois qu'on y était habitué. *Trois Soleils souterrains…*

Le brouhaha allait crescendo. Wilf fixait les sphères lumineuses avec appréhension. Elles dégageaient une aura, un pouvoir, qui ne lui étaient pas tout à fait étrangers. Il était certain qu'il ne s'agissait pas de la Skah, car même un apprenti médiocre comme lui l'aurait reconnue sans peine. Mais alors qu'était-ce ?

Tandis que les derniers spectateurs prenaient place, la tension atteignait son apogée. Tiré de ses préoccupations mystiques, l'adolescent aux yeux noirs accrocha subitement son regard sur une silhouette discrète. Encore un élément qui lui paraissait familier… Sur le balcon opposé, juste en face de lui, se tenait un humain de taille moyenne, dont la posture indiquait, presque sans l'ombre d'un doute, qu'il observait en douce Mohadd et ses suivants. L'esclave semblait appartenir à la suite d'un riche seigneur. Wilf fronça les sourcils : l'allure de l'homme lui disait-elle vraiment quelque chose, ou s'agissait-il seulement d'une impression ? Quoi qu'il en soit, l'esclave recula dans la pénombre avant que l'adolescent ait pu détailler son visage. Un frisson menaça de naître à la base de sa nuque mais il s'ébroua en secouant la tête. Son désespoir n'était pas encore assez grand, se dit-il, pour qu'il bascule déjà dans la folie et imagine sans cesse chimères ou silhouettes ténébreuses…

De la même manière que le chahut avait enflé jusqu'à atteindre un paroxysme de fébrilité, le silence s'imposa peu à peu. Quelque chose se passait au-dessus de Wilf, deux étages plus haut à en croire les remous qui agitaient au ralenti la foule bigarrée. Les derniers murmures se turent tout d'un coup lorsque les Mahoubs apparurent.

Un claquement à la fois sec et profond, un bruit de marbre qui rappela au garçon les passages secrets du palais de Mossiev, se fit entendre. Puis une ombre glissa lentement au-dessus de la portion du balcon où étaient installés les suivants de Mohadd. Le raclement sur la pierre suggéra à Wilf qu'on était en train de placer une avancée au-dessus du vide après avoir fait coulisser la rambarde. Mais il ne parvint pas à deviner de quoi il s'agissait avant que la paroi opposée ne commence à se transformer à son tour. Il vit alors les prêtres trollesques avancer à bord d'un étrange char, dont la forme figurait la proue d'une nef *Ib'Onem*, le cou de mammouth sculpté ouvrant la foule devant eux sans que leur escorte éprouve le besoin de faire place. Trois Mahoubs en quinconce se dressaient sur cette estrade baroque, laquelle évoquait à l'adolescent quelque tapageur décor de théâtre. Mais qui n'en tenait pas moins les spectateurs en respect. Comme quelques instants plus tôt, la rambarde – qu'on aurait pourtant jugée trop massive et ouvragée pour être amovible – fut poussée pour permettre à la nef de s'avancer au-dessus des Soleils.

Les prêtres trollesques avaient les bras levés, le silence de la foule valant acclamation. Leurs yeux rouges reflétaient une ivresse religieuse. La lueur de fanatiques, sans nul doute, mais aussi cette frénésie vacillante des hommes qui ont pris goût aux discours en public. Leurs costumes étaient presque sobres, et semblaient dépouillés en regard de ceux des spectateurs. Le rouge et le blanc étaient à l'honneur, pourpre et hermine faisant écho aux regards et aux chevelures. *Les couleurs que Lucas détestait,* songea Wilf sans bien savoir pourquoi. Une voix au-dessus de sa tête – très certainement un des Mahoubs qu'il ne pouvait voir, monté sur la nef qui le surplombait – lança ses consonnes gutturales au-dessus du vide :

— Mes bien chers frères, commença-t-il, vous savez tous pourquoi nous sommes réunis ici aujourd'hui...

Wilf vit un prêtre de la proue opposée, face à son confrère, prendre une longue inspiration pour lui répondre en tonnant à son tour :

— Il nous faut punir les traîtres, les ingrats qui refusent la vie de luxe que nous leur offrons. Il nous faut les châtier pour que tous les esclaves ici présents sachent ce qu'ils risquent en trahissant leurs maîtres.

— Pour que tous nos frères Trollesques voient célébrés les Secrets de la Vie et de la Chaleur, reprit le premier Mahoub. Qu'ils voient les Soleils dévorer nos ennemis ! Qu'ils n'oublient pas à quoi nous devons la vie, la chaleur et la prospérité des Cités-Oasis !

— Des frères dans les Crevasses, malheureux mais courageux, des frères dans les cités bénies par les Soleils... psalmodièrent ensemble les voix des six Mahoubs. Remercions pour notre fortune, et rappelons-nous les glaces hostiles...

Le garçon de Youbengrad sentait vibrer tout autour de lui l'excitation, contenue à grand-peine, des Trollesques aux yeux sanglants.

— Qu'on fasse avancer les condamnés ! rugirent les prêtres.

Une file gémissante, tremblante, parcourue de sanglots et de spasmes terrifiés, fit alors son apparition. Les prisonniers s'approchaient lentement, à pas timides, mais des gardes trollesques les poussaient du bout de leurs haches pour les inciter à gagner la nef où officiaient les Mahoubs. Wilf supposa qu'il en allait de même au-dessus de lui, sur l'avancée qu'il ne pouvait voir. Tous les galériens présentaient un teint hâve qui n'était pas seulement dû à leurs semaines de privations, et beaucoup avaient déjà souillé leurs haillons. Tous redoutaient de connaître quel sort les Thuléens leur avaient réservé.

Tous, sauf ce grand rouquin qui avait initié la révolte. Le corps tout bleui de coups, recouvert d'hématomes et de sang séché, témoignages du traitement particulier dont il avait fait l'objet, l'homme trouvait encore la force de bomber le torse et de tenir sa tête haute. Fier, haineux, il avançait en tâchant de ne pas trop boitiller, semblant dire à ses geôliers qu'aucun passage à tabac ne saurait lui ôter sa dignité. La même flamme de défi couvait toujours dans ses yeux pochés. Wilf plissa les paupières en observant le Baârnien avec respect. Les bourreaux étaient peut-être parvenus à briser ses os, mais pas son orgueil de guerrier…

Lorsque tous les galériens eurent été amenés sur les nefs, un Mahoub hors de vue de Wilf se racla la gorge puis annonça d'une voix forte :

— Nourrissez-vous, Soleils, repaissez-vous de ce sacrifice ! Continuez de nous dispenser vos bienfaits !

Obéissant à cet ordre implicite, deux gardes trollesques se saisirent du Baârnien, avec une poigne qui lui interdisait tout espoir de se débattre. D'un seul élan, ils le hissèrent au-dessus de leurs têtes, au bout de leurs bras tendus, tandis qu'un silence total submergeait le puits. Même l'homme aux cheveux roux se contentait de serrer les dents, l'air résigné. Après une seconde, les gardes lancèrent son corps de colosse par-dessus la balustrade de la nef. Le Baârnien chuta sans crier, voulant sans doute priver ses geôliers de ce plaisir. Puis il s'immobilisa brutalement sur le dos, bras et jambes écartés, comme retenu par les mailles d'un filet invisible. Wilf, ébahi, se pencha pour mieux voir. Le galérien flottait au cœur d'un des trois soleils souterrains, dont l'étrange lumière ne gommait curieusement pas ses contours, renforçant au contraire son image lointaine.

L'adolescent fronça le nez avec répulsion en voyant la chair du Baârnien commencer de noircir. Celui-ci, les yeux grands ouverts fixant la nef d'où il avait été jeté, poussa alors son premier cri. Ce fut d'abord un hurlement de douleur mêlée de rage. Mais bientôt, le cri se mua en une plainte pathétique, animale, comme le sanglot insoutenable d'un enfant livré au supplice. Tous les humains présents dans le puits plaquèrent instinctivement leurs mains sur leurs oreilles. Sauf Wilf, qui contemplait le rouquin avec une fascination morbide. Même à cette distance, il était atterré par ce qu'il voyait dans les yeux de cet homme. Le Baârnien, qui s'était montré si brave, aurait à cet instant rampé aux pieds des Thuléens. Il aurait renié tout ce qui lui était cher pour une seule seconde de répit. Le garçon sentit une nausée monter dans sa gorge. Quelle souffrance pouvaient donc receler ces soleils ? Quel était ce pouvoir qui les animait ? Les Mahoubs exultaient, leurs yeux rouges voilés de fanatisme cruel tandis que leurs mains moites laissaient des auréoles sur le laiton des nefs. Certains s'échauffaient jusqu'à laisser perler sur leur front quelques gouttes de sueur, trahissant leur surexcitation tremblante.

Celui qui était à peu près en face de Wilf tonna :
— Observez tous ! Voyez ce que signifie la punition des Soleils ! Écoutez les glapissements de ce traître… Il croyait pouvoir nous défier, mais les Soleils vont maintenant le dévorer corps et esprit !
— Sachez qu'il restera conscient durant des mois, surenchérit la voix d'un autre prêtre. Pas d'évanouissement, pas de mort naturelle. Aucune issue ! Seulement la longue et atroce torture des Soleils. Gravez cela dans vos esprits, esclaves !

Wilf n'avait aucune peine à obéir. Ses yeux restaient fixés sur le supplicié, interrogeant la force noire qui le faisait lentement pourrir. L'homme aux cheveux roux avait entendu le discours des Mahoubs, et cela lui avait arraché des sanglots d'épouvante. Ses hurlements avaient quelque chose de stupéfait, comme si le guerrier qu'il était n'eût jamais pu imaginer qu'une telle douleur pût exister.

L'adolescent savait qu'il aurait dû ressentir de la compassion. Même les esclaves dociles des Trollesques, qui avaient depuis longtemps renié leurs racines humaines, paraissaient y être sujets. Mais Wilf ne parvenait pas à éprouver autre chose qu'un écœurement profond. Les hommes faisaient du mal aux autres hommes lorsqu'ils le pouvaient, et les Trollesques n'étaient ni meilleurs ni pires.

Les autres esclaves qui avaient accompagné le rouquin dans sa tentative d'évasion furent jetés à leur tour dans les Soleils. La plupart avaient perdu connaissance, mais ils se réveillaient brutalement en entrant en contact avec les sphères de lumière. Leurs cris déchirants étaient amplifiés par l'acoustique du puits. Tout cela était pire qu'un cauchemar, c'était l'enfer. Wilf sentit un lent tremblement parcourir le corps de Pej à ses côtés. Le grand Tu-Hadji semblait lui aussi en proie au dégoût : visiblement, même des *nedaks* ne méritaient pas un tel sort à ses yeux. Mohadd contemplait la scène le visage fermé, comme si lui-même eût été vaguement mal à l'aise. L'expression de Marcus demeurait indéchiffrable, à la différence des autres humains qui avaient pâli et dont les corps s'étaient crispés.

Wilf songea alors que ce châtiment pourrait bien un jour être leur lot s'ils tentaient de s'échapper, et un frisson glacé lui transperça la nuque. Il baissa la tête, un peu honteux, se sentant veule. C'était la première fois depuis longtemps qu'il vivait une peur réelle, la première fois depuis l'époque où il était le tout jeune apprenti de Cruel-Voit... Il pensa à ce pouvoir qui émanait des Soleils, si concentré, si étrange... Il renifla, embarrassé. Quoi qu'il arrive, si lui et Pej devaient essayer de s'enfuir, le garçon se promit de ne pas laisser les Thuléens le prendre vivant.

Les premières semaines passèrent, voyant Wilf et son compagnon s'installer dans leur vie d'esclave. Si Pej n'avait d'autre fonction que d'accompagner Mohadd lors de ses épisodiques sorties en ville, il avait fallu trouver d'autres tâches pour Wilf : un humain ne pouvait décemment, dans une Cité-Oasis, se contenter d'un rôle d'otage oisif. Hélas pour lui, le travail ne manquait pas dans la demeure du Thuléen, chapeauté par Marcus, l'intendant humain. Mais la véritable maîtresse des lieux, crainte par tous les esclaves, était la redoutable Faïda, gouvernante trollesque qui dirigeait la maison d'une poigne de fer. Sans raison particulière, elle avait pris l'adolescent en grippe dès le premier jour. Tous les travaux les plus ingrats revenaient donc à Wilf, qui se demandait bien ce qu'il avait pu faire pour déclencher cette animosité. Du récurage des latrines au cirage des centaines de mètres de lambris qui tapissaient la demeure, le garçon était toujours levé avant l'aube et couché bien longtemps après que la maisonnée eut déjà sombré dans un sommeil profond.

Vite lassé de faire office de souffre-douleur auprès de la Trollesque, Wilf avait dès que possible essayé d'échanger les tâches ménagères qui invariablement lui incombaient contre un travail moins pénible. Il avait remarqué que Mohadd, s'il n'entretenait pas de harem à la différence d'autres riches Thuléens, n'en était pas moins le géniteur d'une abondante marmaille. Toute une partie de son palais était réservée aux crèches et aux salles de jeux de ses nombreux fils et filles. Wilf s'était donc arrangé avec Pej pour obtenir une audience auprès du seigneur des lieux, et avait proposé au pacha de prendre en charge l'éducation de sa progéniture. En donnant quelques exemples de son érudition, acquise avec Lucas et le jeune Csar dans les murs de Mossiev, l'adolescent avait suffisamment impressionné Mohadd pour que celui-ci promette d'y réfléchir.

Finalement, Wilf avait été promu précepteur en *affaires du continent*, en charge d'entretenir des différentes cultures humaines ceux des enfants du pacha en âge de s'instruire. C'était leur offrir, pensait le noble thuléen, un autre regard sur ces peuples dont les Trollesques ne connaissaient que les villages côtiers terrifiés, et l'idée lui en avait paru intéressante. Par malheur, Faïda prit cette décision comme un revers personnel, outrée du libéralisme de son pacha et décrétant à qui voulait l'entendre qu'un précepteur humain ne pourrait que déformer l'esprit des petits Trollesques. *Tout ça les rendra aussi faibles que ces humains ridicules, comme je vous le dis. Ils ne feront pas de bons pirates, voilà tout, mais ça ne sera pas Faïda qu'il faudra blâmer...* Ainsi, même si elle avait perdu une partie de son emprise sur Wilf, la gouvernante lui gardait toute sa rancune, et ne ratait pas une occasion de mener sa petite guerre mesquine contre lui.

L'adolescent, toutefois, avait d'autres sujets de préoccupation. Il fallait qu'il soit libre à nouveau. Il ne pourrait s'habituer à la vie d'esclave ; il voulait se venger de Ymryl, avoir des nouvelles de Djulura... Et, par-dessus tout, la Skah lui manquait. Seul, il n'osait pas continuer son exploration de la force mystique. Il n'en aurait guère eu le temps, d'ailleurs : de longues heures de paix auraient été nécessaires pour parvenir à renouer contact avec l'âme extérieure. Ces heures, on ne les lui laissait pas.

Sans que cette nostalgie pour la Skah s'exprimât concrètement, il la ressentait tous les jours. Il se sentait souvent bizarre, et rêvait beaucoup. Peut-être la Skah parvenait-elle mieux à l'atteindre en songe, lorsque la trame de son esprit était plus portée au fantasme, plus ouverte aux forces primordiales de la vie. Ces rêves étaient étranges, souvent très évocateurs, puissants et savoureux. Ils n'avaient toutefois rien de comparable avec l'expérience onirique qu'il avait faite à bord de la nef *Ib'Onem,* lorsque cette cité engloutie avec tous ses habitants lui était apparue, si *réelle*. Mais ces rêves, pendant lesquels il se rapprochait de la Skah, n'étaient que cela : des rêves, sans aucune réalité. Quoique Wilf fût persuadé qu'ils pouvaient être porteurs de sens.

Cette nuit-là, lorsqu'il s'éveilla subitement, il venait de rêver de la tendre et fugitive Liránda, compagne d'un soir de Mossiev, qui lui avait laissé un doux parfum d'inachevé. Il referma les yeux un instant, tâchant de sentir à nouveau son corps brûlant, l'ardent éclat de son regard… Mais le bruit qui l'avait tiré du sommeil se répéta.

On aurait dit une toux sèche, étouffée. Puis ce fut un râle ténu, un soupir plaintif qui paraissait à la fois très lointain et très proche. À peine audible, il semblait pourtant provenir de quelque endroit situé dans la chambre même de Wilf. Celui-ci secoua la tête énergiquement. Est-ce qu'il était en train de devenir fou ? Il eut beau tendre l'oreille, plus rien n'était perceptible. Il se leva. Les appartements des esclaves étaient rassemblés dans une demi-cave dont les soupiraux grillagés donnaient sur la rue. Le garçon fit rapidement le tour de la petite cellule, moins Spartiate que bon nombre d'habitations du continent, puis poussa la vitre cerclée de cuivre du soupirail. Elle coulissa en grinçant. Il se hissa au solide grillage pour observer la rue. Pas âme qui vive. Il n'avait pourtant pas imaginé ce gémissement…

Il attendit plusieurs minutes dans un silence total, seulement rompu par le bruit des bottes d'une unité de gardes trollesques qui faisaient leur ronde dans la Cité-Oasis. Alors qu'il s'apprêtait à se recoucher, une porte s'ouvrit au rez-de-chaussée, à quelques mètres de là. La rue sur laquelle donnaient les quartiers des esclaves était située à l'arrière du palais, et la porte en question était surtout utilisée par les cuisiniers ou les coursiers. Pourtant, ces serviteurs humains devaient tous être bouclés dans leur chambre à cette heure tardive… La haute silhouette qui franchit le seuil ne laissait d'ailleurs pas le moindre doute sur le fait qu'il s'agissait d'un représentant de la race trollesque. Wilf colla son visage au grillage, intrigué. La silhouette mesurait presque trois mètres, taille respectable même pour un Thuléen. *Peut-être Mohadd…* murmura l'adolescent. Mais il ne parvenait pas à imaginer le pourquoi de cette escapade nocturne, et se figurait mal le pacha sortant de chez lui en plein milieu de la nuit, par une porte de derrière, comme un voleur.

Un voleur… siffla intérieurement le garçon. *Bien sûr…* Pourquoi les Trollesques n'auraient-ils pas leurs détrousseurs, eux aussi ? C'était juste qu'ils avaient tous l'air tellement riches…

Une fois sortie, la forme referma soigneusement la porte derrière elle, et fit tourner une clé dans la serrure, ce qui semblait bien démentir l'hypothèse de Wilf. *À moins que les cambrioleurs ne soient rudement bien élevés, dans le Sultanat.* Il cessa néanmoins de respirer lorsque la silhouette, s'engageant dans la rue d'un bon pas, passa juste devant le soupirail où il s'accrochait. Elle était recouverte d'un grand manteau de fourrure noire ocellée, sans aucune fioriture. Un capuchon couvrait une grande partie de son visage, l'autre étant par là même plongée dans l'ombre. *Pas un accoutrement habituel pour un Trollesque…* rumina l'adolescent, de plus en plus intrigué. Mais il ne pouvait rien faire pour en savoir plus. Renonçant à comprendre, il haussa les épaules, se contentant de regarder s'éloigner la silhouette encapuchonnée, avant de se remettre au lit.

La vie d'esclave s'étirait. Une vie de tous les jours, comme Wilf n'en avait pas connu depuis un certain temps. Mohadd avait raison sur un point : il aurait été facile et agréable de se laisser soumettre dans cet environnement tranquille… La condition d'esclave en Thulé était un sort plus enviable que celle d'homme libre dans bien des villes du continent. Mais l'héritier de la Monarchie du Cantique avait besoin d'être libre. Quel que soit le temps qu'il passerait ici, il savait qu'il ne s'y ferait jamais…
Pourtant, les études avec les enfants du pacha lui rappelaient un peu les heures heureuses de Mossiev, et les journées n'étaient pas à proprement parler pénibles. Sauf bien sûr lorsque Faïda, dont l'hostilité ne s'était pas atténuée, trouvait moyen de le faire punir : il y avait alors toujours quelque tâche ingrate à effectuer…
Au fil des semaines, Wilf n'avait pu ignorer l'importance de la religion pour les Trollesques. Tous les Thuléens paraissaient très pieux, et il arrivait ainsi souvent à l'adolescent de réfléchir à sa condition d'athée. Les Mahoubs, ces astrologues aux manières ésotériques, étaient franchement antipathiques au garçon. Il les trouvait pompeux et faux. En dehors de Lucas, il n'avait d'ailleurs jamais aimé les prêtres… Ni les dieux. Était-ce simplement sa culture paillarde des faubourgs de Youbengrad ? Non, Wilf sentait à force d'y réfléchir qu'il était vraiment hostile aux divinités. Ce qu'il avait longtemps considéré comme

une indifférence méprisante était en fait une prise de position à elle seule.

Pourtant, Pangéos était réel, comme ses miracles réguliers en attestaient. Tout le monde en avait un jour entendu parler, même si rares étaient ceux qui pouvaient se targuer d'en avoir été témoins. Mais le fait de croire en l'existence d'un dieu n'obligeait pas à être son serviteur.

2

C'était une autre nuit. Wilf rêvait qu'il était face au Prince-Démon.

— Je ne te fais pas confiance ! lui cracha ce dernier à mi-voix. Nous n'avons pas besoin de toi pour soumettre ce continent...

— Tant mieux, s'entendit répondre Wilf. Parce que je ne compte pas vous aider. Mon seul souhait est de t'occire pour venger mon ami, l'aurais-tu oublié ?

Ymryl sourit dédaigneusement. La brume se levait sur la lande désolée qui les entourait à l'infini.

— Pauvre fou... Lorsque la Hargne dévorera ton malheureux esprit, tu supplieras mon maître de te fournir un rempart contre la folie... Tu seras tout prêt à le servir, pourvu qu'il te protège de la démence !

— Je ne te crois pas ! hurla soudain l'adolescent à pleins poumons. Pourquoi Fir-Dukein aurait-il besoin de moi ? Ne lui suffis-tu donc plus ?

Le prince éclata d'un grand rire :

— Nous sommes au moins d'accord sur ce point, mon cher. Je ne pense pas non plus que mon père adoptif gagne à s'encombrer d'un avorton comme toi, quand il m'a pour le servir…

— Peut-être saurai-je le faire changer d'avis. Peut-être pourrai-je enfui être libre de te *tuer*…

Sur ces paroles, Ymryl et la brume qui l'étreignait se replièrent sur eux-mêmes. Le rêve se dissipa. Wilf s'éveilla haletant, sentant avec réconfort contre son dos couvert de sueur la réalité du bois de son lit.

Un long pleur, à peine audible, se fit alors entendre.

Oh non ! explosa le garçon. Depuis des jours, il n'avait pas eu droit à une nuit de sommeil complète. Lorsqu'il n'était pas éveillé par des cauchemars, c'étaient les allées et venues de cette immense silhouette fugitive, ces escapades motivées par il ne savait quelles secrètes activités nocturnes… Cela s'était reproduit de nombreuses fois depuis le premier soir où il l'avait surprise. Et Wilf, dont la périlleuse enfance avait ineffaçablement aiguisé les sens, se dressait malgré lui dans son lit au moindre bruit suspect.

Mais le pire était ce râle impalpable, si faible qu'il ne pouvait jamais être sûr de ne pas l'avoir imaginé. L'adolescent avait fouillé la chambre de fond en comble, avec l'acuité de qui a été l'apprenti d'un maître-tueur. À plusieurs reprises il avait retourné chaque meuble, s'était faufilé sous son lit et sous son armoire, en vain. Par acquit de conscience, il fit quelques pas dans la pièce, auscultant sans énergie tous ces recoins maintes fois explorés.

Tandis qu'il rampait sous sa table de nuit en bois rouge, songeant non sans cynisme à l'incongruité de ses occupations durant les heures tardives, il retint subitement son souffle. Immobile, fermant les yeux pour mieux tendre l'oreille, il se concentra sur le gémissement qui avait repris. Il lui semblait soudain mieux le percevoir à ras du sol.

Rouvrant les yeux, il se dirigea vers une petite ouverture en bas du mur. C'était une grille de cuivre, de la taille d'une main ouverte. Wilf l'avait bien sûr remarquée, et identifiée à une aération comme il en avait observé dans le palais des Csars. Il n'avait pas pensé que ce puisse être de là que provenait le son. Saisissant un soulier qui traînait, le garçon frappa trois petits coups sur le métal. La plainte étouffée reprit de plus belle.

— Il y a quelqu'un ? appela Wilf en approchant ses lèvres tout contre la grille, pour ne pas alerter ses voisins.

Le gémissement ténu devint un gargouillis éraillé, essayant peut-être de former des mots, puis :

— Non… articula faiblement une voix fatiguée.

Wilf haussa les sourcils.

— Je ne trouve pas ça drôle, mentit-il dans la bouche d'aération.

— Non… Pardon… Je ne voulais pas…

— Attendez, dit l'adolescent un peu plus fort. Qui êtes-vous ?

Mais il eut beau tambouriner contre la grille et appeler, plus aucun son ne lui parvint cette nuit-là.

Un après-midi, quelques jours plus tard, Wilf faisait la lecture à quatre bambins trollesques dans un patio situé dans la partie sud de la demeure. Il s'était habitué aux fleurs géantes et aux palmiers luxuriants, mais il goûtait toujours avec autant de plaisir surpris la douceur qui baignait la Cité-Oasis en plein cœur de l'hiver. Non loin de là, visible à travers une arche de pierre bleue, le pacha recevait. Il était habillé en grande pompe, et bien que l'on fût dans les murs de son palais, Pej se dressait derrière son sofa ainsi qu'il en avait reçu l'ordre.

Le Tu-Hadji comme Wilf portaient depuis longtemps leurs vêtements d'esclave, tunique et pantalon blancs avec un liseré bleu, sobre et élégant. À l'exception d'aujourd'hui, Pej n'avait le droit d'être armé que lorsque Mohadd quittait sa propriété. Il arborait alors un glaive assez court, auquel il semblait ne porter que mépris, regrettant sans doute sa fidèle lance à pointe de silex. Wilf ignorait les raisons de cette réception, ni pourquoi Mohadd devait faire tant d'efforts pour ne pas montrer son anxiété, mais les personnages installés autour de lui semblaient aussi graves qu'importants.

Il y avait cinq Thuléens, vêtus de costumes fastueux et baroques. L'un d'entre eux était d'âge avancé, à en juger par ses longs ongles argentés. Il portait un chapeau de satin bouffant, rouge avec une cordelette dorée. Son visage, couleur de pierre, était froid malgré son sourire, expression assez typique chez les Trollesques. Les autres semblaient le considérer avec un grand respect, attentifs à ses paroles, immobiles, à l'image de gargouilles en costume de carnaval. Sans doute disposaient-ils chacun d'une foule d'esclaves, auxquels ils avaient donné l'ordre d'attendre à la porte comme autant de chiens bien dressés.

Des esclaves… Wilf sentit son cœur s'emballer, comme à chaque fois qu'il évoquait ce sujet en pensée. Lui et Pej étaient là depuis des semaines. Qu'avaient-ils fait pour s'en sortir ? L'absence d'occasion était-elle une excuse suffisante ? Était-ce la peur du supplice des Soleils qui paralysait leurs espoirs de fuite ? Non, songea le garçon. Peut-être était-ce le cas pour lui, mais il ne parvenait pas à imaginer son ami tu-hadji ressentir de la crainte envers quoi que ce fût… Depuis leur arrivée dans le Sultanat, le colosse n'avait pas changé d'un iota son attitude. À la volonté de domination de Mohadd, Pej continuait d'opposer la même animosité qu'au premier jour. Il ne se privait jamais de lui faire comprendre que la survie de Wilf était la seule raison pour laquelle il ne s'était pas encore rebellé… L'adolescent jeta un regard aux quatre jeunes Trollesques qui l'écoutaient. L'ouvrage, à coup sûr le fruit d'un pillage, traitait des us et coutumes du Crombelech, et cela n'avait pas l'air de captiver les futurs pirates. Poursuivant machinalement sa lecture, le garçon se perdait en réalité dans ses souvenirs de la nuit précédente.

Il avait rêvé une fois encore. Cette fois, il s'était agi d'un bouquet de hautes tours, toutes en pinacles, qui poussaient dans un vallon verdoyant. La plus imposante d'entre elles, bien que fine en comparaison des architectures militaires habituelles, se dressait en son cœur. Elle abritait une foule attentive. Il y avait des Gens de l'Étoile surtout, mais aussi une poignée de femmes en robes bleues que le garçon avait identifiées comme des Sœurs Magiciennes, et même quelques Tu-Hadji âgés. Tous attendaient avec plus ou moins de patience ce qui allait se produire.

Au centre du large hall circulaire qui occupait toute la superficie de l'édifice, était dessinée une rosace de pierre. Et au cœur de celle-ci, trônait un étrange objet de forme ovoïde. Cela mesurait presque un mètre de haut. Une des Sœurs se tenait toute proche, laissant de temps à autre sa main s'attarder sur la surface lisse, qu'on devinait chaude, du curieux œuf. Le matériau qui le composait était de teinte brune, luisant parfois comme du bronze, semblant tendre comme la chair à d'autres moments. Enfin, tandis que chacun retenait sa respiration, la coquille commença de se fissurer.

Une brume orangée enflait entre les brèches, écartant les pans de coque jusqu'à ce que certains tombent en bris sur le sol. Le processus prit quelques minutes.

La Sœur Magicienne qui était restée toute proche se pencha alors vers ce qui restait de l'œuf, et s'y saisit d'une petite forme, mettant dans son geste une délicatesse infinie. Se redressant et se retournant vers l'assemblée hétéroclite, elle leva haut le nourrisson afin que tous puissent l'admirer. Un lange de soie argentée l'entourait comme un cocon. Beaucoup parmi les Gens de l'Étoile pleuraient ou criaient des hourras. Wilf crut reconnaître un Oreste adolescent parmi eux, sa cordeline déjà en bandoulière. Les Sœurs faisaient des efforts pour ne pas montrer leur émotion. Quant aux anciens Tu-Hadji, l'espoir enfantin qu'on lisait dans leurs yeux démentait un peu l'expression digne et paisible de leur posture.

Dans le rêve du garçon, les hautes tours avaient alors tremblé, et les images s'étaient brouillées dans un effrayant sifflement.

Puis il s'était réveillé, une fois de plus, sur le bruit d'une clé tournant dans la serrure de la porte des cuisines. Avec lassitude, il avait gagné son poste d'observation privilégié situé au niveau du soupirail. C'était encore la même silhouette géante enroulée dans sa cape sombre. Wilf n'avait alerté personne depuis le départ, de plus en plus convaincu que ce mystérieux personnage devait être Mohadd lui-même. D'ailleurs, quand bien même se fût-il agi d'un malandrin ou d'un ennemi du pacha, l'adolescent n'avait pas l'intention d'évoquer ce phénomène avant que cela ne puisse lui être utile concrètement.

Il regarda la forme s'éloigner comme d'habitude, et allait se détourner lorsque quelque chose dans la rue attira son attention. Un peu plus loin, à l'angle, une lueur étouffée paraissait flotter sous un porche. En plissant les yeux, Wilf distingua alors une deuxième silhouette, le corps plongé dans l'ombre et le bas du visage faiblement éclairé par une lanterne couverte. Cette fois, il s'agissait d'un humain, d'après sa taille.

Lorsque le Trollesque encapuchonné fut à distance convenable, l'autre forme nocturne se glissa hors de sa cachette, la lanterne toujours à hauteur de joue. Il ne lui fallut qu'un instant pour gagner la porte des cuisines, par laquelle elle disparut. Mais Wilf n'avait pas besoin de plus. Il avait reconnu avec certitude Marcus, l'intendant de la demeure. Celui-ci, également enveloppé dans quelque cape sinistre de comploteur, avait à peine marqué un temps d'arrêt pour fixer dans le lointain la direction qu'avait empruntée la silhouette trollesque. Mais cela avait été amplement suffisant pour que l'adolescent note l'expression glaciale de ses yeux gris.

— Pourquoi ? avait-il chuchoté. Que peuvent-ils donc bien manigancer tous les deux ?

— Que se passe-t-il, esclave Wilf ? fit une voix péremptoire.

Le garçon mit un instant à réagir, sortant péniblement de sa rêverie.

C'était un des fils de Mohadd, la tête penchée, ses yeux rouges fixés sur lui.

— Pourquoi vous arrêtez-vous de lire ? Nous nous plaindrons au pacha notre père si...

La phrase du jeune Trollesque fut coupée net par un bruit mat venu du salon ouvert. Une grande agitation animait soudain la salle aux mosaïques bleues dans laquelle Mohadd recevait ses invités.

— Calife ! tonnait l'un de ces derniers. Calife, je vous en prie, répondez-moi !

Suivant ses pupilles à la peau pierreuse, Wilf s'approcha de la scène.

Le plus vieux des Trollesques avait basculé de son large fauteuil, et semblait inconscient tandis que deux de ses suivants peinaient à le remettre debout. Mohadd s'était légèrement écarté pour les laisser faire, et Pej observait ce spectacle d'un œil indifférent.

— Qu'on appelle un médecin ! hurla un autre invité.

Wilf regardait le vieux Trollesque, qu'un de ses pairs avait nommé le calife, suffoquer alors qu'on l'installait sur une banquette. Son chapeau avait glissé à terre, piétiné par ses proches, et sa bouche s'ouvrait mécaniquement, cherchant désespérément à retrouver son souffle. Ses yeux aussi étaient grands ouverts : c'était plus difficile à déceler chez un Trollesque, mais Wilf aurait dit qu'ils étaient fixes et dilatés. Les doigts du calife se crispaient spasmodiquement sur les coussins précieux.

— Par les Secrets de la Vie et de la Chaleur, s'exclama Mohadd, qu'est-ce qui peut bien lui arriver ?

Les quatre autres Thuléens se contentèrent de hausser les épaules, échangeant de brefs regards inquiets.

Quelques instants plus tard, le calife était mort.

Ses amis tombèrent à genoux près de lui, abattus, et entamèrent visiblement une prière silencieuse. Le pacha, mal à l'aise, les réconfortait d'une main sur l'épaule ou d'un regard compatissant.

— Je ne comprends pas, ne cessait de répéter chacun. Il semblait tout à fait bien portant...

Une surprise désemparée pouvait se lire sur tous les visages. Le médecin trollesque qui avait été mandé arriva peu après, et fit le nécessaire pour que le corps soit transporté. Mohadd raccompagna alors ses invités survivants à la grille du palais. Plusieurs d'entre eux continuaient de hocher négativement la tête, le regard vide, encore incrédules devant l'attaque foudroyante dont avait été victime leur mentor.

Wilf profita de ces quelques minutes pour prendre congé des enfants trollesques. Une fois seul avec Pej, il se saisit enfin de la tasse de tisane où avait bu le malheureux calife.

— C'est bien ça... chuchota-t-il en souriant après avoir porté la porcelaine à ses narines. Tu vois, Pej, notre pacha a une drôle de manière de recevoir : il semblerait qu'il vaille encore mieux être son esclave que son ami...

Pej ne répondit rien. Jamais il ne feignait quelque hypocrite intérêt à l'égard des choses dont en réalité il se moquait. Un sourire énigmatique toujours au coin des lèvres, Wilf s'installa confortablement dans un fauteuil d'osier où trois garçons comme lui auraient pu s'asseoir ensemble, et attendit le retour du seigneur des lieux.

— C'est très mal, vous savez, ce que vous avez fait, fit-il dès que Mohadd franchit l'arche qui menait au salon ouvert.

Celui-ci darda sur lui un terrible regard pourpre.

— Vous l'avez empoisonné, n'est-ce pas ? continua le garçon comme si de rien n'était. *Lyn-yin foudroyante*, si mon odorat ne m'a pas trompé, cher maître…

— Mais tais-toi ! explosa le pacha tout en tentant de couvrir sa voix. Pas si fort !

« Je ne vois pas du tout de quoi tu veux parler… Écoute-moi bien ; personne ne prêtera oreille à une rumeur colportée par un esclave, alors inutile d'essayer !

— C'est que… je voulais juste vous être utile, mon maître… reprit Wilf sans baisser le ton. Celui qui vous a procuré ça ne vous a peut-être pas tout dit…

— Mais qu'est-ce que tu racontes ? tonna le Trollesque. On me dit trop faible avec mes serviteurs, mais il est des limites qu'un esclave ne doit pas franchir. Dois-je te remémorer que j'ai droit de vie et de mort sur ta misérable existence ?

Pej s'adossa bruyamment au chambranle d'une porte pour rappeler sa présence. Mais Wilf avait à peine marqué un temps d'arrêt avant de continuer :

— … Non, sans doute pas tout dit. Sinon, vous n'auriez pas laissé partir le corps du calife aussi facilement.

— Quoi… soupira le Thuléen en s'asseyant à son tour. Que veux-tu dire ?

L'adolescent ricana.

— On voit bien que vous n'êtes pas un spécialiste des poisons. C'est l'enfance de l'art que de savoir quels sont les effets secondaires de cette toxine. Elle n'est peut-être pas aussi efficace qu'on a bien voulu vous le faire croire…

Volontairement, Wilf marqua un temps d'arrêt, fixant le bout de ses souliers et soufflant machinalement pour éloigner une mèche imaginaire de son visage. La nervosité de Mohadd crevait les yeux, pis encore que lorsqu'il était en compagnie de ses invités. L'ancien apprenti maître-tueur songea que le pacha ne devait guère être familier des pratiques homicides.

— Mais enfin! rugit celui-ci, n'y tenant plus. Vas-tu te décider à me révéler ce que tu sais au lieu de prendre cet air mystérieux?!

L'adolescent sourit et demanda, faussement innocent:

— Et vous, pacha, que me révélerez-vous?
— Ce qui *gémit* dans votre cave, peut-être?
— Quoi? fit celui-ci, un éclair de rage passant dans ses yeux rouges. De nouveau, je ne sais pas de quoi tu parles... Maintenant, donne-moi une réponse!

Mais Wilf resta silencieux, les bras croisés sur la poitrine et hochant négativement ta tête.

— C'est... mon Orshizade, céda le Thuléen. Mon Orshizade...

Wilf eut l'impression que les larmes montaient aux yeux du pacha. Il le fixa avec incrédulité, mais celui-ci se reprit brutalement.

— Je te l'ordonne, dis-moi ce qu'il y a à savoir sur la Lyn-yin!

Wilf vit dans les yeux rouges qu'il était temps d'obéir. Il se permit un dernier soupir, jouissant de la détresse du Trollesque, puis dit très vite:

— Bien sûr, je vais vous le dire. Inutile de vous mettre en colère.

«Ce poison est surtout connu pour son effet presque immédiat: il s'attaque directement au système sanguin, vous comprenez, et détruit toutes les facultés de la victime en quelques secondes. Cela peut aisément passer pour une attaque cardiaque quelconque. Le problème survient quelques heures plus tard… Le sang, comme gélifié par la toxine, fait bleuir le cadavre en le couvrant d'hématomes sous-cutanés, et le corps de la victime perd bientôt toute rigidité cadavérique. Cela ne changera rien pour le malheureux calife, mais avouez qu'il y a de quoi attirer les soupçons sur l'utilisation d'un poison…

— Peut-être pourrez-vous vous arranger pour faire disparaître le cadavre, suggéra Wilf en se hissant hors de son siège.

Le pacha hocha négativement la tête. Un pli soucieux barrait son front.

— Je crains que ce ne soit pas possible, hélas. En tous les cas, merci de m'avoir prévenu. Avec un peu de chance, l'incinération rituelle aura lieu avant que le corps ne montre ces signes. Maintenant, tout dépend des Mahoubs… Moi, je suis impuissant.

« Esclave Wilf, ton secours m'a été précieux : au moins ne serai-je pas pris au dépourvu. J'ignorais que tu t'y connaissais en poisons… (Le Thuléen toussota.) Vous pouvez reprendre vos occupations respectives. Oubliez l'idée de me dénoncer : comme je vous l'ai dit, personne ne prêtera attention à vos dires. Sauf moi.

« Ah ! Une dernière chose, esclave Wilf : à partir de maintenant, tu ne t'approcheras plus jamais des cuisines, pas plus que du moindre plat préparé pour moi ou les miens. Je donnerai les ordres qu'il faut pour que cela soit respecté. Encore merci de ton aide.

***

Il faisait froid. Wilf se trouvait au centre d'une étoile à six branches, faite de pierre dorée qui glaçait ses pieds nus. La structure tout entière paraissait flotter au milieu de nulle part, cernée par les limbes.

Le garçon, ou plutôt sa représentation onirique, se tenait sur une plate-forme circulaire, autour de laquelle six longs triangles dorés s'étiraient jusqu'aux ténèbres. Sur chacune de ces branches, debout et immobiles, des silhouettes connues ou inconnues, des personnes aux visages découverts ou bien plongés dans l'ombre. Des vivants et des morts.

Le segment qui lui faisait face abritait des femmes en robes bleues. Certaines étaient parées de bijoux discrets, d'autres avaient rabattu le voile de leur capeline sur leur visage comme des mariées. Jeunes ou vieilles, belles ou laides, toutes adoptaient une posture sobre et élégante. La plupart se tenaient les bras croisés, leur grand éventail replié sous un coude. Wilf n'en reconnaissait aucune. Mais il sentait l'énergie intérieure qui couvait en elles.

Leurs regards s'attardaient sur lui, partagés entre avidité et compassion. C'étaient tantôt des expressions rapaces qui se peignaient sur leurs figures, tantôt des sourires aimants. Les femmes lui firent très peur, et il frissonna. Il lui prit l'envie de se cacher à leurs yeux, et il regretta sincèrement de n'être pas plus habillé.

La deuxième branche de l'étoile lui fit retrousser les babines à la manière d'un loup. Sur le granit froid et doré se dressaient des Grogneurs, des Qansatshs en armure, des Cyclopes et des Hommes-Taupes.

Mais surtout, fièrement campé devant sa clique de monstres, le prince Ymryl, qui l'observait patiemment. Un sourire de défi passa sur les lèvres du lieutenant de Fir-Dukein. L'adolescent voulut s'élancer, courant sus à son vieil ennemi, mais une vision d'horreur l'interrompit net.

Derrière le Prince-Démon et ses créatures, se devinant dans les ténèbres par sa noirceur plus profonde encore, palpitait une vie blasphématoire et terrifiante. Wilf la sentait plus qu'il ne la voyait, mais cela suffisait à le paralyser sur place. La forme d'ombres eut un mouvement vague, et le garçon détourna le regard en tremblant.

La branche suivante présentait une apparence plus rassurante. Les amis tu-hadji de Wilf s'y tenaient, le dévisageant gravement. Il n'y avait pas que Pej et Jih'lod, mais aussi tous ceux qu'il avait rencontrés lors de son séjour au sein du clan, depuis le vieux Konol, grand-père de Pej, jusqu'à Galn'aji. D'autres aussi, qu'il n'avait jamais vus.

Un guerrier inconnu à bois de cerf, habité par un magnétisme particulier, le fixait également. Celui-ci aurait pu ressembler à Jih'lod ou à Ygg'lem adulte, même si Wilf savait qu'il n'était ni l'un ni l'autre. Une meute de loups l'entourait, leurs yeux jaunes brillant de la même gravité que ceux de leur maître. L'adolescent remarqua alors que les andouillers portés par le guerrier n'appartenaient à aucune coiffe, mais surgissaient directement de ses tempes. Sa lance et ses tatouages rituels étaient blancs, couleur encore jamais rencontrée chez les Tu-Hadji que Wilf avait côtoyés. Le Tu-Hadji plissa la bouche d'une façon que Wilf jugea un peu désabusée, mais également complice.

Sur le quatrième triangle, c'était au tour de Nicolæ d'observer le garçon. Figé dans sa posture à la fois tranquille et autoritaire, le petit empereur arborait un sourire paisible. Les silhouettes en calotte et surcot noirs derrière lui étaient moins sympathiques : il s'agissait de Lanciers Saints, à l'expression hiératique et haineuse. Parmi eux, leur fidèle allié laïc, le jeune seigneur Luther d'Eldor aux longs cheveux noirs, mais aussi le rusé cardinal Redah dans son habit pourpre. Il y avait d'autres silhouettes, que Wilf ne parvenait pas à distinguer.

À demi masquées par l'obscurité, elles évoquaient les contours d'hommes et de femmes à l'allure patricienne, élancées, bien que certains hommes fussent affublés d'épaules un peu trop larges à la courbe étrange. Tous ces inconnus semblaient se désintéresser de Wilf.

Les ombres qui se pressaient sur la branche suivante susurraient et ricanaient.

Presque aucun visage humain ne sortait de l'obscurité, ou alors trop brièvement pour que le garçon le reconnaisse. Il était assailli d'émotions fugitives tandis qu'il fouillait des yeux parmi les ombres. Complot. Trahison. Accidents et suicides qui étaient autant de meurtres. Et un professeur d'assassinat à qui il manquait un œil. En effet, l'espace d'un instant, surgi de la pénombre mouvante, le visage de Cruel-Voit était apparu très clairement à son ancien apprenti...

Wilf chancela. La dernière branche de l'étoile était la plus limpide dans son esprit. Un homme s'y tenait devant tous les siens, un homme qui était son exact sosie, plus vieux toutefois de quelques années.

Arion, le dernier roi du Cantique. Il portait une longue robe blanche et un turban dont une partie lui voilait le bas du visage. Son regard était fait de dureté et de rébellion plutôt que de la sagesse bienveillante qu'on attendrait d'un roi aimé. À quelques pas derrière lui, il y avait Andréas et Oreste, mais aussi Astarté, plusieurs gardes d'honneur en armure rouge et même des camarades tombés pendant la guerre contre l'Empire : Frantz de Greyhald, le capitaine-acrobate Pyrrhus, tous dévoraient du regard l'adolescent qui leur faisait face...

Sur la droite, au bord de la branche, Djulura était agenouillée. Elle se mangeait les mains comme une très jeune enfant et bavait, les yeux vides de toute intelligence. Elle fixait en tremblant un point situé au-dessus de l'épaule de Wilf. Ce dernier n'avait pas besoin de se retourner pour se douter qu'il s'agissait du prince Ymryl.

La rivalité amoureuse entre le Prince-Démon et Lucas au sujet de la belle duchesse ne lui avait pas échappé. Lors du combat qui avait coûté la vie à son compagnon, les paroles du fils adoptif de Fir-Dukein n'avaient été que trop explicites... Il ignorait comment, par quel sortilège, mais il était persuadé que la folie qui perturbait son amie avait un lien avec cela. Elle-même lui avait parlé du prince lorsqu'il était allé lui dire adieu.

Il fit alors un tour complet sur lui-même, serrant les poings et fermant les yeux très fort. Il ne savait pas vers où se tourner pour éviter tous ces regards. Tous ces yeux ardents qui semblaient le vouloir à n'importe quel prix, lui au centre de cette étrange figure géométrique, lui à l'intersection de leurs destins à tous. Il aurait donné cher pour se réveiller.

Mais le rêve le garda dans sa toile jusqu'au matin…

3

Comme tous les soirs depuis qu'il avait découvert le secret de la grille d'aération, Wilf s'allongea sur le sol et appela. Il n'obtint aucune réponse. *Mon Orshizade*, avait dit le pacha. Qui ou quoi cela pouvait-il bien être ?

L'adolescent avait longuement réfléchi. D'après sa connaissance de la grande bâtisse, il supposait que cette bouche d'aération devait donner sur un étage encore inférieur à celui occupé par les quartiers des humains. Mais les caves n'étaient pas habitées, ne contenant rien d'autre que des vivres et quelques tonneaux. Quant au deuxième sous-sol, si une lourde porte bardée de fer semblait prouver son existence, l'accès en était bel et bien impossible pour les esclaves. En fait, Wilf n'avait jamais vu quiconque utiliser cette unique entrée, et il avait cru jusqu'à présent le passage condamné. Si ce n'était pas le cas, probablement seul Mohadd en possédait-il la clé.

À plusieurs reprises, l'adolescent avait de nouveau entendu les plaintes pathétiques et ténues de la voix mystérieuse. Celles-ci le réveillaient fréquemment en pleine nuit, la faute en incombant à son sommeil fragile. Mais dès qu'il tentait de répondre, la voix se taisait, du moins pour quelque temps. Il n'avait plus jamais distingué de parole intelligible depuis sa première expérience. Ce n'était qu'un sanglot éraillé, étrange. Comme si plusieurs voix se mêlaient ; comme si une dizaine de suppliciés éreintés poussaient ensemble leur dernier râle.

— Ô tous les dieux…

Wilf tressaillit de surprise. C'était la fameuse voix. Il colla son oreille au grillage de cuivre.

— Que cela cesse… Par pitié… faisait cette pavane vocale désespérée.

Quelque chose dans les intonations troublait le garçon, à présent que la voix prenait la peine de former des mots. Il lui semblait avoir déjà entendu ces voyelles de langueur, bien que dans d'autres circonstances.

— Je suis Wilf, lança-t-il une fois de plus. Dites-moi si je peux vous venir en aide.

— Ô pitié… Pourquoi les dieux font-ils cela…

— Qui êtes-vous ? demanda Wilf, la gorge serrée.

C'était une voix de femme, sans nul doute.

— Cette souffrance…

— Qui êtes-vous ? répéta-t-il, à présent au bord des larmes.

— Je ne sais plus… fit la voix, dans une sublime lamentation.

Wilf serra ses poings sur ses yeux.

— Liránda ? appela-t-il timidement.

Un sanglot, et puis plus rien. La voix s'était tue à nouveau.

Wilf n'était pas persuadé d'avoir reconnu les intonations de sa jeune compagne de Mossiev, sa bien-aimée de quelques heures, qui depuis venait si souvent le rejoindre dans ses rêves… Mais il y avait une ressemblance déconcertante.

Et si ç'avait vraiment été elle ? Emprisonnée depuis des semaines dans une cave d'Orkoum, sans voir la lumière du jour ?

L'adolescent, toujours allongé par terre, tâcha de se convaincre que c'était impossible, que la coïncidence aurait été trop cruelle… Il se sentait si désespéré, ce nouveau doute odieux le ramenait à sa propre condition d'esclave et à sa malheureuse existence… Y avait-il un remède à son désarroi, à son découragement général ? *Y avait-il une issue ?*

Il ne se souvenait pas avoir laissé ses yeux se fermer. Il n'avait pas vraiment l'impression de s'être endormi. Pourtant il ne pouvait imaginer d'autre explication, tant l'univers avait changé autour de lui.

Il était de retour dans la cité engloutie.

Il flottait, aussi translucide que la fois précédente, non loin du sommet d'un palais de roche crénelée. Il ressentait à nouveau puissamment ce pouvoir inconnu, qui n'était pas la Skah, qui lui était si étranger et familier à la fois.

— *Le pouvoir de l'intérieur…* lui chuchota une voix. *L'âme intérieure…*

Wilf se battait pour identifier cette voix, encore une voix qu'il était certain de connaître. Et tout avait l'air si réel. C'était vraiment un rêve plus qu'étrange.

— *Ce n'est pas un rêve, Wilf. Tu es vraiment là…*

— Qu'est-ce que cela veut dire ? gémit le garçon,

la raison en proie à un balancement nauséeux. Je ne comprends pas! Où suis-je?

— *Tu fais montre d'un tel talent, pour être capable de voyager ainsi…*

Un chœur monta depuis le palais que l'adolescent survolait. C'étaient ces voix de trilles onctueuses et aiguës, légèrement nasillardes, ce chant sous-marin si émouvant.

Il eut l'impression que s'il restait à proximité, s'il se laissait charmer par ces voix de la mer, il ne pourrait plus jamais repartir. Aussi commença-t-il de s'éloigner, à contrecœur.

— *Attends, mon ami*, reprit alors la voix familière. *Si tu es venu pour moi, dis-moi au moins où je puis te trouver…*

— Je suis à Orkoum! parvint à crier Wilf, l'esprit perturbé. Dans le Sultanat de Thulé. Mais qui es-tu?….

Si la voix lui répondit, l'adolescent n'entendit que l'écho de sa propre question. Son esprit était le théâtre d'un désordre indescriptible.

Ne pouvant pas tenir plus longtemps, Wilf se laissa chavirer, et emporter par les vertiges du néant. Il avait besoin de *revenir*. Il se sentit quitter les parages de la cité aquatique, et en éprouva un sentiment de déchirement, juste avant de sombrer dans un sommeil profond.

***

Réveillé en sursaut, le garçon à la tignasse noire se cogna violemment le crâne contre le bois rouge de sa table de nuit. Il se souvint qu'il s'était endormi à même le sol, plus tôt dans la soirée. Très vite, ses sens furent anormalement en éveil. Il le sentit et tâcha de se tenir attentif malgré la douleur qui pesait sur le sommet de sa tête.

Cette fois, quelque chose n'était pas comme d'habitude. C'était différent des innombrables réveils nocturnes auxquels il s'était accoutumé. Aucun bruit étouffé n'était venu le tirer du sommeil. Pas de pleur mystérieux, pas de clé tournant subrepticement dans une serrure.

Wilf se leva avec vigilance, se frotta les yeux… Et un concert d'horribles cris donna enfin raison à sa sinistre intuition.

On se battait au rez-de-chaussée. Ça sentait le brûlé, et des lamentations enfantines se mêlaient aux sauvages hurlements guerriers. *Les petits Trollesques…* songea l'adolescent, presque avec inquiétude.

D'après les bruits de combat, Wilf aurait dit qu'un groupe d'hommes armés s'était introduit en brisant une fenêtre dans la pouponnière où dormaient les enfants de Mohadd. D'autres belligérants étaient toujours retenus par la lourde porte d'entrée du palais, contre laquelle ils se jetaient avec des «han» barbares. L'adolescent frissonna. Était-ce la guerre à Orkoum?

Décidé à en apprendre plus par lui-même, il crocheta la serrure de sa cellule en une seconde et s'engagea au pas de course dans l'escalier. C'était un boucan infernal, là-haut. Wilf imaginait que si les assaillants bloqués aux portes parvenaient à pénétrer à leur tour, plus rien ne pourrait empêcher le massacre de toute la maisonnée… Après avoir survolé les marches quatre à quatre, il entrouvrit avec circonspection la porte qui donnait sur le rez-de-chaussée. Sa manche gauche vient aussitôt recouvrir son nez et sa bouche, tant l'air était envahi de fumée noire et empesté de l'odeur du sang. Des silhouettes immenses, ombres de Trollesques parmi les flammes dansantes, s'écharpaient en larges gestes auxquels ces contrastes lumineux tranchés donnaient un aspect lent et mécanique. On aurait dit un spectacle de marionnettes d'ombres, du tissu orange et noir claquant en guise de fond. L'atmosphère âcre fit toussoter l'adolescent. Aucun doute n'était possible : les Thuléens se battaient bel et bien contre les Thuléens.

Pas un humain ne se mêlait au combat, tout ce que la demeure comptait d'esclaves se trouvant bouclé dans leurs cellules du sous-sol. Les agresseurs étaient bien armés, et déjà plus nombreux que les gardes du pacha. Ceux-ci, visiblement débordés, tâchaient au moins autant de sauver leur propre vie que de voler au secours de la progéniture de leur maître. Wilf crut même en reconnaître certains parmi les rangs des assaillants. Sous la puanteur de la chair brûlée et du sang perçait l'odeur de la trahison...

Les soldats trollesques qui avaient investi le palais de Mohadd avaient pris soin de recouvrir les armoiries ornant leurs larges épaulettes, mais la façon qu'ils avaient de se battre au coude à coude les désignait aux yeux de Wilf comme des gardes de la Cité-Oasis.

Effaré, le garçon traversa le hall ventre à terre, se gardant bien de quitter les ombres mouvantes qui léchaient les murs. Parvenu dans les cuisines, encore vides, il se dirigea vers la porte de derrière et entreprit de la crocheter en retenant son souffle. La guerre embrasait-elle tout entière cette grande ville de Thulé ? Il fallait qu'il en ait le cœur net. Grâce aux dents tordues de la fourchette qu'il avait pris soin d'escamoter dès le début de son séjour, il vint vite à bout de la serrure. Celle-là même qui l'avait tiré du sommeil plusieurs fois par semaine depuis des mois, songea-t-il. Après avoir jeté un dernier regard par-dessus son épaule, il l'entrouvrit et jeta un œil dans la ruelle.

Pas un mouvement. Pas un bruit en dehors du tapage provoqué par les soldats qui s'acharnaient encore contre la porte d'entrée. *Pourquoi personne ne s'agite-t-il dans les demeures voisines ?* s'inquiéta Wilf. *Comment se fait-il que quiconque ne réagisse ?* Il régnait décidément une philosophie qui lui était étrangère, dans ce fameux Sultanat. Par contre, plusieurs hautes formes attestaient d'une présence trollesque à l'angle de l'allée, sans doute cinq ou six soldats chargés d'intercepter les éventuels fuyards. *Dommage...* rumina le garçon. Repoussant la porte précautionneusement, il s'apprêta néanmoins à faire le chemin inverse pour aller libérer Pej. Une telle agitation dans la demeure, tous les gardes de Mohadd aux prises avec les agresseurs... le Tu-Hadji et lui n'auraient peut-être pas de meilleure occasion de prendre la fuite.

L'adolescent aux cheveux couleur de corbeau déchanta en se retournant. Un Trollesque immense, bardé d'armes et engoncé dans un plastron impressionnant, venait de pénétrer dans les cuisines. Il en bloquait l'unique sortie accessible, adressant au garçon un sourire mauvais. À moins de s'échapper par la porte qui donnait sur la rue et d'affronter la demi-douzaine de soldats qui y était postée, celui-ci était pris au piège.

Le géant avança d'un pas, la double lame de sa hache luisant sinistrement. Ses yeux pourpres, tout en haut de cette masse de chair et de muscles, fixaient sa proie sans ciller, de trollesque façon.

Wilf n'eut pas le temps de maudire le sort. D'une pichenette dans un pied de table, il fit bondir dans sa main l'un des couteaux de cuisine qui y étaient posés. C'était lui, à présent, qui fixait calmement son adversaire, le corps tendu et affûté dans une posture d'attaque enseignée par Cruel-Voit.

L'autre ne prêta pas la moindre attention à ce changement d'attitude, et fit encore un pas vers le garçon. Celui-ci analysait intérieurement la démarche si lourde, si pesante, de son colossal ennemi. Alors que le Trollesque croyait devoir encore avancer, et disposer d'une seconde ou deux avant le contact, Wilf savait que c'était immédiatement qu'il devait le surprendre.

Profitant de l'instant fugace où son adversaire n'avait qu'un pied en contact avec le sol, il jaillit comme un cobra en direction du Thuléen. Ses jambes vigoureuses étreignirent le bras de défense du géant, et sa dent d'acier vint gratifier d'une morsure cruelle le malheureux Trollesque, juste à la jointure supérieure de son camail. Un gargouillis plaintif s'échappa du heaume tandis que la montagne de chair s'affaissait. C'était déjà terminé. Wilf ne put réprimer un sourire de satisfaction.

Ignorant son arme profondément enfoncée dans la gorge du Trollesque, le garçon se saisit de deux autres couteaux et en glissa un dans sa ceinture. À pas de loup, il quitta les cuisines pour rejoindre le grand hall.

La scène était la même, rien n'ayant eu le temps d'évoluer durant les quelques instants pendant lesquels l'adolescent s'était absenté. Toujours les cris et les lourds arcs de cercle dessinés par les lames ensanglantées. Plusieurs gardes du pacha se défendaient encore. Du coin de l'œil, Wilf aperçut, parmi les corps inanimés, ceux de nombreux jeunes Trollesques. Parmi ces cadavres en chemise de nuit, plusieurs qu'il avait bien connus, ceux à qui il avait lu cet ouvrage traitant du Crombelech ou d'autres auxquels il avait enseigné les coutumes de la capitale impériale… Et soudain, une forme humaine, se faufilant comme lui entre les belligérants thuléens.

Wilf plissa les yeux pour pénétrer l'opaque voile noir et parvenir à dévisager la silhouette. Cheveux argentés, démarche assurée et yeux gris : c'était Marcus, enveloppé dans une mante sombre. Un anneau de laiton où étaient accrochées plusieurs grosses clefs luisait dans sa main.

Le garçon l'observa quelques secondes, le regarda se diriger en catimini vers la lourde porte à double battant du palais, avant de comprendre enfin ce qu'il s'apprêtait à faire. Tandis que le bois de la porte tremblait encore sous les assauts répétés des soldats bloqués à l'extérieur, les larges gonds menaçant de bientôt voler en éclats, Marcus inséra une de ses clés dans la serrure. Personne ne l'avait vu, mis à part Wilf.

Lorsqu'un garde de Mohadd aperçut enfin la manœuvre de l'intendant, il était trop tard. Ce dernier avait ouvert aux Trollesques ennemis, qui se ruaient déjà à travers le hall. Wilf, resté immobile, ne pouvait détacher son regard de Marcus. Ce dernier observait la scène de massacre avec une satisfaction évidente. Un sourire sadique et froid sur les lèvres, il paraissait se repaître de la mort des gardes et des enfants du pacha.

Marcus, toujours si efficace, si dévoué envers son maître. Wilf n'aurait jamais imaginé qu'il puisse s'agir d'un traître... Et il se demandait bien pour le compte de qui il travaillait.

Fuyant la tuerie, l'adolescent rebroussa chemin pour quitter le hall. A gauche, un mur de flammes lui barrait maintenant la route, mais un passage s'offrait sur sa droite, vers un court vestibule. Bientôt, il disparut avec soulagement dans l'escalier qui menait aux quartiers des humains.

La cellule de Pej était à trois portes de la sienne. Le bruit avait réveillé tous les esclaves, qui appelaient à grands cris en suppliant quiconque de leur dire ce qui se passait. Wilf traversa cette cacophonie sans une pensée pour tous ces prisonniers dociles qui s'étaient laissé réduire en animaux domestiques par les Trollesques.

— C'est toi, Wilf ? fit le Tu-Hadji de sa voix virile lorsque Wilf entreprit de crocheter la serrure de sa chambre.

— Une seconde, lui répondit-il. J'en ai juste pour une seconde... Voilà !

Il ouvrit le battant à la volée et laissa son ami lui étreindre l'avant-bras avec gratitude.

— Alors, que se passe-t-il, là-haut ? interrogea le Tu-Hadji.

— Le palais est attaqué. Les enfants de Mohadd ont été massacrés. Mais la ville a l'air calme, surenchérit-il. Nous n'aurons peut-être pas de meilleure occasion...

Pej hocha la tête avec résolution.

— Tu es conscient de la folie de cette entreprise ? demanda-t-il quand même au garçon. Une fois en ville, nous serons toujours à des semaines de voyage du continent… (Il fronça les sourcils et sourit.) Mais ça vaut toujours mieux que de demeurer esclaves, tu as raison.

— Ça vaut surtout mieux que d'attendre ici qu'on vienne nous égorger ! rétorqua Wilf. C'est un vrai carnage, tu sais…

Le Tu-Hadji désigna du menton les portes des autres cellules :

— Et pour eux ?

— Pas le temps, répondit Wilf en se dirigeant déjà vers l'escalier.

— Nous allons sortir par les cuisines, avertit-il. Mais il va falloir faire attention, il y a des…

Il interrompit sa phrase, la bouche encore ouverte. La silhouette de Mohadd se dressait dans l'escalier, prenant toute la place du passage étroit.

Le pacha se tenait de guingois. Il avait l'air blessé, comme en témoignaient les nombreuses déchirures à son habit rouge.

— Laisse-nous passer, créature ! rugit Pej, le feu dans ses yeux valant armes et armure.

Le Trollesque émit un soupir.

— Comme vous voudrez, lâcha-t-il en laissant son corps s'affaisser sur le côté.

Il laissa les deux fuyards le dépasser, puis il les rappela :

— Mais vous ne vous en sortirez pas, par là.

— J'ai du respect pour toi, esclave Pej, c'est pourquoi je vous avertis. Tout est en flammes, et chaque pièce est investie par de nombreux soldats. (Il reprit son souffle avec difficulté.) D'ailleurs, ils ne vont pas tarder à gagner l'étage où nous nous trouvons…

Wilf et son compagnon se regardèrent.

— Alors, comment faire ? soupira le jeune garçon.

— Par où peut-on encore sortir ? menaça le Tu-Hadji d'une voix vibrante, saisissant sans ménagement Mohadd par son col imbibé de sang.

— Je connais un autre passage, haleta celui-ci. Il va falloir que vous me fassiez confiance.

Les deux esclaves échangèrent un nouveau regard.

— Tu peux marcher ? finit par demander Wilf.

— Oui, répondit le Thuléen d'un ton pourtant éreinté. La plupart de ce sang n'est pas le mien...

— Avec un peu de chance, nous réussirons à nous en tirer avant que les ennemis nous rejoignent.

Wilf aida le Trollesque à se relever pendant que Pej l'apostrophait :

— Comment se fait-il que la milice de ta Cité-Oasis ne te vienne pas en aide plus vite que ça ?

Mohadd Hasmelouk lui répondit par un ricanement sinistre :

— Les gardes de la ville ne feront rien... Ce sont eux-mêmes qui mettent actuellement ma demeure à feu et à sang ! (Il haleta.) Les Mahoubs m'envoient ces tueurs, avec pour mission de nous liquider, moi et toute ma maison. Les autres sont prévenus : ils n'interviendront pas...

« Croyiez-vous, humains, détenir le monopole de la corruption ?

Les trois alliés provisoires remontèrent au pas de course le couloir où s'alignaient les cellules des esclaves, mais dans le sens inverse de celui qui menait à l'escalier. Wilf soutenait tant bien que mal l'énorme noble thuléen.

— C'est un cul-de-sac ! s'indigna Pej. Tu nous prends pour des imbéciles ?

— *Il y a* une sortie ! gronda le pacha. Libre à toi de rebrousser chemin si tu ne me crois pas.

579

— Moi, je dis qu'il faut le suivre… s'essouffla Wilf, se souvenant de la porte qui menait à un second sous-sol.

Pej souleva sans un mot le bras libre du Trollesque pour aider Wilf à le soutenir, et le petit groupe continua sa progression. Bientôt, ils atteignirent le niveau où étaient emmagasinés les vivres et les tonneaux. *Plus que trois grandes salles à traverser*, se souvint le garçon, *et nous arriverons à la fameuse porte…*

Une idée subite lui traversa l'esprit.

— Est-ce que Marcus connaît l'existence de cette sortie ? s'enquit-il avec inquiétude.

— Oui, répondit le pacha. Pourquoi ?

— Parce que c'est un traître ! cria l'adolescent alors qu'il manquait trébucher dans l'obscurité. Je l'ai vu ouvrir aux agresseurs ce soir, et je l'ai observé une autre fois, qui vous espionnait alors que vous quittiez le palais pour une de vos escapades nocturnes…

Mohadd, estomaqué, ne songea même pas à s'étonner que Wilf soit au courant de ce détail, ni encore moins à le démentir quant à ses sorties vespérales.

— Mon fidèle Marcus ? barrit-il avec stupeur. C'est une plaisanterie ? (Il observait avec incrédulité le garçon, qui fit non de la tête.) Par la Vie et par la Chaleur ! Ce félon aurait travaillé tout ce temps pour les Mahoubs ? C'est pitié que des Trollesques aillent jusqu'à utiliser des esclaves humains pour trahir leurs frères Trollesques…

Les yeux du pacha se voilèrent de rage et de chagrin.

— Si j'en ai l'occasion, ce chien paiera cher pour mes fils et mes filles !

— Le problème, haleta Wilf, c'est que vos ennemis

risquent de nous rejoindre plus tôt que prévu ! Il faut accélérer l'allure…

Mohadd, qui ne semblait pas avoir prêté attention à ces dernières paroles, hochait encore la tête avec incrédulité.

— Je comprends mieux, à présent, pourquoi il tenait tant à me dénicher un garde du corps comme toi, esclave Pej ! Son premier choix, à ce qu'on m'a dit, s'était même porté sur un Baârnien encore plus caractériel… Cela aurait dû me mettre la puce à l'oreille !

— Nous y voilà ! l'interrompit Wilf en apercevant la porte bardée de fer. Allez, plus vite ! Encore un effort !

Ils parvinrent finalement à l'issue de leur course. D'une main tremblante, Mohadd fit tourner la clef dans la serrure, puis ils passèrent la porte comme un seul homme. Wilf lâcha une profonde expiration lorsque l'épais battant de bois claqua derrière eux. Lorsqu'il se retourna pour contempler la salle, il crut cependant que le souffle allait lui manquer.

— Quoi ? s'écria-t-il. Mais il n'y a aucune sortie à cette pièce !

Le détail n'avait pas non plus échappé au colosse tu-hadji, qui dardait de nouveau un regard soupçonneux sur le pacha.

La salle, ronde, avait une douzaine de pas de diamètre. Son sol était fait d'un plancher de lattes grossières, et une seule luciotrille-teigneuse jetait quelque clarté sur les murs de pierre nue. Au centre du disque formé par le sol, une épaisse poulie de bronze doré devait actionner un quelconque mécanisme.

Mohadd se libéra du soutien des deux autres.

— Ne vous inquiétez pas, murmura-t-il, la gorge

visiblement serrée. Nous sommes presque tirés d'affaire.

Il avança alors jusqu'au centre de la pièce et tira lentement sur le long levier de laiton qui dépassait de la poulie. Une série de crissements épouvantables se fit alors entendre, et les planches frémirent sous les pieds des trois compères. Un bruit strident vint bientôt couvrir les crissements, un peu semblable au sifflet d'une bouilloire.

— Que… ! commença Pej, s'interrompant aussitôt pour fixer les murs avec étonnement.

Le plancher descendait régulièrement, et eux avec lui. Les parois de pierre défilaient lentement tandis que les trois rescapés du massacre s'enfonçaient dans les entrailles de la Cité-Oasis. Wilf, un peu interloqué, regardait le plafond s'éloigner et se perdre dans les ténèbres.

— Il s'agit d'un ascenseur à soufflerie, expliqua sans gaillardise le pacha. Cela fonctionne grâce à de la vapeur d'eau chaude… (Il sourit faiblement.) *Les Secrets de la Vie et de la Chaleur*… Ce n'est pas simplement une formule pour les cérémonies des Mahoubs !

« Nous sommes arrivés, fit-il enfin alors que le sol s'immobilisait face à une nouvelle porte de bois épais. Préparez-vous à contempler quelque chose de très étrange, souffla-t-il d'un ton tremblant.

Wilf regarda Mohadd pendant qu'il ouvrait la porte. Il aurait juré que des larmes brillaient au coin de ses yeux rouges.

La salle dans laquelle ils pénétrèrent était immense. Entièrement dallée de marbre beige, des colonnes de laiton martelé soutenant son arche imposante, elle abritait plusieurs bassins d'eau en ébullition. Mais le plus impressionnant ici était sans conteste la *créature* qui reposait sur une couche de coussins chatoyants… Elle avait levé les yeux, tous ses yeux, vers les trois nouveaux venus.

— Mon Orshizade… articula Mohadd, la voix brisée par l'émotion.

La créature lui répondit par un pleur que Wilf ne reconnut que trop bien. C'était ce sanglot qui le réveillait presque chaque nuit, mais cette fois ni ténu ni étouffé, nu de tout artifice acoustique. Une plainte pathétique et implorante.

L'être qui se lamentait ainsi possédait un corps énorme, plusieurs mètres de large et de haut. Sa corpulence rendait informe sa silhouette au premier coup d'œil, mais celle-ci se précisait en observant un peu plus longuement…

C'était une… hydre, d'une certaine manière. Peut-être était-ce ainsi que l'avaient pensée ceux qui avaient imaginé une telle créature. Car nul n'aurait pu croire que la nature seule fût capable d'une telle création. Elle possédait six longs cous à la peau graisseuse et verdâtre, six serpents ondulants que terminaient des têtes de femelles humaines ou trollesques, le visage déformé par la souffrance.

Son corps n'était qu'un amas de chair flageolante et pulsante. Mis à part une courte queue du même vert d'eau que les cous de la bête, il n'avait pour tout membre rigide que trois palmes flasques qui devaient à peine suffire à déplacer cette montagne de viande molle. Partout ailleurs, la peau était blanche et tendre comme celle d'un ventre humain. En vérité, tout n'était que ventres en cet être tourmenté. Wilf hoqueta. Il venait d'identifier avec horreur les innombrables protubérances qui s'agitaient sous la peau de la créature. Ces poches de chair proéminentes étaient autant de ventres humains, des ventres de femmes attendant un enfant… Il crut bien qu'il allait vomir en contemplant cette odieuse parodie de la nature, cette créature abjecte qu'un dieu fou avait dû pétrir. Mais le pire était à venir : l'une des têtes grimaçantes et sanglotantes, l'un de ces visages de femmes, lui était curieusement familier….

— Liránda… balbutia-t-il en tombant à genoux. Oh non, par pitié…

Tandis que le pacha s'avançait vers la créature, Wilf avait tourné les yeux vers Pej, lequel paraissait figé dans un profond dégoût. Lui-même ne pouvait s'empêcher d'avoir les yeux embués de larmes.

— Ma douce, ma chère Orshizade… murmura Mohadd alors qu'un des cous ondulait vers lui pour venir loyer une tête de Trollesque dans le creux de son épaule.

« Ma bien-aimée…

— Dis-moi, mon amour, dis-moi quel grand malheur est arrivé ce soir… gémit le visage gris entre deux grimaces de douleur.

Wilf crut suffoquer en reconnaissant vaguement l'accent suave de son amie arruciane dans la voix commune de l'hydre : pas tout à fait intact, mais trop ressemblant…

Le pacha prit délicatement la tête flottante entre ses mains, posant ses paumes sur les joues de la Trollesque.

— Alors tu sais déjà… soupira-t-il, refoulant ses larmes.

Le corps bouffi de la créature se raidit avec gêne, agitant de spasmes toute sa masse tremblotante.

— J'ai senti mes enfants, *nos* enfants... J'ai senti qu'ils s'en allaient pour toujours...

Mohadd ne put retenir ses sanglots plus longtemps. Il se mit à caresser la tête trollesque contre la sienne en pleurant :

— C'est l'assassinat du calife qui m'a perdu... Si tu savais comme je suis désolé ! Mais il le fallait... Nous ne pouvions plus laisser faire, tu comprends ? La mort de ce larbin des Mahoubs n'était que le début de la guerre qu'il va nous falloir mener... Quand je pense à ce traître de Marcus... Il a dû me suivre, et me voir me rendre aux réunions des suivants de Jâo. Mes pauvres enfants... Mes tout petits... Je me suis battu, tu sais, pour les protéger. J'ai combattu comme jamais, pendant aucune campagne de piraterie... J'ai vraiment fait tout ce que j'ai pu...

Pej et Wilf conservaient le plus grand silence, pendant que Mohadd continuait sa pénible litanie en caressant la peau pierreuse du visage d'Orshizade.

— Mais ils sont morts, tous morts... Mon petit Yussef et ma chère Shatima. Salim et Zhélédaze... Tous...

Wilf avait tenté de capter l'attention de Liránda, si c'était bien elle. Mais le visage aux lèvres exquises, déformé par des hoquets de souffrance, ne lui avait accordé aucune importance. Avec plus de brusquerie qu'il ne l'aurait voulu, il s'approcha du Thuléen et le saisit par le bras.

— Mohadd, qu'est-ce que c'est ? Bon sang, d'où vient cette créature ? Et, corbeaux et putains, pourquoi la tête de Liránda se balance-t-elle au bout de cet immonde pédoncule ?

Le Trollesque croisa son regard, demeura un instant sans réagir.

— Dis-le-moi, je t'en supplie…

Le pacha relâcha doucement le visage de sa bien-aimée, et ses épaules s'affaissèrent encore davantage.

— Si je dois en croire les dires d'un ami, ils font cela pour étudier nos modes de reproduction… *Ils* s'informent de cette manière sur les rapports qui existent au sein de nos races entre conscience, corps et maternité… Des *concepts* qui leur sont trop étrangers… (Sa voix s'enflait de rage à mesure qu'il expliquait.) Ils m'ont obligé, pendant des années, à participer à cette horreur… Si je voulais qu'Orshizade vive…

Il tomba à genoux en pleurant de plus belle.

— C'était il y a cinq ans. Elle avait failli mourir en couche… Je l'avais conduite aux Mahoubs pour qu'ils la soignent, et voilà ce qu'ils lui ont fait ! Les Mahoubs et *eux*, leurs maîtres !

«*Ils* se moquent bien qu'elle souffre le martyre. *Ils* mènent leurs recherches, c'est tout ce qui importe ! Les Mahoubs disaient que c'était pour le bien de notre peuple. Et moi, stupide, je les croyais !

— Mais, Liránda ? intervint Wilf.

— Tu connais une de ces femmes ? Elles sont comme mortes, tu sais. Ce ne sont que des consciences sans raison… Ces têtes rajoutées se *fanent* régulièrement, et il faut alors en changer. *Ils* viennent dans la nuit et… ils cousent un nouveau visage à leur monstre… Il n'y a que mon Orshizade qui parvienne à survivre, parce que c'est son corps qu'ils ont transformé à l'origine. (Il soupira pathétiquement.) Si vous saviez comme elle était belle…

— Je crois qu'ils se servent d'esclaves humaines achetées par les Mahoubs. Si cette femme était ton amie, hélas, tu peux la pleurer…

— Non ! vociféra l'adolescent. Personne ne peut faire des choses pareilles !

Le Thuléen hocha la tête avec désolation.

— Ce sont les lois qu'*ils* ont dictées, rugit-il entre ses crocs. Mais bientôt tout cela va changer... Mon Orshizade, l'heure est venue pour toi de la délivrance...

Les six longs cous ondulèrent à l'unisson, comme une sinistre chorégraphie de serpents.

— Enfin ? dit la créature d'une voix pleine d'espoir. Vas-tu enfin accepter de mettre un terme à mes tourments ?

Mohadd Hasmelouk ne répondit pas, mais il empoigna la garde de son lourd sabre avec résolution. Il ferma les yeux un instant, chassant un tremblement convulsif.

— Détournez la tête, ordonna-t-il au garçon et au Tu-Hadji.

Mais ni l'un ni l'autre n'obéirent. Ils regardèrent avec répugnance la lame s'abattre et s'abattre encore, décrivant d'amples arcs de cercle sanguinolents. Ils observèrent les têtes rouler au sol les unes après les autres : un beau visage shyll'finas, un autre aux étranges cheveux couleur prune... Wilf glapit quand le cou qui retenait la tête de Liránda fut tranché et s'écroula mollement. Il ne restait plus que le visage trollesque d'Orshizade.

— *Mon amour...* murmura Mohadd tout bas.

Et son sabre siffla une dernière fois.

4

Wilf, Pej et Mohadd avaient quitté sans regret la cave où l'hydre avait vécu. Une porte ronde en cuivre leur avait ouvert un passage sur la suite de ce cyclopéen complexe souterrain. Tout un dédale de tuyaux de bronze, assez hauts pour que le pacha puisse y avancer sans courber la tête, et par endroits suffisamment larges pour que tous trois y tiennent de front. De la vapeur chaude s'échappait fréquemment entre deux tronçons mal rivetés, et un vrombissement de machineries faisait trembler les parois de métal au cœur desquelles le petit groupe progressait. *Les Secrets de la Vie et de la Chaleur…* avait chuchoté l'adolescent. Les secrets de ces fameuses Cités-Oasis et de leur douceur perpétuelle… C'était l'énergie des Soleils qui était à l'œuvre, Wilf l'aurait parié. Seul leur pouvoir étrange avait pu permettre aux Trollesques de bâtir ces havres de civilisation dans les glaces hostiles de Thulé. Mais qui leur avait fait cadeau de ce pouvoir ? D'où venaient ces incroyables Soleils souterrains ?

En parcourant les tunnels, l'adolescent ne put s'empêcher de penser aux cruels Hommes-Taupes. Et à leurs esclaves… Holm était-il seulement encore en vie ?

La nuit n'était pas achevée. Wilf se demandait combien de surprises macabres elle pouvait encore lui réserver. Lui et Pej se contentaient à présent de suivre Mohadd à travers ce labyrinthe qui s'étirait sous la ville, le garçon vaguement absent, la tête pleine des images marquantes de la soirée. Il repensait à la tuerie chez le pacha, aux enfants trollesques égorgés sans pitié. Cela lui évoquait les règlements de comptes crapuleux organisés par la pègre de Youbengrad lorsqu'un parrain local désirait faire un exemple. Un traître ou un mauvais payeur était réveillé en pleine nuit, ses bambins massacrés à coups de crosse, sa femme violée et les jambes de son cheval brisées. Après seulement, le malheureux était mis à mort. Wilf s'était juré à cette époque de ne jamais fonder de famille. C'était toujours aux plus faibles que vos ennemis s'en prenaient… L'adolescent avait entretenu des sentiments sincères envers Liránda, et elle était morte. Cruellement, sottement, sans qu'il ait pu lui dire au revoir, ni combien il avait pensé à elle. Auparavant, il en avait été à peu près de même pour son fidèle ami Lucas, le fragile séminariste. On ne l'y prendrait plus…

Djulura, les Tu-Hadji, le Ménestrel Oreste… À présent, tous ceux qu'il aimait étaient des gens capables de se défendre, et il s'en félicitait.

Parvenu devant une nouvelle de ces portes métalliques rondes qui s'ouvraient vers le haut, Mohadd se retourna vers ses deux compagnons.

— Nous sommes arrivés, annonça-t-il. Ici, nous

serons en sécurité. Du moins en admettant que ce traître de Marcus ne m'ait jamais suivi aussi loin…

— Et qu'allons nous faire, ensuite ? interrogea le Tu-Hadji.

— Ce soir… toussota le Trollesque, que ses blessures faisaient visiblement encore souffrir. Ce soir, je dois rencontrer des amis ici. Pas du genre à s'offusquer de la présence d'humains, rassurez-vous, en tous les cas aussi longtemps que vous ne menacerez pas de nous dénoncer, ils se douteront bien que des esclaves en fuite ne peuvent présenter le moindre danger pour nous…

Il entra à la suite des deux autres dans l'étrange cave de bois vermoulu et de cuivre oxydé. De forme circulaire, pas très grande, il y régnait une odeur de renfermé. Seule une échelle branlante permettait d'en atteindre le sol depuis l'entrée.

— Une ancienne cuve à vapeur, expliqua le Thuléen. Nous nous en servons pour nos réunions depuis que nous avons découvert qu'elle était désaffectée.

Ils s'installèrent en silence, Wilf toujours un peu hébété par les événements de la nuit.

— Vos réunions ? demanda-t-il au bout d'un moment. Qu'est-ce que ça veut dire ?

Le Thuléen soupira.

— J'ai donné ma parole de conserver tout ça secret, mais je suppose qu'à présent il est inutile de vous cacher quoi que ce soit… Ces réunions secrètes regroupaient un certain nombre de mes amis. Pachas, émirs, califes : la plupart étaient des nobles de haut rang, appartenant comme moi à de vieilles familles thuléennes. Nous y débattions de nos opinions politiques, opinions que bon nombre de nos pairs auraient jugées… séditieuses, et nous cherchions des solutions pour libérer le Sultanat du joug des Mahoubs.

— Je ne comprends pas, l'interrompit le garçon. Je croyais que votre sultan avait tout pouvoir sur la Thulé. À vous entendre, les Mahoubs seraient les véritables maîtres de ce pays…

Mohadd hocha lentement la tête.

— C'est exactement ça, mon garçon. Le sultan Djemal n'est qu'un pantin entre leurs mains. Aucune décision, aucun départ en guerre n'est prononcé sans qu'un Mahoub en soit à l'origine…

— Tout à fait comme pour la lignée des Csars de Mossiev… murmura Wilf pour lui-même. Ce que vous me décrivez me rappelle un peu trop la situation de l'Église grise sur le continent, expliqua-t-il à l'intention du Trollesque. C'est à croire qu'ils se sont passé le mot…

— Oui, nous avons entendu parler de l'avènement de la Théocratie, reprit Mohadd. En fait, il y a peut-être une explication à ce pouvoir grandissant des prêtres, que ce soit ici ou sur le continent, fit-il, l'air songeur.

« Mais je ne vous ai pas révélé le plus important : nos discussions ne sont pas restées stériles. Nous avons bâti des plans de plus en plus concrets. Nous avons trouvé un chef, un libérateur, et… nous sommes prêts à présent pour provoquer la chute de ce régime. Le sultan Djemal doit être remplacé…

« Son cousin Ispahän est des nôtres. Il est du sang des rois de Thulé… et lui saura s'affranchir de l'autorité des Mahoubs, vous comprenez ?

Wilf émit un bref sifflement de surprise, fixant le pacha de ses yeux noirs.

— Un coup d'État... C'est plutôt risqué, vous savez. Le dernier que j'ai vu s'est soldé par une emprise encore plus importante des prêtres sur le continent...

— Peut-être, mais nous avons de notre côté quelque chose que le duc Caïus et les siens ne possédaient pas, un allié qui peut nous assurer la victoire! s'enflamma Mohadd. Nous pouvons y arriver!

Wilf se contenta de garder un visage inexpressif. Après tout, cette affaire ne le concernait pas vraiment. Assis sur ses talons contre la paroi incurvée de la cuve, Pej ne semblait même pas avoir écouté leur discussion.

— Alors, pour quand est-ce prévu? demanda l'adolescent malgré tout.

Le regard froid et ce curieux sourire trollesque au coin des lèvres, le pacha répondit:

— Ce soir même, jeune Wilf. Crois-tu vraiment que je vous en aurais dit autant, sinon?

«Nous avons prévu d'enlever Djemal pour négocier avec les Mahoubs. Vous voyez, une dictature religieuse comme celle de la Théocratie est tout bonnement impensable en Thulé. Même si les gardes d'Orkoum sont acquis à la caste religieuse, cela leur serait absolument inutile en cas de soulèvement du peuple. Nous autres Thuléens, nous sommes tous des guerriers et des pirates, chaque Trollesque adulte est rompu au maniement des armes et fidèle à la lignée des sultans. Sans un membre de cette maison sous leur coupe, les Mahoubs perdraient donc tout leur pouvoir. C'est pourquoi ils seront obligés de traiter avec nous et d'accepter Ispahän sur le trône. Djemal a toujours été un faible: il abdiquera sans discuter en faveur de son cousin. Et lorsque les

Mahoubs comprendront qu'ils n'auront jamais le moindre ascendant sur le nouveau sultan, il sera déjà trop tard pour eux…

— Et comment comptez-vous vous y prendre pour enlever Djemal ? interrogea Wilf.

Le pacha baissa les yeux, l'air vaguement embarrassé.

— Pour dire la vérité, commença-t-il, il est possible que nous ayons un peu besoin de vous… Mais mieux vaut attendre ce soir pour en discuter avec les autres.

La voix de Pej s'éleva soudain, prouvant qu'il avait prêté plus d'attention qu'il n'y semblait à la conversation de ses deux compagnons :

— Si vous voulez qu'on vous aide, Trollesque, quoi que vous puissiez avoir à nous demander, il faudra d'abord nous promettre de nous aider à rentrer chez nous. Il n'y a plus d'esclavage qui tienne, à présent. Nous sommes tous les trois en fuite, tous égaux.

Le Thuléen se contenta de hocher la tête sans répondre.

Le silence envahit de nouveau la cuve désaffectée, tandis que chacun essayait de trouver une position d'attente pas trop inconfortable. Mais Wilf n'en avait pas terminé avec le Trollesque :

— Lorsque nous étions dans… dans la cave d'Orshizade, vous vous êtes exprimé d'une façon étrange, dit-il. De la manière dont vous en parliez, j'ai eu l'impression que ce n'étaient pas les Mahoubs seuls qui menaient ces atrocités sur votre épouse, mais de mystérieux supérieurs… Qui sont-ils ?

Le pacha, qui avait entrepris de se brosser les cheveux pour tromper le temps, cessa net.

— Ah… Ce que… (Sa voix s'était éraillée.) Ce que j'ai dit tout à l'heure… Pour cela également, j'aimerais autant que nous patientions jusqu'à ce soir. Je préfère que ce soit quelqu'un d'autre qui t'en parle, un des amis qui doivent venir… Il saura mieux que moi t'éclairer sur ces entités, si tu y tiens vraiment.

L'adolescent n'insista pas plus, et le calme retomba sur la petite pièce. Les heures s'étirèrent, sans aucun moyen pour les trois réfugiés de mesurer la progression de la journée. L'immobilité pesante, l'ennui… Mohadd s'était replié sur lui-même, pleurant silencieusement sa famille et se concentrant sur les événements à venir. Wilf faisait les cent pas en lâchant des soupirs de lassitude. Quant à Pej, il demeurait patient, sans esquisser le moindre geste, dans l'attitude à la fois vigilante et tranquille typique de ceux de son peuple. Le garçon avait du mal à imaginer comment un être humain pouvait abriter en même temps autant de fougue et de sérénité.

Mais, après tout, les Tu-Hadji étaient-ils vraiment des humains ?….

Wilf n'aurait pas su dire combien de temps s'était écoulé lorsque la porte ronde bascula et qu'un couple de Trollesques descendit l'échelle vermoulue. Richement vêtus, tout en armes, ils saluèrent respectueusement Mohadd avant de s'inquiéter de la présence des deux inconnus. Le pacha fit les présentations puis les Thuléens s'installèrent en attendant les autres conjurés.

Ils arrivèrent petit à petit, en groupe ou un par un, tous portant leurs armes comme pour campagne de piraterie, la plupart arborant un air sombre et résigné. Quelques-uns avaient amené avec eux des esclaves humains. Ces derniers n'étaient visiblement pas là par simple loyauté envers leurs maîtres, étant donné la détermination affichée sur leur visage. Wilf supposait que les Trollesques avaient promis leur liberté à ces esclaves en échange de leur aide. Parmi eux, il y en avait un dont la silhouette évoquait quelque souvenir indéfinissable dans l'esprit de Wilf. L'humain portait une longue cape de cuir dont le col lui mangeait le bas du visage, et un chapeau à large bord masquait de même son regard. Il était de taille moyenne, assez massif. L'adolescent allait profiter que les Thuléens bavardaient entre eux pour l'aborder et lui demander s'ils se connaissaient lorsque la porte de cuivre grinça de nouveau.

Cette fois, l'arrivant n'était ni un Trollesque ni un esclave. Il était seul, d'apparence humaine, mais tout en lui respirait une telle majesté qu'on n'aurait jamais pu le croire réduit en esclavage. Le teint mat et une épaisse chevelure de boucles blondes retombant sur ses épaules, il était vêtu d'une armure d'or sur une tunique de drap blanc. À la lueur de la luciorrille-teigneuse apportée par Mohadd, le métal de sa carapace lançait des reflets dans toute la petite salle ronde. Ses épaules étaient larges et arquées, ses membres puissants. Son regard était du même bleu qu'un océan sous un soleil d'été, et un sourire bienveillant illuminait son visage aux traits virils. Au centre de son plastron, sur sa poitrine, était sculptée en bas-relief une rose dorée à demi éclose.

— Vous êtes déjà tous là, mes fidèles alliés, lança-t-il d'une voix de baryton, presque une voix de Ménestrel. Ce soir, c'est notre guerre… J'ai plaisir à lire dans vos yeux que vous êtes tous prêts !

En plus de l'impressionnant nouveau venu, il y avait là douze Trollesques et cinq humains. La plupart semblaient en admiration devant l'être à l'armure dorée. Wilf devina que c'était leur chef, le libérateur dont avait parlé Mohadd.

L'un des plus jeunes Trollesques, un feu martial couvant dans ses yeux de pourpre, leva le menton vers celui qui venait d'arriver.

— Quand agirons-nous, Jâo ?

— Maintenant, pour ainsi dire, répondit l'autre. Nous n'aurons pas le temps de tenir conseil ce soir. Ces deux jeunes personnes sont-elles volontaires pour nous venir en aide ? fit-il en désignant Pej et Wilf.

Ce fut Mohadd qui lui répondit :

— À vrai dire, Jâo, ces deux-là ne sont parvenus jusqu'ici qu'à la suite de circonstances malheureuses... Peut-être as-tu été mis au courant du drame qui a frappé ma famille... Mais je suis persuadé qu'ils accepteront de nous soutenir si tu leur parles.

Le patricien en armure d'or plongea son regard clair dans ceux du Tu-Hadji et de l'adolescent.

— Vous avez connu l'esclavage, commença-t-il, cette sensation oppressante de ne plus s'appartenir à soi-même... C'est aussi contre cela que nous luttons. Pour nous, tous les êtres vivants doivent être libres. Et Ispahän annoncera des lois en ce sens sitôt qu'il sera sur le trône du sultan... À l'heure où nous parlons, il attend avec son escorte non loin d'Orkoum, prêt à venir réclamer sa place de monarque dès que nous lui ferons parvenir notre signal. Grâce à lui, il n'y aura plus de sacrifices aux Soleils, plus de brimades ni d'enfermements...

Pej se releva, étonnant l'assemblée par sa haute taille.

— Cela est bien, mais ce n'est pas ce qui nous ramènera chez nous, dit-il. Ce qui nous intéresse, mon compagnon et moi, c'est de regagner le continent !

Jâo n'hésita pas une seconde.

— Alors vous avez ma parole, clama-t-il. Aidez-nous, et je ferai le nécessaire pour que vous soyez reconduits sur la côte de l'Empire.

— Pourquoi vous ferait-on confiance ? insista le Tu-Hadji, sous les murmures offusqués des conjurés réunis.

Jâo éclata d'un rire sincère et amical.

— Rien ne prouve que je suis de bonne foi, en effet. Mais ce pacte entre nous demeure la seule chance qui vous reste de revoir vos rivages. Si j'étais à votre place, le choix serait vite fait...

Pej haussa les épaules.

— Quelle est la nature du service que vous attendez de nous ? demanda-t-il néanmoins.

— Voilà, commença Mohadd tandis que Jâo allait étreindre chaleureusement chacun dans la pièce, nous avons un bon moyen de pénétrer dans les appartements du sultan. Nous comptons utiliser une panoplie de cerfs-volants pillés dans les îles Shyll'finas pour nous poser sur une terrasse qui jouxte ses quartiers. Hélas, mes compagnons Thuléens ici présents ne peuvent se risquer dans ce lieu à visage découvert. Ils ont encore un rôle trop important à jouer dans la lutte politique pour être pris en pleine tentative d'enlèvement. C'est pourquoi nous aurons grand besoin de vous, humains, pour nous prêter main-forte. Moi seul, étant donné les tristes événements de cette nuit, serai en mesure d'accompagner la mission.

« Tout ce que nous aurons à faire sera de nous poser et de nous rendre discrètement dans la chambre du sultan, en neutralisant les gardes si besoin est. Une fois que nous l'aurons assommé, il nous suffira de le transporter jusqu'à la terrasse. Les autres attendront juste en dessous, dans le parc, et s'occuperont du reste.

— Rien que ça ! ricana Wilf. Neutraliser la douzaine de gardes trollesques qui doivent veiller sur les quartiers du sultan, refaire tout le chemin en sens inverse avec ce dernier comme bagage... Sans parler de cette petite escapade en cerf-volant ; qu'est-ce qui vous dit que nous pourrons atterrir à l'endroit souhaité ?

— Ce dernier point ne posera pas de problème, intervint Jâo. Nous serons lancés depuis le sommet de la tour de Khalid, ici présent. Sa demeure est située sur une petite colline, et donne juste au-dessus du point d'atterrissage. La trajectoire a été calculée au mètre près. Nous avons même installé des poches à vapeur sur les cerfs-volants, pour nous éviter de chuter trop vite au cas où le vent serait insuffisant. Quant aux gardes du sultan, je crois qu'ils ne devraient pas représenter une menace insurmontable. Pas contre un Trollesque et six hommes déterminés. Et surtout pas avec un Tu-Hadji parmi nous... conclut-il en adressant un sourire énigmatique à Pej.

Wilf hocha la tête, se demandant bien qui pouvait être ce guerrier d'or qui semblait connaître tant de choses.

— Au fait, Mohadd, reprit-il, tu m'avais promis qu'un de tes amis pourrait m'en dire plus sur ceux qui ordonnent aux Mahoubs. J'ai le sentiment que c'est de Jâo qu'il s'agit...

Le Thuléen n'eut d'autre réaction que de lancer un regard d'excuses vers ce dernier.

— Je pourrais t'en dire beaucoup, c'est exact, acquiesça Jâo en direction de Wilf. Mais hélas le temps nous presse, et nous devrions déjà être en route.

« Pour faire bref, disons que j'ai bien connu les êtres qui donnent leurs ordres à ces prêtres Mahoubs. Ce sont les mêmes que ceux qui dirigent en secret l'Église grise et sa Théocratie. Et ce sont… mes frères. Les Orosians. Ils veulent voir ce monde réduit en esclavage. Mais nous sommes nombreux à nous rebeller, à désirer autre chose pour les peuples qu'une obéissance aveugle… Je ne suis pas le seul à lutter contre la suprématie de certains de mes frères. Tout ce que j'espère, c'est que notre combat n'est pas vain…

« Allons, nous aurons largement le temps d'évoquer tout cela plus tard. Il faut y aller, à présent.

***

Le vent fouettait le visage de Wilf. Suspendu dans les airs grâce à une construction gracile de bois léger, de papier et de tissu, il aspirait l'air à pleins poumons et faisait son possible pour ne pas regarder vers le bas. Plusieurs fois déjà, il avait bien cru que son estomac allait jaillir par sa bouche ! Ce n'était pas tant l'altitude vertigineuse où il volait qui l'impressionnait, que le manque de stabilité de son esquif aérien. Les embardées qu'il faisait dans tous les sens avaient de quoi faire serrer les dents même à l'héritier d'Arion.

Autour de lui, d'autres corbeaux silencieux l'accompagnaient dans son vol désordonné. Jâo, Pej, trois humains dont il ignorait les noms, et le pacha Mohadd, dont le poids semblait paradoxalement rendre son envolée plus stable.

Alors qu'ils amorçaient la descente, les cerfs-volants se regroupèrent, poussés par un coup de vent. Ils étaient presque à se toucher, et Wilf dut jouer de tout son poids pour éviter que ses ailes ne touchent celles de Jâo. Pej eut moins de chance : son cerf-volant, heurté de plein fouet par celui de l'homme au chapeau de cuir, se déchira dans un craquement de tissu.

Sans un cri, le Tu-Hadji se propulsa de toutes ses forces vers l'avant, et parvint à s'accrocher à la main que lui tendait Wilf. Ce surplus de poids les entraîna tout droit vers le bas, à une vitesse effrayante.

De justesse, et toujours le plus silencieusement possible, les deux compagnons attrapèrent la rambarde de la terrasse visée, avant de rouler de l'autre côté pour se rétablir sur leurs pieds. Le cerf-volant de Wilf alla s'écraser plusieurs mètres en contrebas.

L'adolescent et le colosse échangèrent un sourire désabusé.

***

Wilf arpentait en silence les couloirs des quartiers du sultan Djemal. Son visage avait encore une coloration un peu pâle : une chose était sûre, sa partie de cerf-volant nocturne ne lui resterait pas comme un bon souvenir… Maintenant, lui, Pej, Mohadd, Jâo, cet homme au large chapeau et à la silhouette vaguement familière, ainsi que les deux autres humains qui les accompagnaient, approchaient du but de leur mission.

Wilf nota que tous, au sein de leur groupe, étaient relativement habiles à se mouvoir sans bruit et à se dissimuler aux regards des gardes. Si bien que, jusqu'à présent, ils n'avaient pas eu à engager le combat. Avec une heureuse incrédulité, la demi-douzaine de conjurés parvint aux portes de la chambre du sultan sans avoir éveillé le moindre soupçon. Nul dans le palais ne s'était aperçu de leur présence, l'originalité de leur arrivée par les airs remettant visiblement en question toute la sécurité de l'endroit.

— Pas de gardes devant les portes de la chambre… murmura l'adolescent. C'est quand même un peu bizarre…

— Tant mieux, au contraire! souffla tout bas l'homme au chapeau et à la cape de cuir.

Sur un geste de Jâo, le petit groupe s'approcha. Wilf tira lentement une des poignées, et tous les six s'introduisirent dans la chambre du sultan. Un énorme lit à baldaquin aux voiles bleutés trônait au centre de la pièce. Une délicate fontaine d'eau chaude, une haute armoire et plusieurs coffres à vêtements incrustés de pierreries complétaient l'ensemble. Mais ce coup d'œil circulaire jeté dans la pièce apprit également au garçon que le sultan n'était pas seul dans sa chambre… Les sept arrivants s'immobilisèrent avec stupeur, tandis que plusieurs silhouettes surgissaient depuis les zones d'ombre qui longeaient les murs de la pièce.

Dix gardes trollesques en tabard pourpre et or, leurs haches levées à deux mains, s'avançaient tranquillement vers les conjurés. L'adolescent entendit un ricanement derrière lui.

— Wilf… fit l'homme au chapeau. Pauvre petit imbécile…

Le garçon émit un infime bruit étranglé.

— Qui es-tu ? lança-t-il en se retournant d'un mouvement sec.

L'autre ricana de nouveau.

— Je m'appelle Poignard-Gauche, et on m'a donné ordre de te tuer. (Il ôta son large chapeau et abaissa son col de cuir.) Vous ne me reconnaissez pas ?

Pej émit un juron en tu-hadji, se remémorant le visage de celui qui avait été son adversaire sur une plage de la Terre d'Arion. Le cerveau de Wilf travaillait à toute allure. Cette silhouette, c'était celle qu'il avait déjà remarquée lors de l'exécution des esclaves aux Soleils... Le maître-tueur s'était donc laissé capturer par les Trollesques simplement pour suivre sa proie jusqu'en Thulé ! Il fallait que la congrégation en veuille vraiment beaucoup au malheureux apprenti de Cruel-Voit, songea-t-il...

Pour l'instant, ni Jâo ni aucun des autres n'osait bouger.

— J'ai passé un accord avec ces messieurs les Mahoubs, continua Poignard-Gauche, qui paraissait savourer sa victoire. J'infiltrais les suivants de Jâo, et ils te livraient à moi. Le hasard a voulu qu'ils n'aient pas à se donner cette peine !

Sur ces paroles, le maître-tueur se rua sus au garçon, une dague ayant surgi dans sa main comme par magie. Les quatre autres membres du groupe furent soudain aux prises avec les soldats trollesques, d'après ce que Wilf pouvait entendre. Il esquiva tant bien que mal ce premier assaut et dégaina l'un des couteaux dérobés dans les cuisines de Mohadd, presque une journée plus tôt.

— Tu vas payer pour la trahison de ton maître,

sale petit morveux, rugit Poignard-Gauche en se fendant d'une nouvelle feinte.

La haine scintillait dans ses yeux à l'image du rai de lune qui se reflétait sur sa lame ; son rictus indiquait combien il avait attendu ce moment avec impatience...

Wilf était mobile et agile : il se sentait aussi bon que dans ses meilleurs jours. Pourtant, il lui semblait tout aussi évident que le maître-tueur finirait par avoir le dessus... Aucune chance contre un tel virtuose du couteau, sans compter les nombreux coups en traître, fléchettes et autres, qu'il pouvait lui réserver...

Les attaques de Poignard-Gauche étaient tellement rapides, tellement foudroyantes, et suivaient des angles si féroces, que l'adolescent était déjà parcouru d'estafilades. Sans doute aurait-il été encore plus sévèrement touché, si le maître-tueur n'avait pas pris ainsi plaisir à jouer en le faisant souffrir.

— Je vais te saigner comme un porcelet... susurrat-il à l'oreille de sa victime.

Mohadd se battait avec l'un de ses congénères, juste à côté. Les autres n'étaient que des formes mouvantes, à la lisière du champ de vision de Wilf.

L'assassin professionnel avait maintenant engagé sa lame contre celle de l'adolescent, et leurs visages étaient presque à se toucher. Poignard-Gauche fronçait les sourcils, son avant-bras puissant opposant une résistance insurmontable à Wilf. Il formait des mots silencieux en bougeant ses lèvres, et le garçon crut deviner qu'il s'agissait d'une nouvelle insulte morbide. Wilf savait qu'il était encore en vie uniquement parce que tel était le bon vouloir du tueur. Comme cet homme avait dû détester Cruel-Voit, songeait-il. Comme il devait être frustré de devoir se contenter de son vulgaire apprenti...

Le garçon transpirait à grosses gouttes. Le moment de la mise à mort ne pourrait se faire attendre beaucoup plus longtemps, et il était à bout de ressources...

Subitement, Poignard-Gauche fut arraché à sa transe. Depuis une seconde, Wilf avait remarqué la silhouette immense de Mohadd qui chargeait vers eux. Le tueur, lui, était dos tourné à la menace, et la cacophonie des armes l'avait empêché d'entendre l'approche fulgurante du Trollesque. Ce dernier le saisit par les épaules avec un cri sauvage, sans même ralentir, et poursuivit sa course sur quelques pas. Les bras tendus devant lui, sa prise humaine s'agitant en vain pour essayer de se dégager, le pacha atteignit une haute fenêtre contre laquelle il vint s'écraser dans un grand fracas de verre brisé. Les barreaux de métal eux-mêmes volèrent en éclats dans une explosion de petits morceaux de vitrail.

Mohadd se rattrapa de justesse à la rambarde. Le maître-tueur, lui, avait traversé la vitre avec violence, réduit à l'état de simple projectile entre les mains du géant. Se ruant au secours du Thuléen, Wilf observa en contrebas le corps de son ennemi s'agiter encore faiblement, empalé au sommet de la grille du parc...

Le Trollesque n'avait que quelques coupures dues à la dague de l'assassin, qu'il avait maintenu trop loin de lui pour être vraiment inquiété. Il se redressa de toute sa hauteur, levant son sabre énorme dont il tenait la garde à deux mains.

Dans la pièce, le combat était pratiquement terminé. Pej était maintenant armé d'une colossale hache trollesque, dont il avait cassé net le manche trop encombrant. À ses pieds gisaient les cadavres de cinq gardes thuléens. Deux autres étaient visibles non loin de Jâo, qui était encore aux prises avec un dernier adversaire. Le dixième garde, quant à lui, avait été mis hors d'état de nuire par les efforts conjugués des deux autres alliés humains. L'un de ces derniers avait l'air grièvement blessé, l'autre gisait définitivement au sol dans une mare de sang. Wilf remerciait encore Mohadd pour son aide providentielle lorsque Jâo acheva l'ultime garde trollesque. Le guerrier en armure dorée retira sans cérémonie sa longue épée du corps inanimé de son ennemi, et compta ses troupes :

— Tout va bien, les amis ? demanda-t-il de sa voix claire. Son regard s'assombrit lorsqu'il découvrit ce qu'il était advenu des deux anciens esclaves humains.

Mais avant que quiconque ait pu lui répondre, une forme bougea en clair-obscur, derrière les voilages du lit à baldaquin.

La silhouette allongée sur le lit du sultan s'y assit lentement, puis applaudit avec gravité tout en se levant.

— J'ignore comment tu t'y es pris pour recruter un Tu-Hadji parmi les illuminés qui te servent d'escorte… fit une voix caverneuse. Mais cela vaut le coup d'œil de les voir se battre, ces animaux !

Le propriétaire de cette voix d'outre-tombe faisait à présent face au petit groupe.

Il eût pu être décrit comme ayant forme humaine, s'il n'avait été si grand. Grand comme un Trollesque, pour être précis. Sa barbe et sa chevelure étaient longues et blanches, sa peau pâle. Ses yeux étaient rouges, quoique pas exactement comme ceux des

Thuléens. Chez l'étrange personnage, seuls les iris étaient cramoisis, ce qui ne le rendait pas moins inquiétant. Il portait une robe blanche flottante et un pectoral de cuirasse rouge sang. Une chaîne en or, autour de son cou, soutenait un énorme rubis. La garde de son épais sabre semblait taillée dans la même pierre précieuse.

Wilf vit Mohadd reculer en tremblant, une expression de terreur religieuse peinte sur son visage.

— Fyd! cracha Jâo, le pli de sa bouche à mi-chemin de la haine et de la crainte.

— Il faut que tu te mêles de nos affaires, n'est-ce pas? reprit la voix sépulcrale. Me diras-tu, Jâo, ce qui te donne le droit de contrevenir aux traditions édictées par le Conseil de Uitesh't? Ces glaces m'appartiennent, et en ce qui me concerne, tu peux bien t'étrangler avec ta jalousie puérile!

Les sourcils blonds de Jâo se froncèrent avec fureur.

— La jalousie? se récria-t-il. C'est encore ce que vous croyez? Comment peut-on être à ce point prisonnier d'une façon de penser?!

Sa longue épée toujours fermement en main, Jâo se tourna vers ses compagnons:

— Nous sommes bel et bien tombés dans un piège, camarades... leur lança-t-il. Tout l'étage est certainement truffé de gardes. Je vous conseille de fuir au plus vite! (Ses pupilles s'étrécirent légèrement sous l'effet de la résolution.) Moi, je m'occupe de celui-là!....

Wilf regarda le survivant des deux humains qui les avaient accompagnés détaler sans demander son reste, se traînant sur son membre valide. Mohadd et Pej s'apprêtaient à le suivre, mais lui voulait rester encore un instant. Il ne serait pas tranquille avant d'en avoir appris un peu plus sur ces étranges entités qu'étaient Jâo et son frère ennemi Fyd. *Des Orosians…* s'il avait bien compris…

— Attendez! leur cria-t-il donc alors qu'ils avançaient l'un vers l'autre avec l'intention d'en découdre. Vous ne pouvez pas nous congédier comme cela! lança-t-il à Jâo. Faire comme si nous étions quantité négligeable! Est-ce que l'on doit venir risquer nos vies jusque dans ce palais et ne rien savoir de votre petite guerre?

Les deux Orosians le dévisagèrent soudain, indécis.

Fyd rejeta ses longs cheveux immaculés en arrière, riant.

— Qui êtes-vous? leur hurla dans les oreilles l'adolescent, vexé par la réaction du géant.

L'Orosian redevint subitement sérieux. Il fixa Wilf sans aménité et dit, détachant soigneusement chaque syllabe:

— C'est pourtant limpide, mon enfant… Nous sommes la lumière traversant les cieux. Nous sommes les dieux que vous adorez. *Qui êtes-vous?* imita Fyd d'un ton railleur. Sache-le, mortel: nous sommes des météores.

L'immense Orosian arrondit alors les joues pour appeler à pleins poumons:

— À moi la garde! À moi mes Seldiuks! Surtout n'en laissez échapper aucun!

Et il se rua sur Jâo.

Tandis que les deux êtres aux airs de demi-dieux, jouaient déjà les prémices d'un combat titanesque, Wilf décida enfin qu'il était temps de prendre le large. Emboîtant le pas à Pej et Mohadd, il s'engouffra dans le corridor sur lequel donnait la chambre. Par chance, il ne leur fallut que peu de temps pour parvenir à un escalier extérieur.

Mohadd avait toujours l'air sous le coup de la frayeur.

— Il faut nous séparer, haleta-t-il. Nous aurons plus de chances ainsi. Et puis, ce n'est plus votre combat, vous en avez déjà bien assez fait !

« Quittez la ville à dos de mammouth, cette nuit même. Vous pourrez en voler un dans les enclos de ce palais. Ensuite, rejoignez le port de guerre de Begdaz : trouvez-y un Trollesque nommé Sefjir, un ami à moi. Il a un bateau et acceptera de vous emmener sur le continent à présent que l'été est de retour... C'est tout ce que je puis faire pour vous, hélas.

— Et vous ? demanda Wilf. Pourquoi ne pas venir avec nous ? Il est impossible que vous restiez ici après tout ce qui s'est passé !

Le Trollesque soupira à fendre l'âme.

— Au contraire, Wilf, fit-il. Après ce qui s'est passé, il est indispensable que je demeure dans mon pays. Je reste sur place pour continuer la lutte, tu comprends ? J'ai encore de nombreux amis, qui partagent mes idées et qui accepteront de me cacher. Ispahän n'a pas été directement impliqué dans le fiasco de ce soir : peut-être pourra-t-il m'offrir son hospitalité. De plus, je ne crois pas qu'on aurait fait très bon accueil à un Trollesque, dans vos contrées...

Wilf resta un instant à danser d'un pied sur l'autre, indécis.

— Alors au revoir et bonne chance, créature, conclut Pej. Et merci pour ton aide...

Le géant sourit.

— J'ignore tout de ton peuple, Pej, mais je garderai ceci en mémoire : si les Tu-Hadji ne font pas de bons esclaves, ils s'avèrent en revanche de solides alliés lorsque sonne l'heure du combat. J'espère un jour apprendre à mieux connaître les tiens.

Les deux colosses se serrèrent l'avant-bras, le Trollesque adressant au Tu-Hadji un regard où se lisait le respect, que celui-ci consentit à lui rendre. Wilf se contenta de saluer de la main, d'un geste gêné, celui qui lui avait sauvé la vie.

— Les enclos sont par là, indiqua le Thuléen avant de se mettre à courir dans une autre direction. Encore bonne chance à vous ! souffla-t-il sans se retourner.

Les deux autres l'entendirent à peine, courant déjà ventre à terre. Ayant repéré une patrouille de gardes trollesques, ils l'esquivèrent en se cachant sous l'escalier de pierre couvert de lierres.

Ils reprirent leur progression silencieuse. Mais tandis qu'ils approchaient des enclos, plusieurs silhouettes surgies d'une poterne leur barrèrent la route. Un quatuor de soldats humains se dressait devant eux. Wilf ignorait bien ce qu'ils pouvaient faire dans un endroit pareil. Peut-être simplement des esclaves, songea-t-il.

Mais ils n'en avaient guère l'apparence. Ils étaient protégés d'une armure noire et rouge, aux formes moulantes et lisses. Leurs épées étaient larges et plutôt courtes, noires à gardes rouges. Leurs visages glabres, aux traits sévères, ne reflétaient aucune peur, aucune servilité. Une cape pourpre flottait dans le dos d'un des quatre, et celui-là portait un panache noir au sommet de son casque.

— Halte ! fit-il d'un ton péremptoire. Rendez-vous !

Wilf et Pej n'eurent même pas besoin d'échanger un regard. Les enclos étaient à quelques mètres, juste devant. Ils ne pouvaient pas se laisser arrêter si près du but !

Le Tu-Hadji fit siffler sa hache au-dessus de sa tête, tandis que Wilf consentait à sacrifier l'un de ses couteaux en le lançant sur leur adversaire au panache noir.

Mais le capitaine des soldats humains vit venir la lame, et se baissa juste à temps. Le couteau, au lieu de venir se planter entre ses deux yeux, se contenta d'écorcher son armure avec un bref crissement métallique. Wilf pesta et se mit en garde.

Pej avait chargé droit sur les gardes, tenant son arme horizontale et par le milieu. À la grande admiration de l'adolescent, il causait autant de dégâts avec le manche de sa hache qu'avec le tranchant de ses lames. Lui-même s'était retrouvé face à face avec le garde à la cape carmin.

Ce dernier faisait des moulinets talentueux avec son épée, et tentait de contourner Wilf par le flanc tandis que sa cape tournoyait derrière lui. Il se mouvait avec aisance, et son agilité décontenança Wilf un instant, tant elle contrastait avec la lourdeur des Trollesques contre lesquels il avait eu à combattre ces derniers temps. Mais malgré son habileté, c'était un esthète, un académicien. Pas un tueur. Wilf savait déjà que son adversaire allait connaître la stupeur, puis la mort, à quelques secondes d'intervalle. Il simula grossièrement une chute, prévoyant que le garde n'y croirait pas. Il roula donc sur lui-même et agrippa le bras du soldat pour se relever. Prenant appui de toutes ses forces, il parvint à éloigner l'épée du capitaine tandis que sa propre lame cherchait déjà sa gorge.

Mais l'autre le frappa violemment du coude dans le bas des côtes. Figé par la douleur et la surprise, Wilf recula en cherchant son souffle.

Le combat prenait un jour nouveau, une rapidité. L'adolescent se fustigea d'avoir sous-estimé cet adversaire. Le capitaine à la cape rouge était bien meilleur qu'il l'avait imaginé. En fait, au grand étonnement du garçon, il s'agissait même d'un combattant exceptionnel…

À quelques mètres, Pej semblait en grande difficulté contre les trois autres soldats. Profitant de la stupeur de Wilf, le capitaine lui porta une attaque qui faillit toucher au but. L'adolescent en fut quitte pour une coupure au-dessus de l'œil. Légèrement étourdi, il lança vers le garde plusieurs petites attaques rapides, destinées à le déconcerter le temps que lui-même retrouve ses esprits.

Le pressentiment d'un traquenard montait lentement en Wilf. Ces soldats n'étaient pas humains. Il en était à peu près sûr, à présent. Le capitaine contre qui il se battait semblait plus fort et plus rapide que le meilleur athlète, ses talents étaient ceux d'un maître d'armes accompli… Aucun être humain ne se battait avec une telle perfection, sans un peu de style et de fureur. Wilf haletait tandis que l'autre conservait son souffle, contrôlant sa respiration comme à l'entraînement. Rien n'était normal en lui.

Pej cria de douleur, mais son ami ne pouvait se permettre, même d'un seul regard, de chercher à s'enquérir de la gravité de sa situation. Le capitaine continuait de le harceler inlassablement et avec patience. Pour le moment, Wilf était parvenu à se garder d'un mauvais coup, mais il était clair qu'il n'avait pas la situation en main.

— *J'arrive…*

Wilf tâcha d'ignorer la voix familière dans sa tête. Toute son attention lui était nécessaire pour ce combat. Toute son attention serait peut-être insuffisante.

— *Tenez bon. Je suis en route…*

Le capitaine vacilla alors, portant sa main libre à sa tête. Son regard se fit vitreux, une goutte de sang coula de son nez. Sans chercher à comprendre, Wilf profita de sa faiblesse pour lui saisir le bras qui tenait son arme. L'autre réagit, mais sans assez de conviction.

D'un regard rapide, le garçon de Youbengrad constata le piteux état de son ami tu-hadji. Ce dernier se battait encore de tout son cœur, mais il saignait abondamment de plusieurs blessures profondes. Son épaule gauche était déchirée presque jusqu'à l'os.

Pivotant sur ses talons, Wilf se retrouva derrière son adversaire, qu'il immobilisait maintenant par une clé au bras. Le couteau de cuisine déchira la chair tendre du cou dans un gargouillis infect tandis que l'adolescent faisait glisser son bras droit dans un mouvement coulé. Le corps en armure du capitaine tomba avec un bruit mat.

À ce moment, Pej commençait de battre en retraite. Il avait pourtant défait deux de ses trois adversaires. Mais Wilf comprit vite, avec un serrement au cœur, la raison du repli de son ami. Entre eux et les enclos, se tenait à présent une nouvelle patrouille, de Trollesques cette fois, certainement attirés par les bruits de lutte.

— Tant pis pour le mammouth! cria le Tu-Hadji. Pour l'instant il faut fuir!

Joignant le geste à la parole, il courut vers une petite poterne sur sa gauche, qu'il arracha presque de ses gonds. Les gardes sur leurs talons, les deux compagnons eurent à peine le temps de voir que la porte s'ouvrait sur une volée de marches avant de s'y engouffrer à toute vitesse. Descendant sans réfléchir dans une grande cave, ils continuèrent de courir à perdre haleine, toujours droit devant eux. Les cris essoufflés de leurs poursuivants se faisaient entendre, semblant de plus en plus proches. Les Trollesques faisaient de grandes enjambées, mais leur course était moins leste, et le poids de leur armure leur coupait le souffle.

Bientôt, les fuyards dépassèrent une des portes de cuivre rondes aménagées dans la paroi de la cave. Revenant sur leurs pas, ils décidèrent de l'emprunter. Pej la souleva d'un seul bras et Wilf s'y glissa pendant que son ami la tenait pour lui. Ils étaient à nouveau dans de grands tunnels faits de tronçons de métal comme ils en avaient longtemps longé la veille. Ni l'un ni l'autre, malgré la fatigue qui commençait à peser sur Wilf, ne suggéra de faire une pause. Ils firent bien : des cris de poursuite résonnèrent de nouveau derrière eux. L'écho les amplifiait de manière inquiétante, semblant parfois situer leurs poursuivants devant eux plutôt que derrière. Mais ce n'était qu'un phénomène acoustique, et les deux esclaves putschistes en fuite continuaient inexorablement leur folle échappée. À un moment, à bout de souffle, Wilf crut qu'il allait s'évanouir. Mais Pej le soutint par un bras et, le portant presque, continua d'avancer sans ralentir l'allure malgré ce nouveau fardeau.

Parvenus à un embranchement de tuyaux cuivrés, Wilf et le Tu-Hadji se rendirent compte que leurs poursuivants s'étaient scindés en plusieurs groupes.

Pour mieux les prendre en chasse, ils s'étaient dispersés entre différentes directions. Wilf et Pej continuèrent à fuir en choisissant chaque fois le tunnel laissé libre par les soldats. Ils se doutaient bien qu'on tentait de les rabattre vers quelque cul-de-sac, mais ils n'avaient guère d'autre choix pour le moment.

Quelques minutes plus tard, ayant passé une nouvelle porte ronde, ils comprirent. Ils se retrouvaient sur le bord du puits profond dans lequel reposaient les Soleils des Thuléens.

— Pris au piège ! glapit Wilf tandis que des pas bottés se faisaient déjà entendre non loin derrière eux.

Il regarda la porte dans son dos, très certainement une de celles qu'empruntaient les Mahoubs lors des cérémonies. Une douzaine de gardes trollesques accouraient en mugissant. L'adolescent entendit son ami tu-hadji pester dans sa langue exotique. De nouveau, l'affrontement était inévitable.

La masse des Trollesques chargea sans cesser de beugler, une cohue titanesque hérissée de sabres et de haches. Pej fit front avec force, se mouvant souplement néanmoins pour éviter de nouvelles blessures. Wilf, lui, tenta de se jeter sur le côté pour esquiver cette première vague. Sans armure et avec pour toute arme un couteau de cuisine, il préférait prendre ses adversaires à revers…

Hélas, la course avait amenuisé ses réflexes. Avec horreur, le garçon comprit trop tard qu'il ne pourrait bondir assez loin pour éviter toute la large rangée de Thuléens. L'un d'entre eux le percuta donc de plein fouet, alors que Wilf était encore en vol, et le propulsa devant lui comme un fétu de paille. La force du Trollesque énorme, lancé en pleine course, imprima au corps de l'adolescent une poussée si violente qu'il alla se cogner contre la balustrade ouvragée du puits. La percutant avec puissance, il sentit l'os de sa hanche craquer et se fendre.

Mais ce ne fut pas ce qui le terrorisa le plus. Emporté par la force de la bousculade, il se vit basculer d'un seul mouvement par-dessus la balustrade. Ses mains s'agitèrent fébrilement un bref instant, tentant d'agripper quelque chose. La douleur qui irradiait dans son flanc engourdissait ses gestes.

Pej hurla en voyant disparaître les jambes de son protégé par-dessus les barres de laiton.

Wilf ferma les yeux en chutant. Il savait ce qui l'attendait en contrebas. Il avait assisté au supplice des esclaves sacrifiés aux Soleils souterrains. Soudain, il se sentit rebondir très légèrement, puis sa descente fut stabilisée. Ouvrant enfin les paupières, il observa la lumière ambrée autour de lui. Il était tombé en plein cœur d'un Soleil.

— Wilf! s'égosillait le Tu-Hadji. Wilf, ne meurs pas! Je viens te chercher!

La voix essoufflée et saccadée du guerrier prouvait qu'il était à ce moment même en train de courir tout autour du puits pour parvenir au niveau de son ami.

Curieusement, Wilf ne ressentait aucune douleur dans sa hanche brisée. Il guettait sur sa peau les premières traces de pourrissement et de noirceur, les prémices de la souffrance.

Mais rien ne venait.

L'énergie du Soleil puisait tout autour de lui, *s'immisçant* en lui. Il entendait Pej continuer de l'appeler, très loin, comme si les sons étaient assourdis par des boules de tissu enfoncées dans ses oreilles. Finalement, il ressentit une douleur vague, diffuse. Puis cette souffrance enfla, à mesure que l'énergie du Soleil se déversait en lui, jusqu'à devenir insupportable.

Pej courait dans les escaliers, plusieurs soldats toujours sur ses talons. Impuissant, il voyait Wilf se tordre de douleur.

L'adolescent absorbait, encore et encore, la lumière destructrice. Sa chair ne noircissait pas, mais la luminosité du Soleil s'atténuait, clignotait faiblement, comme si Wilf était en train de la dévorer. Lui-même commençait à le voir, et il sentait son assise vaciller. Il ignorait ce qui se passait. Mais quand la dernière étincelle aurait disparu, il le savait, ce serait la chute mortelle dans les profondeurs du puits...

À bout de souffle, Pej parvint à l'étage où Wilf s'agitait dans des spasmes de souffrance. D'un geste presque machinal, le Tu-Hadji saisit derrière lui un Trollesque qui le suivait de trop près, et lui brisa la nuque d'un geste sec. Il s'empara de la lance du Thuléen.

— Wilf, attrape ce manche! Dépêche-toi, il n'y a presque plus de lumière! Tu vas tomber!

Wilf était à la fois assoiffé de cette énergie et rendu fou par la douleur qui l'étreignait. Il essaya de tendre la main vers le manche que lui tendait son compagnon. Son bras se mouvait au ralenti. Soudain, la lumière disparut pour de bon. La gravité reprenait ses droits et Wilf, hébété, commençait de chuter lorsqu'il saisit la lance de justesse. Les doigts crispés sur la toute extrémité du manche, son corps se balançant mollement en dessous, il signifia par un petit cri l'extrême inconfort de sa situation. D'un bras, Pej remonta la lance, et de l'autre il attrapa Wilf par son col. À peine son jeune ami déposé au sol, il dut se retourner pour affronter un nouvel assaillant.

Wilf avait la vue troublée, il se sentait chaud et fiévreux.

— La lumière… Cette chose… a *disparu* en toi ! fit le Tu-Hadji dès qu'il se fut débarrassé du Thuléen. Tu aurais dû mourir…

L'adolescent hocha la tête et tenta de se relever en vacillant. Pej lui toucha le front.

— *Anash'til* ! Tu es brûlant !

Se baissant sans hésiter, le Tu-Hadji saisit le corps du garçon et l'emporta dans ses bras.

D'autres soldats trollesques arrivaient, mais ils avaient l'air encore plus épuisés que le gibier qu'ils traquaient. Pej, encombré de son fardeau humain, prit la fuite une fois de plus. Ils laissèrent derrière eux les deux Soleils survivants. Une nouvelle porte ronde de cuivre un étage plus bas, une nouvelle course éperdue. Wilf perdit conscience pendant quelque temps. Sa hanche ne le faisait plus du tout souffrir, mais son front lui semblait enserré dans un étau.

À un moment, il se rendit compte que Pej avait ralenti l'allure.

— Nous les avons semés pour l'instant, expliqua ce dernier en voyant son protégé ouvrir faiblement les paupières. Profites-en pour dormir encore un peu, ça ne me dérange pas de te porter.

Wilf obéit, et revint à lui une nouvelle fois, un peu plus tard. Lui et le Tu-Hadji étaient assis à même le sol dans un de ces tuyaux de métal cuivré. Cette fois, pourtant, il y avait une différence. Au bout du tunnel brillait une lumière éblouissante qui lui fit plisser les yeux.

— Nous sommes au bout du voyage, fit Pej. Du moins dans cette cité d'Orkoum.

« C'est la sortie… ajouta-t-il en désignant le point lumineux.

Wilf se frottait les paupières, endolori.

— La sortie ? répéta-t-il.

Le guerrier tu-hadji se redressa, tendant le bras au garçon pour l'aider à se lever.

— Viens voir… (Il retira sa main brutalement, ses yeux s'arrondissant de stupeur.) Pardonne-moi, s'expliqua-t-il, mais j'ai été surpris. Tu es encore brûlant…

— Je ne sens rien, lui répondit l'adolescent en haussant les épaules. C'est peut-être à cause de l'énergie du Soleil. Ça passera…

Ensemble, ils s'avancèrent vers l'extrémité du tunnel.

Celui-ci s'ouvrait sur un petit lac de neige fondue et, au-delà, sur l'immense étendue de glaces désertiques que constituait la Thulé. Le soleil levant inondait la plaine neigeuse de lumière rouge et blanche.

— Tu crois qu'on peut tenter notre chance par là ? demanda le garçon, un peu sceptique.

Le Tu-Hadji fit la moue.

— Je ne sais pas… En tous les cas, nous ne pouvons pas remonter en ville. Trop dangereux… Tu n'imagines pas la peine que j'ai eue à semer les Trollesques.

— Si nous devons mourir, j'aime autant que ce soit face aux éléments naturels…

Wilf poussa un long soupir.

— Quoi que j'en pense, je suis trop fatigué pour discuter, conclut-il. Nous ferons selon ton idée… Allez, en marche !

Tous deux se regardèrent sans sourire, puis attachèrent leurs vêtements du mieux qu'ils le purent. Ils s'enroulèrent serré dans les capes que Pej avait prises sur des cadavres trollesques, puis s'engagèrent pour contourner le lac d'eau glacée. Les manches de deux armes brisées leur feraient office de bâtons de marche.

La neige crissant sous leurs pas, ils se mirent en route, considérant avec inquiétude, comme un mauvais augure, les premiers cristaux de givre qui déjà se formaient sur leurs sourcils…

5

De la neige à perte de vue. Un blizzard chargé de cristaux glacés qui fouettait sans relâche les malheureux voyageurs.

Wilf et Pej avaient rabattu un pan de leur cape devant leur bouche et leur nez, si bien que seule une mince ouverture demeurait pour leur permettre d'y voir. Ils boitillaient dans cet enfer blanc depuis des heures, le Tu-Hadji faisant appel à toute sa science pour éviter les nombreuses congères et ne longer que la face abritée des plus hauts monticules, véritables dunes de neige.

Plus tôt, ils avaient fait une courte pause à l'abri d'un énorme squelette de mammouth, mais Pej n'avait pas voulu qu'ils restent endormis trop longtemps au même endroit. L'engourdissement était leur pire ennemi. Par chance, la Thulé avait la réputation d'être infestée de bêtes sauvages : les deux intrus perdus dans ce monde glaciaire auraient donc pour le moins de quoi chasser. Malgré la réverbération de la lumière crue, ils guettaient ainsi avidement la silhouette d'un tigre polaire ou d'un ours géant des glaces. La viande leur donnerait des forces, et la graisse leur permettrait peut-être de se chauffer quelque temps.

Wilf, à se sujet, bénéficiait d'un curieux phénomène depuis son plongeon involontaire au cœur d'un des Soleils souterrains. S'il souffrait du froid comme son acolyte, son corps demeurait en revanche à une température élevée, ce qui le gardait des engelures et de la paralysie. Lorsqu'ils s'arrêtaient un instant pour souffler, la neige fondait sur quelques centimètres autour de lui, créant une petite flaque fumante. Ni l'adolescent ni son ami ne savaient combien de temps durerait cette étrangeté. Wilf commençait à croire qu'il devrait peut-être s'habituer à posséder cette peau brûlante…

Ils avançaient sans cesse. Difficile de garder espoir tout en sachant qu'au-delà des immenses étendues de glace, c'était la mer d'Arazät, à présent dégelée, qui leur barrerait la route. Sauf s'ils parvenaient à trouver le port de Begdaz… Mais comment s'orienter dans ce blizzard infernal ? Ce climat polaire, cet environnement désertique, ne donnait pas l'impression de vouloir laisser ses proies lui échapper…

Des plaines enneigées s'étendaient à perte de vue. Leur monotonie n'était brisée que par la présence hétérogène de glaciers, aux dimensions parfois extraordinaires. La contrée entière semblait vide de toute présence civilisée. Impossible d'imaginer la magnificence d'Orkoum, Cité-Oasis, à seulement quelques kilomètres de distance. Quelle espèce pensante s'installerait durablement sur des terres aussi hostiles et inhospitalières ?

Quels fous pouvaient s'y aventurer avec un équipement de fortune, sans guide pour les prévenir contre les avalanches, les tempêtes de neige, et les crevasses invisibles qui devaient grignoter ces glaces ?...

Wilf regrettait amèrement de ne pas avoir plutôt cherché une solution dans Orkoum. Maintenant, il était trop tard.

Au petit matin suivant, les deux fuyards furent témoins d'une scène stupéfiante. Le soleil se levait derrière les dunes de neige. La glace bleue de la nuit cédait la place à des couleurs orangées. Et là, s'élançant depuis le sommet d'une colline enneigée, une tribu de Trollesques sauvages dévalait les pentes sur la glace tassée.

Leur posture était vigilante. Ils observaient avec circonspection l'orientation des flocons dans l'air, pour estimer le sens du vent, puis ils se projetaient de toutes leurs forces colossales au-dessus des dunes. C'était un spectacle majestueux et impressionnant. Évitant avec dextérité un long sillon de glace craquelée qui scarifiait la colline, les Thuléens glissaient à une vitesse prodigieuse. Leur longue jupe fourrée de peau d'ours ou de phoque possédait des pans extérieurs lissés et huilés, afin précisément de leur faire office de luge lorsqu'ils bondissaient ainsi en repliant leurs jambes sous eux. Cet exercice demandait visiblement une grande expérience pour ne pas se briser les os, mais les membres de la tribu y étaient de toute évidence entraînés depuis leur plus jeune âge. Ce mode de déplacement leur permettait sans doute de gagner une célérité précieuse lors des chasses. En tous les cas, il rendait particulièrement impressionnant le spectacle de ce clan de géants arpentant leur territoire de glace.

Il s'agissait sans doute de *Ceux des Crevasses*, ces Trollesques des régions désertiques auxquels avaient fait allusion les Mahoubs. Leur costume avait par ailleurs peu à voir avec celui des Thuléens d'Orkoum. L'austérité de leurs vêtements rappelait combien leur existence devait être rude et fière, loin des bontés des Soleils souterrains. Divers éléments, pittoresques mais vitaux sous de telles températures, constituaient un équipement de survie efficace. En effet, si leur jupe possédait une autre utilité que celle qui consistait à les protéger du froid, le reste de leur costume semblait à l'avenant. Le haut de leur corps était recouvert de fourrures variées, attachées entre elles par des pièces métalliques qui paraissaient autant de petits outils destinés à la pêche ou aux tâches quotidiennes. Wilf devina qu'il suffisait ainsi au Trollesque d'agencer différemment sa tunique pour avoir accès en permanence au matériel qui lui était nécessaire. Quant aux armes, elles étaient portées autour de l'abdomen, à la façon des pirates, même si un habitant des Crevasses aurait certainement trouvé que le paquetage des autres Thuléens méritait d'être installé de façon moins encombrante. Haches, lances et masses au manche d'ivoire devaient être utilisées pour abattre le gros gibier. L'adolescent n'avait jamais vu d'armes de jet chez les Trollesques, et il comprenait à présent pourquoi. En raison du fréquent manque de visibilité dû aux tempêtes de neige, leur efficacité s'en trouvait grandement amoindrie... Un turban traditionnel, enfin, protégeait le visage de Ceux des Crevasses. Il s'agissait d'un grand rectangle de tissu épais, savamment drapé autour de leur tête, qui venait se rabattre sur le nez et la mâchoire des créatures. Cette pièce du costume, d'où s'échappaient seulement deux tresses blanches et un regard rouge sang, semblait traitée à la graisse d'animaux pour devenir aussi imperméable que possible. Wilf imaginait presque les diverses odeurs qui s'échappaient de ce vêtement ancestral, et qui n'avaient sans doute rien en commun avec les parfums subtils embaumant les demeures des Cités-Oasis…

Alors que Wilf et Pej observaient en silence ces nombreuses silhouettes glissantes et bondissantes, le garçon fut frappé par une idée désagréable. Et si Ceux des Crevasses étaient eux aussi aux ordres de Fyd et de ses Mahoubs ? se demanda-t-il. Si les Trollesques des glaces étaient en ce moment même à la recherche des putschistes en fuite ? Il en fit part au Tu-Hadji, et tous deux décidèrent de se faire aussi discrets que possible à compter de ce moment. Avec un peu de chance, les Thuléens enturbannés avaient croisé leur chemin par pure coïncidence…

***

Dans le rêve de Wilf, il était au bord de l'océan. Des rouleaux venaient mousser sur la plage, claquant avec force contre le rivage.

Le regard de l'adolescent allait de l'image majestueuse des flots déchaînés à un petit galet. Il se rendit compte que la pierre, un peu plus petite que son poing fermé, le fascinait tout autant que l'océan.

Le galet et l'océan… Qu'est-ce que cela pouvait bien vouloir dire ? Ils étaient tous les deux animés d'une énergie propre, d'un pouvoir… Mais chacun était différent : le pouvoir de l'océan n'avait rien à voir avec le pouvoir du galet. Ça n'était pas une question de puissance, car Wilf savait que les deux pouvoirs offraient autant de possibilités d'agir sur le monde. Mais il ne s'agissait tout simplement pas de la même énergie. L'extérieur et l'intérieur… Deux faces différentes de la même âme… La Skah et… le *So Kin* ?

Le mot était venu naturellement au garçon. Il se savait en train de rêver, mais ce mot n'en était pas moins réel. Le So Kin : c'était un pouvoir inconnu et familier, c'était l'énergie de l'introspection et de l'âme intérieure… Le galet était le So Kin, et l'océan, avec son tonnerre de vie bruyante, était la Skah.

Tout ce qui était grand et majestueux, tout ce qui était la vie, procédait de la Skah. Le So Kin, lui, était le pouvoir de l'esprit…

C'était l'énergie du So Kin, à l'état brut, qui vibrait dans les Soleils des Cités-Oasis. Wilf se demandait ce que ce pouvoir cristallisé faisait là, et surtout pourquoi il avait *absorbé* cette énergie, pourquoi il n'était pas mort comme ceux qui l'avaient précédé… Le So Kin était-il en lui ?

Il possédait déjà le don de la Skah, offert par les Ménestrels. Pouvait-on seulement bénéficier des deux pouvoirs ?

Ce So Kin, cette nouvelle mystique étrange, était pourtant en lui depuis toujours. Il le sentait dans son sang, dans chacun de ses souffles alors même qu'il dormait paisiblement. Sa conscience était à la dérive. Elle flottait dans un courant frais, quelque part près d'une cité engloutie par les eaux… Cet endroit tout entier imprégné de l'énergie du So Kin… Wilf se sentait l'esprit plus limpide, plus concentré, à mesure que ce pouvoir inconnu s'affirmait.

La cité aquatique était néanmoins trop lointaine ; il ne l'atteindrait pas cette fois. Mais le So Kin était bien vivant en lui...

Alors, fort de cette certitude, il sut que quelqu'un avait essayé avant lui de marier les deux pouvoirs. La Skah et ce nouveau talent... le So Kin. L'âme extérieure et l'âme intérieure.

Il sut, sans doute possible, que c'était son aïeul Arion, et qu'il avait échoué avec fracas.

Mais cela ne voulait pas dire que ce fût impossible...

Wilf s'éveilla et des images de la traque qu'ils subissaient lui revinrent aussitôt en mémoire. La traque... Ces derniers jours avaient été horriblement éprouvants pour Pej et surtout pour lui-même. Ceux des Crevasses en avaient bien après eux, et ils n'avaient pas hésité à lancer des battues sur des kilomètres pour les retrouver...

Dans les conditions de survie déjà extrêmement pénibles du désert thuléen, la chasse que leur donnaient les Trollesques avait consumé jusqu'aux dernières ressources physiques et morales de l'adolescent. Pour le moment, il était roulé en boule, les yeux mi-clos, tous ses membres engourdis dans une douce torpeur qui lui faisait oublier la fatigue et les privations. Immobilisé, à bout de force, il se laissait divaguer au gré de ses souvenirs oniriques. Son ami tu-hadji, qui avait dû comme toujours dormir tout contre lui pour bénéficier de la chaleur surnaturelle de son corps, s'était à présent éloigné. Sans doute était-il parti inspecter les environs avant qu'ils ne se remettent en marche.

Wilf n'était pas étonné d'avoir rêvé. Son sommeil était toujours agité depuis le début de leur périple dans les glaces hostiles. C'était un moyen comme un autre de ne pas devenir fou sous le coup de cette longue épreuve blanche, ce calvaire de bise et de gel.

Soudain, une main solide vint le secouer avec précipitation.

— Ceux des Crevasses! alerta Pej dans un souffle. Un grand nombre approche entre les dunes. Et ils viennent tout droit sur nous!

Wilf fit de son mieux pour chasser les restes de sommeil qui l'abrutissaient et secouer ses membres ankylosés. Il remit sa capuche, qui avait glissé, après avoir pris soin de gratter le givre qui s'était formé dans ses cheveux noirs. Tout autour de l'endroit où il avait dormi, le tapis neigeux était fondu et ramolli, preuve que sa température corporelle n'avait toujours pas baissé.

Un coup d'œil par-dessus le repli de terrain qui leur avait servi d'abri lui confirma l'approche des Thuléens. Une trentaine de formes en robes de fourrure formaient des petits points foncés sur les dunes lointaines.

— Je ne crois pas... que je vais avoir la force de courir... se plaignit le garçon.

Pej lui répondit d'un simple grognement.

— Enfin, je veux bien essayer... corrigea Wilf, ayant constaté l'humeur de son compagnon.

Ils partirent donc, d'un pas aussi rapide que possible, leurs jambes s'enfonçant profondément dans la neige. Les Trollesques étaient déjà trop près, hélas, pour qu'ils puissent se permettre de dissimuler leurs traces.

Wilf avançait sans réfléchir, se concentrant sur chacun de ses pas pour trouver l'étincelle d'énergie qui lui donnerait le courage de mettre un pied devant l'autre. Au loin, les formes sombres se rapprochaient. Peut-être Ceux des crevasses les avaient-ils déjà repérés...

— J'ai bien peur que nous ne nous en sortions pas, cette fois, cria Wilf pour couvrir le bruit du vent. Je ne vois aucune cachette à proximité, et nous ne parviendrons jamais à les semer...

— Économise ton souffle! se contenta de répondre le Tu-Hadji.

Pourtant, bientôt, il leur fallut se rendre à l'évidence. Le blizzard portait maintenant jusqu'à eux les clameurs sauvages des Trollesques en turban. Wilf et Pej s'étaient mis à courir. Leurs pieds s'enfonçaient dans la neige, ils chutaient avec des cris rauques presque à chaque pas... Et les Thuléens étaient plus proches chaque fois qu'ils tournaient la tête.

Quand eux s'escrimaient à gravir une côte gelée, leurs poursuivants la franchissaient en glissant sur leurs jupes, grâce à l'élan pris dans la pente précédente, et bondissaient de l'autre côté, toujours plus proches... Leur ballet semblait déjà résonner d'un hurlement de victoire.

Franchissant envers et contre tout une nouvelle côte, peut-être la dernière, Wilf serrait les dents. Il dédaignait à présent le bras que Pej lui offrait pour le soutenir. Plus rien n'existait que sa volonté de faire encore un pas, encore un pas... Son regard était fixe et voilé, son cœur prêt à exploser dans sa poitrine, mais il tenait bon.

Au sommet de la pente, tous leurs espoirs furent néanmoins réduits à néant. *Cette fois, c'est terminé!*

soupira l'adolescent dans un râle d'incrédulité et d'épuisement. Devant eux, la colline s'interrompait brusquement, s'ouvrant sur un profond ravin à pic. Vingt mètres plus bas, une cuvette encaissée entre deux glaciers titanesques leur coupait la route. La pente était impraticable, ou alors il aurait fallu avoir le temps de l'escalader avec précaution. Des moraines de part et d'autre formaient autant de crocs acérés, prêts à déchirer les imprudents dans leur chute. Et Ceux des Crevasses n'étaient plus qu'à une centaine de mètres.

— *Anash'til !* cria le Tu-Hadji en s'immobilisant.

Son regard reflétait toute la rage et la détresse d'un animal acculé.

Les Trollesques s'approchaient encore. Un coup d'œil derrière lui confirma à Wilf qu'ils étaient environ trente, en armes et apparemment pressés d'engager le combat.

Sans prendre le temps d'y penser vraiment, le garçon serra un instant le bras de son fidèle compagnon. Il évita de croiser son regard.

— On se retrouve en bas ! lança-t-il comme une plaisanterie.

Mais il s'élança, choisissant une coulée un peu moins à pic, sur sa gauche. Sa course se mua bientôt en chute incontrôlée, son corps rebondissant avec fracas sur les molletons de neige, faisant des roulés-boulés qui auraient pu lui briser la colonne vertébrale. Il était inconscient bien avant d'avoir atteint le fond du ravin.

Quand il revint à lui, quelques instants plus tard, Pej lui frictionnait les tempes avec un peu de neige. Le bras droit du Tu-Hadji pendait mollement sur son flanc. Il avait abondamment saigné au niveau du coude.

— Tu es un miraculé, une fois de plus, mon garçon, fit le colosse avec une grimace de désapprobation.

« C'était idiot ! continua-t-il. Peut-être que les autres auraient fui si on en avait tué quelques-uns... Ç'aurait été moins risqué que *ça* !

Le garçon voulu sourire, mais un rictus de douleur vint le surprendre.

— Comment va ton bras ? demanda-t-il au Tu-Hadji.

— Cassé. C'est bien le cadet de mes soucis : s'il le faut, je me battrai avec l'autre. Mais il ne faut pas traîner ici... Ceux des Crevasses vont bien finir par trouver un moyen de descendre !

Wilf se redressa. Il devait avoir quelques os fêlés et le corps couvert d'hématomes, mais il pouvait encore marcher.

— Alors allons-y, déclara-t-il. Mais pour l'instant, pas trop vite...

Quelques minutes plus tard, les Trollesques étaient visibles de nouveau. Ils étaient descendus dans la cuvette par un autre accès, et donnaient déjà la course aux deux étrangers.

Wilf et Pej se remirent à courir à leur tour, gardant une allure aussi soutenue que possible mais ayant le sentiment de se mouvoir au ralenti dans toute cette neige. Ils étaient comme des somnambules, ils avaient l'impression d'avoir autant d'énergie que des vieillards. Les Thuléens approchaient. Dans cette longue plaine gelée, ils ne glissaient plus du haut des dunes, mais accouraient en mettant à profit leur résistance, leurs longues jambes et leur agilité bien supérieure à celle de Trollesques citadins.

À un moment, Wilf perdit sa cape, emportée par le blizzard furibond qui lui sifflait dans les oreilles. L'esprit anesthésié par cette longue, trop longue course-poursuite, il ne réalisa pas même pas que ce simple accident pouvait signifier sa mort en quelques heures. Mais en ce qui concernait leur survie, ni lui ni Pej n'en étaient à présent à penser en heures... Ils étaient prisonniers d'un monde plat et mince, entre la banquise infinie et un ciel tournoyant de flocons. Ils étaient hors du temps, ils couraient comme auraient couru des morts si une telle chose existait. Les Trollesques seraient bientôt sur eux.

Soudain, Wilf remarqua un mouvement vague, loin devant. C'était, au ras du sol, une forme sinueuse et blanchâtre. Il lui fallut quelques mètres de course avant de réaliser de quoi il s'agissait : la glace de la cuvette se fissurait !

La banquise était parcourue dans toute sa longueur par une gigantesque lézarde, une cassure qui menaçait de faire s'effondrer la plaine et de les engloutir tous, humains comme Trollesques !

Bientôt, le bruit de la glace qui se déchirait fut assourdissant. Les Thuléens rebroussaient chemin. Wilf et Pej, toujours battus par une bise glaciale, se regardèrent, impuissants.

D'énormes morceaux de glacier s'effondraient, tandis que des blocs de glace aux formes aiguës étaient projetés dans les airs. Une poudre de neige blanche emplissait l'atmosphère, en gros nuages cotonneux.

Demeurés seuls au cœur de ce cataclysme blanc, Wilf et Pej n'allaient pas tarder à en connaître la raison. Malgré l'épaisseur de la banquise, une ombre immense était visible sous la glace, à quelques centaines de mètres à peine. La forme, vaguement bleutée, avançait à toute vitesse vers les deux fuyards, crevant la glace devant elle.

Alors que le chaos avait submergé toute la plaine neigeuse, alors que Wilf et Pej avaient été projetés en l'air sur un morceau vacillant de banquise, la baleine apparut enfin.

Elle était énorme, telle que Wilf l'avait lu dans les récits mossievites. Il aurait juré que rien de vivant n'eût pu avoir cette taille ! La baleine, bleue et grise, avec sa peau épaisse et ses fanons hauts comme des maisons, creusait la couche de glace grâce à sa bouche et ses immenses nageoires…

Sur le sommet de son crâne, minuscule point en hauteur, se tenait une forme humaine qui agitait les bras en direction des deux étrangers.

— Wilf ! Pej ! appela le personnage dressé sur sa colossale monture marine.

Mais sa voix restait couverte par les éléments.

L'étranger, au cœur de la tourmente, alors que tout autour l'air vibrait de la danse coléreuse des flocons, semblait pourtant épargné par les vents déchaînés. La tempête de neige laissait un vide sphérique à son niveau, ce qui conduisit Wilf à soupçonner quelque magie. L'assiette de l'étrange personnage demeurait stable en dépit de la course folle de sa monture. La silhouette, debout et droite, ne paraissait faire aucun effort pour s'accrocher à la bête, et il se dégageait de sa présence lointaine une sérénité qui contrastait singulièrement avec le chaos environnant.

Une escorte d'épaulards et de dauphins, que l'adolescent n'avait pas encore remarquée, encadrait la grande baleine. Il plissa les yeux pour dévisager le nouveau venu malgré le blizzard, la poussière neigeuse qui emplissait l'air, et l'assise incertaine du petit bloc de banquise sur lequel lui et son ami Tu-Hadji dérivaient.

Celui qui chevauchait la baleine était svelte et vêtu d'une robe blanche. Identique à celles que Wilf avait vues sur les habitants de sa fameuse cité aquatique. Mais le jeune homme ainsi vêtu n'avait pas cette peau grise et lisse, ni cette voix merveilleuse. Il semblait bien humain, avec ses cheveux dorés et ses grands yeux bleus.

Il rappelait quelqu'un à l'héritier des rois. Mais c'était impossible...

— Wilf! Pej! réessaya le cavalier. C'est bien moi, Lucas!

Incrédulité et incompréhension. Le garçon, comme le Tu-Hadji, n'esquissaient pas encore un geste. Mais le nouveau venu n'hésita pas à insister:

— Montez vite me rejoindre! Et enfuyons-nous d'ici!

Intermède

LE DÉDALE D'YMRYL

1

Les armées de mon père adoptif formaient une flaque sombre autour de la Forteresse-Démon. Qansatshs et Cyclopes étaient à l'entraînement, préparant notre gigantesque et imminente œuvre de conquête. Moins nombreux, des Qanforloks de toutes les castes se mêlaient à eux : les Griffes, fiers cavaliers chevauchant leurs iguanes de guerre, et les Écailles dans leurs épaisses armures d'Obside, soldats chargés de la défense de la Forteresse. Les garnisons de Crocs, cette infanterie racée, brutale et sanguinaire, et les membres de l'Œil, espions invisibles. Les Ailes, messagers montés sur leurs fidèles oiseaux-diables, et les assassins du Dard. Les sorciers de la caste du Cœur, experts dans la manipulation de la magie de la Hargne. Et ceux du Souffle, enfin, seigneurs de guerre, garde d'honneur de Fir-Dukein, rompus aux arcanes du combat et de la magie... Tous se tenaient prêts, en rangs disciplinés, sous l'œil intransigeant de leurs Commandeurs.

J'avais plaisir à imaginer cette marée engloutissant les terres soi-disant civilisées de l'ancien Empire. Mais au-delà du plaisir, grande était mon impatience. Ces dernières années avaient été longues, me mettant au supplice. Sans cesse retenir ma lame, toujours attendre avant de frapper ce continent haï... Quand mon père se déciderait-il à me laisser porter le coup fatal ?

Je savais ce qui le faisait douter. Je connaissais la raison de cette interminable attente. Mâchoire crispée, main éteignant la garde de mon glaive avec désir et frustration, comme on enlace une amante maladroite. Je fermai les paupières pour chasser doucement ma colère. *Wilf...*

Ma haine pour ce rejeton royal n'avait plus de bornes. Le maître s'obstinait malgré mes conseils : il voulait à tout prix le corrompre et s'en faire un allié. Pourtant, il m'aurait été si facile d'effacer cette dernière goutte du sang de la Monarchie... L'héritier demeurait encore si faible. Selon le plan de mon père, il finirait comme le grand Arion par succomber à la souillure de la Skah. Nous, seigneurs de la Hargne, lui offririons alors la possibilité de conserver sa raison, à condition qu'il nous serve. Entre-temps, j'avais pour mission de séduire sa directrice de conscience, la splendide Djulura, et de la conduire à influencer son protégé afin qu'il soit disposé à accepter notre pacte. Je me permis un sourire en revoyant la blondeur fauve de la jeune femme, sa bravoure et sa fierté... Sur ce point, ma tâche n'était pas si déplaisante.

Fir-Dukein, mon père adoptif, avait décidé que Wilf serait à lui, et il en serait certainement ainsi.

Mais nous serions alors tous deux rivaux. Et même

si je n'ignorais pas le caractère puéril de ma jalousie, je ne pouvais supporter l'idée de ne plus être unique aux yeux de mon maître…

2

Ma première rencontre avec Davopol Cœur-d'Ours ? Oui, je m'en souviens très bien... La mer était démontée ce jour-là. Furieuse comme je l'avais rarement vue, moi Ymryl le pêcheur, pourtant né sur la Côte Blanche. Nous formions un peuple timide, amoureux de ses falaises crayeuses et des levers de soleil sur l'océan. Nous n'avions pas l'impression d'être pauvres.

C'est mon village, niché au pied de son appontement calcaire, que choisit Cœur-d'Ours pour prendre contact avec le Peuple des Falaises. Ils s'arrêtèrent chez nous : cent cavaliers, armures rutilantes, capes et oriflammes battues par le vent de mer, tenant haut et droit leurs lances. Sur tous les visages, la fierté et le sourire de l'amitié. En tête du convoi, à l'extrémité d'une hampe argentée, claquait, grise et pourpre, la bannière de l'empereur.

Celui qui portait haut ce drapeau avait bien la carrure d'un ours. Sous son air placide, on devinait le fameux soldat qu'il était. Son plastron poli, aux épaulettes immenses, réfléchissait la lumière courbe du matin, me forçant à plisser les yeux. Sa barbe touffue, argentée, bouclait comme autant de copeaux de métal précieux. Derrière sa nuque, flottait royalement une épaisse chevelure grisonnante. Quant à sa posture, son regard, ils évoquaient l'idée même de la majesté.

Davopol Ier, le Csar, Seigneur de Toutes les Provinces… Même vêtu en fermier, il eût semblé empereur.

Je me souviens m'être agenouillé devant lui, porté comme beaucoup d'autres par un sentiment soudain de vénération et de loyauté infinies. Mon père et ma mère, eux, avaient longuement regardé le Csar, puis ils avaient posé leurs yeux sur nous, les jeunes, prosternés devant lui. Sans un mot, accompagnés de quelques autres vieillards, ils avaient regagné leurs maisons. Mais j'avais surpris l'inquiétude dans l'expression de ma mère : ce regard voilé qu'elle réservait d'ordinaire aux grandes marées d'équinoxe… Ismanire, mon amour aux mains douces et blanches, avait pincé ses lèvres adorables et lancé vers moi le courroux de ses grands yeux bleus. Puis elle avait disparu à la suite des Anciens.

Les jours passèrent à une vitesse incroyable alors que nous liions amitié avec les étrangers. Nous leur enseignions les coutumes de nos rivages. Ils nous instruisaient dans le maniement des armes. Le lieutenant Sergov disait que j'avais un don.

Ils avaient amené avec eux quelques cadeaux. Des babioles, mais qui nous parurent aussi exotiques qu'inestimables… Le plus beau présent, cependant, fut leur promesse de construire une route impériale qui nous relierait à la civilisation. Grâce à cette nouvelle voie, nous pourrions aller vendre le produit de notre pêche dans les villes et nous enrichir. L'abondance de l'Empire serait bientôt à notre portée... Les maçons du Csar bâtiraient aussi pour nous une chapelle dédiée à Pangéos, la divinité tutélaire de ces nouveaux venus. Tout allait être mis en place pour que nous appartenions enfin à quelque chose de plus grand que nous.

Une semaine entière s'était écoulée lorsqu'ils affirmèrent qu'il leur fallait repartir. L'Empire avait de puissants ennemis, et le Csar devait les maintenir sous une pression permanente, ne leur laisser aucun répit. Les forces d'Irvan-Sul, fief du Roi-Démon, avaient terrorisé depuis si longtemps les habitants du continent... On disait que les Impériaux étaient les premiers à leur tenir tête avec succès. Mais cela avait un prix, et l'Ours Gris ne pouvait s'éloigner bien longtemps de l'avant-garde de ses armées, pas même pour quérir de nouveaux alliés...

Nous, les jeunes hommes de la Côte Blanche, étions fiers de prêter allégeance à l'Empire. Il n'était pas juste que ceux du Nord se battissent seuls pour notre sécurité à tous. Nous devions porter nos forces à leurs côtés... Hélas, Davopol Cœur-d'Ours ne l'entendait pas de cette oreille. Il n'avait pas de chevaux pour nous, or lui et ses hommes devaient à présent repartir au plus vite. De plus, il avait besoin de nous ici, disait-il, sur la Côte Blanche, pour transmettre sa parole dans les autres villages et lever une armée digne de ce nom. Lorsqu'il reviendrait sur nos rivages, il souhaitait pouvoir compter sur notre soutien dans sa guerre contre les forces du Mal...

C'est ainsi qu'ils s'en allèrent, nous laissant orphelins de gloire et de patrie. Ils nous laissaient enfermés dans l'horizon rétréci des falaises et de l'océan, quand nous ne rêvions plus que de fières lances d'argent et de batailles gagnées.

Je me souviens de tes larmes salées, Ismanire, lorsque je me résolus à suivre les soldats malgré tout. Tu disais que j'allais mourir loin de chez nous. Tu disais que mon âme ne pourrait pas être remise aux Colonnes de la Mer. Et tes doigts s'enfouissaient dans mes cheveux. Je me rappelle la peau douce de tes mains sur mes joues. Tu m'as couvert de baisers, cette nuit-là, Ismanire, comme si tu avais su que j'étais perdu pour toi. Je me souviens bien de ces choses, alors que j'en ai oublié tant d'autres…

***

Korak ouvrit les yeux lentement. Il avait la bouche sèche. Mais quel était cet endroit ?

Ses derniers souvenirs le ramenaient à la fête de Ten Vuic, chez lui, dans les montagnes. Ici, cependant, rien ne lui était familier. Un simple chandelier jetait ses ombres lugubres dans l'alcôve où on l'avait déposé. Deux statues de pierre claire lui tenaient compagnie. Elles représentaient d'étranges gargouilles aux longues ailes repliées. Les murs et le plafond étaient couverts de céramique également claire, mais les dalles du sol avaient l'aspect d'un marbre noir, parfois veiné de vert sombre. Face à lui et à l'unique sortie de cette petite pièce, un miroir d'argent poli lui renvoyait son reflet.

Court et massif comme tous les siens, Korak portait une armure pesante sous sa cape de fourrure. Sa tignasse drue, couleur prune, débordait de son casque conique. Les poils de sa longue moustache, de la même couleur violacée, étaient hérissés par l'inquiétude. On lui avait laissé ses armes : négligeant son écu, il tenait à deux mains le manche de son lourd marteau carré.

Soudain, un autre reflet le rejoignit dans le miroir d'argent. À cette vue, le visage de Korak perdit toute couleur. Appelant à lui tout le courage de ses ancêtres, il poussa un *Glen'murrish* retentissant, le cri de guerre des farouches Enus. Mais il n'eut même pas le temps de se retourner pour affronter son adversaire.

Un poing gris, aussi gros que sa tête casquée, s'abattit dans son dos et lui brisa l'échine. La fin du *Glen'murrish* mourut dans la gorge du guerrier Enu. Ainsi s'écroula le vaillant Korak, raide mort.

— Qu'as-tu fait, monstre ? accusa une voix surgie d'une autre alcôve.

— En criant comme ça, il aurait fini par nous faire tous tuer ! se défendit d'un ton bourru Al-Ikhmet. Pas besoin de faire autant de bruit tant qu'on ne sait pas où l'on est.

— À moins que tu ne le saches, toi ?

Tout en parlant, le Trollesque s'était retourné vers son interlocuteur, délaissant le cadavre de l'humain qu'il venait d'abattre. Il se trouvait dans la salle centrale, en forme d'hexagone, dont les parois étaient tapissées de miroirs. L'autre humain, celui qui l'avait apostrophé, le rejoignit. L'éclairage diffusé par quelques chandeliers était tout juste suffisant. De chaque côté de la pièce s'ouvrait une entrée. Des alcôves, comme celles dont ils étaient sortis.

Al-Ikhmet faisait presque deux mètres et demi, une taille normale pour un membre de sa race. Sa peau était d'un gris soutenu. D'une ossature lourde, mais sans le moindre embonpoint, son torse surdéveloppé tranchait avec le reste de sa silhouette. C'était ce qui lui donnait la posture dégingandée typique de son espèce. Son visage, en revanche, aurait pu être humain, n'eussent été les crocs apparents de sa mâchoire inférieure et ses longues oreilles effilées à la manière des Elfyes. Ces yeux étaient d'un rouge sanglant, et ses cheveux d'un blanc pur. Son habit, indéniablement conçu dans un esprit d'apparat autant que de confort, devait être à la dernière mode de Thulé. Il portait des babouches de satin rouge et de fins grelots dorés pendaient aux extrémités de ses tresses jumelles. Sa tunique pourpre venait à dessein faire écho à son terrible regard, tandis que sa cape d'hermine se mariait à merveille avec la toison immaculée de sa chevelure. Sa jupe noire était ornée de motifs dorés, dont le métal pesant formait une sorte de fresque en bas-relief. De nombreux bijoux et un pectoral léger venaient compléter l'ensemble. Sa hache elle-même avait une lame gravée, incrustée de pierreries et de perles, ainsi qu'un manche recouvert de velours carmin.

L'humain qui lui faisait face était mince et athlétique. Sa peau était très brune, ses cheveux noirs coiffés en un court chignon, et ses yeux bridés. Ses lèvres lippues avaient un pli sévère. Pour tout vêtement, il ne portait qu'un cache-sexe de toile blanche, mais de larges bracelets d'or ceignaient ses cuisses et ses biceps. Dans chaque main, il tenait un long poignard à garde de jade.

Les deux protagonistes s'épiaient avec la même méfiance, teintée toutefois de certaine nonchalance chez le robuste Thuléen.

— Si l'un de nous deux connaît la raison de notre présence ici, répondit enfin l'homme à la peau noire, il me semble que c'est plutôt toi, sinistre créature !

Le Trollesque renifla avec dédain.

— Ah oui ? Et je me serais enfermé avec toi dans ce trou pour le plaisir ? rugit-il tout en essayant d'atténuer le timbre de sa voix grondante. Je ne suis pas vraiment vêtu pour une campagne de piraterie, au cas où tu ne l'aurais pas remarqué… Figure-toi que je dormais tranquillement chez moi, à Orkoum, avant de me retrouver dans cet endroit ! (Les yeux rouges lancèrent un éclair de défi.)

— Mais si tu ne peux m'être d'aucune utilité, je ne vois pas d'inconvénient à te faire subir le même sort qu'à ton congénère braillard…

L'individu aux deux poignards scruta lentement la créature qui lui faisait face. Elle lui disait peut-être la vérité… Sa mise était bien différente des costumes de bataille grossiers auxquels l'avaient habitué les autres représentants de cette race. Tous les Trollesques qu'il avait rencontrés étaient des pirates venus piller les côtes de son archipel. Dans les îles Shyll'finas, les Thuléens étaient considérés comme des monstres sanguinaires, avec lesquels on ne tentait jamais de négocier… Mais ici, dans ce lieu improbable, ne devait-il pas en être autrement ? Le Shyll'finas abaissa ses couteaux avec circonspection, mais les garda fermement en main.

— Inutile de nous battre, fit-il avec réticence. Cherchons plutôt un moyen de sortir d'ici…

Le géant réfléchit un instant, puis hocha la tête. Avec délicatesse, il entreprit de dénouer les grelots de sa coiffure et d'ôter ses bijoux pour éviter qu'ils ne tintent. Il fit un petit ballot de tout cela et le fourra dans une de ses poches.

— Est-ce que… quelqu'un veut bien m'aider ? appela alors une voix timide, venue d'une des alcôves.

C'était une voix féminine. Comme aucun des deux hommes ne bougeait, elle insista :

— S'il vous plaît… Qui parle ?…. Est-ce qu'il y a quelqu'un ?

Sans quitter des yeux le Trollesque, l'homme au chignon se dirigea à pas de loup vers l'entrée de l'alcôve. Il jeta un œil à l'intérieur.

C'était une petite pièce semblable aux autres. Deux statues, un miroir, un chandelier, et un lit de pierre sur lequel un corps endormi avait été déposé. La jeune femme y était encore assise, se frottant les yeux. Elle portait une robe de mousseline blanche, avec des volants aux bras et à la taille. Un ruban lavande ceignait ses cheveux châtains et bouclés.

— Où sommes-nous ? gémit-elle d'un ton hésitant. Qui êtes… Est-ce que vous allez me faire du mal ?

Le Shyll'finas au regard sévère soupira, puis abaissa ses armes pour de bon. Il s'accroupit au bord de la couche de marbre.

— Non, sans doute pas, fit-il avec sérieux. Je m'appelle Lo-dharm, du finas Eïdolen. Et *je ne sais pas* pourquoi nous sommes ici…

— Quant à vous, d'où venez-vous ?

Toujours avec le même air étonné, la jeune femme tendit une main au guerrier pour qu'il l'aide à se lever. Elle le remercia d'une révérence maladroite.

— Je suis maître-greffier à Fraugield, lui dit-elle. La cité-bibliothèque, vous savez ? Non, vous ne savez sans doute pas, continua-t-elle en le jaugeant ostensiblement. Vous venez de l'Archipel, n'est-ce pas ? C'est amusant, je n'en avais jamais vu de mes propres yeux ! Vous êtes vraiment... si foncé !

« Au fait, je me prénomme Deldonelle. (Elle émit un petit cri de surprise.) Regardez-moi ces statues ! Je n'ai jamais rien vu de semblable...

Après une courte œillade exaspérée, Lo-dharm lui fit signe de se taire et la saisit par le bras sans trop de ménagement. Il mena leur nouvelle compagne dans la salle principale, où il fit les présentations avec Al-Ikhmet. Comme par enchantement, la présence du Trollesque suffit à couper net le bavardage de la jolie bibliothécaire. Elle se mit à suivre Lo-dharm comme son ombre, tâchant de toujours garder le guerrier Shyll'finas entre elle et le Thuléen...

L'homme aux poignards examina brièvement toutes les alcôves. En plus des trois leurs, et de celle où reposait le cadavre de Korak, il y en avait une qui était vide. La dernière, enfin, abritait une autre jeune femme, laquelle avait l'air bien réveillée.

— Je sais, dit-elle lorsque le Shyll'finas fit mine d'ouvrir la bouche. J'ai tout entendu.

« Et je n'en sais pas plus que vous, lâcha-t-elle en se levant d'un coup de reins. Bon sang, vous ressentez aussi ce mal de crâne ? On dirait bien qu'ils nous ont drogués avant de nous conduire ici...

Lo-dharm acquiesça.

— Oui, fit-il. Maintenant, tout le problème est de savoir qui sont ces *ils* et ce qu'est cet *ici*...

À l'entrée de l'alcôve, étaient apparus le visage gris du Trollesque et, presque un mètre plus bas, la frimousse de Deldonelle. La jeune femme inconnue, vêtue d'un costume de chasse noir et vert, leur adressa un bref salut de la main. Elle était élancée, portait un arc et un glaive. Ses cheveux auburn étaient attachés à la diable par un lien de cuir. Ses grands yeux bruns paraissaient aussi déterminés que ceux de la jeune scribe pouvaient être candides.

— Je suis Sofia de Kentalas, fille du baron Burddok, déclara-t-elle. (Elle ricana.) À présent que nous ne sommes plus des étrangers, que diriez-vous qu'on essaie de sauver notre peau ?

Al-Ikhmet hocha sa lourde tête.

— Bien parlé, jeune Dame. J'ignore qui sont ceux qui nous ont enlevés et conduits dans ce lieu, mais je ne crois pas non plus qu'ils nous veuillent du bien...

Les prisonniers de l'étrange endroit s'accordèrent pour commencer par fouiller minutieusement leur cachot insolite. Au bout de quelques minutes, Sofia appela ses compagnons depuis la sixième alcôve, celle restée vide. Le miroir de cette petite pièce était amovible, s'ouvrant sur un long couloir éclairé par les mêmes chandeliers que les salles déjà visitées.

Les quatre compagnons auscultèrent attentivement les miroirs des autres pièces, les descellant de la paroi où ils étaient enchâssés, mais ne découvrirent aucune autre issue. Ils convinrent donc de s'engager dans le tunnel. Lo-dharm dégaina à nouveau ses dagues et prit la tête du groupe.

***

J'étais devenu soldat dans les rangs de l'armée impériale. J'avais réalisé mon rêve.

Davopol nous menait au combat contre les forces de Fir-Dukein, le Roi-Démon, le sombre seigneur d'Irvan-Sul. Il nous enflammait avant chaque bataille par ses discours sur la fierté de l'Empire, qui ne plierait jamais face aux armées du Mal. Cœur-d'Ours était un chef comme je n'en ai plus jamais revu, je crois. Nous étions des milliers à venir grossir chaque année les rangs de ses régiments, et chacun d'entre nous serait mort cent fois pour cet homme.

De défaites en victoires, j'étais devenu un soldat endurci. Je connaissais les stratégies et les traîtrises de l'ennemi. Je savais où frapper les immenses Cyclopes pour les terrasser, j'étais habile à trouver le point faible des armures Qansatshs... Peu à peu, je montai en grade. Mais il me fallut attendre la glorieuse bataille de Rielovna pour devenir un véritable héros. Mon régiment avait été presque entièrement décimé. Nous n'étions plus qu'une poignée à tenir le col de Felduras. Par un miracle qui me dépasse encore aujourd'hui, nous avons gardé notre position jusqu'à l'arrivée des renforts. Nous avions sauvé la vallée de Rielovna. Les vétérans de cette bataille étaient rares, mais vénérés par l'entière population de l'Empire. Et parmi eux, j'étais le plus honoré : mon héroïsme avait marqué les consciences de tous les survivants... À vingt-cinq ans à peine, j'accédai ainsi au statut de légende vivante.

Je me souviens de notre retour à Mossiev, la capitale en construction. Quel bain de foule... Quelle ivresse... On avait enroulé des tresses de fleurs blanches autour de ma lance, le caparaçon de ma monture brillait de mille feux. Nous traversâmes la cité sous les hourras du peuple en liesse. Les mères de famille me tendaient leurs nouveau-nés pour que je les bénisse ainsi que l'aurait fait un prêtre de Pangéos. Je compris alors l'étendue de ma popularité.

C'était une admiration irrationnelle qui me dépassait. Presque un culte.

Davopol Ier ne se passa plus de ma présence. J'étais de toutes ses campagnes militaires, de tous ses dîners diplomatiques. Le jeune général Ymryl était le pur exemple de la réussite impériale. On le disait né simple pêcheur, mais son courage et sa loyauté avaient fait de lui le bras droit du Csar… J'étais devenu le symbole de la grandeur et de la justice de l'empereur. C'était une ère de bâtisseurs et de rêveurs : chacun était persuadé qu'il lui suffisait de donner le meilleur de lui-même pour connaître un destin magnifique. Et Pangéos, le Seigneur Gris, veillait à ce que son troupeau reste dans la voie qu'il avait choisie pour lui. Sans cesse, nous agrandissions les Provinces. Nous rencontrions de nouveaux peuples, et nous leur faisions partager notre rêve…

Alors au faîte de ma gloire, j'appris un beau jour la mort de mes parents. Ismanire s'était rendue à la ville pour me faire écrire cette lettre. Elle m'annonçait la triste nouvelle et s'inquiétait de mon bonheur. Je fus un peu vexé qu'elle ne me félicitât pas pour mes innombrables succès. Père et mère étaient morts sans souffrir, me disait-elle. Ils étaient restés, les derniers, lorsque les autres avaient quitté notre village pour gagner le nouveau port de pêche construit par les architectes de l'Empire. Ils s'étaient couchés un soir sur la falaise, près de cet endroit que nous appelions les Colonnes de la Mer. Au matin, on avait simplement retrouvé leurs corps sans vie.

C'était une nouvelle douloureuse, bien entendu, mais je n'avais pas le loisir de m'apitoyer trop longtemps sur mon sort. Je ne suis pas venu leur rendre hommage, Ismanire, ainsi que tu me l'avais pourtant demandé. D'autres avaient tellement besoin de moi.

***

— Un labyrinthe… siffla Lo-dharm au bout d'un court moment. Les autres hochèrent la tête en signe d'assentiment. Le couloir qu'ils avaient suivi s'était vite dédoublé, pour se dédoubler encore et encore… Une fois de plus, les quatre prisonniers arrivaient à une intersection. Un bras du couloir continuait tout droit, et un autre chemin s'ouvrait sur leur gauche. Tous quatre poussèrent un même soupir. Les couloirs parcourus se ressemblaient trait pour trait : même céramique beige aux murs et au plafond, même marbre sombre au sol, un chandelier tous les six mètres environ. Dans ces conditions, leur périple pouvait durer longtemps.

— Vous ne trouvez pas ça bizarre qu'on vous ait laissé vos armes ? fit Deldonelle en désignant l'immense hache du Trollesque.

Celui-ci soupira.

— Dites-moi, petite humaine, qu'est-ce qui n'est pas bizarre, dans toute cette histoire ? grogna-t-il. Si ceux qui nous ont enlevés avaient voulu nous tuer, ce serait fait depuis longtemps…

« Alors, pourquoi sommes-nous ici, je n'en sais rien. Mais vous seriez aimable d'arrêter de poser des questions idiotes…

— Ne lui parle pas comme ça, créature, menaça le Shyll'finas en se retournant. Les humains sont en majorité ici, gronda-t-il, bien que tu aies déjà tué l'un des nôtres. Si notre compagnie t'indispose, tu es libre de choisir une autre direction, ce n'est pas ce qui manque…

Les yeux bridés du guerrier étincelaient de haine. Il peinait visiblement à faire alliance avec un représentant de la race trollesque, contre laquelle son peuple devait se défendre chaque année. Les ravages des pillards thuléens ne lui étaient que trop familiers, et la mise opulente d'Al-Ikhmet ne faisait que renforcer son ressentiment.

— Taisez-vous, tous les deux, chuchota Sofia en portant un doigt à ses lèvres. Je crois que j'entends quelque chose…

Tous firent silence, tendant l'oreille.

C'était un cliquetis régulier. Mais il ne semblait venir d'aucun endroit précis.

Impossible, donc, de se diriger vers lui.

Avec un haussement d'épaules, les prisonniers du labyrinthe continuèrent leur route. Ils finirent par atteindre une salle de taille moyenne, assez semblable aux hexagones dont ils étaient partis, quoique dépourvue d'alcôves. Quatre statues, identiques à celles qu'ils avaient déjà pu observer, étaient disposées en carré au centre. Un couloir s'ouvrait face à eux, similaire à celui dont ils débouchaient. Après une fouille rapide, ils décidèrent de s'y engager.

Mais Deldonelle, pensive, observait encore les quatre gargouilles.

— Ces statues… murmura-t-elle. Ce sont les mêmes que celles qui étaient dans les alcôves où nous sommes revenus à nous…

Sofia lui jeta un regard interrogateur.

— Je ne l'ai pas remarqué sur l'instant, continua la scribe, mais à présent je crois qu'elles représentent des oiseaux-diables, continua-t-elle. Ce sont des animaux sacrés, pour... les peuples d'Irvan-Sul. Pour les serviteurs du Roi-Démon...

— Tu penses que nous aurions pu être enlevés par des sbires de Fir-Dukein ? demanda la jeune noble du Kentalas.

— Stupidités ! râla Al-Ikhmet. Qu'est-ce que l'Irvan-Sul aurait à faire avec nous ?

— Mais si ! le coupa la bibliothécaire de sa petite voix. Réfléchissez : nous venons tous les quatre de régions si lointaines les unes des autres...

— Où que nous soyons, à présent, au moins trois d'entre nous ont donc dû parcourir des centaines de lieues pour y parvenir. Comment aurait-on pu nous transporter en nous gardant inconscients tout ce temps : c'est impossible... Nous serions considérablement amaigris... Et endoloris, et aphones... À moins que nos ravisseurs n'aient usé de sortilèges pour nous conduire ici *instantanément*.

— Typiquement le genre de moyens qu'ont à leur disposition les valets du Roi-Démon... pensa à voix haute Sofia.

— Bien sûr, railla le Thuléen. Les sorciers d'Irvan-Sul rêvaient sans doute depuis longtemps d'enfermer dans ce labyrinthe quatre étrangers comme nous. Voilà qui doit leur être extraordinairement utile... (Il souffla avec dédain.) C'est ridicule !

— Qu'est-ce qui te dérange à ce point, créature ? fit froidement Lo-dharm. Est-ce parce que tu es un Trollesque ? Le membre d'une race : assujettie au Roi-Démon ? As-tu peur que nous découvrions que tu es le complice de nos ravisseurs ?

Les cheveux blancs d'Al-Ikhmet se hérissèrent de surprise et de colère.

— Mon peuple n'est pas l'allié de Fir-Dukein ! rugit le géant. Nous ne sommes les larbins de personne ! cria-t-il en saisissant sa hache.

En réponse, le Shyll'finas avait légèrement fléchi les genoux, abaissant un peu son centre de gravité. Ses muscles effilés saillaient sous sa peau. Deux poignards menaçants tendus devant lui, il ressemblait à quelque prédateur prêt à bondir sur sa proie.

— On ne va quand même pas s'entre-tuer ! gronda le Trollesque, embarrassé par l'assurance affichée par l'homme au chignon. Pourquoi te mets-tu soudain à insulter les miens ? (Son regard sanglant brilla de fureur en direction de Deldonelle.) C'est cette petite jouvencelle qui prend plaisir à semer la zizanie !

Joignant le geste à la parole, le Thuléen bouscula l'objet de son courroux avec le manche de sa hache. Il fit involontairement tomber au sol la scribe de Fraugield.

— Ne la touche pas ! ordonna Lo-dharm, son poignard déjà prêt à frapper son adversaire.

Instinctivement, Al-Ikhmet saisit le bras du Shyll'finas. Mais celui-ci se libéra d'un geste souple, tandis qu'une de ses dagues venait mordre la hanche du Trollesque.

Sofia recula d'un pas en entraînant Deldonelle. Au regard chargé de haine des deux hommes, elle savait déjà qu'il n'y avait plus aucune chance d'interrompre le duel.

Le Thuléen en babouches avait l'air d'un redoutable combattant, aguerri par de nombreuses campagnes de piraterie. Sa formidable corpulence rendait chaque coup qu'il portait terrifiant. Mais le pouvoir de la terreur n'était pas suffisant pour blesser l'habile Lo-dharm. Ce dernier faisait preuve d'une technique bien supérieure à celle du géant. Il esquivait toutes ses attaques, et faisait mouche presque à chaque fois. Une quantité d'estafilades parcoururent bientôt Al-Ikhmet.

Il essaie de le fatiguer… admira Sofia. Tantôt, cependant, les choses semblèrent mal tourner pour l'homme à la peau noire. Une bourrade du Trollesque l'avait jeté au sol, et ce dernier le dominait maintenant de toute sa hauteur, prêt à abattre sa lourde hache sur lui.

La lame descendit en sifflant, mais elle ne trouva que la pierre noire. Lo-dharm s'était échappé d'un roulé-boulé et revenait à la charge.

Au bénéfice de la surprise, il désarma le Thuléen puis brandit à deux mains l'énorme arme au-dessus de lui. Poussant un cri d'effort, il fit tournoyer la hache démesurée, dont la lame vint mordre son ancien maître au cou.

Alors que Lo-dharm se laissait tomber à genoux, lâchant l'arme du Trollesque, la grosse tête grise de ce dernier vint rouler au sol dans une succession de petits bruits mats. Puis l'immense corps d'Al-Ikhmet s'effondra.

Lo-dharm s'éloigna du cadavre décapité avant que trop de sang ne l'asperge, puis se tourna avec résolution vers les deux jeunes femmes. Deldonelle était figée par le dégoût.

— Nous… ne pouvions pas lui faire confiance… haleta-t-il pour toute explication. (Il baissa les yeux.) Allons-nous-en, maintenant. Il faut continuer de chercher la sortie.

***

Nos succès répétés avaient fini par mettre vraiment en colère le seigneur de l'Irvan-Sul… Nous aurions dû nous y attendre. Je comprends maintenant quelle erreur ce fut de sous-estimer sa puissance sous prétexte que nous avions remporté quelques batailles…

Dans tout le nord-est de l'Empire, l'ennemi se massait pour un assaut de grande importance. Nous avions commencé de rassembler nos troupes à la frontière, nous aussi. Mais le nombre de créatures que Fir-Dukein avait à sa disposition dépassait nos craintes les plus folles… Rien ne nous avait préparés à ça. Il s'agirait sans nul doute du dernier affrontement avant longtemps, quel qu'en soit le vainqueur. L'ultime bataille.

Le Csar Davopol et moi avions convenu d'une stratégie. Lui dirigerait le plus gros de notre armée, gardant la frontière, tandis que je tenterais une manœuvre périlleuse destinée à surprendre l'adversaire. Avec une poignée d'hommes téméraires, je devais lancer une offensive sur la base arrière des créatures démoniaques. Ce bastion imposant et lugubre, dont la seule mention paralysait les soldats les plus courageux : la Forteresse-Démon.

Pour m'accompagner, je devais donc choisir des hommes dont la loyauté ne saurait être entamée par l'effroi. Les natifs de la plaine de Kesht, les fameux Monteurs de buffles, eurent ma préférence. Nous avions été à leur rencontre quelques mois seulement auparavant. Ils s'étaient tout d'abord montrés méfiants envers l'Empire, mais j'avais fini par gagner leur amitié. Les Monteurs de buffles étaient des gens sans détour : nous nous étions mutuellement juré fidélité, aussi je savais qu'ils se battraient jusqu'au dernier à mes côtés… Je les avais formés à la guerre à grande échelle, et je leur avais fait beaucoup de promesses pour nous assurer leur soutien. Mais je ne doutais pas que l'Empire, si ce n'était moi-même, pourrait les tenir toutes...

***

Lo-dharm et Sofia s'étaient assoupis. Deldonelle, quant à elle, ne parvenait pas à trouver le sommeil. Tous trois se trouvaient de nouveau dans une de ces grandes salles hexagonales qu'ils traversaient de temps à autre. Celle-ci était un peu particulière : elle formait un cul-de-sac, et ils avaient pour cela choisi de s'y reposer. Lo-dharm s'était installé à l'unique entrée, afin de les protéger d'une éventuelle intrusion, s'allongeant en travers du couloir, ses poignards à portée de mains. Les deux jeunes femmes, en revanche, s'étaient réfugiées dans un coin de la salle. C'était courageux de la part du Shyll'finas de garder l'accès à la pièce, songea Deldonelle. Lo-dharm s'était d'ailleurs montré d'une témérité sans faille depuis le tout début.

Elle, scribe habituée aux paisibles bibliothèques de Fraugield, était terrifiée. Elle grelottait tout en observant ses deux compagnons dormir. Elle les enviait d'avoir pu trouver ce répit. Eux, au moins, ne devaient plus être tenaillés par la faim en cet instant.

Comment l'homme au chignon arrivait-il à montrer tant de bravoure, quand elle-même était paralysée par la peur ? ressassait la jeune érudite. Était-il possible qu'il ait une *très* bonne raison de se sentir rassuré ? Les gens de l'Archipel, avec leur peau noire et leurs étranges manières, n'étaient assurément pas comme ceux de l'Empire… Lo-dharm pouvait-il être l'allié de leurs ravisseurs ?

Cela aurait expliqué son impassibilité.

Deldonelle secoua la tête. Il fallait qu'elle essaie de dormir un peu. Toutes ces émotions, cette terreur accumulée, ce n'était pas bon pour elle. Rien, dans sa vie passée, ne l'avait préparée à vivre de tels événements… Ses mains étaient agitées de tremblements. Quoiqu'elle fît tout son possible pour les réprimer, rien n'y faisait. Elle espérait qu'il ne fallait pas voir là les prémices d'une défaillance de son esprit.

Elle ferma les yeux, mais ce fut pour revoir en pensée le sang jaillir à gros bouillons de la nuque tranchée d'Al-Ikhmet. Cette scène l'avait traumatisée. Même si la bibliothécaire avait craint le Trollesque depuis le départ, elle aurait préféré ne pas être témoin d'une telle horreur. D'ailleurs, n'était-il pas étrange, à présent qu'elle s'y attardait, cet empressement de Lo-dharm à occire le Thuléen ? Sans conteste, le Trollesque était le seul qui aurait été en mesure de lui opposer une quelconque résistance… Et puis, songeait Deldonelle en tremblant de plus en plus à mesure que se faisait jour l'odieuse vérité, il y avait cet autre guerrier, celui à qui on n'avait pas même laissé le loisir de quitter la première salle. De la façon dont s'étaient déroulées les choses, ni elle ni Sofia n'auraient pu jurer que ce n'était pas également le Shyll'finas qui l'avait éliminé… L'homme au chignon dormait-il à présent ? Ou bien attendait-il patiemment qu'elles se soient toutes deux assoupies pour venir les assassiner ?….

La scribe étouffa un sanglot. Son regard s'égara sur le glaive de Sofia, que cette dernière avait posé à terre pour se reposer. Il aurait suffi à Deldonelle de tendre le bras pour l'attraper… *Est-ce que je suis en train de devenir folle ?* gémit-elle intérieurement. *Non.* Elle était épuisée, affamée, et horrifiée par sa situation actuelle. Voilà tout. C'était bien compréhensible. À qui pouvait-elle faire confiance dans ce maudit labyrinthe ? Depuis combien de temps connaissait-elle ces gens ? Si elle voulait survivre, elle ne pouvait compter que sur elle-même…

Avec d'infinies précautions, elle se saisit de l'arme qui gisait près de Sofia. En retenant son souffle, elle fit glisser la lame en dehors de son fourreau. Il fallait qu'elle se défende contre l'étranger de l'Archipel. Qu'elle se sauve et qu'elle sauve cette jeune noble du Kentalas… Les natifs de l'Empire devaient s'entraider. Si elle n'agissait pas dès maintenant, il serait trop tard. Aucune d'elles ne pourrait vaincre le Shyll'finas dans un combat singulier.

Elle s'approcha de celui-ci à pas de loup. Ses deux petites mains étaient serrées sur la garde du glaive. Elle parvint au niveau de Lo-dharm, qui semblait dormir paisiblement. Évidemment, puisqu'il n'avait rien à craindre ici, rumina la jeune fille. Fronçant les sourcils avec résolution, elle leva son arme à la verticale, pointe en bas, dirigée vers la poitrine du Shyll'finas. Elle espéra une dernière fois que son jugement n'était pas obscurci par toute cette pression. Mais une autre partie de son esprit sut la convaincre qu'elle avait fait le bon choix.

Elle abattit son glaive de toutes ses forces, au moment même où un cri de stupeur s'élevait dans l'autre coin de la pièce. Deldonelle vit la pointe de son arme s'enfoncer dans le torse nu du guerrier. Puis, seulement, elle sentit la flèche percer son propre cœur.

Sofia avait tiré par réflexe. Elle avait espéré empêcher la traîtresse de tuer Lo-dharm. À présent, ses deux anciens compagnons gisaient l'un sur l'autre, dans une flaque de sang qui n'en cessait pas de s'étendre. La noble s'avança pour constater les dégâts.

Deldonelle semblait avoir été tuée sur le coup. Le Shyll'finas, quant à lui, poussait un râle d'agonie alors que du liquide sombre emplissait sa bouche et que son regard commençait de se voiler. Il remua les lèvres lorsqu'il vit Sofia apparaître au-dessus de lui.

— Pourquoi ? gémit-il, ses yeux exprimant la plus totale incompréhension. Il observa le corps sans vie de la scribe, incrédule.

« Je vous… protégeais… hoqueta-t-il.

— Je ne sais pas *pourquoi*, lui répondit Sofia d'une voix rauque.

Puis elle passa une main sur le visage de l'homme pour refermer ses paupières. Maintenant, elle était seule.

***

La nuit allait bientôt tomber.

Je savais que des renforts ne tarderaient plus à nous arriver. La bataille faisait rage. Partout où se portait mon regard, les cadavres des miens jonchaient le sol. Sur les quelques centaines de Monteurs de buffles qui m'avaient accompagné, il n'en restait plus que la moitié encore en selle. Mais nous tenions bon.

La Forteresse-Démon déversait ses créatures infernales sur nous. Qansatshs trapus dont la crête plumeuse se hérissait de colère, Grogneurs au rictus menaçant, Cyclopes gigantesques…

Notre assaut n'avait pas eu l'effet escompté. En effet, nous avions sous-estimé les défenses de ce bastion de l'Irvan-Sul : le Roi-Démon semblait accorder à sa forteresse une importance que nous n'avions pas été en mesure d'imaginer. En fait de coup symbolique porté à l'ennemi, je me trouvais donc victime d'un échec stratégique qui nous mettait, moi et mes soldats, en grand péril. Mais c'était là une éventualité qui avait tout de même été envisagée lors des préparatifs de guerre. N'ayant pas reçu de messager pour l'avertir que j'avais enlevé la Forteresse-Démon, Davopol devait envoyer à mon secours une colonne de ses meilleurs lanciers, afin d'organiser ma retraite.

Au plus tard, à la nuit tombée, avait promis le Csar. Cela faisait d'ailleurs partie des engagements que j'avais moi-même pris envers les Monteurs de buffles : il y aurait du sang versé, nous nous battrions courageusement, mais il ne s'agirait pas d'un combat suicidaire. Les gens de Kesht n'aimaient pas encore assez l'Empire pour cela…

Par chance, la nuit serait bientôt là.

Aujourd'hui, après toutes les guerres que j'ai menées depuis, je me rappelle particulièrement bien celle-ci. Peut-être mélangé-je un peu les événements, empruntant telle chevauchée à telle bataille pour la situer dans telle autre, mais dans l'ensemble les images me sont restées nettes. Ces cavaliers de Kesht étaient pour moi plus que des soldats. J'avais vécu parmi eux, longtemps, afin de gagner leur confiance, et leur rudesse m'avait séduit. Mes parents disparus, Ismanire ne me donnant plus de nouvelles depuis longtemps, ils étaient peu à peu devenus ma seule famille… Ils m'avaient accompagné tout au long de cette pénible campagne, jusqu'à son apogée, ce siège hardi du quartier général ennemi. Et, même dans cette situation délicate, ils continuaient de me faire honneur…

Le combat était rude. Les alliés de Fir-Dukein usaient de leurs sombres pouvoirs magiques pour nous terrasser, tandis que nous n'avions que notre foi pour soutien. Ainsi, la terre se dérobait parfois sous nos pieds, entraînant mes hommes dans les profondeurs infernales. Ou bien, au contraire, elle se soulevait brutalement, propulsant en l'air une carcasse de bovin éventré et son cavalier aux membres brisés. Je me demandais comment les bonnes gens de l'Empire réagiraient si l'on devait leur apprendre ma mort. Les jeunes recrues, dont j'étais souvent l'idole, s'en montreraient-ils moins héroïques ? Je supposais que non. Une autre légende prendrait simplement ma place. Car, sans héros, l'Empire ne pourrait guère subsister très longtemps…

J'avais de la peine, surtout, pour les Monteurs de buffles. Ils partageaient déjà avec moi ce sens inné du devoir : je savais que, lorsqu'ils auraient appris pour de bon l'amour de la patrie impériale, ils seraient parmi les plus dignes serviteurs du Csar. Je leur avais promis qu'ils appartiendraient à un noble idéal, qu'ils bénéficieraient de la gloire auprès des autres peuples. Je m'étais engagé auprès d'eux. Pour l'heure, hélas, je devais me contenter de les regarder mourir à mes pieds.

Mais il fallait se montrer confiant.

La nuit allait bientôt tomber.

***

Sofia avait un goût de bile dans la gorge. La faim. L'angoisse. Tout se mêlait. Elle s'était toujours considérée comme quelqu'un de très solide, que ce soit sur le plan physique ou moral. Avait-elle présumé de ses forces ?

Les corridors de marbre noir se succédaient : elle avait perdu, depuis des heures, le sens de l'orientation. La tentation de s'arrêter était grande. D'ailleurs, y avait-il une issue à ce dédale ? Elle hésitait à se laisser glisser simplement sur le sol, offrant un ultime repos à son corps et à son esprit, lorsque le mystérieux cliquetis se fit entendre à nouveau. Ils l'avaient perçu à plusieurs reprises, depuis la première fois, mais sans jamais pouvoir le localiser. L'acoustique de cet endroit était étrange : les couloirs innombrables et leurs angles droits étouffaient les sons de façon trompeuse... Cette fois, pourtant, le bruit régulier semblait plus proche. Sofia parvenait à présent à le décomposer : il s'agissait de deux sonorités métalliques, l'une grave, l'autre plus aiguë, qui se succédaient selon un rythme mesuré.

Le cliquetis semblait venir de devant elle. Elle suivit donc ce couloir, puis prit à droite, toujours vers ce bruit qui paraissait l'appeler. Quoi que ce fût, c'était la dernière chose à laquelle elle pouvait se raccrocher, comme un naufragé aux débris de son radeau. Ce son métallique était son phare dans le brouillard. Tout lui serait plus doux que ce labyrinthe sans issue. Elle avançait comme une somnambule.

Plusieurs heures passèrent. Au fur et à mesure qu'elle s'approchait, le son devenait maintenant plus fort. On aurait dit deux gongs immenses sur lesquels venait frapper quelque balancier démesuré. Bientôt, le bruit qu'ils produisaient devint assourdissant.

Sofia continua tout de même, chancelante, les mains plaquées sur les oreilles, et parvint à la source du vacarme. Elle atteint ainsi une nouvelle salle hexagonale, plus vaste que toutes celles qu'elle avait traversées jusqu'alors. Les chandeliers y étaient plus rares, plongeant l'endroit dans la pénombre.

Sur la moitié opposée de la grande pièce, un large escalier de marbre formait de gigantesques gradins. Et, tout en haut, trônaient les gongs, deux titanesques carrés de métal noir. Entre les deux, un balancier du même alliage, semblable au battant d'une cloche, oscillait avec le rythme lent d'une pendule.

Alors qu'elle écarquillait les yeux devant ce spectacle, une silhouette surgit de l'ombre. Le balancier géant s'immobilisa d'un seul coup, figé en l'air par quelque magie. Aux vibrations du sol, Sofia sentit l'écho métallique diminuer, puis se taire. Elle ôta les mains de ses oreilles. La silhouette s'approcha encore.

C'était un homme en armure d'argent. Sa chevelure était longue et rousse, ses yeux noirs.

Malgré son aura malsaine, une vibrante séduction émanait de ce personnage. Lorsqu'il parla, de sa voix à la fois cruelle et raffinée, Sofia sentit ses jambes devenir comme du coton.

— Bienvenue, dit-il. Je vois que vous êtes seule…

« Vos compagnons auraient-ils dédaigné mon invitation ?

— Votre *invitation* ? interrogea la noble, toujours vacillante.

— Mais oui, ma Dame. Qu'avez-vous cru ? Je ne vous veux aucun mal…

— Les autres… Ils sont morts, tous ! expliqua Sofia, entre rage et incompréhension.

Le guerrier roux eut un rire cynique.

— Mais comment cela est-il possible ? fit-il. Y aurait-il quelque péril, dans ma demeure, dont je ne sois informé ?

— Si vous êtes le seigneur de ces lieux, cracha la jeune fille d'une voix qu'elle aurait voulue plus assurée, alors vous devez savoir qu'on séquestre des innocents dans votre maudit labyrinthe !

L'homme fronça les sourcils.

— C'est donc cela qui les a tués ? murmura-t-il d'un ton aussi mielleux que cruel. Cette inoffensive curiosité architecturale ? Il ne s'agit pourtant pas d'une arène... Je vous le demande : où étaient les pièges mortels, où se cachaient les créatures féroces ?

« Laissez-moi deviner... Oh, non ! s'exclama-t-il en mimant l'effroi. Vous vous seriez donc entre-tués ?

Sofia ne parvenait plus à réfléchir avec lucidité. Est-ce que cet inconnu se moquait d'elle ?

Cette armure d'argent, ces cheveux roux, voilà une image qui lui était familière, bien qu'elle n'ait jamais rencontré son interlocuteur auparavant...

La jeune noble fit d'énormes efforts pour se souvenir. Et elle se rappela enfin. Dans le Kentalas, à la frontière de l'Irvan-Sul, on savait que cet homme n'était pas que le triste héros d'un conte destiné à effrayer les enfants, même si nul ne l'avait vu de ses propres yeux depuis bien longtemps... Ce personnage, c'était le prince Ymryl, le Prince-Démon, le fils adoptif de Fir-Dukein... C'était lui qui commandait les armées de l'Irvan-Sul pour son maître.

Sofia ne savait pas si elle devait croire à cette hypothèse. Pourtant, une telle puissance obscure se dégageait de celui qui lui faisait face... Intuitivement, elle sut que c'était bien lui.

Bouleversée, elle s'écroula à genoux.
— Pourquoi ? hoqueta-t-elle, à bout de forces.
— Pourquoi ? répéta le prince. Mais pour savoir… Mon maître a besoin de savoir…

« Serez-vous capables, peuples ignorants, de faire alliance pour nous résister ? Voici la question cruciale… Et, une fois de plus, vous et vos compagnons venez d'y apporter une réponse encourageante.

« Comprenez-vous, ma Dame ? Isolées, vos misérables armées ne peuvent rien contre moi et mon maître… Mais la possibilité que vous puissiez un jour vous unir contre nous ne cesse d'être un souci…

La noble crut qu'elle allait défaillir. Elle parvint néanmoins à relever la tête vers son ravisseur :
— Mais quel rapport avec nous cinq ? Pourquoi nous ? ragea-t-elle, serrant les poings.

Le prince Ymryl eut un geste évasif.
— Nous allons bientôt mener une offensive d'envergure contre le reste du monde… Le temps approche, sourit-il. Il nous faut savoir si vous avez la capacité de vous organiser, de passer outre vos différences et vos préjugés… Pourrez-vous faire front à une situation de menace sans user vos forces à vous entre-déchirer ? Voilà ce que doit nous apprendre ce dédale. C'est sa noble fonction. Le choix des *invités*, quant à lui, est assez mineur… Rassurez-vous, belle Dame, vous n'avez pas été les premiers à périr ici, et vous ne serez pas les derniers.

Sofia revécut en pensée les événements qui s'étaient enchaînés depuis leur réveil. Le meurtre du guerrier aux cheveux prune, la décapitation de Al-Ikhmet, puis le coup de folie de Deldonelle… Ymryl avait sans doute raison : les rivalités, les haines et les méfiances auraient eu raison d'eux tôt ou tard...

Il fallait qu'elle rentre chez elle. Il le fallait absolument. Les peuples devaient être mis au courant, surtout si le prince n'avait pas menti sur l'imminence de son attaque. Elle devait prévenir son père le baron, les autres nobles de l'Empire... Ils enverraient des diplomates aux quatre coins du monde, qui reviendraient avec des traités d'alliance...

Ymryl s'avança lentement vers elle. Sofia vit dans son regard qu'il allait la tuer, et qu'il jouissait déjà de ce meurtre. Elle avait laissé choir son arc de fatigue, au détour d'un couloir, bien des heures auparavant. Quant à son glaive, il était resté fiché dans le corps de Lo-dharm : elle n'avait pas eu le courage de le récupérer... De plus, si cet homme était bien celui qu'elle pensait, il était âgé de plusieurs siècles, et possédait des pouvoirs presque sans limites.

— Pitié... implora-t-elle en désespoir de cause, ravalant sa fierté.

Elle s'était toujours juré de ne pas mourir en suppliant, mais les informations qu'elle détenait étaient trop importantes. Il fallait prévenir le monde libre de cette menace...

— Pitié, répéta-t-elle donc, sanglotant à présent sans se forcer.

Mais le prince se contenta de sourire. Il se pencha vers elle avec douceur, comme un amant, comme pour déposer un baiser sur son front. Toutefois, ce fut une main cruelle qui s'enfonça dans son torse, déchirant ses côtes. Elle en ressortit un instant plus tard, le poing serré tenant un cœur encore palpitant. Sofia regarda son précieux organe s'agiter de quelques battements en saignant sur le sol de marbre, puis ses yeux incrédules se fermèrent. Elle s'écroula pour de bon alors que résonnait le rire dément du Prince-Démon.

***

La nuit était tombée, cette fois.

Tout autour, gisaient les corps sans vie de ces guerriers de Kesht que j'avais aimés comme des frères. Je m'étais battu mieux que jamais, mais en vain. J'étais le dernier debout.

Des heures durant, j'avais scruté le Sud dans l'espoir de voir arriver les lanciers de Cœur-d'Ours. Personne n'était venu à notre secours.

Je savais bien que le Csar aurait voulu envoyer des troupes à mon aide, je savais combien il avait dû être marri de me laisser périr ainsi. Quelque revers périlleux, sans doute, quelque aléa de la bataille, l'avait contraint à faire ce choix pénible… Moi, un soldat, un patriote de l'Empire, je n'avais pas le droit de lui en vouloir.

Et pourtant, au spectacle de ces hommes tombés dans la boue, écroulés face vers le ciel, ces hommes à qui j'avais fait tellement de promesses, j'avais peine à contenir ma rage.

Quel impératif politique ou militaire pouvait donner le droit d'abandonner ses frères à une mort certaine ? N'avais-je pas toujours été un fidèle vassal pour mon empereur ? Le peuple ne voyait-il pas en moi le meilleur de notre époque ?

Avec un ricanement de provocation, j'observai les créatures de Fir-Dukein gravir la colline au sommet de laquelle je m'étais réfugié. La nuit était tombée depuis longtemps : aucun renfort ne viendrait plus.

Mais je n'étais pas tout à fait à terre, et il pouvait bien encore mourir quelques-uns de ces monstres...

C'est à ce moment précis, alors que je défiais ses serviteurs d'oser m'approcher, que je fis sa connaissance.

Il était immense, tout d'ombre et de noirceur, comme si la nuit même avait pris forme humaine. Un feu ténébreux et opaque dansait dans son regard. Ce regard, à lui seul, aurait suffi à rendre fou bien des hommes moins aguerris que moi. Ses ailes étaient celles d'un oiseau-diable, son souffle glacial comme les hivers du Nord. Ses écailles luisaient d'obscurité suintante. Les crocs, les griffes et les dards qui le hérissaient n'étaient pas seulement menaçants : ils formaient un sinistre hommage à la douleur et à la cruauté. Son cœur battait lentement, mais aussi fort que mille tambours de guerre à l'unisson.

Le Roi-Démon ne me promit pas la vie sauve, ni même une mort clémente. Déjà, il me connaissait bien. Il m'observait depuis le début...

Il me promit la revanche, au nom de mes engagements bafoués, au nom des frères d'armes que Davopol avait laissés mourir. C'était habile de sa part, de ménager ainsi mon honneur. Mais nous savions tous les deux que je me moquais à présent des cavaliers de Kesht.

Dès qu'il m'était apparu, dès que j'avais senti le pouvoir qui vivait en lui, j'avais désiré l'avoir pour maître... Pourquoi continuer de servir le Csar, cette marionnette barbue d'un idéal hypocrite, alors que j'avais maintenant accès à la vraie puissance ? Je réalisai alors combien j'avais pu me tromper sur mes propres convictions, et sur les motivations qui sous-tendaient mes actes. Pendant des années, j'avais employé les termes de patriotisme et de devoir là où il n'y avait eu qu'ambition dévorante. J'avais renié mes parents, vendu mon peuple, brisé la femme qui m'aimait. Tout cela pour un empereur ingrat qui croyait pouvoir décider de l'heure de ma mort... Mais il y avait néanmoins une justification. J'étais né pour être un seigneur. Voilà ce que mon nouveau maître avait su me faire comprendre. Le Roi-Démon m'avait forcé à regarder en face ce que j'étais, à contempler ma noirceur.

Et j'allais le servir, de toute mon âme. Mais pas pour être son second... Je servirai Fir-Dukein parce qu'il me laisserait libre de dicter ma propre loi immorale. Je serais l'humain qui détruirait l'espèce humaine.

La nuit était tombée depuis longtemps.

Pour moi, Ymryl, la nuit était tombée à jamais.

TROISIÈME PARTIE

L'ÂME INTÉRIEURE

1

La grande baleine bleue filait à pleine vitesse sur les eaux glacées de la mer d'Arazät. Le blizzard soufflait toujours, emplissant de son cri les oreilles de Wilf et de Pej. À côté d'eux, un jeune homme blond, spectre de chair et de sang qui disait s'appeler Lucas...

Son apparence était bien celle du moine disparu. Le même visage harmonieux, les mêmes boucles dorées qui s'échappaient de sa capuche... Drapé dans sa longue robe blanche, son regard clair braqué sur l'horizon, il affichait malgré tout une assurance plus grande que dans les souvenirs de Wilf. Solidement campé, les pieds légèrement écartés, il ne semblait éprouver aucune peine à maintenir son équilibre sur le mastodonte marin qui lui servait de monture.

Wilf, lui, n'avait pas encore repris son souffle. Après avoir grimpé avec Pej le long des immenses nageoires, s'accrochant du mieux qu'ils pouvaient à la peau épaisse de l'animal, il s'était laissé choir de tout son long sur une partie plane, quelque part au sommet de la bête aquatique. Pej, à demi agenouillé pour maintenir son assise malgré la vitesse et les secousses, balayait du regard tout ce qui les entourait. En lui l'incrédulité semblait le disputer à la méfiance. Se hissant à quatre pattes, Wilf fit l'effort de redresser suffisamment la tête pour scruter leur sauveur.

Clignant des yeux pour y voir clair malgré les gouttelettes qui dansaient dans l'air, il reconnut sans peine les longues mains fines de son ancien compagnon, qui disparaissaient à moitié dans les manches de sa robe. La taille et la silhouette, tout correspondait. Mais l'adolescent avait vu de ses propres yeux son ami mourir...

Pourtant, quelle ressemblance... Leurs regards se croisèrent : celui du jeune homme en blanc était calme, compatissant, à la fois doux et pétillant d'intelligence. *Corbeaux et putains... C'est vraiment lui...* se dit Wilf. Ou bien s'agissait-il de son fantôme ?

— Lucas ?.... bafouilla le garçon, osant peu à peu y croire malgré le malaise sourd qui l'étreignait.

L'autre se contenta d'acquiescer en souriant. Il avait l'air serein et ravi.

— Mais ça ne peut pas être ! reprit Wilf. J'étais là quand...

— Je sais... l'interrompit le jeune homme d'une voix tranquille, qui n'avait plus rien d'asthmatique. (Il marqua une pause, promenant ses yeux sur l'adolescent.) Comme c'est bon de te revoir, mon ami... Et toi aussi, Pej ! fit-il en direction du Tu-Hadji.

Wilf secoua la tête avec obstination. Il ressentait une sorte de gêne superstitieuse, à laquelle le calme troublant de son ancien compagnon n'était pas étranger.

— Comment est-il possible que tu aies survécu ? J'ai assisté à toute la scène... le Prince-Démon arrachant ton cœur encore palpitant de ta poitrine ! Ton cadavre jeté au bas de la falaise, broyé contre les rochers... Bon sang, je sais ce que j'ai vu !

Le regard toujours paisible, le jeune homme se retourna pour de bon vers les deux autres cavaliers des mers. Il prit une lente inspiration.

— Je *suis* Lucas, dit-il enfin.

« J'ai été sauvé. Recueilli.

(Il leva une main ouverte pour faire signe à Wilf de le laisser continuer.)

— On a fait disparaître mes blessures...

— Mais ton cœur ! s'écria l'adolescent en ouvrant les mains. Quelle magie a pu ?

— Un organe, même vital, n'est qu'un organe, répliqua Lucas en haussant imperceptiblement les épaules. (En un geste lent et épuré, il pointa son front de l'index.) C'est l'esprit qui doit continuer de vivre...

Pej, qui avait à présent oublié toute défiance, s'adressa enfin à son ancien compagnon :

— On dirait que la chance a vraiment été de ton côté, ami *nedak*.

— La chance... sourit Lucas, pensif. Je crois que ma bien-aimée Djulura parlerait plutôt de destin...

Wilf s'approcha et le saisit par le bras :

— Raconte-moi, mon camarade... Que t'est-il arrivé exactement ? Par tous les démons d'Irvan-Sul, j'ai tant de questions à te poser !

L'ancien religieux libéra sa manche avec douceur.

— Et je répondrai à chacune d'entre elles, tu en as ma promesse, affirma-t-il. Mais, avant tout, j'ai besoin de savoir si ma Djulura est encore en vie... J'ignore tout de ce qui s'est passé sur la terre ferme depuis notre fameux combat contre Ymryl et ses Qanforloks !

Wilf et Pej se rembrunirent en entendant ces mots ; ils restèrent muets quelques instants. Le garçon aux cheveux aile de corbeau sentait une grosse boule dans sa gorge. Une angoisse sourde vint percer la quiétude quasi surnaturelle du regard de Lucas. Finalement, ce fut le Tu-Hadji qui prit la parole :

— Elle est vivante, fit-il d'une voix sans expression. Toutefois… elle a été très attristée par ta disparition. Pour être franc, lorsque nous l'avons quittée, la courageuse *nedak* n'était plus que l'ombre d'elle-même…

Wilf se mordit les lèvres en entendant la façon dont Pej s'y prenait pour annoncer l'état de leur amie. Il s'empressa d'ajouter :

— Mais elle est en sécurité dans son château de Fael… Dès qu'elle saura que tu n'es pas mort, elle ira forcément beaucoup mieux ! ajouta-t-il avec un entrain un peu forcé.

— Jih'lod a survécu également, continua le garçon pour changer de sujet. Lui aussi doit se trouver à Fael à l'heure qu'il est, à moins qu'il n'ait de nouveau regagné son clan, après tout ce temps…

Lucas hochait la tête, l'air absent.

— Ma chère Djulura… se lamenta-t-il. Si seulement j'avais pu lui éviter cette peine…

Wilf le gratifia d'un regard compatissant. Plusieurs secondes s'écoulèrent en silence, avant que l'adolescent ne se lève cette fois tout à fait, autant du moins que le permettaient les éléments, et ne s'avance pour étreindre son vieil ami.

— Tout va s'arranger, murmura-t-il. Tu nous as tellement manqué…

Lucas recula d'un pas, haussant des sourcils étonnés.

— Mais tu es brûlant! Que t'arrive-t-il?

Wilf se souvint brusquement de la chaleur anormale que son corps dégageait depuis son plongeon involontaire dans un Soleil souterrain des Trollesques.

— C'est une longue histoire...

Éludant d'un ample geste de la main, il continua :

— Tout cela est incroyable... Cette baleine... Une baleine comme dans les livres! Elle est encore plus immense que ce que j'aurais pu imaginer! (Ses yeux s'attardèrent également sur les dauphins et les épaulards qui nageaient toujours en triangle, semblables à un vol d'oiseaux migrateurs.) Et cette escorte qui fend pour nous la surface des eaux... Est-ce que tous ces animaux t'obéissent vraiment?

Lucas émit un petit rire.

— M'obéir? s'exclama-t-il. Cet *animal*, comme tu dis, nous transporte de sa propre volonté... (Son ton se fit légèrement plus ferme.) C'est une Vieille Voix. Elle a accepté de me venir en aide, mais uniquement parce qu'elle est sage et généreuse.

— Une Vieille Voix, répéta Wilf, quelque peu hébété.

Le bras de l'ancien séminariste engloba lentement les autres créatures marines qui les encadraient.

— Ceux-là, en blanc et noir, continua-t-il en désignant les épaulards, ce sont... les Voix de Mort. Plutôt sinistre, n'est-ce pas? Mais *nous* n'avons rien à craindre d'eux, ajouta-t-il d'un ton qui se voulait rassurant.

«Quant aux autres, que les hommes de la terre ferme appellent *dauphins*, il s'agit en quelque sorte de… ma famille. Ce sont les Voix… Les Voix d'Argent.

Wilf fixait son compagnon avec des yeux ronds. Chaque réponse de Lucas amenait de nouvelles questions, qui se bousculaient dans sa tête.

— Je ne comprends pas grand-chose, avoua-t-il. Comment as-tu su que nous avions besoin d'aide? Pourquoi cette arrivée providentielle?

L'ancien moine haussa les épaules.

— En fait, j'ignorais que vous étiez en danger. Mais je savais à peu près *où* te trouver, sourit-il. Tu me l'avais dit, souviens-toi… Et en approchant du but, localiser ta présence ne m'a pas demandé trop d'efforts…

Ces paroles singulières conduisirent Wilf à regarder son compagnon sous un nouveau jour. S'absorbant dans cette contemplation, il remarqua chez Lucas certains détails subtils auxquels il n'avait tout d'abord pas prêté attention. Le moine défroqué était différent, avait gagné en charisme: il était à présent comme enveloppé d'une aura de sagesse étrange. *Transfiguré…* songea le garçon malgré lui, tandis qu'un frisson le parcourait.

Son regard avait toujours été d'un naturel serein… il l'était plus encore à présent, presque *trop*. Toute son attitude, jusqu'à la grande économie de mouvements dont il faisait montre, exprimait une paix indéfinissable. Une paix profonde. Wilf la jugea en quelque sorte gênante, peut-être parce qu'il s'agissait d'une quiétude trop pure pour exister chez un simple être humain. Lucas avait changé… Les cicatrices que les chaînes avaient laissées à ses poignets étaient disparues, tout comme le sifflement rauque de son souffle malade. On pouvait également lire en lui une lucidité terrifiante, qui inspirait le respect, et qui contrastait avec la douceur de son apparence. D'une manière générale, il paraissait plus fort, plus sûr de lui.

Pensif, l'adolescent fit la moue en baissant la tête.
— C'est toi, déclara-t-il, et pourtant... Ça n'est plus vraiment toi...

Au grand soulagement du garçon, un sourire à peine énigmatique naquit sur les lèvres de son ami.
— Ça n'a jamais été vraiment moi... soupira-t-il sans amertume. Je suis différent, Wilf. Depuis ma naissance.

« Je ne suis pas, à proprement parler, un être humain... Je l'ai ignoré pendant longtemps. Aujourd'hui je le sais, et c'est la raison pour laquelle tu me trouves changé. Mais je suis toujours Lucas...

Wilf ouvrait déjà la bouche pour en savoir plus, mais Pej intervint de sa voix grave :
— Pas un être humain... répéta-t-il. Qu'entends-tu par là, ami *nedak*? interrogea le guerrier en croisant les bras sur sa poitrine.

L'ancien moine jeta un œil embarrassé au Tu-Hadji assis en tailleur sur la tête de la baleine.
— Je suis à demi humain, répondit-il finalement. Mon autre moitié vient des abysses...

2

La cheminée volcanique formait un colossal escalier de roche blonde qui crevait les fonds sous-marins. Le bleu abyssal, sombre et intense, se lovait tout autour des trois compagnons. Wilf et Pej se sentaient légèrement oppressés, mais faisaient confiance à Lucas. Un peu plus tôt, alors qu'ils s'enfonçaient dans l'eau avec appréhension, leur ami avait formé autour d'eux une bulle d'air pour leur permettre de respirer. La pellicule frémissante semblait bien fragile aux yeux de Wilf, à présent qu'ils étaient loin sous la surface, des milliers de litres d'eau de mer au-dessus de leur tête. Il se força à regarder plutôt ses pieds et la roche bien réelle sur laquelle ils reposaient.

Avant de parvenir en ce lieu, Pej et lui avaient mis à profit leur périple pour raconter au religieux renégat toutes leurs aventures depuis sa « mort » dans l'Est. Puis la Vieille Voix, ainsi que l'escorte d'épaulards et de dauphins, les avaient laissés tous trois sur ce large palier de granit ocre et poreux. Seule une ombre fuselée, glissant à la lisière du globe créé par Lucas, attestait de la présence discrète d'une unique Voix d'Argent, restée en arrière. L'ancien moine souriait, les bras le long du corps, tandis que les deux autres étaient encore sous le charme inquiétant de cette situation féerique.

— Alors ces voyages étaient plus que des songes… admit Wilf.

Lucas hocha la tête.

— Par deux fois, tu m'as visité. Un petit effort supplémentaire de ta part, et nous aurions pu nous toucher…

— Cet endroit merveilleux, où est-il? interrogea le garçon.

— Tu parles de la cité des Voix? Elle se trouve au large de l'archipel Shyll'finas, sur un plateau sous-marin bordé de gouffres océaniques. (Wilf crut lire une certaine nostalgie dans les grands yeux bleus de son interlocuteur.) Pour les Voix, c'est plus un lieu de réunion qu'une véritable ville. Ces êtres de la mer n'ont pas de véritable foyer: il leur importe trop de parcourir les flots…

L'adolescent ne cillait pas, plongé dans ses pensées.

— J'y étais vraiment, murmura-t-il pour lui-même. Pourtant…

«Dis-moi, Lucas, comment ai-je fait ça?

À l'éclat qui naquit dans le regard de son ami, Wilf sut immédiatement qu'il avait abordé un point fondamental. Malgré tout, la voix de l'ancien séminariste était mesurée lorsqu'il répondit:

— Tu as utilisé les ressources de ton âme intérieure. Tu as fait appel au So Kin, qui t'habitait sans que tu en aies conscience, pour séparer l'esprit de la chair. (En expert du discours, Lucas marqua une pause, le temps pour Wilf d'assimiler ces informations.) Dans les moments de profonde souffrance ou de désespoir, ce genre de voyage est quelque peu facilité. Encore faut-il posséder le don du So Kin dans son sang...

— Mes ancêtres?.... demanda l'adolescent.

Puis, avec un sourire sardonique:

— Encore eux...

Lucas lui rendit son sourire.

— Au moins un, en tout cas, confirma-t-il.

Wilf plissa le front, silencieux. Il pinçait les lèvres comme si quelque chose lui échappait.

— J'ai étudié la Skah, l'âme extérieure, fit-il. Et, le problème, c'est qu'elle m'a semblé représenter absolument tout ce qui est. Comment dire... J'ai du mal à imaginer qu'un autre pouvoir puisse coexister avec une telle force, ou même simplement *être*.

« Quelle est la nature de ce So Kin?

Une expression chaleureuse mais également désolée vint se peindre sur le visage de Lucas.

— Hélas, comment pourrions-nous en parler? déplora-t-il. Moi, j'ignore tout de ta Skah... Quelles explications trouver, quelles métaphores, pour échanger nos connaissances?

Wilf resta immobile un moment, notant que leur compagnon Tu-Hadji s'était assis en tailleur et scrutait l'océan avec une curiosité presque candide.

— Corbeaux et putains, rumina-t-il enfin. Autant demander à un arbre de décrire le goût de sa sève...

« Et s'il s'agissait du même pouvoir? hasarda-t-il. Une seule et même force, que des générations d'ignorants auraient nommée de deux manières différentes?

Mais au moment même où il prononçait ces paroles, il réalisa qu'il se trompait lourdement. Il se souvint de son rêve : l'océan et le galet... Deux faces, deux pouvoirs... La vie jaillissante, incontrôlable, et la maîtrise exhaustive de l'esprit. Le matériau et l'intention...

— Arion a tenté de lier les deux pouvoirs, lâcha-t-il alors de but en blanc.

Lucas opina. Il n'avait pas l'air surpris, comme si cette déclaration était exactement celle qu'il attendait.

— Et il a échoué, répondit-il. Mais *nous* réussirons...

« Avec mon aide, tu pourras accomplir ce qu'Arion a raté. (Lentement, le jeune homme vint poser ses mains sur les épaules de Wilf.) Ton aïeul était seul... Pas toi.

L'adolescent aux cheveux corbeau n'était pas certain de tout saisir. De nouveaux idéaux pour un homme neuf : Lucas avait bel et bien changé. Mais il l'interrogerait plus tard sur ces questions profondes. Il fallait d'abord qu'il réfléchisse à tout cela, car il n'avait pas envie de passer pour un imbécile aux yeux de son ami...

— Tes dons de prescience, à Mossiev déjà, c'était le So Kin, n'est-ce pas ? dit-il donc seulement.

— Oui. C'était le commencement. La prescience, un peu de télépathie sauvage... et la maladie.

Leurs yeux se croisèrent, noir de jais dans bleu clair.

— Je cours ce risque, moi aussi ? demanda Wilf d'une voix égale. Est-ce que je vais frôler la mort comme ce fut ton cas ?

Lucas secoua la tête :

— Non, dit-il, et pour deux raisons...

— Lesquelles ?

— Tout d'abord, commença l'ancien moine avec une expression presque morose, à cause de cet incident que tu m'as rapporté. Ta chute dans un Soleil souterrain... Sans doute s'agissait-il d'un noyau de So Kin cristallisé, comme tu en as eu l'intuition : quand je tends mon esprit vers toi, je le sens. Cette expérience a altéré ton âme intérieure. Ton pouvoir est brûlant et crispé, rétif, alors qu'il devrait être souple et affûté. Probablement qu'avec le temps, nous pourrons y remédier, mais pour l'heure le So Kin *est figé* en toi, et donc totalement inoffensif pour ta santé.

« En second lieu, comme je te le disais, tu n'es pas seul face à cette épreuve. Chez les humains, le So Kin requiert une éducation particulière, sans quoi le corps et l'esprit tombent malades. J'ai reçu cette initiation. À présent, j'ai maîtrisé mon propre So Kin, grâce aux Voix. En ce qui me concerne, cela fut un peu différent : il leur a suffi de m'apprendre qui j'étais, un hybride, et j'ai pu très vite former le *cercle parfait*. Je sais que je serais capable d'être ton guide...

— Le cercle parfait ? fit Wilf.

Le jeune homme blond prit une longue inspiration, cherchant les mots les plus justes :

— D'après la façon dont on m'a décrit ta Skah, il semblerait qu'elle soit l'énergie fondatrice d'un univers commun à toutes les choses et tous les êtres, un monde objectif... un univers de l'extérieur.

« Les choses sont moins simples pour le So Kin. Il crée une infinité d'univers personnels, d'univers de l'intérieur... Des mondes subtilement différents, dépendant du point de vue de chaque âme. Chaque esprit est au centre, tu comprends ? Et ce qui est autour du centre, ce qu'on peut imaginer de plus pur comme rayonnement du pouvoir, c'est le cercle parfait, tout simplement.

Wilf sourit.

— Si je comprends bien, l'utilisateur du So Kin devient une étoile, murmura-t-il. Les autres astres se mettent naturellement à graviter autour de lui... (Il sourit à nouveau.) C'est tellement différent de la Skah! J'ignore tout à fait ce que produira leur mariage au sein d'un même esprit...

— À propos d'étoiles... chuchota Lucas comme pour lui-même.

Mais le garçon enchaîna aussitôt:

— Ces Voix que tu disais toujours entendre... C'était ta famille, bien sûr?

Hochement de tête.

— C'est pour cela que je ne les ai jamais entendues, bien que je possède le don du So Kin... réfléchit Wilf à voix haute. Sauf quand j'ai visité leur cité aquatique. J'ai vu qu'elles avaient forme humaine, mais qui sont-elles vraiment? Leurs chants sont si beaux...

«Parle-moi encore d'elles.

— D'accord, fit Lucas. Mais avant cela, j'aimerais beaucoup vous présenter quelqu'un.

Il se tourna alors vers la Voix d'Argent qui nageait toujours à proximité. Il ne lui fit pas un signe, mais Wilf sentit que leurs pensées se frôlaient.

Le cétacé fendit l'eau souplement et s'approcha. L'adolescent frémit lorsqu'il perça de son rostre la bulle protectrice formée autour d'eux. Mais il la traversa sans que cela n'ait le moindre effet néfaste.

Au même moment, la forme grise et lisse du dauphin se brouilla, et des vaguelettes d'énergie se formèrent le long de ses contours devenus flous. L'instant suivant, c'était une silhouette humanoïde qui posait le pied sur le rocher blond. Sa tête chauve et luisante, sa peau grise et souple, sa robe blanche, le désignaient comme l'un des habitants que Wilf avait écouté dans la cité des Voix.

— Il vient de quitter sa forme de voyage, expliqua Lucas à voix basse. Chez le peuple des mers, chaque aspect est aussi naturel que l'autre, aquatique ou humain…

L'ancien moine désigna ensuite le nouveau venu d'un geste sobre :

— Voici Léthen. Mon père.

3

Léthen avait aimé une humaine, et de leur union était né Lucas. Hélas, sa mère naturelle était morte dans des circonstances qui restaient encore à élucider, lors de l'hiver de la Mort Blanche. Aux questions de ses amis, l'ancien Moine à l'Abeille répondit n'avoir hérité d'aucune particularité physique de son ascendance aquatique. Son aspect était évidemment celui d'un humain, mais surtout il ne possédait pas la faculté de se transformer en créature marine. Seul son psychisme était fortement marqué par le sang des Voix de la Mer.

Wilf sentait que le mystère des origines de son ami n'était pas entièrement révélé. Il aurait voulu, entre autres choses, poser plus de questions sur sa mère humaine ; mais la présence de Léthen le rendait muet.

La Voix d'Argent, sous forme humaine, présentait un air sage et majestueux, quoique dans ses yeux brillât une certaine malice.

Ce fut lui-même qui tint à parler de son peuple aux deux terrestres. Un honneur qui n'avait jamais été fait à aucun étranger avant Wilf et Pej. Il leur raconta l'histoire des Voix, ou du moins une partie, et leur fit part des espoirs secrets de sa race.

Pendant des millénaires, bien avant que les humains aient foulé le monde de leurs pas, les Voix avaient parcouru les océans. Elles avaient appris à lire : à lire les étoiles. Et cette grande fresque changeante des cieux leur avait peu à peu livré ses secrets, au gré des saisons et de leurs migrations mystérieuses. D'après Léthen, aujourd'hui encore, tout n'était pas compris, toutes les réponses n'avaient pas été trouvées. Aussi, baleines, épaulards et dauphins poursuivaient-ils leurs voyages initiatiques à travers les mers du monde...

Mais une partie importante du ciel avait fini par être comprise, à cette époque lointaine. C'était un plan de construction, le manuel d'une œuvre pharaonique. Les Voix, poussées par leur curiosité, s'étaient mises au travail. Modelant la matière et le So Kin selon les instructions stellaires, elles se rendirent bientôt compte de la nature de ce qu'elles étaient en train de construire : une arme ultime. La première arme qu'elles aient connue et la plus puissante que le monde connaîtrait. Les Dragons Étoilés...

Cette nouvelle fut un grand traumatisme pour le peuple pacifique des Voix. La plupart voulurent abandonner, mais certains, aveuglés par leur quête de savoir, se retirèrent des mers pour poursuivre leur œuvre. On dit parmi les Voix que ces frères perdus rejoignirent la terre ferme, et qu'ils menèrent à bien la construction des Dragons. Tout cela, bien avant l'apparition des premiers humains.

Les Voix pleurèrent celles des leurs qui avaient quitté les eaux. Elles pleuraient encore la tragédie des cieux, qui n'avaient livré que de vils secrets après des millénaires d'espoir. Voilà pourquoi les Voix continuaient au fil des siècles à lire les étoiles, à chercher une réponse. Elles voulaient savoir pourquoi. Pourquoi, alors qu'elles n'avaient cherché qu'un sens à la vie et un but à l'univers, avaient-elles trouvé *cela* ? Pourquoi des armes ?

Depuis ces temps immémoriaux, le peuple des mers avait contemplé les ères, suivi de loin les grands événements qui avaient marqué l'histoire du monde. La naissance des races humaine et trollesque, entre autres, la chute des Tu-Hadji lors des Guerres Elfyques, l'émergence des Qanforloks et de l'Irvan-Sul… La Monarchie du Cantique et la Grande Folie, l'Empire et la Théocratie… Des gouttes dans l'océan du temps. Jamais les Voix n'étaient intervenues, s'estimant étrangères aux affaires terrestres.

Jusqu'à l'enfantement de Lucas.

L'hybride, le sang-mêlé, était le fruit de nombreuses visions prémonitoires dont avaient bénéficié les Voix. Elles avaient vu la fin du monde approcher à grands pas, et voulu apporter leur contribution pour l'éviter. Lucas était leur offrande à la terre ferme. Il avait fallu au peuple de la mer des décennies pour se décider. Finalement, le choix avait été fait, et Léthen choisi. L'enfant qui devait naître de son amour avec une humaine serait un lien entre les deux races, et surtout un guide pour l'héritier d'Arion. Ce dernier, au nexus de toutes les visions, de tous les avenirs, aurait bien besoin d'aide dans sa tâche gigantesque.

Wilf écoutait ces paroles avec fatalisme, sachant depuis longtemps que son destin et celui des peuples étaient intimement liés. Son regard allait successivement de Léthen à Pej, l'air absent et ravi, puis à Lucas, qui, gravement, écoutait le discours de son père.

Wilf n'avait jamais observé une telle expression de fascination, d'émerveillement même, sur les traits sévères du Tu-Hadji. Mais il le comprenait. Ce lieu hors du temps, hors du monde, avait de quoi donner envie d'y demeurer toujours. L'adolescent savait qu'aucun souci ne le rattraperait ici, qu'il pouvait s'il le désirait tout oublier et vivre à jamais retiré de l'univers, auprès des Voix. Dans le bleu des profondeurs... Comme il comprenait le peuple de la mer lorsque celui-ci refusait de se mêler aux conflits terrestres !

— Tout oublier... Dans un bleu si pur... articula doucement Pej, comme s'il venait de lire dans les pensées de son protégé.

Ses yeux étaient vagues, flous. Wilf ne put s'empêcher de lui envier cet instant de paix profonde.

Lucas prit alors la parole :

— Je sais ce que vous pensez, mes amis. Dans les profondeurs, au cœur de cette sérénité, le chemin du retour paraît impossible à accomplir... J'ai ressenti cela avant vous, mais il faut lutter, et regagner la surface.

« Votre esclavage en Thulé, l'affliction de Djulura, ma solitude : cette année a été très pénible pour nous tous... Il serait doux de demeurer ici... mais il nous faut trouver le courage de regagner le monde. Nous n'en avons pas terminé avec lui.

Wilf fit la moue.

— Retourner dans le chaos de la vie... murmura-t-il. Pourquoi ?

— Tu as un royaume qui t'attend, fit Lucas d'une voix douce. Moi, bien plus important encore : la femme que j'aime... Quant à toi, Pej, tu es un Tu-Hadji, et ton peuple te réclame.

Une nouvelle fois, Wilf et de Lucas se fixèrent l'un l'autre. L'ancien séminariste saisit fermement les mains de son jeune compagnon.

— Fais-moi confiance.

Le garçon opina.

Le guerrier tatoué se dressa alors entre eux, les écrasant de sa stature impressionnante. Il était de nouveau grave et décidé.

— Vous l'ignorez encore, amis *nedaks*, mais quelque chose nous attend, de plus important que les royaumes ou même les femmes aimées. Il banda instinctivement ses muscles, les yeux rivés vers la surface.

« Notre quête pour sauver la Pierre de Tu-Hadj.

À suivre...

Table

Livre un : Le Sang d'Arion 5
   Première partie : Les enfances 9
   Deuxième partie : La guerre........................... 183
   Troisième partie : Les héritages 373

Livre deux : Les Voix de la mer 437
   Première partie : L'Âme extérieure 439
   Deuxième partie : Songes et mensonges 529
   Intermède : Le dédale d'Ymryl...................... 635
   Troisième partie : L'Âme intérieure 673

LA FANTASY
DANS LE LIVRE DE POCHE

Dave DUNCAN
L'Insigne du chancelier
(Les Lames du roi, 1)

Il est un fort, sur la lande, où l'on envoie les enfants rebelles : le Hall de Fer. Quand ils en sortent, des années plus tard, ils sont devenus les meilleurs épéistes du royaume. On appelle ces combattants d'exception les « Lames du roi ». Le plus prestigieux d'entre eux est messire Durendal, dont ce livre nous conte la légende. Un jour, le roi lui confie une périlleuse mission : partir à la recherche d'un vieux monastère, dans des contrées lointaines, sur les traces d'un espion mystérieusement disparu. Pour honorer son serment, Durendal devra tout sacrifier, son amour, ses amis, et affronter de sombres machinations.

n° 27005 - 6,95 € - 512 p.
En septembre 2007, parution du tome 2, *Le Seigneur des terres de feu*.

J. V. JONES
L'Enfant de la prophétie
(Le Livre des mots, 1)

Jack est apprenti au château Harwell. Orphelin exploité et maltraité, il mène une triste existence. Mais il découvre qu'il possède des pouvoirs magiques interdits et il est contraint de fuir. Son chemin croise celui de Melliandra, fille rebelle du plus riche seigneur du royaume. Traqués, perdus, les deux adolescents sont le jouet des machinations du redoutable Baralis, le chancelier du roi. Ce dernier, après avoir empoisonné son souverain, maintient le royaume dans une guerre fratricide afin d'usurper le pouvoir. Mais, aux confins du royaume, un des derniers chevaliers de Valdis est demeuré intègre : le preux Taol parcourt le monde connu à la recherche de l'enfant annoncé par la mystérieuse prophétie de Marod…

n° 27002 - 8,00 € - 768 p.
En septembre 2007, parution du tome 2, *Le Temps des trahisons*.

C. S. LEWIS
Un visage pour l'éternité

Le roi de Glome a trois filles. L'aînée, Orual, est fort laide, et porte une affection démesurée à Istra, la benjamine, la plus belle et la plus douce créature de ce royaume barbare. Mais, victime de l'obscurantisme religieux, cette dernière est sacrifiée au dieu de la Montagne grise. Des années plus tard, Orual est devenue reine, une souveraine crainte et respectée. Meurtrie par les regrets et la solitude, elle se souvient de l'enseignement d'un vieil esclave grec ramené par son père lors d'une campagne, et entreprend le récit de son combat contre les dieux.

n° 27009 - 6,00 € - 320 p.

Megan LINDHOLM (alias Robin HOBB)
Le Dieu dans l'ombre

Evelyn a vingt-cinq ans. Un séjour imprévu dans sa belle-famille avec son mari et son fils de cinq ans tourne au cauchemar absolu.

Une créature surgie de son enfance l'entraîne alors dans un voyage hallucinant, sensuel et totalement imprévisible, vers les forêts primaires de l'Alaska. Compagnon fantasmatique ou incarnation de Pan, le grand faune lui-même… Qui est le dieu dans l'ombre ?

n° 27010 - 6,95 € - 512 p.

Alexandre MALAGOLI
Le Sang d'Arion
(La Pierre de Tu-Hadj, 1)

Les rois-magiciens de la terre d'Arion ont été les artisans de la Grande Folie qui faillit précipiter le monde à sa perte. Plusieurs siècles ont passé. La lignée d'Arion s'est éteinte, mais les magiciens demeurent depuis ce jour une caste honnie et persécutée. Au cœur d'un Empire en pleine déliquescence, où sévissent guerre et famine, Wilf n'est qu'un gamin des rues luttant pour sa survie quand il croise la route de Cruel-Voit, l'impitoyable maître-tueur qui décide de faire de lui son apprenti… Il quitte alors les bas-fonds de Youbengrad pour entamer son apprentissage au cours d'un long périple au travers des steppes. Sur sa route, le peuple mythique des Tu-Hadji lui dévoilera une partie de son destin…

n° 27042 - 8,00 € - 704 p.

Pierre PEVEL
Les Enchantements d'Ambremer

Paris, 1909. La tour Eiffel est en bois blanc, les sirènes se baignent dans la Seine, des farfadets se promènent dans le bois de Vincennes… et une ligne de métro relie la ville à l'OutreMonde, le pays des fées, et à sa capitale Ambremer. Louis Denizart Hippolyte Griffont est mage du Cercle Cyan, un club de gentlemen-magiciens. Chargé d'enquêter sur un trafic d'objets enchantés, il se retrouve impliqué dans une série de meurtres. L'affaire est épineuse et Griffont doit affronter bien des dangers : un puissant sorcier, d'immortelles gargouilles et, par-dessus tout, l'association forcée avec Isabel de Saint-Gil, une fée renégate que le mage ne connaît que trop bien…

n° 27008 - 6,00 € - 352 p.

Jonathan STROUD
L'Amulette de Samarcande
(La Trilogie de Bartiméus, 1)

Londres, XXIe siècle. La ville est envahie de magiciens qui font appel à des génies pour exaucer leurs désirs. Lorsque le célèbre djinn Bartiméus est appelé par une puissante invocation, il n'en croit pas ses yeux : l'apprenti magicien Nathaniel est bien trop jeune pour solliciter l'aide d'un génie aussi brillant que lui ! De plus, cet adolescent surdoué lui ordonne d'aller voler l'Amulette de Samarcande chez le puissant Simon Lovelace. Autant dire qu'il s'agit d'une mission suicide. Mais Bartiméus n'a pas le choix : il doit obéir. Le djinn et le magicien se trouvent alors embarqués dans une dangereuse aventure… Vendue dans vingt pays, achetée par Miramax, *La Trilogie de Bartiméus* a séduit un large public.

n° 27025 - 6,95 € - 576 p.

J. R. R. TOLKIEN
Bilbo le Hobbit

Bilbo, comme tous les hobbits, est un petit être paisible. L'aventure tombe sur lui comme la foudre quand le magicien Gandalf et treize nains barbus viennent lui parler de trésor, d'expédition périlleuse à la Montagne Solitaire gardée par le grand dragon Smaug, car Bilbo partira avec eux ! Il traversera les Terres Saintes et la forêt de Mirkwood dont il ne faut pas quitter le sentier, sera capturé par les trolls qui se repaissent de chair humaine, entraîné par les gobelins dans les entrailles de la terre, contraint à un concours d'énigmes par le sinistre Gollum, englué dans la toile d'une araignée géante… Bilbo échappera cependant à tous les dangers et reviendra chez lui, perdu de réputation dans le monde des hobbits, mais riche et plus sage. Un grand classique de la littérature fantastique moderne.

n° 6615 - 4,50 € - 320 p.

Elisabeth VONARBURG
La Maison d'Oubli
(Reine de Mémoire, 1)

1789, sud-ouest de la France. Dans une vieille maison bourgeoise vivent les jumeaux Senso et Pierrino, âgés de sept ans, et Jiliane, leur sœur cadette qui ne parle pas. Les enfants ont perdu leurs parents dans un tragique accident à la naissance de Jiliane ; c'est leur grand-père Sigismond qui les élève. Un jour, ils découvrent une « fenêtre-de-trop » – visible de l'extérieur, elle ne correspond à rien à l'intérieur – et une carte magique qui les transporte dans un pays parallèle quand ils y plantent un stylet. Les jumeaux décident alors de percer la clé du secret qui entoure leur demeure. Mais Jiliane fait des rêves étranges, et elle semble déjà savoir que la magie fait partie du mystère entourant leur famille et la Maison d'Oubli... Une fantasy aux portes du mystère, récompensée en 2006 par le prix Boréal.

n° 27017 - 8,00 € - 736 p.

Gene WOLFE
Le Chevalier
(Le Chevalier-mage, 1)

Après s'être égaré dans une forêt, un jeune Américain se retrouve projeté sans raison apparente en Mythgarthr, un monde médiéval aux frontières de notre réalité où cohabitent tant bien que mal humains, ogres, dragons, elfes et autres créatures magiques. Bien vite transféré dans un corps d'adulte par Disiri, la reine des Ælfes, l'adolescent prend le nom d'Able du Grand Cœur et se met en quête de l'épée fabuleuse qui lui a été promise. Mais il devra subir bien des épreuves et relever de nombreux défis pour enfin s'éveiller à sa nature profonde : celle de chevalier.

n° 27028 - 7,50 € - 672 p.

Marion ZIMMER BRADLEY
La Colline du dernier adieu

À quinze ans, Elane a vu surgir dans les forêts brumeuses de la terre britannique les aigles de l'envahisseur romain. Fille d'un druide farouchement attaché à l'indépendance de son peuple, promise au culte de la déesse Mère, elle n'a jamais douté de son destin. Jusqu'au jour où, grâce à elle, le jeune Romain Gaïus échappe à la mort... et sa vie en sera bouleversée.

n° 13997 - 6,50 € - 416 p.

Marion ZIMMER BRADLEY
La trilogie des *Dames du Lac*
1. Les Dames du Lac

Une version de la légende du roi Arthur et de la Table Ronde dans laquelle les femmes tiennent les premiers rôles : Viviane, Ygerne, Guenièvre, Morgane... Une épopée envoûtante...

n° 6429 - 6,50 € - 416 p.

2. Les Brumes d'Avalon

Dans le royaume de Grande-Bretagne, les fidèles de l'antique culte druidique de la Dame du Lac continuent de s'opposer aux adeptes de plus en plus nombreux de la nouvelle religion chrétienne prônée par les Romains.

n° 6430 - 6 € - 352 p.

3. Les Secrets d'Avalon

Aux sources de la légende : un peuple farouche et désuni, dirigé par des druides et des prêtresses réfugiés sur une île sacrée, lutte sans merci contre les légions romaines... Aux confins de la magie et de l'Histoire.

n° 14506 - 6,95 € - 544 p.

Et aussi :

Michael Ende, *L'Histoire sans fin* (n° 6014).
Robert Holdstock, *Le Bois de Merlin* (novembre 2007).
Stephen Lawhead, *Le Cycle de Pendragon* :
  1. *Taliesin* (n° 15218)
  2. *Merlin* (n° 15219)
  3. *Arthur* (n° 15270)
  4. *Pendragon* (n° 15307)
  5. *Le Graal* (n° 15356).
C. S. Lewis, *Au-delà de la planète silencieuse* (octobre 2007).
Mary Stewart, *La Grotte de cristal* (novembre 2007).

Du même auteur :

Aux éditions Bragelonne

Le Seigneur de Cristal, 2002.

Cycle GENESIA – LES CHRONIQUES POURPRES
    Sorcelame, 2003.
    La Septième Étoile, 2005.
    L'Heure du Dragon, 2006.

Aux éditions Bayard jeunesse

Cycle L'ARCHIPEL DE LA LYRE
    Les Chevaliers d'écume, 2002.
    Le Magicien sans visage, 2002.
    Le Cimetière des dragons, 2003.

Composition réalisée par Chesteroc Ltd

Achevé d'imprimer en mai 2007 en France sur Presse Offset par

C P I
Brodard & Taupin

La Flèche (Sarthe).
N° d'imprimeur : 41873 – N° d'éditeur : 87348
Dépôt légal 1re publication : juin 2007
LIBRAIRIE GÉNÉRALE FRANÇAISE – 31, rue de Fleurus – 75278 Paris cedex 06.

31/1802/3